KIM NINA OCKER

Every Little Lie

KIM NINA
OCKER

EVERY LITTLE LIE

ROMAN

LYX

LYX in der Bastei Lübbe AG
Dieser Titel ist auch als E-Book und als Hörbuch erschienen.

Die Bastei Lübbe AG verfolgt eine nachhaltige Buchproduktion. Wir verwenden Papiere aus nachhaltiger Forstwirtschaft und verzichten darauf, Bücher einzeln in Folie zu verpacken. Wir stellen unsere Bücher in Deutschland und Europa (EU) her und arbeiten mit den Druckereien kontinuierlich an einer positiven Ökobilanz.

MIX
Papier | Fördert gute Waldnutzung
FSC® C014496
www.fsc.org

Textredaktion: Hannah Jarosch
Umschlaggestaltung: © Zero unter Verwendung von Motiven von © VerisStudio/shutterstock.com; kiadtisuk Seedapan/shutterstock.com
Satz: Greiner & Reichel, Köln
Gesetzt aus der Adobe Caslon
Druck und Verarbeitung: GGP Media GmbH, Pößneck
Printed in Germany
ISBN 978-3-7363-1809-0

3 5 7 6 4 2

Sie finden uns im Internet unter lyx-verlag.de
Bitte beachten Sie auch: luebbe.de und lesejury.de

Liebe Leser:innen,

dieses Buch enthält potenziell triggernde Inhalte. Deshalb findet ihr auf der letzten Seite eine Triggerwarnung.

Achtung: Diese enthält Spoiler für das gesamte Buch!

Wir wünschen uns für euch alle das bestmögliche Leseerlebnis.

Eure Kim und euer LYX-Verlag

Für alle, die nach dem Ende von Band 1
sauer auf mich waren*

* *Ich hoffe, ich kann es hiermit wiedergutmachen. Danke, dass ihr dabeigeblieben seid!*

1

JULIE

Sonntag, 12. Juni 2022

Mit klopfendem Herzen presse ich mich gegen die Wand in meinem Schlafzimmer, ohne die Tür aus den Augen zu lassen. Ich fühle mich wie in einem verdammten Horrorfilm. Nachdem ich die tote Katze gefunden und Caleb beim Herumschleichen erwischt habe, war mein erster Impuls, abzuhauen. Weg aus diesem Haus, weg aus den Hamptons, weg von Long Island. Aber ich habe mich nicht getraut, das Haus zu verlassen, und mich stattdessen in meinem Zimmer versteckt. Irgendwo da draußen treibt sich jemand in der Nacht herum, Caleb verfolgt offensichtlich seine eigenen Ziele und ich kenne mich hier überhaupt nicht aus. Das Letzte, was ich will, ist, mich in den Dünen zu verirren und demjenigen über den Weg zu laufen, dem schon die glücklose Katze begegnet ist. Allein bei dem Gedanken daran, welche Folgen dieses Zusammentreffen für das arme Tier hatte, rebelliert mein Magen. Unwillkürlich denke ich an Mr Norris und Cordelia und muss ein Würgen unterdrücken.

Meine Gedanken fahren Achterbahn und überschlagen sich, während mein Blick unruhig durchs Zimmer huscht und schließlich an dem immer noch zerwühlten Bett hängen bleibt. Das Bett, in dem Caleb und ich uns noch vor ein paar Stunden … geliebt haben.

Ich kneife die Augen zusammen und schüttele energisch den Kopf, um die Bilder von Caleb zu vertreiben, der sich mitten in der Nacht wegschleicht. Mein Atem geht immer schneller und unregelmäßiger, trotzdem scheint mein Körper es nicht zu schaffen, den Sauerstoff aufzunehmen, der meine Lungen füllt. Mir wird schwindelig. Ob es daran liegt, dass ich inzwischen beinahe hyperventiliere, oder daran, dass meine Sorgen und Ängste in meinem Verstand herumwirbeln, weiß ich nicht.

Als ich ein Geräusch irgendwo im Haus höre, zucke ich zusammen. Der Schreck fährt mir beinahe schmerzhaft in die Glieder und ich schnappe nach Luft. Hastig schlage ich mir die zitternde Hand vor den Mund, um jeden Ton zu ersticken, der meinen Lippen entweicht. Noch immer halte ich das Messer in der Hand, noch immer drücke ich mich gegen die Wand, um die Tür im Auge behalten zu können und so wenig Angriffsfläche wie möglich zu bieten. Der einzige Weg zu mir führt durch diese Tür. Falls Caleb bemerkt hat, dass ich ihn beobachtet habe, dann ... ja, was? Mein völlig überforderter Verstand weigert sich noch immer, seine Schlüsse aus dem zu ziehen, was da gerade passiert ist.

Der Alarm ist nicht ausgelöst worden, obwohl er die Terrassentür geöffnet haben muss. Wenn er vor mir wach geworden ist und etwas gehört oder gesehen hat, warum hat er mich dann nicht geweckt? Mich gewarnt, dass ich mich in Sicherheit bringen soll? Im besten Fall kann ich ihm vorwerfen, dass er geradezu fahrlässig unvorsichtig war. Im schlechtesten, dass er mit alledem etwas zu tun hat.

Ich denke an Bonnie. *Sie* hat Caleb verdächtigt, direkt nachdem der Stein durch unser Fenster geflogen ist. Ihrer Meinung nach wollte er mich von Anfang an nicht in der Firma haben, hatte also ein Motiv und definitiv die Möglichkeiten und finanziellen Mittel, um so eine Show abzuziehen. Bonnie hat ihn verdächtigt, und ich selbst habe ihm davon erzählt. Kurz darauf wurde sie überfallen und liegt seitdem mit schweren Kopfverletzungen im künstlichen Koma.

Ein ersticktes Schluchzen steigt in meiner Kehle auf. *Nein.* Bonnie kannte Caleb nicht. Nicht so, wie *ich* ihn kenne. Ich bin mir sicher, dass Caleb Geheimnisse hat. Dass er vielleicht mehr weiß, als er zugibt. Vielleicht sogar, dass er tatsächlich seine eigenen Ziele verfolgt. Aber Caleb ist mehr als der arrogante, machtbesessene Arsch, für den ich ihn am Anfang gehalten habe. Er ist gut und fürsorglich und hat sich um mich gekümmert, als ich ihn am meisten gebraucht habe. Mein Vertrauen in ihn liegt als ein armseliger Scherbenhaufen zu meinen Füßen, trotzdem will und kann ich mir nicht vorstellen, dass er mit einer Waffe auf den Kopf meiner besten Freundin gezielt und abgedrückt hat.

Bitte, bitte, bitte, ich darf mich nicht dermaßen in ihm getäuscht haben!

Wieder lausche ich in die Nacht hinein, aber es ist nichts mehr zu hören. Allmählich verliere ich jegliches Zeitgefühl. Ich kann nicht sagen, wie lange ich mich bereits hier oben verstecke. Vielleicht nur ein paar Minuten, aber es kommt mir viel länger vor. Estha und die Leute von der Sicherheitsfirma müssen jede Sekunde hier sein. Ich habe den Alarm ausgelöst und ich weiß, dass sie irgendwo ganz in der Nähe Wache halten müssten. Gleich sind sie da und dann …

Ich weiß nicht, was ich dann tun soll. Erzähle ich ihnen, dass Caleb sich in den Dünen herumgedrückt hat? Immerhin ist er derjenige, der ihre Gehaltsschecks ausstellt. Selbst wenn er und ich Partner sind, wissen alle, dass er in Wahrheit die Firma leitet und ich bislang nur dekorativ am Rand herumstehe. Wenn es hart auf hart kommt, wenn Caleb alles abstreitet, wird mir dann überhaupt jemand glauben?

»Julie!«

Ich zucke so heftig zusammen, dass ich beinahe das Messer fallen gelassen hätte. Panik und Erleichterung vermischen sich in meiner Brust und machen es mir unmöglich, mich zu bewegen oder zu antworten. Zögernd löse ich mich von der Wand und sehe zur Tür, bevor ich schnelle Schritte auf der Treppe höre.

Kaum eine Sekunde später stürmt Estha ins Zimmer.

»Es geht mir gut«, sage ich schnell, als ihre weit aufgerissenen Augen sich auf mich richten und sie den Mund öffnet. Ich bemerke, dass ihr Blick auf das Messer in meiner Hand fällt, und sehe den Ausdruck von wachsender Besorgnis in ihrem Gesicht.

»Ist Ihnen etwas passiert?«

Ich schüttele den Kopf, weil ich mir ziemlich sicher bin, dass sie mit dieser Frage nicht auf meine Verwirrung oder meine Sorgen anspielt. Rein körperlich bin ich in bester Verfassung.

»Ich habe gesehen, was unten passiert ist. Die ... die Katze, meine ich.« Ich atme zitternd ein und aus, um meine flatternden Nerven zu beruhigen. Die Erleichterung, Estha zu sehen und nicht mehr allein zu sein, droht mich beinahe zu überwältigen. Als würde der Teil von mir, der mich zum Durchhalten und Handeln getrieben hat, einfach aufgeben und nur noch die Angst und Hilflosigkeit zurücklassen. »Ich wusste nicht, was ich machen soll, deswegen habe ich den Alarm ausgelöst und mich hier versteckt.«

Estha nickt ein paarmal, während sie sich gleichzeitig im Zimmer umsieht, mit zusammengekniffenen Augen die Schatten mustert, als würde sie erwarten, dass jemand aus ihnen hervorspringt. Sie stellt ein paar weitere Fragen, wirft dabei einen Blick ins Bad und öffnet den Kleiderschrank. Ich kann nichts anderes tun, als dazustehen und sie anzustarren.

Nachdem sie sich davon überzeugt hat, dass die angrenzenden Räume leer sind, macht sie einen Schritt auf mich zu und streckt eine Hand nach mir aus. »Kommen Sie bitte mit, Julie. Die Polizei wird in wenigen Minuten eintreffen.«

Ich zögere. Tausend Fragen prasseln auf meinen Verstand ein und auch wenn ich mich anhöre wie eine paranoide Irre, überlege ich unwillkürlich, ob Estha mit Caleb unter einer Decke steckt.

»Die Polizei ist auf dem Weg?«, versichere ich mich.

Estha nickt erneut. Als sie sich umdreht, bemerke ich die Waffe, die sie in der Hand hält. Ich habe keine Ahnung von Pistolen, aber selbst mir ist klar, dass Estha nicht nur ein Protokoll befolgt. Ihr Finger liegt am Abzug und ihr Blick ist wachsam … und eindeutig besorgt. Ich habe Tony bereits in Stresssituationen erlebt und war immer beeindruckt, wie ruhig er bleibt. Entweder fehlt Estha dahingehend noch die Routine oder sie ist einfach ein anderer Typ Mensch. Denn im Gegensatz zu Tony ist ihr die Anspannung deutlich anzusehen. Ihr Gesicht ist gerötet, sie atmet schneller als normalerweise und ihre Augen sind weit aufgerissen. Möglicherweise hat sie aber auch einfach mit dem Schlimmsten gerechnet, als sie in mein Zimmer gestürmt kam. Dass es mir ähnlich ergangen ist wie der armen Katze.

Die Erkenntnis trifft mich beinahe wie ein Schlag. Als hätte mein Verstand sich bis zu diesem Moment geweigert, die Situation und den Ernst der Lage voll und ganz zu erfassen: Mir hätte etwas passiert sein können. Das ist kein abwegiger oder abstrakter Gedanke. Meine beste Freundin liegt im Krankenhaus und kämpft ums Überleben, diese Katze dort unten vor der Tür ist tot, und alles nur, weil irgendein Irrer einen wahnsinnigen Plan verfolgt. Ich war alleine in diesem Haus, nachdem Caleb sich rausgeschlichen und wer weiß was gemacht hat. Wer auch immer für all das verantwortlich ist, hätte mich leicht überwältigen können, während ich völlig schutzlos in diesem verdammten Bett geschlafen habe.

Tränen schießen mir in die Augen und laufen sofort über, während ich laut aufschluchze. Die Angst platzt aus mir heraus wie die Luft aus einem Ballon, und plötzlich schaffe ich es nicht mehr, mich auf meinen wackeligen Beinen zu halten. Meine Knie geben unter mir nach, und ich wäre wahrscheinlich einfach auf dem Boden zusammengesackt, wenn Estha mich nicht festgehalten hätte. Sofort ist sie bei mir, nimmt mich in den Arm und zieht mich hinüber zum Bett. Es fühlt sich seltsam an, von ihr umarmt zu werden, immerhin kennen wir uns kaum. Aber in dieser Sekunde ist es mir egal. In diesem Moment bin ich einfach nur froh und unendlich erleichtert, jemanden in meiner Nähe zu wissen.

Es dauert eine Weile, bis sich ihre Stimme durch das Hämmern meines Herzens und das Rauschen des Blutes in meinen Ohren schält. Sie redet beruhigend auf mich ein und streichelt mir ein wenig unbeholfen über den Rücken. Ziemlich sicher, dass mein Zusammenbruch sie überrumpelt hat. Das Trösten hysterischer Mädchen stand aller Wahrscheinlichkeit nach nicht in ihrem Arbeitsvertrag.

Ein paar Minuten später leuchten blaue Lichter durch die Fenster und erhellen den Raum in einem unruhigen Rhythmus. Ich spüre, wie Esthas Muskeln sich anspannen, bevor wir hören, wie die Haustür im Erdgeschoss geöffnet wird.

Hastig wische ich mir mit dem Handrücken über die Augen und mache mich los, um aufzustehen. Es geht mir nicht wirklich besser, aber um ehrlich zu sein, würde ich gerne darauf verzichten, dass mich jemand, abgesehen von Estha, in diesem Zustand sieht. Später habe ich sicher noch die Gelegenheit, zusammenzubrechen.

»Geht es Ihnen wirklich gut?«, erkundigt sich Estha erneut. Die Sorge schwingt noch immer in ihren Worten mit, als würde sie befürchten, dass ich einfach durchdrehe oder vor ihren Augen kollabiere.

Ich nicke, auch wenn mir klar ist, dass wir beide meine Lüge ziemlich leicht durchschauen. Trotzdem straffe ich die Schultern und folge Estha nach unten in die Empfangshalle, die inzwischen hell erleuchtet ist. Neben dem kleinen Tisch mit den Blumen stehen zwei uniformierte Polizisten und sprechen mit Tony. Ich bin ein bisschen überrascht, ihn zu sehen. Ich war davon ausgegangen, dass er in New York geblieben ist und Stunden brauchen würde, um hier zu sein.

Tony hebt den Kopf und sieht uns ernst entgegen, als wir die Treppe herunterkommen. Ich bemerke, dass er einen kurzen Blick mit Estha tauscht, bevor er nach meinen Schultern greift und mir fest in die Augen sieht.

»Was ist passiert?«

Ich beiße die Zähne zusammen. »Was weißt du?«

Mit dem Kopf deutet er in Richtung Wohnzimmer. »Der Alarm wurde ausgelöst, aber es sieht nicht so aus, als wäre jemand eingebrochen. Zumindest nicht gewaltsam. Das System zeigt eine Einwirkung auf eines der Küchenfenster, aber keines ist zerbrochen.«

»Ich habe den Alarm ausgelöst«, sage ich, um Fassung bemüht. Mit knappen Worten und zitternder Stimme erzähle ich ihm, was passiert ist. Nicht, dass es da wahnsinnig viel zu erzählen gäbe. Als ich zu der Stelle komme, an der ich die Katze gefunden und in den Garten geschaut habe, stocke ich. Meine Gedanken überschlagen sich und ich zögere, Caleb zu erwähnen. Ich habe es noch nicht geschafft, die Puzzleteile zusammenzusetzen, die in meinem Kopf umherwirbeln wie Legosteine in einem Tornado. Heute Nacht fällt es mir noch schwerer als ohnehin schon, zu entscheiden, wem ich vertrauen kann und wem nicht. Jeder einzelne dieser Menschen könnte mich belügen, und ich würde es vermutlich nicht einmal bemerken. Caleb besitzt unglaublich viel Macht. Das hier sind *seine* Leute, *seine* Mitarbeiter. Dabei spielt es im Moment möglicherweise keine Rolle, ob ich die Hälfte der Firma geerbt habe oder nicht.

Und eine misstrauische Stimme in meinem Kopf schreit mich an, meine Beobachtungen zumindest vorerst für mich zu behalten. Meine Karten erst dann offenzulegen, wenn ich mich entschieden habe, wie ich damit umgehen soll.

Also lasse ich diesen Teil der Ereignisse aus. Erzähle Tony, dass ich die Katze gefunden, den Alarm ausgelöst und mich danach in meinem Zimmer versteckt habe. Dabei schaue ich immer wieder die Polizisten an, die sich neben uns gestellt haben und mit ausdruckslosen Gesichtern zuhören. Wenn ich mich überhaupt jemandem anvertrauen sollte, dann vermutlich ihnen. Jemanden bei der Polizei zu bestechen und dafür zu sorgen, dass ausgerechnet die korrupten Beamten zum vermeintlichen Tatort geschickt werden, ist selbst für Caleb Bonham zu wild. Hoffe ich zumindest.

Sobald ich geendet habe, nickt Tony Estha auffordernd zu und drückt mir kurz die Schulter, bevor er sich abwendet, um wer weiß was mit den Polizisten zu besprechen. Auf seiner Stirn zeichnen sich tiefe Sorgenfalten ab, noch tiefer als jene, die die gefundenen Bilder von mir in meinem Bett bei ihm ausgelöst haben. Estha tritt neben mich und kurz sieht es so aus, als würde sie mir den Arm um die Schulter legen wollen, aber dann hält sie sich zurück. »Wissen Sie, wo Mr Bonham sich im Moment aufhält, Julie? Wir haben ihn im Haus nicht gesehen.«

Ah, deswegen ist Tony so gestresst. Sie haben ihren Goldjungen verloren.

Ich bemühe mich um einen angemessen betretenen Gesichtsausdruck, schüttele aber den Kopf. »Ich habe ihn seit gestern Abend nicht gesehen.« Stirnrunzelnd schlinge ich die Arme um meinen Oberkörper. »Muss ich noch hierbleiben? Mit der Polizei sprechen?«

Estha sieht mich verwirrt an. »Sie wollen gehen?«

Ich will nicht gehen, ich will rennen. »Ich fühle mich hier nicht wohl«, sage ich und muss mich nicht einmal zwingen, zu erschaudern. »Ich bin erschöpft und würde ungern die ganze Nacht hier herumstehen. Die Polizei wird doch sicher Spuren nehmen wollen.«

»Ich fürchte, die Beamten werden noch ein paar Fragen haben.«

»Das kann bis morgen warten«, sage ich und bin selbst überrascht, wie autoritär meine Stimme klingt.

Als Estha sich beinahe wütend umsieht und vermutlich nach Tony Ausschau hält, bekomme ich fast ein schlechtes Gewissen. Ich verstehe, dass sie mein Verhalten irritieren muss, aber in diesem Moment fällt es mir wahnsinnig schwer, die Fassade aufrechtzuerhalten. Wahrscheinlich sollte ich mir mehr Sorgen um Caleb machen, ihn sogar suchen wollen. Aber Estha kennt die Wahrheit nicht: dass ich unbedingt von hier wegwill. Und zwar, *bevor* Caleb zurückkommt.

Ein kleiner Teil von mir hat tatsächlich Angst, dass ihm etwas zugestoßen ist. Dass er jemandem dort draußen begegnet ist, dass er vielleicht überwältigt wurde oder sich in der Dunkelheit verletzt hat. Aber der größere Teil von mir, der, der in diesem Moment die Kontrolle über mein Handeln übernimmt, will ihm so dringend aus dem Weg gehen, dass ich mich regelrecht davon abhalten muss, einfach rauszurennen, in eines der Autos zu steigen und so schnell wie möglich zurück nach New York zu fahren. Ich muss nachdenken. Ohne seinen Einfluss, ohne ihm in die Augen zu sehen und meinem Herzen die Gelegenheit zu geben, sich von ihm einlullen zu lassen.

Ich verschränke die Arme vor der Brust und weiche in eine Ecke zurück, von der aus ich sowohl den Haupteingang als auch den Durchbruch ins Wohnzimmer und in die Küche im Auge behalten kann. Estha spricht kurz mit Tony, und mir entgeht nicht, dass beide immer wieder zu mir herüberschauen. Estha wirkt nach wie vor verwirrt und irgendwie unschlüssig, in Tonys Zügen liegt eine solche Härte, dass sich etwas in meinem Brustkorb zusammenzieht. Was er wohl von mir denkt? Ob er mich für gefühlskalt hält oder ob er sich in diesem Moment vielleicht sogar fragt, ob all die Reporter recht hatten? Dass ich die ganze Zeit über tatsächlich nur auf das Vermögen der Bonhams aus war und Caleb lediglich als eine Art Werkzeug betrachtet habe, das mich diesem Ziel näherbringt. Ich will nicht, dass er so etwas über mich denkt. Ich mag Tony. Aber das hat jetzt keine Priorität. Dass Tony mich für ein Monster hält, ist immer noch besser, als Caleb über den Weg zu laufen und mich ihm stellen zu müssen. Ich bin eben feige und ziehe die Flucht der Konfrontation eindeutig vor.

»Wir können gehen«, sagt Estha, nachdem sie sich von Tony gelöst hat und zu mir in meine Ecke gekommen ist. Erleichterung durchflutet mich, aber ich versuche, sie mir nicht anmerken zu lassen. »Nachdem Sie Ihre Aussage bei den Beamten gemacht haben.«

»Solange es schnell geht.«

Ihr Blick wird forschend, aber auch irgendwie mitleidig. »Die Kollegen machen sich jetzt auf die Suche nach Mr Bonham. Sein Handy liegt im Haus und er reagiert nicht auf unsere Rufe.«

Ich nicke knapp. »Ich hoffe, sie finden ihn schnell.«

Sie antwortet nicht, aber das ist auch nicht nötig. Ich kann das Misstrauen in ihren Augen erkennen, auch wenn sie sich sichtlich um einen neutralen Gesichtsausdruck bemüht. Ohne auf eine Reaktion zu warten, drehe ich mich um und gehe zu den wartenden Polizisten hinüber. In knappen Worten schildere ich ihnen die gleiche Version, die ich auch Tony und Estha geliefert habe. Ich habe ein schlechtes Gewissen, die Sache mit Caleb auszulassen, aber mein Verstand gleicht einem einzigen Schlachtfeld. Dass Caleb in Richtung Dünen verschwunden ist, wird ihnen nicht helfen, ihn zu finden, richtig? Das Haus ist umgeben von Dünen. Sie werden von allein darauf kommen, diesen Bereich abzusuchen. Ich schade also niemandem, indem ich schweige.

Als sie mich mit ernsten Mienen entlassen, sehe ich mich nach Estha um und nicke ihr kurz zu, als sie fragend die Augenbrauen hochzieht. Offensichtlich hat sie gehofft, dass ich meine Meinung geändert habe und im Haus auf Caleb und weitere Anweisungen warten möchte. Aber ich gehe einfach an ihr vorbei und trete in die kühle Nachtluft. Kurz denke ich an meine Sachen, vor allem an mein Handy, das immer noch oben im Schlafzimmer liegt. Ich würde es gerne mitnehmen, aber ich will keine Sekunde länger als unbedingt notwendig in diesem Haus bleiben. Ich bin mir sicher, erst wieder richtig durchatmen zu können, wenn ich mindestens zehn Meilen zwischen mich und diesen Ort gebracht habe.

Unwillkürlich erschaudere ich. Meine Zukunft wirkt auf einmal deutlich düsterer als noch gestern Abend. Ohne Caleb an meiner Seite ist diese Welt bedrohlicher und angsteinflößender, als ich es je für möglich gehalten hätte.

CALEB

Mein Atem kommt stoßweise und mein Hals schmerzt bereits von der kalten Nachtluft. In meiner Brust rast mein Herz so schnell, dass ich mir vermutlich Sorgen deswegen machen würde, wenn mein Verstand nicht mit etwas anderem beschäftigt gewesen wäre.

Ich renne durch die Dünen und werde auch nicht langsamer, als das Strandhaus in Sicht kommt, das in regelmäßigen Abständen in rotes, blaues und weißes Licht getaucht wird. Sämtliche Fenster sind hell erleuchtet, selbst in der ersten Etage. Erneut überschlagen sich meine Gedanken, aber ich zwinge sie zur Seite und meine Beine gleichzeitig, schneller zu rennen.

»Caleb!«

Wieder brüllt Tony meinen Namen. Ich höre die Panik in seiner Stimme, aber ich kann nicht antworten. Die Luft in meinen Lungen reicht gerade einmal dafür, mich mit Sauerstoff zu versorgen. Ich springe über die kleine Mauer, die den Rand meines Grundstücks umzäunt, im selben Moment, in dem ich Tony sehe. Er hält eine große Taschenlampe in der einen, seine Waffe in der anderen Hand und späht durch die schwarze Nacht hinunter zum Strand. Er muss meine Schritte gehört haben, denn er wirbelt herum und flucht ziemlich derb, als er mich entdeckt.

»Scheiße, Caleb«, knurrt er und kommt auf mich zu. Ich ringe immer noch nach Atem und will ihn zur Seite schieben, um ins Haus zu stürmen, doch er packt mich an den Schultern und hält mich zurück. »Was ist passiert?«

»Wo ist sie?« Meine Worte sind kaum mehr als ein Keuchen.

Es wundert mich nicht, dass Tony nicht einmal nachfragt, wen ich meine. Dieser Mann ist derjenige, der einem Vater seit dem Tod meines Dads am nächsten gekommen ist, und er versteht mich sofort. »Estha hat sie von hier weggebracht. Es geht ihr gut.« Als ich nicht reagiere, wird sein Griff fester und sein Blick eindringlich. »Haben Sie gehört, Caleb? Julie geht es gut. Ihr ist nichts passiert.«

Unendliche Erleichterung bricht wie eine Welle über mich herein. Mir wird schwindelig und ich kann nicht sagen, ob das an meinem Sprint oder daran liegt, dass in diesem Moment ein ganzer Steinklotz von meinem Herzen fällt. Als ich die Polizeilichter gesehen habe … So viel ist schiefgegangen in letzter Zeit. Meine eigenen Pläne weisen besorgniserregend viele Lücken auf, und eine Sekunde lang habe ich befürchtet, ihr könne etwas zugestoßen sein. Ein Kollateralschaden, den ich nicht bereit bin zu bezahlen. Nicht mehr.

»Ich will zu ihr«, presse ich hervor und mache mich von Tony los. Ich glaube ihm, trotzdem muss ich sie mit eigenen Augen sehen.

»Sie ist bereits auf dem Weg in die Stadt«, erwidert er, wieder vollkommen ruhig. »Wir müssen mit Ihnen reden, Caleb. Wir müssen herausfinden, was hier passiert ist.«

»In die Stadt?«, wiederhole ich völlig verwirrt. »Nach New York?«

Er nickt. »Wir wollten sie in ein Hotel in Sag Harbor bringen, aber laut Estha weigert sich Miss Penn entschieden, die Nacht dort zu verbringen. Sie hat darauf bestanden, dass man sie zurück nach New York bringt.«

»Aber …« Ich schüttele den Kopf. Das ergibt doch keinen Sinn. »Warum fährt sie mitten in der Nacht zurück?« Auf einmal kommt mir ein Gedanke und meine Augen werden schmal, während ich Tony ansehe. »Was verschweigst du mir?«

»Nichts, Sir«, erwidert er ruhig. »Ich gebe Ihnen sämtliche Informationen, die mir zur Verfügung stehen.«

Wut kocht in meiner Magengegend auf. Das ist doch alles ein beschissener Scherz! Ich muss Julie sehen, muss mich mit eigenen Augen versichern, dass sie in Sicherheit und vor allem unverletzt ist. Wenn ich einen Fehler gemacht und zugelassen habe, dass sie in diese ganze Sache mehr als ohnehin schon reingezogen wird, dann kann ich mir das nicht verzeihen. Wenn ich derjenige war, der …

»Caleb«, unterbricht Tony meinen Strudel aus Gedanken. Als ich aufsehe, deutet er auf zwei uniformierte Beamte, die in diesem Moment auf uns zukommen. Ich kenne sie nicht, aber das spielt keine Rolle. Ich werde das hier so schnell wie möglich hinter mich bringen, dann Julie suchen und ihr verdammt noch mal die Hölle heißmachen, weil sie einfach abgehauen ist.

»Officers«, sage ich knapp und nicke den beiden Männern zu, die sich breitbeinig vor mir positionieren. Ich zwinge mich zu einer unbeteiligten Miene und versuche den Sturm an Gefühlen, der in meinem Inneren tobt, zu ignorieren.

2

CALEB

Der Kopfschmerz, der sich in den letzten Stunden hinter meiner Stirn eingenistet hat, ist verdammt hartnäckig. Es fällt mir ohnehin schon schwer, Freemans ausschweifender Rede zu folgen, auch ohne dass ich das Gefühl habe, in meinem Kopf würde jemand mit einem Presslufthammer arbeiten.

Ich greife nach der Kaffeetasse, die neben meinem Laptop steht, und nehme einen großen Schluck. Koffein ist normalerweise meine Antwort auf alles, allerdings befürchte ich, dass es mir in diesem Fall nicht weiterhelfen wird.

Dieser Tag ist die Hölle. Mit Abstand einer der schlimmsten in meinem Leben. Immer wieder schweifen meine Gedanken zu Julie, auch wenn ich mich eigentlich auf dieses beschissene Meeting konzentrieren sollte. In dem Moment, in dem ich New York erreicht und mein Handy wieder für Anrufe freigegeben habe, ist Freeman über mich hergefallen und hat ein Online-Meeting mit ein paar Vorstandsmitgliedern gefordert, um die Lage zu besprechen. Der Einbruch und der Überfall auf Julies Mitbewohnerin sind bereits durchgesickert und natürlich ist auch das Chaos im Strandhaus von der Presse nicht unbemerkt geblieben. Der Vorstand ist angepisst, immerhin hatten wir ihnen versprochen, uns so diskret wie möglich zu verhalten. Nicht, dass ich ihnen die Umstände nicht zu erklären versucht habe – dass wir uns nichts von diesem Drama ausgesucht haben, dass Julie Angst um ihr Leben hat und wir nichts von dem, was passiert ist, beeinflussen konnten. Selbst Tony hat versucht, unsere Situation zu rechtfertigen, aber selbstverständlich haben sie weder ihm noch mir zugehört.

»Wir brauchen eine Stellungnahme. So schnell wie möglich«, fordert Mrs Gray und klingt dabei überraschenderweise genauso genervt, wie ich mich fühle. Allerdings wirkt sie dabei eher wie eine gestresste Kindergärtnerin. Sie ist die Leiterin der Forschungsabteilung und sitzt zusammen mit Mr Freeman im Vorstand von *Bonham Industries*. Die beiden – gemeinsam mit Mr Hudson vom Aufsichtsrat – sind mit Abstand die Lautesten, wenn es darum geht, Kritik an mir und vor allem an Julie zu üben. Was bedeutet: Die drei gehen mir am meisten auf den Sack.

Dieses Online-Meeting dauert bereits eineinhalb Stunden, und ich bin fertig mit den Nerven. Am liebsten würde ich den verdammten Laptop einfach zuklappen, den nächsten Akt des Dramas auf morgen verschieben.

»Ich werde mit Miss Penn reden und einen baldigen Termin ansetzen«, sage ich und bemühe mich um einen beschwichtigenden Ton. »Wir besprechen uns mit Miss Demir und Mrs Yeon und arbeiten ein Konzept aus, wie wir uns der Presse und der Öffentlichkeit gegenüber verhalten. Ich werde mich auch mit den ermittelnden Beamten in Miss Penns Fall beraten. Ich will keine Ermittlungen erschweren, indem wir Informationen an die Öffentlichkeit geben, die sie zu diesem Zeitpunkt noch nicht haben sollte.«

Freeman sieht so unzufrieden aus, dass es beinahe komisch wirkt. »Und wie lange wird das Ihrer Meinung nach dauern?«

»Diese Frage sollten Sie wahrscheinlich besser an Mrs Yeon richten als an mich.«

Mrs Yeon, die Leiterin der Marketingabteilung, legt die

Stirn in Falten. Zwar haben wir mehrere Mitarbeiter, die sich direkt auf Public Relations spezialisiert haben, aber scheinbar ist diese Nummer reine Chefsache. Ich mag Mrs Yeon – sie ist rational und deutlich vernünftiger und menschlicher als beispielsweise Mr Freeman oder Mrs Gray. Allerdings scheint sie in diesem Moment nicht wirklich auf meiner Seite zu sein. »Ich will Ihnen nicht zu nahe treten, Mr Bonham, aber diese Stellungnahme hätte deutlich früher erfolgen müssen. Spätestens nach dem Einbruch in Miss Penns Apartment.«

Ich beiße die Zähne zusammen. »Miss Penn hatte viel zu verarbeiten. Vor die New Yorker Presse zu treten, hat sicher nicht dazugehört.«

»Das mag sein«, erwidert sie ruhig. »Nichtsdestotrotz wird es unter diesen Umständen deutlich schwieriger sein, die Wogen zu glätten und die Aufmerksamkeit der Medien auf wichtigere Dinge zu lenken. Ihr Schweigen hat dafür gesorgt, dass die Gerüchteküche brodelt. Wenn wir Pech haben, wird eine einzelne öffentliche Erklärung Ihrerseits nicht mehr ausreichen, um die Geschichten zu übertönen, die aktuell in den Medien kursieren.«

Ich frage bewusst nicht nach, welche Geschichten sich die Leute wohl über mich, Julie und die Ereignisse der letzten Zeit ausgedacht haben. Ich will sie gar nicht hören. Wenn man in einer Familie wie meiner aufwächst, lernt man früh, die Meinung der Presse einfach zu ignorieren. Allerdings wage ich zu bezweifeln, dass Julie das auch so leichtfällt.

»Inwiefern planen Sie, den Fokus auf die Firma zu legen?«, fragt Mr Freeman. Sein strenges Gesicht wirkt noch verbitterter als ohnehin schon und seine Lippen bilden eine strenge Linie.

»Wie meinen Sie das?«, frage ich und versuche, den genervten Unterton in meiner Stimme zu unterdrücken.

»Die Frage war an Mrs Yeon gerichtet«, weist er mich schneidend zurecht. »Ich möchte wissen, ob *Bonham Industries* als Grund für die Anschläge gegen Miss Penn genannt werden soll.«

Ich knirsche mit den Zähnen. Dazu hätte ich eine Menge zu sagen, allerdings ist mir klar, dass es nichts bringen würde. Mr Freeman hat seine Meinung, und wenn es nach ihm ginge, würde Julie lieber gestern als heute auf ihr Erbe verzichten und aus der Führungsebene verschwinden. Davon werde ich ihn nicht abbringen können. Trotzdem geht es mir auf die Nerven, dass ihm das Image der Firma deutlich wichtiger ist als Julies Sicherheit. Denn dass die Anschläge auf sie mit *Bonham* zusammenhängen, ist verdammt offensichtlich.

»Wir werden uns mit der Polizei besprechen müssen, Mr Freeman, wie Mr Bonham bereits erklärt hat.« Yeons Ton ist beschwichtigend, als würde sie mit einem wütenden Kind sprechen. Ich unterdrücke ein Grinsen, auch wenn die ganze Situation wirklich alles andere als witzig ist. »Möglicherweise müssen wir auf vage Erklärungen zurückgreifen und uns auf den Optimismus von Miss Penn und Mr Bonham und die Zukunft von *Bonham Industries* konzentrieren. So oder so bin ich der Meinung, Sie sollten sich darauf einstellen, dass wir der Presse keine detaillierte Erklärung für das Chaos liefern können, um keine laufenden Ermittlungen zu gefährden.«

»Sie wollen den Medien sagen, dass wir keine Informationen liefern können, um keine laufenden Ermittlungen zu gefährden?«, wiederholt Mrs Gray mit vor Sarkasmus triefender Stimme. »Das kann nicht Ihr Ernst sein! Diese Erklärung wird die Gemüter nur noch mehr aufkochen lassen als ohnehin schon. Damit ist das Drama vorprogrammiert.«

Womit sie nicht ganz unrecht hat. Diese Art von Erklärung heizt die Gerüchteküche an und fordert die Leute geradezu heraus, zu spekulieren. Aber möglicherweise haben wir keine andere Wahl, als kryptisch zu bleiben. Denn ich werde die Ermittlungen sicher nicht behindern, indem ich Informationen herausgebe, nur um Freeman und Co. den Kopf zu streicheln.

Die nächsten Minuten streiten die Vorstandsmitglieder darüber, welche Vorgehensweise in dieser Situation die beste wäre, aber ehrlich gesagt höre ich kaum noch zu. Tony hat sich irgendwann in der letzten halben Stunde zurückgezogen, und erst jetzt wird mir richtig bewusst, dass ich allein bin. Seit dem Überfall auf Julies Mitbewohnerin war ich nicht mehr allein. Julies Abwesenheit ist so präsent, dass es mir schwerfällt, mich zu konzentrieren.

In letzter Zeit hat sie so furchtbar müde ausgesehen, so verängstigt und erschöpft. Das habe ich nie gewollt. Okay, das ist gelogen. Am Anfang, direkt nachdem ich von ihrer Existenz und ihrem Anspruch auf die Firmenanteile erfahren habe, habe ich genau das gewollt – dass diese Welt sie auffrisst, so schnell wie möglich. Aber damals kannte ich sie noch nicht. Als ich Pläne geschmiedet habe, wie ich sie am besten loswerden könnte, wusste ich noch nicht, gegen wen genau ich mich da stelle. Ich wusste noch nicht, dass Juliette Penn einer der gütigsten, freundlichsten, lustigsten und großherzigsten Menschen ist, denen ich je begegnet bin. Ich wusste nicht, dass ich mein Herz an sie verlieren würde. Wenn ich die Macht dazu hätte, würde ich in der Zeit zurückreisen und sie beschützen, von Anfang an. Vor dem Vorstand, der Presse, dieser Welt. Und mir.

»Mr Bonham!«

Ich blinzle und versuche, nicht allzu ertappt auszusehen, weil ich keine Ahnung habe, was Mr Freeman gerade gesagt hat. »Entschuldigen Sie, meine Verbindung ist gerade schlecht.«

Er wirkt nicht überzeugt, beschließt aber offensichtlich, es gut sein zu lassen. »Besprechen Sie sich mit Miss Penn und informieren Sie uns morgen früh. Sonst setzt einer von uns sich selbstständig mit ihr in Verbindung.«

Der letzte Satz ist eine Drohung, und das ist mir klar. Deswegen fällt meine Antwort vermutlich schärfer aus als beabsichtigt. »Betrachten Sie Miss Penn als meine Angelegenheit, Mr Freeman.«

»Genau darin liegt vermutlich der Kernpunkt unseres Problems, Mr Bonham.«

Ich übergehe seinen Kommentar und wende mich an Mrs Yeon. »Bitte entwerfen Sie schon einmal ein grobes Konzept bis morgen Mittag. Das hat Priorität. Stellen Sie also gerne ein Team zusammen. Ich lasse Abigail einen Slot für ein Meeting finden und informiere Miss Penn über alles Besprochene. Ich werde mich jetzt verabschieden. Ich wünsche Ihnen noch einen schönen Abend und sehe oder höre Sie sicher morgen.«

Ohne auf eine Antwort oder einen Protest von Freeman zu warten, verlasse ich das Meeting und klappe den Laptop mit einem Stöhnen zu.

Ich lasse den Kopf in die Hände sinken und schließe einen Moment lang die Augen, während ich tief durchatme. Mein Körper fühlt sich schwer an, als würde die Last auf meinen Schultern sich inzwischen auch physisch bemerkbar machen. Die Sache wächst mir über den Kopf. Als Sylvia gestorben ist, bin ich bereit gewesen. Natürlich schockiert und im ersten Augenblick überfordert, aber für mich hat es nie einen Zweifel daran gegeben, dass ich *Bonham Industries* übernehmen und leiten würde. Dass ich in Sylvias Fußstapfen treten und ihren Platz einnehmen würde. Ich war nicht naiv, ich wusste, wie viel Arbeit und auch Widerstand auf mich zukommen würden. Nicht nur Julie war dem Vorstand und dem Aufsichtsrat von Anfang an ein Dorn im Auge, auch meine Position haben einige von ihnen nicht gutgeheißen. Immerhin bin ich noch jung, und viele der Mitglieder kannten mich schon als Kind. Mir ist klar, dass es ihnen schwerfallen muss, mich als Autoritätsperson zu akzeptieren. Direkt nach dem Autounfall, an dessen Folgen Sylvia starb, gab es ebenfalls ein Krisenmeeting. Freeman, Hudson und ein paar andere wollten mich davon überzeugen, einen rein repräsentativen Posten zu übernehmen und im Hintergrund zu lernen, bis ich die Firma – ihrer Meinung nach – tatsächlich führen kann. *Bonham Industries* ist ein Familienunternehmen, und das sollte es auch bleiben. In einer Branche wie unserer ist eine persönliche Firmengeschichte, etwas fürs Herz, ziemlich hilfreich. Sie stärkt unsere Marke und macht uns nahbarer gegenüber dem Kunden. Der Vorstand wollte, dass ich weiterhin das Aushängeschild der Firma bin, mich aber fürs Erste auf die reine Öffentlichkeitsarbeit konzentriere – auf Veranstaltungen gehen, Reden halten, für die Presse posieren. Aber das ist niemals eine Option für mich gewesen. Mich als eine Art Maskottchen benutzen zu lassen, kam einfach nicht infrage. Das wäre nicht in Sylvias Sinn gewesen, und ich habe nicht so hart gearbeitet, um die Zügel aus der Hand zu geben und zu riskieren, dass jemand die Führung übernimmt, während ich auf irgendwelchen Wohltätigkeitsgalas Champagner trinke.

Als Julie auf den Plan getreten ist, bin ich kurz ins Straucheln geraten. Gerade als der Vorstand und der Aufsichtsrat sich mit mir abgefunden hatten, als ich mich irgendwie eingelebt hatte und bereit war, meinen Plan zur Übernahme der Firma umzusetzen, rauschte Juliette Penn in mein Leben wie ein verdammter Orkan. Sie hat alles durcheinandergebracht: meine Führungsstrategie, meinen Umgang mit den Partnern und den Vorstandsmitgliedern, mein Selbstvertrauen. Ich wollte sie so unbedingt hassen, und am Anfang habe ich das auch getan. Dass Julie von Sylvia exakt den gleichen Anteil an der Firma erhalten hat wie ich, hat mich mehr getroffen, als ich es jemals zugeben würde.

Aber auch damit habe ich mich abgefunden. Den Kampf gegen ihr Anrecht auf das Erbe habe ich verloren, aber ich habe reagiert und mehr oder weniger das Beste aus der Situation gemacht.

Ein trockenes Lachen entfährt meiner Kehle und ich lasse mich kopfschüttelnd in die Kissen sinken.

Scheiße, eine Weile hatte ich tatsächlich das Gefühl, die Sache unter Kontrolle zu haben. Ich war so dämlich. Inzwischen habe ich keine Ahnung mehr, wie ich diesen Karren wieder aus dem Dreck ziehen kann. Denn in diesem Punkt haben Mr Freeman und Mrs Yeon recht: Julie und ich müssen eine Erklärung abgeben, die Aufmerksamkeit ist bereits zu groß, um sie mit einer einfachen Stellungnahme in Schach halten zu können. Diese Sache entwickelt sich zu einem echten Medienkrimi, und ich kann mir beim besten Willen nicht vorstellen, dass die Presse aufgibt, bevor sie nicht ihr Ende für diese Geschichte geschrieben hat. Selbst die Tatsache, dass weder Julie noch ich etwas für die Anschläge und damit für die Aufmerksamkeit können, ändert nichts daran, dass *Bonham* unseriös wirkt. Mit jeder Schlagzeile, jedem Blogpost und jedem Instagram-Beitrag bekommt das professionelle, perfekt ausgeleuchtete Bild, das Sylvia so verbissen von *Bonham Industries* gezeichnet hat, mehr Risse. Ich würde darauf wetten, dass ein Großteil der New Yorker Bevölkerung den Namen der Firma inzwischen eher mit Julie und mir verbindet als mit unseren Produkten.

Ich brauche eine Exit-Strategie. Es muss einen Ausweg aus dieser Scheiße geben, eine Möglichkeit, das Ruder herumzureißen, ohne gleichzeitig Julie und die Firma zu verlieren. Das Problem dabei ist nicht das Unternehmen. Damit kenne ich mich aus. Ich kann die Zahlen durchgehen, mich mit meinem Team beraten, Marketingstrategien entwerfen, an der Qualität unserer Produkte und der Effizienz unserer Produktion feilen. Damit kenne ich mich nicht nur aus – ich bin verdammt gut darin.

Julie jedoch ... Ich habe keine Ahnung, wie ich mit ihr umgehen soll. Was vor allem daran liegt, dass ich keine Ahnung hab, was *ihr* verdammtes Problem ist.

»Caleb!«

Ich schrecke hoch. In der Küche steht Rahel, die Hände in die Seiten gestemmt, die Stirn gerunzelt.

»Fuck, Rahel, du hast mich erschreckt!«

»Ich stehe seit mindestens einer Minute hier und warte darauf, dass du mich bemerkst!«

Nur mit Mühe verkneife ich mir einen Kommentar in die Richtung, dass sie tatsächlich kaum zu übersehen ist. Meine Schwester hat ein Faible für Mode, und manchmal habe ich das Gefühl, dass sie die Tatsache, dass sie sich damit so gut auskennt, jede Minute des Tages plakativ zur Schau stellen muss. Heute trägt sie einen neongrünen Mantel, der beinahe bis zum Boden reicht und aus einem Material besteht, das ich ganz mutig als Zeltplane beschreiben würde. Sie leuchtet wie eine verdammte Warnweste.

»Was machst du hier?«, frage ich sie, während ich aufstehe und zur Kaffeemaschine gehe, um sie einzuschalten. Es ist bereits nach neun, aber ich habe noch einen Haufen Arbeit zu erledigen und brauche dringend Koffein.

Zu meiner Erleichterung zieht sie den scheußlichen Mantel aus – er knarzt dabei wie ein verdammtes Schlauchboot –, legt ihn übertrieben vorsichtig über die Lehne einer der Barhocker und setzt sich dann, bevor sie mich mit skeptischem Gesichtsausdruck mustert. »Nach dir sehen, Brüderchen«, antwortet sie streng. »Und das ist wohl auch bitter nötig.«

»Ach ja?«

»Ja. Du siehst beschissen aus.«

Unwillkürlich muss ich grinsen. Ich stelle eine Tasse bereit und wähle einen dreifachen Espresso, dann lehne ich mich gegen den Tresen und verschränke die Arme vor der Brust. »Vielen Dank für die aufbauenden Worte.«

Sie wirft mir eine Kusshand zu, dann wird ihr Gesicht ernst. »Ich habe mit Julie telefoniert.«

Kurz bin ich mir sicher, mich verhört zu haben. »Sie hat mit dir gesprochen?«

Sie nickt. »Widerwillig. Aber ich hatte ein paar Fragen.«

Angespannt balle ich die Hand zur Faust. »Ich habe dich nicht darum gebeten.«

»Du bittest mich nie um etwas«, sagt sie, beinahe vorwurfsvoll. »Aber es ist offensichtlich, dass etwas zwischen euch los ist. Und da du nicht mit mir sprichst, hatte ich gehofft, dass ich bei ihr mehr Glück habe.«

»Und?«, frage ich tonlos, während ich nach der Tasse greife. Es passt mir nicht, dass Rahel sich ungefragt einmischt. Andererseits wäre ich ihr unfassbar dankbar, sollte sie tatsächlich herausgefunden haben, was gerade bei Julie abgeht.

»Du hast es wirklich verkackt, Mann.« Ihr Ton klingt beinahe beiläufig. Offenbar bemerkt sie nicht, dass mein Gesicht starr wird und sich meine Hände um die heiße Tasse verkrampfen.

Obwohl mein Puls hochschnellt und ich in Gedanken die letzten Stunden in den Hamptons durchgehe, um herauszufinden, was zur Hölle ich falsch gemacht haben könnte, zwinge ich meine Stimme zu einem ruhigen Ton. »Was hat sie gesagt?«

»Grob zusammengefasst, dass sie Angst hat, verwirrt und überfordert ist und dass das Maß voll ist. Sie klang wirklich erschöpft, und ich glaube ihr, dass sie mit den Nerven am Ende ist. Wenn du mich fragst, reicht das allein aber nicht aus, um dich dermaßen zu ignorieren, Brüderchen. Irgendwas musst du also gewaltig falsch gemacht haben.«

Ich beiße so fest die Zähne zusammen, dass mein Kiefer schmerzt. »Ehrlich gesagt wundert es mich ein bisschen, dass sie dir so viel erzählt hat.«

Ein leichtes Lächeln huscht über Rahels Gesicht. »Ich bin ihre PR-Beraterin, Caleb. Ich habe mit ihr über die nächsten Tage gesprochen und sie vorgewarnt, dass ihr eine öffentliche Stellungnahme abgeben müsst. Das ist doch der Plan, oder nicht?«

Ich runzele die Stirn. Ich hatte mit Rahel noch nicht über das weitere Vorgehen gesprochen, aber dass sie von sich aus davon ausgeht, beweist im Grunde nur, wie gut meine Schwester in ihrem Job ist. »Ja, das ist der Plan. Aber es wäre mir lieber gewesen, wenn ich selbst mit Julie gesprochen hätte.«

»Ich denke nicht, dass es *ihr* lieber gewesen wäre.« Sie seufzt. »Um ehrlich zu sein, hatte ich den Eindruck, dass du dich vielleicht ein bisschen in etwas verrannt hast.«

Mein Stirnrunzeln vertieft sich. »Was meinst du damit?«

Ihr Unbehagen ist ihr deutlich anzusehen, was mich überrascht. Normalerweise nimmt Rahel kein Blatt vor den Mund, vor allem mir gegenüber. Wenn sie etwas zu sagen hat, dann tut sie es. Für gewöhnlich ohne Rücksicht auf Verluste oder Kleinigkeiten – wie die Gefühle ihres Gegenübers. »Ich fürchte, dass du eure Beziehung irgendwie anders einschätzt, als sie es tut.«

»Das sehe ich anders.«

»Warum sollte sie so etwas dann sagen? Wenn du dich also vor dem Einbruch ins Strandhaus nicht wie der letzte Arsch verhalten und damit irgendwas kaputtgemacht hast, woher kommt dann dieser Umschwung?«

Das ist eine verdammt gute Frage. Eine Frage, auf die ich eine Antwort bekommen werde, verdammte Scheiße! Ich will Julie beschützen und würde sie am liebsten in Luftpolsterfolie packen, damit die beschissene Welt da draußen ihr nichts mehr antun kann. Aber vorher wird sie mit mir reden und mir erklären, was sich letzte Nacht verändert hat.

3

JULIE

Montag, 13. Juni 2022

Ich knete meine Finger in meinem Schoß, so kräftig, dass sie bereits anfangen zu schmerzen. Aber ich kann mich nicht davon abhalten. Die Nervosität und die Angst vor allem, was vor mir liegt, lassen meinen gesamten Körper kribbeln.

Widerstrebend reiße ich mich von der vorbeiziehenden Stadt los, versichere mich mit einem kurzen Blick zur hochgefahrenen Trennwand zwischen Vorder- und Rücksitzen, dass Estha mich nicht sehen oder hören kann, und wähle dann Saheeras Nummer auf meinem Handy. Tony hatte es offenbar aus dem Strandhaus mitgebracht, und nachdem Estha es mir gestern zurückgegeben hat, habe ich es sofort bei Saheera probiert. Aber zu dem Zeitpunkt war sie bei ihren Eltern zu Besuch gewesen und hatte nicht richtig reden können. Ich bin ihr eine Erklärung schuldig, außerdem brauche ich eine Ablenkung davon, dass ich mich gerade auf dem Weg zum Bonham Building und damit auch zu Caleb befinde.

»Endlich!«, meldet sie sich und klingt ziemlich außer Atem.

Schuldbewusst verziehe ich das Gesicht, auch wenn sie mich natürlich nicht sehen kann. »Tut mir leid. Ich bin gestern Abend eingeschlafen.« Im Hintergrund höre ich eine Tür klicken, dann ein Rascheln. »Wo bist du?«

»Bei Hannah. Eine ihrer Mitbewohnerinnen ist für drei

Monate in Europa, und ich kann vorübergehend hier wohnen, bis wir uns etwas Neues gesucht haben. Und ich kann Mr Norris und Cordelia mit hierhernehmen.«

Nervös streiche ich mir mit der Hand über den Oberschenkel. Rational gesehen ist mir klar, dass Saheera sich eine neue Bleibe suchen muss. Unsere WG wird vom NYPD noch immer unter Verschluss gehalten, obwohl die Spurensicherung mit ihrer Arbeit längst fertig ist. Aber selbst wenn sie freigegeben wird, bin ich mir nicht sicher, ob wir an den Ort zurückwollen, an dem Bonnie überfallen und angeschossen worden ist. Hannah ist eine Freundin von uns, und ich bin mir sicher, dass sie eine gute Mitbewohnerin für Saheera sein wird. Trotzdem spüre ich einen Anflug von Eifersucht, auch wenn das natürlich lächerlich ist.

»Was ist los, Julie?« Saheeras Stimme klingt ernst, leise.

Ich beiße mir auf die Lippen, um die Tränen zurückzuhalten, die in meine Augen steigen. All die Gefühle, die ich seit Samstagnacht so angestrengt zurückgehalten habe, prasseln auf mich ein. Ich muss mit jemandem reden. Jemandem, der weder den Nachnamen Bonham trägt noch dafür bezahlt wird, sich mit mir zu unterhalten.

Im Laufe des gestrigen Tages habe ich die Ereignisse der Nacht so häufig erzählt, dass ich mir mittlerweile vorkomme wie eine gesprungene Schallplatte. Wie ein einsames Echo, das immer und immer wieder die gleiche Geschichte wiedergibt. Ich berichte Saheera von dem, was ich gesehen habe – dieses Mal ohne Auslassungen oder Beschönigungen. Von Calebs Verhalten, den Zweifeln und meinen bescheuerten Theorien, die sich mein Verstand in den letzten Stunden zusammengereimt hat.

Saheera hört mir zu, ohne mich ein einziges Mal zu unterbrechen. Als ich ende und tief Luft hole, schweigt sie immer noch, so lange, dass ich schon befürchte, die Verbindung wäre zwischendurch abgebrochen.

»Mein Gott, Julie«, seufzt sie schließlich. Wieder knarzt irgendetwas im Hintergrund.

»Ich weiß.« Erschöpft lasse ich den Kopf gegen die Autoscheibe sinken und schließe einen Moment die Augen. »Hast du etwas Neues von Bonnie gehört?«

»Nein. Ich war gestern Abend im Krankenhaus, aber sie lassen mich immer noch nicht zu ihr.« Sie seufzt leise. »Aber ihre Mom sagt, dass sie stabil ist. Ihr Zustand hat sich nicht verbessert, aber immerhin auch nicht verschlechtert.«

»Immerhin.«

Ich spüre ihr Zögern förmlich durch das Telefon, bevor sie geräuschvoll ausatmet. »Du denkst wirklich, Caleb steckt hinter alldem? Von Anfang an?«

»Nein, eigentlich nicht.« Mein Lachen klingt hart und freudlos. »Keine Ahnung. Ehrlich gesagt habe ich inzwischen das Gefühl, dass mich nichts mehr überraschen kann. Würde mir die Polizei morgen sagen, dass du das alles gewesen bist, würde ich es wahrscheinlich einfach mit höflichem Interesse hinnehmen.«

Sie gluckst leise. »Das wäre ein krasser Plot Twist.«

»Rein objektiv betrachtet ergibt es sogar Sinn, dass Caleb ein Verdächtiger ist«, sage ich. »Das weiß ich ja. Er hätte ein Motiv und die Mittel und entsprechende Verbindungen, um das alles auf die Beine zu stellen, ohne sich selbst die Finger schmutzig machen zu müssen. Oder um sich entsprechende Alibis zu verschaffen. Aber …«

»Aber?«, hakt sie nach, als ich ins Stocken gerate.

»Was sollte diese ganze Flirterei?« Dieser Ausdruck passt nicht wirklich zu dem, was zwischen mir und Caleb ist, aber mir fällt momentan kein Wort ein, das mir auch nur annähernd richtig vorkommt. »Die wäre einfach nicht nötig gewesen, um mich aus der Firma zu ekeln, richtig? Das klingt eher nach einer gespaltenen Persönlichkeit als nach einem guten Plan.«

»Vielleicht hat er ja eine gespaltene Persönlichkeit«, sagt sie, wie ich glaube, nur halb im Scherz.

»Das ist nicht hilfreich, Saheera.«

»Wenn ihr ein Paar seid und euch nicht länger gegenseitig an die Gurgel geht, fällt sein Motiv weg. Vielleicht wollte er einfach weniger verdächtig erscheinen.«

»Ich habe genug True Crime gesehen, um zu wissen, dass die Partner *immer* mit als Erstes verdächtigt werden.«

»Du könntest ihn einfach fragen«, schlägt sie vor. »Sprich ihn auf das an, was du gesehen hast. Er scheint sich ja ziemlich sicher zu sein, dass du nichts von seinem kleinen Ausflug mitbekommen hast, also hat er sich wahrscheinlich auch keine Ausrede überlegt. Sprich ihn geradeheraus drauf an und beobachte seine Reaktion.«

Bei ihr klingt das verdammt einfach. »Und was, wenn er es tatsächlich war? Dann ist er derjenige, der dafür verantwortlich ist, was mit Bonnie passiert ist. Ich glaube nicht, dass er wahnsinnig glücklich darüber wäre, wenn ich ihn verdächtige.«

Sie flucht. »Was ist mit der Polizei?«

»Gleiche Kiste«, seufze ich. »Sie würden ihn befragen, und dann wäre ihm klar, dass ich es weiß oder zumindest was ahne. Ich habe nichts gegen ihn in der Hand, und ich bin mir ziemlich sicher, dass er in der Lage wäre, seine Spuren zu verwischen. Dann stünde es Aussage gegen Aussage, und ich weiß schon, wie das ausgehen …«

»Stopp«, unterbricht mich Saheera. Ich bin überrascht, wie wütend ihre Stimme auf einmal klingt und richte mich mit einem Ruck auf. »Das ist doch Bullshit, Julie!«

»Ach ja?«

»Das ist so, als ob ein Vergewaltigungsopfer sich nicht traut, zur Polizei zu gehen und den Typen direkt anzuzeigen, weil sie befürchtet, dass man ihr nicht glaubt. Wenn du einen ernsthaften Verdacht hast, dann musst du mit jemandem sprechen, Julie. Scheiß drauf, wie viel Macht oder Einfluss oder Geld er hat! Sollte er tatsächlich etwas mit der ganzen Sache zu tun haben, dann muss er dafür zur Rechenschaft gezogen werden.«

Ich schlucke. »Ich will ihn nicht schützen oder so etwas in der Art. Aber ich will mir sicher sein, dass er tatsächlich etwas getan hat, bevor ich ihm die Polizei auf den Hals hetze.«

»Denkst du nicht, dass genau das die Aufgabe der Polizei ist? Das alles herauszufinden?« Sie atmet hörbar tief durch. »Tut mir leid, ich wollte dich nicht anfahren, aber ich hasse solche Aussagen. Dass wir immer noch Angst haben müssen, man würde uns nicht glauben.«

»Mach dir keine Gedanken, Sahi.« Das meine ich ernst. Vor zwei Jahren wurden Saheera bei einer Freshmen-Party am College K.-o.-Tropfen ins Getränk getan. Ihr ist nichts passiert, aber das war reines Glück. Saheera trinkt keinen Alkohol, deswegen ist ihren Freunden sofort aufgefallen, dass etwas nicht stimmt. Hätten sie angenommen, dass sie einfach nur betrunken gewesen ist … Ich will mir nicht ausmalen, was alles hätte geschehen können. Saheera ist sofort zur Campusaufsicht und hat den Typen gemeldet, der ihr das Getränk besorgt hat – den einzigen Menschen außer ihr selbst, der ihren Becher in der Hand hatte. Und man hat ihr nicht geglaubt. Es gab keine Zeugen, keine stichhaltigen Beweise, also wurde das Arschloch nicht einmal befragt. Ein paar Monate später wurde er festgenommen, weil er dabei erwischt wurde, wie er eine halb bewusstlose junge Frau in eine Seitengasse zerrte.

Ich kann also absolut verstehen, warum Saheera bei so etwas hellhöriger ist als andere Menschen. Sie hatte Glück, aber viele andere Frauen hatten es nicht. Zu viele. Das Thema wird immer noch erschreckend oft totgeschwiegen, und jede Menge Mädchen, denen etwas angetan wurde, trauen sich nicht, zur Polizei zu gehen, aus Angst, für etwas verurteilt oder nicht gehört zu werden.

Aber das hier ist etwas anderes. Caleb ist nicht einfach nur ein Mann, den ich in einer Bar getroffen habe oder der mich angeflirtet hat. Ich kenne Caleb, und ich habe zu wenig Beweise und vor allem zu viele Zweifel, um ihn in das Licht der Ermittlungen zu rücken. Selbst wenn er entlastet werden würde, würde ich damit etwas kaputtmachen, was ich nie wieder reparieren konnte. Ihm danach jeden Tag auf der Arbeit zu begegnen … das stelle ich mir lieber erst gar nicht vor.

»Ich will nicht glauben, dass es Caleb war«, sagt Saheera, jetzt deutlich ruhiger. »Aber ich will noch weniger, dass du ein Risiko eingehst, nur weil du befürchtest, seine zarten Gefühle zu verletzen.«

»Darum geht es nicht«, versichere ich ihr. »Aber nehmen wir mal an, Caleb hat nichts damit zu tun … Wer war es dann? Wer, zur Hölle, ist wütend genug auf mich, um all das zu veranstalten? Um dafür im Zweifelsfall in den Knast zu gehen?«

Dieses Rätsel dreht sich seit Wochen in meinem Kopf, schlägt Salti und verheddert sich zusammen mit all den anderen unbeantworteten Fragen zu einem unlösbaren Knoten. *Bonham Industries* hat lächerlich viele Feinde, allein durch die Arbeit, die diese Firma leistet. Laut meiner Google-Recherche sind die meisten Arzneimittelhersteller darauf angewiesen, neue Medikamente zumindest eine Zeit lang exklusiv zu vermarkten und zu verkaufen, um die Herstellungs- und Entwicklungskosten zu decken und Geld zu verdienen. Manche Hersteller geben ihre Rezepturen nach Ablauf des Patentes frei und machen es kopierbar. Was dazu führt, dass das Medikament auch von anderen Herstellern in verschiedenen Preissegmenten vertrieben werden kann. *Bonham Industries* hat das in vielen Fällen nicht getan und somit dafür gesorgt, dass sie allein den Preis für bestimmte Medikamente diktieren konnten. Viele Leute sind nicht einverstanden mit dieser Monopolstellung, vor allem wenn es um die Gesundheit und sogar das Leben von Menschen geht. Ich kenne mich viel zu wenig aus in dem Bereich, um eine Meinung dazu zu haben, aber ich habe gelesen, dass eine Menge Leute bereits versucht haben, *Bonham Industries* zu verklagen. Meist ohne Erfolg.

Ich höre mir Saheeras Theorien an, während ich eine Gruppe Männer beobachte, die an einer Ampel stehen und über irgendetwas lachen. Es ist seltsam, aber auf eine gewisse Art und Weise beruhigt es mich, mit Saheera Detektiv zu spielen. Es bringt uns nicht wirklich weiter, aber es hilft mir dabei, meine Gedanken zu ordnen und mich von dem abzulenken, was vor mir liegt.

Allerdings hält diese Pause nicht lange an. Wenige Minuten später höre ich das leise Summen der Trennwand, die heruntergefahren wird. Ich würge Saheera mit einer Entschuldigung ab, schiebe das Handy zurück in meine Handtasche und sehe durch den Rückspiegel Estha an. Sie war schweigsam, hat kaum fünf Worte gesprochen, seit sie mich aus meinem Zimmer im *WEST* Hotel abgeholt hat, um mich zum Bonham Tower zu bringen. Das überrascht mich nicht, sie verhält sich höflich distanziert, seit wir aus den Hamptons abgehauen sind. Trotzdem macht es mich noch nervöser als ohnehin schon. Auch wenn sie es nicht ausspricht, spüre ich, dass sie mir mein Verhalten übel nimmt. Ich befürchte inzwischen, dass Tony oder Caleb oder irgendein anderer Vorgesetzter ihr die Hölle heißgemacht hat. Dafür, dass sie mich in der Nacht nach New York gebracht und anfangs niemandem erzählt hat, wo ich mich aufhalte, oder weil sie keinen von Calebs oder Tonys Anrufen zu mir durchgestellt hat – auf *meine* Anweisung hin. Ich muss dringend mit Tony sprechen und ihm erklären, dass nichts davon ihre Schuld ist. Trotzdem fühle ich mich ein bisschen wie eine Schülerin, die eine Arbeit in den Sand gesetzt hat und jetzt befürchtet, ihren Lieblingslehrer enttäuscht zu haben.

»Entschuldigen Sie, ich wollte Sie nicht unterbrechen«, sagt sie leise.

Ich zucke mit den Schultern. »Kein Problem. Was gibt's?«

Ihre Miene ist unergründlich, so viel kann ich im Spiegel erkennen. »Mr Bonham hat angerufen und nach Ihnen gefragt. Schätzungsweise zweihundert Mal. Ich habe nicht mitgezählt, aber ich wollte Sie warnen, bevor wir Ihr Büro erreichen.«

Ich unterdrücke ein Schaudern. Einerseits will ich mit Caleb sprechen und mich davon überzeugen lassen, dass er immer noch an meiner Seite steht. Aber ich habe auch Angst davor, ihm gegenüberzustehen. Angst davor, einzuknicken.

»Was haben Sie gesagt?«

»Ich habe mich wie immer an Ihre Anweisungen gehalten, Miss.« Sie klingt unzufrieden, was ich ihr nicht verdenken kann. Als wir aus den Hamptons geflohen sind, ohne irgendjemanden über unsere Pläne zu informieren, wirkte sie alles andere als glücklich. Wahrscheinlich dachte sie, ich würde meinen Verstand verlieren. Und vielleicht lag sie damit gar nicht so falsch.

»Ich danke Ihnen«, sage ich leise. »Ich kann mir vorstellen, dass das unangenehm für Sie sein muss. Ich bin Ihnen wirklich dankbar.«

»Ich stehe in Ihren Diensten, Miss Penn. Ihre Anweisungen zählen mehr als die von Mr Bonham.« Sie wendet den Blick ab. »Allerdings …«

Als sie zögert, richte ich mich ein wenig auf. Ich mustere die Sorgenfalten auf ihrer Stirn und bekomme ein schlechtes Gewissen. »Allerdings?«

»Ich hoffe, dass ich meine Grenzen damit nicht überschreite, Miss. Aber Mr Bonham wirkte ehrlich besorgt. Gibt es einen bestimmten Grund, warum Sie ihn aus Ihren Entscheidungen ausschließen?«

Ich beiße die Zähne zusammen. »Ich mag Sie, Estha. Wirklich. Und ich bin Ihnen wahnsinnig dankbar, aber das … Ich kann nicht darüber sprechen. Entschuldigen Sie.«

Sie nickt kurz. »Wie Sie wünschen.«

Seufzend sehe ich wieder aus dem Fenster. Ich hasse es, Estha zu enttäuschen oder auch nur Schwierigkeiten zu bereiten. Und ein Teil von mir ärgert sich darüber, dass dieser ganze Aufstand überhaupt nötig ist, um Caleb ein paar Tage lang aus dem Weg zu gehen. Es wäre naiv zu erwarten, dass ich mich ewig vor ihm in New York verstecken kann. Nicht nur, weil er vermutlich Mittel und Wege kennt, um mich aufzuspüren. Wir sind miteinander verbunden. Nicht auf die emotionale, kitschige Art und Weise. Wir teilen uns ein Unternehmen, arbeiten zusammen. Wären wir ein normales Paar oder hätten nur ein bisschen Spaß miteinander gehabt, könnte ich mich einfach von ihm trennen, abhauen und diese ganze Sache höchstens als eine unterhaltsame Geschichte auf Partys wieder aufwärmen. Aber so leicht ist das nicht. Ihn nicht mehr zu sehen würde bedeuten, meinen Platz in der Firma aufgeben zu müssen, und dann wären das ganze Chaos, der ganze Stress umsonst gewesen.

Nein, abzuhauen ist keine Option. Obwohl mir diese Lösung jetzt, da ich in diesem Auto sitze und wir uns dem Bonham Building und damit auch Caleb mit jeder Sekunde weiter nähern, ziemlich verlockend vorkommt.

»Darf ich Sie etwas fragen, Miss?«

Ich schaue zurück zu Estha. »Natürlich.«

»Hat Mr Bonham …« Sie bricht ab und sucht offensichtlich nach den richtigen Worten. Plötzlich wirkt sie wahnsinnig nervös. »Bitte entschuldigen Sie meine Forschheit, aber hat Mr Bonham etwas getan, das ich wissen sollte? Das möglicherweise die Anwesenheit der Polizei oder eines Arztes erfordert?«

Mir weicht das Blut aus dem Gesicht, als mir klar wird, worauf sie hinauswill. Hastig schüttele ich den Kopf. »Nein, Estha! Gott, nein, er hat mich nicht geschlagen oder … Er hat mir nichts getan.«

Zumindest nichts von dem, was Estha durch den Kopf zu gehen scheint. Meine Güte, war es das, worüber sie sich seit gestern Gedanken gemacht hat?

Estha sieht erleichtert aus, trotzdem sucht sie im Rückspiegel meinen Blick. »Ich möchte nicht aufdringlich erscheinen, Miss. Aber Ihr Verhalten hat mir Sorgen bereitet.«

»Das kann ich verstehen.« Ich versuche zu lächeln, allerdings fühlt es sich mehr an wie eine Grimasse. »Es tut mir wirklich leid, dass Sie meinetwegen so viel Stress haben. Mehr als ohnehin schon, meine ich.«

»Machen Sie sich darüber bitte keine Gedanken.«

»Und nennen Sie mich bitte wieder ›Julie‹«.

Ein kurzes Schmunzeln huscht über ihr Gesicht, ist aber sofort wieder verschwunden. »Es gibt noch eine weitere Sache, über die ich mit Ihnen sprechen muss.«

»Schießen Sie los«, seufze ich resigniert.

»Die Presse. Sie hat von den Ereignissen in der Bonham Mansion erfahren. Offenbar war ein Reporter in der Nähe und hat die Polizeilichter bemerkt. Nach allem, was in Ihrer Wohnung mit Miss Hill geschehen ist, kocht inzwischen verständlicherweise die Gerüchteküche.«

Das überrascht mich überhaupt nicht. Ehrlich gesagt wundert es mich beinahe, dass die Reporter nicht bereits vor dem Hotel kampiert haben. Ich schüttele den Kopf. »Diese ganze Sache ist doch bescheuert.«

»Ja, Miss.«

»Ich habe keine Ahnung, was ich tun soll.« Ich rede mehr mit mir selbst als mit Estha, und das scheint sie ebenfalls zu bemerken, denn sie antwortet nicht, sondern sieht weiterhin ausdruckslos auf die Straße. »Ich kann nicht ewig im Hotel wohnen, aber im Moment ist weder meine WG noch der *Big B* eine Option.«

Sie verzieht kurz das Gesicht. »Wollen Sie meine Meinung hören?«

Eigentlich nicht. »Klar.«

»Reden Sie mit Mr Bonham«, sagt sie und wirft mir einen kurzen Blick zu. »Was auch immer zwischen Ihnen beiden vorgefallen ist, sollte so schnell wie möglich aus der Welt geschafft werden. Die Presse hat es auf Sie beide abgesehen, Julie, jetzt mehr denn je. Anfangs war es nur eine nette kleine Klatsch-Geschichte, aber inzwischen liegt Ihre Mitbewohnerin im Krankenhaus, und es wurde ins Strandhaus eingebrochen, während Sie und Mr Bonham dort ein gemeinsames Wochenende verbracht haben. Wenn Sie mich fragen, werden Sie zusammenarbeiten müssen, wenn Sie die Meute beruhigen wollen.«

Ich hätte gerne widersprochen, aber das wäre nicht fair. Ich halte Estha gegenüber ganz entscheidende Informationen zurück und verstehe ihre Sichtweise. Ihrer Meinung nach bin ich wahrscheinlich unglaublich dumm, mich von Caleb fernzuhalten. Die Kacke ist wirklich ganz schön am Dampfen, und Caleb ist ein Profi, wenn es um Public Relations geht.

Ich antworte nicht, und auch Estha verfällt erneut in Schweigen. Ich habe den Eindruck, dieses Gespräch ist ihr unangenehm. Immerhin ist Caleb auch ihr Vorgesetzter, selbst wenn sie in erster Linie für mich arbeitet. Und ich zwinge sie dazu, sich seinen Anweisungen direkt zu widersetzen.

Nach ein paar Minuten beginne ich erneut, meine Hände im Schoß zu kneten und versuche, meine Gedanken von dem abzulenken, was mich erwartet. Aber es funktioniert nicht. Immer wieder beschwört mein Verstand Calebs Gesicht in meinem Kopf herauf, versucht sich vorzustellen, wie ich auf ihn reagieren werde … wie er auf mich reagieren wird. Er wird sauer sein, daran besteht eigentlich kein Zweifel.

Meine Gedanken geraten in einen deprimierten und angsterfüllten Strudel und werden erst unterbrochen, als Estha wenige Minuten später vor dem Eingang in der Parkgarage hält und mir die Tür öffnet. Sie folgt mir zum Fahrstuhl, bleibt aber immer ein paar Schritte hinter mir, was ich total bescheuert finde. Ich fühle mich wie eine Dame vom Hofe aus alten Filmen, die jede Sekunde des Tages von einer Schar Dienstboten begleitet wird.

»Wo geht's zuerst hin?«, frage ich, mehr, um die Stille zu überbrücken, als aus Interesse.

»In Ihr Büro, Miss. Mr Bonham wartet dort auf uns, danach haben Sie ein Meeting mit einem PR-Team. Um fünfzehn Uhr startet dann die Pressekonferenz hier im Gebäude.«

Ich nicke ein paarmal, sage aber nichts dazu. Vor allem, weil ich befürchte, loszuheulen, sobald ich den Mund aufmache. Jeder Punkt auf dieser kleinen Liste macht mir Angst – ich kann nicht einmal genau sagen, vor welchem ich mich am meisten fürchte: dem Wiedersehen mit Caleb oder der Pressekonferenz.

Gestern Abend hat Rahel Estha angerufen und wollte mich sprechen. Zuerst wollte ich sie genau wie Caleb ignorieren, doch dann habe ich es mir anders überlegt und sie zurückgerufen. Sie hat darauf gedrängt, mich mit ihr zu treffen, worauf ich mich natürlich nicht eingelassen habe. Trotzdem haben wir eine Weile telefoniert. In erster Linie, weil ich gehofft habe, Calebs Telefonterror dadurch vielleicht abmildern zu können. Ich dachte, wenn seine Schwester ihm erzählt, dass ich gesund und munter und scheinbar unversehrt bin, wäre er vielleicht beruhigt. Ich habe ihr erzählt, dass ich Angst habe, verwirrt bin, nicht genau weiß, wie ich mit der ganzen Situation umgehen soll. Habe wirklich versucht, ihr und damit auch Caleb eine logische Erklärung zu liefern, warum ich mich in einem Hotel verstecke und niemanden an mich heranlasse. Es hat nicht funktioniert, aber immerhin habe ich dadurch erfahren, dass Caleb und ich eine öffentliche Erklärung abgeben müssen. Wir hatten zwar gehofft, die ganze Stalkergeschichte aus den Medien heraushalten zu können, aber sowohl der Überfall auf Bonnie als auch der Einbruch ins Strandhaus haben Aufmerksamkeit erregt. Allerdings wäre es schön gewesen, noch ein paar Tage Zeit zu haben, um mich vorzubereiten. Ins kalte Wasser geschmissen zu werden, beruhigt mich nicht wirklich.

Die Aufzugstüren öffnen sich, und uns empfängt die mir inzwischen beinahe vertraute Empfangslobby. Wie jedes Mal brauche ich einen Moment, um die Eindrücke zu verarbeiten und mir bewusst zu machen, dass ich diese Firma leite – wenn auch nur zum Teil. Die Mitarbeiter hinter dem von der hohen Decke hängenden Empfangstresen nicken uns freundlich zu, und ich erwidere das Lächeln, auch wenn es sich falsch anfühlt. Ich spüre die Blicke der Angestellten und Kunden, durch die wir uns jetzt einen Weg zu den nächsten Fahrstühlen bahnen. Sie alle haben sicher die Schlagzeilen verfolgt, und sie alle fragen sich in dieser Sekunde, was tatsächlich hinter alledem steckt. Tja, das würde ich auch gerne wissen.

Estha sagt kein einziges Wort, bis wir wenig später die Flügeltür erreichen, die in Calebs und mein Büro führt. Mein

Herz legt noch einen weiteren Gang zu, und ich spüre, dass meine Handflächen feucht werden. Ich habe panische Angst vor diesem Wiedersehen. Caleb wird Antworten fordern, und ich bin eine verdammt schlechte Lügnerin. Außerdem scheint mein Herz noch nicht so richtig verstanden zu haben, dass wir uns von diesem Mann zu distanzieren versuchen, denn allein bei der Vorstellung, ihn wiederzusehen, breitet sich Sehnsucht in mir aus. Dummes Organ.

»Ich hole Sie dann später ab«, sagt Estha und lächelt höflich. »Falls etwas ist, sagen Sie bitte Bescheid.«

Ich nicke. »Danke, Estha.«

Sie erwidert mein Nicken, dann dreht sie sich um und geht den Flur hinunter, um was weiß ich zu tun. Ich habe tatsächlich keinen blassen Schimmer, worin ihre Arbeit besteht, wenn sie mich nicht durch die Gegend fährt oder den Babysitter für mich spielt.

Ich atme noch einmal tief durch und streiche über meine völlig verknitterte Bluse, bevor ich das Büro betrete.

4

Sofort fällt mein Blick auf Caleb, der mit dem Rücken zu mir vor den Panoramafenstern steht. Er hat die Arme verschränkt und sieht damit breiter aus als gewöhnlich. Der Stoff seines dunkelgrauen Anzugs spannt sich über seinen Schultern.

Einen Moment lang frage ich mich, was genau er sich überhaupt ansieht – immerhin ist es immer noch total nebelig draußen und die ansonsten so beeindruckende Aussicht versinkt in einem weißgrauen Sumpf –, dann dreht er sich um und mustert mich mit dunklem Blick.

»Scheiße, Julie«, keucht er schließlich. Seine Stimme klingt, als hätte er sie mühsam zu beherrschen versucht, aber als wäre sie dann doch aus ihm herausgeplatzt wie die Luft aus einem Ballon. Ich habe keine Zeit zu antworten, denn in derselben Sekunde eilt er auf mich zu, greift nach meinen Schultern und zieht mich an seine Brust.

Mein gesamter Körper erstarrt. Ich bin nicht in der Lage, auch nur einen Muskel zu bewegen. Ich stehe einfach nur da, während Caleb seine Arme um mich schlingt. Ich muss schlucken. Noch vor nicht einmal achtundvierzig Stunden ist mir seine Umarmung wie eine schützende Zuflucht erschienen, mit undurchdringlichen Mauern, die die Sorgen und die Angst für kurze Zeit von mir abschirmen konnten. Jetzt allerdings würde ich am liebsten schreien. Einerseits will ich mich losmachen und ihn anbrüllen, dass er mich nie wieder anfassen soll. Andererseits will ich mich an ihn lehnen und ein paar Minuten lang vergessen, dass ich ihm misstraue. Mich einfach nur von ihm halten lassen und mir einbilden, dass alles wieder gut werden wird. Dass wir das gemeinsam durchstehen und … und ich nicht mehr alleine bin.

Ich spüre Calebs Atem, höre seine Stimme, nehme seinen Geruch wahr.

Er kann nichts mit alledem zu tun haben, was in dem Strandhaus und davor passiert ist. Es ist schlicht und ergreifend nicht möglich, dass ich mich so in diesem Mann getäuscht haben soll.

»Bist du okay?«, murmelt er in mein Haar, ohne mich loszulassen. Als ich benommen nicke, löst er sich deutlich widerstrebend von mir und tritt einen Schritt zurück, um mich ansehen zu können. Wut, Sorge und Frust schimmern in seinen Augen. »Wo, zur Hölle, bist du gewesen, Julie?«

Tony taucht hinter ihm auf, schiebt sich mit ernstem Gesicht an uns vorbei und schließt die Tür. Mir ist gar nicht aufgefallen, dass wir nicht alleine sind, aber ich bin ein bisschen erleichtert darüber. Zumindest im Moment bin ich dankbar für den Puffer zwischen mir und Caleb.

Um Fassung bemüht hole ich tief Luft und weiche ebenfalls einen Schritt zurück. Calebs Hände rutschen von meinen Schultern und sein Stirnrunzeln vertieft sich. Ich ignoriere ihn und sehe stattdessen Tony an.

»Es tut mir leid«, sage ich ehrlich. »Dieses Versteckspiel … Es tut mir leid, falls ich dir Schwierigkeiten bereitet habe.«

Aus den Augenwinkeln bemerke ich, dass Calebs Miene sich verhärtet.

Tony lächelt, aber das Lächeln erreicht nicht seine Augen. »Machen Sie sich bitte keine Gedanken, Miss Penn. Mit Ihnen wird es immerhin nicht langweilig.«

Weil ich nicht weiß, was ich darauf erwidern soll, gehe ich

an Caleb vorbei und lasse mich auf einen der Besuchersessel fallen. Meine Beine fühlen sich wackelig an und ich habe keine Lust, dass Caleb spürt, wie sehr ich von der Rolle bin.

»Ich habe Zeit zum Nachdenken gebraucht. Zeit allein«, beantworte ich Calebs Frage ein wenig verspätet. Als er die Augenbrauen hochzieht, zucke ich mit den Schultern. »Ich war in einem Hotel.«

»Sie haben sich in Gefahr gebracht, Julie. Sie sollten sich zum aktuellen Zeitpunkt nirgendwo anders als in einem gesicherten Haus aufhalten. Ein Hotel erfüllt diese Kriterien nicht«, wirft Tony ein. Ich kann seinen Gesichtsausdruck nicht deuten, trotzdem ist mir klar, dass er wütend auf mich ist. Oder enttäuscht, was noch schlimmer ist. Er ist derjenige, dem ich in diesem Gebäude vermutlich am meisten vertraue, auch wenn er eigentlich auf Calebs Seite steht. Offenbar brauche ich dringend eine Therapie.

Calebs Blick ruht die ganze Zeit auf mir. In seinen Augen toben unendlich viele Emotionen, aber damit kann ich mich jetzt nicht beschäftigen. Vielleicht kann ich das nie wieder.

»Mir ist nichts passiert«, sage ich, betont ruhig.

Er schnaubt und fährt sich mit den Händen durch die Haare. »Lass uns allein«, knurrt er und wirft Tony einen kurzen Blick zu. »Bitte, gib uns einen Moment.«

Am liebsten hätte ich protestiert. Aber natürlich nickt Tony und verschwindet aus dem Büro. Das Geräusch der sich schließenden Tür hat etwas Unheilvolles. Ich rutsche unruhig auf meinem Stuhl herum und schiele zu Caleb hinüber, der sich jetzt gegen seinen Schreibtisch lehnt. Mir fällt auf, wie erschöpft er aussieht. Sein Gesicht gleicht dem, was ich selbst heute Morgen im Spiegel gesehen habe: Überforderung, Sorge und Angst. Er lässt die Hände in seinen Schoß fallen und presst die Zähne so hart aufeinander, dass seine Kiefermuskeln hervortreten.

»Redest du jetzt mit mir?«, durchschneidet seine Stimme die unangenehme Stille.

Ich bemühe mich um eine ausdruckslose Miene. »Ich rede doch mit dir.«

»Du hast Estha angewiesen, keinen meiner Anrufe durchzustellen«, sagt er mit mühsam unterdrückter Wut. »Du bist aus den Hamptons verschwunden, ohne ein Wort zu sagen. Stundenlang wussten wir nicht, wo du bist! Und du willst ernsthaft so tun, als würdest du nicht verstehen, was mein Problem ist?«

Er hat recht, mit allem. Also versuche ich wenigstens so auszusehen, als würde es mir leidtun. »Ich wusste nicht, was ich tun soll, Caleb.«

»Mit mir reden! Warum durfte ich nicht wissen, wo du bist?«

Eine verdammt gute Frage, auf die ich mir Gott sei Dank eine Antwort überlegt habe. »Darf ich dich daran erinnern, was alles passiert ist? Ich wurde fotografiert – in meinem Bett! Jemand ist in meine Wohnung eingebrochen und hat auf meine beste Freundin geschossen, die immer noch im Koma liegt. Und wir wissen beide, dass diese Kugel für mich bestimmt war! Ich bekomme seit Wochen Drohanrufe und -briefe und was weiß ich noch alles. Und die Katze! Wer auch immer sie vor die Tür gelegt hat, hätte auch ins Haus einbrechen können, Caleb. Keine Ahnung, warum er mir nichts getan hat, aber inzwischen sollte uns doch beiden klar sein, dass es sich bei dieser ganzen Sache nicht einfach nur um einen dummen Streich handelt. Das ist gefährlich, und der Typ ist nicht dumm.«

»Und?«

»Und ich habe keine Ahnung, wem ich vertrauen kann!« Plötzlich muss ich über einen Kloß in meinem Hals schlucken. Diese kleine Zusammenfassung meiner Situation trifft mich mehr, als ich zugeben will. »Ich wusste nicht, ob jemand dein

Handy abhört oder dir vielleicht folgen würde, wenn du zu mir kommst. Ich war völlig verängstigt, Caleb. Ich musste einfach weg von dort, und Estha war eben da, du warst es nicht. Aber ich wollte bestimmt nicht riskieren, irgendjemanden auf meine Fährte zu locken.«

Mir ist vollkommen klar, dass diese Ausrede ihre Schwachstellen hat. Immerhin könnte derjenige, der die Katze vor die Tür gelegt hat, auch mir und Estha gefolgt sein. Trotzdem ist es die plausibelste Erklärung, die mir eingefallen ist, und ich hoffe, dass Caleb schlicht und ergreifend davon ausgeht, dass ich tatsächlich panisch und durcheinander gewesen bin und mein Verhalten nicht ganz durchdacht habe. Bislang war er immer verdammt verständnisvoll, zumindest ab dem Zeitpunkt, an dem wir aufgehört haben, einander zu hassen.

Er hebt die Hände und fährt sich über sein Gesicht und dann durch die Haare, die inzwischen in alle Himmelsrichtungen abstehen. Dann sieht er mich lange an. So lange, dass ich schon befürchte, er hätte mich durchschaut.

Ich spüre, wie mir das Blut aus dem Gesicht weicht. Was, wenn er mich in dieser Nacht an der Terrassentür gesehen hat? Wenn er bemerkt hat, dass ich ihn beobachte, und jetzt austestet, wie viel ich mir tatsächlich zusammengereimt habe? Dann wüsste er jetzt, dass ich ihn anlüge.

»Julie«, seufzt Caleb leise und senkt den Blick. Die Gefühle, die mein Herz noch immer für ihn empfindet, breiten sich in meinem Körper aus wie ein Lauffeuer. Ihn so hilflos zu sehen, schmerzt beinahe körperlich. Er wirkt derart ausgelaugt, dass es mir schwerfällt, auf meinem Stuhl sitzen zu bleiben und ihn nicht in den Arm zu nehmen. All die Theorien, die ich mir seit vorletzter Nacht über ihn zusammengesponnen habe, fallen zusammen wie ein Kartenhaus. Jetzt, wo er vor mir sitzt und mit mir spricht, erscheint es mir völlig unmöglich, dass ich mich so in ihm geirrt habe. Falls doch, sollte er die verdammte Firma in den Wind schießen und eine Karriere als Schauspieler in Erwägung ziehen.

»Wo warst du in der Nacht?«, frage ich und spreche damit endlich die Worte aus, die mir seit dem Moment, in dem ich ihn in den Dünen verschwinden gesehen habe, auf der Zunge brennen. Ich habe Angst vor der Antwort. Denn wenn Caleb jetzt lügt, weiß ich Bescheid. Wenn er jetzt lügt, gerät meine Welt noch mehr aus den Fugen als ohnehin schon.

Ich lasse ihn nicht aus den Augen und beobachte seine Reaktion: Seine Augen verdunkeln sich und er presst die Lippen zusammen, als hätte er einen bitteren Geschmack im Mund. Was alles und nichts bedeuten könnte. Es könnte bedeuten, dass er diese Frage ungern beantworten will, oder eben, dass er sich nicht gern an die Geschehnisse von Samstagnacht erinnert, was ich ihm nicht verdenken könnte.

»Ich habe ein Geräusch gehört«, sagt er knapp und schüttelt dann den Kopf. »Ich hätte direkt Tony informieren sollen, aber ich war noch halb am Pennen und dachte, es wäre vielleicht einfach …«

Als er abbricht, hebe ich fragend eine Augenbraue. »Was?«

Er flucht leise. »Ich dachte, es wäre eine streunende Katze.« Als ich das Gesicht verziehe, lacht er freudlos auf. »Wir hatten schon öfter Probleme mit Ratten oder Waschbären. Und einige der Nachbarn haben eben Katzen, die nachts unterwegs sind. Ich wollte eigentlich nur sichergehen, dass die nicht versehentlich den Alarm auslösen.«

»Und dann?«, frage ich tonlos, als er nicht weiterspricht. Dass er den Alarm von sich aus angesprochen hat, beruhigt mich ein wenig. Immerhin ist das eines der größten Fragezeichen in seinem Verhalten.

»Dann habe ich das Licht auf der Terrasse angemacht, die

Katze entdeckt und bin raus, um die Umgebung zu checken. Und als ich wiedergekommen bin, warst du weg.«

Bei den letzten Worten wird seine Stimme wieder dunkler, und seine Augen werden schmal. Ich erwidere nichts darauf. Bei ihm klingt das so, als wäre ich diejenige, die sich erklären müsste, und scheinbar merkt er überhaupt nicht, dass seine Geschichte nicht aufgeht. Denn in seiner Version fehlt mindestens eine halbe Stunde, die er nicht erwähnt oder bewusst auslässt. Nachdem ich ihn in den Dünen gesehen habe, bin ich hoch in mein Schlafzimmer, habe dort mehrere Minuten auf die Kavallerie gewartet, habe mit Estha gesprochen, bin runter und habe Tony erklärt, was passiert ist. Danach das Gespräch mit den Cops und die Zeit, die ich brauchte, um Estha davon zu überzeugen, mich wegzubringen. Bei unserem Aufbruch war Caleb noch nicht zurück. Was bedeutet, dass er eine Weile unterwegs gewesen sein muss, ohne die Polizeilichter und den Tumult zu bemerken, der sich inzwischen am Haus abgespielt hat. Ohne sich davon zu überzeugen, dass es mir gut geht und der große Unbekannte durch die Tür, die Caleb offen gelassen hat, nicht in mein Schlafzimmer spaziert und mir etwas angetan hat. Was schlicht und ergreifend nur drei Schlüsse zulässt: Entweder Caleb war deutlich weiter vom Haus entfernt und hat dementsprechend nichts vom Eintreffen der Polizei mitbekommen. Was allerdings eine ziemlich absurde Definition von »die Umgebung checken« voraussetzen würde. Oder aber er hat alles beobachtet und ist aus irgendeinem anderen Grund nicht direkt zurückgekommen. Option drei: Meine Paranoia ist inzwischen völlig außer Kontrolle geraten und es gibt tatsächlich eine logische Erklärung, die ich einfach nur nicht begreife.

Ich habe unzählige Fragen an ihn: Warum hast du den Alarm nicht ausgelöst? Warum hast du mich schutzlos zurückgelassen oder mich nicht geweckt? Warum hast du Tony nicht sofort informiert, nachdem du die Katze gefunden hast? Was ist in der Zeit geschehen, in der du verschwunden warst? Warum lügst du mich an?

Aber ich stelle keine von ihnen. Vielleicht, weil ich Angst vor der Antwort habe. Oder aber, weil ich einen Plan brauche, bevor ich ihm offen sage, was ich denke ... ich befürchte Letzteres. Stand jetzt habe ich lediglich Theorien. Die werden nicht reichen, um bei der Polizei irgendetwas gegen ihn zu erwirken. Stünde sein Wort gegen meines, bin ich mir verdammt sicher, dass er gewinnen würde. Dafür sorgen würde, dass er gewinnt. Ich brauche Beweise. Für seine Version der Ereignisse oder aber für die Befürchtungen, die sich im Laufe der letzten Stunden in mein Herz gefressen haben wie Gift.

»Was ist los mit dir, Julie?«, unterbricht Caleb meine Gedanken. Ich sehe ihn an. Auf einmal zeichnen sich die dunklen Ringe unter seinen Augen noch deutlicher ab und der harte Zug um seinen Mund erinnert mich so sehr an die Arschloch-Version von Caleb, die ich zuerst kennengelernt habe, dass ich die Zähne zusammenbeiße.

Ich hebe ein wenig unschlüssig die Schultern. »Ich weiß nicht, was du meinst, Caleb. Ich bin einfach ... erschöpft.«

»Du bist distanziert«, präzisiert er. »Ich verstehe, dass deine Kräfte am Ende sind. Scheiße, das sind meine auch. Aber so kenne ich dich nicht. Wieso schließt du mich aus?«

Am liebsten hätte ich geschnaubt, reiße mich aber zusammen. »Du interpretierst zu viel in das alles hinein.«

Ein paar Sekunden lang betrachtet er mich nur stumm, dann verändert sich plötzlich sein Gesichtsausdruck. Sein Blick wird, wenn überhaupt möglich, noch wütender und er stößt einen Laut aus, der beinahe wie ein Knurren klingt.

»Was ist?«, frage ich erstickt. Ich rechne mich allem: dass er jemanden mit vorgehaltener Waffe hinter dem Vorhang entdeckt hat, dass er mich durchschaut hat und die Sache jetzt eigenhändig zu Ende bringen will. Im Moment halte ich so ziemlich alles für denkbar.

Aber statt auf mich loszugehen oder mich alternativ aus der Schussbahn zu schubsen, rauft Caleb sich kurz die Haare und verschränkt dann die Arme vor der Brust. »Was verschweigst du mir?«, fragt er und mustert mich von oben bis unten, als würde er nach etwas suchen.

Scheiße. »Wovon redest du?«

»Julie.« Seine Stimme bricht beinahe, obwohl er gleichzeitig bebt vor Wut. »Hat er … hat dich der Typ gefunden? Während ich draußen war und bevor Estha gekommen ist? Ist etwas passiert, das …«

Als der Groschen fällt, schüttele ich schnell den Kopf. Etwas Ähnliches hat Estha mich vorhin im Auto auch schon gefragt. »Denkt ihr alle wirklich, ich würde euch so etwas nicht erzählen? Wenn ich angegriffen worden wäre, wüsstet ihr es, keine Sorge.«

Er sieht nicht unbedingt erleichtert aus. »Du neigst dazu, die Dinge runterzuspielen.«

Ich verdrehe die Augen. »Ich spiele nichts runter, ich bin körperlich unversehrt und habe kein großes dunkles Geheimnis, das irgendjemand ergründen muss. Ich bin einfach nur müde und eindeutig überfordert.«

Eine Weile schweigt er, und ich wende erneut den Blick ab, um ihn nicht ansehen zu müssen. Seine Sorge wirkt so echt. Seine Befürchtung, mir könnte etwas Derartiges zugestoßen sein, schien ihm ehrlich Angst einzujagen. Ich frage mich, wie lange mein Herz dieses Gefühlswirrwarr noch aushält, bevor es in tausend Teile zerspringt.

»Ich bin müde, Caleb«, durchbreche ich irgendwann die Stille.

Sein Blick ist so intensiv, dass ich befürchte, er könnte meine Lügen durchschauen. Aber dann schüttelt er lediglich den Kopf.

»Ich werde herausfinden, was sich verändert hat«, sagt er und es klingt beinahe wie eine Drohung. »Und dann werde ich mich darum kümmern.«

Darauf erwidere ich nichts, weil ich schlicht und ergreifend nicht weiß, was ich antworten soll. Es war deutlich leichter, Caleb aus der Entfernung zu hassen. Ihn so verzweifelt zu sehen, weckt in mir das Bedürfnis, irgendetwas zu tun. Damit er sich besser fühlt.

Um mich selbst von irgendwelchen Dummheiten abzuhalten, stehe ich auf und gehe hinüber zu meinem Schreibtisch, wo ich ein wenig unschlüssig stehen bleibe. »Also, was liegt an? Estha meinte, wir würden uns mit einem PR-Team treffen.«

Ein paar Sekunden lang habe ich das Gefühl, er wollte verhindern, dass ich das Thema wechsle. Doch dann nickt er. »In einer halben Stunde. Mrs Yeon hast du ja schon kennengelernt, außerdem ist Rahel als deine PR-Beraterin dabei sowie ein kleines Team, das Mrs Yeon extra dafür zusammengestellt hat. Sie haben bereits einen Plan ausgearbeitet.«

»Ach ja?« Ich lache freudlos. »Schön, dass wenigstens sie einen Plan haben. Ich wüsste nicht einmal, wo wir anfangen sollten.«

»Sie haben mit der Polizei gesprochen, um die Informationen abzustecken, die wir weitergeben dürfen.« Calebs Stimme klingt jetzt glatt und vollkommen emotionslos. Er ist offensichtlich in den professionellen Modus gewechselt. »Wir werden sehr vage bleiben. Nur das Nötigste. Und wir konzentrieren uns auf die Zukunft, weniger darauf, was in den letzten Wochen passiert ist.«

Ich ziehe die Augenbrauen hoch. »Und du glaubst, das zieht? Dass sie sich damit zufriedengeben?«

Er zuckt mit den Schultern. »Das werden sie müssen. Wir verlesen unsere Statements, danach lassen wir sie ihre Fragen stellen. Die ausschließlich ich beantworten werde.«

»Damit habe ich absolut kein Problem.«

»Das habe ich mir gedacht. Sollte jemand dich direkt ansprechen, werde ich das ebenfalls übernehmen.«

»Ja, Sir.«

Er seufzt. »Ich will dich nicht bevormunden. Aber ich habe Übung in so etwas und weiß, wie ich mit unangenehmen Fragen umgehen muss. So ist es einfacher für alle Beteiligten.«

Ich erwidere seinen Blick, ohne mit der Wimper zu zucken. »Ich habe mich nicht beschwert, Caleb.«

»Nein«, sagt er trocken. »Hast du nicht.«

Wie gerne würde ich jetzt in seinen Kopf hineinsehen können. Caleb ist nicht dumm, er spürt ganz deutlich, dass etwas zwischen uns nicht stimmt. Ich frage mich, welche Theorie er sich wohl zusammengesponnen hat. Im Gespräch mit Rahel gestern habe ich ziemlich energisch versucht, ihr eine Erklärung zu liefern. Zum einen, weil sie nicht aufgehört hat zu bohren, aber hauptsächlich, weil es mir deutlich leichter fiel, sie anzulügen als Caleb. Ihr weiszumachen, dass mein abwesendes Verhalten nur an meiner Überforderung und meiner Angst liegt und nicht daran, dass ich Caleb verdächtige. Ich hatte gehofft, dass sie ihrem Bruder alles erzählt und er sich damit zufriedengibt.

»Julie«, setzt er an, als hätte er meine Gedanken gelesen.

Ich hebe die Hände, auch wenn ich mir dabei unfassbar lächerlich vorkomme. Ich benehme mich wie ein Teenager, der es verkrampft darauf anlegt, unnahbar und geheimnisvoll zu wirken. »Lass es gut sein, Caleb. Dieser Tag wird stressig, und wir müssen uns beide konzentrieren.«

»Wie soll ich mich bitte konzentrieren, wenn du dich so verhältst?«

»Nicht jetzt«, sage ich barscher als beabsichtigt. Ich weiß, dass ich mit ihm reden sollte. Dass ich es irgendwann tun und ihm die Chance geben muss, sich zu erklären. Mir eine plausible Ausrede zu liefern. Aber für heute ist es genug. Diese Pressekonferenz zerrt an meinen Nerven und wenn sich jetzt tatsächlich herausstellen würde, dass Caleb etwas mit den Anschlägen auf mich zu tun hat, wäre ich kaum noch in der Lage, ruhig und sachlich mit der Presse zu sprechen. Das übersteigt schon an meinen besten Tagen meine Fähigkeiten.

Caleb ist deutlich anzusehen, dass er noch unfassbar viel mehr zu sagen hätte, aber zu meiner Erleichterung hält er die Klappe. Stattdessen greift er nach seinem Handy und ruft irgendjemanden an, sodass ich ein paar Minuten Zeit habe, durchzuatmen. Keine Ahnung, wie ich das mehrere Wochen durchhalten soll. Geschweige denn ein ganzes verdammtes Jahr. Ich habe allmählich die Befürchtung, dem Druck nicht mehr lange standhalten zu können. Dem Druck der Medien, des Vorstandes, dem des Stalkers. Es ist zu viel. Dazu noch das schlechte Gewissen meinem Dad gegenüber, der sich inzwischen furchtbare Sorgen machen muss. Vom Hotel aus habe ich ihn angerufen, weil ich vermeiden wollte, dass er die ganze Sache aus den Medien erfährt. Wie erwartet war er außer sich und offensichtlich kurz davor, sich in den nächsten Flieger zu setzen. Aber auch das kann ich im Moment nicht gebrauchen. Ich kann nicht zulassen, dass er mich so sieht – so fertig mit den Nerven und am Ende meiner Kräfte. Er würde mich ins Flugzeug zerren und mich mit nach Hause nehmen. Irgendwann werde ich reinen Tisch machen und ihm alles erzählen müssen, aber nicht jetzt. Also servierte ich ihm eine sehr, sehr abgeschwächte Version der Ereignisse: Dass Caleb und ich nicht im Haus gewesen sind, als dort eingebrochen wurde. Dass es sich scheinbar um einen gewöhnlichen Raub gehandelt hat – was absolut nachvollziehbar klingt, weil sich das Strandhaus in einer Gegend befindet, in der Reichtum quasi allgegenwärtig ist. Und dass ich in Sicherheit bin. Gut bewacht und wohl behütet. Immerhin Letzteres ist die Wahrheit, zumindest für den Augenblick. Es dauerte eine Weile, bis durch seine Stimme nicht mehr die blanke Angst hindurchschimmerte, aber als ich das Gespräch beendete, fühlte ich mich ein bisschen besser.

Im Gegensatz zu jetzt. Das Gespräch mit Caleb im Rücken und die verdammte Pressekonferenz vor Augen habe ich wieder einmal das Gefühl, meine Welt würde um mich herum nach und nach zu Staub verfallen, ohne dass ich etwas dagegen unternehmen kann.

5

Das PR-Meeting ist die reinste Folter. Die Tatsache, dass ein vierköpfiges Team mein Privat- und teilweise auch mein kaum existierendes Liebesleben diskutiert, ist unfassbar unangenehm. Ich verstehe die Notwendigkeit, dass Caleb und ich bestenfalls auf jede mögliche Frage der Reporter vorbereitet sein müssen. Trotzdem würde ich am liebsten schreiend aus dem Konferenzraum rennen und mich irgendwo verstecken. In Alaska oder so.

Unauffällig schiele ich zu Caleb, der neben mir sitzt. Er hat sein Jackett über die Stuhllehne gehängt und die Ärmel seines Hemdes hochgekrempelt, um der Hitze zu entkommen, die trotz Klimaanlage in diesem Konferenzraum steht. Leider sieht er verdammt gut aus. Ich habe eine Schwäche für Unterarme und Hände, und ich kann mich nicht davon abhalten, ihn ständig heimlich zu mustern. Seine Augenbrauen sind leicht zusammengezogen, und er nickt immer wieder. Insgesamt wirkt er eher konzentriert als angespannt, und das ganze Gespräch scheint ihm nicht annähernd so peinlich zu sein wie mir.

Mrs Yeon, die Marketingchefin, die ich bereits kennengelernt habe, räuspert sich, woraufhin ich aufhorche. »Ich fürchte, ich muss Ihnen beiden eine unangenehme Frage stellen. Aber es ist vermutlich ratsamer, wenn sie als Erstes von mir kommt anstatt vonseiten der Presse.«

Ich muss schlucken. Wenn sie erst das Folgende für unangenehm hält, dann sollte ich vielleicht tatsächlich jetzt die Flucht ergreifen.

»Fragen Sie«, fordert Caleb sie ruhig auf.

»Die Presse wird sich für die Art Ihrer Beziehung interessieren«, sagt sie und sieht uns nacheinander an. »Deswegen sollten wir das direkt klären.«

Auffordernd schaue ich Caleb an, brenne ihm mit meinem Blick beinahe ein Loch in die Schläfe. Darauf werde ich nicht antworten. Das überlasse ich gerne ihm.

»Das ist eine Privatangelegenheit«, sagt er mit fester Stimme. »Und so wird auch meine Antwort lauten, Mrs Yeon. Sowohl an Sie als auch an die Reporter.«

Am liebsten würde ich die Hand heben und ihm ein High Five geben, aber ich kann mich gerade noch zurückhalten.

»Sind Sie sicher, dass Sie sämtliche Details aussparen wollen?«

»Und welche Details interessieren Sie genau? Welche Details soll ich *Ihrer* Meinung nach preisgeben, ohne indiskret zu sein?«

Die Marketingchefin wird rot, aber Rahel lacht völlig unbeeindruckt. Entweder spürt sie nichts von der angespannten Stimmung oder aber es ist ihr völlig egal. Ich tippe auf Letzteres. »Sie will wissen, ob ihr Sex hattet«, sagt sie und deutet mit ihrem Kugelschreiber erst auf mich, dann auf Caleb.

Mein Gesicht wird heiß. Auch darauf werde ich sicher nicht antworten.

Calebs Antwort fällt wieder ziemlich knapp und dieses Mal auch ziemlich wütend aus: »Das geht niemanden etwas an.«

Nervös sehe ich die beiden Mitarbeiter neben Mrs Yeon an. Sie waren bislang eher schweigsam und haben ihrer Chefin lediglich Material gereicht, doch jetzt haben sie beide die Stirn gerunzelt und beobachten ihre Vorgesetzte.

»Mr Bonham«, sagt diese und reibt sich mit den Fingerspitzen über die Stirn. »Es geht mir nicht darum, Ihr Sexleben auseinanderzunehmen …«

»Nicht?«, unterbreche ich sie und bin selbst ein bisschen überrascht, dass ich mich hier einmische. »Zwei Menschen in einem offiziellen Meeting zu fragen, ob sie miteinander geschlafen haben, klingt in meinen Ohren genau danach.«

Ich spüre Calebs Blick von der Seite, erwidere ihn aber nicht.

»Machen wir doch weiter«, sagt er, dann wendet er sich wieder den anderen zu. »Ich werde sämtliche Fragen, die ich für unangebracht halte, ablehnen. Mal abgesehen von meinen persönlichen Befindlichkeiten verstehe ich auch nicht, wie diese Informationen der Situation oder dem Ruf von *Bonham* in irgendeiner Weise hilfreich sein könnten.«

»Müssen sämtliche CEO der New Yorker Wirtschaftswelt Stellung zu ihrem Liebesleben nehmen?«, frage ich nur halb im Scherz. Ich habe keine Ahnung von der Branche, vor allem nicht davon, wie es hinter den Kulissen abläuft. Möglicherweise gehört es ja tatsächlich zum guten Ton, die Karten offenzulegen.

Mrs Yeon und Rahel seufzen beinahe synchron, senken den Blick dann aber Gott sei Dank auf ihre Tablets, um mit der Agenda fortzufahren. Vor Erleichterung atme ich geräuschvoll aus. Kaum eine Sekunde später spüre ich Calebs Hand, die nach meiner greift. Ich zucke zusammen und ziehe meine Finger reflexartig zurück. Auf einmal schlägt mein Herz deutlich schneller, und wieder spüre ich Calebs Blick. Meine Haut beginnt zu prickeln, aber ich zwinge mich, weiter Rahel und Mrs Yeon anzusehen.

»Ich habe heute Vormittag mit dem ermittelnden Beamten Ihres Falls gesprochen, Miss Penn«, verkündet Yeon schließlich, legt das Tablet vor sich auf den Tisch und faltet die Hände unter ihrem Kinn.

»Und?«

»Wenn es nach der Polizei ginge, würden Sie überhaupt nicht mit der Presse sprechen.« Sie verzieht das Gesicht, als wäre die Meinung der verdammten New Yorker Polizei absolut lächerlich. »Da das NYPD aktuell davon ausgeht, dass es sich bei Ihrem Stalker um einen Feind von *Bonham Industries* handelt, halten sie es für unklug, Informationen an die Medien weiterzugeben.«

Caleb schnaubt. »Dann sollten wir das nicht tun.«

Yeon wirft ihm einen beinahe strengen Blick zu, bevor sie sich wieder an mich richtet. »Wir haben uns darauf geeinigt, dass wir keines der Ereignisse tatsächlich schildern. Das bedeutet, keiner von Ihnen beiden führt aus, was in der WG geschehen ist oder was sich in Ihrem Anwesen in den Hamptons zugetragen hat, Mr Bonham. Keine Details. Weder den körperlichen Angriff auf Ihre Mitbewohnerin, Miss Penn, noch das getötete Tier. Sie erwähnen nicht den Inhalt der Briefe und nicht die Fotos.«

»Also sagen wir gar nichts?«, hake ich ein wenig überrascht nach. »So wie bei der Sex-Frage?«

»Nicht ganz.« Ein zufriedenes Grinsen breitet sich auf ihrem Gesicht aus. »Das NYPD geht aktuell davon aus, dass der Stalker Geld zu erpressen versucht. Auch wenn bislang keine Forderungen gestellt wurden, schließen sie nicht aus, dass dergleichen noch passieren wird. Es kommt anscheinend häufiger vor, dass Erpresser zuerst einmal Druck aufbauen, bevor sie mit ihren wahren Forderungen herausrücken.«

»Das sind keine vergleichsweise harmlosen Drohbriefe mehr«, erinnert Caleb sie wütend. »Julies Mitbewohnerin wurde angeschossen!«

»Das ist mir bewusst«, erwidert Mrs Yeon ruhig. »Allerdings weiß zu diesem Zeitpunkt niemand, ob dieser Angriff geplant war. Es ist möglich, dass der Täter sich aus anderen Gründen in der Wohnung von Miss Penn aufgehalten hat und von der jungen Frau überrascht wurde. Das schließt die Theorie der Beamten nicht aus.«

»Okay«, sage ich leicht überfordert. »Aber was bedeutet das für die Stellungnahme?«

»Dass wir den Stalker erwähnen dürfen. Sie dürfen der Presse erzählen, dass Sie mehrfach bedroht wurden und dass das der Grund dafür ist, aus dem Sie wiederholt mit der Polizei zu tun hatten. Die Ermittler halten es für durchaus denkbar, dass diese Bekanntmachung seiner Taten den Stalker abschreckt. Möglicherweise hat er selbst nicht damit gerechnet, dass diese Sache ein so großes Ausmaß annimmt und ihm über den Kopf wächst. Er könnte aufhören, weil er Angst bekommt.«

Ich verenge die Augen. »Er soll einfach aufhören?«

»Es ist nur eine Möglichkeit«, wirft Rahel ein. »Der Punkt ist, dass das NYPD es für keine schlechte Idee hält, den Druck auf den Täter zu erhöhen, und dafür ist die Öffentlichkeit ein gutes Mittel zum Zweck. Wenn halb New York nach einem Stalker in deiner Nähe Ausschau hält, wird es für ihn sicher schwieriger, seine Ziele weiter zu verfolgen. Außerdem liefern wir der Presse eine Erklärung für die ständige Anwesenheit der Polizei. Win-win.«

Das sehe ich entschieden anders. Natürlich will ich, dass die Angriffe gegen mich aufhören. Nicht nur meinetwegen, auch wegen meiner Freunde, meiner Familie und eigentlich sämtlichen Menschen, die sich in meiner Nähe aufhalten. Bonnie hat bereits den Preis dafür bezahlt, dass sie mit mir befreundet ist. Ich würde alles dafür tun, sie alle nicht länger in Gefahr zu bringen.

Dennoch … die Vorstellung, dass der Täter einfach aufhört und ich nie zweifelsfrei herausfinde, wer hinter alldem steckt, passt mir gar nicht. Ich will Vergeltung für Bonnie! Außerdem bezweifle ich, dass ich jemals wieder unbefangen durch New York laufen könnte, wenn ich wüsste, dass der Kerl noch immer auf freiem Fuß ist. Ich habe keine Lust darauf, die nächsten Jahre dauernd verängstigt über die Schulter sehen zu müssen.

Calebs Gedanken scheinen in eine ähnliche Richtung zu wandern, denn er lehnt sich ein Stück vor und schüttelt den Kopf. »Ich will, dass dieser Abschaum bezahlt für das, was er getan hat. Dass er einfach untertaucht, ist keine beschissene Option.«

»Das sagt doch auch keiner«, erwidert Rahel seufzend und verdreht die Augen. »Komm mal runter, Caleb! Wir sagen doch nur, dass ihn das zu einer Reaktion zwingen könnte. Genauso gut könnte er sich stellen oder einen Fehler machen.«

»Er wird sich nicht stellen«, murmele ich verbittert. »Wir haben nicht einmal eine Ahnung, wer er sein könnte. Er könnte sich einfach absetzen und ein schönes Leben führen.« Ich kann nicht verhindern, dass mein Blick zu Caleb zuckt. Wieder streiten sich zwei Stimmen in meinem Kopf – die eine, die in einer nervtötenden Schleife all die Dinge aufzählt, die Caleb verdächtig machen. Die andere, die sich schlichtweg weigert, das auch nur in Betracht zu ziehen.

Rahel und Mrs Yeon besprechen mit uns weiter sämtliche Themen, die bei der Pressekonferenz zur Sprache kommen könnten: die Zusammenarbeit zwischen Caleb und mir – *läuft alles super;* mein Verhältnis zu Sylvia – *nie kennengelernt, aber ich hege keinerlei Groll ihr gegenüber;* mein Arbeitsbereich bei *Bonham Industries – Marketingbereich, um meine Stärken so effektiv wie möglich einzubringen;* die Zukunft der Firma – *irgendein Fachchinesisch, das ich ohnehin Caleb überlasse.* Außerdem geht

Caleb mit Mrs Yeon das vorgefertigte Statement durch, das er vor der Eröffnung der Fragerunde vorlesen wird.

Mir schwirrt jetzt schon der Kopf, und ich hoffe inständig, dass wenigstens Caleb weiß, was er tut.

Nach weiteren zwanzig Minuten fordert Rahel mich auf, mich umzuziehen. Ich frage gar nicht erst nach, woher sie die Klamotten hat und warum sie wusste, dass mein Outfit nicht gerade ideal für einen öffentlichen Auftritt sein würde. Ich verabschiede mich einfach von den anderen und folge ihr brav zurück ins Büro.

6

Ich fürchte, mich übergeben zu müssen, als ich die Tür der kleinen Personaltoilette hinter mir schließe. In zehn Minuten beginnt die Pressekonferenz, und meine Nerven liegen blank. Mein Blick fällt auf mein Spiegelbild, was meine Nervosität aber nicht im Geringsten mindert. Ich sehe mir selbst kaum noch ähnlich. Ich trage eine dunkelblaue Marlenehose, eine graue Bluse mit V-Ausschnitt, leichten Puffärmeln und schwarze Pumps. Außerdem hat Rahel mir die Haare in einem festen Knoten im Nacken festgesteckt und mich geschminkt. Meine Lesebrille sollte ich aufbehalten, da ich mit ihr seriöser aussehe. Ich mustere mein neues Gesicht im Spiegel und presse mir die Hand auf mein wild schlagendes Herz. Ich sehe nicht schlecht aus, im Gegenteil. Aber mehr wie eine erwachsenere, professionellere Version meiner selbst. Eine Version, der man im Gegensatz zu mir durchaus zutrauen würde, knallharte geschäftliche Entscheidungen zu treffen und eine Firma zu leiten.

Auf den ersten Blick ist das eine gute Sache, allerdings wäre es mir deutlich lieber gewesen, wenn *ich selbst* diesen Eindruck vermittelt hätte. So, wie ich bin. Nicht so, wie der Vorstand, der Aufsichtsrat und teilweise auch die Medien mich sehen wollen. Klamotten, Frisuren oder allgemeines Aussehen sollten nicht entscheidend dafür sein, wie fähig und kompetent ich eingeschätzt werde.

Aber heute ist nicht der Tag, um die Welt zu verändern oder ein Statement zu setzen. Ich will das einfach nur hinter mich bringen, so schnell wie möglich, und nicht noch mehr Aufmerksamkeit auf mich ziehen, als ohnehin schon auf mir liegt.

Nachdem ich mich erleichtert und mir die Hände gewaschen habe, verlasse ich die Toilette und gehe zu Rahel, die vor der Tür des Raumes steht, in dem die Pressekonferenz stattfindet. Der Bonham Tower verfügt über insgesamt drei Presseräume, die auch für Präsentationen oder kleinere Empfänge genutzt werden. Caleb hat sie mir während unserer ersten kleinen Führung durch das Büro gezeigt – selbstverständlich wurde für heute der größte in der vierten Etage gewählt.

Caleb, der gerade ein Telefonat beendet hat, kommt zu uns herüber und stellt sich neben mich. Sein Gesicht ist ernst und konzentriert, als würde er eine schwierige Matheaufgabe lösen. Inzwischen weiß ich, dass das seine CEO-Persönlichkeit ist – charmant, souverän und einschüchternd. Normalerweise hasse ich diese Version von ihm, aber heute bin ich froh für diese Art Schutzschild aus Autorität, hinter dem auch ich mich notfalls verstecken kann.

»Bereit?«, fragt er nach ein paar weiteren Sekunden und sieht mich kurz an. Ich will lieber nicht wissen, was er sieht. Wahrscheinlich die Augenringe, weil ich die vergangenen Nächte kaum geschlafen habe, den strengen Zug um meinen Mund, die hektischen roten Flecken auf meinen Wangen und die Angst in meinen Augen.

Weil ich befürchte, meine Stimme könne versagen, nicke ich nur. Caleb richtet den Kragen seines Hemdes – wie immer trägt er keine Krawatte – und rückt kurz die silbernen Manschettenknöpfe zurecht, dann streckt er die Hand nach dem Türknauf aus.

Mir wird schon wieder schlecht. Das hier ist schlimmer als jedes Referat, das ich jemals halten musste.

Zu meiner Überraschung werden wir nicht von dem üblichen Klick-Konzert der Kameras empfangen, als wir den Pressesaal betreten. Ich habe mir ein ähnliches Gedrängel und Geschrei wie vor meiner Wohnung oder vor der Location der Spendengala vorgestellt. Offenbar geht es hier deutlich gesitteter zu. Die Männer und Frauen von der Presse sitzen auf Stühlen, die zu einem Dutzend ordentlicher Reihen arrangiert wurden. An den Seiten und hinter dem sitzenden Publikum wurden ein paar Kameras auf Stativen aufgebaut, und ich bin beinahe ein bisschen erschrocken, als ich richtige Fernsehkameras und die Logos mehrerer bekannter Fernsehsender entdecke.

Heilige Scheiße! Hätte mir vor ein paar Wochen jemand erzählt, dass mein Leben interessant genug für die Notwendigkeit einer im öffentlichen Fernsehen ausgestrahlten Pressekonferenz sein würde, hätte ich laut gelacht.

Caleb hält mir die Tür auf und lässt mir, ganz Gentleman, den Vortritt. Ich straffe die Schultern und hebe das Kinn, während ich mich rasch umsehe. Mrs Yeon hat veranlasst, dass wir nicht an einem Tisch sitzen, sondern hinter einem Pult stehen werden. Das vermittelt nicht den Eindruck, als würden wir uns auf ein gemütliches Schwätzchen einlassen. Als ich es entdecke, halte ich darauf zu, ohne die Menschen auf den Stühlen anzusehen, die sicher jede meiner Bewegungen beobachten. Das Pult steht ein bisschen erhöht auf einem kleinen Podest und besteht aus dunklem Holz. An der Vorderseite prangt das Logo von *Bonham Industries* aus goldenem, gebürstetem Metall, und ein kleines Mikrofon sorgt dafür, dass man Calebs Erklärung auch noch in der letzten Reihe hören kann.

Ein wenig unschlüssig warte ich auf Caleb, der mich anlächelt und kurz am Ellbogen berührt, bevor er sich hinter dem Pult positioniert und das Mikro prüft. Ich blinzle ein paarmal.

Dieses Lächeln galt einzig und allein der Rolle, die wir hier spielen, das ist mir klar. Trotzdem hat es mich ein klein bisschen aus der Fassung gebracht.

Ich richte meine Aufmerksamkeit auf die Reporter, die ich wegen der Scheinwerfer, die auf mich und Caleb gerichtet sind, kaum erkennen kann. Wahrscheinlich sehe ich aus wie ein verschrecktes Reh im Scheinwerferlicht, also arrangiere ich meine Gesichtsmuskeln rasch zu einem hoffentlich freundlichen Lächeln. Viele der Presseleute halten Tablets in der Hand, einige von ihnen aber auch Diktiergeräte oder Smartphones. Keiner eine professionelle Kamera. Vielleicht haben Mrs Yeon und Rahel das Fotografieren während der Erklärung verboten und nur Videoaufnahmen gestattet.

»So«, sagt Caleb ins Mikro und fixiert eine Frau, die mit einer Kamera auf der Schulter neben der ersten Reihe steht. »Ich darf die Vertreter und Vertreterinnen der Presse bitten, ihre Plätze einzunehmen und die Auftaktbilder zu beenden.«

Ich presse die Lippen zusammen, um nicht zu grinsen. Die Reporterin gehorcht tatsächlich, sieht aber ein bisschen aus wie ein Kind, das vom Lehrer auf seinen Platz verwiesen wird. Caleb wartet noch ein paar Sekunden, dann legt er die Hände links und rechts auf die Kanten des Pults und strafft die Schultern.

»Guten Tag, meine sehr verehrten Damen und Herren, liebe Zuschauerinnen und Zuschauer. Mein Name ist Caleb Vincent Bonham, Erster leitender Chief Executive Officer und Vorstandsvorsitzender von *Bonham Industries.* Ich bedanke mich vorab für Ihr Interesse und Ihr Kommen und möchte Sie kurz bitten, eventuell auftauchende Fragen erst nach Aufforderung gegen Ende der Konferenz zu stellen. Wir begrenzen diese Veranstaltung heute sehr streng auf maximal eine Stunde, da meine sowie Miss Penns Terminpläne aktuell ziemlich gut gefüllt sind. Daher limitieren wir auch die Anzahl der Fragen auf eine Nach- oder Folgefrage pro Person. Vielen Dank für Ihr Verständnis, und das soll jetzt auch genug der Vorrede sein.«

Bereits bei Calebs ersten Worten beginnen einige der Reporter und Reporterinnen auf ihren Tablets zu tippen, und ich frage mich wirklich, was daran so spannend sein soll. Gleichzeitig bewundere ich Caleb ein wenig dafür, dass er so ruhig und selbstsicher spricht. Es ist ziemlich offensichtlich, dass er dergleichen nicht zum ersten Mal macht.

»Ich würde gerne damit beginnen, mit einigen Gerüchten aufzuräumen, die kürzlich im Zusammenhang mit Miss Juliette Penns Einstieg bei *Bonham Industries* aufgetaucht sind. Auch wenn diese Informationen bereits in einer Pressemitteilung vor zwei Wochen geteilt wurden, halte ich es für das Beste, die Sachlage für Sie erneut zusammenzufassen. Miss Penn ist die leibliche Tochter meiner vor Kurzem verstorbenen Adoptivmutter und Gründerin von *Bonham Industries* Sylvia Margret Bonham und arbeitet von nun an als Zweiter leitender Chief Executive Officer und Vorstandsvorsitzende an meiner Seite. So war es der ausdrückliche Wunsch ihrer Mutter und damit folglich auch meiner. Meine Mitarbeiter und ich freuen uns sehr über Miss Penns Einsatz und selbstverständlich auf eine harmonische Zusammenarbeit. Miss Penn, ein internes Team und ich haben in den vergangenen Wochen daran gearbeitet, eine passende Lösung für alle Beteiligten zu finden. Demzufolge wird Miss Penn ihr Studium für einen nicht weiter definierten Zeitraum pausieren und uns in dieser Zeit mit ihren Fähigkeiten und ihren Kenntnissen über Marketing, Design und Public Relations unterstützen, wofür wir überaus dankbar sind. Miss Penn und ich sind gleichberechtigte CEO und sind zu einem guten Team zusammengewachsen. Ich habe keinen Zweifel daran, dass Miss Penns Ernennung *Bonham Industries* nichts anderes als bereichern wird. Außerdem fühle ich mich gezwungen klarzustellen, dass Miss Penn und ich zwar eine freundschaftliche, aber dennoch reine Geschäftsbeziehung miteinander führen.«

Wow. Das ist so dick aufgetragen, dass es sich beinahe lächerlich anhört. Prüfend sehe ich die Reporter an, doch auch wenn ich aufgrund der Lichtverhältnisse lediglich die vorderen zwei Reihen erkennen kann, entdecke ich in ihren Mienen weder stille Belustigung noch Sensationsgier.

Caleb löst die Hände von der Kante des Pults und faltet sie vor sich. »Weiter möchte ich Sie über sich kürzlich ereignete Vorkommnisse informieren, die, wie Sie bereits wissen, den Einsatz des New Yorker Police Departments erfordert haben. Es handelt sich dabei um zwei Vorfälle – einen, der in der Nacht vom zehnten auf den elften Juni in der ehemaligen Privatwohnung von Miss Penn stattgefunden hat, und einen zweiten am vergangenen Wochenende auf dem Grundstück eines in meinem Besitz befindlichen Anwesens. Diese beiden Vorfälle stehen mit einer laufenden Stalking-Ermittlung in Zusammenhang, zu der wir uns aus verschiedenen Gründen nicht weiter äußern werden. Wir alle bei *Bonham Industries* und auch ich ganz persönlich sind unbeschreiblich betroffen über diese Ereignisse und unterstützen Miss Penn selbstverständlich mit all unseren Mitteln und Kräften. Jedoch kann ich Ihnen versichern, dass alle Beteiligten wohlauf sind und die Einsätze des NYPD lediglich unserer Sicherheit und der Archivierung dienten. Die Situation wurde in den letzten Tagen unnötig aufgebauscht, deswegen möchten wir Sie eindringlich darum bitten, bei den Fakten zu bleiben – sowohl aus Rücksicht auf Miss Penn als auch im Hinblick auf Ihre berufliche Verpflichtung und eine verlässliche Berichterstattung. Es geht uns gut, und aktuell besteht kein Grund zur Sorge. Die Person, die für die Drohungen gegen Miss Penn verantwortlich ist, wird sich zweifelsohne in naher Zukunft dafür verantworten müssen.«

Es fällt mir wahnsinnig schwer, keine Reaktion zu zeigen. Mir ist klar, dass Caleb da gerade eine Pressemitteilung verliest, die lediglich den Zweck erfüllen soll, die mediale Aufmerksamkeit in Schach zu halten. Trotzdem kommt es mir so verdammt falsch vor, zu behaupten, dass es allen gut geht, wenn Bonnie nach wie vor im Koma im Krankenhaus liegt. So, wie er sich ausdrückt, klingt es, als wäre meine beste Freundin ein Kollateralschaden.

Als Nächstes spricht Caleb über die Prognosen von *Bonham Industries*, über geplante Patente, den Neubau eines Labors in New Jersey und Börsenkurse. Dabei entspanne ich mich ein wenig, weil es leichter ist zuzuhören, wenn es nicht direkt um mich geht. Wieder beobachte ich die Reporter in den ersten beiden Reihen. Es ist offensichtlich, dass sie gerade genauso abschalten wie ich. Dieser Teil von Calebs Erklärung interessiert sie nicht, und sie schreiben deutlich weniger mit als noch vor ein paar Minuten. Wahrscheinlich warten sie darauf, endlich Fragen stellen zu dürfen.

»An dieser Stelle würde ich nun gerne das Wort an Sie übergeben«, endet Caleb nach weiteren zehn Minuten. Das war mein Stichwort, also straffe ich die Schultern und positioniere mich neben ihm, um zumindest den Anschein zu erwecken, ebenfalls für Fragen zur Verfügung zu stehen. »Gibt es Unklarheiten?«

Sofort schnellen unzählige Hände in die Höhe.

Mrs Yeon, die die ganze Zeit über neben der Tür gestanden hat, deutet auf eine junge Frau mit Brille in der ersten Reihe.

»Rachel Messings von der *Sun*«, stellt sie sich überraschend freundlich vor. »Sie sagten vorhin, es gäbe keine Verletzten,

Mr Bonham. Allerdings gibt es Fotos und Videoaufnahmen einer jungen Frau, die vom Notarzt aus der Wohnung von Miss Penn getragen wurde. Wie passt das zusammen?«

Gute Frage. Die sicher nicht *ich* beantworten werde.

»Dabei handelte es sich um Vorsichtsmaßnahmen«, antwortet Caleb knapp, und wieder unterdrücke ich den Anflug von Wut, der in mir aufsteigt. »Aus Respekt vor der Person und ihren Angehörigen werde ich dazu keine weiteren Angaben machen.«

»Befindet sich Miss Penns Mitbewohnerin immer noch im Krankenhaus?«

»Wie gesagt, ich werde dazu nicht weiter Stellung nehmen.«

Mrs Yeon übernimmt nun die Organisation, und nacheinander erteilt sie verschiedenen Reportern und Reporterinnen das Wort, deren Fragen Caleb allesamt ruhig und sachlich beantwortet. Keine der Fragen ist besonders originell, sondern im Grunde genau das, was wir in unserem Briefing heute Vormittag bereits besprochen haben. Manche wollen mehr über meinen Einstieg bei *Bonham* wissen, wie lange ich plane, dort zu arbeiten und ob ich langfristig in das Unternehmen eingebunden sein werde, auch nach Wiederaufnahme meines Studiums. Andere interessieren sich für mein Verhältnis zu Sylvia oder zu Caleb. Natürlich werden auch Fragen zum Strandhaus und dem Vorfall dort gestellt, allerdings werden diese ziemlich rasch abgehandelt: Die Alarmanlage wurde ausgelöst und hat damit die Polizei auf den Plan gerufen. Niemandem ist etwas passiert, es gibt keinen Grund zur Sorge.

Ich bin ehrlich gesagt ein wenig überrascht über die eiskalten Lügen, die wir der Presse auftischen. Mehr oder weniger zu behaupten, dass es sich bei dem Vorfall in den Hamptons lediglich um eine Art Versehen gehandelt hat, ist nicht mehr nur ein vages Umschiffen der Wahrheit. Es ist glatt gelogen.

»Deniz Özen vom *SoHo Mirror*«, meldet sich ein Reporter, den ich wegen der Scheinwerfer kaum erkennen kann. »Ich habe eine Frage an Miss Penn.«

Scheiße. Keiner der vorherigen Journalisten hat mich direkt angesprochen. Mein Puls schnellt in die Höhe, und ich spüre, dass meine Mundwinkel zu zittern beginnen, so angestrengt versuche ich, das freundliche Lächeln aufrechtzuerhalten.

»Wir haben uns darauf geeinigt, dass ich die Fragen beantworten werde, Mr Özen«, erwidert Caleb mit einem nachsichtigen Lächeln. Wenn ich ihn nicht so gut kennen würde, wäre mir die Anspannung in seiner bisher so ruhigen Stimme nicht aufgefallen.

»Miss Penn, was sagen Sie zu den Vorwürfen, Sie seien weder qualifiziert noch alt genug, um ein solches Amt zu übernehmen? Und dass Sie lediglich ein Teil dieser Firma seien, um den meisten Profit für sich selbst rauszuholen?«

»Ist schon gut«, sage ich, als Caleb den Mund öffnet, und trete näher an das Pult heran. Mein Lächeln ist inzwischen verschwunden. Ich erinnere mich an Rahels Instruktionen: hüftbreiter Stand, Schultern zurück, Kopf hoch und mit tiefer Stimme sprechen, damit man mir meine Aufregung nicht anhört. »Vielen Dank für Ihre Frage, Mr Özen. Zum Glück stehe ich dieser, zugegeben teilweise angsteinflößenden, Aufgabe nicht allein gegenüber und habe in Mr Bonham einen fantastischen Partner und Lehrer gefunden. Er wird sämtliche Unerfahrenheit ausgleichen, die ich mitbringe.« Ich hole tief Luft. »Und um auf Ihre zweite Frage einzugehen: Die Firma *Bonham Industries* wurde von meiner Mutter gegründet und zu dem gemacht, was sie heute ist. Ich bin ihr sehr dankbar für die Entscheidung, die sie vor vielen Jahren getroffen hat. Ich hatte eine wundervolle Kindheit und hege keinerlei Groll gegen Sylvia Bonham. Ich habe keinen Grund und vor allem nicht das geringste Interesse daran, ihrem Gedenken, ihrem Vermächtnis oder ihrer Firma zu schaden.«

Mein Blick huscht zu Rahel, die neben Mrs Yeon steht. Als sie es bemerkt, grinst sie und reckt einen Daumen in die Höhe.

Erleichtert und wahnsinnig stolz trete ich vom Pult zurück. Caleb sieht mich kurz an, murmelt »Gute Arbeit« und übernimmt dann wieder das Wort. Es ist nicht so, als ob Caleb diese Frage nicht auch hätte beantworten können, trotzdem bin ich froh, selbst etwas gesagt zu haben. Ich kann nicht erwarten, dass die Leute mich respektieren, wenn ich mich andauernd hinter Caleb verstecke. Ob er nun etwas mit alledem zu tun hat oder nicht – ich muss aufhören, ihm die Kontrolle zu überlassen, und anfangen, das Chaos um mich herum selbst in den Griff zu bekommen.

»Haben Sie und Miss Penn das vergangene Wochenende zusammen in den Hamptons verbracht?«

Die Frage kommt von einer Frau, die ich nicht erkennen kann, weil sie zu weit hinten sitzt.

Caleb verzieht keine Miene. »Ja. Wir fühlten uns in New York zusehends in unserer Privatsphäre verletzt und nutzten das Wochenende, um zu arbeiten und einige Projekte zu intensivieren.«

Beinahe hätte ich gelacht. Ich kenne Calebs Humor und bin mir ziemlich sicher, was er mit diesen *Projekten* meint.

»Sie beide leugnen also weiterhin eine Beziehung zueinander?«

»Ja«, antwortet er sofort. »Nächste Frage.«

»Denise Fitzsimons, ich schreibe für den Blog *Celebritea*«, meldet sich eine junge Frau, nicht älter als zwanzig. »Ich habe ebenfalls eine Frage an Miss Penn.«

Caleb sieht mich fragend an, und ich nicke, woraufhin er Platz macht. Erneut schlägt mein Herz ein wenig schneller, aber ich versuche, es mir nicht anmerken zu lassen. Wenn ich diesen Job ein Jahr lang durchziehen will, muss ich mich an Situationen wie diese gewöhnen.

»Miss Penn, wo wohnen Sie aktuell?«

Verdammt. Eine so simple Frage, die so schwer zu beantworten ist. »Aktuell bin ich in einem Hotel untergekommen. Langfristig habe ich dazu noch keine Entscheidung gefällt.«

Ich spüre, dass Caleb sich an meiner Seite verkrampft. Ich ignoriere ihn.

Die Reporterin tippt kurz auf ihrem iPad herum, dann sieht sie mich wieder an. Trotz ihres jungen Alters wirkt sie beeindruckend professionell. Vielleicht sollte ich sie bitten, mir ein paar Tipps zu geben. »Sie planen also nicht, in Ihre alte Wohnung zurückzukehren? Und gibt es nicht auch in diesem Gebäude mehrere Apartments?«

»Ähm«, mache ich unwillkürlich und zermartere mir das Hirn, ob Mrs Yeon oder Rahel darüber etwas gesagt haben. Aber soweit ich mich erinnere, war meine Wohnsituation nie Thema, was ziemlich dumm ist, wie mir jetzt aufgeht. Wie soll ich erklären, dass die alte Wohnung keine Option ist, wo Caleb doch vor ein paar Minuten erzählt hat, dass dort nichts Aufregendes passiert ist?

Caleb, der meine Überforderung offensichtlich bemerkt, tritt ans Mikro heran. »Miss Penn ist inzwischen eine Persönlichkeit in der Stadt, und auch ihr Privatvermögen hat sich verändert. Das birgt grundsätzlich ein gewisses Sicherheitsrisiko, weswegen wir Miss Penns Apartment derzeit nicht als dauerhaften Wohnort in Betracht ziehen.«

»Ist für dieses Sicherheitsrisiko Ihr Stalker verantwortlich? Gab es Forderungen?«

»Bitte nur ein bis zwei Fragen pro Person, Miss Fitzsimons. Vielen Dank.«

Die Frau, die neben Denise Fitzsimons gesessen hat, steht auf und hebt die Hand, ohne allerdings auf eine Aufforderung zu warten. »Shaniqua Porter, ebenfalls von *Celebritea*. Geht von dem Stalker eine akute Gefahr aus, und hat es bereits Forderungen gegeben?«

Ich seufze, kann den beiden aber irgendwie auch keinen Vorwurf machen, dass sie ihre Chance nutzen.

»Wir werden keine Ermittlungen behindern, indem wir Informationen herausgeben, die für die Öffentlichkeit nicht von Belang sind, Miss Porter«, springt Caleb erneut ein. »Ich bitte um Ihr Verständnis in dieser Sache. Akute Gefahr oder nicht, wir möchten diese Sache so schnell wie möglich hinter uns lassen.«

»Haben Sie Angst, Miss Penn?«, fragt sie unbeirrt weiter.

Ich lehne mich zum Mikrofon. »Eine solche Situation würde sich wohl für jeden von uns bedrohlich anfühlen, ja. Aber ich fühle mich gut aufgehoben bei den Menschen, die für meine Sicherheit verantwortlich sind.«

»Unser Sicherheitschef ist unbesorgt«, ergänzt Caleb. Wieder eine glatte Lüge. Tony wirkt so gestresst, dass ich mir ernsthafte Gedanken um seinen Blutdruck mache. Aber ich lächle nur wieder und hoffe inständig, dass uns jemand unsere Lügen abkauft.

7

Nach einer weiteren Viertelstunde verkündet Caleb, dass die Zeit nun rum sei. Es ertönen einige empörte Rufe aus dem Publikum, die Caleb allerdings einfach ignoriert und stattdessen die Pressekonferenz höflich, aber bestimmt beendet.

Meine Beine zittern, während ich vor Caleb durch den Raum auf die Tür zusteuere, neben der Rahel, Mrs Yeon, Estha und Tony warten. Weitere Fragen werden auf uns abgefeuert, aber ich höre bewusst nicht hin. Meine Handflächen fühlen sich noch immer schwitzig an, und ich brauche dringend einen Schluck Wasser, trotzdem fühle ich mich gut. Das hier war eine enorme Hürde, und ich habe sie gemeistert.

Wortlos öffnet Tony die Tür und lässt uns hindurchgehen. Ich habe nicht bemerkt, dass ich den Atem angehalten habe, bis das Stimmengewirr und die Geräusche von über den Boden schabenden Stühlen hinter uns verstummen.

»Das war gut«, sagt Mrs Yeon, die ihr Tablet vor die Brust gedrückt hält und lächelt wie eine stolze Mutter. »Wirklich, Julie. Sie waren sehr souverän.«

Ich spüre, wie mir das Blut ins Gesicht schießt. »Vielen Dank.«

»Mr Freeman erwartet Sie in Ihrem Büro, Mr Bonham«, ergänzt sie und dreht sich zu Caleb um. »Außerdem haben wir mehrere Interviewanfragen, die ich an Abigail weitergeleitet habe. Genau wie die Stellenausschreibungen, die Sie bitte absegnen müssten.«

Caleb nickt die verschiedenen Informationen ab. »Ich danke Ihnen. Für heute wäre das dann alles, denke ich.«

Sie wendet sich mir zu und berührt mich kurz am Ellbogen. »Bitte rufen Sie mich zeitnah an, um Ihre Arbeitswoche mit mir zu besprechen. Wir richten uns selbstverständlich nach Ihnen, trotzdem wäre ich Ihnen dankbar, wenn sich jemand im Vorfeld mit mir in Verbindung setzen würden.«

»Natürlich«, antworte ich, auch wenn ich mir nicht sicher bin, ob ich genau weiß, was ich tun soll. »Vielen Dank noch mal.«

Nachdem sie gegangen ist, atme ich einmal tief durch. Die Anspannung der letzten Stunden fällt von mir ab, und auf einmal bin ich unbeschreiblich müde. Dann wird mir allerdings etwas verspätet bewusst, was Mrs Yeon gerade zu Caleb gesagt hat, und ich sehe ihn stirnrunzelnd an. »Was will Freeman von dir?«

»Von *uns*«, verbessert er mich. »Wahrscheinlich die Stellungnahmen durchgehen. Ich bin überzeugt, dass er ein, zwei Gedanken dazu hat.«

»Großartig.«

Ein winziges Lächeln stiehlt sich auf sein Gesicht, und im nächsten Moment liegt seine Hand mit leichtem Druck auf meinem Rücken. »Keine Sorge. Danach gehen wir was essen, und du kannst ein bisschen durchatmen.«

Ein, zwei Sekunden lang genieße ich das Kribbeln, das seine Berührung in mir auslöst. Doch dann trete ich abrupt einen Schritt zurück, weg von seiner Hand. Das Lächeln erstirbt, und ich bemerke, dass er hart die Zähne zusammenbeißt, bevor er die Arme vor der Brust verschränkt.

»Julie …«

»Nicht jetzt«, unterbreche ich ihn mit einem nervösen Seitenblick auf die anderen. Rahel schaut zwar auf ihr Handy und scheint kaum etwas um sich herum mitzubekommen, doch Estha und Tony weichen demonstrativ meinem Blick aus.

Caleb öffnet den Mund, doch er kommt nicht weit. Bevor er etwas erwidern kann, wird unsere Aufmerksamkeit von Tony abgelenkt, der sich energisch vor mich schiebt. Irritiert schaue ich an ihm vorbei und entdecke eine Frau, die mit schnellen Schritten auf uns zuhält und aus der Richtung der Aufzüge zu kommen scheint. Als sie näher kommt, erkenne ich, dass es sich um eine der beiden Autorinnen dieses Blogs handelt. Diejenigen, die sich während der Pressekonferenz gegenseitig bei den Fragen abgelöst haben.

Verwirrt sehe ich Tony an. Meines Wissens ist es den Reportern nicht gestattet, hier einfach so durch die Flure zu rennen. Der Pressesaal hat einen separaten Ausgang und eigentlich sollten die Leute den Bonham Tower direkt verlassen.

»Miss«, sagt Tony, während sich Estha vor Caleb stellt. »Bitte gehen Sie zurück in die Lobby. Unbefugten ist das Betreten dieses Korridors nicht gestattet.«

»Entspannen Sie sich, Kojak«, sagt sie lässig. Ich bin ein bisschen beeindruckt, dass sie sich von Tony überhaupt nicht einschüchtern lässt. »Sie werden hören wollen, was ich Ihnen zu sagen habe.«

Tony sieht Caleb und mich an, und als Caleb nickt, treten er und Estha einen Schritt zur Seite. Trotzdem bleibt seine Haltung angespannt, als würde er sich darauf vorbereiten, jeden Moment in die Flugbahn einer Kugel zu springen.

»Wie war noch mal Ihr Name?«, fragt Rahel, die ihr Telefon weggesteckt hat und genauso misstrauisch dreinblickt wie der Rest von uns.

»Denise Fitzsimons«, antworte ich und ernte dafür eine Reihe überraschter Blicke. Ich zucke mit den Schultern. »Sie sind mir in Erinnerung geblieben.«

Die Reporterin lächelt mich kühl an. »Das werte ich gerne als Kompliment.«

Darauf sage ich nichts. Die Presse gehört nicht unbedingt zu meiner Lieblingsgruppe an Menschen. Natürlich kann man sie nicht alle über einen Kamm scheren, aber meine Einstellung ihnen gegenüber würde ich grundsätzlich als *misstrauisch* bezeichnen.

»Kommen Sie zur Sache«, fordert Caleb, dessen aufgesetzte Höflichkeit offensichtlich Geschichte ist.

Denise Fitzsimons öffnet eine schwarze Umhängetasche und zieht ihr Tablet heraus. Bevor sie es entsperrt, verharren ihre Finger über dem Touchscreen, und sie schaut mich an. »Ich möchte Ihre Zusicherung, dass ich, sollte hierfür eine Stellungnahme erfolgen, ein Exklusivrecht erhalte. Ein Interview, vor allen anderen.«

Unsicher sehe ich Caleb an. Seine Miene ist starr, doch er nickt kaum merklich.

»*Falls* es zu einer öffentlichen Stellungnahme kommt«, präzisiert Rahel deutlich. »Sie scheinen sehr überzeugt von Ihren Informationen zu sein, Miss Fitzsimons. Ich hoffe für Sie, dass sie unsere Zeit wert sind.«

Ihre Augenbraue wandert in die Höhe, aber ansonsten zeigt Miss Fitzsimons keinerlei Reaktion auf Rahels sarkastischen Tonfall. Stattdessen entsperrt sie ihr Tablet, tippt darauf herum und reicht mir dann das Gerät. Auch Caleb beugt sich darüber.

Mein Herz beginnt zu rasen. Dann, als ich das Foto auf dem Display mustere, bleibt es plötzlich stehen. Meine Finger werden taub, als mein Gehirn die Puzzleteile dessen zusammensetzt, was ich da gerade sehe.

Es handelt sich um ein Foto von einer Wand. Einer ursprünglich weißen, schlichten Wand. Doch das, was meinen ganzen Körper vor Angst kribbeln lässt, ist das, was an der Wand befestigt ist: Fotos, Dokumente, Karteikarten, auf die verschiedene Namen geschrieben wurden. Dazwischen wurden rote Fäden gespannt, um die einzelnen Elemente zu verbinden. Dieses ganze Konstrukt erinnert an ein Ermittlungsboard aus Krimiserien. Oder aber an gruselige Moodboards, die sich durchgeknallte Psychos in ihren Kellern von ihren Opfern machen.

»What the fuck«, murmele ich und zoome an die drei größten Bilder heran, die sich in der Mitte der Struktur befinden und zu einem Dreieck angeordnet sind. Das obere zeigt Sylvias Gesicht, wahrscheinlich ein Pressefoto – sehr förmlich und eindeutig gestellt. Links und rechts darunter hängen Aufnahmen von Caleb und mir. Auch Calebs Bild sieht aus, als wäre es von der Homepage von *Bonham Industries* kopiert. Das von mir erkenne ich auf Anhieb: Es handelt sich um eine vergrößerte, leicht körnige Version meines Studierendenausweises.

Caleb ist der Erste, der seine Stimme wiederfindet. »Was soll der Scheiß?«, fragt er und reißt sich von dem Anblick los, um Denise anzufunkeln, die mit verschränkten Armen vor uns steht und uns beobachtet. »Was ist das?«

»Wenn Sie mich fragen, sieht es aus, als hätten Sie einen Fan«, erwidert sie mit gelassener Stimme.

Kopfschüttelnd zoome ich noch weiter heran. Obwohl mein Foto durch die Vergrößerung unscharf ist, sehe ich da etwas auf meinem Gesicht und meiner Stirn, das nicht gleich zu erkennen ist. Erst sieht es aus wie ein unschöner Hautausschlag. Ich verenge die Augen. Als mir klar wird, worum es sich handelt, zieht sich in mir alles zusammen. Um mein Gesicht wurde ein roter Kreis gezogen.

Das ist doch krank. Und ein lächerliches Klischee, nebenbei bemerkt.

»Woher haben Sie das?«, fragt Tony, der an uns herangetreten ist und ebenfalls die Aufnahme betrachtet.

»Von einer anonymen Quelle.« Als ich sie wütend ansehe, seufzt sie. »Das sage ich nicht, weil ich den Namen nicht herausgeben will, also entspannen Sie sich. Es wurde mir tatsächlich anonym zugespielt. Ich habe keine Ahnung, woher es kommt.«

»Per E-Mail?«, hakt Tony nach.

Denise schüttelt den Kopf. »Es lag in unserem Postfach. Abgestempelt in Downtown, natürlich kein Absender. Das Original befindet sich an einem sicheren Ort.«

Erneut schüttele ich den Kopf. Das hier wird immer absurder. Jedes Mal, wenn ich denke, es könnte nicht noch abgedrehter werden, setzt dieser Typ noch einen drauf.

»Wir brauchen das Original«, stellt Caleb mit vor Wut zitternder Stimme klar. »Die Polizei muss es auf Spuren untersuchen. Und den Umschlag auch.«

»Ich will Ihnen wirklich nicht zu nahetreten, Mr Bonham. Aber nach allem, was Sie bislang über diesen Typen preisgegeben haben, und vor allem nach allem, was Sie *nicht* preisgegeben haben – glauben Sie da wirklich, dass er so etwas Banales wie Fingerabdrücke hinterlässt?«

Da gebe ich ihr recht. Natürlich ist mir klar, dass die Sachen untersucht werden müssen, trotzdem wage ich zu bezweifeln, dass die Lösung so einfach ist.

»Warum zeigen Sie uns das?«, frage ich Denise und gebe Caleb das Tablet, der auffordernd die Hand ausstreckt. »Warum haben Sie es nicht einfach veröffentlicht oder weiterverkauft? Sie hätten ordentlich daran verdienen können.«

Sie presst die Lippen zu einer dünnen Linie zusammen. Sie sieht aus, als hätte ich sie beleidigt. »Ich weiß, dass Ihre Erfahrungen mit der Presse bislang eher unerfreulich waren, Julie. Aber wir sind nicht alle so. Sie finden das vielleicht lächerlich in meiner Branche, aber ich habe moralische Ansprüche an meine Arbeit und meinen Blog. Ich will keine Lügen verbreiten, sondern die Wahrheit. Und ich will sicher nicht dazu beitragen, dass dieser Kerl weiter auf Leute schießt und schlafende Frauen durch Fenster fotografiert.«

»Sie wissen eine ganze Menge«, bemerke ich angespannt.

»Sie sind nicht so geheimnisvoll und diskret, wie Sie denken. Aber das spielt keine Rolle. Männer denken nach wie vor viel zu häufig, dass sie sich nehmen können, was sie wollen. Dass wir Frauen schwach und hilflos sind und keine Chance gegen sie haben. Nicht alle, aber leider immer noch viel zu viele.«

Überrascht hebe ich eine Augenbraue. Dass so etwas wie Berufsehre unter der Presse tatsächlich noch zu existieren scheint, ist gut zu wissen. »Also überlassen Sie uns das einfach so? Nur an die Bedingung geknüpft, dass ich mit Ihnen rede, sollten wir damit an die Öffentlichkeit gehen?«

»Ich schicke Ihnen die Originalaufnahme. Unter der Bedingung, dass Sie mir ein umfangreiches Interview zusichern, ja. Ich will Exklusivrechte an dieser Story.«

»Abgemacht.« Ich kann nicht fassen, dass ich tatsächlich einen Deal mit einer Frau von der Presse mache, und ich bin wirklich alles andere als scharf auf ein Interview, auch wenn dieser Termin nicht weiter spezifiziert irgendwo in der Zukunft liegt. Aber ich habe keine andere Wahl.

Denise nickt zufrieden. Rahel räuspert sich und fragt sie nach ihren Kontaktdaten, während ich mich zu Caleb rüber lehne und mir erneut die Aufnahme ansehe. Das alles ist so verrückt! Bilder von einem gesichtslosen Mann steigen vor meinem inneren Auge auf. Ein Mann, der in einem schlecht beleuchteten Keller herumläuft und Fotos an die Wand pinnt, dabei böse lacht und die Handflächen aneinanderreibt wie ein Schurke aus einem alten Schwarz-Weiß-Film.

Ich spüre Calebs Wärme, nehme seinen Geruch wahr. In den letzten Minuten habe ich meine Zweifel ihm gegenüber beinahe vergessen. Doch jetzt wird der gesichtslose Mann in meiner Vorstellung durch Caleb ersetzt. Besteht auch nur die geringste Chance, dass er dieses kranke Schaubild erstellt haben könnte? In einem geheimen Abstellraum in seinem Penthouse oder so? Aber warum sollte er ein Foto von sich selbst ausdrucken und an die verdammte Wand hängen? Das ergibt einfach keinen Sinn!

Mit zusammengekniffenen Augen mustere ich ein paar kleinere Fotos, die neben der vergrößerten Kopie meines Studierendenausweises befestigt sind. Ich würde die Bilder vermutlich nicht erkennen, wenn ich sie nicht schon einmal gesehen hätte – ich, schlafend in meinem Bett; ich, wie ich in Calebs Wagen einsteige; ich, auf meinem Fahrrad, wahrscheinlich auf dem Weg zur Uni. Das erste Foto aus der Presse, auf dem es so aussieht, als würden Caleb und ich uns küssen. Doch es sind auch ein paar mir noch unbekannte Aufnahmen dabei: eines von mir am Strand, das ziemlich sicher vergangenes Wochenende in den Hamptons aufgenommen wurde. Oder eines, auf dem Bonnie und ich in einem Café sitzen und uns unterhalten. Bonnie ist nur von der Seite zu sehen, doch man erkennt, dass sie über irgendetwas lacht.

Mein Herz krampft sich so schmerzhaft zusammen, dass sich meine Hände zu Fäusten ballen. Der Kerl hat mich beobachtet. Das überrascht mich natürlich nicht, trotzdem frage ich mich plötzlich, ob der Angriff auf Bonnie möglicherweise doch kein Unfall oder eine Verwechslung gewesen ist. Vielleicht war es eine Botschaft. An mich.

Ich spüre, wie meine Augen feucht werden. Schließlich fällt mein Blick auf ein einzelnes Foto, das ein wenig abgesondert von den anderen hängt.

»Das ist mein Dad«, flüstere ich erschrocken. Das Tablet und der Flur, in dem wir stehen, verschwimmen vor meinen Augen. Plötzlich habe ich das Gefühl, nicht genügend Luft zu bekommen. »Entschuldigt mich«, keuche ich und wende mich ab. Die Gedanken überschlagen sich in meinem Verstand, und die immer größer werdende Angst frisst sich in meine Eingeweide wie Gift. »Ich bin sofort wieder da.«

»Ich komme mit«, sagt Caleb sofort, doch ich schüttele nur energisch den Kopf.

»Ich muss auf die Toilette«, presse ich hervor. »Dauert nicht lange. Denise, vielen Dank. Es hat mich sehr gefreut.«

Ohne auf eine Antwort zu warten, gehe ich mit großen Schritten in die Richtung, in der die Personaltoilette liegt. Mir dreht sich der Magen um, während mein Gehirn immer und immer wieder das Bild meines Vaters heraufbeschwört. Es war kein Familienfoto, keine Aufnahme, die der Kerl irgendwo aus dem Internet oder von Dads Facebook-Seite kopiert haben kann. Dieses Bild ist aus der Entfernung gemacht worden, genau wie die von mir. Mein Dad hat darauf einen Thermobecher in der einen, einen Stapel Post in der anderen Hand und geht gerade auf die Haustür meines Elternhauses zu. Dieses Foto wurde heimlich gemacht. Also hat dieses Arschloch nicht nur mich, sondern auch meine Familie beobachtet.

Ich schaffe es gerade noch durch die Tür und in eine der kleinen Kabinen, beuge mich über die Kloschüssel und spucke mein spärliches Frühstück in die Toilette. Tränen laufen mir über die Wangen und meine Finger verkrampfen sich vor meinem Bauch, während ich mich lautstark übergebe, bis nur noch ein trockenes Würgen übrig bleibt. Ich schnappe nach Luft und sinke auf die Knie, um zu Atem zu kommen.

Keuchend wische ich mir den Schweiß von der Stirn, bevor ich mich aufrapple, die Kabine verlasse und mir den Mund ausspüle. Danach nehme ich die Brille ab, schöpfe ein bisschen kaltes Wasser in meine Hände und kippe es mir ins Gesicht. Als ich die Augen wieder öffne und mein Blick auf mein Spiegelbild fällt, schluchze ich leise auf. Das sorgsam aufgetragene Make-up ist verschmiert, unter meinen Augen ziehen sich schwarze Schlieren aus Wimperntusche über meine Wangen. Meine Haare haben sich vorne aus meiner Frisur gelöst und stehen durch das viele Haarspray beinahe senkrecht von meinem Kopf ab.

So kann ich nicht zurückgehen. So kann ich mich dem allem nicht stellen, nicht mit Freeman reden, mit Tony und Caleb …

Mein Atem verlässt stoßweise meinen Mund. Ich habe das widerliche Gefühl, der Halsausschnitt meiner Bluse würde auf meinen Hals drücken. Ich schließe wieder die Augen und versuche mich zu beruhigen, ohne Erfolg. Die Angst um meine Familie, um meinen Dad, Bonnie und um mich selbst bricht über mir herein und droht mich unter sich zu begraben.

Ohne weiter darüber nachzudenken, schiebe ich mir die Brille auf die Nase, reiße die Tür auf und biege nach links ab, in die entgegengesetzte Richtung des Flurs, in dem die anderen sicher bereits auf mich warten. Ich habe das Gefühl zu ersticken. Ich brauche frische Luft, die nicht von Lufterfrischer und den Aftershaves und Parfüms unzähliger Menschen durchsetzt ist.

Ich habe keine Ahnung, wohin ich gehe. In diesem Teil des Gebäudes kenne ich mich nicht aus – selbst wenn Caleb mir während seiner ersten Führung vor knapp zwei Wochen diese Korridore gezeigt hat, kann ich mich nicht daran erinnern. Nach ein paar Minuten finde ich den Eingang zu einem Treppenhaus und renne die Treppen herunter. Als irgendwann eine Tür in Sicht kommt, wird mir vor Erleichterung beinahe schwindelig. Ich reiße sie auf und renne auf eine schmale Seitenstraße hinaus. Hier stehen ein paar Mülltonnen, also handelt es sich wahrscheinlich um den Ein- und Ausgang des Reinigungspersonals. Mit dem Rücken lehne ich mich gegen die Hauswand, während die Welt sich um mich herum zu drehen beginnt. Ich bin mir nicht sicher, ob ich hyperventiliere, ich bin mir nicht einmal sicher, ob ich überhaupt atme. Mein gesamter Körper fühlt sich taub an und scheint mir nicht mehr richtig zu gehorchen. Ich bin so unfassbar wütend. Auf den Stalker, auf die ganze Welt! Ich lasse mich an der Wand zu Boden gleiten, während ich versuche, meine Gefühle unter Kontrolle zu bringen. Am liebsten würde ich schreien oder auf etwas einschlagen.

Ich sollte Estha schreiben, damit sie sich keine Sorgen macht, aber dann würde es kaum fünf Minuten dauern, bis Caleb hier auftaucht. Den Vortrag, dass ich nicht weglaufen soll, kann ich mir auch später noch anhören. Vielleicht sollte ich einfach nach Hause gehen und die Klingel abschalten. Allerdings habe ich kein Zuhause. Zumindest keins, das nicht mit polizeilichem Absperrband gesichert ist. Und ich bin mir ziemlich sicher, dass das Brechen eines solchen polizeilichen Siegels eine Straftat ist. Andererseits … im Gefängnis würden mich alle in Ruhe lassen. Ich müsste niemanden sehen, mit niemandem sprechen und die Schlagzeilen in der Presse würden mich nicht erreichen.

Erschrocken zucke ich zusammen, als die Tür hinter mir aufgerissen wird. Beinahe rechne ich damit, von der Security vom Gelände begleitet zu werden, weil sie mich für eine Obdachlose oder eine Unruhestifterin halten. Aber es ist Tony, der sich mit weit aufgerissenen Augen und wütendem Gesichtsausdruck vor mir aufbaut.

8

Ein paar Sekunden lang steht Tony einfach nur da und sieht mich an. Ich will lieber gar nicht wissen, welches Bild sich ihm gerade bietet. Ich muss wirklich furchtbar aussehen, denn er seufzt schließlich, knöpft sein Jackett auf und setzt sich einfach neben mich.

Einen Moment lang bin ich völlig verwirrt und sehe ihn abwartend an, weil ich einen Wutausbruch erwarte. Aber Tony schweigt, hebt den Arm und legt ihn um meine Schultern, bevor er mich an sich zieht. Reflexartig versteife ich mich. Ich bin nicht der kuschelige Typ, und mein Verstand schreit mich an, dass Tony auf der falschen Seite steht. Dass er für den Mann arbeitet, der für mindestens die Hälfte meiner Sorgen, für die Hälfte der Gründe meines Nervenzusammenbruchs verantwortlich ist.

Doch das Bedürfnis nach Halt und nach einem Menschen, der mich versteht und mich vor der Realität abschirmt, ist lauter als meine Zweifel. Ich vertraue Tony. Ich vertraue ihm seit Wochen buchstäblich mein Leben an.

Ich lehne meinen Kopf an seine Schulter und lausche seinem gleichmäßigen Atem. Versuche mich zu beruhigen, meine kreisenden Gedanken, die Wut und die Panik niederzukämpfen. Und es gelingt. Tonys ruhige, besonnene Art scheint mich zu erden und ich spüre, dass mein Herzschlag sich allmählich beruhigt.

»Ich komme wieder rein«, sage ich nach ein paar Minuten

und wische mir unter den Augen entlang, in dem verzweifelten Versuch, mich wieder in eine präsentable Version meiner selbst zu verwandeln. »Ich will nicht, dass du und Estha gefeuert werdet, weil ich hier ein Drama veranstalte.«

»Seien Sie nicht albern. Sie sind genauso meine Chefin wie Mr Bonham.«

Ich lache trocken. »Ich bin mir ziemlich sicher, dass er und sämtliche Angestellte von *Bonham Industries* das anders sehen.«

Ich spüre seinen Blick von der Seite. »Wenn Sie mir den Kommentar erlauben: Sie sollten den Menschen in Ihrer Umgebung ein wenig mehr Vertrauen schenken. Zumindest einigen. Sie stehen nicht alleine da.«

»Ach nein?«

Er schweigt ein paar Sekunden lang. Ich kann die Rädchen in seinem Kopf beinahe rattern hören, genau wie die unausgesprochenen Fragen, die in seinem Schweigen mitschwingen.

Schließlich räuspert er sich. »Sagen Sie mir, was passiert ist, Julie.«

Seufzend lasse ich den Hinterkopf gegen die Wand sinken. »Nimm mir das bitte nicht übel, aber du bist wahrscheinlich nicht die Person, mit der ich darüber reden sollte.«

»Oder genau die richtige«, bemerkt er schmunzelnd. »Mein Berufszweig ist für Diskretion bekannt.«

Kopfschüttelnd mustere ich ihn. Ich sollte nicht mit ihm sprechen. Selbst wenn er mir glauben und mich nicht direkt bei Caleb verpetzen würde, brächte ich ihn in eine unangenehme Lage.

»Ich habe dir nicht alles erzählt«, sage ich trotzdem, während ich gleichzeitig nach den passenden Worten suche. »Von der Nacht in den Hamptons.«

»Das habe ich mir schon gedacht.«

Natürlich hat er das. Geheimnisse sind vor ihm vermutlich so schwer zu verbergen wie vor einem Lügendetektor. »Ich habe etwas gesehen, als ich in der Terrassentür stand. Mehr als die Katze, meine ich.«

Er nickt langsam. Sein Gesicht ist ernst, aber er wirkt nicht wütend oder – was noch viel schlimmer wäre – enttäuscht, weil ich ihm etwas verschwiegen habe. »Was haben Sie gesehen?«

»Caleb.« Allein seinen Namen auszusprechen, löst unzählige Gefühle in mir aus. »Er war draußen in den Dünen. Er hat mich nicht bemerkt, aber ich bin mir zu hundert Prozent sicher, dass er es gewesen ist. Er hat weder die Alarmanlage ausgelöst noch hat er mich geweckt oder mich irgendwie sonst gewarnt. Die Tür stand sperrangelweit offen, eine tote Katze lag auf der Fußmatte und er ist ums Haus herumgeschlichen. Mitten in der Nacht.«

Tonys Blick wird forschend. Ich muss meine Vermutung nicht aussprechen, er versteht auch so, worauf ich anspiele. Ehrlich gesagt rechne ich mich allem – damit, dass er ausrastet und mich anschreit oder mir sagt, meine Überlegungen seien dumm. Dass er sich über mich lustig macht.

Aber er tut nichts dergleichen. Er sieht mich einfach nur an und scheint seine Worte sorgsam abzuwägen. »Ich gehe davon aus, Sie haben mit Caleb nicht über Ihre Befürchtungen gesprochen.«

»Ich habe es versucht. Aber er hat mich angelogen, Tony«, sage ich heftig. »Er hat mir erzählt, er habe sich draußen einfach nur ein bisschen umgesehen, aber er muss weiter gegangen sein! Viel weiter, wenn er die Polizeilichter nicht einmal bemerkt hat. Er war … wie lange weg? Eine halbe Stunde?«

»Darf ich ganz ehrlich sein?«

Ich zucke mit den Schultern. »Natürlich.«

»Glauben Sie wirklich, sind Sie vollkommen überzeugt, dass Caleb zu so etwas fähig wäre? Denken Sie an alles, was Ihnen in den letzten Wochen passiert ist. Die Fotos aus Ihrem Schlafzimmer, der Überfall auf Ihre Freundin. Die Katze. Das Board, das Miss Fitzsimons uns gerade eben gezeigt hat. Können Sie sich vorstellen, dass Caleb das alles getan hat? Auf Ihrer Feuertreppe gehockt, auf Bonnie geschossen und eine tote Katze vor Ihre Tür gelegt?«

Bei seiner brutalen Ehrlichkeit zucke ich ein wenig zusammen. »Nein«, flüstere ich leise. »Das kann ich nicht. Aber ich weiß auch, dass Caleb Mittel und Wege hätte, diese Dinge zu veranlassen. Oder willst du das abstreiten?«

»Ich denke, das Ganze ist eine Abwägungssache. Natürlich hätte Mr Bonham genug Geld, um jemanden zu engagieren.« Er stößt sacht mit der Schulter gegen meine. »Aber traue ich ihm zu, das Ganze zu planen, in Auftrag zu geben und dann so mit Ihnen umzugehen, wie er es getan hat? Ganz klar nein. Ich habe beobachtet, wie er Sie ansieht, Julie. Selbst, wenn Sie es nicht bemerken. Warum sollte er schauspielern, wenn niemand hinsieht?«

»*Du* hast offensichtlich hingesehen.«

Er seufzt leise. »Niemand macht Ihnen einen Vorwurf, Julie, am allerwenigsten ich. Ich arbeite lang genug in diesem Beruf, um zu verstehen, dass man irgendwann an jeder Ecke Monster sieht. Vor allem, wenn diese Monster es ganz real auf einen abgesehen haben, was ich noch nie erlebt habe.«

»Aber du hältst meine Gedanken für dumm«, schlussfolgere ich.

»Nicht für dumm«, korrigiert er sofort. »Nur für verzweifelt.«

Ich ringe die Hände. »Egal, was du sagst, zu jedem Argument gäbe es ein Gegenargument. Caleb besitzt so viel Geld, dass er im Grunde alles in die Wege leiten könnte, was er will. Selbst ein Alibi würde ihn nicht entlasten.«

Ein Gerät an Tonys Gürtel piept. Er betätigt ein paar Tasten, dann richtet er sich wieder auf und dreht sich mir zu. »Wussten Sie, dass Caleb drei neue Personenschützer engagiert hat, seit dieses ganze Drama begonnen hat?«

Verwirrt runzele ich die Stirn. »Nein. Warum sollte mich das interessieren?«

»Weil diese drei Menschen seit zehn Tagen bei Ihren Freunden und Ihrer Familie positioniert sind.« Er zuckt mit den Schultern, als ich die Augenbrauen hebe. »Einer bei Ihrem Vater und Ihrer Stiefmutter in Dayton, einer bei Ihrer Mitbewohnerin Miss Prasad und ein dritter in einem Flur im Krankenhaus, in dem Ihre verletzte Freundin liegt. Sie werden zwischendurch von unserem Personal abgelöst, aber unterm Strich hat Caleb drei Leute engagiert, einzig und allein, um Ihre Familie und Freunde zu beschützen.«

Meine Gedanken überschlagen sich. Nein, davon habe ich nichts gewusst. Kurz frage ich mich, warum Caleb es mir nicht erzählt hat, doch ehrlich gesagt kann ich es mir bereits denken: Bislang habe ich nie sonderlich gut auf Sicherheitsmaßnahmen reagiert. Ich habe mich sogar gegen meine eigene Personenschützerin gewehrt. Gegen Vorkehrungen, die meine Freunde und meinen Dad betreffen, hätte ich zwar nichts einzuwenden gehabt, aber ein Teil von mir kann nachvollziehen, warum Caleb es mir verschwiegen hat.

Würde Caleb Personenschutz anfordern, um die Menschen zu beschützen, gegen die er im Geheimen Pläne schmiedet? Das ergibt selbst für meinen paranoiden Verstand keinen Sinn.

»Aber …«, beginne ich, breche dann aber ab, weil die Worte sich in meinem Kopf zu einem nicht zu entwirrenden Knoten verheddern. Tausend Situationen kommen mir in den Sinn, in denen Caleb sich nicht wie ein durchgeknallter Stalker verhalten hat. Als er mir Estha aufgedrängt hat, zum Beispiel. Oder als er Tony angewiesen hat, die Türschlösser in meiner alten WG zu überprüfen und auszuwechseln. Er hat darauf bestanden, dass ich nicht mit dem Fahrrad zur Arbeit fahre, sondern stattdessen von einem Wagen abgeholt werde. Er hat völlig hysterisch Daniel verdächtigt, als wir von der Spendengala nach Hause gefahren sind.

»Was hat er dann in der Nacht gemacht?«, flüstere ich. Es drängt mich, all die Dinge, die gegen Caleb sprechen, aufrechtzuerhalten, doch es fühlt sich an, als würde ich versuchen, Wasser mit bloßen Händen zu schöpfen. Ich weiß nicht mehr, was ich denken soll.

»Vielleicht wäre es das Beste, wenn Sie ihn selbst fragen«, schlägt Tony vor und lächelt milde, als ich aufsehe. Es besteht immer noch die winzige Möglichkeit, dass Tony mich ebenfalls anlügt, aber ehrlich gesagt habe ich keine Sekunde wirklich daran geglaubt.

»Falls er unschuldig ist und erfährt, was ich ihm zutraue, wird er mich hassen«, sage ich verzweifelt und stöhne, während ich meine Stirn auf die Knie meiner angewinkelten Beine sinken lasse. »Es gibt hierfür keine simple Lösung, Tony. Tut mir leid.«

Tony lacht leise. »Sie machen die Sache unnötig kompliziert, Julie. Mr Bonham könnte Sie niemals hassen.«

Ich weiß, dass er mich zu trösten versucht, aber seine Worte erreichen meinen Verstand nicht. Ich bin so durcheinander, dass es mir schwerfällt, rational zu denken. Mein Herz allerdings scheint das erste Mal seit der Nacht in den Hamptons wieder kräftig und regelmäßig zu schlagen, als wäre eine gewaltige Last von ihm abgefallen. An Caleb zu zweifeln und meine Gefühle zu unterdrücken, war so unfassbar anstrengend, dass es sich jetzt beinahe so anfühlt, als würde mein Herz in meiner Brust jubeln. Wenn das hier vorbei ist, brauche ich eine wirklich gute Therapeutin.

Langsam schüttele ich den Kopf. »Er würde mir nicht verzeihen, dass ich ihn verdächtigt habe. *Ich* wäre wütend, wenn er mir so etwas zutrauen würde. Das wäre jeder.«

»Na ja, dann sollten wir beide dankbar dafür sein, dass ich ein besserer Mensch bin als *jeder*«, ertönt eine dunkle Stimme aus Richtung der Tür.

Ich schrecke hoch. Vor Tony steht Caleb, die Arme vor der Brust verschränkt und mit ausdrucksloser Miene. Lediglich der Muskel, der an seinem Kiefer zuckt, verrät die Gefühle, die in ihm toben. Ich habe ihn nicht kommen hören, habe nicht einmal mitbekommen, dass jemand die schwere Sicherheitstür geöffnet hat.

Verzweifelt nach den passenden Worten suchend rapple ich mich auf. Es sieht nicht danach aus, als wolle Caleb sich zu unserer gemütlichen Runde auf dem Boden gesellen, und ich will nicht von dort aus zu ihm hinaufschauen müssen. Tony erhebt sich ebenfalls, wenn auch deutlich eleganter als ich. Er sucht Calebs Blick, dann nickt er kurz und entfernt sich Richtung Straße. Diese kleine Gasse hat auf der anderen Seite ein totes Ende, deswegen gehe ich davon aus, dass Tony am Zugang wartet, um uns ein bisschen Privatsphäre zu gönnen, gleichzeitig aber seinen Job zu machen. Ich sehe ihm hinterher und muss mich gewaltig zusammenreißen, ihn nicht zu bitten, zu bleiben.

Sobald er außer Hörweite ist, kommt Caleb auf mich zu. Der Blick in seinen dunklen Augen ist so intensiv, dass ich ein Schaudern unterdrücken muss.

»Ich habe dich gesucht«, sagt er trocken. »Wieder einmal.«

Der Vorwurf schwingt in jedem seiner Worte mit und automatisch versteife ich mich. »Ich wollte nicht weglaufen. Ich brauchte ein bisschen frische Luft, aber ich wäre gleich wieder reingekommen.«

»Du kannst so etwas nicht mehr machen, Julie.« Er hebt frustriert die Hand und fährt sich mit den Fingern durch die Haare. »Ich versuche wirklich, dich zu beschützen, aber es würde nicht schaden, wenn du mir dabei ein bisschen helfen könntest. Ich kann mich nicht konzentrieren, wenn ich ständig Angst haben muss, dass du verschwindest.«

Ich schnaube. »Du tust so, als wäre ich eine ungezogene Dreijährige, Caleb. Ich bin erwachsen, ich darf gehen, wohin ich will. Und wenn ich das ohne Babysitter tun will, dann ist das mein gutes Recht.«

Der Laut, den er ausstößt, klingt wie ein Knurren. »Warum bist du so starrsinnig? Warum muss alles, was mit dir zu tun hat, immer so wahnsinnig kompliziert sein?«

»Wow«, sage ich mit einem trockenen Lachen und schlinge die Arme um meinen Oberkörper. Ich weiß, dass Caleb nur frustriert ist, trotzdem treffen mich seine Worte. Bei ihm klingt es, als wäre ich ein Problem, das so schnell wie möglich behoben werden muss. »Wenn ich dir so sehr auf die Nerven gehe, dann solltest du meine Sicherheit vielleicht einfach mir selbst überlassen. Im Grunde geht es dich auch überhaupt nichts an, was ich tue und wo oder mit wem, Caleb. Wenn ich mitten in der Nacht alleine über einsame Feldwege spazieren wollte, dann wäre das nicht dein Problem.«

»Nicht mein Problem?«, wiederholt er ungläubig. »Julie, hast du eigentlich eine Vorstellung davon, was ich in den letzten zwei Tagen durchgemacht habe?«

»Ja.« Ich hebe das Kinn. »Ich hatte auch keine tolle Zeit.«

Caleb öffnet den Mund, kommt aber nicht weit, denn in dem Moment ertönt hinter uns ein Räuspern. Offensichtlich ist Tony wieder da, um uns daran zu erinnern, dass wir uns noch immer auf offener Straße neben dem Hauptsitz von *Bonham Industries* befinden. Nach der Pressekonferenz sind mit Sicherheit noch vereinzelte Reporter in der Gegend, und auch wenn es sich bei der Gasse um einen Privatweg handelt, ist es vermutlich keine gute Idee, unsere Beziehungskiste hier draußen auszudiskutieren.

Für eine Sekunde schließt Caleb die Augen und atmet einmal tief durch, bevor er sich aufrichtet und seinen Bodyguard genervt ansieht. Offenbar hat er genauso wenig Lust, zurück ins Büro zu gehen wie ich. Aber jetzt zu schwänzen ist keine Option. Ich kann nicht erwarten, dass der Vorstand und die Öffentlichkeit mich ernst nehmen, wenn ich genau das tue, was sie von mir erwarten: die Arbeit und meine Verantwortung vernachlässigen, um meine Privatangelegenheiten zu diskutieren oder alternativ ein bisschen in Selbstmitleid zu baden. Ich bin bereit, mit Caleb zu sprechen. Aber das muss bis heute Abend warten.

Also trete ich seufzend einen Schritt zurück und werfe Tony einen schnellen Blick zu. Er lächelt aufmunternd, was eine nette Abwechslung zu seiner ansonsten so ernsten Miene ist.

»Was steht an?«, frage ich resigniert, um mich auf das Wesentliche zu konzentrieren und mich von meinen Grübeleien abzulenken.

Caleb verschränkt die Arme vor der Brust. »Wir gehen essen. Und reden. Danach geht's weiter.«

»Und Freeman?«

»Der erwartet meinen Anruf, wenn wir zurückkommen.« Als er meinen zweifelnden Blick sieht, zieht er die Augenbrauen hoch. »Wir hatten keine Mittagspause, Julie. Es gibt also keinen Grund, dieses Gespräch nicht genau jetzt zu führen.«

Mein Schnauben trieft nur so vor Spott. »Wir haben gerade eben öffentlich erklärt, dass wir dicke Freunde sind und alles super läuft. Sich in einem Restaurant zu streiten, ist sicher eine ganz tolle Idee.«

Plötzlich kribbelt es in meinem Nacken, und ich sehe mich um, darauf gefasst, in ein Dutzend gezückter Kameras zu blicken. Die Seitengasse führt zwar nirgendwohin und wird deswegen wahrscheinlich nur von Mitarbeitenden der Firma und des Nachbargebäudes genutzt, trotzdem hätte man unseren Streit von der Hauptstraße aus mitbekommen können. Der nächste Skandal kann meiner Ansicht nach gerne noch ein paar Tage auf sich warten lassen, zumal unsere Pressekonferenz wahrscheinlich schon genug Staub aufwirbeln wird.

»Ich muss mit meinem Vater sprechen«, sage ich seufzend. Mein Verstand klärt sich allmählich. »Ich muss ihm reinen Wein einschenken, sonst kommt er persönlich her und reißt mir den Kopf ab, weil er alles aus der Presse erfahren hat.«

»Ich beschütze Ihren Kopf, Miss«, sagt Tony und überrascht mich damit ein wenig. »Aber Estha hat mir mitgeteilt, dass Ihr Vater bereits zweimal versucht hat, Sie zu erreichen. Er hat es auf Ihrem Handy und dann im Büro versucht.«

»Er macht sich Sorgen.« Ich zucke mit den Schultern und hoffe, dass man mir meine nagenden Schuldgefühle nicht ansieht. Ich hasse es, der Grund für die Sorgen meines Dads zu sein. Aber bei allem, was im Moment passiert, kann ich das kaum noch verhindern.

»Ruf ihn vom Restaurant aus an, damit er nicht ausrastet, weil er dich nicht erreicht«, schlägt Caleb knapp vor.

Ich nicke missmutig, während Tony vor uns her Richtung 6th Avenue geht, wo wahrscheinlich bereits ein Wagen auf uns wartet. Mit den Fingern reibe ich mir noch einmal übers Gesicht und versuche hastig, meine Haare zu richten.

Auf dem Weg straffe ich die Schultern und wappne mich innerlich für das Klicken der Kameras, das uns garantiert gleich empfangen wird. Normalerweise betreten und verlassen wir das Bonham Building durch die Tiefgarage, zu der Unbefugte keinen Zutritt haben. Auf diese Weise verhindern wir das Zusammentreffen mit der Presse, aber jetzt gehen wir quasi direkt auf den Haupteingang zu.

Bevor wir die Straßenecke erreichen, biegt langsam ein Auto in die kleine Seitengasse. Stirnrunzelnd sehe ich über die Schulter – die Gasse ist auf keinen Fall breit genug, um ein Auto darin zu wenden. An der Stelle, an der die Mülltonnen und ein paar beladene, verpackte Paletten stehen, passt nicht einmal ein Fahrzeug durch.

Ich bemerke nicht, dass Tony stehen geblieben ist. Hätte Caleb nicht nach meinem Arm gegriffen und mich zurückgezogen, wäre ich geradewegs in ihn hineingelaufen. Gegen sein breites Kreuz zu stoßen, wäre wahrscheinlich vergleichbar damit, gegen eine massive Steinwand zu rennen. Ich lehne mich an ihm vorbei, um den Fahrer des schwarzen Wagens ausmachen zu können, doch die Frontscheibe ist getönt und spiegelt den Himmel zu sehr, um etwas zu erkennen.

»Wie kann man sich so sehr verfahren?«, schnaube ich und stelle mich neben Tony, während ich dem Fahrer mit der Hand ein Zeichen gebe, zurückzufahren. »Das war doch klar, dass hier kein Durchkommen ist.«

»Miss Penn«, sagt Tony schneidend. »Gehen Sie zurück zu Mr Bonham.«

Eine Sekunde lang bin ich verwirrt, dann sickert die Erkenntnis in mein Bewusstsein wie Eiswasser. Ich spüre Calebs Hand an meinem Arm, als er mich neben sich zieht, dann noch ein Stück weiter, bis ich hinter ihm stehe. Mein Herz galoppiert in meiner Brust, während ich an den beiden Männern vorbei auf das Auto starre. Halb rechne ich damit, dass im nächsten Moment das Fenster heruntergelassen wird und wir uns dem Lauf einer Waffe gegenübersehen.

Doch nichts dergleichen geschieht. Stattdessen fährt der Wagen weiter, bis er komplett in die Gasse eingebogen ist. Erst jetzt fällt mir auf, dass das Auto kein Nummernschild und der Fahrer das Fernlicht eingeschaltet hat. Ich blinzle ein paarmal, aber es ist mir beinahe unmöglich, über das grelle Licht der Scheinwerfer etwas zu erkennen.

Tony ist die Anspannung deutlich anzumerken. Er wirkt größer und breiter als sonst, und er rührt sich keinen Zentimeter. Seine Hand liegt an der Waffe an seinem Gürtel.

»Fahren Sie zurück!«, brüllt er jetzt, laut genug, dass der Fahrer ihn hören muss. Das Auto, eine schwarze BMW-Limousine, ist inzwischen nur noch gut zehn, fünfzehn Meter von uns entfernt.

Keine Antwort, keine Reaktion. Immer noch bewegt sich der Wagen, jedoch so langsam, dass er kaum Schritttempo erreicht. Als würde der Fahrer überhaupt kein Gas geben.

»Mr Bonham, haben Sie Ihre Schlüsselkarte dabei?«, bellt Tony, den Blick strikt nach vorn gerichtet.

»Ja.«

»Dann gehen Sie und Miss Penn zurück. Langsam. Gehen Sie ins Gebäude und informieren Sie sofort das NYPD und die Haussecurity.«

»Tony«, sage ich mit zitternder Stimme. Die Angst droht mich beinahe zu überwältigen.

»Tun Sie, was ich Ihnen sage, Julie!«

Ich greife nach Calebs Hand. »Wir können dich nicht einfach hier alleine lassen.«

»Ich trage eine kugelsichere Weste, Miss«, antwortet er so verdammt ruhig. »Sie auch?«

Ehrlich gesagt frage ich mich für den Bruchteil einer Sekunde tatsächlich, warum Caleb und ich noch nicht mit so etwas ausgestattet wurden. Widerstrebend mache ich einen Schritt zurück. Am liebsten hätte ich mich umgedreht und wäre gerannt, aber ich traue mich nicht, dem Auto und damit auch dem Fahrer den Rücken zu kehren. Egal, wie schnell ich rennen würde, eine Kugel wäre schneller.

Mein Herz donnert inzwischen so laut in meiner Brust, dass ich mir sicher bin, Caleb müsste es hören. Ich werfe ihm einen Blick zu – sein Gesicht ist bewegungslos, die Lippen zusammengepresst, die Augen dunkel. Auch er starrt den BMW an und sieht so wütend aus, wie ich ihn noch nie in meinem Leben gesehen habe. Ich weiß, was er denkt: Gut möglich, dass der Mensch, dem wir all das Chaos in unserem Leben zu verdanken haben, kaum fünfzehn Meter von uns entfernt in diesem Wagen sitzt.

Wir sind nur noch ein paar Meter von der Tür entfernt, als Tony seine Waffe zieht und langsam auf den Wagen zugeht. Mein Herz stolpert ein paarmal. Ich bin mir sicher, dass Tony den Fahrer zu erkennen versucht und uns gleichzeitig Zeit geben will, zu verschwinden. Trotzdem kommt es mir wahnsinnig vor, auf die Gefahr zuzulaufen, anstatt vor ihr wegzurennen.

Es dauert nur eine Sekunde oder einen Bruchteil davon. Innerhalb eines unbedeutenden Wimpernschlages verändert sich die Welt um uns herum so fundamental, dass ich mir sicher bin, die Erde müsse zum Stillstand kommen. Eben noch dröhnte nichts außer dem monotonen Schnurren des Wagens und dem Schlagen meines Herzens durch die Gasse, dann höre ich ein ohrenbetäubendes Quietschen, als der Motor aufheult und die Reifen durchdrehen. Ich zucke zusammen und öffne den Mund, um Tonys Namen zu schreien, doch kein Wort dringt aus meinem Mund.

Das Nächste, was ich höre, ist ein widerliches Krachen, als Tonys Körper gegen die Motorhaube des BMWs geschmettert wird.

Das Geräusch hallt in meinen Ohren, wiederholt sich wie ein widerliches Echo tausendfach in meinem Kopf. Caleb brüllt etwas neben mir, aber es klingt mehr wie der Laut eines wilden Tieres als ein Wort. Reflexartig springe ich nach vorn, will auf Tony zurennen, der von der Motorhaube rutscht und vor dem Wagen auf dem Asphalt zusammensackt. Er versucht sich aufzurappeln, während der BMW ruckartig zurücksetzt. Tony braucht Hilfe! Er macht nicht den Eindruck, als könne er aus eigener Kraft wegrennen, denn seine Beine … Ich unterdrücke ein Würgen, als ich bemerke, dass sein rechtes Bein seltsam verdreht ist und einfach unter ihm wegknickt, als er aufstehen will.

Ich komme kaum zwei Schritte weit, da schlingt Caleb einen Arm um meine Taille und zerrt mich grob zurück. Ich wehre mich gegen seinen Griff, erstarre jedoch, als der Motor ein zweites Mal aufheult und erneut auf uns zurast. Inzwischen strömen Tränen über mein Gesicht, aber ich mache mir nicht die Mühe, sie wegzuwischen. Meine ganze Aufmerksamkeit gilt Tony, der es irgendwie geschafft hat, sich aufzurichten.

Nur am Rande nehme ich das leise Piepen des Türöffners wahr, im nächsten Moment wird Calebs Griff fester und er zieht mich rückwärts ins Gebäude.

»Du musst weg«, sagt er. Verzweiflung klingt aus jeder Silbe. »Du musst Hilfe holen, Julie.«

Meine Gedanken sind das reinste Chaos. Alles in mir drin schreit danach, zurück zu Tony zu rennen und ihm zu helfen. Ich habe keine Ahnung, wie, aber es kann einfach nicht die Lösung sein, abzuhauen und ihn in dieser verdammten Gasse mit einem Psychopathen allein zu lassen.

Caleb zieht mich weiter in den kargen Flur. Als die schwere Sicherheitstür hinter uns zufällt, dreht er mich zu sich um. Er greift nach meinen Schultern und geht ein bisschen in die Hocke, damit unsere Gesichter auf gleicher Höhe sind. Als sein Blick meinen trifft, erkenne ich die Flut an Emotionen darin: Panik, Überforderung, aber auch eiserne Entschlossenheit spiegeln sich in seinen Augen.

»Julie!«, sagt er energisch. »Atmen, Julie!«

Ich habe überhaupt nicht bemerkt, wie schnell die Luft in meine Lungen und wieder herausströmt. Ich versuche mich zu beruhigen, mich zu konzentrieren, aber immer wieder erzittert mein Körper, ohne dass ich es verhindern kann.

»Du musst mir jetzt zuhören! Hol Hilfe! Ruf Estha an und wähle den Notruf und löse den ersten Feueralarm aus, den du findest. Und dann informierst du die Mitarbeiter am Empfang. Verstanden?«

»Was machst du?«

»Ich helfe Tony.«

»Caleb …«

»Bitte«, fleht er, aber seine Stimme bricht. »Bitte, dieses eine Mal musst du auf mich hören. Bleib unter Menschen, versprich mir das. Bring dich in Sicherheit! Ich *muss* wissen, dass du in Sicherheit bist.«

Ich will etwas sagen. Ihm sagen, dass ich nicht gehen und ihm helfen werde, oder aber, dass er sich keine Sorgen machen soll. Aber für all das haben wir keine Zeit, denn in diesem Moment kämpft Tony da draußen um sein Leben. Also ziehe ich Caleb zu mir heran und presse meine Lippen kurz und verzweifelt auf seine. Dann wirbele ich herum und zwinge meine zitternden Beine dazu, zu rennen.

9

CALEB

Das hier kann nicht wirklich passieren! Es darf nicht passieren! Das muss ein verfickter Albtraum sein, aus dem ich jeden Moment aufwachen werde! Ich nehme mir genau zwei Sekunden Zeit, Julie hinterherzuschauen, die mit überraschend großen Schritten, immer zwei Stufen auf einmal nehmend, die Treppe hinaufrennt. Es geht mir unfassbar gegen den Strich, sie alleine zu lassen. Aber im Augenblick ist sie hier drinnen vermutlich um einiges sicherer als mit mir zusammen da draußen. Wenn der Stalker keinen Komplizen hat, befindet sich alles, wovor Julie Angst hat, außerhalb des Gebäudes in dieser Seitenstraße.

Die Panik schnürt mir beinahe die Luft ab. Keuchend versuche ich, mein rasendes Herz zu beruhigen, als ich die Sicherheitstür wieder aufreiße und auf die Straße renne.

Sofort fällt mein Blick auf Tony. Ich taumele und wäre beinahe gestolpert, als ich ihn auf dem Asphalt liegen sehe – auf dem Rücken, den Kopf zur Seite gedreht, von mir abgewandt, die Arme und Beine von sich gestreckt. Eines seiner Beine und ein Arm stehen in einem unnatürlichen Winkel ab, aber ich reiße mich hastig von dem Anblick los.

Eine neue Welle Panik überkommt mich. Wo ist der beschissene BMW? Als ich aufblicke, sehe ich gerade noch, wie er rückwärts auf die 6th Avenue setzt, wendet, Gas gibt und aus meinem Sichtfeld verschwindet. Am liebsten wäre ich hinterhergerannt, aber so sehr ich dieses widerliche Arschloch auch aus seinem Auto zerren und ihm die Seele aus dem Leib prügeln würde … Ich würde es niemals einholen, und ich werde hier dringender gebraucht.

Meine Knie krachen auf den Asphalt, als ich mich neben Tony fallen lasse. Meine Hände schweben in der Luft – ich habe keine Ahnung, was ich tun soll. Ich habe Angst, irgendwelche Verletzungen zu verschlimmern, wenn ich Tony anfasse oder bewege.

»Tony«, knurre ich. »Guck mich an!«

Keine Reaktion.

Die Gasse um mich herum beginnt sich zu drehen, während ich verzweifelt versuche, die Situation zu erfassen. Eine scharlachrote Blutlache hebt sich erschreckend deutlich von dem Asphalt ab, aber ich kann nicht erkennen, von welcher Verletzung sie stammt. Tony hat einen offenen Bruch am Bein und mehrere Schnitte und Schürfwunden im Gesicht und an den Händen, aber nichts davon reicht aus, um so viel Blut zu rechtfertigen.

Eine gewaltige Last auf meiner Brust nimmt mir beinahe den Atem. Ich will seinen Puls fühlen, aber mein eigener Herzschlag hämmert zu stark, um zu einem Ergebnis zu kommen. Seine Brust hebt und senkt sich leicht … zumindest glaube ich das. Ich denke an die Erste-Hilfe-Kurse und greife nach Tonys Schultern, um ihn in die stabile Seitenlage zu bringen, aber meine Hände zittern so sehr, dass ich abrutsche, und er sackt wieder zu Boden.

Keine Reaktion.

»Nein«, flüstere ich, immer und immer wieder. »Nein. Nein, nein, nein.«

Ich beuge mich über ihn und drehe vorsichtig sein Gesicht in meine Richtung, als würde er einfach die Augen aufschlagen, wenn ich ihn ansehe. Doch nichts passiert, kein Muskel zuckt in seinem mir so unfassbar vertrauten Gesicht. Als ich die Hand zurückziehe, ist sie blutverschmiert, und erst da bemerke ich die Wunde an Tonys Hinterkopf.

Verzweifelt richte ich mich auf und blicke in Richtung 6th Avenue. Das Auto ist natürlich längst verschwunden, aber am Ende der Seitengasse sehe ich Menschen über den Bürgersteig eilen, dahinter der nie enden wollende Strom aus Autos, Bussen, Taxen und Fahrradfahrern.

»Hilfe!«, schreie ich lauter, als ich es für möglich gehalten hätte. Meine Stimme kratzt in meinem Hals, meine Finger sind taub und kribbeln gleichzeitig und in meinem Kopf wiederholt sich ein einziger Gedanke, den ich einfach nicht wahrhaben will: der Bruch am Bein, die Schnittwunden, die Prellungen … All das ist nebensächlich, verglichen mit der Wunde am Kopf …

Ich starre in Tonys regungsloses Gesicht. Am liebsten hätte ich ihn geschüttelt. Oder ihn angeschrien. Irgendetwas, um eine Reaktion zu provozieren. Dieser Mann kann nicht sterben, das ist schlicht und ergreifend nicht möglich. Nicht in meiner Welt. Tony ist ein Teil meines Lebens, war es schon immer. Es ist, verfickte Scheiße, einfach nicht möglich, dass er verschwindet! Uns in diesem beschissenen Chaos alleine lässt … *mich* alleine lässt!

Nein. Nein, nein, nein, nein! Tony kann nicht tot sein. Er kann nicht von einem verdammten Auto überfahren worden sein, das hier *kann* nicht das Ende seiner Geschichte sein. Er wird aufwachen. Vielleicht wird er eine Weile im Krankenhaus bleiben müssen, vielleicht braucht er eine Reha oder eine beschissene Delfintherapie. Das ist mir egal, ich habe genug Geld, um jeden Scheiß zu bezahlen, den die Ärzte ihm verschreiben. Vielleicht wird er nie wieder arbeiten können, aber auch das kriegen wir hin. Notfalls zieht er in meine alte Wohnung oder in Sylvias Penthouse und übernimmt einfache Schreibtischarbeit. Von mir aus kann er den ganzen verdammten Laden leiten. Vielleicht will er auch gehen und nichts mehr mit mir zu tun haben, weil ich ihn in diese Lage gebracht habe.

Soll mir recht sein. Mir ist alles recht, solange er *lebt*!

Mit zitternden Händen knöpfe ich Tonys Hemd auf. Es dauert gefühlte Stunden, bis ich es schaffe, die Verschlüsse der Schutzweste zu öffnen, die er darunter trägt. Meine Sicht verschwimmt, aber ich zwinge mich, weiterzumachen. Ich schiebe die Weste zur Seite, dann lege ich die Hände auf Tonys reglose Brust und starte eine Herzdruckmassage. Mein Atem geht stoßweise, während ich im Kopf die Dinge wiederhole, die ich über Herz-Lungen-Wiederbelebung weiß. Wie ein Mantra zähle ich es auf, um mich davor zu bewahren, den Verstand zu verlieren:

1. Neben dem Betroffenen knien – *meine Hosenbeine fühlen sich nass an.* 2. Die Hände in der Mitte des Brustkorbes platzieren – *kein Herzschlag, kein Heben und Senken der Brust, keine Reaktion.* 3. Arme durchstrecken, dann dreißig Mal drücken, zwei Mal beatmen …

»Bitte«, keuche ich.

Dreißig Mal drücken, zwei Mal beatmen.

Ich höre Schritte, auch wenn ich mich selbst wundere, dass ich sie über die rasenden Gedanken in meinem Kopf überhaupt hören kann. Dann Stimmen, panische Schreie, nervöse Rufe. Aber ich achte nicht darauf. Ich sehe nicht einmal auf, weil das bedeuten würde, dass ich den Blick von Tonys Gesicht lösen müsste.

Dreißig Mal drücken, zwei Mal beatmen.

Jemand tritt neben mich. Ich erkenne große Sportschuhe, wahrscheinlich von einem Mann. Weder ein Sanitäter noch

Julie, deswegen ignoriere ich den Typen. Mit durchgestreckten Armen drücke ich immer und immer wieder auf Tonys Brustkorb. Ich werde Tony zwingen weiterzuatmen. Werde sein Herz dazu zwingen, wieder zu schlagen und diesen Mann ins Leben zurückzuholen, der so viele Jahre einem Vater für mich am nächsten kam.

Dreißig Mal drücken, zwei Mal beatmen.

Ich konnte nichts von dem verhindern, was Julie passiert ist. Vollkommen machtlos konnte ich nur danebenstehen und versuchen, die Scherben zusammenzukehren, die dieses widerliche Schwein verursacht hat.

Das hier liegt in meiner Hand. Das hier kann ich verhindern, ich *werde* es verhindern!

Sobald die Atmung wieder einsetzt, muss ich Tony in die stabile Seitenlage bringen. Aber hier stehen überall Leute. Sollte Tony Blut im Mund haben, droht er daran zu ersticken, wenn er weiter auf dem Rücken liegt. Ich brauche Platz.

»Geht zurück!«, brülle ich, ohne einen der Umstehenden anzusehen. Wenn hiervon ein Foto in der Presse landet, werde ich denjenigen finden und dafür sorgen, dass er versteht, was für ein Abschaum er ist.

Dreißig Mal drücken, zwei Mal beatmen.

»Caleb!«

Wieder tauchen Schuhe in meinem Blickfeld auf, im nächsten Moment lässt Julie sich neben mich fallen. Ich muss nicht aufsehen, um zu wissen, dass sie es ist. Ich würde sie in einer Menge aus hunderttausenden Menschen mit geschlossenen Augen erkennen. Ihr Duft, der Klang ihrer Stimme … all das ist in den vergangenen zwei Wochen zu meiner Welt geworden, ohne dass ich mich dagegen hatte wehren können.

»Ist der Notarzt unterwegs?«

»Ist jede Sekunde da.« Ihre Stimme bebt, und am Ende versinkt sie in einem leisen Schluchzen. Ich spüre ihre Hand auf meiner Schulter. »Ich höre schon die Sirenen. Sie sind gleich hier. Gott, Caleb …«

»Ich weiß«, sage ich barsch. Ich will es nicht hören. Egal, was sie sagen wollte, ich will es nicht hören.

Dreißig Mal drücken, zwei Mal beatmen.

Sie versucht, meine Hände zur Seite zu schieben. »Ich übernehme. Ich kann das.«

»Nein.«

»Caleb, deine Arme zittern«, widerspricht sie eindringlich. »Du lässt nach, und Tony braucht alle Kraft, die wir aufbringen können. Ich kann das!«

Sie hat recht. *Scheiße.* Ich zögere für den Bruchteil einer Sekunde, dann rutsche ich ein bisschen und Julie nimmt meinen Platz ein. Sie wirkt überraschend selbstsicher, als ihre Hände sich auf die gleiche Stelle wie meine legen und sich dann auf den Brustkorb stemmen. Über ihr Gesicht laufen schon wieder Tränen, aber ihr Blick ist fest und entschlossen. Sie weint stumm.

Dreißig Mal drücken, zwei Mal beatmen.

Es dauert zwei Durchgänge, bis die Schaulustigen zurückweichen und ein Rettungswagen in die schmale Gasse biegt. Zwei Durchgänge, die maximal zwei oder drei Minuten gedauert haben können. Es kommt mir vor wie Stunden. Stunden, in denen ich Tonys Gesicht anstarre und nach einer Regung suche. Irgendetwas, das mir versichert, dass er noch immer da drin und nicht in einer dreckigen Gasse neben dem Bonham Tower gestorben ist.

Wie betäubt schaue ich den Sanitätern entgegen, die Julie beiseiteschieben. Als ich mich aufrichte, fühlt mein Körper sich wie taub an. Ich weiß, dass ich erschreckend aussehen muss, dass meine Arme und Hände schmerzen. Theoretisch weiß ich das, praktisch spüre ich nichts. Julie nimmt meine Hand und erklärt den Sanitätern, was passiert ist. Ich versuche wegzuhören, schaffe es aber nicht. Ein Auto hat ihn überfahren, mit voller Absicht. Er wurde wahrscheinlich mehrfach getroffen, am Ende haben wir nicht mehr gesehen, was passiert ist. Der Angriff ist schätzungsweise zehn bis fünfzehn Minuten her … Tatsächlich? Es erscheint mir viel länger.

Tony wird weiter beatmet, weiter reanimiert. *Dreißig Mal drücken, zwei Mal beatmen.*

Keine verdammte Reaktion.

Die Sanitäter stellen Fragen, die Julie allesamt beantwortet, mit allen Details. Er hatte eine Waffe. Nein, wir wissen nicht, ob auf ihn geschossen wurde. Nein, wir wissen nicht, wer der Fahrer war, was er wollte und wohin er gefahren ist. Nein, wir kennen Tonys Blutgruppe nicht. Nein, wir wissen nicht, ob er gegen Medikamente allergisch ist. Nein, wir wissen nicht, wie lange er bereits keinen Puls mehr hat.

Estha springt in einigen Punkten ein, nennt den Sanitätern Tonys Blutgruppe, persönliche Daten und sagt ihnen, dass er gegen die meisten Lokalanästhetika allergisch ist. Sie ist ruhig und bestimmt, genau wie Julie. Ich selbst bin kaum in der Lage, aufrecht zu stehen und zu atmen.

Ich kann den Blick nicht von Tonys Gesicht abwenden. Seine Haut ist so blass, dass es beinahe unwirklich wirkt. Wie Bühnen-Make-up. Jedes Mal, wenn auf seine Brust gedrückt wird, geht ein Ruck durch seinen Körper. Jedes Mal, wenn die Sanitäterin Luft in seine Lungen bläst und seine Brust sich hebt, stolpert mein Herz. Doch seines schlägt nicht. Er atmet nicht selbstständig. Das erkenne ich sogar durch den Nebel, der meinen Verstand davon abhält, an der Realität zu zerbrechen.

Betäubt sehe ich dabei zu, wie Tony eine Halskrause und eine Atemmaske angelegt werden, bevor er auf einer Trage in den Krankenwagen geschoben wird. Ein Teil von mir will ihm hinterherlaufen und darauf bestehen, mit ins Krankenhaus zu fahren. Aber mir ist klar, dass es nicht so laufen wird. Das hier war kein Unfall, keine tragische Aneinanderreihung von zufälligen Ereignissen. In wenigen Sekunden wird die Polizei eintreffen, wenn sie nicht schon längst da ist. Sie werden uns befragen, dann wird es Ermittlungen geben, die Gasse wird als Tatort abgesperrt, die Presse wird sich auf uns stürzen. Ich muss mich um die Neuorganisation der Sicherheitsabteilung kümmern, Tonys Stelle neu besetzen in der Zeit seiner Abwesenheit.

Und dann müssen wir diesen Typen finden, vor der Polizei, damit ich ihm jeden seiner armseligen Knochen einzeln brechen kann. Für jede Verletzung, physisch oder emotional, die er Julie und Tony zugefügt hat, wird er das Zehnfache zurückbekommen.

Die nächste Stunde zieht mehr oder weniger an mir vorbei. Der Rettungswagen bringt Tony mit dröhnendem Martinshorn davon und der Sicherheitsdienst von *Bonham* drängt die Schaulustigen aus der Gasse, die daraufhin abgesperrt wird. Die Polizei befragt mich, Julie, Estha, Passanten … jeden, der auch nur ansatzweise etwas von diesem Ereignis mitbekommen haben könnte. Detective Spring, der mit dem Stalker-Fall beauftragt ist, wird hinzugerufen. Ich beantworte die Fragen wortkarg, aber so detailliert wie nötig und überlasse Julie und Estha den weit größeren Redeanteil. Wir beschreiben den Wagen – schwarzer BMW, vermutlich ein X2, getönte Scheiben, kein Nummernschild, vermutlich nur eins am Heck. Was bedeutet, dass er nicht in New York gemeldet sein kann oder aber, dass die Nummernschilder bewusst entfernt wurden. Keine Beschreibung des Fahrers, weil weder Julie noch ich ihn erkennen konnten.

Als Julie den Tathergang wiedergibt, bebt ihre Stimme, und sie muss sich immer wieder unterbrechen. Ich kann mir vorstellen, woran sie denkt: an das Geräusch, als der Wagen Tony das erste Mal erfasst hat. Und an die Tatsache, dass wir abgehauen sind, um uns selbst zu retten.

Bevor uns die Beamten entlassen, erfahren wir, in welches Krankenhaus Tony gebracht wurde und dass die Gasse bis auf Weiteres vom Personal nicht mehr betreten werden darf. Ich nicke alle Informationen ab, gehe aber davon aus, dass Estha sich darum kümmern wird.

Julie nimmt erneut meine Hand, und gemeinsam gehen wir zu den Aufzügen, die uns ins Penthouse bringen. Ich bin Julie unendlich dankbar, dass sie diese Entscheidung für uns trifft. Ich wäre im Moment kaum in der Lage, mich mit organisatorischen Aufgaben aufzuhalten. Es fällt mir wahnsinnig schwer, nicht direkt ins Krankenhaus zu fahren, aber rational betrachtet hat es wenig Sinn. Genau wie bei Julies Mitbewohnerin werden sie uns nicht zu Tony vorlassen, und der Typ, der für all das verantwortlich ist, ist immer noch da draußen. Julie muss in Sicherheit sein, das hat oberste Priorität. Und am sichersten ist sie bei mir.

Ohne ein Wort geht sie hinüber zur Kaffeemaschine, schaltet sie ein und streift sich die Schuhe von den Füßen, bevor sie wieder zu mir kommt und beginnt, meine Manschettenknöpfe von den Hemdaufschlägen zu lösen.

»Was tust du da?«, frage ich heiser.

»Dich ausziehen«, antwortet sie schlicht. »Du musst duschen und dich umziehen. Deine Klamotten …«

Sie spricht nicht weiter, aber ich verstehe auch so, was sie meint. Mein Blick fällt auf meine blutverschmierten Hände, und ich zucke zusammen. Meine Hose klebt feucht an meinen Beinen, genau wie die Ärmel meines Hemds.

Ich wehre mich nicht, als Julie mich nach oben ins Bad führt und das Wasser in der Dusche aufdreht. Mit ernstem Gesicht öffnet sie die Knöpfe meines Hemdes und streift es mir vorsichtig von den Schultern. Mit spitzen Fingern fängt sie es auf und legt es vorsichtig in eines der Waschbecken, dann greift sie nach der Gürtelschnalle. Ich halte den Atem an. Ich bin nicht erregt, diese Situation hat nichts Sexuelles. Trotzdem fühlt es sich an wie eine Ewigkeit, seit ich ihre Berührung das letzte Mal gespürt habe. Sie hat mir so gefehlt, und ich habe das Gefühl, zerbrechen zu müssen, wenn ich sie nicht anfassen darf.

Zögernd strecke ich eine Hand aus und lege sie an ihre Wange. Ein paar Sekunden lang erstarrt sie, dann blickt sie auf. In ihren großen Augen liegen so viel Gefühl, so viele verschiedene Emotionen, dass sich mein Herz in meiner Brust schmerzhaft verkrampft. Dann macht sie einen kleinen Schritt auf mich zu, schlingt die Arme um meine Taille und zieht mich an sich.

Ein Laut entfährt mir, der klingt wie eine Mischung aus Knurren und Schluchzen. Eine Hand auf ihrem Hinterkopf, die andere auf ihrem Rücken, presse ich sie an mich, bis kein Zentimeter uns mehr voneinander entfernt. Ich drücke mein Gesicht in ihr Haar, atme ihren Duft ein und schließe die Augen. Am liebsten würde ich die Welt anhalten. Die Zeit zwingen, stehen zu bleiben und uns für immer in diesem Moment einzuschließen, in dem Tony offiziell nicht tot ist und ich die Hoffnung lebendig halten kann.

Für ein paar Augenblicke stehen wir so da, dann öffnet Julie die Glastür der Dusche und zieht mich sanft unter den heißen Strahl. Das Wasser brennt auf meiner Haut wie kleine Nadelstiche, aber ich achte nicht sonderlich darauf. Stattdessen schließe ich wieder die Augen und lasse das Blut, den Dreck und die Ereignisse des Tages in einem dunkelbraunen Strudel im Abfluss verschwinden.

Ich kann nicht sagen, wie genau meine Schuhe, meine Hose und Julies Klamotten verschwunden sind. Aber wir stehen beide nackt unter dem heißen Wasser, immer noch ineinander verschlungen. Kein Kuss, kein Streicheln. Wir geben uns gegenseitig einfach nur Halt, versuchen das, was heute passiert ist, zu verarbeiten. Irgendwann schmeckt das Wasser, das über mein Gesicht läuft, salzig, aber auch darauf achte ich nicht. Auch Julies zierlicher Körper wird von leisen Schluchzern erschüttert, und ich umfasse sie fester. Ich will nichts dringender, als sie zu beschützen. Nicht nur vor dem Stalker, auch vor der Angst, der Trauer und dem Schrecken, den all das in ihr auslösen muss.

10

JULIE
Dienstag, 14. Juni 2022

Der Rest des Tages und auch die Nacht waren die Hölle. Nach der Dusche und zwei doppelten Espressi hat Caleb stundenlang telefoniert – mit Estha, mit Donald, dem stellvertretenden Sicherheitschef von *Bonham Industries*, mit Rahel und mehreren Vorstandsmitgliedern. Und mit dem Krankenhaus, das Caleb keine Auskunft geben wollte. Er wurde wütend, hat weiter telefoniert, Strippen gezogen und Kontakte spielen lassen. Mit Erfolg.

Am Montagabend um 7:12 pm wurde im Lenox Hill Hospital Anthony Robins' Tod festgestellt.

Tony ist tot.

Diese Nachricht kam für keinen von uns überraschend, auch wenn wir es nicht ausgesprochen haben. Trotzdem fühlten sich diese Worte an wie ein Schlag in die Magengrube. Caleb ist ausgerastet, und ich habe völlig hilflos danebengestanden, während erst sein Diensthandy und dann eine Blumenvase zu Bruch gegangen sind. Irgendwann ist er ins Schlafzimmer verschwunden, und als ich eine Stunde später nach ihm gesehen habe, war er eingeschlafen.

Ich selbst habe kein Auge zubekommen. Stattdessen habe ich ihn zugedeckt, bin nach unten ins Wohnzimmer und habe erst mit meinem Vater, dann mit Saheera telefoniert. Das Gespräch mit Dad war furchtbar. Er war am Boden zerstört, als ich ihm die ganze Geschichte erzählte. Natürlich war er wütend auf mich und enttäuscht darüber, dass ich ihm das Ausmaß des Ganzen so lange verheimlicht habe. Doch in erster Linie hat er sich Vorwürfe gemacht, und das war das Schlimmste. Ich konnte ihn davon abhalten, sich direkt ins Flugzeug zu setzen und herzukommen, aber ich werde bald zu ihm fahren müssen. Saheera war schockiert, was ich ihr nicht verdenken kann. Bislang waren die Taten des Stalkers eher passiv – abgesehen von der Sache mit der Katze. Vor allem, wenn Bonnies Verletzung ein Unfall gewesen ist, wovon Detective Spring aktuell ausgeht. Drohungen, Briefe und Fotos sind erschreckend, aber sie tun niemandem körperlich weh.

Aber das hier war Mord! Tony stand nicht einfach nur im Weg, er war kein Kollateralschaden. Der Wagen hat beschleunigt, ist zurückgesetzt, nachdem er Tony angefahren hat, und hat dann erneut Gas gegeben. Der Täter muss bereits einen Plan gehabt haben, als er in die Gasse eingebogen ist. Vielleicht dachte er, ich wäre alleine dort, wahrscheinlich hatte er es ursprünglich gar nicht auf Tony abgesehen.

Das spielt allerdings keine Rolle, denn Tony ist derjenige, der auf einer Bahre in der Leichenhalle liegt.

Ich öffne einen der Hängeschränke in der Küche, um mir eine Kaffeetasse zu holen. Caleb schläft noch immer, und ich brauche dringend ein bisschen Koffein, bevor wir uns den Ereignissen des Tages stellen. Während meine Tasse sich füllt, versuche ich, sämtliche Gedanken an Tony zu verdrängen. Meine Augen fühlen sich geschwollen an vom vielen Weinen, und die Schuldgefühle umklammern mein Herz wie eine eiskalte Hand.

Das hier ist meine Schuld. Ich habe Tony nicht überfahren, aber ohne mich wäre nichts von alledem passiert. Hätte ich auf mein Erbe verzichtet, würde Tony noch leben. Mir ist klar, dass das keine gesunden Gedanken sind. Dass niemand anderes die Schuld trägt als der Stalker. Trotzdem fällt es mir schwer, mich nicht von diesen Gedanken zerfressen zu lassen.

Ich fühle mich furchtbar – mein Körper ist schwer und mein Verstand langsam vor Müdigkeit. Trotzdem will ich nicht schlafen. Erstens, weil ich wach sein will, wenn Caleb nach unten kommt, und zweitens, weil ich Angst vor dem habe, was ich sehen werde, sobald ich die Augen schließe. Ich glaube nicht, dass ich die Szene aus der Gasse so schnell wieder vergessen kann.

Ein wenig verloren setze ich mich mit meinem Kaffee auf die Couch und öffne Instagram. Sofort bemerke ich die roten Benachrichtigungen – seit heute Morgen habe ich Tausende neue Follower-Anfragen und mein Feed ist voll von Bildern und Nachrichten über die Pressekonferenz und allem, was danach passiert ist. Es wundert mich nicht, dass Tonys Tod, oder zumindest der Unfall, inzwischen in allen Nachrichten ist. Seufzend schließe ich die App. Ich habe ein privates Profil, trotzdem überlege ich, mich komplett abzumelden und mir ein neues, anonymes Profil zu erstellen. Als das alles hier angefangen hat, habe ich nach Hashtags über mich, Caleb und *Bonham* gesucht. Seitdem werden mir sämtliche Meldungen zu diesen Themen in den Feed gespült. Ich denke gar nicht erst darüber nach, Twitter oder TikTok zu öffnen. So wie es aktuell aussieht, kann ich Social Media als Ablenkung wirklich vergessen.

Das Geräusch der Dusche reißt mich aus meinen Gedanken. Eine Weile höre ich Caleb im Obergeschoss rumoren, Türen auf- und zugehen. Als ich seine nackten Füße auf der Treppe sehe, spanne ich mich automatisch an. Caleb trägt kein Shirt, nur eine schwarze Jogginghose, die ihm tief auf den Hüften sitzt. Damit ist die Frage wohl geklärt, ob er vorhat, heute ins Büro zu gehen.

»Guten Morgen«, sage ich unschlüssig, als er vor der Couch stehen bleibt und mich kurz mustert.

»Hast du auf der Couch geschlafen?«

Ich schüttele den Kopf, spare mir aber eine Antwort. »Wie geht es dir?«

Er hebt eine Schulter und knetet die Hände. »Keine Ahnung.«

»Willst du etwas essen?«

Jetzt ist er derjenige, der den Kopf schüttelt. »Ich bestelle später etwas, wenn das okay für dich ist.«

»Was immer du willst.«

»Julie«, seufzt er, umrundet die Couch und setzt sich auf einen der Sessel. »Du brauchst mich nicht in Watte zu packen, okay? Gestern Abend habe ich die Fassung verloren, aber ich habe mich wieder im Griff.«

Mein Herz wird schwer. Ich frage mich, wer Caleb irgendwann einmal beigebracht hat, dass Stärke die einzig akzeptable Reaktion auf Trauer ist. Wer ihm beigebracht hat, sich zu entschuldigen, nachdem er seine Gefühle offen gezeigt hat.

»Du musst dich nicht im Griff haben, Caleb«, erwidere ich sanft. »Es ist völlig okay, die Fassung zu verlieren. Ich bin hier, wenn du was brauchst.«

Sein Blick bohrt sich in meinen, so intensiv, dass ich das Bedürfnis habe, woanders hinzuschauen. Unausgesprochene Fragen hängen zwischen uns in der Luft, aber es ist nicht der richtige Zeitpunkt dafür.

»Wir müssen darüber sprechen, wo du wohnen wirst«, sagt er schließlich. »Ich will dich weder bevormunden noch für dich entscheiden oder dir irgendwelche Vorschriften machen, okay? Aber ehrlich gesagt halte ich es für verdammt unklug, dass du in dieser Situation weiterhin in einem Hotel wohnst.«

»Ich habe Abigail angewiesen, meine Sachen aus dem Hotel holen zu lassen«, antworte ich schlicht.

Überrascht sieht er mich an. »Das war einfach.«

»Ich schlafe in dem unteren Apartment, wenn das Angebot noch steht.«

Er nickt nachdenklich. »Natürlich. Du kannst wohnen, wo du möchtest.«

Mein Blick wird forschend, als ich das Angebot in seiner Frage erkenne. Im Bonham Building gibt es zwei Wohnungen, die für mich infrage kämen: die kleinere, in der Caleb früher gewohnt hat und die jetzt leer steht, oder diese hier.

»Caleb«, beginne ich und beiße mir auf die Lippen, weil ich nicht genau weiß, wo ich anfangen soll. »Ich weiß, dass das jetzt nicht der richtige Zeitpunkt ist, aber ich würde gerne ein paar Sachen klarstellen.«

»Darauf warte ich seit zwei Tagen.«

Ich ignoriere den Seitenhieb, weil er recht hat. Dieses Drama zwischen uns beiden war unnötig, und das war meine Schuld. Denn meine Zweifel und Vorwürfe waren unbegründet, das ist mir spätestens seit letzter Nacht klar. Tony ist tot, und damit hat Caleb die letzte Vaterfigur verloren, die ihm geblieben war. Caleb hat Tony geliebt, das war offensichtlich. Niemals hätte Caleb etwas getan, was ihm geschadet hätte. Niemals hätte er einen Mordanschlag auf ihn in Auftrag gegeben.

Wer auch immer gestern in dem BMW gesessen hat, er wurde nicht von Caleb beauftragt.

»Spuck's aus, Julie.«

Ich atme tief durch. »Ich habe … an dir gezweifelt.«

»Ich weiß.«

Überrascht sehe ich auf. »Ach ja?«

»Deine Ausrede, dass du Angst vor einer unsicheren Leitung hattest oder all den anderen Scheiß? Das war nicht sehr überzeugend, Julie.« Er lacht bitter. »Du hast echt keine Ahnung, welche Sorgen ich mir in der Nacht gemacht habe, als ich die Polizisten vorm Strandhaus gesehen habe! Ich habe gedacht … Ich dachte, der Typ hätte dich gekriegt! Ich dachte, ich hätte dich verloren, und das wäre meine Schuld gewesen!«

Meine Augen verengen sich. »Wie meinst du das?«

»Ich habe dich alleine gelassen«, sagt er, wobei seine Stimme beim letzten Wort kaum merklich zittert. »Ich habe nicht auf dich aufgepasst.«

Ich muss schlucken. Ich würde ihn gerne beruhigen, ihm den Schmerz nehmen, der jetzt auch noch meinetwegen in seiner Stimme mitschwingt. Aber wenn wir dieses Kapitel abschließen wollen, brauche ich Antworten. »Wo bist du gewesen, Caleb? Nachdem du die Katze gefunden hast?«

»Ich habe mich umgesehen, das habe ich dir schon gesagt.«

»Nein.« Ich sehe ihm fest in die Augen. »Du lässt es so dastehen, als wärst du einfach nur eine Runde ums Haus gegangen. Aber ich habe dich gesehen, Caleb. Ich habe gesehen, wie du in den Dünen verschwunden bist. Du hast den Alarm nicht ausgelöst oder Tony Bescheid gesagt. Und du warst offensichtlich so weit vom Haus entfernt, dass du die Polizeilichter nicht gesehen hast. Du warst *ewig* verschwunden, während ich mit einem beschissenen Küchenmesser bewaffnet in meinem Zimmer an der Wand gestanden und darauf gewartet habe, dass es mir genauso ergeht wie der verdammten Katze. Wo, zur Hölle, bist du gewesen?«

Tränen brennen mir in den Augen, aber auch Caleb kann seine reglose Miene nicht länger aufrechterhalten. Sein Gesicht spiegelt eine Mischung aus Bestürzung, Schock und Verwirrung wider. Da ist noch etwas anderes in seinen Augen, etwas Weicheres, aber ich kann es nicht genau benennen.

»Du hast mich gesehen?«, fragt er heiser. »Wann?«

Ich straffe die Schultern. »Ich habe ein Geräusch gehört, und du warst nicht da. Du bist auch nicht an dein Handy gegangen. Dann bin ich runter, habe die offene Tür entdeckt und die Katze gefunden. Und als ich aufgeschaut habe, bist du in den Dünen herumgeschlichen und kurz darauf verschwunden.«

Ein paar Sekunden lang starrt er mich an, dann schüttelt er den Kopf. »Du hast gedacht …«

»Was hätte ich denken sollen?«, unterbreche ich ihn, weil ich den Schmerz in seiner Stimme nicht ertragen kann. »Was hätte ich deiner Meinung nach denken sollen, nachdem mir klar geworden ist, dass du offensichtlich keine Hilfe gerufen hast?«

Wieder schüttelt er den Kopf. Ich bin mir nicht sicher, ob das eine Reaktion auf das ist, was ich gesagt habe, oder ob er einfach nur versucht, seine Gedanken zu ordnen. »Warum hast du nicht einfach mit mir gesprochen?«

»Ich war verwirrt. Und ich hatte Angst. Eine bessere Erklärung habe ich nicht.« Ich sehe ihn scharf an.

»Ich habe die Polizei nicht gerufen, weil ich nicht wollte, dass sie mich aufhalten«, presst er zwischen zusammengebissenen Zähnen hervor. »Ich habe rotgesehen, Julie. Scheiße, ich habe nicht mal gemerkt, dass ich die verdammte Tür nicht zugemacht habe. Ich dachte, ich hätte jemanden in den Dünen gesehen! Ich wollte dieses Arschloch finden und … keine Ahnung. Ich weiß nicht, was ich getan hätte. Und ich habe dich nicht geweckt, weil ich wusste, dass du mich entweder zurückhalten oder mir hinterherlaufen würdest. Das war kein beschissener, ausgeklügelter Plan! Im Gegenteil! Ich wollte dieses widerliche Schwein büßen lassen für das, was er dir angetan hat. Ich habe einfach gehandelt.«

Mein Magen verkrampft sich. Weil ich Caleb glaube. Weil die einfache Erklärung, nach der ich die ganze Zeit gesucht habe, genau vor meiner Nase gewesen ist. Und ich mich zu sehr von meiner Angst und meinen Zweifeln habe einnehmen lassen, um sie zu erkennen.

»Caleb …«

»Ich weiß nicht mehr weiter, Julie«, fällt er mir ins Wort. Er steht auf und geht vor mir auf und ab. »Du schließt mich immer wieder aus, und ich habe keine Ahnung, was ich tun soll, damit du mir endlich vertraust. Ich habe verstanden, dass ich Scheiße gebaut habe, okay? Ich war ein Arschloch, und ich habe dich im Stich gelassen, aber sag mir, was zur Hölle ich …«

Mein Körper scheint ein Eigenleben zu entwickeln. Ohne dass ich mich bewusst dazu entschieden hätte, rapple ich mich ebenfalls auf, überbrücke die wenigen Meter, die uns beide voneinander trennen, und stelle mich auf die Zehenspitzen, um sein Gesicht in meine Hände zu nehmen. Ich achte nicht auf seinen verwirrten Gesichtsausdruck, sondern ziehe ihn einfach zu mir herunter und presse meine Lippen auf seine. Es fühlt sich an, als würde hinter meiner Stirn ein kleines Feuerwerk explodieren. Es ist nicht einmal drei volle Tage her, dass ich Caleb geküsst habe. Doch nach allem, was in diesen drei Tagen passiert ist, fühlt es sich an, als würden seine Lippen das erste Mal meine berühren. Meine Haut beginnt zu prickeln, mein gesamter Körper fühlt sich auf einmal an, als würde er in Flammen stehen. Caleb schlingt die Arme um meine Taille, zieht mich an sich und hebt mich hoch, bis meine Füße vom Boden abheben. Ich spüre seinen Herzschlag, der mit meinem im absolut gleichen Rhythmus schlägt. Uns trennt nur der dünne Stoff meines Shirts, aber in diesem Moment fühlt es sich an, als wäre selbst das zu viel. Genau wie gestern Nacht in der Dusche will ich seine Haut auf meiner spüren. Ein echtes, reales Gefühl. Mir ist nicht einmal ansatzweise klar gewesen, wie sehr ich Caleb vermisst habe. Wie sehr ich ihn während dieses ganzen Mists gebraucht habe.

»Es tut mir so leid«, flüstere ich an seinen Lippen.

Er schüttelt nur den Kopf und intensiviert den Kuss, bis mir schwindelig wird. Meine Finger streichen durch sein Haar, bevor ich meine Hände in seinen Nacken lege und mich an ihn dränge. In diesem Moment würde ich locker die Hälfte meines Erbes hergeben, um ein paar Stunden mit Caleb allein zu sein und alles zu vergessen. Ohne Stalker, ohne Trauer und einen randvollen Terminkalender, der über uns schwebt. *Ihn* eine Weile vergessen lassen.

Keine Ahnung, wie lange wir so dastehen und uns am anderen festklammern. Es können nur Sekunden, höchstens Minuten gewesen sein, trotzdem fühle ich mich beinahe wie eine neue Person, als wir uns schwer atmend voneinander lösen und Caleb mich zurück auf meine Füße stellt. Die Situation ist immer noch die gleiche, Tony ist noch immer tot. Trotzdem sind wir nicht mehr allein. Wir sind wieder ein Team und diese Tatsache reicht, um den Tag nicht mehr ganz so trostlos aussehen zu lassen.

»Scheiße, Julie«, keucht Caleb, nimmt mein Gesicht in die Hände und legt seine Stirn an meine.

»Es tut mir leid, Caleb«, sage ich, weil ich das vage Gefühl habe, dass er mir gerade eben nicht wirklich zugehört hat. »Dass ich dir nicht geglaubt habe. Und es tut mir so unendlich leid, dass du Tony verloren hast. Ich wünschte …«

»Halt die Klappe«, murmelt er und lächelt traurig, um seinen Worten die Spitze zu nehmen, als ich die Stirn runzle. Dann wird sein Gesicht wieder ernst. »Ich will nicht reden, Julie. Ich will vergessen. *Lass* mich vergessen.«

Er küsst mich erneut, sanfter dieses Mal. Die Berührung seiner Lippen ist federleicht, trotzdem erschaudere ich. Ich lehne mich etwas zurück. Mein Blick wandert über sein Gesicht, seine zerzauste Frisur, seine Oberarme und seinen nackten Oberkörper. Zu dem Streifen Haare, der sich über seinen Bauch zieht und im Bund der tief hängenden Jogginghose verschwindet. Als könne mein überforderter Verstand einfach nicht akzeptieren, dass wir hier zusammen stehen. Dass ich ihn berühren und ihn küssen darf, ohne dass eine kleine Stimme mir Zweifel zuflüstert.

Ich küsse ihn. Ohne meine Lippen von seinen zu lösen, schiebe ich ihn rückwärts, bis er mit den Kniekehlen gegen die Couch stößt. Als er sich nach hinten fallen lässt, zieht er mich mit sich, bis ich rittlings auf seinem Schoß sitze. Mit den Fingerspitzen fahre ich über seinen Hals, seinen Nacken und seine nackten Schultern. Er schaudert unter meiner Berührung. Seine Brust- und Bauchmuskeln spannen sich an, als ich mit der Hand tiefer wandere.

Caleb krallt sich in meine Haare. Dann packt er mich an der Hüfte und drückt mich fester auf seinen Schoß. Er presst sich an genau den richtigen Stellen gegen mich. Sanft beiße ich in seine Unterlippe, lasse meine Hand am oberen Rand seiner Trainingshose entlanggleiten. Ich spüre, dass er bereits hart ist. Ich spüre die Hitze, die von seiner Haut ausstrahlt, die Leidenschaft, die in seinen Küssen und jeder seiner Berührungen mitschwingt. Und die Liebe, die ich in den letzten Tagen so schmerzhaft für eine Lüge gehalten habe.

Unsere Küsse werden drängender, beinahe verzweifelt. Wir beide wissen, dass das hier falsch ist – der falsche Zeitpunkt, die falsche Situation. Doch gleichzeitig brauchen wir einander zu dringend, um auch nur einen Millimeter voneinander abzurücken.

Caleb zerrt an meinem Shirt, und ich hebe bereitwillig die Arme, damit er es mir über den Kopf ziehen kann. Die Luft streicht kühl über meine nackte Haut, und ich unterdrücke ein Schaudern. Einen Moment lang sitzt Caleb einfach da, beobachtet mich mit glühendem Blick. Es fühlt sich an, als würde er mich zum ersten Mal nackt sehen. Es fühlt sich so gut an.

»Was machst du?«, knurrt er, als ich mich von ihm löse und von seinem Schoß klettere.

Statt einer Antwort schiebe ich die Daumen unter den Bund meiner Hose und schiebe sie runter. Ich habe nicht vor zu strippen, trotzdem genieße ich die Lust, die in seinem Blick explodiert.

»Fuck, Julie!«, stöhnt er und legt kurz den Kopf in den Nacken, während auch er sich die Hose abstreift. Am liebsten würde ich innehalten und jeden Zentimeter seines Körpers mustern – die breiten Schultern, die definierten Bauchmuskeln …

Aber für diese Verzögerung reicht meine Selbstbeherrschung nicht aus. Als ich wieder auf ihn zugehe, steht er auf, aber ich packe ihn an den Schultern und schiebe ihn energisch zurück.

»Was hast du vor?«, murmelt er an meinen Lippen, als ich ihn erneut küsse und zurück auf seinen Schoß klettere.

»Ich will es so.«

Ich sehe, dass er schluckt. Mit zitternden Fingern greife ich nach seiner Erektion und senke mich langsam darauf herab.

»Ah … Gott!« Calebs Ausruf klingt erstickt, weil er sein Gesicht in meine Halsbeuge presst.

Mir entfährt ein Keuchen, und ich kralle mich mit den Fingernägeln in das Polster der Couch. Ich halte den Atem an, als ich ihn vollends in mir aufnehme und beginne, mich langsam auf ihm zu bewegen. Caleb legt den Kopf zurück auf die Lehne, seine Finger graben sich in die Haut an meinen Hüften, während er mich ansieht. Sein Blick gleitet über meinen nackten Körper, streichelt jeden unvollkommenen Quadratzentimeter und gibt mir dabei das Gefühl, die einzige Frau auf der ganzen Welt zu sein.

Meine Bewegungen werden schneller, unkontrollierter. Ich lehne mich nach vorn, stütze mich mit den Unterarmen auf der Couchlehne ab und presse meine Lippen auf Calebs. Er erwidert meinen Kuss mit derselben Ungeduld, packt mich fester an den Hüften und stößt mit seinem Becken nach oben, um mir entgegenzukommen.

Als er sich versteift und die Augen schließt, kralle ich mich in sein Haar. Ich stehe kurz davor … so kurz, dass mein ganzer Körper erschaudert. Mit angehaltenem Atem presse ich meine Stirn gegen seine Schulter, als der Damm bricht und mich in einen Strudel aus Gefühlen zieht.

Die Spannung weicht aus meinem Körper, und ich lasse mich erschöpft auf Calebs Brust sinken. Ich atme schwer, mein ganzer Körper kribbelt und die Luft wirkt plötzlich kühl auf meiner überhitzten, schweißnassen Haut.

Calebs Brust vibriert unter meiner Wange. Als ich aufsehe, bemerke ich, dass er grinst. »Was ist so lustig?«

Er zuckt mit den Schultern, dann hebt er die Hand und streicht mir sanft über die Unterlippe. »Ich bin am Boden zerstört und gleichzeitig wahnsinnig glücklich, dich wieder in den Armen zu halten.«

Stirnrunzelnd drücke ich ihm einen Kuss auf die Handfläche. »Was für ein Chaos.«

11

Nach einer schnellen Dusche, die immerhin dafür sorgt, dass meine Beine sich nicht länger anfühlen wie Wackelpudding, öffne ich den Kleiderschrank im Gästezimmer, in dem ein paar Klamotten in meiner Größe hängen. Mein Blick fällt auf ein schwarzes Kleid mit einem dazu passenden Hut. Es erinnert mich an eine Beerdigung.

Sofort verkrampft sich mein Herz. Ich kann einfach nicht fassen, dass Tony tot ist. Dass er nicht jeden Moment zur Tür hereinkommt, mit ernstem Gesicht und imposanter Körperhaltung. Tony war derjenige, den ich, abgesehen von Caleb, in diesem ganzen *Bonham*-Universum wirklich gemocht habe. Er war mein Freund, und ich wusste, dass er mich beschützen würde.

Genau das hat er getan. Und dafür mit seinem Leben bezahlt.

Automatisch halte ich die Luft an und blinzle ins Licht der Deckenlampe, um meine Tränen zurückzuhalten. Meine Augen sind bereits gerötet und leicht geschwollen, und ich will wirklich nicht total verheult im Büro erscheinen.

Ich versuche, mich auf die Auswahl meiner Klamotten zu konzentrieren, um meine Gedanken in eine andere Richtung zu lenken. Dieser Kleiderschrank ist der bestgeordnete, den ich je in meinem Leben gesehen habe: Alles, selbst die Hosen und die Unterwäsche, hängt in ordentlichen Reihen auf Bügeln an Kleiderstangen. Selbst die Bügel haben immer den gleichen

Abstand zueinander, außerdem sind die Klamotten, die vermutlich Rahel oder einer der anderen Angestellten für mich besorgt hat, jeweils in ihrer Kategorie nach Farben sortiert.

Ich greife nach einem grauen Maxikleid mit Dreiviertelärmeln und Knopfleiste. Es ist ziemlich hübsch, obwohl es so schlicht ist. Dazu gibt es einen passenden Gürtel in Lederoptik und eine Handtasche. An jedem Stück hängen sogar noch die Preisschilder, aber die sehe ich mir lieber nicht so genau an, während ich sie entferne. Würde ich wissen, wie viel dieses Outfit insgesamt wert ist, würde ich mich vermutlich nicht einmal trauen, in seiner Nähe zu atmen.

Nachdem ich mich angezogen, geschminkt und mir die Haare geglättet habe, stelle ich mich vor den Spiegel, um meinen Look zu überprüfen. Ich überlege, ob ich nicht lieber ein komplett schwarzes Outfit tragen sollte. Zwar stehen heute keine weiteren Pressetermine an, trotzdem wäre es vielleicht angebracht. Ich persönlich habe diese Angewohnheit, nach einem Todesfall Schwarz zu tragen, nie richtig verstanden. Meiner Meinung nach ist keine bestimme Kleidung notwendig, um zu zeigen, dass man trauert. Trauer und Verlust sollten private, persönliche Gefühle sein und mit sich selbst, der Familie oder anderen Vertrauten ausgemacht werden. Ich finde es nicht nötig, sie der Form halber zur Schau zu stellen.

Leider bin ich aber keine Privatperson mehr und habe ein bisschen Angst, einen weiteren Shitstorm zu ernten, nur weil irgendjemand mein Verhalten als Respektlosigkeit missinterpretieren könnte.

Zweifelnd streiche ich über den grauen Stoff und betrachte mich prüfend aus allen Richtungen.

»Du siehst schön aus.«

Erschrocken zucke ich zusammen, bevor ich mich zur Tür umdrehe. Mit verschränkten Armen und immer noch freiem Oberkörper lehnt Caleb im Türrahmen. Als ich mir die Hand auf die Brust presse und ihn böse anfunkele, zucken seine Mundwinkel.

»Ich wollte dich nicht erschrecken.« Er kommt zu mir herüber und stellt sich hinter mich. Dann legt er das Kinn auf meine Schulter und sieht mich im Spiegel eindringlich an.

Fragend erwidere ich seinen Blick. »Was ist?«

Sein Gesichtsausdruck bleibt ungerührt, trotzdem wirkt er seltsam vorsichtig. »Ich habe kein Kondom benutzt. Ich war … ich habe nicht nachgedacht. Es tut mir leid.«

Ich verziehe das Gesicht. »Ich hätte auch daran denken sollen. Aber ich nehme die Pille. Und ich bin gesund.«

»Ich lasse mich regelmäßig testen.«

»Vielleicht sollten wir uns beide noch mal testen lassen, bevor das öfter passiert«, sage ich mit einem müden Lächeln. »Und ich verspreche dir, dass ich dir kein Kind andrehen werde.«

Er schnaubt belustigt, nickt dann aber. »Ich lasse einen Termin für uns machen.« Dann wendet er den Kopf und küsst mich auf die Schläfe. »Was war eben los?«

»Was meinst du?«

»Du hast unzufrieden gewirkt, als ich reingekommen bin.«

Seufzend drehe ich mich in seinen Armen. »Sollte ich Schwarz tragen?«

»Das kommt wohl ganz darauf an, wo du hinwillst.«

»Arbeiten«, antworte ich knapp, weiche aber seinem Blick aus. »Ich gehe ein paar Stunden ins Büro.«

Eine seiner Augenbrauen wandert in die Höhe. Mit einer Hand deutet er auf seinen nackten Oberkörper. »Ich habe nicht vor, diese Wohnung heute noch zu verlassen, Julie.«

Ich sehe ihn an. »Das will ich auch hoffen. Aber wenn du mich nicht brauchst, werde ich gehen.«

Einige Sekunden lang studiert er mein Gesicht, dann löst er sich von mir und setzt sich aufs Bett. »Warum?«, fragt er beinahe misstrauisch.

Zögernd gehe ich auf ihn zu. »Du hast alles geregelt, Caleb«, versuche ich zu erklären. »In den letzten zwei Wochen hast du das Kommando übernommen und mich in Ruhe zusammenbrechen und in Selbstmitleid baden lassen. Ich bin dir wahnsinnig dankbar dafür, aber damit ist jetzt Schluss. Ich bin an der Reihe, eine Weile die Dinge zu übernehmen. Und du bist an der Reihe mit Zusammenbrechen und Selbstmitleid.«

Skeptisch verschränkt er die Arme vor der Brust. »Du willst, dass ich zusammenbreche und in Selbstmitleid bade?«

»Du brauchst Zeit, um dich um dich selbst zu kümmern«, präzisiere ich lächelnd und lege die Arme um seinen Nacken. »Pass auf, dass du dich selbst in diesem ganzen Chaos nicht aus den Augen verlierst, okay? Ich kümmere mich eine Weile um die Firma, sorge dafür, dass dich kein aussichtsloses Chaos erwartet, wenn du zurückkommst, und versuche den Vorstand zu beruhigen.«

Ein Grinsen huscht über sein Gesicht. »Sie haben mich alle gewarnt, dass du die Firma an dich reißen willst. Ich befürchte, sie hatten recht.«

»Ich bin leitende Chief Executive Officer und Vorstandsvorsitzende, richtig?«, frage ich und wiederhole damit die Bezeichnung, mit der er mich auf der Pressekonferenz vorgestellt hat.

»Absolut richtig.« Wieder mustert er mich. »Das ist der einzige Grund, warum du verschwindest?«

Irritiert lehne ich mich zurück. »Welchen Grund sollte ich sonst haben?«

Plötzlich wirkt er befangen. »Ich habe mich gefragt, ob du … ob du es bereust. Das gerade. Und abhauen willst.«

Das schlechte Gewissen nagt an mir. Ich hatte meine Gründe für mein Misstrauen ihm gegenüber. Trotzdem kann ich die Vorsicht und die Hilflosigkeit, die in seinen Worten mitschwingt, kaum ertragen. Er sollte sich keine Sorgen darüber machen müssen, ob ich mich aus dem Staub mache oder nicht. Er soll sich auf mich verlassen können, genau wie ich mich auf ihn.

»Ich versuche, dieses Chaos in den Griff zu kriegen«, versichere ich ihm. »Mit dir zusammen.«

Er lacht leise. »Wir sollten vielleicht endlich anfangen, einander zu vertrauen.«

»Ja.« Mit der Hand streiche ich ihm die Haare aus der Stirn. »Wie geht es dir, Caleb?«

Sein Schulterzucken wirkt ein bisschen unschlüssig. »Wie ging es dir, nachdem Bonnie angeschossen wurde?«

Wie immer, wenn ich an Bonnie denke oder ihr Name erwähnt wird, sackt mein Magen ein paar Etagen tiefer. Sie lebt, aber selbst wenn sie aufwacht, ist laut den Ärzten noch nicht klar, ob und wenn ja, welche Folgeschäden sie davontragen wird.

»Das kannst du nicht vergleichen«, erwidere ich leise. »Bonnie ist nicht gestorben. Tony … du hast einen wichtigen Menschen verloren.«

Ich sehe, wie Calebs Kiefermuskeln arbeiten. »Tony ist auf der Suche nach diesem Arschloch gestorben. Ich finde es süß, dass du mich schonen willst, Julie. Aber ich werde diese Suche fortsetzen.«

»Das weiß ich«, sage ich beschwichtigend. »Aber tu mir einen Gefallen und warte damit wenigstens bis morgen, okay?«

Ihm ist deutlich anzusehen, dass ihm dieser Vorschlag nicht gefällt. Aber offensichtlich hat er nicht vor, zu protestieren. Stattdessen lässt er mich seufzend los. »Wie du willst. Übernimm den Laden. Wenn sie dich sehen, werden sie dir ohnehin alle aus der Hand fressen und vergessen, dass ich existiere.«

Ich verdrehe die Augen und greife nach der noch unbenutzten Handtasche. »Ich nehme mein Handy mit. Melde dich, wenn was ist.«

»Ja, Mom.«

Grinsend werfe ich ihm eine Kusshand zu, dann drehe ich mich um und schaffe meinen Hintern so schnell wie möglich aus dem Gästezimmer. Ehrgeiz und Verantwortungsbewusstsein hin oder her: Wenn ich die Wahl habe, mich zu Caleb ins Bett zu legen oder mich dem Vorstand von *Bonham Industries* zu stellen, bin ich mir ganz und gar nicht sicher, wie ich mich entscheiden würde.

Ich streiche mir noch einmal über die Haare, dann atme ich tief durch und schließe entschlossen die Tür hinter mir.

Wie immer bin ich wahnsinnig nervös, als ich aus dem Aufzug steige und die Chefetage betrete. Dieses Mal ist es allerdings um einiges schlimmer, weil Caleb nicht an meiner Seite ist.

Ich gehe direkt in unser Büro, hole mein Handy aus der Tasche und hänge sie dann an die Garderobe, bevor ich mich an meinen Schreibtisch setze und den PC starte. All das fühlt sich total seltsam an. Das hier ist mein erster richtiger Tag, an dem ich wirklich selbstständig arbeiten soll, ich kenne mich kaum aus und fühle mich total fehl am Platz. Ein wenig überfordert öffne ich ein paar Schubladen und finde schließlich, wonach ich suche: eine Anleitung für den Festnetzanschluss. Nach einigem Hin und Her schaffe ich es schließlich, Abigail zu erreichen. Sie ist Calebs persönliche Assistentin und hat auch schon für Sylvia gearbeitet. Ich weiß, dass sie die Stelle nicht mehr lange besetzen wird und sich schon nach einem oder einer Nachfolgerin umsieht, trotzdem ergibt es in meinen Augen am meisten Sinn, sie zuerst anzurufen.

Sie sichert zu, direkt vorbeizukommen. Als sich jedoch kaum eine Minute später die Tür öffnet, ruckt mein Kopf überrascht hoch.

»Das war schnell«, sage ich verlegen und versuche es mit einem freundlichen Nicken.

»Mein Büro ist direkt nebenan, Miss.«

Okay, das hätte ich vermutlich wissen müssen. Abigail ist eine streng aussehende Frau um die dreißig, hat straff nach hinten gebundene Haare und steckt in einem mausgrauen Kostüm. Sie erinnert mich an meine Mathelehrerin aus der Junior High. Die konnte Kinder allein durch einen Blick zum Heulen bringen, und irgendetwas sagt mir, dass Abigail dazu ebenfalls in der Lage wäre.

»Was kann ich für Sie tun?«

»Ach ja«, sage ich eilig und rutsche auf meinem Stuhl herum. »Möchten Sie sich kurz setzen?«

»Ich halte es für effizienter zu stehen, vielen Dank, Miss«, erwidert sie glatt. »Seit Mr Robins Unfall steht das Telefon kaum still und ich brauche vermutlich Tage, um die E-Mails in dieser Angelegenheit zu beantworten.«

Ich lasse mir nicht anmerken, wie sehr mich ihr gelangweilter Tonfall ärgert. »Wurden Sie darüber informiert, dass Mr Robins seinen Verletzungen erlegen ist?«

In ihrem Gesicht zuckt kein Muskel. Nichts verändert sich. »Ja, Miss. Die gesamte Belegschaft ist tief erschüttert.«

Am liebsten würde ich sie schütteln, aber ich reiße mich zusammen. Stattdessen versuche ich, mich auf das Wesentliche zu konzentrieren. »Ich brauche ein Tablet«, sage ich zu ihr und gehe die Liste in meinem Kopf durch, die ich in der letzten Nacht zusammengestellt habe. »Und einen Assistenten oder eine Assistentin. Ich weiß, dass Sie alle Hände voll zu tun haben, aber vor allem für die Zeit, in der Mr Bonham ausfällt, brauche ich Unterstützung.«

»Es sind bereits Stellen ausgeschrieben, Miss«, antwortet sie. »Wir gehen gerade die Bewerbungen durch, aber einen passenden Kandidaten oder …«

»Dann stellen Sie mir jemandem aus dem Team ab«, unterbreche ich sie und lächle freundlich, als sie die Augenbrauen hochzieht. »Gerne als vorübergehende Lösung. Aber ich halte es für das Beste, mir jemanden mit Erfahrung zur Seite zu stellen, statt einer Person, die erst eingelernt werden muss.«

Sie nickt, auch wenn ich ahne, dass sie wenig begeistert von meinem Vorschlag ist. »Wie Sie wünschen. Ich werde mich darum und um ein Firmen-Tablet für Sie kümmern.«

»Noch heute, bitte«, präzisiere ich. »Außerdem würde ich Sie bitten, Rahel Demir zu kontaktieren und einen Termin zu vereinbaren. Das Gleiche gilt für Mrs Yeon und Mr Freeman. Die letzten beiden haben allerdings Zeit bis morgen.«

Jetzt schaut sie tatsächlich verwirrt. Ob das nun an meinen Anweisungen oder meiner Autorität liegt, die mich selbst ein bisschen überrascht, weiß ich nicht.

»Sehr wohl, Miss.«

»Das wäre vorerst alles.«

Sie räuspert sich. »Erlauben Sie mir die Frage, warum Miss Pollock nicht auf ihrem Posten ist?«

Shit. Darüber habe ich nicht nachgedacht. »Wo ist denn für gewöhnlich ihr Posten?«

»In Ihrer aktuellen Situation sollte sie wohl vor Ihrem Büro stehen, nicht wahr?«

»Ja«, antworte ich ein bisschen fahrig und nicke ein paarmal. »Ja, Sie haben recht. Dann rufen Sie bitte auch Miss Pollock an und schicken sie zu mir.«

»Wird Miss Pollock weiterhin als Ihre Personenschützerin beschäftigt sein?«, fragt Abigail. »Darüber wollte ich mich mit Mr Bonham unterhalten, aber da Sie aktuell seine Vertretung zu sein scheinen, können Sie das entscheiden.«

Ich beiße die Zähne aufeinander. Automatisch richte ich mich ein bisschen auf. »Ich bin nicht Mr Bonhams Vertretung, Abigail. Wir sind Partner. Wenn er wieder da ist, werde ich immer noch genau hier sitzen.«

Sie zuckt nicht einmal mit der Wimper. »Natürlich.«

»Aber um Ihre Frage zu beantworten: Selbstverständlich bleibt Estha. Ich habe ihr nichts vorzuwerfen.«

»Wie Sie wünschen.«

Sobald sie das Büro verlassen und die Tür hinter sich geschlossen hat, atme ich erleichtert aus. Das war anstrengend. Und dabei hat Abigail nicht mal unangenehme Fragen gestellt oder wirklich fundamentale Entscheidungen von mir verlangt. Trotzdem bin ich ein bisschen stolz, mich bewiesen zu haben.

Ich greife nach meinem Handy und öffne eine der Mails von der IT, die ich anlässlich meiner Einstellung bei *Bonham* bekommen habe. Ich gebe meine Zugangsdaten ein und verbringe die folgenden Minuten damit, mich mit dem Betriebssystem, meinem E-Mail-Programm und dem Kalendersystem vertraut zu machen. Anscheinend hatte ich vor einer Stunde einen Termin mit Mrs Yeon. Ich gehe davon aus, dass sie ihn gestern eingestellt hat, bevor das mit Tony passiert ist. Außerdem habe ich eine ungelesene E-Mail aus Mr Freemans Büro, allerdings ist sie an Caleb gerichtet, weshalb ich vermute, dass ich lediglich ins Cc gesetzt oder sie an mich weitergeleitet wurde. Er bittet *dringend* um ein Gespräch. Stirnrunzelnd checke ich das Datum und die Uhrzeit – die Mail wurde nach Tonys Unfall verfasst. Mr Freeman muss also gewusst haben, was passiert ist. Trotzdem beinhaltet der Text keine Beileidsbekundung oder irgendeinen Ausdruck von Mitgefühl.

Sobald ich in dieser Firma jemals wirklich etwas zu sagen habe, befördere ich diesen Freeman mit einem Arschtritt auf die Straße. Ich muss Caleb unbedingt danach fragen, warum sich der Kerl verhält, als wäre er unantastbar.

Ein Klopfen reißt mich aus meinen Gedanken und ich schaue auf. Ein, zwei Sekunden lang passiert gar nichts, bis ich stirnrunzelnd »Herein!« rufe und die Tür sich öffnet.

»Miss Penn«, sagt Estha, verschränkt die Hände hinterm Rücken und stellt sich vor meinen Schreibtisch. »Bitte entschuldigen Sie. Ich wusste nicht, dass Sie heute im Büro sein würden.«

Schuldbewusst verziehe ich das Gesicht. »*Ich* muss mich entschuldigen. Ich kenne die Abläufe noch nicht besonders gut. Ich werde Ihnen das nächste Mal Bescheid geben, immerhin kann ich nicht erwarten, dass Sie meine Gedanken lesen.«

»Danke, Miss.«

Mir fallen die Ringe unter Esthas Augen auf, die fahle Haut, die knittrige Bluse. »Wie geht es Ihnen?«

»Vermutlich ähnlich wie Ihnen.« Mit traurigem Blick mustert sie mich. »Wie hält sich Mr Bonham?«

»Ich bin mir sicher, dass es ihm schlechter geht, als er es mir weismachen will.« Ich atme einmal tief durch, dann deute ich genau wie vorhin bei Abigail auf den Stuhl vor mir. »Setzen Sie sich bitte einen Moment.«

Esthas Miene wird wieder ernst, aber immerhin leistet sie meiner Bitte Folge. Steif setzt sie sich.

»Ich möchte etwas mit Ihnen besprechen.«

»Selbstverständlich.«

»Zuerst einmal möchte ich klarstellen, dass keiner von uns vorhat, Sie zu entlassen.« Ich hebe eine Augenbraue, weil sie mich überrascht anschaut. »Warum gehen alle davon aus, dass ich Sie feuern will?«

»Ich kann nur raten«, erwidert sie tonlos, »aber möglicherweise liegt es daran, dass jemand während meiner Schicht eine Katze getötet und vor Ihre Tür gelegt hat, dass Mr Bonham während derselben Schicht verschwunden ist und ich keine Kenntnis darüber hatte, wo er sich aufhält. Oder daran, dass ich Sie ebenfalls verloren habe. Oder dass jemand während meiner Schicht ums Leben gekommen ist.«

Ich schlucke und mein Herz wird schwer. »Nichts davon war Ihre Schuld, Estha.«

Sie hebt eine Schulter. »Das mag schon sein. Aber Ihre und Mr Bonhams Sicherheit unterlagen meiner Verantwortung. Das Gleiche gilt für Tony.«

Am liebsten würde ich sie in den Arm oder zumindest ihre Hand nehmen, aber ich bin mir nicht sicher, ob sie das zulassen würde. Ihre ganze Haltung und ihr Gesichtsausdruck strahlen Abwehr aus. Als hätte sie beim Betreten des Büros bereits damit gerechnet, gefeuert zu werden.

»Ich sage es gerne noch mal: Ich halte nichts von dem, was passiert ist, für Ihre Schuld. Selbst wenn Sie einen Fehler gemacht haben sollten, war das sicher keine böse Absicht.«

»Das ist sehr freundlich von Ihnen, Miss Penn«, sagt sie und räuspert sich. »Aber ich würde es verstehen, wenn Sie mich versetzen. Ich würde es Ihnen und Mr Bonham nicht vorwerfen.«

»Von meiner Seite aus besteht dafür keine Notwendigkeit.«

Estha nickt langsam. »Vielen Dank, Miss Penn.«

»Brauchen Sie ein paar Tage Urlaub? Das ließe sich bestimmt einrichten.«

»Nein, Miss. Es wäre mir lieber, zu arbeiten.«

Ein wenig erleichtert atme ich durch. »Schön. Perfekt. Trotzdem habe ich ein paar Kleinigkeiten, die ich gerne mit Ihnen besprechen würde.« Ich warte darauf, dass sie nickt. »Ich weiß, das habe ich bereits bei unserem ersten Kennenlernen gesagt, aber ich habe das Gefühl, in den letzten Tagen ist das ein wenig in den Hintergrund gerückt. Ich würde es wirklich bevorzugen, wenn Sie mich Julie nennen.« Erneut nickt sie, und ich werte das als stillschweigende Zustimmung. Für meine nächste Bitte verschränke ich die Hände ineinander und bemühe mich um einen möglichst unbefangenen Tonfall. »Außerdem möchte ich Sie damit beauftragen, sich um Tonys Nachfolge zu kümmern. Ich halte es für das Beste, wenn Sie eine Vorauswahl treffen, bevor die Anwärter sich bei Caleb vorstellen. Sie kennen ihn und können beurteilen, wer zu ihm passt.«

Ich sehe den Schmerz in ihren Augen und bete, dass ihr diese Aufgabe nicht zu viel abverlangt. Natürlich gehört es zu Esthas Job, und ich habe jedes Recht, sie mit dergleichen zu belangen. Trotzdem muss es verdammt schwer für sie sein.

»Ich werde drei passende Personen raussuchen und sie Mr Bonham vorstellen.«

»Vielen Dank. Würde es Ihnen außerdem etwas ausmachen, mir die Kontaktdaten von Tonys Familie herauszusuchen? Ich würde ihnen gerne … keine Ahnung, irgendwie mein Beileid aussprechen. Außerdem möchte ich erfahren, wann die Beerdigung stattfindet.«

Sie nickt und ich atme zitternd aus. Ich arbeite noch ein paar weitere Punkte auf meiner mentalen Liste ab, zum Beispiel, dass sie sich mit dem NYPD in Verbindung setzen und sich über den aktuellen Ermittlungsstand informieren lassen soll. Ich weiß, dass Tony das vorher getan hat, weshalb jemand wohl auch seine Notizen durchgehen sollte.

Nachdem Estha gegangen ist, beschäftige ich mich erneut mit meinem PC, versuche, eine gewisse Routine in den Programmen zu bekommen. Mir ist klar, dass nichts hiervon zu meiner täglichen Arbeit und meinen tatsächlichen Aufgaben bei *Bonham Industries* gehört. Trotzdem fühle ich mich besser, als ich um kurz nach sieben meinen Computer herunterfahre. Ich fühle mich schon wohler in diesem Büro, etwas weniger wie ein Gast auf einem fremden Planeten. Sicher wird das hier nie meine Zukunft sein. Aber ein Jahr werde ich sicher überleben.

12

CALEB

Montag, 20. Juni 2022

Ich hasse Beerdigungen. So sehr. Alle haben sich herausgeputzt, um einem geliebten Menschen die letzte Ehre zu erweisen. In Wahrheit allerdings sitzen alle einfach nur auf ihren Bänken und warten darauf, dass es endlich vorbei ist. Um wieder nach Hause zu gehen und in Ruhe trauern zu können, ohne dabei von teilweise fremden Menschen umringt zu sein.

Mit starrem Blick höre ich dem Redner zu, nehme aber eigentlich keins seiner Worte richtig auf. Anders als bei Sylvia sitze ich dieses Mal nicht in der ersten Reihe, was eine Erleichterung ist. Niemand nimmt Notiz von mir, und ich muss weder auf meinen Gesichtsausdruck noch auf das passende Maß an Bestürzung achten. Tony war offiziell mein Mitarbeiter, mehr nicht. Seine Familie und seine richtigen Freunde haben Vorrang. Dass Tony auch meine Familie war, interessiert auf dieser Beerdigung niemanden.

Julie sitzt direkt neben mir, was die reinste Folter ist. Als Tonys Vater hinter das Pult tritt und mit gebrochener Stimme von seinem Sohn erzählt, lassen ihre unterdrückten Schluchzer ihren Körper immer wieder erzittern. Ich weiß, dass sie versucht, sich zusammenreißen. Dass sie das Gefühl hat, weniger Recht zum Trauern zu haben. Was totaler Bullshit ist, weil ich weiß, dass Tony auch ihr etwas bedeutet hat. Und es ist die reinste Hölle, sie nicht richtig trösten zu können. Sie nicht an meine Brust ziehen oder ihr einen Kuss auf die Stirn geben zu können, weil wir für die Öffentlichkeit nach wie vor nur gute Freunde und Kollegen sind.

Ich richte meine Aufmerksamkeit auf das große Schwarz-Weiß-Foto von Tony, das vorne neben dem Sarg aufgestellt wurde. Zu meiner Erleichterung hat man sich gegen einen offenen Sarg entschieden, denn das Foto allein reicht schon völlig aus, um mich aus der Fassung zu bringen. Tony war ein Teil meines Lebens, eigentlich, solange ich denken kann.

Nach dem Tod meines Vaters, während alle um mich herum damit beschäftigt waren, aus mir einen vorzeigbaren künftigen Unternehmenserben zu machen, mir Anzüge maßanfertigen zu lassen und mich auf Interviews und öffentliche Auftritte vorzubereiten, hat Tony sich um mich gekümmert … wirklich um mich. Er hat als Einziger gesehen, dass mir die Aufgabe vor allem in meinen Teenagerjahren über den Kopf zu wachsen drohte, und angefangen, mich im Kampfsport zu trainieren. Ohne dass ich ihn darum bitten musste, hat er mir ein Ventil geboten, mit dessen Hilfe ich meine Anspannung, den Druck und teilweise auch meinen Frust kontrolliert abbauen konnte. Er hat mir beigebracht, meine Gefühle zu beherrschen und besser mit Stress umzugehen.

Aber vor allem war er an meiner Seite, als Sylvia starb und ich von jetzt auf gleich dazu gezwungen war, die Verantwortung für ihr Imperium zu übernehmen. Vom ersten Tag an war Tony meine Stimme der Vernunft und mein Ruhepol. Er wusste immer, was zu tun war, oder hat zumindest so getan, wenn die Überforderung über mir zusammengebrochen ist wie eine Flutwelle.

Ich kann … nein, ich *will* mir ein Leben ohne seine Unterstützung nicht vorstellen.

Rahel, die auf der anderen Seite neben mir sitzt, rutscht näher zu mir heran und lehnt den Kopf an meine Schulter. Ich lege einen Arm um sie. Ich weiß, dass sie ausschließlich für mich hier ist. Ja, sie kannte Tony, aber soweit ich weiß, haben sie kaum je mehr als ein paar Worte miteinander gewechselt. Sie will mich unterstützen, und das weiß ich zu schätzen. Mit zusammengebissenen Zähnen sehe ich mich um und lasse meinen Blick über die Trauergäste schweifen. Ich erkenne ein paar Gesichter – Angestellte von *Bonham* –, die meisten der Anwesenden sind mir allerdings unbekannt. Die bittere Wahrheit ist, dass ich kaum etwas über Tony wusste. Weder, dass er fünf jüngere Geschwister hatte, noch, dass seine Mom im Rollstuhl sitzt und sein Dad früher bei der Navy gedient hat. Als sein Vater davon erzählt, dass Tony leidenschaftlich Football gespielt und sich in der Gemeinde engagiert hat, fühlt es sich so an, als würde er von einem völlig anderen Menschen sprechen. Ich kannte den knallharten Bodyguard-Tony. Die Privatperson ist mir beinahe gänzlich unbekannt, und diese Erkenntnis ist verdammt beschissen.

Als sich die Trauerfeier dem Ende zuneigt, stehe ich auf, drücke einmal kurz Julies Hand und gehe zu den anderen Sargträgern nach vorn. Ich hatte nicht vor, mich bei dieser Beerdigung in den Vordergrund zu drängen. Heute bin ich nicht Tonys Vorgesetzter, der bereits seit Wochen durch die Klatschpresse geistert. Heute bin ich ein Freund, nichts weiter. Ich wollte keine Rede halten oder die Aufmerksamkeit sonst irgendwie auf mich lenken. Aber als ich seine Mutter vor ein paar Tagen anrief, um mein Beileid auszudrücken, habe ich gefragt, ob ich einer der Sargträger sein dürfte.

Mit ausdruckslosem Gesicht stelle ich mich neben einen von Tonys Brüdern. Wir warten, bis sich alle in Position begeben haben, dann greife ich nach einem der vergoldeten Griffe und hebe den Sarg gemeinsam mit den anderen hoch. Tony war kein Würdenträger oder eine Person des öffentlichen Lebens, trotzdem habe ich seine Mutter gebeten, den Sarg auf den Schultern tragen zu dürfen, statt wie allgemein üblich an den Beschlägen. Die letzte Ehre, die ich Tony erweisen kann.

Sobald wir den Sarg geschultert haben, laufen wir langsam durch den Mittelgang der Kapelle auf den Ausgang zu. Hinter uns geht die Familie, danach die Trauergesellschaft. Ich halte den Blick auf den Boden gesenkt. Weder spüre ich das Gewicht des Sarges noch die Sonne, die mir ins Gesicht scheint, als wir nach draußen treten. Kein Sargwagen, der auf uns wartet. Wir werden Tony tragen, jeden einzelnen Schritt bis zum Grab. Ich bin dankbar dafür. Es ist nicht ansatzweise genug, um Tony für das zu danken, was er für mich getan hat.

Während wir langsam über den Friedhof laufen, verschwimmt die Welt vor meinen Augen.

Das hier ist ein Abschied – sein letzter Weg. Und ich fühle mich geehrt, ihn begleiten zu dürfen.

13

JULIE

Montag, 11. Juli 2022

Drei Wochen später ist so etwas Ähnliches wie Alltag eingekehrt. Es war ein schleichender Prozess, trotzdem ist es ein seltsames Gefühl, einfach weiterzumachen. Tony wurde durch Anando, einen breitschultrigen Kerl in den Dreißigern, ersetzt, Estha hat ihre Selbstzweifel zumindest teilweise überwunden, nennt mich brav »Julie« und ist wieder mehr oder weniger die Alte. Caleb hat sich nach Tonys Beerdigung in die Arbeit gestürzt, und ich habe das Gleiche getan. Ich habe einen neuen Assistenten, den ich ganz nett finde, und wir kommen gut miteinander klar. Bonnie liegt nach wie vor im Koma. Die Ärzte warten darauf, dass sie von alleine wieder aufwacht, um die Schäden einschätzen zu können, die ihr Gehirn möglicherweise davongetragen hat. Doch sie ist noch nicht aufgewacht. Sie befindet sich in einer Art Schwebezustand, der kaum zu ertragen ist.

Die größte Veränderung besteht allerdings darin, dass ich mittlerweile in dem kleineren Apartment im Bonham Tower wohne. Caleb hätte sicher kein Problem damit gehabt, wenn ich einfach zu ihm ins Penthouse gezogen wäre. Zwar wird unsere WG im East Village in ein paar Tagen freigegeben, aber weder Saheera noch ich sind sonderlich scharf darauf, wieder dort einzuziehen. Einerseits, weil die Sicherheitsvorkehrungen, die inzwischen für mich vorgesehen sind, dort schwerer umzusetzen wären, zum anderen, weil keine von uns sich den Erinnerungen Tag für Tag stellen will, die an diesen Räumen haften. Dafür ... sind wir noch nicht bereit.

Ich schlüpfe in einen dunkelgrünen Blazer, den ich mir letzte Woche online bestellt habe. Es ist ein seltsames Gefühl, allein zu wohnen. Noch dazu in einem solchen Luxusapartment. Aber es war die richtige Entscheidung, dessen bin ich mir sicher. Calebs und meine Beziehung hat sich viel zu schnell, viel zu turbulent entwickelt. Wir hatten niemals ein Date, wenn man die Spendengala nicht mitzählt. Wir hatten keinen normalen Start und keine Chance, uns im Alltag kennenzulernen. Eine gesunde Beziehung aufzubauen. Unsere bisherige gemeinsame Zeit bestand zum Großteil aus Ausnahme- und Extremsituationen.

Mein Herz ist sich sicher, Caleb zu lieben. Ich habe noch nie zuvor so für einen anderen Menschen empfunden. Trotzdem habe ich Angst, dass wir uns selbst zerstören. Wenn wir uns überschätzen, geht diese Beziehung in die Brüche, noch bevor sie überhaupt richtig begonnen hat. Das kleinere Apartment ist eine gute Zwischenlösung, bis ich weiß, wie es langfristig weitergeht. Ich bin nach wie vor im Bonham Tower und genieße damit sämtliche Sicherheitsmaßnahmen, die dieses Gebäude mir ermöglicht. Gleichzeitig hocken Caleb und ich aber nicht vierundzwanzig Stunden aufeinander und können uns auch mal aus dem Weg gehen, wenn es notwendig ist. Immerhin arbeiten wir jeden Tag zusammen.

Zufrieden streiche ich über den Stoff des Blazers. Ich habe ihn selbst gekauft und bin ziemlich zufrieden mit meiner Wahl. Mir stünden zwar auch Einkäuferinnen zur Verfügung oder Rahel, die ganz scharf darauf ist, mich einzukleiden. Aber um mein Vorhaben umzusetzen, mein Leben selbst in die Hand zu nehmen und nicht mehr nur nach Anweisungen zu handeln, darf ich mir garantiert nicht länger die Klamotten rauslegen lassen wie eine verdammte Dreijährige. Dieser Blazer ist ein wenig extravaganter als meine übliche Garderobe – er besteht aus tannengrünem Samt und ist mit goldenen Knöpfen besetzt. Ein bisschen zu herbstlich und zu warm für das Juliwetter, aber da Caleb die Klimaanlage im Büro immer auf Anschlag dreht, ist er für die Arbeit genau richtig.

Ein lautes Klopfen an der Tür lässt mich zusammenschrecken. Ich bin noch immer wahnsinnig dünnhäutig, auch wenn seit Tonys Tod nichts weiter passiert ist. Keine Fotos, keine anonymen Nachrichten, keine Einbrüche. Ich frage mich ernsthaft, ob der Stalker aufgegeben hat. Möglicherweise ist Tonys Tod nicht geplant gewesen und nur aus einer Kurzschlussreaktion heraus entstanden. Vielleicht hat der Typ aufgehört, weil es sich jetzt nicht mehr »nur« um Stalking, schwere Körperverletzung, Einbruch und derlei Dinge handelt. Jetzt ist es Mord, mindestens Totschlag.

Ich zwinge meine zum Zerreißen gespannten Nerven zur Ordnung und gehe zur Tür, weil dort eigentlich nur zwei Personen auf mich warten können: Caleb oder Estha. Niemand anderes hat Zugang zu meiner Wohnung, ohne aufgehalten oder zumindest angekündigt zu werden.

Als ich die Tür öffne und mein Blick auf Caleb fällt, bleibt mein Herz wie jedes Mal ein paar Sekunden lang stehen. Ich glaube nicht, dass ich mich an diesen Anblick jemals gewöhnen werde. Er trägt ein graues T-Shirt unter einem anthrazitfarbenen Jackett und einer dazu passenden Anzughose. Natürlich sieht jedes Stück danach aus, als wäre es ihm auf den Leib geschneidert worden. Er sieht seriös und irgendwie einschüchternd aus, trotzdem umschmeichelt der Stoff seine Muskeln. Ich weiß, wie Caleb unter diesen Klamotten aussieht. Ich weiß, wie sich seine Haut unter meinen Fingerspitzen anfühlt, wie sein Körper sich bewegt, wenn er mich packt und an sich zieht.

Ich schlucke und zwinge meinen Blick zurück zu seinem Gesicht. Es ist beinahe peinlich, dass ich erst jetzt die beiden Kaffeebecher in seiner Hand bemerke.

»Hi«, sage ich beinahe verlegen und trete zur Seite, damit er an mir vorbeigehen kann. »Kein Hemd heute?«

Er betritt das Apartment und drückt mir einen der Becher in die Hand. Mir fällt auf, dass der To-go-Cup gleich in drei Banderolen steckt. Ich muss lächeln. Es sind solch kleine Dinge, die ich an Caleb liebe. Er weiß, dass ich übertrieben hitzeempfindlich bin, wenn es um Kaffee geht. Er weiß es, er macht kein großes Ding daraus, aber er hat es sich gemerkt.

Wie immer stelle ich meinen Becher ab, um ihn abkühlen zu lassen, dann drehe ich mich zu Caleb und schlinge die Arme um seinen Hals. Sofort beugt er sich zu mir herunter und zieht mich an sich. Calebs Küsse sind jedes Mal anders – manchmal wild und leidenschaftlich und voller Verlangen, manchmal süß und zart, beinahe vorsichtig.

Heute küsst er mich ... liebevoll. Als hätten wir uns ein paar Tage lang nicht gesehen.

»Wie spät ist es?«, frage ich, als wir uns voneinander lösen. Ich drücke mir den Handrücken an meine überhitzte Wange, aber das bringt nicht wirklich etwas.

»Wir müssen in zehn Minuten los.« Sein Blick wandert an meinem Körper entlang. »So willst du gehen?«

Unsicher sehe ich an mir herab. »Was spricht dagegen?«

Er hebt die Hand und fährt mit seinem Finger langsam über den Saum meines Tops. »Mir wäre es ehrlich gesagt lieber, wenn du einfach in einem Kartoffelsack oder so arbeiten würdest. Wenn du mit mir im selben Büro sitzt, fällt es mir wahnsinnig schwer, mich auf die Arbeit zu konzentrieren.«

Ich schnaube. »Nur zu deiner Information: Ich habe in den letzten Wochen eine wirklich ungesunde Besessenheit entwickelt, was Maßanzüge angeht. Es sieht also so aus, als müssten wir mit ähnlichen Problemen klarkommen.«

Grinsend streicht er mir eine verirrte Haarsträhne hinter das Ohr und sieht sich um. Sein Blick wird eine Spur ernster. »Du musst anfangen, es dir gemütlich zu machen, Julie.«

Da hat er nicht ganz unrecht. Ich folge seinem Blick. Bis vor wenigen Wochen hat Caleb hier gewohnt, und es ist nicht zu übersehen, dass er sich mit dem Auszug nicht sehr viel Mühe gegeben hat. In den Ecken stapeln sich noch immer einige seiner Umzugskartons, die Wände müssten gestrichen werden und ein paar verirrte Regale sind vollkommen leer. Grundsätzlich gefällt mir die Wohnung. Sie besteht beinahe vollständig aus einem riesigen Raum. Wenn man das Apartment betritt, steht man direkt in dem Wohnzimmer mit einer großen braunen Ledercouch. Gegenüber befindet sich die verhältnismäßig kleine Küche, die allerdings eine ziemlich gut ausgestattete Bar und eine Zapfanlage beinhaltet. Neben der Küche gehen zwei Türen ab: eine davon ins Badezimmer inklusive einer in den Boden eingelassenen Whirlpool-Badewanne, die andere führt ins Schlafzimmer mit begehbarem Kleiderschrank. Natürlich besteht die gesamte Außenfront aus Glas, wie überall im Bonham Tower. Caleb hat mir erzählt, dass er die Wohnung selbst eingerichtet hat, und ehrlich gesagt sieht man ihr das an – sie ist trotz ihrer hochwertigen Ausstattung irgendwie bodenständiger als das Penthouse. Die Wände sind teilweise dunkelgrau gestrichen, die Möbel eher zusammengewürfelt, als hätte er die Teile einzeln gekauft, anstatt die ganze Einrichtung vollkommen aufeinander abzustimmen.

Allerdings habe ich tatsächlich noch nichts gemacht, um diese Wohnung in etwas zu verwandeln, das ich als *mein* Zuhause bezeichnen würde. Ich habe kaum persönliche Dinge hier, habe nichts umdekoriert oder irgendetwas neu gekauft. Es fühlt sich falsch an, mich hier häuslich einzurichten. Zumindest, solange Bonnie im Koma liegt. Sie soll nicht aufwachen und das Gefühl haben, dass wir alle ohne sie weitergemacht haben.

Ich winke ab – eine leicht verspätete Reaktion auf Calebs Kommentar. Ich weiß, dass das Apartment nicht wirklich zu seinen Lieblingsthemen gehört. Er versteht nicht, warum ich nicht bei ihm im Penthouse bleibe, und ich ahne, dass ich ihn mit meiner Entscheidung, hier unten einzuziehen, gekränkt habe.

»Das hat noch Zeit«, antworte ich, nehme meine Tasche und gehe wieder Richtung Tür. Caleb greift nach meinem Handgelenk und hält mich zurück. Bevor ich reagieren kann, hat er mich wieder in seine Arme gezogen. Atemlos und ein wenig überwältigt von der plötzlichen Nähe schaue ich zu ihm auf.

»Dich den ganzen Tag zu sehen und nicht anfassen zu dürfen, ist Folter«, knurrt er, während er mir einen zarten Kuss auf den Mundwinkel haucht. »Wir müssen dieses beschissene Versteckspiel beenden.«

»Ja«, flüstere ich, weil ich wirklich keine Einwände dagegen habe. »Was sollen sie schon tun? Uns feuern?«

Er lacht leise. »Freeman wird an die Decke gehen.«

Seufzend löse ich mich von ihm. »Wir müssen etwas gegen ihn unternehmen, Caleb. Ganz ehrlich, der Typ überschreitet eine Grenze.«

Es gibt kaum einen Mann in diesem Unternehmen, den ich mehr hassen könnte als Mortimer Freeman. Er mischt sich überall ein, kontrolliert jeden unserer beschissenen Schritte und hält mit seiner Meinung über mich nicht gerade subtil hinterm Berg. Mir ist klar, dass sowohl der Aufsichtsrat als auch der Vorstand das Recht haben, meine und Calebs Arbeit zu überprüfen. Immerhin ist das ihr Job. Aber seine Verachtung mir gegenüber so öffentlich zur Schau zu stellen, geht einfach nicht. Das mache ich nicht mehr länger mit.

»Ich habe morgen ein Treffen mit ein paar Aufsichtsratsmitgliedern«, sagt er beschwichtigend. »Ich kläre das.«

Das wage ich zu bezweifeln, aber ich lasse das Thema fallen. Scheinbar waren Freeman und Sylvia dicke Freunde, weshalb ich das Gefühl habe, der Mann besitzt eine Art Narrenfreiheit. Zweifellos ist zumindest er der Meinung, deutlich besser zu wissen, was gut für diese Firma ist als Caleb oder ich.

»Ich bin heute Abend übrigens nicht da«, informiere ich ihn, während ich mein Handy aus der Tasche ziehe und die Benachrichtigung checke, die eben darauf eingegangen ist. Estha, die sich erkundigt, wo ich bleibe. Ich verdrehe die Augen und schiebe es zurück in meine Handtasche. »Ich treffe mich mit Saheera. Wir müssen über die Wohnung reden.«

Sofort werden Calebs Züge weicher. »Willst du, dass ich dich begleite?«

»Nein«, antworte ich. »Du musst Saheera mal kennenlernen, aber nicht heute. Irgendwie ist es komisch zwischen uns.«

»Was meinst du damit?«, fragt er stirnrunzelnd, verschränkt die Arme vor der Brust und lehnt sich an die Couch.

Ich zucke mit den Schultern. »Bis vor ein paar Wochen haben wir uns jeden Tag gesehen«, versuche ich zu erklären. Wieder vibriert mein Handy, aber ich ignoriere es. »Wir haben zusammen gewohnt, sind zusammen zur Uni gegangen und so weiter. Jetzt ist es anders. Manchmal habe ich das Gefühl, als hätte jemand eine Glaskuppel über mich gestülpt und mein gesamtes altes Leben wäre draußen ausgesperrt.«

»Das ist sehr poetisch«, bemerkt er, hebt aber abwehrend die Hände, als er meinen wütenden Blick bemerkt. »Sorry, ich wollte das nicht ins Lächerliche ziehen. Aber könnte es nicht sein, dass du das Ganze ein bisschen schwarzmalst?«

»Ach ja?«

»Du kannst das alles immer noch haben.« Er kommt auf mich zu und umfasst mein Gesicht. »Es war alles zu viel in den letzten Wochen. Das musst du für dich erst noch sortieren. Aber du findest eine Balance zwischen deinem neuen Leben und deinem alten, Jules. Das verspreche ich dir.«

Gegen meinen Willen muss ich lächeln, dann seufze ich. »Ich fühle mich schuldig, weil ich ihr Leben so durcheinandergebracht habe. Von Bonnie will ich gar nicht erst anfangen. Oder Tony.«

Mit strengem Blick sieht er mich an. »Nichts davon ist deine Schuld.«

Das mag stimmen. Ändert aber nichts an den Vorwürfen, die ich mir unentwegt mache.

»Wir kommen zu spät«, sage ich widerstrebend, mache mich von ihm los und gehe zur Tür. Caleb folgt mir, wobei er im Rausgehen den Kaffee mitnimmt, den ich garantiert wieder vergessen und heute Abend kalt getrunken hätte.

Doch als ich schwungvoll die Tür öffne, bleibe ich stolpernd stehen. Beinahe wäre ich in die zwei Uniformierten hineingerannt, die im Flur stehen. Einer der beiden hat die Hand gehoben, als wollte er gerade klopfen.

Der breitschultrige, ziemlich große Mann mustert mich den Bruchteil einer Sekunde. »Miss Juliette Penn?«

Nervös nicke ich. »Ja?«

»Mein Name ist Officer Miller, das ist Officer McKimmon. Ich muss Sie bitten, uns zu begleiten. Und auch Sie, Mr Bonham«, schiebt er mit einem Blick über meine Schulter nach.

»Gibt es ein Problem?«, fragt Caleb geschäftsmäßig. Er tritt neben mich und ich könnte schwören, dass er sich ein wenig aufrichtet, um größer zu wirken.

Der erste Officer nickt ihm zu. »Bitte begleiten Sie uns aufs Revier. Detective Spring möchte mit Ihnen sprechen, wir waren gerade in der Nähe und sollen Sie begleiten.«

Ich runzle die Stirn. »Sind wir verhaftet?«

»Nein, Miss«, antwortet der zweite. »Sie haben nichts zu befürchten.«

Das sehe ich entschieden anders. Caleb und ich waren erst letzten Freitag bei Detective Spring, um die Lage zu besprechen und in Erfahrung zu bringen, ob das Foto der Reporterin zu irgendwelchen Ergebnissen geführt hat. Es gab rein gar nichts Neues. Die Fahndung nach dem Stalker, dem Fahrer des Wagens und dem Auto selbst liefen ins Leere, aber Spring versicherte uns mehrfach, dass er den Fall ernst nehme. Immerhin gibt es inzwischen einen Toten.

Warum also schickt er heute zwei Polizisten, um uns aufs Revier zu zitieren? Konnte er nicht anrufen?

»Wir nehmen unseren eigenen Wagen«, sagt Caleb in unerbittlichem Ton. »Wir kennen den Weg. Vielen Dank für Ihre Mühe.«

Die Beamten wirken irritiert, halten uns aber nicht auf, als Caleb sich verabschiedet und die Tür direkt vor ihrer Nase schließt. Völlig überfordert schaue ich ihn an. Mein Herz rast schon wieder in meiner Brust, während mein Gehirn sich alle möglichen Szenarien überlegt, warum Detective Spring uns sehen wollen könnte.

»Ich sage Estha Bescheid«, murmele ich in dem verzweifelten Versuch, irgendetwas zu tun, was mich vorm Durchdrehen abhält. Ich ziehe das Handy hervor und bemerke eine Benachrichtigung meiner Security-App, die mir den Besuch der Polizei ankündigt. Mir entfährt ein wütendes Knurren, woraufhin Caleb mich fragend ansieht. Ich winke ab. Ich muss ganz dringend mit irgendjemandem vom Sicherheitsdienst sprechen. Besuche vom NYPD sollten wirklich dringlicher behandelt werden als mit einer App-Benachrichtigung. Ich schicke Estha eine kurze Nachricht, dass sie zu meinem Apartment kommen soll, dann sehe ich wieder Caleb an. »Informierst du Abigail?« Als er bejaht, atme ich geräuschvoll aus. »Das ist der zweite Termin in einer Woche mit Mrs Yeon, den ich absagen muss. So nimmt mich doch echt keiner ernst.«

»Ich denke, von der Polizei aufs Revier zitiert zu werden, geht als Entschuldigung durch.« Ich weiß, dass Caleb mich zu beruhigen versucht. Trotz des kleinen Lächelns um seine Lippen erkenne ich allerdings auch die Sorge in seinen Augen.

Es klopft an der Tür. Estha steht davor. »Der Wagen ist bereit, Julie. Mr Bonham, ich habe mit Anando gesprochen. Er hat in zwanzig Minuten einen Termin und würde daher im Büro bleiben. Sollten Sie ihn allerdings brauchen, sollen Sie sich bei ihm melden.«

Caleb nickt knapp. »Das wird nicht nötig sein. Wir sollten jetzt los.«

Unauffällig mustere ich sein Gesicht. In den letzten Tagen habe ich immer mal wieder bemerkt, dass Caleb seinen neuen Bodyguard an den Schreibtisch abstellt oder einfach nicht informiert, wenn er das Gebäude verlässt. Ein Teil von mir würde Caleb gerne daran erinnern, dass wir genau wegen dieses Verhaltens mehr als eine Diskussion geführt haben, als es dabei um mich ging. Aber ich verstehe, was er da tut, deswegen halte ich mich zurück. Er vermisst Tony. Nicht nur das, wahrscheinlich fühlt es sich für ihn nicht richtig an, Anando genauso zu vertrauen wie Tony.

Aber das ist ein Problem, mit dem ich mich später beschäftigen muss.

Die Fahrt zum Polizeirevier verläuft überwiegend schweigend. Wir hängen beide unseren jeweiligen Gedanken nach und seinem ernsten, frustrierten Gesichtsausdruck nach zu urteilen, kreisen Calebs um die gleiche Frage wie meine: Was, zur Hölle, ist jetzt schon wieder passiert?

Fast drei Wochen hatten wir jetzt Ruhe. Ich habe das Gefühl, keinen weiteren Schlag mehr zu verkraften.

Wobei … wäre es möglich, dass sie den Stalker identifiziert haben und Detective Spring uns deswegen sehen will? Mein Verstand geht ganz automatisch grundsätzlich von der schlimmstmöglichen Erklärung aus, aber theoretisch wäre es denkbar, dass sie das Arschloch gefasst haben.

Ich lasse den Blick aus dem Fenster schweifen und betrachte die in den Himmel aufragenden Gebäude am Straßenrand. Viele Cafés und Läden haben ihre Schaufenster oder Tische mit bunten Blumen bepflanzt, und die Leute tragen farbenfrohe Klamotten. Ich habe es geliebt, im Frühling und Sommer mit dem Rad durch New York zu fahren.

Es ist Wochen her, seit ich mit dem Fahrrad unterwegs war. Jetzt habe ich eine persönliche Fahrerin und ehrlich gesagt kaum noch Gründe, den Bonham Tower zu verlassen. Unfassbar, wie schnell sich ein Leben innerhalb so kurzer Zeit verändern kann.

Als Estha vor einem Glasblock an der Columbus Avenue hält, weist Caleb sie an, zu parken und auf uns zu warten. Er steigt aus, sieht sich kurz um und umrundet dann den Wagen, um mir die Tür zu öffnen. Normalerweise darf ich kein Auto verlassen, ohne dass Estha oder Anando vorher die Lage gecheckt haben. Aber anscheinend hält Caleb ein Polizeirevier für ungefährlich genug, um mich aussteigen zu lassen.

Sobald die Glastüren sich hinter uns schließen, greift Caleb nach meiner Hand. Er sieht mich nicht an, aber seine Finger umfassen meine so fest, dass ich mir nicht sicher bin, ob er mir Halt geben will oder selbst welchen braucht.

Die Routine, mit der Caleb uns anmeldet, mir meinen Besucherausweis ansteckt und danach zielsicher Springs Büro ansteuert, macht nur noch deutlicher, wie verkorkst unser Leben geworden ist. Wir fahren mit dem Aufzug in die dritte Etage und durchqueren dann ein Großraumbüro. Als ich das erste Mal hier gewesen bin, habe ich mich darüber gewundert, wie schlicht dieses Büro aussieht. Keine Ahnung, was ich erwartet hatte. Fahndungsplakate an jeder Ecke, vielleicht. Oder diese mit Fotos und Notizen überfüllten Whiteboards, vor denen die Ermittler in den TV-Shows immer stehen, ähnlich dem Konstrukt auf dem Foto der Reporterin. Alles in allem wird das triste Innenleben dieses Gebäudes der modernen Außenwirkung mit der verspiegelten Fassade und den gepflegten Pflanzenkübeln vorm Eingang nicht wirklich gerecht.

Im hinteren Teil des großen Raumes gibt es ein paar Türen, die zu geschlossenen Büros führen. Mir ist nicht ganz klar, welchen Dienstgrad man erreicht haben muss, um sich von einem kleinen Arbeitsabteil zu einem eigenen Büro hochzuarbeiten.

Detective Springs Tür steht offen, als Caleb und ich sie erreichen. Ein wenig unsicher hebe ich die Hand und klopfe gegen den Türrahmen.

»Miss Penn, Mr Bonham«, begrüßt uns Detective Spring, steht von seinem Schreibtisch auf und schließt im Gehen den obersten Knopf seines Jacketts. Dann schüttelt er mir und Caleb die Hand, bevor er auf die beiden Besucherstühle vor seinem Schreibtisch deutet.

Ich spüre, dass meine Handflächen feucht sind, als ich mich setze.

»Wie geht es Ihnen?«, fragt Spring, während er ebenfalls wieder Platz nimmt.

Am liebsten würde ich ihn bitten, sofort zur Sache zu kommen. Er lächelt nicht, wirkt nicht überschwänglich fröhlich oder aufgeregt, uns die guten Neuigkeiten mitteilen zu können. Also verpufft mein Hoffnungsfunke, der Stalker könnte endlich geschnappt worden sein. Andererseits habe ich bei diesem Mann noch nie irgendeine Gefühlsregung beobachten können, also hat das vielleicht nicht allzu viel zu bedeuten.

»Wir sind ein wenig irritiert«, antwortet Caleb tonlos. »Sie hätten uns anrufen können.«

»Das hätte ich«, bemerkt Spring und verschränkt die Hände auf der Tischplatte. »Allerdings werden neunundneunzig Prozent meiner Anrufe zu einem Ihrer Assistenten weitergeleitet, und diese Angelegenheit ist zu dringend, als dass ich mich vertrösten lasse, fürchte ich.«

Ehrlich gesagt wage ich zu bezweifeln, dass irgendjemand von *Bonham Industries* einen Detective des NYPD vertrösten würde, aber ich spare mir einen Kommentar.

»Worum geht es?«, frage ich, bevor wir uns noch weiter mit Machtspielchen aufhalten können.

Spring mustert uns einen Moment lang, dann richtet er sich auf. »Es geht um den Unfalltod Ihrer Mutter, Miss Penn.«

14

Irritiert blinzle ich. Kurz überlege ich, ob ich mich verhört habe. »Wie bitte?«

»Es gibt neue Erkenntnisse bezüglich des Autounfalls, in den Mrs Bonham verwickelt wurde.«

Caleb beugt sich neben mir in seinem Stuhl nach vorn. Als ich zu ihm hinübersehe, bemerke ich, dass er die Zähne fest zusammenbeißt. »Wie kann das sein?«, fragt er schneidend. »Die Ermittlungen in dem Fall sind abgeschlossen. Die Akte wurde geschlossen, weil es keine Anzeichen auf Vorsatz und keine Zeugen gab.«

»Da sind Sie falsch informiert, Mr Bonham«, bemerkt Spring tonlos. »Die Akte wurde keinesfalls geschlossen. Sie haben recht, dass wir nicht in die Richtung eines gezielten Tötungsversuchs ermittelt haben, trotzdem lag mindestens der Tatbestand der Fahrerflucht vor und dem sind wir selbstverständlich nachgegangen.«

Kopfschüttelnd lehne ich mich zurück. Ich sehe erst Caleb, dann Detective Spring an. »Und Sie haben den Fahrer gefunden?«

»Nein.« Er greift nach einer sandfarbenen Fallakte, die ganz oben auf einem Stapel mit mindestens zwanzig Mappen liegt, öffnet sie und zieht das Foto einer Überwachungskamera heraus. Er dreht es um und schiebt es zu uns herüber. Das Foto hat eine verdammt miese Qualität, als sei der Ausschnitt mehrfach vergrößert worden. Es zeigt ein dunkles Auto auf einer Straße, die ich nicht kenne oder zumindest nicht erkenne.

»Was soll das sein?«, frage ich verwirrt, doch in diesem Moment schnappt Caleb neben mir nach Luft. »Was ist?«

Caleb tippt mit dem Zeigefinger energisch auf die Aufnahme, den Blick fest auf Spring gerichtet. »Das ist der Wagen, der meine Mutter überfahren hat?«

»Wir gehen davon aus, ja.«

»Sieh hin«, sagt Caleb, dieses Mal an mich gerichtet.

Ich gehorche mit klopfendem Herzen. Zuerst habe ich keine Ahnung, was genau ich dort sehen soll, dann fällt der Groschen. Sofort verschwimmt meine Sicht, und mein Verstand wird von einer Welle grauenhafter Erinnerungen überflutet. Meine Hand zittert, als ich das Foto anhebe.

»Das ist der BMW«, flüstere ich erstickt. »Der aus der Gasse.«

Spring nickt beinahe triumphierend. »Auch davon gehen wir aus, ja. Er passt auf Ihre Beschreibung: kein Nummernschild an der Front, verdunkelte Scheiben. Gleiche Farbe, gleiches Modell.«

»Aber … das würde bedeuten, dass …«

»Dass der Mann, der Sylvia getötet hat, auch Tony auf dem Gewissen hat«, ergänzt Caleb grimmig.

Ich fühle mich, als würde mir jemand einen Eimer Eiswasser in die Venen kippen. Mein Gehirn scheint ein wenig überfordert zu sein, denn die Gedanken in meinem Kopf wabern wie durch einen dichten Nebel.

»Gibt es eine Aufnahme von der Rückseite des Wagens?«, frage ich, ohne große Hoffnung. »Wenn man das hintere Kennzeichen sehen kann …«

»Leider wurde das Nummernschild bereits Wochen vor dem Unfall als gestohlen gemeldet«, unterbricht mich Spring, der meinen Gedanken bereits erraten hat. »Es gehörte einer Dame aus Florida, um die siebzig.«

»Florida?«, wiederholt Caleb mit leiser Stimme.

Spring seufzt. »Das ist leider keine Spur, die es zu verfolgen lohnt. Nummernschilder werden auf dem Schwarzmarkt zuhauf verkauft. Selbst auf Craigslist kann man sie erwerben. Nur weil das Kennzeichen in Florida gestohlen wurde, bedeutet das nicht, dass unser Täter von dort stammt.«

»Sie gehen dem also überhaupt nicht nach?«, frage ich wütend.

»Selbstverständlich tun wir das, Miss«, erwidert er knapp. »Ich wollte damit nur ausdrücken, dass es wenig Grund zur Hoffnung gibt, dass die Ermittlungen in dieser Richtung etwas Brauchbares ergeben.«

Reflexartig greife ich nach Calebs Hand. Er starrt immer noch auf das Foto.

»Sie denken also, dass Sylvia mit Absicht überfahren wurde?«, frage ich fassungslos. »Und dass es sich bei dem Täter um den Stalker handelt?«

»Wir ziehen diese Möglichkeit durchaus in Betracht, ja.«

Mühsam versuche ich die Gedanken in meinem Kopf zu ordnen, einen Sinn und eine logische Reihenfolge in die Ereignisse und die neuen Erkenntnisse zu bringen. »Das würde bedeuten, dass der Typ es auf Sylvia abgesehen hatte, bevor er mich ins Visier genommen hat.«

Spring nickt.

Calebs Griff um meine Finger wird so fest, dass es beinahe unangenehm ist. »Und dass er sein erstes Opfer umgebracht hat«, sagt er tonlos.

Plötzlich muss ich gegen einen Würgereiz ankämpfen. Caleb hat recht. Falls der Stalker vor mir Sylvia verfolgt hat, endete diese Verfolgung mit ihrer Ermordung. Der gleiche Mann, der meine leibliche Mutter getötet hat, hat demnach nachts auf meiner Feuerleiter gesessen, mich beim Shoppen beobachtet und sogar bis in die Hamptons verfolgt.

»Diese Information darf auf gar keinen Fall an die Öffentlichkeit gelangen«, sagt Caleb eindringlich. Als er meinen verwirrten Blick auffängt, fügt er hinzu: »Wenn herauskommt, dass Sylvia getötet wurde, könnte man das Testament anfechten. Freeman könnte das Testament anfechten.«

Um ehrlich zu sein, gehen Freeman und die beschissene Firma mir gerade ziemlich am Arsch vorbei. Ich wende mich wieder an den Detective und deute gleichzeitig auf das Foto. »Woher haben Sie das auf einmal? Sylvia ist vor über zwei Monaten gestorben.«

»Solche Ermittlungen beanspruchen mehr Zeit, als es Ihnen im Fernsehen weisgemacht wird, Miss Penn«, erwidert er mit einem nachsichtigen Lächeln. »Allerdings haben wir einen anonymen Hinweis erhalten, der uns auf die Spur gebracht hat. Wie Sie sehen, ist die Aufnahme recht körnig, und wir haben nicht die Mittel, uns sämtliche Aufnahmen aller Überwachungskameras der Stadt anzugucken. Vor allem da wir nicht wussten, wonach wir suchen müssen.«

»Einen anonymen Hinweis?«

»Eine Kopie der Todesanzeige Ihrer Mutter«, bestätigt er widerstrebend. »Dazu die Koordinaten, die genaue Uhrzeit der Aufnahme und eine grobe Beschreibung des Wagens.«

Caleb fährt sich mit den Fingern durch die Haare. »Wann genau haben Sie diesen Hinweis erhalten?«

»Warum fragen Sie?«

Seine freie Hand ballt sich zur Faust. »Ich will wissen, ob Sie wussten, dass dieses Auto in Sylvias Unfall verwickelt war, bevor Anthony Robins getötet wurde.«

Ich schließe einen Moment lang die Augen. Der Schmerz

in Calebs Stimme schneidet mir tief ins Herz – so tief, dass ich mir sicher bin, eine Narbe davontragen zu müssen. Mir ist klar, worauf Caleb hinauswill: Hätte Tonys Tod verhindert werden können? *Wenn* die Polizei bereits von dem Auto wusste, hätte sie uns informieren müssen. *Wenn* wir das Auto erkannt hätten, wären wir direkt abgehauen, sobald es in die Gasse einbog. *Wenn* das alles anders gelaufen wäre, wäre Tony noch am Leben und würde wahrscheinlich unten in Calebs Wagen auf uns warten.

»Tu das nicht«, flüstere ich leise und sehe Caleb an, der mit wütender Miene Detective Spring anstarrt. »Tu dir das nicht an.«

»Wir haben nicht gewusst, wie das alles zusammenhängt, Mr Bonham.« Springs Stimme klingt gleichzeitig berührt und mitfühlend. Ich bin ein bisschen überrascht, wie weich seine Gesichtszüge auf einmal wirken. »Ich verstehe Ihre Wut und Ihre Frustration, glauben Sie mir. Aber wir konnten die Verbindung erst nach Ihrer Beschreibung des Wagens herstellen. Wir konnten nichts tun, und Sie konnten das noch weniger.«

Calebs Kiefermuskeln arbeiten noch immer, trotzdem lehnt er sich zurück und atmet geräuschvoll aus.

»Wissen Sie, in welche Richtung der Fahrer abgehauen ist, nach Tonys Unfall? Oder wo er herkam?«, frage ich, während ich den donnernden Kopfschmerz zu ignorieren versuche, der sich hinter meiner Stirn ausbreitet.

»Die ganze Scheiße ist mitten in Manhattan passiert«, fügt Caleb hinzu. »Den Wagen müssen Hunderte Kameras aufgenommen haben.«

Spring legt die Fingerspitzen aneinander. »Wir konnten ihn eine Weile verfolgen, aber Sie haben selbst gesehen, dass die Scheiben, sogar die Frontscheibe, getönt waren.«

»Ist so etwas überhaupt erlaubt?«, frage ich trocken.

»Nein.« Er lächelt müde. »Aber der Täter hat inzwischen, soweit wir wissen, zwei Mordermittlungen am Hals. Ich gehe davon aus, dass ein Verstoß gegen die Straßenverkehrsordnung sein geringstes Problem ist.«

Caleb entzieht mir seine Hand und reibt sich über das Gesicht. »Also, wo kam er her und wo ist er hin?«

»Wir konnten ihn zwar eine Weile verfolgen, aber es sieht eher so aus, als ob der Fahrer wahllos herumgefahren wäre. Das letzte Mal, dass die Kameras ihn aufgezeichnet haben, war beim Verlassen des Holland Tunnel.«

Stirnrunzelnd sehe ich ihn an. »Er wollte nach New Jersey?«

»Wie gesagt, wir gehen davon aus, dass der Täter einkalkuliert hat, gefilmt zu werden. Er fuhr auch eine Weile durch Lennox Hill. Niemand stieg aus, niemand stieg ein.«

Fassungslos starre ich erst ihn und dann Caleb an. Ich sehe Caleb an, dass es ihn mitnimmt. Zum zweiten Mal innerhalb von drei Wochen wird sein Leben wie durch eine gigantische Abrissbirne zertrümmert.

Ich kann mir nicht einmal vorstellen, wie es sich anfühlen muss, wenn man erfährt, dass ein geliebter Mensch ermordet wurde. Denn Tatsache ist, dass diese neue Entwicklung mich weniger fertigmacht, als ich es erwartet hätte. Natürlich bin ich geschockt, wie weit der Stalker offensichtlich gegangen ist, wie bedrohlich diese Sache jetzt über uns aufragt. Aber ich habe keine Sekunde wirklich um meine biologische Mutter getrauert. Dass sie nicht durch einen Unfall starb, ändert nichts an meinen Gefühlen ihr gegenüber.

Aber Caleb hat jemanden verloren, der ein Teil seines Lebens gewesen ist. Das macht einen gewaltigen Unterschied.

»Ich kann mir vorstellen, dass all diese Informationen auf Sie in erster Linie deprimierend wirken müssen«, unterbricht Spring meine Gedanken.

Ich schnaube. »Ach, denken Sie?«

»Aber es verrät uns auch eine ganze Menge über den Täter, vergessen Sie das bitte nicht.« Der Detective sieht mich an. »Wir waren uns nicht sicher, was das Motiv der Anschläge auf Sie angeht, und ob räuberische Erpressung möglicherweise eine Rolle spielt.«

»Es ist etwas Persönliches«, schlussfolgere ich niedergeschlagen. »Was auch immer der Kerl für ein Problem hat, er hat es erst an Sylvia ausgelassen und jetzt an mir.«

»Davon gehen wir aus.«

»Das bringt uns nicht weiter«, knurrt Caleb neben mir. »Wir müssen das Arschloch aufhalten. Es ist mir ehrlich gesagt scheißegal, *warum* er Julie ans Leder will. Die Tatsache, dass er es wahrscheinlich versuchen wird, reicht mir vollkommen aus.«

Ich muss schlucken. Calebs Worte treffen mich hart, auch wenn er mir nichts Neues erzählt.

»Wir lernen den Täter kennen«, gibt Spring beeindruckend ruhig zu bedenken. »Jedes Detail, das er uns über sich verrät, bringt uns ihm näher.«

Dieses Mal ist es Caleb, der verächtlich schnaubt. »Nehmen Sie das bitte nicht persönlich, aber für mich sieht es nicht danach aus, als würden wir ihm näher kommen. Wir wissen nichts Neues, abgesehen davon, dass er anscheinend noch unberechenbarer ist, als wir angenommen haben. Oh, und welches Auto er fährt.«

»Der Typ geht kein unnötiges Risiko ein«, ergänze ich matt. »Das Auto liegt wahrscheinlich schon lange im Hudson River.«

»Oder in einer Schrottpresse.«

Das Seufzen, das Spring ausstößt, klingt ein wenig entmutigt. »Wir tun alles, was in unserer Macht steht, Miss Penn.«

»Das ist nicht genug«, bellt Caleb. Abrupt steht er auf und stellt sich hinter meinen Stuhl. »Das reicht einfach nicht! Erwarten Sie von uns, dass wir nur herumsitzen und abwarten, bis er Julie erwischt? Oder jemand anderen, bei dem Versuch, an sie heranzukommen?«

Ein kalter Schauer läuft mir über den Rücken. Wie viele Leute müssen noch verletzt oder getötet werden, bis der Typ entweder gestoppt wird oder bekommt, was er will?

Meine Hände sind taub und eine beinahe unerträgliche Kälte hat sich in meinem Körper ausgebreitet, während ich im Stillen sämtliche Möglichkeiten durchgehe. Aber es gibt einfach keine Lösung für all das. Solange wir nicht wissen, wer der Kerl ist, sind wir machtlos. Das Einzige, was wir tun können, ist uns zu ducken, wegzurennen oder uns zu verstecken.

Und das passt mir überhaupt nicht.

Caleb legt mir von hinten die Hände auf die Schultern. Ich versuche, ein paarmal ruhig ein- und auszuatmen.

»Was ist der Plan?«, frage ich. »Was machen Sie als Nächstes?«

»Natürlich suchen wir nach wie vor nach dem Wagen. Als Nächstes wird eine öffentliche Fahndung veranlasst, falls jemandem das Auto aufgefallen ist oder es jemand kennt. Unsere Techniker arbeiten immer noch an den Aufnahmen und dem Brief, den Miss Fitzsimons erhalten hat. Außerdem werde ich Polizeischutz für Sie veranlassen, Miss Penn.«

»Polizeischutz?«, wiederhole ich. »Ein Polizeiwagen soll vorm Bonham Building stehen?«

Er nickt. »Wir könnten Sie alternativ ins *United States Federal Witness Protection Program* aufnehmen, wenn Sie das wünschen.«

Mir entfährt ein nervöses Lachen, doch ich werde schnell wieder ernst, als niemand mit einstimmt. »Ins Zeugenschutzprogramm?«

»Das Programm hat viele verschiedene Formen, Miss Penn. Sie könnten eine begrenzte Zeit in Sicherheit gebracht werden und zurückkehren, sobald Sie nicht länger unmittelbar bedroht werden.«

Ich spüre, wie mir der letzte Rest Blut aus dem Gesicht weicht. »Ist das Ihr Ernst?«

»Wir nehmen diese Bedrohung sehr ernst.« Sein Gesicht ist wieder ausdruckslos, doch mir entgeht nicht die Eindringlichkeit in seiner Stimme. Der Griff von Calebs Fingern auf meinen Schultern verstärkt sich. »Und das sollten Sie besser auch tun.«

15

CALEB

Die Wut kocht noch immer wie heiße Lava in meinem Magen. Ich schaffe es kaum, mich zu beherrschen, während wir uns von Detective Spring verabschieden und zurück zum Wagen gehen. Natürlich hat Julie den Zeugenschutz nicht in Anspruch genommen. Auf der einen Seite bin ich erleichtert – das Programm hätte bedeutet, dass ich sie wer weiß wie lange nicht mehr hätte sehen dürfen. Auf der anderen Seite jedoch will ich nichts dringender, als sie, verdammt noch mal, in Sicherheit zu wissen. Sie so weit wie möglich weg von der Gefahr zu schaffen, irgendwohin, wo sie nicht länger eine imaginäre Zielscheibe auf der Stirn trägt, wäre immerhin ein Anfang.

Die Angst um Julie und die Wut über die wahren Todesumstände von Sylvia ballen sich in mir zu einem festen, heiß glühenden Knoten zusammen. Bei dem Gedanken, wie viel Zeit wir verschwendet haben, könnte ich auf irgendetwas einschlagen. Fuck, ich *will* auf irgendetwas einprügeln. Meiner Frustration Luft machen, bevor sie mich von innen heraus auffrisst. Wären wir bei Sylvias Tod von Anfang an von einem Mord ausgegangen, hätten wir die an Julie gerichteten Drohungen bereits zu Beginn um einiges ernster genommen. Wir hätten weder an einen bescheuerten Streich gedacht noch an einen vergleichsweise harmlosen Erpressungsversuch.

Estha sagt kein Wort, während sie uns zurück zum Bonham

Tower bringt. Wahrscheinlich spürt sie die Anspannung, die wie dichter Nebel durch das Innere des Autos wabert. Auch Julie schweigt, was mir weitaus mehr Sorgen macht. Ich hasse es, wenn sie ihre Gedanken für sich behält und mich ausschließt. Wahrscheinlich macht sie sich Sorgen und hat panische Angst. Ich würde ihr gerne helfen … *Scheiße!* Ich würde ihr am liebsten sämtliche Sorgen abnehmen. Aber ich habe keine Ahnung, wie ich das anstellen soll.

Ich fühle mich machtlos, und das ist ein beschissenes Gefühl.

Wir gehen direkt hoch in unser Büro, auch wenn ich Julie mehrfach vorschlage, nach Hause zu gehen und ein wenig durchzuatmen. Sie ist blass wie eine Wand, und wenn ich ehrlich sein soll, habe ich ein bisschen Angst, dass sie jeden Moment zusammenklappt.

Als ich die Bürotür hinter uns schließe, wirft sie die Handtasche auf einen der kleinen Sessel und dreht sich zu mir um.

»Wie geht es dir?«, fragt sie ohne Umschweife.

Ich ziehe die Augenbrauen hoch. »Wie es *mir* geht?«

»Das war ziemlich viel auf einmal«, sagt sie achselzuckend und macht einen Schritt auf mich zu. »Das, was wir über Sylvia erfahren haben … Es tut mir wirklich leid, Caleb. Ich weiß nicht, was ich sagen soll, aber ich bin für dich da.«

Ein paar Herzschläge lang stehe ich einfach nur da und starre sie an. Ein Teil von mir kann nicht fassen, wie ein so guter, reiner Mensch das alles verdient haben kann. Statt einer Antwort gehe ich auf sie zu und nehme ihr Gesicht in meine Hände.

»Hör mir gut zu, ja?« Sie nickt überrascht. »Ich will nicht, dass du auch nur einen Gedanken daran verschwendest, wie es mir gerade gehen könnte, okay? Das Einzige, was mich gerade interessiert, bist du!«

Ihre großen Augen fixieren mich, und ihr Blick wird sofort weicher. »Es geht mir gut, Caleb.«

»Das sagst du ständig.« Ich atme zitternd aus. »Fuck, Julie! Ich werde nicht zulassen, dass diese Sache noch weiter aus dem Ruder läuft, okay? Ich passe auf dich auf.«

»Ich weiß.«

Ich ziehe sie zu mir und schlinge die Arme um sie. Sie fühlt sich so zerbrechlich an, auch wenn ich sehr genau weiß, dass sie das nicht ist. Im Gegenteil. Julie Penn ist die stärkste Frau, der ich je begegnet bin. Sie stellt selbst Sylvia in den Schatten.

»Lass uns wegfahren«, sage ich, ohne weiter drüber nachzudenken.

Sie lacht erstickt. »Es ist Montag, Caleb. Wir müssen arbeiten.«

Ohne sie loszulassen, gehe ich rückwärts, bis meine Unterschenkel gegen das Polster des freien Sessels stoßen. Ich lasse mich darauf fallen und ziehe Julie mit, bis sie rittlings auf mir sitzt. Ich bin noch nicht bereit, sie freizugeben. Hier in meinen Armen kann ich sie beschützen, hier ist sie in Sicherheit.

»Wir fahren Freitagnachmittag.«

Julie vergräbt das Gesicht in meiner Halsbeuge. »Und wo fahren wir hin?«

»Wohin du willst.«

Ich spüre, dass ihre Lippen sich zu einem Lächeln verziehen. Mir wird ganz warm vor Erleichterung, sie für einen kurzen Moment auf andere Gedanken gebracht zu haben.

»Okay«, sagt sie schlicht, dann umfasst sie mich fester. Ihre Arme legen sich um meinen Nacken, und ich erschaudere, als ihre Finger sich in mein Haar graben. Meine Hand schiebt sich wie von selbst unter ihr Shirt und fährt über ihre nackte Haut, was ihr ein kleines Seufzen entlockt. Plötzlich geht mein Atem nicht mehr gleichmäßig. Sie hebt den Kopf, und als unsere Blicke sich treffen, liegt in ihren Augen plötzlich ein ganz anderes Feuer. Nicht mehr so süß und bei Weitem nicht mehr so unschuldig wie noch vor ein paar Minuten.

Auf einmal fällt es mir wahnsinnig schwer, meine Gedanken zu kontrollieren und mich daran zu erinnern, dass wir uns in unserem Büro befinden. Offiziell sind wir nette Arbeitskollegen, höchstens Freunde. Das hier ist alles andere als freundschaftlich, und theoretisch könnte jederzeit jemand hereinkommen und uns erwischen. Trotzdem weiche ich nicht zurück oder löse meinen Blick von ihr. Die Gefahr, aufzufliegen, ist überraschend aufregend.

Ich richte mich auf und küsse sie. Es ist kein unschuldiger Kuss, und es dauert nicht lange, bis ich sie an mich drücke. Ihre Brüste pressen sich gegen mich, ihr Becken bewegt sich kaum merklich auf meinem Schoß. Fuck. Ein paar Sekunden länger und ich werde das Büro nicht mehr ohne kalte Dusche verlassen können.

Julie löst sich mit einem nervösen Lachen von mir. Ihr Gesicht ist gerötet, genau wie ihre Lippen. Sie sieht umwerfend schön aus und so verdammt heiß, dass ich mich beherrschen muss, sie nicht sofort in mein Schlafzimmer zu schleppen und umzusetzen, was ich mir gerade in Gedanken ausmale. Ich will jeden Zentimeter ihrer Haut küssen, sie streicheln, bis sie meinen Namen stöhnt und …

»Reiß dich zusammen«, flüstert sie. Sie grinst wissend und bewegt noch einmal ihr Becken hin und her.

Abrupt greife ich nach ihren Hüften und halte sie fest. »Das hier ist Folter.«

Statt einer Antwort vergräbt sie erneut ihr Gesicht in meiner Halsbeuge und atmet einmal tief ein und aus.

Ich schließe die Augen und lege meine Wange an ihren Kopf.

Dieser Albtraum wird enden, dafür werde ich sorgen. Und dann werde ich ihr die verdammte Welt zu Füßen legen.

Zugegeben bin ich ein wenig beeindruckt, wie gut Julie sich den Rest des Tages schlägt. Wenn man bedenkt, dass sie vor ein paar Stunden erfahren hat, dass der durchgeknallte Stalker, der seit Wochen hinter ihr her ist, auch ihre Mutter auf dem Gewissen hat ... Viele andere wären unter der Last dieser Informationen vermutlich längst zerbrochen, und niemand würde ihnen einen Vorwurf machen.

Aber während ich ein wenig überfordert auf meinen Desktop starre, telefoniert Julie mit Mrs Yeon, hält ein Mini-Meeting mit ihrem Assistenten Felix ab, um die verpassten Termine neu zu koordinieren, checkt ein paar Briefings und leitet sie anschließend an die entsprechenden Mitarbeiter aus der Marketingabteilung weiter und beantwortet, wenn man von dem Geklapper auf ihrer Tastatur ausgeht, gefühlt zweihundert E-Mails. Ich bin mir nicht sicher, ob das eine Art Copingstrategie ist oder ob die neuen Informationen sie tatsächlich so kaltlassen.

Ich selbst informiere Abigail über die neuen Entwicklungen – nicht, ohne sie noch einmal an die Verschwiegenheitsvereinbarung zwischen uns zu erinnern – und bitte sie, einen Telefontermin mit Detective Spring zu vereinbaren, um noch ein paar Details zu klären. Ich habe vor allem Fragen bezüglich des Polizeischutzes, aber während unseres Besuchs in seinem Büro war ich kaum in der Lage, klar zu denken. Außerdem verschiebe ich sämtliche Vorstellungsgespräche für Abigails Ablöse auf morgen. Auch jetzt kommt es mir noch lächerlich vor, einfach so weiterzumachen. Direkt nach Tonys Tod habe ich mich wie ein beschissener Verräter gefühlt, wieder ins Büro zu gehen, mein Leben weiterzuleben und einen neuen Sicherheitschef einzustellen. Als hätte es Tony nie gegeben und sein Tod keine verdammte Lücke hinterlassen.

Jetzt geht es mir ähnlich. Das alles kommt mir vor wie ein Spiel, bei dem wir lediglich mitmachen, um uns von der düsteren Realität abzulenken.

Gegen fünf fährt Julie ihren PC herunter und verabschiedet sich, um sich mit ihrer Freundin zu treffen. Zum zweiten Mal an diesem Tag ist es mir egal, ob uns jemand erwischt oder nicht. Ich schließe sie in meine Arme und beuge mich herunter, um sie zu küssen. Es passt mir nicht, sie gehen zu lassen. Und daran ändert auch die Tatsache nichts, dass Estha sie begleitet und Anando ihnen heimlich als Back-up folgt. Eine ganze Armee könnte sie beschatten und ich würde mir trotzdem Sorgen machen, sobald sie aus meinem Blickfeld verschwindet. Verdammt, ich mache mir sogar Sorgen, wenn sie direkt vor meiner Nase steht. Trotzdem lächle ich sie brav an, wünsche ihr viel Spaß und küsse sie ein letztes Mal zum Abschied, bevor sie ihre Handtasche nimmt und verschwindet.

Ich werde sie überzeugen müssen, zu mir ins Penthouse zu ziehen. Der Gedanke, dass sie allein in dem kleinen Apartment ist, macht mich wahnsinnig. Ich verstehe ihre Argumentation. Scheiße, bis vor ein paar Wochen konnte ich mir auch nicht vorstellen, mit einer Frau zusammenzuziehen – einer Frau, die ich seit knapp zwei Monaten kenne. Zwei Monate, von denen ich die ersten Tage damit verbracht habe, sie zu hassen und loswerden zu wollen. Unsere Beziehung steht auf wackeligen Beinen und mir ist vollkommen klar, dass ein Zusammenleben dieses fragile Gerüst zerstören könnte. Führen wir überhaupt eine Beziehung? Wir sind deutlich zu alt für das *Willst-du-mit-mir-gehen*-Gespräch, aber irgendwie habe ich das Gefühl, dass gerade wir es dringend führen sollten. Wir gehen miteinander um, als wären wir zusammen. Wir küssen uns, haben Sex …

trotzdem haben wir nie darüber gesprochen, ob wir uns mit anderen treffen, ob die Sache zwischen uns beiden exklusiv ist. Dass wir öffentlich unser Verhältnis geheim halten, macht es nicht einfacher. Es fühlt sich an wie eine Affäre, aber gleichzeitig auch nach so viel mehr.

Meine Gedanken springen wahllos von einem Thema zum anderen und bleiben schließlich bei Sylvia hängen. Ich mustere das Schwarz-Weiß-Foto auf meinem Schreibtisch. Es wurde auf einer Pensionierungsfeier eines Vorstandsmitgliedes von *Bonham Industries* aufgenommen. Sylvia trägt darauf ein dunkelblaues, eng anliegendes Kleid, und um ihren Hals schmiegt sich ein gigantisches Geschmeide aus Perlen. Sie hat diese Kette geliebt. Wenn ich mir Sylvia vorstelle, trägt sie immer Perlen. Als hätte sich diese Erinnerung an sie in mein Gedächtnis eingebrannt. Dieses Foto wurde gerade einmal ein paar Wochen vor ihrem Tod geschossen, und ehrlich gesagt habe ich es nur aufgestellt, weil ich der Meinung war, dass es sich so gehört. Ihr Tod war ein Schock – für mich, für *Bonham*, für die Öffentlichkeit. Ich erinnere mich noch an die Schlagzeilen, die Berichterstattungen und die unzähligen Nachrufe.

CEO von Bonham Industries *von Auto erfasst.*

Sylvia Bonham stirbt während Friedhofsbesuch.

Kürzlich verstorbene CEO hinterlässt Ziehsohn Milliardenunternehmen.

Schockierende Details: Fahrer begeht Fahrerflucht und lässt Millionen-CEO zum Sterben zurück.

Tod auf Friedhof … Starb beim Besuch der Toten … Hit and Run in New Yorker Elite … Tragischer Unfall

Grimmig schüttele ich den Kopf. Sylvias Unfall war wochenlang in den Schlagzeilen und wurde bis zum Erbrechen ausgeschlachtet. Das, was die Leute daran fasziniert hat, war die Tragik. Eine Frau, auf dem Höhepunkt ihrer Karriere, reich und angesehen in der Gesellschaft, stirbt durch etwas derart Banales wie einen Autounfall. Dass sich das Ganze vor dem Friedhof abgespielt hat, hat der Geschichte nur noch die morbide Krone aufgesetzt.

Ich frage mich, was all diese Geier wohl sagen würden, wenn sie herausfänden, was tatsächlich passiert ist.

Ein Klopfen an der Tür lässt mich aufblicken. Als Rahel den Kopf hereinstreckt, atme ich erleichtert aus. Ich hätte jetzt keine Nerven für Abigail, Freeman oder jemand anderen, der mir auf den Sack gehen will.

»Störe ich?«, fragt sie, kommt aber natürlich rein, ohne auf eine Antwort zu warten, und lässt sich auf den Besucherstuhl fallen.

»Komm doch rein«, erwidere ich trocken. »Ich wusste gar nicht, dass du heute im Haus bist.«

»Bin ich auch nicht. Ich wollte dich auf einen Drink abholen.«

Skeptisch hebe ich eine Augenbraue. »Es ist Montag.«

Sie verdreht die Augen. »Na, da haben wir ja Glück, dass wir erwachsen sind und niemand uns vorschreibt, wann wir ins Bett zu gehen haben.«

Unschlüssig blicke ich auf die Uhr. Ich habe keine Ahnung, wie lange Julie wegbleiben wird und ehrlich gesagt will ich zu Hause sein, wenn sie wiederkommt. Allerdings haben sie und ihre ehemalige Mitbewohnerin sich eine Weile nicht gesehen und sich sicher viel zu erzählen.

»Komm schon«, drängt Rahel, weil mir meine Gedanken scheinbar auf die Stirn geschrieben stehen. »Du brauchst dringend mal eine Pause von alledem. Und, versteh mich nicht falsch, aber du brauchst auch dringend eine Pause von Julie.«

Ich sehe sie wütend. »Wie, zur Hölle, soll ich das bitte *nicht* falsch verstehen?«

»Ihr hängt den ganzen Tag aufeinander, Caleb.« Sie sieht mich eindringlich an. »Selbst wenn ihr nicht im selben Bett schlaft, ist das keine gesunde Beziehung. Es ist, als wärt ihr voneinander abhängig. Gönnt euch ein bisschen Zeit, um durchzuatmen. Ihr seid immer noch zwei eigenständige Personen.«

»Du dramatisierst das«, schnaube ich, fahre aber tatsächlich meinen PC herunter. »Wir verbringen so viel Zeit miteinander, weil wir das müssen. Und dass wir das zufälligerweise auch ganz gut finden, ist nur ein netter Nebeneffekt.«

Sie kommentiert meine Antwort mit einem Schulterzucken. Ich gebe Abigail Bescheid, dass ich Feierabend mache, dann packe ich meine Sachen zusammen und halte Rahel die Tür auf. Sie hüpft beinahe aus ihrem Stuhl und folgt mir. Ich habe fast ein schlechtes Gewissen. Sie wirkt so begeistert, dass wir zusammen etwas trinken gehen, dass ich mich frage, ob ich sie vielleicht ein bisschen vernachlässigt habe. Nach Sylvias Tod hat es nur Rahel und mich gegeben.

Nachdem mein Dad damals mit mir ausgezogen und Rahel bei unserer Mutter geblieben ist, hatten wir nur noch wenig Kontakt. Mein Vater und unsere Mom hatten kein wirklich freundliches Verhältnis zueinander, und im Laufe der Jahre sahen wir Kinder uns immer weniger. Als unsere Mutter dann starb, zog Rahel zu ihrer Tante, und die Treffen wurden noch seltener. Das hat sich erst geändert, als wir älter wurden und selbst entscheiden konnten, ob wir Kontakt zueinander haben wollten oder nicht.

Dann starb mein Vater, und Rahel war für mich da. Wir entwickelten das erste Mal seit unserer Kindheit eine richtige Geschwisterbeziehung, die noch stärker wurde, als Sylvia getötet wurde.

Auf dem Weg in die Tiefgarage überlege ich kurz, mir einen Fahrer Schrägstrich Bodyguard zu bestellen. Anando beschattet Julie, aber das Security-Team von *Bonham* ist groß, und sicher gäbe es noch jemand anderen, der Anando vertreten könnte. Allerdings bin nicht ich das Ziel des Stalkers. Tony ist bei dem Versuch gestorben, Julie zu beschützen, und Bonnie war vermutlich nur zur falschen Zeit am falschen Ort. Ich bin mir ziemlich sicher, dass ich einen Abend mit meiner Schwester ohne Leibwächter überleben werde.

Wir nehmen ein Taxi und fahren zum Union Square. Der Park ist immer ziemlich gut besucht, allerdings drängen sich hier heute deutlich mehr Menschen als gewöhnlich. Montags findet hier der *Union Square Greenmarket* statt, ein großer Lebensmittelmarkt. Mit Jutebeuteln bewaffnete Leute füllen jeden einzelnen Quadratzentimeter des Parks. Die Sonne scheint noch immer, erhitzt die Luft und eine Weile laufen Rahel und ich einfach durch den Park, um das Wetter zu genießen. Rahel hatte recht – ich habe das Gefühl, die letzten Wochen buchstäblich im Bonham Tower eingesperrt gewesen zu sein. Seit Tonys Tod habe ich im Grunde nichts anderes gemacht, als zu arbeiten. Julie und ich waren ein paarmal in einem der kleinen Bistros rund ums Gebäude essen, aber das war's dann auch. Unter Menschen zu sein und eine Weile den Kopf freizukriegen, tut tatsächlich ziemlich gut. Als die Sonne hinter den hohen Wolkenkratzern der Skyline verschwindet, gehen wir in eine beliebte Tequila Bar an der 16th Street. Der Laden ist zweigeteilt: Im vorderen Bereich gibt es ein kleines Restaurant mit einer Handvoll Tischen, weiter hinten führen ein paar Treppenstufen in den Club. Die Bar ist gut besucht, trotz der Uhrzeit, also suchen Rahel und ich uns einen kleinen Tisch in der hinteren Ecke.

»Also«, beginnt Rahel, nachdem die Kellnerin ihr einen Cocktail und mir einen Whiskey gebracht hat und wieder verschwunden ist. »Was ist dein Plan?«

Über den Rand meines Glases hinweg sehe ich sie an. »In Bezug auf was?«

Sie zuckt mit den Schultern. »In Bezug auf alles.« Seufzend deutet sie auf mich. »Wie soll das Ganze weitergehen? Ihr könnt nicht ewig so weitermachen, oder? Ständig über die Schulter sehen, ein Leben auf Sparflamme führen und so weiter.«

»Was schlägst du denn bitte vor? Soll ich Julie auf die Straße schubsen und einfach mal sehen, ob sie durchkommt oder nicht?«

»Du musst nicht gleich übertreiben. Aber selbst wenn der Typ gefasst wird: Was macht ihr dann? Bleibt Julie in deinem alten Apartment? Zieht ihr zusammen? Geht sie zurück in die WG? Seid ihr dann offiziell ein Paar?«

Ich nehme einen großen Schluck und genieße das Brennen in meiner Kehle. »Ganz ehrlich? Ich hab keine Ahnung.«

Sie lacht. »Großartig.«

»Aber ich habe im Moment auch wirklich dringendere Probleme, über die ich mir den Kopf zerbrechen kann. Wir werden sehen, wie sich alles entwickelt.«

»So spricht ein wahrer Erfolgsmensch.«

Kopfschüttelnd stelle ich mein Glas ab. »Bis das Arschloch nicht entweder verknackt oder tot ist, kann ich keine Zukunft planen, Rahel.«

Nachdenklich mustert sie mich. »Du hast wirklich keine Ahnung, wer dahinterstecken könnte? Gar keine?«

»Nein.«

»Es muss etwas mit der Firma zu tun haben, oder nicht?«, fährt sie stirnrunzelnd fort. »Nicht mit Julie persönlich. Ich habe ja immer gesagt, dass das beschissene Unternehmen Sylvia irgendwann ins Grab bringen wird.«

»Das ist echt ein bisschen …«, beginne ich, unterbreche mich dann aber abrupt. »Woher weißt du das von Sylvia?«

Rahel sieht beinahe ein bisschen ertappt aus. »Abigail tratscht gerne.«

Fluchend mache ich mir innerlich eine Notiz, mir die Bewerbungen für ihre Nachfolge so bald wie möglich anzusehen.

»Wie auch immer. Du und Julie seid beide die Erben von *Bonham*. Wenn es etwas Persönliches ist, warum hat es der Kerl dann nur auf sie abgesehen?«

»Das ist eine verdammt gute Frage«, sage ich. »Vielleicht, weil sie ein leichteres Ziel ist? Oder es zumindest war, als sie noch nicht im Tower gewohnt hat.«

»Ja, vielleicht.« Sie angelt nach ihrem Strohhalm und nimmt einen großen Schluck. »Oder jemand will sich für etwas rächen, und Julie passt aus irgendeinem Grund besser in dieses Bild.«

Ich lege den Kopf schief, während ich sie ansehe. »Woran denkst du?«

Sie hebt die Schultern. »Keine Ahnung. Ihr produziert Medikamente, teilweise für lebensnotwendige Behandlungen. Vielleicht habt ihr irgendwann mal jemanden richtig wütend gemacht, und Julie passt besser zu seinen Rachefantasien, weil sie Sylvias leibliche Tochter ist.«

Langsam schüttele ich den Kopf. »Das würde nur Sinn ergeben, wenn Julie und Sylvia ein Verhältnis zueinander gehabt hätten. Aber so?«

Während Rahel ihre Theorie ausschmückt, lasse ich meinen Blick durch die Bar schweifen. Hier sind fast nur Studenten unterwegs, doch an der Bar sitzen auch eine Handvoll einzelne Männer und starren auf einen Bildschirm, auf dem gerade ein Spiel der *Chicago Cubs* läuft. Ein älterer Mann mit schütterem Haar und schmaler Brille dreht sich um und wirft mir einen bemüht unauffälligen Blick zu. Als er jedoch bemerkt, dass ich ihn ansehe, wendet er sich hastig wieder ab.

Was, wenn der Stalker sich in dieser Bar befindet? Wenn er mich beobachtet? Würde ich ihn überhaupt erkennen oder könnte er an mir vorbeilaufen, ohne dass ich ihn registriere?

»Caleb!«

Ich blinzle ein paarmal und wende mich hastig wieder Rahel zu. »Sorry.«

»Ich hatte gerade einen wirklich beeindruckenden Geistesblitz, und du ignorierst mich.«

»Ich bin ganz Ohr«, sage ich und nippe an meinem Glas. Ein wenig enttäuscht bemerke ich, dass es bereits leer ist. Ich winke einer vorbeilaufenden Kellnerin zu und deute auf mein Glas.

Rahel, die scheinbar auf meine ungeteilte Aufmerksamkeit gewartet hat, sieht mich auffordernd an. »Vielleicht sollte Julie kündigen.«

»Wie bitte?«

Sie nickt ernst. »Denk doch mal nach. Es ist offensichtlich, dass der Kerl nicht ausschließlich an Julie interessiert ist, sondern dass es ihm um die Firma geht. Wenn sie damit nichts mehr zu tun hat, gibt es keinen Grund mehr für ihn, sie zu verfolgen.«

Schnaubend lehne ich mich zurück. »Sie hat ihr Studium pausiert und ihre Wohnung verloren. Und ich soll sie überreden, alles aufzugeben?«

»Du könntest sie einfach auszahlen«, erwidert Rahel. »Sie verliert den Erbanspruch, ja, aber du kannst ihr privat ihren Teil geben. Sie zieht wieder in ihre WG, ihr beide erhaltet euer altes Leben zurück und der Stalker …«

»Konzentriert sich dann auf mich«, beende ich ihren Satz.

Sie grinst. »Besser als auf Julie, oder nicht?«

Auf jeden Fall besser als auf Julie. Ich würde nachts wieder ruhiger schlafen können, Julie wäre aus der Schusslinie und wir könnten vielleicht endlich mal auf ein normales Date gehen. Allerdings frage ich mich, ob wir eine Chance auf eine Beziehung hätten in der Welt da draußen. Wären wir nicht unfreiwillig aufeinandergeprallt, hätten wir einander überhaupt bemerkt?

16

JULIE

Vorsichtig hebe ich meine Tasse an, während Saheera sich neben mich setzt und dadurch die Matratze zum Schwanken bringt.

»Wer hat heutzutage eigentlich noch ein Wasserbett?«, frage ich, während ich gleichzeitig versuche, das Gleichgewicht zu halten und mir den heißen Tee nicht über die nackten Oberschenkel zu kippen.

Sie zieht die Beine in einen Schneidersitz und nimmt einen Schluck von ihrem eigenen Tee. »Die Vormieterin hat es stehen lassen und eigentlich ist es ziemlich cool. Die Dinger sind unverhältnismäßig teuer.«

Grinsend proste ich ihr zu. Ihr neues Zimmer ist um einiges kleiner als das in unserer WG, dafür aber auch deutlich heller. Die Wohnung befindet sich in der obersten Etage einer umgebauten Fabrikhalle und hat beinahe in jedem Raum Deckenleuchten, die viel schönes, natürliches Licht spenden. Das ganze Schlafzimmer besteht hauptsächlich aus dem Bett, an den Wänden haben lediglich ein kleiner Schreibtisch, ein Kratzbaum und eine einzelne, gut befüllte Kleiderstange Platz.

Ein wenig wehmütig streichle ich über Mr Norris' weiches Fell. Als ich ihn begrüßt habe, hat er keinerlei Anzeichen gezeigt, dass er mich wiedererkennt. Keine Ahnung, was ich erwartet habe – immerhin ist er eine Katze –, trotzdem hat er ein bisschen meine Gefühle verletzt.

»Ich würde ihn so gerne mitnehmen«, seufze ich und kraule den Kater hinter den Ohren.

»Du dürftest dort doch bestimmt eine Katze halten, oder?«, fragt Saheera stirnrunzelnd. »Ich meine, gehört dir der Schuppen nicht irgendwie?«

Ich muss grinsen. »Stimmt eigentlich. Aber er könnte da nicht raus, und ich will ihn nicht von Cordelia trennen.«

Ein Hauch Mitgefühl tritt in Saheeras Blick. »Vielleicht … wenn die WG wieder freigegeben wird …?«

»Willst du das wirklich?«, frage ich trocken und sehe sie an. »Nach allem, was da drinnen passiert ist?«

»Nein. Eigentlich nicht.«

Mit dieser Antwort habe ich gerechnet. Ich selbst kann mir nicht mehr vorstellen, wieder in dieser Wohnung im East Village zu leben. Obwohl es mir das Herz bricht. Das ganze Haus hatte seine Macken – das Fenster, das sich nicht öffnen ließ, das Tor, das ständig klemmte, das zugige Treppenhaus, der sterbende Kühlschrank. Aber es war mein erstes eigenes Apartment, nachdem ich von zu Hause ausgezogen bin, meine erste Wohnung in New York. Sie war für mich der Inbegriff von Freiheit, und ich habe es geliebt, dort mit meinen beiden besten Freundinnen zu wohnen.

Aber es ist wahnsinnig viel passiert. Bonnie wurde darin angeschossen. Ich bezweifle sehr, dass ich mich in diesen Räumen jemals wieder sicher fühlen könnte.

»Haben sie dich inzwischen zu Bonnie gelassen?«, frage ich leise.

Ich bemerke Saheeras Zögern, dann nickt sie. »Ich war zweimal bei ihr. Aber sie reagiert nicht. Sie bemerkt nicht, wer sie besucht und wer nicht.«

Mir ist klar, dass sie mich zu trösten versucht, trotzdem zucke ich kaum merklich zusammen. Das Krankenhaus hat mich rausgeworfen, weil die Reporter das Gebäude belagert und es sogar bis vor die Intensivstation geschafft haben. Danach wurde mir verboten, Bonnie erneut zu besuchen. Theoretisch ist mir klar, dass nichts davon meine Schuld ist, praktisch fühle ich mich allerdings furchtbar, dass ich nicht für Bonnie da sein kann. Ob sie es nun mitbekommt oder nicht.

»Wie geht es dir, Julie?«, fragt Saheera, die mich immer noch eindringlich mustert. »Wie kommst du klar?«

Schulterzuckend nehme ich einen Schluck Tee. »So gut es eben geht. Es ist alles so surreal, und ich habe das Gefühl, dass ich eigentlich zerstörter sein oder mehr Angst haben müsste.«

»Wie meinst du das?«

»Ich nehme inzwischen einfach alles hin, verstehst du?« Ich gestikuliere mit der freien Hand, doch als Mr Norris mir einen strengen Blick zuwirft, kraule ich ihn weiter hinter den Ohren. »Es ist so viel passiert, dass ich den Eindruck habe, mich könnte nichts mehr schocken. Es könnte wahrscheinlich eine Zombieapokalypse ausbrechen und ich würde einfach mit den Schultern zucken und mir stillschweigend eine geeignete Waffe suchen.«

Saheera schüttelt nachdenklich den Kopf. »Ich kann mir nicht einmal vorstellen, wie du dich im Moment fühlen musst. Das alles klingt wie in einem schlechten Film.«

»Wäre das hier ein Film, würden die Leute ihn scheiße finden, weil er unrealistisch ist.«

»Wahrscheinlich«, schnaubt sie. »Ist die Polizei sich sicher, dass deine Mutter getötet wurde?«

Ich verziehe das Gesicht. Ich mag es nicht besonders, wenn die Leute Sylvia als meine Mutter bezeichnen. Natürlich ist sie das gewesen, aber ich fühle mich damit einfach nicht wohl. Während Saheera uns vorhin den Tee gemacht hat, habe ich ihr einen schnellen Überblick über all die Dinge gegeben, die Caleb und ich auf dem Revier erfahren haben. Und sie hat sie genauso ungläubig und verwirrt aufgenommen wie ich vor ein paar Stunden.

»Sie gehen davon aus, dass es derselbe Wagen war wie der, der Tony überfahren hat.« Bei den letzten Worten bricht meine Stimme.

Sie streckt die Hand aus und legt sie kurz auf meine. »Aber es gibt keine Beweise?«

Ich schüttele den Kopf. »Nicht, dass ich wüsste. Nur Indizien. Wobei der Detective, der unseren Fall bearbeitet, nicht gerade eine Labertasche ist.«

»Und was, wenn es tatsächlich ein Unfall war? Also, derselbe Wagen, aber der Typ darin wollte Sylvia nicht umbringen und ist dann in Panik abgehauen?«

»Und entscheidet sich dann zwei Monate später, Tony auch noch zu töten? Das ergibt keinen Sinn.«

Frustriert stützt Saheera das Kinn in ihre Faust. »Das ist doch alles bescheuert. Es gibt so viele Beweise – die Briefe, die Fotos, die Katze, die Überwachungsbilder von dem Wagen. Wie kann es sein, dass der Typ das alles ungesehen bewerkstelligt, obwohl ihr beinahe vierundzwanzig Stunden am Tag überwacht werdet?«

Diese Frage habe ich mir auch schon gestellt. Unzählige Male. »Es würde mich nicht wundern, wenn ein *Bonham*-Mitarbeiter dahinterstecken würde. Oder zumindest jemand, der mit den Abläufen vertraut ist oder uns sogar persönlich kennt. Vielleicht auch nur jemanden vom Sicherheitspersonal. Ich kann mir nicht vorstellen, dass jemand das alles ohne Insiderwissen hinbekommt, ohne erwischt zu werden.«

Saheera erschaudert. »Gruselige Vorstellung.«

»Ja!«

Ihr Blick wird vorsichtig. »Caleb haben wir also ausgeschlossen?«

Die Frage überrascht mich nicht. »Haben wir«, sage ich voller Überzeugung und nippe an meinem Tee. »Niemals hätte er etwas getan, das Tony schadet. Ehrlich gesagt glaube ich, dass Tony einer seiner besten Freunde war oder so etwas wie ein Vaterersatz. Er hat beinahe hysterisch versucht, ihn wiederzubeleben. Das war furchtbar.«

»Versteh mich nicht falsch«, sagt sie und hebt die freie Hand. »Ich will dich gar nicht vom Gegenteil überzeugen oder so, aber du hattest gute Argumente, die gegen ihn sprechen, oder nicht? Vielleicht war Tonys Tod ein Unfall? Vielleicht wollte Caleb gar nicht, dass er dabei getötet wird.«

Energisch schüttele ich den Kopf. »Der Fahrer wusste, was er tat. Er hat zurückgesetzt und wieder Gas gegeben. Das war kein Unfall.«

Sie drückt noch einmal meine Finger, dann wechselt sie das Thema. Ich bin mir nicht sicher, ob sie mir tatsächlich so dringend von ihrem Uni-Projekt erzählen will oder ob sie versucht, mich abzulenken. So oder so bin ich ihr dankbar, eine Weile einfach nur dasitzen und ihr zuhören zu können. Mir ist klar, dass die meisten Menschen über den Stalker und all die grausamen Details sprechen wollen, weil die Leute eben neugierig sind. Ich selbst wäre es wahrscheinlich auch. Trotzdem tut es gut, all das für ein paar Stunden zu vergessen und zumindest für eine Weile zurück in mein altes Leben zu kehren. Ich lasse mich von Saheera in Sachen Campus-Klatsch auf den neusten Stand bringen, erzähle ihr von den Klamotten, die ich mir letzte Woche bestellt habe und die heute angekommen sind.

Als sie mir von einer Hausaufgabe erzählt, für die sie eine komplette Corporate Identity für ein imaginäres Unternehmen entwerfen muss, seufze ich ein bisschen wehmütig.

»Meine ganzen Zeichensachen sind noch in der WG«, sage ich niedergeschlagen.

»Hast du nicht bald Millionen auf dem Konto?«, fragt sie lachend. »Du kannst dir alles neu kaufen.«

»Aber nicht meine Entwürfe. Sie sind noch in meinem Zimmer, und die meisten davon habe ich noch nicht digitalisiert.«

Ein paar Sekunden lang mustert sie mich beinahe tadelnd, dann stellt sie ihren Tee auf den Nachtschrank und steht auf. Wieder gerät das Bett ins Wanken, und ich versuche erneut, meine Tasse auszubalancieren, um den Inhalt nicht über mir und dem Bett zu verteilen.

»Komm schon«, fordert Saheera mich auf, als ich sie fragend ansehe.

»Wohin?«

Ein diabolisches Glitzern tritt in ihre Augen. »Wir holen deine Entwürfe.«

Irritiert blinzle ich ein paarmal. »Was?«

Sie stemmt die Fäuste in die Hüften. »Die Wohnung wird freigegeben, oder nicht? Der Typ, mit dem ich deswegen telefoniert habe, meinte, dass die Spurensicherung durch ist. Wir verunreinigen also sicher keinen Tatort oder so.«

Fassungslos starre ich sie an. Wie Saheera dasteht, in ihrem lavendelfarbenen Jogginganzug, sieht sie nicht gerade aus wie die typische Regelbrecherin. In eine von der Polizei versiegelte Wohnung einzubrechen, passt nicht ansatzweise zu dem gemütlichen Abend mit Tee und Keksen, den ich mir vorgestellt habe.

Demonstrativ sehe ich zum Fenster, vor dem die Sonne bereits hinter den umstehenden Gebäuden verschwunden ist. Es ist noch nicht dunkel, aber es dämmert bereits. »Du willst in die WG einbrechen? Haben wir nicht gerade eben darüber gesprochen, dass wir uns nicht vorstellen können, wieder dahin zu gehen?«

»Ich will dort nicht einziehen, Julie. Aber wann hast du das letzte Mal etwas gemacht, das nicht den Ansprüchen einer stinkreichen CEO entsprochen hat?«

Ich beiße mir auf die Lippen und sehe sie zweifelnd an. Sie hat recht. Gefühlt bin ich in der letzten Zeit mindestens zwanzig Jahre gealtert, und es reizt mich total, mal wieder etwas … Unvernünftiges zu tun. Etwas, das der Vorstand oder der Aufsichtsrat sicher nicht gutheißen würden. Und ich bin mir ziemlich sicher, dass die Presse das Gebäude nicht mehr belagert. Es ist Wochen her, seit ich das letzte Mal dort gewesen bin oder dass sich da überhaupt etwas Spannendes getan hat.

»Wir müssten meine *Fahrerin* loswerden«, bemerke ich nachdenklich. »Sie steht vorm Haus und wird uns garantiert nicht gehen lassen. Zumindest mich nicht.«

Saheeras begeistertes Grinsen verrutscht ein wenig. »Du hast einen Bodyguard vorm Haus stehen?«

»Meine Babysitterin«, korrigiere ich. »Auf keinen Fall lässt sie mich ins East Village fahren.«

»Wir können …«

»Uns rausschleichen?«

Sie schüttelt den Kopf. »Selbst der Hinterausgang und die Feuerleitern führen auf die Hauptstraße. Wenn sie vorne steht, entdeckt sie uns.«

»Verdammt!« Ich schiebe Mr Norris' Kopf vorsichtig von meinem Schoß und stehe auf, um aus dem Fenster schauen zu können. »Sie steht genau gegenüber. Und hier ist nicht genug los, als dass wir uns einfach unter die Leute mischen könnten.«

Auf einmal hellt ihr Gesicht sich auf. »Sie arbeitet für dich, oder nicht? Sie ist deine Angestellte!«

»Vergiss es«, sage ich, weil ich bereits ahne, worauf sie hinauswill. »Sie wird mich nicht gehen lassen. Zumindest nicht, ohne mich danach bei Caleb zu verpetzen.«

Ungeduldig winkt sie ab. »Das meine ich nicht. Aber wenn wir Hunger hätten und du hier sicher in meiner Wohnung bist … Würde sie uns dann vielleicht etwas zu essen holen?«

Ich lege den Kopf schief. »Das könnte funktionieren. Warum lassen wir uns nichts liefern?«

Statt einer Antwort greift sie nach ihrem Handy und tippt darauf herum. Dann blickt sie triumphierend auf und hält mir das Telefon entgegen, auf dem eine Lieferservice-App geöffnet ist. »Das *Organic Kitchen* ist ein neues veganes Restaurant ein paar Blocks weiter. Soll der Shit sein, *aber* liefert nicht. Man kann bestellen und das Essen abholen.«

Grinsend nehme ich das Handy entgegen. »Ich hab wirklich Bock auf veganes Essen. Das sollten wir unbedingt ausprobieren, findest du nicht?«

Sie nickt aufgeregt. »Ich bitte meine Mitbewohnerin, das Essen entgegenzunehmen. Du bist dann halt gerade aufm Klo oder so. Deine Babysitterin wird nicht einmal bemerken, dass wir weg sind.«

Ehrlich gesagt wage ich das zu bezweifeln, aber ich will Saheera nicht korrigieren. Dass ich einfach abhaue, wird sicher Konsequenzen haben, aber das ist mir im Moment herzlich egal. Ich werde mich nicht davon abhalten lassen. Der Stalker hat es so oft in meine Nähe geschafft – selbst mit Personenschutz, Alarmanlage und allen möglichen Sicherheitsmaßnahmen. Dieser Trip ist nicht mehr oder weniger gefährlich als jeder andere normale Tag in meinem Leben.

Wenn man diesen Zustand überhaupt noch Leben nennen kann. Ich habe gearbeitet und meine Zeit mit Caleb verbracht, während wir im Grunde nur darauf gewartet haben, dass wieder etwas passiert. Drei Wochen lang haben wir nichts von dem Stalker gehört. Vielleicht hat er aufgegeben, vielleicht auch nicht. Aber ich habe keine Lust mehr, mein Leben auf Sparflamme zu führen. Nicht heute Abend.

Also wähle ich Esthas Kurzwahl, während Saheera irgendwelche Gerichte in den App-Warenkorb packt.

Estha meldet sich nach wenigen Sekunden. Ich erkläre ihr kurz, worum es geht, und bitte sie, das Essen in zwanzig Minuten abzuholen. Die Fahrt dauert kaum fünf Minuten und ich bin in dieser Wohnung sicher – immerhin bin ich nicht alleine. Ich höre Estha an, dass sie wenig begeistert ist, aber irgendwann stimmt sie widerstrebend zu. Ich bin kein Fan davon, die Chef-Karte auszuspielen, aber Saheera hat recht: Ich bin nun mal Esthas Vorgesetzte. Unterm Strich untersteht sie meinen Anweisungen.

Während Saheera aufgeregt Richtung Bad verschwindet, um sich umzuziehen und ihren Hijab zu binden, lasse ich das Auto vor dem Haus nicht aus den Augen. Ich verstecke mich dabei halb hinter den Gardinen, als könne Estha mir unseren Plan vom Gesicht ablesen, sollte sie hochschauen. Ich habe ein verdammt schlechtes Gewissen, dass ich schon wieder abhaue, aber dieses Mal ist es etwas anderes. Niemand wird hiervon erfahren, also wird Caleb auch keine Gelegenheit haben, Estha die Hölle heißzumachen. Sie wird vermutlich bis in alle Ewigkeit sauer auf mich sein, falls es rauskommt, aber ehrlich gesagt kann ich auch damit leben. Wahrscheinlich sehe ich das morgen früh, im Licht des Tages, ein wenig anders. Jetzt allerdings will ich nichts anderes, als auszubrechen und ein bisschen Spaß zu haben.

Als Saheera zurückkommt, pruste ich los. Sie sieht aus wie ein verdammter Ninja. Sie trägt schwarze Leggings, ein weites, ebenfalls schwarzes Oberteil und einen dunkelblauen Hijab. Dazu eine schwarze Lederjacke, bei der ich mir verdammt sicher bin, dass sie einzig und allein der Vollendung ihres Outfits dient, weil es draußen immer noch mindestens fünfundzwanzig Grad sind.

»Was soll das denn?«, frage ich sie und schaue demonstrativ an mir herab. Ich trage ein kanariengelbes Sommerkleid mit kleinen weißen Streublumen und Spaghettiträgern. Neben Saheera leuchte ich wie ein verdammter Verkehrskegel.

Sie zuckt mit den Schultern und greift nach ihrem Rucksack. »Ich habe das Gefühl, neben dir lebt man aktuell gefährlich. Also sollte ich mich vielleicht lieber bedeckt halten.«

Ihr Humor ist so schwarz wie ihr Outfit, aber ich muss trotzdem lachen, und Saheera stimmt mit ein. Ich hatte vorher keine Ahnung, wie sehr ich diese Pause brauchte. Ein wenig Unbeschwertheit.

»Sie fährt los!«, ruft sie auf einmal und lehnt sich zum Fenster. Ich tue es ihr nach, und zusammen beobachten wir, wie Estha den Wagen startet und sich langsam in den Verkehr einfädelt.

»Los!«, rufe ich, greife nach meiner Handtasche und meinem Handy und dann nach Saheeras Hand, um sie mit mir zu ziehen. Das Restaurant ist wirklich um die Ecke, und wir müssen nicht nur aus dem Haus, sondern auch weg von der Straße, bevor Estha zurückkommt.

Als wir durch den Flur rennen, hebe ich kurz die Hand, um Saheeras Mitbewohnerin Lucy zuzuwinken, die bereits in Position steht. Saheera hat sie instruiert, und sie wird Estha die Tür öffnen, um das Essen in Empfang zu nehmen. Mega-Plan, auch wenn ich wenig Hoffnung habe, dass er tatsächlich so reibungslos funktionieren wird. Meine Pläne haben in letzter Zeit die Angewohnheit, mir in den Arsch zu treten, sobald ich mal nicht hinsehe.

Ich höre Saheera aufgeregt glucksen, während wir die Treppen hinunterrennen – keine von uns hat die Geduld, um auf den Fahrstuhl zu warten. Ich selbst halte die Luft an, jedes Mal, wenn wir an einem der Fenster vorbeikommen, die auf jeder Etage einen Blick vom Treppenhaus auf die Straße gewähren. Hier drinnen ist es hell, während es draußen allmählich zu dämmern beginnt. Ich bin mir sicher, dass man uns von draußen hervorragend sehen könnte. Sollte Estha zurückkommen, besteht keine Chance, dass sie uns nicht erwischt.

Unten angekommen strecke ich als Erstes den Kopf heraus und sehe mich um, kann den silbernen Mercedes, der seit ein paar Wochen zu meinem Fuhrpark gehört, allerdings nirgends entdecken. Also renne ich, Saheera im Schlepptau, die Straße entlang. Lachend weichen wir einem händchenhaltenden Paar aus und laufen dann in eine Querstraße, die uns hoffentlich außer Sicht von Estha bringt. Das Geräusch unserer Schritte dröhnt in meinen Ohren, und bei jedem Paar Scheinwerfer, das in der Dämmerung auf uns zukommt, befürchte ich, dass es Estha sein könnte. Eine Frau, die vor einem kleinen Sonnenstudio steht und eine Zigarette raucht, sieht uns stirnrunzelnd entgegen, während wir auf sie zurennen.

Schwer atmend komme ich kurz darauf vor einem Copyshop zum Stehen, von dem aus wir von der Hauptstraße sicher nicht zu sehen sind. Mein Herz klopft mir bis zum Hals, aber zur Abwechslung einmal vor Aufregung statt vor Angst. Mein Blick trifft den von Saheera, und wir prusten gleichzeitig los.

»Scheiße«, keucht sie und schaut kopfschüttelnd über die Schulter. »Ich fühle mich, als würde ich vor den Bullen wegrennen oder so etwas.«

»Ist ja auch irgendwie vergleichbar«, antworte ich atemlos, stemme die Hände in die Seiten und schnappe nach Luft. »Bin ich unsportlich.«

»Das kommt davon, wenn man seinen Hintern im Chefsessel parkt und nur noch von einem Chauffeur herumgefahren wird.«

Ich sehe sie böse an, aber sie wirft mir bloß eine Kusshand zu.

»Und jetzt?«, frage ich sie. »Wir sind draußen.«

»Uber oder Taxi«, schlägt sie vor und zückt schon wieder ihr Handy. »Du zahlst. Zur U-Bahn müssten wir wieder zurücklaufen.«

Am Ende der Straße tauchen erneut Scheinwerfer auf, und mir rutscht kurz das Herz in die Hose, aber das Auto biegt wieder ab.

Caleb reißt mir den Kopf ab, sollte er jemals hiervon erfahren.

17

Saheera klettert aus dem Taxi und ich hinterher. Ich halte den Kopf gesenkt und schaue mich ein paarmal nach allen Seiten um, entdecke aber nur die übliche Handvoll Menschen, die sich an der Straßenecke vor dem Waschsalon herumdrücken, Richtung Park über die Straße eilen oder auf dem Fahrrad unterwegs sind. Niemand Verdächtiges. Wobei mir auch damals an dem Nachmittag beim Shoppen oder in der Seitengasse neben *Bonham* niemand Verdächtiges aufgefallen ist. Ich sollte mich also nicht auf meinen Instinkt verlassen.

Als mein Handy in meiner Handtasche klingelt, zucke ich zusammen. Ich lese Calebs Namen auf dem Display und habe einen Moment lang Angst, dass Estha mich jetzt schon verpetzt hat. Allerdings ist Caleb wahnsinnig kritisch ihr gegenüber, deswegen wage ich zu bezweifeln, dass sie sich das selbst antun würde. Nein, viel wahrscheinlicher ist, dass er sich einfach mal melden will. Fragen, ob alles in Ordnung ist. Ich weiß, dass er sich Sorgen macht, wenn ich unterwegs bin, und im Grunde kann ich ihm keinen Vorwurf deswegen machen. Trotzdem ignoriere ich den Anruf und schiebe das Handy zurück in meine Handtasche. Ich bin wahnsinnig schlecht im Lügen und mir ziemlich sicher, dass er mir sofort anhören würde, dass ich etwas verheimliche. Nach dem katastrophalen Wochenende in den Hamptons habe ich es nicht einmal eine Sekunde lang geschafft, ihn zu täuschen und ihm weiszumachen, es wäre alles okay. Er wüsste sofort, dass etwas nicht stimmt.

Saheera tritt an meine Seite, und gemeinsam schauen wir hoch zu den dunklen Fenstern unserer WG. Mein Herz zieht sich ein wenig zusammen – eine Mischung aus Sehnsucht und Aufregung.

»Hätte mir jemand vor ein paar Wochen gesagt, was alles passieren würde …« Saheera bricht ab und lacht trocken.

Ich seufze. »Es ist irgendwie gruselig, oder? Zu wissen, was da drinnen passiert ist?«

Sie erschaudert und sieht sich um. Wir sind nicht allein auf der Straße, trotzdem ist die Situation deutlich unheimlicher, als ich es mir vorgestellt habe. Und ich sehe Saheera an, dass es ihr ähnlich geht. Dieses Haus fühlt sich nicht mehr wie ein Zuhause an, nicht mehr so einladend, wie ich es in Erinnerung habe. Auch wenn kaum ein paar Wochen vergangen sind, seit ich hier zusammen mit Bonnie und Saheera gewohnt habe. Die rote Backsteinfassade wirkt dunkler, die unbeleuchteten Fenster wie leere Augen, die uns entgegenstarren. Ich lasse meinen Blick über das ewig kaputte Eingangstor wandern, über die Feuertreppe, die sich an der Seite des Hauses befindet und nur zum Teil zu erkennen ist. Die Fotos, die von mir im Schlaf gemacht wurden, müssen von dieser Feuertreppe aus geschossen worden sein. Der Stalker war insgesamt mindestens dreimal hier, auf dieser Straße: um die Fotos zu schießen, den Stein durchs Fenster zu werfen und Bonnie anzuschießen.

»Vielleicht war das doch keine gute Idee«, murmele ich.

Irgendwo knallt eine Autotür und lässt mich und Saheera gleichzeitig zusammenzucken.

Sie lacht erneut, deutlich unsicherer als noch vor ein paar Sekunden. »Ich habe es mir irgendwie ganz lustig vorgestellt, als wir noch in meinem Zimmer gesessen haben. Und ich will wirklich da rein.«

»Ich auch«, seufze ich und sehe mich erneut um. »Aber vielleicht nicht allein.«

»Wir könnten meinen Bruder anrufen«, überlegt sie laut, aber ich weiß, dass das kein ernst gemeinter Vorschlag ist. Ich kenne Saheeras Bruder kaum, habe ihn erst einmal getroffen. Trotzdem weiß ich aus ihren Erzählungen, dass er nicht gerade der spontane, sorglose Typ ist. »Oder … keine Ahnung, Daniel vielleicht? Ihr seid doch noch befreundet, oder nicht?«

Stirnrunzelnd sehe ich sie an. »Wie kommst du darauf?«

»Hat er mir erzählt.« Als sie meinen Blick bemerkt, zuckt sie die Schultern. »Die Leute haben über dich geredet und darüber, was passiert ist. Das kann dich doch nicht überraschen.«

Ich verziehe das Gesicht. »Ich wusste nicht einmal, dass du Daniel persönlich kennst.«

»Wir haben uns ein paarmal unterhalten. Er meinte, ihr wärt befreundet und hat sich hin und wieder nach dir erkundigt. Vielleicht wollte er auch nur was zum Lästern abgreifen.«

»Ja«, sage ich nachdenklich. »Kann schon sein.«

»Also, sind wir mutig und gehen rein oder ziehen wir den Schwanz ein und versuchen …« Saheeras Worte gehen in einem ohrenbetäubenden Hupen unter. Ich zucke zusammen und ducke mich unwillkürlich, auch wenn ich keine Ahnung habe, wovor genau ich in Deckung gehe. Erst als mich grelle Scheinwerfer blenden, wird mir klar, dass ein Auto auf uns zurast und nur knapp zwei Meter vor uns zum Stehen kommt.

Ich handle instinktiv: Ich greife nach Saheeras Arm und reiße sie zwischen zwei parkende Autos, die neben uns am Straßenrand stehen. Bilder von Tony und dem Wagen, der zurücksetzt, um ihn erneut ins Visier zu nehmen, blitzen in meinem Kopf auf und lassen mein Herz vor Panik rasen.

Eine Autotür knallt zu, und wieder jagt mir der Schreck

durch meinen Körper – beinahe schmerzhaft zuckt er durch meine Haut bis hinein in meine Knochen.

»Julie!« Eine Stimme schält sich durch meine Panik, doch mein Verstand braucht ein paar Sekunden, um zu registrieren, zu wem sie gehört. »Was, zur Hölle, machen Sie da?«

Die Erleichterung schwappt über mich wie eine Welle und lässt mich einen Moment lang schwindelig werden. Ich lasse die völlig verstört aussehende Saheera los und richte mich auf.

»Estha«, stöhne ich, während ich versuche, meinen Puls zu beruhigen. »Scheiße, Sie haben mich zu Tode erschreckt!«

»Dann sind Sie und ich ja quitt.« Sie kommt auf mich zu, und selbst bei dem schwachen Licht und obwohl die Scheinwerfer des Autos hinter ihr mich blenden, erkenne ich die Wut in ihrem Gesicht. »Hatten wir uns nicht darauf geeinigt, dass Sie diesen Kinderkram lassen und nicht mehr weglaufen?«

Wieder meldet sich mein schlechtes Gewissen, aber ich schiebe es beiseite, genau wie die Panik, die immer noch in meinem Magen brodelt wie wütende Lava.

»Es tut mir leid«, sage ich wahrheitsgemäß, zucke aber mit den Schultern. »Sie hätten uns aufgehalten.«

Sie mustert mich eine Sekunde lang, danach Saheera, die neben mir steht, und das Haus hinter uns. Sie zieht eine Augenbraue hoch. »Wovon genau hätte ich Sie beide denn abhalten müssen?«

»Wir wollten in die Wohnung«, antwortet Saheera, wobei sie überflüssigerweise über die Schulter deutet. »Ein paar Sachen holen und uns umsehen.«

»Ich hätte Sie nicht aufgehalten, Julie«, seufzt Estha. »Ich werde dafür bezahlt, Sie zu beschützen und dafür zu sorgen, dass Ihnen nichts passiert. Wenn Sie in Ihre eigene Wohnung einbrechen wollen, dann ist es mein Job, Sie zu begleiten. Nicht, Sie von irgendetwas abzuhalten.«

Überrascht sehe ich sie an. »Sie verarschen mich!«

Eine Sekunde lang erwidert sie meinen Blick beinahe verärgert, doch dann tritt ein trauriger Ausdruck in ihr Gesicht. »Wir müssen einander vertrauen, Julie. Sie haben Tony vertraut, nicht wahr? Unsere Zusammenarbeit funktioniert nur, wenn Sie aufhören, mich abzuschütteln und auszuschließen. Ich soll mit Ihnen arbeiten, nicht gegen Sie.«

Ich beiße mir auf die Lippen. Ja, ich habe Tony vertraut. Ich habe ihm mehr vertraut als ihr. Das ist eine Tatsache, und daran kann ich nichts ändern, trotzdem tut es mir leid, dass der Unterschied zwischen meinem Verhältnis zu Tony und dem zu Estha für sie so offensichtlich war.

»Ich werde Sie nicht verraten, wenn Sie das nicht wünschen«, fügt sie hinzu. »Ich bin zur Verschwiegenheit verpflichtet, Julie. Auch Mr Bonham gegenüber, wenn Sie das wollen.«

»Woher wussten Sie, wo wir sind?«

»Ihr Handy.«

Als der Groschen fällt, stöhne ich genervt auf. Ich erinnere mich vage daran, dass Estha mir erzählt hat, sie könne mein Handy tracken, für den Fall, dass ich mich verlaufe oder gekidnappt werde. Ich habe daran überhaupt nicht mehr gedacht. »Caleb kann mich damit nicht finden, oder?«

Sie schüttelt den Kopf. »Ihre Privatsphäre wird natürlich gewahrt. Hätte ich gewusst, was Sie vorhaben, wäre das auch nicht nötig gewesen. Ich hätte Sie fahren können.«

Saheera neben mir lehnt sich ein Stück nach vorn. Das aufgeregte Glitzern von vorhin ist in ihre Augen zurückgekehrt. »Sie helfen uns also?«

»In die Wohnung einzubrechen?« Esthas Lippen werden schmal. »Ich werde Sie begleiten, ja.«

»Einbruch wäre es nur, wenn wir keinen Schlüssel hätten. Es ist also wirklich keine große Sache.«

Völlig verdutzt drehe ich mich zu Saheera um. »Ich dachte, es wäre eine schlechte Idee und wir sollten das Ganze lassen.«

»Die Ausgangssituation hat sich gerade grundlegend verändert.« Sie deutet demonstrativ auf Estha. »Wir haben einen verdammten Bodyguard dabei.«

Stimmt eigentlich. Erneut blicke ich über die Schulter zu unserem Haus. Es wirkt immer noch irgendwie bedrohlich, aber ich muss zugeben, dass Esthas Anwesenheit mir Sicherheit verleiht. Es fühlt sich längst nicht mehr so unverantwortlich und dumm an wie noch vor ein paar Minuten. Ein Stalker gegen uns beide und eine ausgebildete Personenschützerin ist eine ganz andere Nummer als gegen Saheera und mich allein. Aber es wäre auch nicht das erste Mal, dass ich den Typen unterschätze.

Ich komme mir vor wie ein Kind, das Detektiv spielt und einen Schatz auf dem eigenen Dachboden sucht. Saheera hat ihren Schlüssel dabei, was bedeutet, dass diese ganze Mission deutlich unspektakulärer ausfällt, als wir es uns vorgestellt haben. Trotzdem überzieht meine Arme eine Gänsehaut, als unsere Wohnungstür in Sicht kommt. Als wäre dieser Ort nach allem, was passiert ist, mit mehr negativen Erinnerungen belastet als mit positiven. Als wären die guten Zeiten, die ich hier verbracht habe, ausgelöscht oder von dem überschattet worden, was der Stalker mit meinem Leben gemacht hat.

Saheera schließt auf und betritt unsere Wohnung. Ich folge ihr, während Estha uns mit ein paar Schritten Abstand folgt. Das Erste, was ich bemerke, als ich ins Wohnzimmer gehe, ist die Kälte. Obwohl der Sommer inzwischen eindeutig in New York angekommen ist und die letzten Tage durchgehend warm waren, ist die Wohnung beinahe frostig. Als Nächstes fällt mir die Unordnung auf: Schubladen wurden geöffnet und nicht wieder geschlossen, ein paar Kissen liegen auf dem Boden, die Couch wurde verrückt und der Teppich ist an einer Ecke umgeklappt. Auf der kleinen Kücheninsel liegt ein Haufen Krimskrams, als hätten die Leute vom NYPD oder von der Spurensicherung wahllos Zeug aus den Schubladen geräumt und danach einfach liegen gelassen. Ich mustere die Couch und auf einmal fällt es mir wahnsinnig schwer, mir vorzustellen, dass Bonnie, Saheera und ich hier gesessen, Filme geschaut und Popcorn gegessen haben. Dass wir hier gelebt haben und kaum größere Sorgen hatten als das College, miese Dates oder das Bezahlen unserer Miete. Dass unser Leben einmal so langweilig gewesen ist.

Ich mache ein paar Schritte in den Raum hinein, Saheera an meiner Seite, und sehe mich weiter um. Es müffelt ein bisschen, was vermutlich daran liegt, dass seit Wochen nicht mehr gelüftet wurde. Trotzdem dringt immer wieder ein stechender Geruch in meine Nase. Ich muss nicht nachfragen, um zu wissen, woher er kommt: aggressives Putzmittel. Putzmittel, mit dem man beispielsweise Blut entfernt.

Zitternd atme ich ein und sehe Saheera an. »Bonnie wurde im Flur gefunden.«

Als sie sich zu mir umdreht, sehe ich Tränen in ihren Augen glitzern. Wortlos greift sie nach meiner Hand und zieht mich mit sich Richtung Flur. Doch plötzlich bleibt sie abrupt stehen. Ich brauche ein paar Sekunden, um es zu bemerken. Als ich es tue, schnappe ich leise nach Luft und meine Finger verkrampfen sich um Saheeras.

Dort, vor Saheeras Zimmertür, auf den Dielen des Holzfußbodens, ist ein Fleck. Kein Blutfleck, im Gegenteil. Die Stelle hebt sich deutlich heller von dem dunklen Boden ab, als hätte man das Holz mit Bleiche oder sonstigen Chemikalien behandelt. Auch an der Zimmertür sind weiße Flecken und deutliche Wischspuren. Außerdem gibt es drei faustgroße, unregelmäßige Löcher in der Wand, ungefähr auf Augenhöhe.

Mir wird schlecht. Auch ohne Erklärung weiß ich, woher diese Löcher kommen: Das sind die Stellen, an der die Polizei die Patronen aus dem Backstein geholt hat. Mindestens eine dieser Kugeln hat Bonnie getroffen.

Ich beiße die Zähne so fest zusammen, dass mein Kiefer schmerzt. Ein Teil von mir will sich umdrehen und wegrennen, diese Wohnung nie wieder betreten. Doch ich schaffe es nicht. Ich stehe einfach da, Saheeras Hand umklammert, und starre auf die Beweise dafür, was für kranke Pläne der Stalker verfolgt. Und wie viel Glück Bonnie hatte, weil sie im Krankenhaus liegt und nicht in einem Grab.

»Wir müssen das reparieren lassen«, sagt Saheera tonlos. Als ich sie ansehe, nickt sie mit dem Kopf in Richtung der Löcher in der Wand. Dann senkt sich ihr Blick auf den Fußboden. »Und die Dielen auswechseln. Ich glaube nicht, dass man die Farbe wieder hinkriegt.«

Ich nicke, auch wenn mir natürlich klar ist, dass all das überhaupt keine Rolle spielt. Es spielt keine Rolle, ob wir die Kaution wiederbekommen oder wie viel die Handwerker berechnen werden. Saheera versucht, ihren Verstand zu beschäftigen, um sich davon abzuhalten, darüber nachzudenken, woher diese Flecken kommen. Aber ich sehe ihr an, dass es ihr nicht gelingt.

»Der Fleck ist so groß«, flüstere ich und starre auf die Stelle. Der Teil, der heller ist als der Rest, hat etwa die Größe eines Handtuchs. Nicht die kleinen, sondern die, die man mit an den Strand oder an den See nimmt.

»Das ist …« Saheera bricht ab und schüttelt den Kopf.

Für einen Moment schließe ich die Augen, aber die Szene, die sich in meinem Kopf aufbaut, kann ich einfach nicht abschütteln: Bonnie, die aus ihrem Zimmer kommt und einem maskierten Typen gegenübersteht. Vielleicht hat sie ein Geräusch gehört und dachte, ich oder Saheera seien nach Hause gekommen. Das war der Abend der Spendengala – mein erstes offizielles Date mit Caleb. Vielleicht hat sie gegrinst, weil sie mich ausfragen und jedes Detail des Abends hören wollte. Stattdessen stand sie einer Waffe gegenüber und hat wahrscheinlich Sekunden später verletzt auf dem Boden gelegen. Genau da, wo Saheera und ich jetzt stehen.

»Denkst du, sie hat mit dem Kerl gesprochen?«, fragt Saheera, deren Gedanken in eine ähnliche Richtung zu gehen scheinen.

»Ehrlich gesagt glaube ich das nicht. Die Polizei geht davon aus, dass es eine Verwechslung war. Wahrscheinlich hat der Typ auf sie geschossen und erst später bemerkt, dass sie es war. Hätte sie etwas gesagt, hätte er seinen Irrtum gemerkt, oder nicht?«

Sie hebt die freie Hand zu den Löchern in der Wand, lässt sie dann aber wieder sinken. »Das ist total bescheuert, oder?«

»Was genau?«

»Dass das alles passiert ist, aber wir irgendwie einfach weitermachen.« Sie zuckt mit den Schultern, als ich sie ansehe. »Ich meine, klar, wir denken an Bonnie und fragen nach, wie es ihr geht und so weiter. Und wir wohnen nicht mehr hier. Aber trotzdem ist alles noch so vergleichsweise … normal.«

»Ich weiß, was du meinst.«

Ich muss an Tony denken und daran, dass das Leben jetzt ohne ihn weitergeht. Bonnie lebt, aber auch sie ist momentan kein Teil mehr von uns, als wäre sie einfach verschwunden. Und je mehr Tage vergehen, desto kleiner wird die Lücke, die die beiden hinterlassen haben, desto mehr verschließt sich die Wunde, die bei ihrem Verschwinden entstanden ist. Vielleicht gibt es Trauer, die einfach zu groß ist, um lange anzudauern. Vielleicht würden menschliche Herzen irgendwann lieber aufhören zu schlagen, als weiterhin mit dem Schmerz leben zu müssen.

Gerade als ich mich von dem Anblick losreißen und in mein Zimmer gehen will, um meine Zeichensachen zu holen, zuckt ein Blitz durchs Apartment. Stirnrunzelnd sehe ich zum Fenster hinüber. Es ist bereits dunkel draußen, aber weder regnet es, noch grollt ein Donner durch die Nacht.

Saheera an meiner Seite erschaudert, als es erneut blitzt. »Wie in einem schlechten Horrorfilm.«

Da kann ich ihr nur recht geben. Wäre das hier tatsächlich ein Horrorfilm, würden wir uns jetzt aufteilen, nur um dann von einem irren Axtmörder überrascht zu werden.

Ich sehe mich zu Estha um, deren Handy in der Tasche zu klingeln beginnt. Als sie es herauszieht und einen Blick darauf wirft, flackert Sorge in ihrem Blick.

»Was ist?«, frage ich mit einem unguten Gefühl im Magen.

»Mr Bonham«, sagt sie und hält das Telefon so, dass ich Calebs Namen darauf erkennen kann.

»Gehen Sie ran«, fordere ich sie resigniert auf. Wenn wir beide seine Anrufe ignorieren, wird er sich nur Sorgen machen.

Mit ernster Miene nimmt sie den Anruf entgegen, dann hört sie ein paar Sekunden lang nur zu. Ich höre Calebs Stimme, und auch wenn ich keines seiner Worte verstehen kann, ist klar, dass er wütend ist.

Scheiße.

Estha legt auf und schiebt das Handy zurück in ihre Hosentasche. Als sie mich ansieht, bemerke ich, dass sie sich um einen unbeteiligten Gesichtsausdruck bemüht. »Mr Bonham ist hier. Offenbar ist sein Fahrer Ihnen gefolgt und hat ihn informiert, als Sie Miss Prasads Wohnung verlassen haben.«

»Fuck«, fluche ich, während Verwirrung, aber vor allem Wut in mir aufsteigen. Verwirrung darüber, warum Calebs Bodyguard mir folgt statt ihm selbst, und Wut, weil Caleb mir offensichtlich noch immer nicht vertraut. Weil er mich noch immer behandelt wie ein ungezogenes Kind, das sein Gemüse nicht aufessen und nicht auf seinen Babysitter hören will.

»Wir können einfach hierbleiben«, schlägt Saheera vor, aber ich höre ihr an, dass sie selbst nicht wirklich überzeugt von diesem Plan ist. »Er hat doch keinen Schlüssel, oder?«

Ich schenke ihr ein müdes Lächeln. »Das ist nett gemeint, aber irgendwie bin ich nicht wirklich scharf darauf, die Nacht hier zu verbringen.«

Ihr Blick wandert zurück zu dem Fleck auf dem Boden. »Nein«, sagt sie leise. »Ich auch nicht.«

18

Ich lasse mir mehr Zeit als nötig, um meinen Kram einzupacken, den ich zum Zeichnen brauche. Außerdem stopfe ich noch ein paar Klamotten, meine Kopfhörer, einige Fotos und meine Lieblingsbücher in eine Reisetasche, bevor ich zurück in den Flur gehe, wo Estha auf mich wartet. Ich will mich von Caleb nicht stressen lassen. Er soll nicht denken, dass ich sofort alles stehen und liegen lasse und zu ihm renne, sobald er mich zu sich ruft. Allerdings ist es inzwischen richtig dunkel draußen, und ich fühle mich in der Wohnung nicht wohl. Der Fleck im Flur scheint wie ein düsteres Omen über der Umgebung zu hängen und die Luft zu vergiften.

Mein Nacken kribbelt, als ich meine Zimmertür hinter mir schließe. Ich fühle mich beobachtet, was vermutlich an dem liegt, was in diesen Räumen alles passiert ist. Ich will so schnell wie möglich hier raus. Obwohl ich weiß, dass es bei der Höhe unmöglich ist, erwarte ich bei jedem Blick Richtung Fenster, eine Gestalt davor zu sehen, die mit leerem Blick zu uns hereinstarrt.

Saheera, die ebenfalls eine Tasche in der Hand hält, stellt sich neben mich und erschaudert erneut. »Die armen Leute, die nach uns hier einziehen. Ich glaube, hier spukt es.«

Ich sehe sie ungläubig an. »Bonnie ist nicht tot.«

Sie verdreht die Augen. »Gut, aber dann treiben sich hier definitiv negative Energien herum.«

Das will ich nicht kommentieren, denn in diesem Moment

blitzt es erneut, als würde die Welt Saheera stumm recht geben wollen. Wir verlassen die Wohnung, und ich bin ein bisschen erleichtert, dass Estha das Schlusslicht bildet und hinter uns zuschließt. Ich fühle mich wie früher als Kind, wenn ich etwas aus dem Keller holen sollte und dann so schnell wie möglich die Treppe nach oben gelaufen bin. Ich brauche frische Luft.

Leider währt die Erleichterung, der Wohnung entkommen zu sein, nur kurz. Denn sobald ich unten aus der Haustür trete, steht Caleb vor mir. Er trägt die gleichen Klamotten wie vorhin im Büro, was mich ein bisschen irritiert. Es ist nach elf, und ich bin davon ausgegangen, dass er bereits zu Hause war, als sein Fahrer ihn angerufen hat.

»Was, zur Hölle, hast du dir dabei gedacht?«, fährt er mich an, ohne Zeit für eine Begrüßung zu verschwenden.

Ich weiche einen Schritt zurück und wäre dabei beinahe Saheera auf die Füße getreten, die direkt hinter mir gegangen ist. Calebs Atem trifft mein Gesicht, und ich ziehe eine Grimasse. »Bist du betrunken?«

»Offensichtlich nüchtern genug, um ein besseres Urteilsvermögen zu besitzen als du!«

Mit zusammengebissenen Zähnen schiebe ich ihn zur Seite, greife nach Saheeras Hand und ziehe sie hinter mir her zur Straße. Keine Ahnung, was Caleb getrieben hat, und es ist mir im Moment auch herzlich egal. Er ist nicht mein Dad, ich weiß nicht einmal genau, ob er überhaupt mein Freund ist. So oder so hat er sicher kein Recht, mir irgendwelche Vorschriften zu machen.

»Ich hatte Estha dabei«, informiere ich ihn so ruhig wie möglich und zeige dabei überflüssigerweise auf meine Fahrerin, die mit verschränkten Armen neben der Haustür steht und mich beobachtet. »Ich bin dir keine Rechenschaft schuldig, Caleb.«

»Du bist ohne sie aus der Wohnung verschwunden«, brüllt er. »Anando hat euch gesehen, wie ihr euch aus Saheeras Haus geschlichen habt.«

»Wir haben Spaß gemacht«, weiche ich aus, auch wenn mir klar ist, dass das nicht ganz der Wahrheit entspricht.

»Du hast einen Stalker, Julie«, sagt Caleb eindringlich. Seine Stimme zittert kaum merklich. Ob vor Wut oder aus anderen Gründen, kann ich nicht genau sagen. »Einen Stalker, der dich im Schlaf fotografiert hat. Der Tony umgebracht und Bonnie angeschossen hat!«

»Das weiß ich!«

»Was muss noch passieren, dass du das ernst nimmst?«

Schwer atmend lasse ich Saheera los und balle die Hände an meinen Seiten zu Fäusten. Ich verstehe Calebs Frustration, verstehe die Angst, die sich in seinen Augen spiegelt. Aber er muss verstehen, dass das kein Leben ist, zu dem ich mich verdammen lasse.

»Ich nehme das ernst«, antworte ich bemüht langsam. »Aber was erwartest du von mir? Dass ich den ganzen Tag im *Big B* hocke und mein gesamtes Leben auf dieses verdammte Apartment und das Büro reduziere?«

Er macht einen Schritt auf mich zu, hebt die Hand, lässt sie dann aber sinken. Keine Ahnung, was er tun wollte. Es sah aus, als wollte er nach mir greifen, aber womöglich wollte er mich auch nur schütteln.

»Was erwartest *du* von *mir*?« Ratlos schüttelt er den Kopf. »Dass ich dich einfach machen lasse und dabei zusehe, wie er dich irgendwann erwischt?«

»Nein. Du sollst mir vertrauen, Caleb.«

»Ich vertraue dir. Dir schon. Deinem Selbsterhaltungstrieb oder deiner Urteilskraft aber nicht.«

Wieder zuckt ein Blitz durch die Nacht, und wieder blinzle

ich irritiert. Sommergewitter sind in New York nichts Ungewöhnliches, trotzdem wirken die Blitze irgendwie fehl am Platz. Wieder überrollt mich das komische Gefühl, beobachtet zu werden. Ich schlinge die Arme um mich und sehe mich fröstelnd um. Es sind kaum noch Menschen unterwegs, die Autos, die am Straßenrand parken, werfen merkwürdige Schatten auf die Straße, und das Licht der entfernten Laterne schafft es kaum, die Umgebung zu erhellen.

»Was ist?«, fragt Caleb und macht einen weiteren Schritt auf mich zu. Er sieht sich ebenfalls um, und als ich nicht direkt reagiere, legt er mir eine Hand auf den Unterarm. »Julie.«

Ich reiße meinen Blick von der Straße los und konzentriere mich auf ihn. Seine Haare sind unordentlich – ein sicheres Zeichen dafür, dass er sich ziemlich oft mit den Fingern hindurchgefahren ist –, seine Augen sind weit aufgerissen und irgendwie glasig und ein harter Zug umspielt seinen Mund. Er hat eindeutig etwas getrunken, trotzdem wirkt er nicht mehr so zornig und aufgebracht wie noch vor ein paar Minuten.

»Nichts«, antworte ich leicht verspätet. »Aber ich will hier weg. Es ist irgendwie unheimlich.«

Saheera räuspert sich hinter mir. Ich hatte fast vergessen, dass sie und Estha hier sind, und auch, dass Anando sich irgendwo in der Nähe aufhalten muss.

»Ich verschwinde jetzt.« Sie hebt die Tasche in ihrer Hand. »Das war lustig. Sollten wir bald mal wieder machen.«

Ihre letzten Worte gehen beinahe in einem Konzert aus Summen unter. Zuerst kann ich das Geräusch kaum einordnen, dann wird mir klar, dass Calebs, Esthas und mein Handy zur selben Zeit mehrmals hintereinander vibrieren.

Ich ziehe mein Telefon hervor, genau wie Caleb. Als ich einen Blick darauf werfe, sackt mein Magen ein wenig ab, und mein Herz stolpert ein paarmal so schmerzhaft, dass ich zusammenzucke.

Eine unbekannte Nummer, sieben ungelesene Nachrichten.

Mit zitternden Fingern entsperre ich das Display. Unwillkürlich halte ich den Atem an, als ich auf die Nachrichten tippe und sich ein Chatverlauf öffnet. Der Kontakt hat kein Profilbild, keinen Namen. Die Bilder sind unscharf, trotzdem beginnt mein ganzer Körper vor Nervosität zu summen. Eine Sekunde lang schwebt mein Daumen über dem Display, dann tippe ich darauf. Es dauert nicht lange, bis die Bilder heruntergeladen sind.

Ich höre Caleb an meiner Seite derbe fluchen und sehe aus dem Augenwinkel, dass Estha an mich herantritt, während sie die Umgebung scannt. Ich muss weder Caleb noch Estha fragen, um zu wissen, dass sie die gleichen Nachrichten bekommen haben – der Schock zeichnet sich auf ihren Gesichtern ab und lässt keinen Zweifel übrig. Keine Ahnung, woher der Stalker die Kontaktdaten der beiden hat, aber es wundert mich nicht. Der Typ erhöht den Druck. Vielleicht will er mir zeigen, dass er nicht einmal davor zurückschreckt, Caleb oder Estha zu bedrohen, vielleicht ist es eine reine Machtdemonstration.

Mein Mund klappt auf, aber kein Wort dringt heraus, während ich auf das Foto starre. Das Kribbeln in meinem Nacken verstärkt sich, und auf einmal ergeben all die Blitze einen Sinn.

Das erste Bild zeigt mich. Es ist ein wenig körnig, weil es aus einiger Entfernung aufgenommen wurde, trotzdem erkenne ich deutlich mich selbst, wie ich neben Saheera im Flur unserer alten Wohnung stehe, ihre Hand halte und auf den Fleck starre, der sich von den Bodendielen abhebt. Dem Winkel nach zu urteilen, wurde es durch das Küchenfenster geschossen.

Die Fotos sind nicht sortiert, denn sie zeigen in willkürlicher Reihenfolge, wie Saheera und ich die Wohnung betreten, mich in meinem Schlafzimmer, mich, wie ich die Wohnung verlasse, und Caleb, der vor mir steht und auf mich einredet. Die Bilder verschwimmen vor meinen Augen, und das ungute Gefühl, dass ich bereits in der Wohnung verspürte, explodiert in meiner Magengegend.

Diese Aufnahmen sind wenige Minuten alt. Sie wurden aus unmittelbarer Nähe aufgenommen.

Mein Kopf schnellt hoch, und ich sehe mich um, in dem Moment, in dem Caleb nach meinem Arm greift und mich an sich zieht. Ich hatte dasselbe vor, auch wenn ich mir nicht sicher bin, was das eigentlich bringen soll. Wenn der Typ eine Waffe hat und es drauf anlegt, hätte er mich vermutlich längst erschießen können.

Hinter mir höre ich Estha etwas ins Telefon bellen, aber ich höre ihr nicht zu. Saheera, die über meine Schulter hinweg auf mein Handy gesehen hat, steht ebenfalls neben mir. Genau wie ich hat sie den Blick zu den Nachbargebäuden gehoben.

»Er muss in einer der Wohnungen sein«, flüstere ich atemlos. »Wäre er auf der Feuertreppe oder am Haus gewesen, hättest du ihn gesehen, Caleb.«

»Wir müssen weg«, knurrt er. »Wir müssen dich aus der Schussbahn bringen.«

Mich durchläuft ein Schauder. Ehrlich gesagt spüre ich meine Beine kaum noch. Keine Ahnung, ob ich überhaupt dazu in der Lage wäre, wegzurennen. »Er hätte mich erschießen können, Caleb. Warum sollte er uns erst auf sich aufmerksam machen und dann schießen?«

»Weil er ein verfickter Psycho ist!«, fährt er mich an und zieht an meinem Arm. »Was weiß ich, was in seinem kranken Hirn vor sich geht.«

»Caleb«, sage ich eindringlich und drehe mich zu ihm um. In seinen Augen steht die blanke Panik. Ich nehme sein Gesicht in meine Hände und sehe ihn eindringlich an. »Wenn wir jetzt abhauen, entwischt er uns wieder. Er muss hier irgendwo sein!«

Ungläubig erwidert er meinen Blick. »Ich habe versprochen, dass dir nichts zustößt, Julie. Das bedeutet auch, dass ich dich sicher nicht in irgendein Gebäude rennen lasse, um einen beschissenen Mörder zu fangen!«

»Ich bin seiner Meinung«, murmelt Saheera. Als ich mich zu ihr umdrehe, zuckt sie schuldbewusst die Schultern. »Sorry.«

»Bis die Polizei hier ist, ist er weg, Caleb«, flehe ich so verzweifelt, dass mir die Tränen kommen. »Ich will das nicht länger machen. Ich will, dass es vorbei ist.«

Ich sehe die Emotionen in seinem Inneren miteinander ringen, aber ich erkenne auch, dass er nicht nachgeben wird. Er greift nach meinen Schultern und zieht mich wieder an sich, schlingt seine starken Arme um meinen Körper und hält mich so fest, dass ich kaum Luft bekomme.

»Die Polizei ist auf dem Weg«, höre ich Estha sagen.

Caleb antwortet etwas, das ich nicht verstehen kann, dann höre ich Anandos Stimme. »Der Blitz kam aus dem Nachbargebäude. Auf der anderen Seite gibt es eine Außentreppe, die in einen Innenhof führt. Darüber kommt man auf die 7th Avenue.«

»Und darüber auf die 1st Avenue«, ergänzt Saheera resigniert. »Der Typ wird bestimmt nicht auf uns warten. Er ist vermutlich nicht mal mehr im East Village.«

Energisch mache ich mich von Caleb los. »Wie kann das sein?«, schreie ich beinahe. Meine Stimme zittert bei jedem Wort, genau wie meine zu Fäusten geballten Hände. »Woher weiß er jedes Mal, wo ich bin? Und er ist uns immer einen beschissenen Schritt voraus!«

»Sie müssen runter von der Straße, Miss«, sagt Estha unnachgiebig und streckt auffordernd die Hand Richtung Saheera aus. »Ich brauche den Schlüssel, Miss Prasad. Sie alle warten im Hausflur.«

Ich will nicht wieder ins Haus zurück und sehe meiner Freundin an, dass sie ganz genauso denkt. Auf der anderen Seite bin ich auch nicht scharf darauf, erschossen zu werden.

Estha wartet, bis wir alle hineingegangen sind, dann schließt sie die Tür mit einem unheilvollen Klicken. Saheera presst die Stirn gegen das milchige Glasfenster und lugt zu den Nachbargebäuden. »Vielleicht wohnt er hier?« Die Unsicherheit lässt ihre Vermutung wie eine Frage klingen. »Vielleicht hat er von Anfang an hier gewohnt und beobachtet dich schon länger aus seinem Wohnzimmerfenster raus.«

Caleb schlingt einen Arm um meine Taille und zieht mich wieder an sich, sieht aber Saheera nachdenklich an. »Er muss Verbindungen zu Sylvia gehabt haben. Es wäre ein ziemlicher Zufall, wenn er in derselben Straße wohnen würde wie Julie.«

»Und was, wenn er von Julie wusste?«, fragt sie. »Wenn er schon vor der Testamentseröffnung wusste, dass sie Sylvias Tochter ist und sich bewusst eine Wohnung hier gesucht hat, um nach Sylvias Tod direkt bei Julie weiterzumachen?«

Ich schüttele den Kopf. »Nicht einmal Caleb wusste von mir. Ich selbst wusste nichts von meiner Verwandtschaft mit Sylvia Bonham.«

Ein paar Sekunden lang schweigt Caleb, dann sieht er mich an. »Es müsste jemand sein, den Sylvia kannte. Gut genug, dass sie ihm von dir erzählt hat.«

»Der Anwalt wusste von dir, oder nicht?«, wirft Saheera ein. »Der, der das Testament verwaltet hat.«

»Mr Hoffman?«, frage ich und schnaube. »Niemals. Der Typ ist viel zu korrekt, um auch nur darüber nachzudenken, irgendeine Regel zu brechen.«

»Dann jemand, der ihn kennt. Ihn oder Sylvia, das sind die einzigen Möglichkeiten.«

»*Falls* er von Anfang an hier gewohnt hat«, erinnere ich die beiden und seufze dann erschöpft. »Das sind alles nur Spekulationen, Leute. Es kann genauso gut sein, dass eine Tür offen stand und er die Chance genutzt hat oder ganz einfach eingebrochen ist. Zu viele Vermutungen und Fragezeichen in dieser Theorie.«

Saheera wirkt deutlich unzufrieden, sagt aber nichts weiter dazu, sondern setzt sich mit einem Brummen auf die Treppe.

Ich mache mich von Caleb los und lasse mich neben sie fallen. Die Hoffnung, der Stalker hätte nach Tonys Tod aufgegeben, vielleicht sogar bereut, was er getan hat, liegt als ein trauriger Scherbenhaufen zu meinen Füßen. Und ich habe das Gefühl, mich daran zu verletzen, wenn ich mich auch nur einen Zentimeter bewege.

Nach einigem Hin und Her entscheiden Anando und Estha sich tatsächlich dazu, uns allein zu lassen und sich in dem Nachbargebäude umzusehen. Kurz frage ich mich, wie die beiden überhaupt in das Wohnhaus kommen wollen, dann beobachten wir durch das Fenster, dass Anando einfach sämtliche Klingeln drückt und auf den Türsummer wartet. Ich muss ein bisschen schmunzeln. Diese Lösung erscheint mir irgendwie zu simpel für ein bestmöglich ausgebildetes Profi-Team im Personenschutz.

Caleb und ich verabschieden uns von Saheera, die sich ein Taxi gerufen hat, um nach Hause zu fahren. Sie sollte besser weg sein, bevor die Polizei eintrifft. Ihre Aussage wird kaum gewichtig sein, weil sie nicht mehr gesehen hat als ich, Estha oder Caleb. Trotzdem würde man sie die halbe Nacht hierbehalten, also beeilt sie sich, nach Hause zu kommen. Bevor sie in den Wagen steigt, umarmt sie mich noch einmal und drückt mich ein wenig fester als gewöhnlich. Keiner von uns beiden sagt etwas, aber das ist auch nicht nötig. Dieses Chaos ist kaum mit Worten zu beschreiben.

Als sie weg ist, setzt Caleb sich neben mich auf die Treppenstufen. Er zieht mich zu sich heran, schlingt einen Arm um mich und küsst mich auf den Kopf. Es ist beinahe wie ein Reflex, eine natürliche Reaktion auf seine Nähe: Ich schmiege mich an ihn, lege den Kopf an seine Schulter und atme seinen Duft ein.

Verziehe allerdings sofort das Gesicht, als der Geruch von Alkohol und Zigarettenrauch in meine Nase dringt. »Wo bist du eigentlich gewesen?«

»Mit Rahel was trinken«, murmelt er in mein Haar. »Wir haben uns verquatscht, ich wollte eigentlich nicht so lange bleiben. Und nicht so viel trinken.«

Meine Wut über sein Verhalten und seinen Kontrollzwang ist längst verflogen. Wir befinden uns seit Wochen in einer Extremsituation, und ich weiß selbst, dass man in Extremsituationen nicht immer rational handelt. Vor allem dann nicht, wenn man sich Sorgen um jemanden macht.

»Du kannst wegbleiben, solange du willst, Caleb. Und du solltest zwischendurch ein wenig Spaß haben.«

Er schweigt ein paar Sekunden lang. »Wenn das alles vorbei ist, haben wir ewig Zeit, um Spaß zu haben. Im Moment sollte ich mich definitiv nicht betrinken.«

Ich seufze. »Du bist zu jung, um so vernünftig zu sein, weißt du das? Du trägst zu viel Verantwortung.«

Sein leises Lachen vibriert in meinem Körper nach. »Mein Dad war fast fünfzig, als er gestorben ist, und hatte kein einziges graues Haar. Falls du dir darüber Gedanken machst.«

Mit dem Ellbogen stoße ich ihm in die Rippen, was aus meiner Position gar nicht so einfach ist. »Sei mal ernst.«

»Ich bin ernst.« Ich spüre seinen Blick von der Seite. »Das hier ist nicht normal, Julie. Ich habe manchmal das Gefühl, dass du das vergisst.«

»Was ist nicht normal?«

»Das Leben, das du im Moment führst«, sagt er leise. »Die Angst, mit der du jeden beschissenen Tag leben musst. Dass du im *Big B* eingesperrt bist und ein Abend mit deiner Freundin in einem Polizeieinsatz endet. *Du* bist zu jung, um so vernünftig zu sein.«

Resigniert zucke ich mit den Schultern. »Ich habe keine andere Wahl. Aber dich zwinge ich quasi dazu, oder nicht? Es könnte dir egal sein, und dann könntest du dein Leben einfach weiterleben.«

Aus den Augenwinkeln heraus bemerke ich, dass er die Stirn gerunzelt hat. »Das klingt ein wenig dramatisch. Und ein wenig märtyrermäßig.«

»Stimmt doch«, widerspreche ich energisch. »Ich sage ja nicht, dass du mich auf die Straße setzen und mich meinem Schicksal überlassen sollst. Aber manchmal … keine Ahnung.«

»Manchmal was?«

»Manchmal fühle ich mich schuldig«, flüstere ich, den Blick starr auf das kleine Fenster gerichtet. »Ich weiß nicht, warum der Typ mich auf dem Kieker hat, und theoretisch ist mir klar, dass es nicht meine Schuld ist. Aber Tatsache ist doch, dass Tony gestorben ist und Bonnie verletzt wurde, weil sie ihm im Weg standen. Und dass dein Leben im Moment im Stromsparmodus läuft, weil du dich entschieden hast … na ja, an meiner Seite zu sein. Hätte ich die ersten Drohungen ernst genommen und das Erbe abgelehnt, dann wäre diese ganze Sache wahrscheinlich nicht so aus dem Ruder gelaufen. Das ist alles.«

»Das ist alles?«, wiederholt er ungläubig. »Julie.«

»Was?« Ich drehe den Kopf und begegne seinem wütenden Blick.

»Nichts davon ist deine Schuld«, sagt er eindringlich. »Keiner von uns weiß, was der Typ von dir und Sylvia wollte. Aber glaubst du wirklich, dass er aufgehört hätte, wenn du das Erbe ausgeschlagen hättest?«

Nein, eigentlich nicht. Das Motiv des Täters scheint etwas Persönliches zu sein, und das hätte sich vermutlich nicht erledigt, wenn ich *Bonham* den Rücken gekehrt hätte. Vielleicht wäre dann Caleb ins Visier dieses Psychos geraten.

Allein bei der Vorstellung läuft es mir kalt den Rücken herunter.

Bevor ich etwas darauf erwidern kann, klingelt das Handy in meiner Hand. Ich zucke so heftig zusammen, dass ich es beinahe fallen gelassen hätte. Als ich die unterdrückte Nummer bemerke, spüre ich, wie mir das Blut aus dem Gesicht weicht.

»Was ist los?«, fragt Caleb und sieht erst mich, dann das Telefon an. Sein Gesicht wirkt hart. »Lautsprecher.«

Ich gehorche wortlos und halte unwillkürlich den Atem an, als es in der Leitung leise knistert.

»Ich bin deine Spielchen allmählich leid, Miss Penn.«

Der Klang der elektronisch verzerrten Stimme schneidet in meinen Körper wie Messerstiche. Nur am Rande höre ich Caleb neben mir knurren, aber darauf kann ich mich jetzt nicht konzentrieren.

»Was wollen Sie?«, frage ich, selbst überrascht, wie fest meine Stimme klingt. Ich fühle mich, als würde ich jeden Moment ohnmächtig werden, aber höre mich vollkommen ruhig an.

»Ich will, dass du von der Bildfläche verschwindest. Falls du das nicht tust«, antwortet die widerlich unmenschliche Stimme, »wirst du dich den Konsequenzen stellen müssen.«

Bevor ich etwas sagen kann, bevor ich auch nur blinzeln kann, hat Caleb mir das Handy aus der Hand gerissen. Er ist aufgesprungen, sein Gesicht vor Wut gerötet und die freie Hand zur Faust geballt.

»Hör zu, du armseliges Schwein!«, bellt er ins Telefon. »Ich habe keine Ahnung, was du mit diesem kranken Spiel beabsichtigst, aber ich schwöre dir, dass ich dich dafür bezahlen lasse. Für jede Sekunde, die du …«

Seine Stimme wird von einem lautstarken Tuten unterbrochen, und Caleb flucht.

Der anonyme Anrufer hat aufgelegt.

19

Die nächsten zwei Stunden verbringen wir mit dem inzwischen beinahe vertrauten Prozedere: Einige Uniformierte treffen ein, darunter Detective Spring und ein weiblicher Officer, den ich bislang noch nie gesehen habe. Sie nehmen unsere Aussagen auf, halten mir eine Standpauke, weil ich in eine nicht freigegebene Wohnung eingedrungen bin, und suchen dann die Umgebung ab. Es überrascht mich nicht, dass sie – wie schon Estha und Anando vor ihnen – nichts finden. Caleb weist die Beamten in überraschend herrischem Ton an, die Mieter des Nachbarhauses zu überprüfen, aber ich bin mir nicht sicher, ob Spring diesen Rat tatsächlich annimmt. Klar, inzwischen geht es auch um Mord, trotzdem habe ich das Gefühl, dass diese verhältnismäßig kleinen Vorfälle irgendwann beinahe langweilig werden. Ein weiteres Foto, eine neue Nachricht einer unbekannten Nummer … Kaum noch Grund, in Panik zu geraten.

Als wir zurück zum Bonham Building kommen, folge ich Caleb unaufgefordert ins Penthouse. Heute Nacht will ich nicht alleine sein, und ich habe das Gefühl, dass es Caleb ähnlich geht. Die Stimme und die Worte des Anrufers geistern noch immer durch meinen Kopf wie ein unheimliches Echo. Ich werfe meine Tasche auf einen der Barhocker und hole mir eine Cola aus dem Kühlschrank, während Caleb sein Arbeitstablet einschaltet und sich an die Kücheninsel setzt.

»Was machst du?«, frage ich ihn und nehme einen Schluck von meiner Cola.

»Irgendwo gibt es eine Sammlung aller Klagen, die je gegen *Bonham* eingereicht wurden«, murmelt er. »Ich habe sie mir vor ein paar Wochen schon mal angesehen, aber ich will überprüfen, ob einer der Kläger im East Village wohnt.«

Neugierig trete ich hinter ihn und gucke über seine Schulter aufs Tablet. »Wie viele Leute verklagen *Bonham* denn so durchschnittlich im Jahr?«

Er zuckt mit den Schultern. »Es sind schon einige.« Als er aufsieht und meinen verwirrten Blick bemerkt, grinst er. »Aber die wenigsten gewinnen.«

»Du klingst wie ein Schurke.«

»Der Großteil verklagt die Firma, weil eine Behandlung nicht angeschlagen hat oder die Nebenwirkungen zu krass aufgetreten sind«, erklärt er und tippt auf ein paar Ordner, nur, um sie sofort wieder zu schließen. »Das ist natürlich tragisch, vor allem wenn es menschliche Verluste gegeben hat. Aber wir verkaufen Medikamente, wir versprechen keine Wunder. Patienten sterben, trotz Behandlung. Und Menschen reagieren unterschiedlich auf verschiedene Wirkstoffe. Das ist in den seltensten Fällen unsere Schuld.«

Ich verziehe das Gesicht, während ich an dem Etikett der Flasche herumknibble. *Menschliche Verluste.* Das klingt hart, aber vielleicht braucht man in diesem Beruf eine gewisse Distanz, um all die Schicksale nicht an sich heranzulassen.

»Und in welchen Fällen *war* es eure Schuld?«

Er zögert einen Moment. »Meiner persönlichen Meinung nach?«

»Ja. Bitte nicht die Pressemitteilungsversion.«

»Ich kenne mit Sicherheit nicht jeden einzelnen Fall, aber ich erinnere mich an ein paar Klagen, die abgewiesen wurden oder vor Gericht verloren haben, die ich wahrscheinlich anders bewertet hätte.«

Ich hebe eine Augenbraue. »Zum Beispiel?«

»Ein Vater hat jahrelang immer wieder geklagt, weil seine Tochter an den Folgen von HIV gestorben ist. Sie wurde mit einem unserer patentierten Medikamente behandelt, bei dem wir aus wirtschaftlichen Gründen irgendwann die Preise angehoben haben. Er konnte sich die Behandlung nicht mehr leisten, und seine Tochter starb.«

»Oh«, sage ich, ehrlich betroffen. »Gab es keine günstigeren Anbieter?«

»Wie gesagt, es war patentiert. Ich glaube, die Tochter litt an einer Allergie und konnte nicht einfach auf ein anderes Medikament umsteigen.«

Ich versuche es mir nicht vorzustellen, aber ich schaffe es nicht, die Gedanken an diesen armen Mann ganz und gar zu verdrängen. Seiner eigenen Tochter beim Sterben zuschauen zu müssen und zu wissen, dass es Hilfe gibt, diese aber schlicht und ergreifend nicht bezahlen zu können … Das muss eines der schlimmsten Dinge sein, die einem Menschen passieren können.

»Ich denke, für solche Fälle sollte es eine Sonderregelung geben«, redet er nachdenklich weiter, mehr zu sich selbst als zu mir. »Dass ein Medikament, wenn damit eine Behandlung begonnen wurde, nicht im Preis angehoben werden darf oder so ähnlich.«

Langsam nickend sehe ich auf das Tablet. »Gibt es jemanden, der euch explizit gedroht hat?«

Caleb lacht freudlos. »Die meisten von ihnen, wahrscheinlich. Vor zwei Jahren hat eine Frau einen Stein durch die Scheibe in der Lobby geworfen, weil wir die Produktion eines Medikamentes eingestellt haben, da es sich nicht mehr rentiert hat. Sylvia hat eine einstweilige Verfügung gegen sie erwirkt, aber eine Weile tauchte sie trotzdem immer wieder im Tower auf.«

»Wie ein Stalker.«

»Es gibt Dutzende solcher Geschichten, Jules«, seufzt Caleb. »Das ist wie die Suche nach der Nadel im Heuhaufen. Wir haben Milliarden Kunden und arbeiten in einer emotional belasteten Branche. Da gibt es dann eben auch emotionale Reaktionen.«

Prüfend sehe ich ihn von der Seite an. »Du klingst wie ein alter Mann, weißt du das?«

»Das ist das zweite Mal an einem Abend, dass du mich alt nennst.«

»Wolltest du das schon immer machen?«, frage ich ihn, ohne auf seinen Kommentar einzugehen. »Diese Firma leiten, meine ich? Du klingst, als wärst du mit diesem CEO-Gequatsche quasi auf die Welt gekommen.«

»Es war der logische Weg«, sagt er achselzuckend. »Aber ja, das wollte ich schon immer machen. Ich bin kein armer missverstandener Musiker oder etwas in der Art, der von Daddy ins Familienunternehmen gezwungen wurde, aber eigentlich nur Musik machen will.«

Ich seufze gespielt theatralisch. »Verdammt. Nichts geht über missverstandene Künstler.«

Er lacht leise, dann schüttelt er den Kopf und schließt irgendeine Liste, die er studiert hat. »Keiner der Kläger lebt im East Village. Eine wohnt zwar in der Nähe, aber die ist inzwischen über achtzig.«

»Vielleicht ist es eine sehr rüstige Achtzigjährige.«

»Vielleicht will uns auch nur jemand verarschen«, sagt er mit einem Stöhnen, das wahnsinnig überfordert klingt. »Besteht die Möglichkeit, dass der Stalker nichts mit dem Mord an Sylvia zu tun hatte? Und vielleicht nur … keine Ahnung, das Auto gekauft hat oder so?«

»Das wäre entweder der größte Zufall in der Menschheitsgeschichte oder aber der Typ muss gewusst haben, dass Sylvias Tod kein Unfall und vor allem, wer dafür verantwortlich war.«

Caleb flucht leise. Als er seine E-Mails aufruft, drehe ich mich um und gehe zum Kaffeevollautomaten, um mir einen heißen Kakao zu machen. Obwohl es bereits wirklich spät ist und wir beide morgen wieder ins Büro müssen, weiß ich, dass ich so bald nicht einschlafen kann. Caleb bleibt ohnehin immer lange wach.

Während ich eine Tasse aus dem Küchenschrank hole und darauf warte, dass sich die Maschine aufheizt, wandern meine Gedanken zu Bonnie. Mein schlechtes Gewissen wird immer schlimmer, heute Abend mehr denn je. Es ist nicht meine Schuld, dass ich sie nicht besuchen kann, trotzdem fühlt es sich seltsam an, sie so lange nicht gesehen zu haben. Wie furchtbar wird es für sie sein müssen, wenn sie aufwacht und realisiert, wie viel Zeit vergangen ist? Was alles passiert ist, während sie im Koma lag? Vielleicht hat sie den Täter sogar erkannt. Wenn ich den unzähligen Artikeln Glauben schenke, die ich zum Thema Stalking gelesen habe, sind die Täter in der Regel Personen aus dem Umfeld. Alte Freunde, Verwandte oder eben Menschen, die sich in den letzten Monaten irgendwie in dein Leben gedrängt haben. Die Chance, dass Bonnie den Typen kennt, steht also gar nicht so schlecht, immerhin waren wir Mitbewohnerinnen und haben teilweise denselben Freundeskreis.

Plötzlich trifft warmer Atem meinen Nacken. Ich zucke zusammen, entspanne mich aber sofort wieder, als sich starke Arme von hinten um meine Taille legen. Caleb zieht mich an seine Brust, während seine Lippen die empfindliche Stelle in meiner Halsbeuge berühren.

»Du riechst gut«, murmelt er. Ich spüre, dass sich seine Lippen zu einem Lächeln verziehen.

Meine Gedanken sind ein wenig wirr, weil meine völlig überforderten Hormone sich wie auf Knopfdruck sämtliche Dinge vorstellen, die ich mit Caleb in seinem Schlafzimmer anstellen könnte. Wobei dieser Küchentresen auch Potenzial hat, um …

»Ich wette, ich stinke«, antworte ich, super romantisch, und betätige den Knopf an der Kaffeemaschine. Ein leises Summen ertönt, und ich zwinge mich dazu, ein paarmal unauffällig durchzuatmen. »Ich brauche dringend eine Dusche.«

»Ich könnte dich begleiten.«

Lächelnd greife ich nach meiner Tasse. »Ich liebe deine Dusche. Sie ist quasi ein eigener Raum.«

Mit der Nase streicht er über meinen Hals. »Wir sollten diese Dusche definitiv öfter benutzen. Und wir sollten öfter ausgehen. Du könntest ein schönes Kleid anziehen und Schuhe und so weiter.«

Stirnrunzelnd drehe ich mich in Calebs Armen. Als unsere Blicke sich treffen, ist sein Gesichtsausdruck unschuldig. Zu unschuldig. »Worauf willst du hinaus?«

»Auf nichts.«

Ich verenge die Augen. »Spuck's aus!«

Er seufzt, lässt mich allerdings nicht los. »Ich denke, wir sollten uns mal wieder irgendwo sehen lassen. Seit Tonys Tod verstecken wir uns im Tower. Das kommt nicht gut an.«

»Bei wem?«, frage ich. Ich hätte gerne die Arme verschränkt und wäre einen Schritt zurückgewichen, aber Caleb steht so nahe vor mir, dass das nicht möglich ist. »Bei dir, der Presse oder Freeman?«

»Er hat nicht unrecht«, bestätigt er meine Befürchtung. »Das Beste, was wir momentan machen können, ist so zu tun, als wäre alles in Ordnung.«

»Es ist aber nicht alles in Ordnung, Caleb. Es ist so weit entfernt von *alles in Ordnung* wie nur überhaupt möglich.«

»Wir haben Verpflichtungen, Julie. Das wusstest du von Anfang an.« Seine Stimme nimmt diesen CEO-Ton an, den ich entweder heiß finde oder absolut nicht ausstehen kann. Aktuell trifft eher Letzteres zu.

Ich beiße die Zähne zusammen und stelle die Tasse neben mich auf den Tresen. »Das mag schon sein. Aber als ich mich auf das alles hier eingelassen habe, wusste ich noch nicht, dass um mich herum die Leute umfallen wie die Fliegen. Ich wurde definitiv unter Vortäuschung falscher Tatsachen in diesen Vertrag gelockt.«

Er mustert mich ernst. Uns beiden ist klar, dass sich das hier sehr leicht zu einem ausgewachsenen Streit entwickeln kann. Ein paar Sekunden duellieren wir uns stumm, als würden wir eine Partie Augenkrieg ausfechten, dann werden seine Gesichtszüge weicher. »Die Spendengala war doch lustig.«

Ungläubig lege ich den Kopf schief. »Abgesehen davon, dass an dem Abend Bonnie angeschossen wurde?«

»Zwischen diesen beiden Ereignissen bestand kein Zusammenhang, Julie. Davor hattest du Spaß.«

Das stimmt. Der Abend mit Caleb war aufregend, was vor allem an dem Prickeln zwischen uns lag und daran, dass ich ihn gerade erst von seiner netten, charmanten Seite kennengelernt hatte.

Ich schließe kurz die Augen und kapituliere dann. »Okay, worum geht's?«

Als ich ihn wieder ansehe, erkenne ich das triumphierende Funkeln in seinen Augen. »Filmpremiere«, sagt er siegessicher. »Wir wurden vor ein paar Wochen eingeladen und hätten sicher schon lange zusagen sollen, aber ich bin optimistisch, dass sie uns noch reinquetschen können.«

Meine Augenbrauen wandern in die Höhe. »Du wirst zu Filmpremieren eingeladen? Ich dachte, wir drücken uns nur wieder auf irgendeiner Gala herum, auf der sie uns das Geld aus der Tasche ziehen wollen.«

»Sylvia war ständig auf solchen Veranstaltungen«, erklärt er schlicht. »Ich schätze, die Leute fühlen sich dazu verpflichtet, jetzt auch uns einzuladen. Aber wenn wir nie hingehen, wird uns bald niemand mehr einladen.«

»Das wäre ja furchtbar.«

»Nicht wahr?«, erwidert er grinsend, greift um mich herum und nimmt einen Schluck von meinem Kakao. »Mittwochabend, neunzehn Uhr. Wir haben ein Date.«

Ich frage nicht, um welchen Film es sich handelt, was ich anziehen soll oder nach sonstigen Details. Denn mir ist klar, dass spätestens morgen Nachmittag Rahel über mich herfallen und mich wieder einmal wie eine überdimensionale Anziehpuppe behandeln wird. Ich bin wenig begeistert von dieser Vorstellung. Zugegeben, sowohl die Aussicht auf ein Date mit Caleb als auch auf den Besuch einer richtigen Filmpremiere ist ziemlich cool. Vor ein paar Monaten noch hätte ich niemals die Gelegenheit gehabt, bei so etwas dabei zu sein. Allerdings würde ich mir wünschen, einmal etwas Normales mit Caleb zu unternehmen. Essen zu gehen oder ins Kino, ohne vorher über einen roten Teppich laufen zu müssen. Das Wissen, dass wir diesen Abend nur für einen Publicity Stunt zusammen verbringen, ist ein wenig deprimierend.

Trotzdem lächle ich, nehme ihm die Tasse ab und trinke einen Schluck viel zu heißen Kakao. Ich sehe Caleb an, dass er sich auf die Premiere freut. Wahrscheinlich, weil er endlich mal aus dem Büro herauskommt und weil die Welt der New Yorker High Society zumindest in Teilen sein Zuhause ist.

»Das wird super«, sagt er und gibt mir einen kurzen Kuss auf den Mund, bevor er sich wieder abwendet und nach dem Tablet greift. »Danke.«

Ich seufze. Ich frage mich, ob wir jemals in der Lage sein werden, ein gemeinsames Leben zu führen, zumindest eine gewisse Zeit lang. Ich bin weder naiv noch wahnsinnig romantisch. Deshalb bilde ich mir nicht ein, mit zwanzig Jahren den Mann zu treffen, mit dem ich alt werden und im Schaukelstuhl sitzend unsere Enkelkinder beobachten werde. Trotzdem sind meine Gefühle für Caleb anders als die für meine bisherigen Freunde … nicht, dass es allzu viele gewesen sind. Caleb berührt etwas in mir, wozu noch kein anderer Mann in der Lage gewesen ist. Vielleicht liegt es an allem, was wir miteinander durchgemacht haben, aber ich habe mich bereits zu Caleb hingezogen gefühlt, bevor der Stalker auf den Plan getreten ist. Und das war zu einer Zeit, in der Caleb und ich uns noch offiziell gehasst haben. Ich fühle mich sicher bei ihm, geborgen. In seiner Nähe kann ich ich selbst sein.

Trotzdem frage ich mich manchmal, ob wir auch so aneinanderhängen würden, wäre die Bedrohung von außen nicht so groß. Wären wir nicht auf eine Art und Weise dazu gezwungen, Zeit miteinander zu verbringen. Oder ob uns unsere Unterschiede in einer normalen Welt, im normalen Alltag nicht schon einen Strich durch die Rechnung gemacht hätten. Caleb betrachtet den Besuch einer Filmpremiere, den Gang über den roten Teppich inklusive Promiauflauf als einen mehr oder weniger normalen Abend. Ich nicht. Unsere Leben sind bislang so unterschiedlich verlaufen, dass ich mir nicht sicher bin, ob wir sie werden in Einklang bringen können, wenn meine Zeit bei *Bonham Industries* vorbei ist und ich wieder eine, in den Augen der Gesellschaft, normale Studentin bin. Selbst wenn mein Bankkonto bis dahin um einiges beeindruckender aussehen wird.

Meine Gedanken wandern herum, ohne bei irgendeinem Thema wirklich zu einem Ergebnis zu kommen. So geht es mir seit Wochen. Mein Verstand kreist um den Stalker, um Bonnie, Sylvia, Tony, um mein Studium, meine Arbeit bei *Bonham* und unsere ganze beschissene Situation, ohne jedoch wirklich eine Lösung zu finden. Ich habe sämtliche Möglichkeiten durchgespielt, mir mehr als einmal mit Caleb und Estha zusammen die Personalakten angesehen oder die Liste der Mitarbeiter, die in den vergangenen Monaten bei *Bonham* entlassen wurden. Ich habe meine Freunde, Kommilitonen, selbst Familienmitglieder in Erwägung gezogen. Aber niemand passt in das Bild. Niemanden von ihnen halte ich wirklich für fähig, all diese schrecklichen Dinge zu tun. Dennoch bleibt das ungute Gefühl, etwas zu übersehen. Etwas Wichtiges, auch wenn ich nicht genau benennen kann, was es ist oder woher dieses Gefühl überhaupt kommt.

Allerdings habe ich die Befürchtung, dass ich das schon sehr bald herausfinden werde.

20

JULIE
Mittwoch, 13. Juli 2022

Wie erwartet hat Rahel mich gestern Nachmittag angerufen, um die Vorbereitungen, die offensichtlich für den Besuch der Filmpremiere notwendig sind, zu koordinieren. Diese Vorbereitungen beinhalten den Kauf eines neuen Outfits, den Besuch einer Stylistin und ein Waxing. Rahels erster Plan sah vor, dass ich einfach im Apartment im Bonham Tower bleibe und sämtliche Dinge und Dienstleister zu mir kommen lasse, aber ich habe dankend abgelehnt. Wenn es eine Möglichkeit gibt, den Bunker zu verlassen, dann werde ich sie sicher nutzen.

Ich bin ein bisschen zu früh bei der Adresse, die Rahel mir geschickt hat, was mich aber nicht stört. Es fühlt sich gut an, draußen zu sein und die Menschen zu beobachten, die mit geschäftigen Mienen und Coffee-to-go-Bechern in der Hand über die Grand Street eilen. North of Little Italy, oder auch *NoLIta* genannt, ist eine Gegend in Little Italy, Downtown. Ich bin noch nicht oft hier gewesen, war allerdings ein bisschen überrascht, als Rahel mir die Adresse durchgegeben hat. Ich habe mit der 5th Avenue, grundsätzlich der Upper East Side oder SoHo gerechnet – mit Little Italy verbinde ich eher gutes Essen und kleine, vollgestopfte Geschäfte. Allerdings habe ich auf dem Weg hierher einen Store von *Alexander Wang* gesehen und daneben eine alternative Kunstgalerie. New York ist allgemein gespickt von Kontrasten, aber in diesem Viertel wird die Seele dieser Stadt, die bunte Vielfalt besonders deutlich. Hinter mir befinden sich schicke Boutiquen unterschiedlicher bekannter Designer. Die Glasfronten sind poliert, die Straßen verhältnismäßig sauber, und einige der Fassaden werden wahrscheinlich einmal im Monat neu gestrichen, weil sie keinerlei Verschmutzungen oder Graffiti aufweisen. Selbst die Baugerüste haben hier Stil. Das Kopfsteinpflaster und die schmalen Gassen lassen einen beinahe vergessen, dass man sich immer noch mitten in der Stadt befindet.

Ein paar Gehminuten weiter die Grand Street hinunter empfängt einen das krasse Gegenteil: Am Straßenrand türmen sich leere Kartons und überquellende Müllbeutel, die beinahe den gesamten Gehweg einnehmen. Der Boden ist schmutzig, der Putz an den Fassaden bröckelt, und viele Geschäfte sind geschlossen. Chinesische Imbisse und Läden reihen sich aneinander und haben klapprige Verkaufstische vor ihren Türen aufgebaut.

Heute ist ein wahnsinnig schöner Tag, und die Sonne hüllt New York in eine orange-goldene Decke. Überall blühen Blumen, es duftet nach Sommer, und ich trage eines meiner Lieblings-Sommerkleider, was meine Laune enorm hebt. Es ist eines der Teile, die ich aus meiner alten WG mitgenommen habe, und ich fühle mich seit Monaten das erste Mal tatsächlich ein wenig mehr wie ich selbst.

Estha berührt mich am Ellbogen und deutet dann nach links, wo ich Rahel in der Nähe einer Touristengruppe entdecke. Sie fängt meinen Blick auf, hebt die Hand und quetscht sich zwischen den Menschen hindurch. Während sie mir entgegeneilt, bemerke ich, dass ihr Gesicht gerötet ist und ihre Haare ein wenig durcheinander sind. Als sie vor mir zum Stehen kommt, braucht sie ein paar Sekunden, um zu Atem zu kommen.

»Was ist passiert?«, frage ich mit einem irritierten Lachen.

Sie winkt ab und stemmt die Hände in die Seiten ihres perfekt sitzenden Etuikleides. »Bin ich zu spät?«

»Höchstens ein paar Minuten. Alles okay?«

Ihr Gesicht wird ernst, während sie noch ein paar tiefe Atemzüge nimmt. »Eine meiner Scheiben ist eingeschlagen worden«, sagt sie und schüttelt hastig den Kopf, als mir schlagartig das Blut aus dem Gesicht weicht. »Das muss nichts zu bedeuten haben, Julie. Mein Apartment befindet sich im Erdgeschoss mitten in Williamsburg. Eine zerbrochene Scheibe ist kein Grund, in Panik zu geraten.«

»Doch«, widerspreche ich kalt. »Nach allem, was bislang passiert ist, ist es das sehr wohl. Hast du die Polizei verständigt?«

»Nein, Julie. Und das habe ich auch nicht vor.«

Ich drehe mich zu Estha um. »Kümmerst du dich bitte darum? Caleb ist im Büro, Anando sollte also Zeit haben.«

Rahel ist deutlich anzusehen, dass sie mich für paranoid hält, aber das ist mir egal. Wenn ich in letzter Zeit eines gelernt habe, dann, dass jedes verdammte Detail von Bedeutung ist. Sollte sich die eingeschlagene Scheibe als dummer Streich herausstellen – toll. Aber wenn der Vorfall etwas mit dem Ganzen zu tun hat, müssen wir das wissen.

»Schluss jetzt«, sagt Rahel und winkt mich ungeduldig zu sich. »Wir haben einen Termin, und auch wenn es irgendwie en vogue ist, zu spät zu kommen, sollten wir es nicht übertreiben.«

Verblüfft sehe ich an dem Gebäude hoch, auf das Rahel zusteuert. Es handelt sich um ein einfaches Redstone House – keine Ladenfront, keine Werbung oder etwas dergleichen. Nichts deutet darauf hin, dass hier irgendetwas verkauft wird.

»Wir haben hier einen Termin?«, wiederhole ich verwirrt. »Bei wem?«

Sie deutet auf ein schlichtes goldenes Schild, das über den Klingeln angebracht ist und das ich bislang übersehen habe. In schmucklosen Lettern steht darauf etwas, das nach einem Markennamen klingt, und die Ergänzung *Designatelier*. Ich kenne das Label nicht, aber das muss wirklich nicht viel heißen.

Während Rahel klingelt, beobachte ich Estha, die immer noch telefoniert. Sie wirkt nicht allzu aufgeregt oder alarmiert, was wohl bedeutet, dass ich die Einzige bin, die sich über das zerschlagene Fenster Sorgen macht.

Wenige Sekunden später höre ich das Summen des Türöffners, und Rahel zieht mich in ein kühles Treppenhaus mit dunkel gefliesten Wänden und muffigem Geruch. Ich habe den Eindruck, dass das hier der neue Shit in New York ist: Hinterhof- oder Wohnzimmerboutiquen, die quasi versteckt in irgendwelchen unauffälligen Gebäuden angesiedelt sind. Niemand findet sie ohne Einladung oder Wegbeschreibung, und allmählich denke ich, dass genau das der Punkt ist. Es gibt den Leuten das Gefühl, etwas Besonderes zu sein. Etwas Exklusives zu entdecken, das dem gemeinen Pöbel draußen auf der Straße verwehrt bleibt.

Wir steigen unfassbar viele Treppen hinauf, bis Rahel schließlich in der vierten Etage Halt macht und an eine unscheinbare Tür klopft. Die wird kaum eine Sekunde später aufgerissen. Von einer Frau, die ich überall sofort als Designerin erkannt hätte: Sie trägt ein kanariengelbes, unfassbar kurzes Kleid, darunter dunkelblaue Strumpfhosen, weiße Gummistiefel und einen ebenfalls blauen Gürtel. An jeder anderen Person hätte diese Kombi absolut lächerlich ausgesehen, aber ich muss zugeben, dass es ihr steht. Sie kann kaum älter sein als ich, irgendwo in ihren Zwanzigern, und lächelt erst mich, dann Rahel freundlich an.

»Ihr seid zu spät«, sagt sie, tritt aber sofort zur Seite, um uns einzulassen.

Rahel entschuldigt sich, dann stellt sie die Frau als Lexie Clark vor, offenbar ein absoluter Geheimtipp, wenn es um Outfits für den roten Teppich geht. Nachdem wir einander höflich begrüßt haben, unterhalten Rahel und Lexie sich weiter. Es ist offensichtlich, dass die beiden sich kennen. Sie gehen vertraut miteinander um und lachen ziemlich viel, was mich ein wenig verwirrt. Ich habe Rahel bisher sarkastisch, geschäftsmäßig, knallhart und häufig schnippisch erlebt. Sie nun ausgelassen mit einer Freundin zu sehen, zeigt mir eine ganz neue Seite von ihr.

Lexie Clarks Atelier ist ein gigantisches Loft. Es gibt hohe Decken, Wände aus roten Backsteinen und der Fußboden ist an manchen Stellen bunt gesprenkelt, als hätte jemand Farbe verschüttet. In einer Ecke des großen Raumes erklingt leise Rap-Musik, und es riecht nach einer Mischung aus Blumen und Putzmittel. Als ich mich umsehe, erkenne ich, dass Lexie sich hier eine Mischung aus Atelier, Werkstatt und Showroom eingerichtet hat. In der Mitte gibt es einen kleinen Laufsteg, an dessen Ende sich eine Art Plattform oder Bühne befindet. Die Wände links und rechts sind mit Kleiderstangen beinahe tapeziert, einige von ihnen so weit oben, dass ich mich frage, wie Lexie da rankommen mag. Außerdem gibt es zwei Umkleidekabinen, zwei riesige Schneidertische und schätzungsweise zwanzig Kleiderpuppen, deren Outfits sich allesamt in verschiedenen Stadien der Fertigstellung befinden.

Lexie dreht sich schwungvoll zu mir um und setzt damit meinem Starren ein Ende. »Also, der Anlass ist eine Filmpremiere?«

Ich nicke. »Heute Abend.«

»Es wird eine After-Show-Party und einen roten Teppich

geben«, ergänzt Rahel, plötzlich wieder in geschäftsmäßigem Tonfall.

Lexie strahlt. »Perfekt. Nun, die Zeit war ein bisschen knapp, und ich werde bis heute Abend nicht mehr in der Lage sein, etwas maßzuschneidern«, sagt sie und sieht Rahel strafend an. »Für gewöhnlich brauche ich für derlei Anfragen ein paar Wochen Vorlaufzeit, mindestens. Der einzige Grund, weshalb ich das hier mache, ist, weil ich deinen Bruder so sehr mag.«

Rahel, die meinen verständnislosen Blick bemerkt, wendet sich an mich und verdreht die Augen. »Lexie ist eine Freundin von Sander und damit irgendwie auch von Caleb.«

Lexie winkt ab. »Ich kenne Caleb gut genug, um mich sehr darüber zu freuen, dass er sich endlich festzulegen scheint.« Sie schaut mich wissend an.

Mein Gesicht wird heiß, und einen Moment lang weiß ich nicht so richtig, was ich dazu sagen soll. »Das ist eher ein PR-Auftritt«, erkläre ich lahm und zucke mit den Schultern, als sie die Stirn runzelt. »Öffentliche Auftritte werden von uns erwartet.«

»Ich hatte kurz vergessen, dass ihr diese Wir-sind-nur-Freunde-Nummer fahrt«, schnaubt sie, wird dann aber abrupt ernst. »Das mit Tony tut mir übrigens sehr leid. Genau wie alles andere, was gerade bei euch abgeht. Ich bin mir sicher, dass ich nicht einmal die Hälfte weiß, aber wir alle sind wirklich sehr betroffen.«

Ich verkrampfe die Hände ineinander. Mein erster Impuls ist es, alles sofort abzuwiegeln, wie jedes Mal, wenn mich jemand auf die Ereignisse anspricht. Rahel hat mir mehr als einmal klargemacht, dass die Presse alles versuchen wird, um Informationen aus mir herauszuquetschen. Aber Lexie scheint tatsächlich zu Calebs Freunden zu gehören, sonst würde Rahel einschreiten oder mir ins Wort fallen.

»Danke«, sage ich ein wenig einfallslos und versuche es mit einem Lächeln, das allerdings ein wenig schief gerät. »Es ist alles sehr chaotisch im Moment.«

Sie macht eine Handbewegung, als würde sie eine lästige Fliege verscheuchen wollen. »Ich weiß, dass das jetzt vielleicht komisch klingt, weil ihr euch unter merkwürdigen Umständen kennengelernt habt«, sagt sie, immer noch ernst. »Aber ich bin wirklich froh, dass du und Caleb euch gefunden habt. Ihr scheint einander gutzutun, und Caleb brauchte schon lange jemanden an seiner Seite.«

Aus den Augenwinkeln sehe ich, dass Rahel kurz das Gesicht verzieht. Sie ist Calebs große Schwester und daher schon viel länger an seiner Seite als ich.

»Lasst uns zur Sache kommen«, unterbricht sie uns, bevor ich etwas antworten kann. Sie klatscht kurz in die Hände. »Ich dachte an einen Jumpsuit.«

Lexies Miene hellt sich augenblicklich auf.

Die nächste halbe Stunde verbringe ich hauptsächlich mit Warten, während Lexie meine Maße nimmt, im Lager verschwindet, Klamotten heranschafft und Rahel herumkommandiert, die immer neue Kleidungsstücke holt. Irgendwann stehen die beiden mit zwei großen, voll beladenen Kleiderstangen vor mir und halten nacheinander verschiedene Outfits hoch, die ich entweder abnicke oder ablehne. Die Klamotten decken eine unglaubliche Bandbreite ab: von edlen, langen Abendkleidern bis hin zu Schlaghosen im Achtzigerjahre-Stil ist so ziemlich alles dabei. Natürlich ist mir klar, dass der Dresscode auf einer Filmpremiere ein anderer ist als auf einer vornehmen Spendengala, trotzdem bin ich nicht ansatzweise mutig genug für einen neongelben Einteiler mit einem Cutout am Bauch, der verdammt viel von meiner Unterbrust freilegen würde.

Danach folgt die Anprobe. Ich muss zugeben, dass ich tatsächlich Spaß habe, auch wenn der Großteil der Kleidung zu extrovertiert für mich ist. Aber Lexie ist nett und lustig, und auch Rahel scheint sich endlich mal zu entspannen. Das Ganze erinnert mich ein bisschen an diese Shoppingszenen in Teenie-Filmen, in denen die Protagonistinnen zusammen mit ihren Freundinnen nach einem Kleid für den Homecoming-Ball suchen.

Es vergeht eine weitere Stunde, bis wir die Auswahl auf zwei mögliche Outfits eingegrenzt haben: ein schwarzes, schulterfreies Abendkleid mit Beinschlitz und einen weinroten, ebenfalls ärmellosen Jumpsuit. Das Oberteil ist wie ein Korsett geschnitten und bringt meine Oberweite verdammt gut zur Geltung. Die Hosenbeine sind weit und berühren gerade so den Boden, wenn ich hohe Schuhe dazu trage.

Ohne zu zögern, deute ich auf den Jumpsuit. »Den finde ich gut.«

Lexie pfeift zufrieden durch die Zähne. »Gute Wahl. Das schwarze Kleid ist zu classy. Die Leute dürfen ruhig sehen, dass du jung bist.«

Rahel nickt zufrieden. »Keine Kette dazu«, sagt sie beinahe gedankenverloren, während sie den Einteiler begutachtet. »Du hast schöne Haut, davon sollten wir nicht ablenken. Große Ohrringe, *wirklich* große Ohrringe und die Haare aus dem Gesicht. Schuhe …?« Auffordernd sieht sie Lexie an.

»Wir nehmen eine knallige Farbe für die Schuhe«, sagt diese nachdenklich, dann dreht sie sich abrupt um und tänzelt zu einem Tisch hinüber, auf dem sich kleine Boxen und Schachteln stapeln. »Oder Silber! Und die Haare würde ich nur vorne zurückstecken. Macht Locken und lasst sie ihr über den Rücken fallen. Wissen wir, was Caleb tragen wird?«

»Er passt sich natürlich seiner Begleitung an«, stellt Rahel ein wenig pikiert klar. Als wäre diese Frage vollkommen lächerlich.

Lexie wirft ihr über die Schulter hinweg einen spöttischen Blick zu. »Die Welt würde in Flammen aufgehen, wenn die Krawatte nicht zu den Schuhen der Lady passt, richtig?«

Grinsend folge ich Lexie, während Rahel die Augen verdreht und ihr Tablet zückt, um wer weiß was zu tun. Als ich näher komme, erkenne ich, dass es sich bei den Schachteln um Schmuckschatullen handelt. *Louis Vuitton*, *Bulgari*, *Buccellati*, *Tiffany* …

»Wow«, murmele ich und strecke die Hand nach einer geöffneten Schachtel aus, ziehe sie aber hastig wieder zurück. Darin liegt eine Kette aus Gold mit einem wunderschönen Anhänger – ein grüner Stein, der von vielen kleinen Goldperlen eingefasst ist und entfernt an ein vierblättriges Kleeblatt erinnert. Die Marke sagt mir nichts, aber allein die Schatulle sieht wertvoll aus.

Lexie, die mein Zögern bemerkt hat, grinst mich an. »Die ist von *Van Cleef & Arpels.*«

Verlegen zucke ich mit den Schultern. »Sagt mir nichts. Aber sie ist wunderschön. Ich liebe den Stein.«

»Ist ein französisches Label. Echtes Gelbgold, der Stein ist ein Malachit. Im Handel bezahlst du für die Kette umgerechnet ungefähr dreieinhalbtausend Dollar. Als Set mit Ohrringen, Armband und so weiter bestimmt an die zwanzigtausend.«

Ich reiße die Augen auf und verschränke vorsichtshalber die Hände hinter dem Rücken. Meiner Vorstellung nach gehört so etwas in eine Vitrine hinter dickes Glas. Dass solch ein Vermögen hier einfach so herumliegt, ist total surreal.

»Warum hast du die hier?«, frage ich beeindruckt. »Hast du die selbst gekauft?«

Lexie lacht. »I wish! Nein, das sind Leihstücke. Die Designer geben mir ein paar Exemplare, mit denen ich Red Carpet Looks vervollständigen kann. Zu manchen gibt es eine Liste mit Promis, denen es erlaubt ist, die Stücke zu tragen.«

Peinlich berührt verziehe ich das Gesicht. »Ich schätze, ich stehe auf keiner dieser Listen, was?«

»Du würdest dich wundern«, sagt sie seufzend. »Du bist aktuell eines der beliebtesten Motive für die New Yorker Presse. Das ist makaber, wenn man bedenkt, *warum* du so gefragt bist, aber es ist nun mal eine Tatsache. Die Designer wissen, dass ihr Schmuck auf jeden Fall fotografiert wird, wenn du ihn trägst.«

»Soll heißen?«

Sie macht eine Geste, die sämtliche Schatullen und Boxen einschließt, die vor uns auf dem Tisch liegen. »Du hast die freie Auswahl.«

Ich blinzle ein paarmal. »Im Ernst?«

Wieder lacht sie. »Im Ernst. Ich habe die infrage kommenden Stücke rausgesucht, bevor ihr gekommen seid.«

Heilige Scheiße. Ich habe kaum Ahnung von Mode, vor allem in diesem Preissegment. Von Schmuck allerdings verstehe ich noch weniger, weil ich selten welchen trage. Wenn diese verhältnismäßig schlichte Kette, die ich mir gerade angeschaut habe, schon zehntausend Dollar kostet, wird mir bei dem Gedanken, so etwas Teures auszusuchen, schon ganz schwindelig.

»Ich will keinen Zehntausend-Dollar-Schmuck tragen«, sage ich leicht überfordert. »Was, wenn ich den kaputt mache?«

»Mach dir keine Gedanken«, wiegelt sie ab. »Ich habe es bis jetzt noch nie erlebt, dass etwas beschädigt wurde. Außerdem brauchen wir für deinen Look lediglich Ohrringe. Und ein paar Ringe vielleicht.«

Energisch hebe ich die Hände. »Ringe kann man verlieren. Ich nehme nur Sachen, die du an mir festbinden kannst.«

Glucksend greift Lexie nach einer dunkelgrünen Schachtel weiter hinten auf dem Tisch. »Du bist lustig«, sagt sie, während sie sie öffnet. »Das habe ich nicht erwartet.«

»Was hast du denn erwartet?«

»Ich weiß nicht genau. Entweder eine stille Maus oder ein lautes Gör. Ich hatte mich noch nicht entschieden.« Unwillkürlich verziehe ich den Mund. Ich habe mich schon oft gefragt, was die Öffentlichkeit wohl von mir hält. Immerhin kennt mich keiner dieser Menschen wirklich. Alles, was sie von mir sehen und hören, stammt aus der Presse oder aus Geschichten, die man sich erzählt. »Gut, dass du keins von beidem bist«, fährt Lexie fort. »Ich kenne Caleb nicht wahnsinnig gut, aber er braucht jemanden auf Augenhöhe.«

»Ach ja?«

»Er hat viel durchgemacht«, sagt sie, ohne mich anzusehen. Sie spricht leiser als zuvor, vielleicht, damit Rahel nicht versteht, über was wir reden. »Und er übernimmt für alles die Verantwortung, ohne sich zu beschweren. Es ist gut, dass er jemanden gefunden hat, der stark genug ist, um ihn zu unterstützen.«

Ich beiße die Zähne zusammen. Ich würde gerne protestieren und ihr erklären, dass ich nicht halb so stark und hilfreich bin, wie sie anscheinend denkt. Dass Caleb in Wahrheit derjenige von uns ist, der mir Halt gibt. Aber ich kenne Lexie bestimmt nicht gut genug, um ihr mein Herz auszuschütten. Ich darf nicht vergessen, dass ich kaum jemandem trauen kann. In dieser Welt begegnet einem das Böse mit einem freundlichen Lächeln und hübschen Worten. Alles, was ich sage, könnte bereits morgen in der Klatschpresse stehen.

Also zeige ich stattdessen auf das Paar Ohrringe, das Lexie in der Hand hält. Sie sind verdammt groß und sehen schwer aus, was mir ein bisschen Sorgen macht. Ansonsten sind sie einfach nur umwerfend und bestehen aus jeweils zwei silbernen Blüten, die aussehen, als wären sie zwischen zwei Buchseiten getrocknet worden. Sie sind so lang, dass sie mir zweifellos bis auf die Schultern reichen werden.

Ich spüre, dass die Aufregung in mir wächst. Wochenlang haben Caleb und ich das Bonham Building aus Angst vor dem Stalker und der Presse kaum verlassen. Und wenn ich ehrlich bin, sehne ich mich tatsächlich nach ein wenig Abwechslung.

CALEB

Zugegeben bin ich ein wenig nervös, als ich die Hand hebe und an Julies Tür klopfe. Keine Ahnung, warum. In den Wochen seit Tonys Tod ist das hier beinahe zur Gewohnheit geworden: Ich fahre hinunter zu meinem alten Apartment, hole Julie ab und wir gehen gemeinsam ins Büro, dann Mittag essen, und die Abende verbringen wir entweder im Penthouse oder in ihrer Wohnung. Wir erinnern mich an ein altes, aufeinander eingespieltes Ehepaar. Was keine gute Sache ist, wenn man bedenkt, wie frisch wir zusammen sind.

Aber jetzt hole ich sie nicht ab, um unsere Stunden im Büro abzusitzen. Jetzt trage ich einen verdammt teuren, verdammt perfekt sitzenden schwarzen Smoking und erwarte, dass Julie mindestens atemberaubend aussieht. Immerhin ist sie auch in Jogginghose und Schlabbershirt verdammt schön. Wenn ich an den Abend der Spendengala zurückdenke, beginnen allein bei der Vorstellung an ein ähnliches Outfit sehr private Bereiche meines Körpers aufgeregt zu prickeln.

Ich höre das Klappern von Absätzen auf dem Marmorboden, und eine Sekunde später öffnet Julie die Tür.

Jep, ich hatte recht. Ihr Anblick raubt mir tatsächlich den Atem.

Fuck. Ich muss mich immer wieder daran erinnern, dass wir offiziell kein Paar sind. Dass wir die Finger voneinander lassen müssen, was mir beschissen schwerfallen wird. Sie trägt eine Art Overall – wobei es dafür vermutlich einen eleganteren Namen gibt –, der ihre Beine verboten lang wirken lässt und einen ziemlich tiefen Ausschnitt aufweist. Ihre Haare sind gelockt und fallen ihr offen über den Rücken und das dunkle Augen-Make-up verleiht ihr etwas … Ich weiß nicht genau, sie sieht geheimnisvoll aus.

»Verdammt«, knurre ich, strecke die Hand nach ihr aus, ohne die Augen von ihr abwenden zu können. »Es ist fast unfair, wie gut du aussiehst.«

Sie wird rot, lächelt mich aber ziemlich zufrieden an. »Gleichfalls.«

Ich übergehe ihre Antwort und halte ihr stattdessen die rote Samtschachtel entgegen, an die ich mich in den letzten Minuten geklammert habe.

Julie sieht mich überrascht an. »Was ist das?«, fragt sie, als sie die Schachtel entgegennimmt.

»Mach auf.«

Nach einem letzten langen Blick in meine Richtung klappt sie den Deckel auf, dann schnappt sie hörbar nach Luft. Ich lehne mich ein Stück nach vorn, um einen Blick auf die Kette werfen zu können, die darin liegt. Sie ist schlicht, aber ganz hübsch – eine filigrane goldene Kette mit einem grünen Malachit-Anhänger, der wie ein Kleeblatt aussieht.

»Caleb«, flüstert Julie. Sie hebt die Hand und fährt mit dem Zeigefinger über den Anhänger, bevor sie mich ansieht. »Das ist die Kette aus Lexies Atelier.«

Ich nicke, zugegebenermaßen ein bisschen stolz auf mich. »Jep. Lexie hat mich angerufen und erzählt, dass sie dir gefallen hat.«

Kurz presst sie die Lippen aufeinander, dann senkt sie den Blick erneut auf das Schmuckstück. »Ich will nicht wissen, wie teuer die war. Lexie meinte, sie wäre nur zum Ausleihen in ihrem Atelier. Es muss ein Vermögen gekostet haben, sie so schnell zu besorgen.«

Beinahe hätte ich geseufzt. Mir war klar, dass sie diesen Punkt anbringen würde. Also beuge ich mich zu ihr hinüber, bis meine Lippen beinahe ihr Ohr berühren. »Du bist jeden einzelnen Penny wert, Jules. Und noch viel mehr.«

Ich sehe ihr an, dass sie eine ganze Menge dazu zu sagen hätte, aber stattdessen drückt sie mir die Schachtel wieder in die Hand.

»Leg sie mir an«, sagt sie beinahe schüchtern und dreht sich um.

Vorsichtig nehme ich die Kette aus der Schachtel. Als ich sie in Julies Nacken schließe, entgeht mir nicht, dass sie erschaudert. Langsam beuge ich mich vor und lege die Lippen wieder leicht an ihr Ohr. »Es wird Folter sein, dich nicht küssen zu dürfen.« Das Geräusch, das sie von sich gibt, klingt ein wenig atemlos. »Ich kann es kaum erwarten, dir diesen Overall wieder auszuziehen. Ganz langsam. Ich werde mir verdammt viel Zeit lassen, Jules.«

»Caleb«, flüstert sie, dreht den Kopf, sodass ihre Lippen nur noch Zentimeter von meinen entfernt sind. Allerdings macht sie keinerlei Anstalten, mich zu küssen. Sie verharrt, zieht den Moment unerträglich in die Länge, während ihr warmer Atem auf mein Gesicht trifft. »Du solltest deine Gedanken in den Griff kriegen«, seufzt sie dann und dreht sich wieder um, wobei sie alles andere als überzeugt aussieht. »Wir sind nur gute Kollegen, schon vergessen?«

Meine Hose sitzt enger als noch vor ein paar Minuten. Am liebsten würde ich diese bescheuerte Filmpremiere sausen lassen und den Rest des Abends mit Julie in meinem Schlafzimmer verbringen. Oder in ihrem. Oder auf dem Küchentresen, unter der Dusche, im Whirlpool … unzählige Möglichkeiten.

Julies Blick wandert an mir herab und bleibt an meiner Leistengegend hängen. Ein kaum erkennbares Grinsen huscht über ihr Gesicht, dann wird es wieder streng. »Reiß dich zusammen!«

»Auf keinen Fall.«

Sie verdreht die Augen und tastet dann nach dem Anhänger. »Danke, Caleb. Sie ist wirklich wunderschön.« Dann greift sie nach einer kleinen silberfarbenen Handtasche. »Wir müssen jetzt los. Estha und Anando warten sicher schon.«

Darauf antworte ich nichts. Es ist total lächerlich, aber es fällt mir tatsächlich schwer, mich zu konzentrieren. Schweigend folge ich ihr zum gläsernen Aufzug, während meine Gedanken auf Wanderschaft gehen. Als die Türen sich vor uns schließen, sieht Julie sich um, wie immer, wenn sie diesen Fahrstuhl betritt. Ich weiß noch, dass sie anfangs Angst vor der Höhe hatte, aber diese Angst scheint vollkommen verschwunden zu sein. Die Faszination ist allerdings geblieben und wird auch nicht weniger – völlig egal, wie oft sie den Aufzug benutzt.

Ich habe keinen Sinn für die spektakuläre Aussicht auf New York. Mein Blick klebt noch immer an Julie. Ich weiß, dass wir, sobald wir dieses Gebäude verlassen, Abstand voneinander halten müssen. Vielleicht ein verstohlener Kuss auf der After-Show-Party, vielleicht eine unauffällige Berührung. Aber mehr nicht.

Ohne sie aus den Augen zu lassen, strecke ich die Hand aus und halte den Fahrstuhl an. Er bleibt mit einem kleinen Ruck stehen, und wir schweben über New York, während Julie sich irritiert zu mir umdreht.

Ich gebe ihr keine Gelegenheit, nachzufragen. Meine Hände vergraben sich in ihrem Haar, sorgsam darauf bedacht, ihre Frisur nicht zu zerstören, und ich ziehe sie zu mir heran. Sie versteht sofort, hebt die Arme und schlingt sie um meinen Hals, stellt sich auf die Zehenspitzen und keucht leise, als unsere Münder sich treffen. Ich verschwende keine Zeit, intensiviere unseren Kuss und presse ihren Körper an meinen. Jeder Millimeter Luft zwischen uns ist zu viel. Ich will sie spüren – alles von ihr.

Als meine Hände ihren Rücken hinabwandern und nach dem Reißverschluss tasten, weicht sie schwer atmend zurück. »Man kann uns sehen, Caleb.«

»Nein«, flüstere ich und bekomme endlich den Verschluss zu fassen. »Der Aufzug ist von außen verspiegelt. Es gibt nur uns beide und New York.«

Ihre Augenlider flattern, und sie legt den Kopf in den Nacken, als ich meine Lippen an ihren Hals presse und mit den Zähnen sanft über ihre Haut fahre. »Das hier muss schneller gehen als sonst, Baby. Ist das okay?«

Sie nickt, ohne dass ein Wort über ihre Lippen kommt, aber das reicht mir als Antwort. Ich öffne ihren Anzug und schiebe das Korsett herunter. Die Tatsache, dass sie keinen BH trägt, bringt mich ein wenig aus dem Konzept und entlockt mir ein leises Knurren. Ein Teil von mir kann einfach nicht glauben, dass ich diese Frau verdient haben soll. Dass ich sie berühren darf, meine Finger über ihre nackte Haut wandern lassen kann …

Wieder weicht sie zurück, aber auf ihren Lippen liegt ein erwartungsvolles Lächeln. Ihre Augen funkeln, ihr Gesicht ist gerötet, als ihre Finger nach dem Knopf meiner Hose tasten, während sie gleichzeitig aus ihrem Einteiler steigt.

Sobald sämtlicher lästiger Stoff aus dem Weg ist, greife ich nach ihrer Taille und ziehe sie an mich. Mit einem Ruck hebe ich sie hoch und presse sie gegen das Glas, bevor sie ihre langen Beine um mich schlingt und mich an sich drückt. Ich atme scharf ein, vergrabe das Gesicht in ihrer Halsbeuge und dringe mit einem einzigen Stoß in sie ein.

Wir keuchen gleichzeitig auf. Ihr Körper durchfährt ein Zittern, das mich beinahe um den Verstand bringt. Schon als ich mich zu bewegen beginne, ist mir klar, dass ich nicht lange durchhalten werde. Julies Körper allein reicht schon aus, um mich an die Schwelle zu treiben, aber die ganze Situation – die Lichter der Stadt um uns herum, das kalte Glas, das sich gegen meine Unterarme drückt, ihr stockender Atem, die Absätze ihrer Schuhe, die sich in meine Haut bohren … all das ist fast zu viel. Noch nie habe ich etwas erlebt, das so intensiv ist. Noch nie habe ich eine Frau erlebt, die mir so sehr unter die Haut geht wie Juliette Penn.

Julie flüstert meinen Namen und krallt ihre Fingernägel in meinen Rücken, als ich sie stürmisch küsse. Ich spüre, wie sie sich um mich herum zusammenzieht, und erhöhe das Tempo, treibe sie über den Gipfel. Meine Bewegungen werden unkontrolliert. Ich will nicht, dass es endet. Ich will sie nicht loslassen. Nicht zulassen, dass wir wieder diesen Abstand zwischen uns bringen müssen.

Aber als sie sanft auf meine Lippen beißt und ihre Beine mich noch enger gegen sie pressen, verliere ich den Kampf. Keuchend drücke ich mich gegen Julie, beiße die Zähne zusammen und werde von den Gefühlen und der Spannung zwischen uns beiden mitgerissen, ohne dass ich mich dagegen wehren kann.

21

JULIE

Als wir in Midtown, Manhattan ankommen und aus der Limousine steigen, streiche ich mir zum gefühlt hundertsten Mal über die Haare. Vielleicht bin ich ein bisschen paranoid, denn irgendwie befürchte ich, man könne meiner Frisur immer noch ansehen, dass Caleb mit den Fingern hindurchgefahren ist. Estha und Anando haben natürlich kein Wort gesagt und waren diskret wie immer, aber ich bin mir verdammt sicher, dass man mir und Caleb sehr genau angemerkt hat, was wir in diesem Aufzug getrieben haben. Was wirklich, wirklich peinlich ist.

»Du siehst toll aus«, sagt Caleb, der an meine Seite tritt, den Knopf an seinem Jackett schließt und mir den Arm anbietet. Er grinst, als ich ihn abschätzend ansehe. »Deine Lippen sind ein bisschen rot.«

»Bei mir könnte man das immerhin als Lippenstift durchgehen lassen, aber was ist deine Ausrede?«

Das Grinsen erlischt, und er reibt sich über den Mund, was die ganze Sache nur noch schlimmer macht. Ich versuche mit aller Macht, ein Lachen zurückzuhalten. Dann atme ich einmal tief durch und sehe mich um.

Wir stehen vor einem Hinter- oder Nebeneingang des MoMA, des *Museum of Modern Art*, in dem die Filmpremiere stattfindet. Ich lebe bereits lange genug in New York, um zu wissen, dass solche Veranstaltungen oft an spektakulären Orten stattfinden, aber ehrlich gesagt wundere ich mich immer wieder, warum man nicht auf die naheliegendste Lösung zurückgreift: ein Kino.

Das MoMA ist ein imposantes, modern designtes Gebäude mitten in Manhattan. Ich kenne es, war selbst bisher aber noch nie drinnen, weshalb ich ein bisschen aufgeregt bin, es endlich einmal von innen zu sehen. Der Nebeneingang ist eher unauffällig, trotzdem gibt es auch vor dieser Tür einen roten Teppich, der links und rechts mit einer breiten silberfarbenen Kordel begrenzt wird. Die Presse hat hier zum Glück keinen Zugang, sodass mir ein paar Minuten bleiben, um durchzuatmen und mich zu sammeln.

Caleb beugt sich zu mir herunter, während Anando ebenfalls aussteigt und sich in einigem Abstand hinter uns positioniert. Selbstverständlich gehen wir nicht ohne Bodyguard zu einer Filmpremiere. Ich kann nur hoffen, dass den Leuten klar ist, dass es sich dabei um eine Vorsichtsmaßnahme wegen des Stalkers handelt, und niemand denkt, wir halten uns für so wichtig, dass wir nicht ohne Personenschutz das Haus verlassen.

»Entspann dich«, murmelt Caleb. Der rauchige Ton in seiner Stimme löst eine Flut von Erinnerungen aus und ich unterdrücke ein Schaudern. »Du wirst sie alle bezaubern.«

»Wir sind nur unbedeutende Gäste, richtig?«, versuche ich mich selbst zu beruhigen. »Niemand wird auf uns achten.«

»So wie du aussiehst?«, fragt er skeptisch. »Keine Chance!«

Mir ist klar, dass er das als Kompliment gemeint hat, und das ist ja auch wirklich süß und so … allerdings überhaupt nicht hilfreich. Trotzdem zwinge ich mir ein selbstsicheres Lächeln aufs Gesicht, während wir hineingehen und eine kleine Lobby betreten, die voll mit Menschen ist. Ich lasse meinen Blick nur kurz über die anderen Gäste schweifen, sehe dann aber hastig weg, weil ich viel zu viele Promis entdecke. *Scheiße.* Auf der Spendengala waren auch wahnsinnig wichtige, wahnsinnig reiche Personen anwesend. Aber ich habe keinen von ihnen erkannt, was es irgendwie leichter gemacht hat. Aber das hier sind Menschen, die ich aus der Presse, aus Filmen, den Nachrichten oder großen Werbekampagnen am Times Square kenne. Das hier verdeutlicht mir viel mehr, welche Welt ich gerade eben betreten habe. In welcher Welt ich bereits seit Monaten lebe.

Meine Nervosität steigt ins Unermessliche, während ich mich an Calebs Arm klammere. Ein junger Mann mit Klemmbrett und Headset kommt uns entgegen, erkundigt sich nach unseren Namen und bittet uns, noch einen Augenblick zu warten, dann wuselt er wieder davon. Überraschend zielsicher lotst Caleb mich ans Ende einer Schlange, die ich erst jetzt als solche erkenne. Während einige der Gäste einfach herumstehen und auf den Einlass zu warten scheinen, haben sich andere zu einer ordentlichen Reihe formiert, die vor einem dunklen Vorhang endet.

»Was ist das?«, frage ich Caleb leise.

»Da hinten geht's auf den Red Carpet.«

Verblüfft ruckt mein Kopf zu ihm hoch. »Madonna muss sich anstellen, um über den roten Teppich zu laufen?«

Er lacht. »Madonna vielleicht nicht unbedingt. Wir schon. Um zu den A-Promis zu gehören, müssen wir wahrscheinlich noch ein bisschen interessanter werden.«

Ich pruste verächtlich. »Nein, danke.«

»Wir könnten uns auch den roten Teppich sparen und mit den anderen direkt in den Vorführsaal gehen. Aber ehrlich gesagt denke ich, dass wir uns kurz blicken lassen sollten.«

Das sehe ich anders, aber ich protestiere nicht. Wenn ein paar gestellte Fotos von uns beiden Freeman und den Rest des

Aufsichtsrats für eine Weile friedlich stimmen, dann soll es mir recht sein. Wieder lasse ich meinen Blick über die Schlange vor uns schweifen. Caleb hat recht, ich entdecke tatsächlich keinen Promi, den ich mit Madonna in eine Liga einordnen würde. Ich denke an Premieren, die ich im Fernsehen gesehen habe, an die Auftritte der großen Stars. Tatsächlich steigen die richtigen Promis in der Regel direkt aus ihren Autos, gehen an den Fans vorbei und posen erst danach für die Reporter. Vermutlich werden sie einfach vorgelassen.

Dennoch bin ich ein klein wenig enttäuscht, wie … unglamourös es hinter den Kulissen abläuft. Natürlich ergibt das absolut Sinn: Auf den roten Teppichen wirkt es immer, als würden die Gäste in regelmäßigen Abständen ankommen und dann ganz geordnet vor die Reporter treten. Dass das nicht ohne versteckte Organisation funktionieren kann, ist eigentlich nur logisch.

Zu meiner Überraschung geht es schnell voran, und ich verbringe die Wartezeit damit, das Geschehen um mich herum zu beobachten. Bonnie wäre begeistert. Sie war immer deutlich interessierter an Klatsch und Tratsch und Promi-Themen. Sobald sie sich erholt hat, muss ich sie zu so einer Veranstaltung mitnehmen. Sie weiß den ganzen Trubel wahrscheinlich deutlich mehr zu schätzen, als ich es tue.

Irgendwann trennt uns nur noch ein Pärchen vom dunklen Vorhang und meine Nervosität legt wieder einen Gang zu. Ich spüre, dass meine Hände feucht werden, und ich unterdrücke den Drang, mir über die Klamotten zu fahren oder mir noch einmal die Haare zu richten. Ich weiß, dass ich gut aussehe. Was vor allem an der Arbeit von Lexie und der Stylistin liegt, zu der Rahel mich noch geschleppt hat. Ich fühle mich selbstbewusster als sonst, trotzdem fürchte ich mich vor den Schlagzeilen, die es nach dieser Veranstaltung regnen wird. Nach Tonys Tod sind wir nicht wieder vor die Presse getreten, sondern haben die Stellungnahmen Mrs Yeon, Rahel und einem Pressesprecher überlassen.

Das hier ist unser erster öffentlicher Auftritt seit der Tragödie, noch dazu ein unangekündigter. Niemand weiß, dass wir heute Abend hier sind, was die Schlagzeile umso brisanter werden lässt. Ich kann nur hoffen, dass der Promiauflauf auf dieser Premiere genug Ablenkung bietet, um die Aufmerksamkeit ein wenig von uns abzulenken. Allerdings ist New York geradezu vollgestopft mit hochkarätigen Prominenten. Eine dramatische Stalkergeschichte inklusive Mord und Cinderella-Story gibt es hingegen nicht an jeder Ecke.

Mein Griff um Calebs Arm wird ein bisschen fester, als das Pärchen vor uns durch den Vorhang tritt und ein zweiter Angestellter mit Klemmbrett, diesmal eine Frau, erneut nach unseren Namen fragt. Sie zückt eine Art kleines Whiteboard und einen Stift, schreibt unsere Namen darauf und reicht es einer Frau in einem grauen Hosenanzug.

»Los geht's«, murmelt Caleb, als die Frau mit dem Klemmbrett uns auffordernd heranwinkt. »Atmen, Julie.«

Ich gehorche, atme einmal tief durch und lasse mich von Caleb durch den Vorhang führen, der von einem jungen Mann im Anzug aufgehalten wird.

Der Kontrast zwischen der verhältnismäßig ruhigen Lobby zu dem, was uns dahinter erwartet, ist überwältigend. Es ist, als würde man eine andere Welt betreten. Als wäre der unscheinbare Vorhang ein Portal aus meiner schlichten Realität in das schillernde Blitzlichtgewitter der New Yorker High Society.

Wir stehen auf dem richtigen roten Teppich, wenn auch noch nicht vor dem Backdrop, vor dem die Reporter sich in einer großen Meute versammelt haben, Fotos schießen und Fragen brüllen. Jetzt entdecke ich auch die Frau in dem grauen

Hosenanzug wieder, die ein bisschen abseits im Hintergrund steht und der Presse per Whiteboard stumm mitteilt, um wen es sich bei den Menschen handelt, von denen sie gerade Fotos machen. Ich muss grinsen. Wieder ergibt das Sinn, trotzdem wirkt das Ganze von meiner Position aus betrachtet plötzlich deutlich bodenständiger, als es im Fernsehen und auf Social Media aussieht.

Als das Pärchen vor uns sich in Bewegung setzt und den Platz vor dem Backdrop räumt, legt Caleb eine Hand auf meine und gemeinsam treten wir ins Scheinwerferlicht. Im wahrsten Sinne des Wortes. Auf einmal blenden mich die Lichter und die Reportermeute ist kaum noch zu erkennen. Die Blitze der Kameras scheinen die komplette Umgebung in ein unangenehmes Stroboskoplicht zu tauchen. Ich zwinge mich, die Augen offen zu halten, und kämpfe gegen den Drang an, die Hand zu heben und meine Augen abzuschirmen. Es dauert ein paar Sekunden, als würden die Reporter einen Moment brauchen, um zu realisieren, wer wir sind. Vielleicht findet die Dame im Hosenanzug auch einfach nicht auf Anhieb das richtige Schild. Doch sobald der Groschen gefallen ist, stürmen die Fragen auf uns ein, und das Klicken der Kameras schwillt zu einer ohrenbetäubenden Welle an.

Ich ignoriere die Fragen, genau wie Rahel es mir erklärt hat. Nach den Fotos haben wir Gelegenheit, Interviews zu geben, sollten wir das wollen. Hier und jetzt muss ich einfach nur gut aussehen. Ehrlich gesagt habe ich, während meine Haare gestylt wurden und auch vorhin im Auto, auf Instagram und Pinterest nach Posen gesucht, die ich nachmachen kann. Ich hasse Fotos von mir selbst, weshalb ich nie wirklich weiß, was ich mit meinen Händen machen soll. Zu meiner Rettung besitzt dieser Jumpsuit Taschen, also stelle ich mich einfach gerade hin, die Füße ein wenig auseinander, Schultern zurück und eine Hand in die Tasche. Caleb stellt sich neben mich und legt mir locker einen Arm um die Taille – eine unschuldige Pose, auch wenn seine Berührung meinen Puls unnötig in die Höhe treibt. Und dann gucke ich einfach geradeaus, ohne irgendetwas direkt zu fixieren. Die Chancen stehen fünfzig zu fünfzig, dass ich entweder total gestört oder ganz passabel aussehe.

Die Zeit, in der wir herumstehen und uns fotografieren lassen, erscheint mir endlos. Nicht ganz so schlimm wie das erste Mal auf der Spendengala, aber ganz sicher wird das hier nicht meine Lieblingsbeschäftigung. Nach einer Weile brennen meine Augen von den Lichtern und Blitzen, mir ist heiß von der Wärme der Scheinwerfer und meine Mundwinkel beginnen zu verkrampfen. Jeder Gesichtsausdruck erscheint mir auf einmal furchtbar unnatürlich – wie eine Grimasse und als hätte mein Gehirn plötzlich vergessen, wie man lächelt.

Irgendwann, nach einer gefühlten Ewigkeit, gehen wir weiter zu dem Abschnitt, an dem Interviews gegeben werden. Anders als vor dem Backdrop stehen hier noch andere Gäste der Premiere, unterhalten sich mit Reportern und teilweise auch miteinander. Ich erkenne Gesichter aus der Klatschpresse, aus Kinofilmen und Musiker, deren Musik ich sogar höre. Das ist der reine Wahnsinn! Ich bilde mir nicht ein, dass auch nur einer dieser Menschen meinen Namen kennt, trotzdem kann ich kaum fassen, dass wir Gäste auf derselben Veranstaltung sein sollen.

Caleb lehnt sich zu mir herüber. »Wir beantworten ein paar Fragen.«

»Okay«, sage ich leise und nicke nervös. »Zusammen oder soll ich hier warten?«

»Du bist ein großes Mädchen«, antwortet er mit einem verhaltenen Lächeln. »Ich glaube, du hast bewiesen, dass du keinen Babysitter mehr brauchst. Mach, was du willst.«

Überrascht sehe ich ihn an. Ich erinnere mich noch ziemlich gut an die letzten Anweisungen, die ich vor der Pressekonferenz bekommen habe: lächeln, nicken und am besten die Klappe halten. Dass Caleb mir inzwischen offensichtlich mehr vertraut, bedeutet mir viel. Also bleibe ich an seiner Seite und wappne mich innerlich, als er mit einem freundlichen Lächeln auf die erste Reporterin zugeht.

Es dauert ein paar Sekunden, bis ich die Worte der Frau verstehen kann, die Caleb ein Mikro entgegenhält. Was vor allem daran liegt, dass uns von allen Seiten Fragen zugerufen werden und allgemein eine unfassbare Lautstärke herrscht.

»Angela White von *The Daily Blog*«, ruft sie und sieht erst Caleb, dann mich an. »Wie geht es Ihnen?«

Caleb strahlt förmlich. Würde ich ihn nicht kennen, würde ich nicht bemerken, dass dieses Lächeln vor allem eines ist: eine Fassade.

»Angemessen gut, würde ich sagen«, antwortet er und sieht mich kurz an, als würde er mich in seine Aussage mit einschließen. »Wir genießen den Abend.«

»Und wir erst, Mr Bonham«, sagt sie und lacht. »Die Leute haben sich bereits gefragt, wann Sie und Miss Penn wieder öffentlich auftreten werden. Warum haben Sie sich ausgerechnet für diesen Anlass entschieden, um Ihrer Isolation ein Ende zu setzen?«

»Ich würde es nicht als geplanten Entschluss bezeichnen. Heute Abend hat es sich richtig angefühlt, und wir freuen uns über die Ablenkung.«

»Und was gäbe es für eine bessere Ablenkung als einen guten Film?«

Caleb grinst. »Absolut.«

Die Reporterin wendet sich an mich. »Sie sehen fantastisch aus, Miss Penn.«

»Vielen Dank«, sage ich lächelnd und deute auf die Frau. »Sie ebenfalls.«

Sie lacht, und ich meine, dass ihre Haut sich ein klein wenig rot färbt. »Ist es das erste Mal, dass Sie von einem Designer ausgestattet wurden?«

»Ja, das ist es tatsächlich. Ich bin ein wenig überwältigt von all der Aufmerksamkeit, aber an diese Outfits könnte ich mich gewöhnen. Lexie Clark ist eine großartige Künstlerin.«

»Ist es Ihnen ein Anliegen, unbekannte Designer zu supporten?«

»Äh.« Ein wenig hilflos sehe ich Caleb an. Ich könnte eiskalt lügen und mich als modebewusste Wohltäterin hinstellen oder die Wahrheit sagen und zugeben, dass ich absolut keine Ahnung von der Modebranche habe.

»Miss Clark ist eine gute Freundin«, springt Caleb ein und legt wieder einen Arm locker um meine Taille. »Sie hat großartige Arbeit geleistet, wie ich finde.«

»Da stimme ich Ihnen zu.« Die Reporterin lächelt uns freundlich an. »Vielen Dank. Ich wünsche Ihnen noch einen schönen Abend.«

»Ich danke Ihnen«, antwortet Caleb und zieht mich dann weiter.

Ein wenig erleichtert atme ich aus. Das war weniger schlimm als erwartet. Gut möglich, dass ich die Reporter, die vor meinem Haus kampiert haben oder mich mehr oder weniger auf offener Straße überfallen, nicht mit denen vergleichen kann, die hier am roten Teppich auf ihre Interviews warten. Denn ich könnte mir gut vorstellen, dass man eine Einladung benötigt, um hier in der ersten Reihe zu stehen. Die Veranstalter wollen vermutlich kein Risiko eingehen, einen Haufen aufgebrachter Gäste beruhigen zu müssen, weil die Reporter sich im Ton vergriffen haben.

Auch die nächsten drei Interviews laufen vergleichsweise unspektakulär ab. Wir werden nach dem Film gefragt, ein paarmal nach unseren Outfits, nach unserer Abendgestaltung und ob wir auf die Aftershow-Party gehen werden. Niemand spricht den Stalker an, und wenn jemand Tony oder die Ereignisse der letzten Wochen erwähnt, dann eher beiläufig. Je mehr Zeit vergeht, desto mehr merke ich, wie ich mich entspanne. Ein großer Teil der Nervosität fällt von mir ab, und ich lächle ein wenig freier, während ich die Fragen beantworte.

Irgendwann verabschieden wir uns von dem letzten Reporter und winken danach nur noch höflich, während ich mich bei Caleb einhake und er mich durch den Haupteingang ins Museum führt. Sobald wir die Pressemeute und den roten Teppich hinter uns lassen, fühle ich mich, als würde ein gewaltiger Stein von meinem Herzen fallen.

»Das lief doch gut«, sage ich und richte mein Korsett ein wenig. »Wir waren richtig souverän.«

»Das glaube ich auch«, meint er grinsend. »Du wirst noch zum Profi.«

Garantiert nicht. Trotzdem muss ich zugeben, dass diese Aufregung und der regelrechte Adrenalinkick irgendwie verlockend sind. Ich fühle mich, als wäre ich betrunken. Die Fotografen, die uns seit Wochen auf der Straße verfolgen, sollten sich von diesen Reportern eine Scheibe abschneiden. Wären sie genauso höflich und respektvoll, würden sie deutlich mehr Interviews bekommen, da bin ich mir sicher.

Als wir den Eingangsbereich des MoMA betreten, sehe ich mich neugierig um. Bei einer Filmpremiere denke ich an pompöse, historische Kinos oder Theater, mit dicken roten Teppichen, Stuck an den Wänden und schweren Vorhängen. Das hier ist das genaue Gegenteil. Der Boden besteht aus dunkelgrauem Granit, die Decken sind hoch und öffnen sich zu einer

Art abstrakten Galerie bis zum Dach. Die weißen Wände bilden eine gigantische Leinwand für die Gemälde, die in unregelmäßigen Abständen ausgestellt sind. Ich würde einiges dafür geben, ein bisschen Zeit zu haben, um mir alles anzusehen.

Aktuell ist das Museum allerdings nur noch schwer als solches zu erkennen. Überall stehen Gäste in schicken Abendkleidern, Kostümen und maßgeschneiderten Anzügen herum – einzeln, paarweise oder in kleinen Gruppen. Zwischen den Menschen bewegen sich Kellner mit vollbeladenen Tabletts, auf denen sich Champagnergläser drängen, und über allem schwebt leise Musik, die ich jedoch wegen des ganzen Stimmengewirrs kaum ausmachen kann. Weiter hinten erstreckt sich ein erleuchteter Flur, durch den man vermutlich in den Vorführraum gelangt.

Ehrlich gesagt bin ich auf diesen Teil der Veranstaltung am wenigsten scharf, was ein bisschen paradox ist, weil es ja im Grunde genau darum geht. Allerdings handelt es sich bei dem Film um eine klassische Romcom, und das ist eigentlich gar nicht mein Ding. Aber immerhin kann ich die knapp zwei Stunden als Atempause nutzen, in der ich weder lächeln noch Fragen beantworten oder Small Talk halten muss.

Zu meiner Erleichterung bleibt Caleb die ganze Zeit über an meiner Seite, und wir halten uns ein wenig abseits, während wir auf die offizielle Vorführung des Films warten. Ein paarmal kommt Bewegung und Aufregung in die Menge, als die Darsteller des Films eintreffen. Als wir gebeten werden, allmählich unsere Plätze einzunehmen, folge ich Caleb in das Theater, das wie erwartet riesig und modern ist.

»Gibt's hier eigentlich auch Popcorn?«, frage ich leise, nachdem wir uns zwei freie Plätze weiter hinten gesucht und uns hingesetzt haben.

Er beißt sich auf die Lippen, um nicht zu lachen. »Ich denke eher nicht. Wobei ich mal bei einer Premiere war, auf der es ein Popcorn-Büfett gab, mit total wilden Geschmacksrichtungen. Das war super.«

»Welche Sorten?«

»Erdbeere, Karamell und so, die waren gut«, flüstert er stirnrunzelnd. »Aber es gab auch Lakritze oder Pfeffer. Das war eher schwierig.«

Kichernd rutsche ich ein bisschen auf meinem Platz herum. Dieser Jumpsuit wird für immer zu meinen Lieblingsoutfits gehören, er ist allerdings eindeutig entworfen worden, um darin im Stehen gut auszusehen. Im Sitzen hingegen schneidet er an ganz unangenehmen Stellen ein. Stellen, die ohnehin noch ein wenig empfindlich sind von unserer Nummer im Aufzug vorhin.

Der Film ist wie erwartet nicht so richtig nach meinem Geschmack, trotzdem bin ich sehr beeindruckt von der Inszenierung und der ganzen Stimmung, die im Saal herrscht. Ich kenne Kinofilme ruhig und unspektakulär, aber das ist kein Vergleich zu dem hier. Es wird geklatscht, laut gelacht und teilweise sogar gejubelt. Ich fühle mich, als würde ich einer Live-Vorstellung zusehen, obwohl der Film natürlich ganz normal auf einer Leinwand gezeigt wird. Alles in allem ist es deutlich cooler und spannender, als ich es mir vorgestellt habe.

Nach dem Film zerstreuen sich die Gäste wieder. Einige verlassen die Veranstaltung, andere machen sich auf den Weg zur Party, die ebenfalls im MoMA stattfindet. Ich halte kurz nach Anando Ausschau, der vor dem Theater gewartet hat, aber gleich wieder an unserer Seite ist, als wir den Saal verlassen. Um ehrlich zu sein, halte ich diese Beschattung für total übertrieben. Es ist eine Sache, jemanden in einer vergleichsweise unbelebten Seitengasse zu überfahren oder in eine Wohnung einzubrechen. Eine ganz andere jedoch, an der Security auf dieser Veranstaltung vorbeizukommen und mich oder Caleb anzugreifen, während wir von der Presse und unzähligen Leuten umringt sind. Das wäre höchstwahrscheinlich selbst für den Stalker eine zu große Hürde. Wobei ich schon viel zu oft den Fehler gemacht habe, den Typen zu unterschätzen.

22

Seite an Seite betreten Caleb und ich den Saal, in dem die After-Show-Party stattfindet. Ich bin ein bisschen überwältigt von den ganzen Eindrücken. Der Raum ist ähnlich elegant minimalistisch gestaltet wie der Rest des Museums, den ich bereits gesehen habe: dunkler Boden, hohe weiße Wände und eine offene freie Fläche in der Mitte, die von einem großen Deckenfenster gekrönt ist. Es ist dunkler als vorher, weil es keine Deckenbeleuchtung gibt. Stattdessen wurden überall einzelne Scheinwerfer platziert, die violettes, blaues und gelbes Licht durch den Raum werfen. Es sieht beinahe surreal aus. In der hinteren Ecke entdecke ich eine Empore, auf der ein DJ-Pult aufgebaut ist, es gibt eine Bar, die schätzungsweise sieben Meter lang ist, und überall im Saal stehen runde Tische, auf denen Lampen thronen, die wie kleine Bäume aussehen. Es ist völlig offensichtlich, dass wir uns in einem Kunstmuseum befinden, und ich bin mir verdammt sicher, dass die Eventplaner dieses Abends dafür sorgen wollten, dass kein Gast genau diesen Umstand auch nur eine Sekunde lang vergisst.

»Das ist wie in einem Fiebertraum«, sagt Caleb, während wir uns einen Weg durch den Raum bahnen.

Ich lache leise. »Ja, irgendwie schon. Würde vielleicht eher zu einem Science-Fiction-Film passen. Oder zu *James Bond.*«

»Stimmt.« Er drückt meine Hand und lässt mich dann los. »Ich organisiere uns mal etwas zu trinken und suche das Büfett.

Willst du mitkommen oder hier auf mich warten? Du kannst dich auch ein bisschen umsehen, wenn du willst.«

Jetzt beginnt offenbar der Teil des Abends, vor dem ich mich gefürchtet habe. Das Herumlaufen und Smalltalken. Darin bin ich wahnsinnig schlecht. Nicht, dass ich Menschen nicht mag oder keine neuen Leute kennenlernen will. Es ist eher so, dass ich keine Ahnung habe, wie ich mich in Gegenwart von fremden Menschen verhalten soll. Ich weiß nicht, was ich sagen, wie ich jemanden ansprechen oder mich zu einer Gruppe gesellen soll. Ich fühle mich wahnsinnig unsicher, hinterfrage jedes meiner Worte und habe aus irgendeinem Grund den Eindruck, als seien alle anderen deutlich lockerer und cooler als ich.

Aber das will ich vor Caleb nicht zugeben. Es ist absolut offensichtlich, dass es ihm nicht ansatzweise ähnlich geht. Er hat gelernt, sich in diesen Kreisen zu bewegen, charmant zu sein und jedes Gespräch zu übernehmen, an dem er sich beteiligt. Ich will nicht an seinem Arm hängen und ihm den Eindruck vermitteln, auf mich aufpassen zu müssen.

Also lächle ich tapfer und mache eine Handbewegung Richtung Bar. »Geh ruhig. Ich laufe ein bisschen rum.«

Er sieht mich zweifelnd an, als hätte mir jeder einzelne Gedanke auf der Stirn gestanden. »Sicher?«

»Ich schaffe das schon, Caleb.«

Sein Grinsen ist so einnehmend, dass mir einen Moment lang der Atem stockt. Manchmal vergesse ich, wie Caleb auf andere Menschen wirken muss. Er sieht nicht nur verdammt gut aus, er sorgt auch dafür, dass man sich in seiner Nähe wohlfühlt ... wenn er das möchte. Als wir uns kennengelernt haben, hat er es ohne Zweifel auf das Gegenteil angelegt. Seine charmante Seite habe ich erst deutlich später zu sehen bekommen. Er zwinkert mir zu, dann dreht er sich um und verschwindet in der Menge aus Abendkleidern und Smokings. Kurz versichere ich mich, dass Anando immer noch da ist. Natürlich. Wahrscheinlich hat Caleb ihn angewiesen, in meiner Nähe zu bleiben.

Ein wenig unschlüssig lasse ich meinen Blick durch den Saal schweifen. Ich spiele sekundenlang mit dem Gedanken, mir ein paar Selfies zu sichern, verwerfe ihn aber sofort wieder. Ich bin mir nicht sicher, ob das die passende Umgebung ist, um auf Autogrammjagd zu gehen. Trotzdem hole ich mein Handy aus meiner Clutch und mache ein paar Fotos. Wenn meine Zeit bei *Bonham* vorbei ist, brauche ich wahrscheinlich Beweise dafür, dass das alles wirklich passiert ist.

Ich halte einen Kellner an und greife nach einem Glas Champagner. Als ich einen Schluck nehme, zwinge ich mich dazu, nicht das Gesicht zu verziehen. Ich hasse den Geschmack noch immer, aber mir ist jedes Mittel recht, um meine Nerven zu beruhigen und meinen Händen eine Beschäftigung zu geben. Dann bahne ich mir einen Weg durch die Menge zum Rand des Saals, um dem Gedränge ein wenig zu entkommen. Unter anderen Umständen würde ich mir die Gemälde an den Wänden anschauen, aber irgendwie käme mir das komisch vor.

Ob es wohl erlaubt ist, den Saal zu verlassen? Ich könnte mich kurz bei Caleb entschuldigen und eine Runde durchs Museum drehen. Die Gelegenheit, sich außerhalb der Öffnungszeiten umzusehen, bekomme ich zweifellos nicht so bald wieder. Sollte ich allerdings erwischt werden, würde das wohl eher nicht dem Plan entsprechen, so wenig wie möglich aufzufallen.

»Hier bist du«, reißt Caleb mich aus meinen Überlegungen. Ich habe ihn nicht bemerkt, aber jetzt taucht er an meiner Seite auf und hält mir ein Glas mit einer bernsteinfarbenen Flüssigkeit hin.

Skeptisch beäuge ich den Inhalt. »Was ist das?«

»Whiskey mit Apfelsaft.« Als ich das Gesicht verziehe, grinst er. »Probier einfach. Ist nicht so widerlich, wie es klingt.«

Das wage ich zu bezweifeln, trotzdem reiche ich Anando mein Champagnerglas – ich bin nicht gerade wild auf ein Foto von mir, auf dem ich in jeder Hand ein alkoholisches Getränk halte – und nehme einen kleinen Schluck von dem Gebräu, das Caleb mir hinhält. Und bin überrascht, dass es tatsächlich nicht ansatzweise so furchtbar ist, wie ich erwartet habe. Man schmeckt den Apfel und einen Hauch Zimt – eine Mischung, die mich an Weihnachten erinnert. Aber die Kombination nimmt dem Whiskey die Schärfe und schmeckt allemal besser als der Champagner.

»Du hast recht, das ist ganz okay.«

»Cloudy Apple«, sagt Caleb, der Name des Cocktails vermutlich, und zwinkert mir zu. »Gern geschehen.«

Ich werfe ihm eine Kusshand zu und lache, als er den Luftkuss auffängt und wahnsinnig kitschig in seiner Brusttasche verstaut. Dann sieht er sich um. »Bist du geflohen?«

Nickend folge ich seinem Blick. »Ich fühl mich ein bisschen fehl am Platz.«

»Ich habe von der Bar aus einige Bekannte gesehen«, meint er. »Wenn du willst, stelle ich dich ein paar Leuten vor.«

»Klar«, antworte ich mit einem tapferen Grinsen. Ich erinnere mich noch gut an das letzte Mal, als ich Freunde von Caleb kennengelernt habe. Damals, als ich wegen der ersten Fotos in der Umkleidekabine zu ihm ins Strandhaus in die Hamptons geflohen bin. Die Jungs wirkten wirklich nett, bis Sander mir am nächsten Tag gedroht hat, dass ich es bereuen würde, falls ich falsche Spielchen mit Caleb treiben sollte.

Trotzdem folge ich Caleb durch die Menge und halte mich dabei an meinem Glas fest. Im Zweifelsfall kann ich immer noch neben ihm stehen, lächeln und einfach ihren Gesprächen zuhören. Das ist auf jeden Fall besser, als weiter herumzustehen. Und immerhin besteht die Chance, dass ich tatsächlich Spaß habe.

»Caleb!«, ruft eine helle Frauenstimme, nachdem wir uns an einer größeren Gruppe vorbeigequetscht haben.

Ich entdecke eine hochgewachsene Frau an einem der Stehtische. Sie winkt uns entgegen und wirkt auf den ersten Blick ganz freundlich. Sie trägt ein ziemlich beeindruckendes Kleid, das aus unzähligen Lagen mintgrünem Tüll besteht. Obwohl sie darin aussieht, als würde sie in einem Marshmallow stecken, kommt ihre kurvige Figur verdammt gut zur Geltung. Ich versuche, mich davon nicht einschüchtern zu lassen, schaffe es aber nicht so richtig. Auf einmal komme ich mir in meinem schlichten Jumpsuit ein wenig unscheinbar vor.

»Lena«, sagt Caleb beim Näherkommen und umarmt die Frau so herzlich, als würden sie sich schon ein halbes Leben lang kennen. Sie scheint ein paar Jahre älter zu sein als er, und ich frage mich unwillkürlich, ob die beiden möglicherweise eine gemeinsame Geschichte haben, die mir nicht sonderlich gefallen würde. Eine total lächerliche Reaktion, trotzdem drängen sich diese Gedanken in mein Bewusstsein, ohne dass ich sie abschütteln kann.

Als sie sich wieder voneinander lösen, dreht Caleb sich zu mir um, legt eine Hand auf meinen Rücken und zieht mich sanft neben sich. »Lena, das ist Julie. Julie, Lena ist Sanders Freundin.«

Erleichtert atme ich aus, als ich die Hand ausstrecke und ihre schüttele. »Freut mich, dich kennenzulernen.«

»Oh, so förmlich«, lacht Lena, sieht mich aber freundlich an. »Ich sage Caleb ständig, dass er dringend den Stock aus seinem Arsch ziehen muss, und ich fände es wirklich tragisch, wenn du das gleiche Problem hättest wie er. Er ist immer so verspannt.«

»Das stimmt.« Ich grinse breit. »Keine Sorge, die Gehirnwäsche hat noch nicht funktioniert.«

»Noch nicht«, murmelt Caleb, während seine Hand auf meinem Rücken ein paar Zentimeter tiefer rutscht.

»Lexie hat mir schon erzählt, dass ihr beiden heute hier sein werdet«, redet Lena weiter und wirft einen anerkennenden Blick auf mein Outfit. »Du siehst umwerfend aus, by the way. Sie hat mich ebenfalls eingekleidet.«

Dass dieses Bonbon-Kleid und mein cleaner Einteiler beide von derselben Designerin stammen, ist ziemlich beeindruckend. »Ja, sie ist toll«, bestätige ich und sehe mich um. »Ist sie auch hier?«

»Nein, sie arbeitet.« Lena wirft Caleb einen strafenden Blick zu. »Genau wie Sander. Hättest du uns rechtzeitig Bescheid gegeben, dass ihr plant hierherzukommen, hätte er sich bestimmt freigenommen.«

Caleb sieht ein wenig schuldbewusst aus, grinst aber. »Es war eine spontane Entscheidung. Aber Julie erwartet sicher, dass ich mich heute Abend benehme. Deshalb ist es vielleicht nicht schlecht, dass Sander nicht da ist.«

Dazu sage ich lieber nichts. Das hier ist ganz bestimmt nicht der richtige Zeitpunkt, um meine Meinung von Sander zu äußern.

Bevor Lena antworten kann, tritt eine zweite Frau zwischen sie und Caleb und strahlt so breit, dass es beinahe unwirklich aussieht. Auch sie ist groß, trägt ein umwerfendes schwarzes Kleid und ist natürlich wunderschön. Allerdings entgeht mir nicht, dass Lenas Lächeln ein ganz klein wenig verrutscht, als sie sie bemerkt.

»Warum wusste ich nicht, dass du hier sein wirst?«, fragt sie, eindeutig an Caleb gewandt, und zwinkert ein paarmal. »Du hättest anrufen können!«

Caleb lächelt unverfänglich. »Hat sich so ergeben.« Dann tritt er einen Schritt zurück, um nicht mehr zwischen mir und der Frau zu stehen. »Julie, das ist Addison. Ihr Vater und Sylvia waren befreundet. Addison, du hast sicher von Julie gehört.«

Beinahe hätte ich die Stirn gerunzelt, reiße mich aber zusammen. Irgendetwas an Calebs Tonfall klingt seltsam. Als würde eine versteckte Bedeutung in seinen Worten mitschwingen, die nicht für mich bestimmt ist.

Die Frau lächelt unbeirrt weiter, allerdings sieht sie nicht mehr ganz so überschwänglich begeistert aus wie noch vor ein paar Sekunden. »Natürlich! Wie schön, dass wir uns endlich einmal persönlich kennenlernen, Julie. Ich habe so viel von dir gehört!«

Ich sollte ihr vermutlich nicht verraten, dass mir ihr Name nicht das Geringste sagt. »Freut mich auch«, erwidere ich deswegen nur. Ich bemerke, dass Lena sich auf die Lippen beißt, als müsse sie ein Grinsen unterdrücken.

»Mein Großvater saß im Vorstand von *Bonham*«, erzählt Addison. »Ich kenne das Unternehmen also vermutlich schon länger als du.«

»Das ist nicht schwer«, erwidere ich unbeirrt lächelnd. »Ich könnte mir vorstellen, der Großteil der Anwesenden hier kennt das Unternehmen länger als ich.«

»Julie hatte einen etwas ungewöhnlichen Einstieg in den Familienbetrieb«, wirft Caleb ein und zwinkert, als ich ihm einen scharfen Blick zuwerfe.

»Ja, davon habe ich gelesen.« Addison zieht einen Schmollmund. »Wirklich unfassbar. Ich hatte keine Ahnung, dass Sylvia ein solch großes Geheimnis hat.«

Ich würde sie gerne fragen, warum sie glaubt, Sylvia hätte ausgerechnet mit ihr darüber sprechen sollen, wenn nicht einmal Caleb von meiner Existenz wusste. Aber ich halte mich zurück. Ich kenne diese Addison nicht und habe keine Ahnung, wer ihr Vater ist oder in welchem Verhältnis er zu meiner leiblichen Mutter stand. Gut möglich, dass sie total dicke waren.

»Wie kommst du klar in dem Haifischbecken?«, fragt Lena und wechselt damit zu meiner Erleichterung das Thema. »Passt Caleb gut auf dich auf?«

»Julie braucht niemanden, der auf sie aufpasst«, schnaubt er. »Glaub mir.«

»Du weißt, wie ich das meine.« Lena rollt mit den Augen. »Ich war in einer ähnlichen Situation. Für jemanden, der von außen diese Welt betritt, kann es ziemlich überwältigend sein.«

»Echt?«, hake ich nach.

Sie nickt. »Ich komme gebürtig aus Deutschland und wollte im *WEST* ein Praktikum machen. Als ich Sander kennengelernt habe, wusste ich nicht, dass er der Sohn des Besitzers ist. Dann habe ich mich in ihn verliebt, die ganze Sache ist rausgekommen, ich wurde gefeuert … Es war ein ziemliches Chaos.«

»Das kann ich mir vorstellen«, sage ich und schaffe es nicht so richtig, meine Überraschung zu verbergen. Nicht, dass irgendetwas falsch daran ist, wenn der Hotelerbe sich in die Praktikantin verliebt, aber tatsächlich hatte ich Sander für zu arrogant gehalten, um sich auf solch eine Beziehung einzulassen. Auf der anderen Seite hat Sander selbst einmal erzählt, dass er aus dem Geschäft seines Vaters ausgestiegen ist. Vielleicht ist Lena einer der Gründe für diese Entscheidung gewesen.

»Es muss schwer sein, von außen in unsere Kreise reinzukommen«, seufzt Addison dramatisch, als hätten wir gerade ihren Welpen überfahren. »Ich kann mir gar nicht vorstellen, wie ausgeschlossen man sich da fühlen muss. Nicht wahr, Caleb?«

»Ich finde, Lena und Julie kriegen das ganz gut hin.«

Wieder bemerke ich, dass Lena grinst. Ich fühle mich mit jeder Sekunde unwohler, aber sie scheint ihren Spaß zu haben.

»Natürlich!«, bestätigt Addison schnell. »Ich will damit nur sagen, dass es für uns einfacher war. Wann wirst du denn wieder ans College gehen, Julie? Wie man liest, ist dein Posten bei *Bonham Industries* ja nur ein Mittel zum Zweck.«

»Und welchen Zweck versuche ich damit zu erreichen?«, frage ich und kann nicht verhindern, dass meine Stimme einen schneidenden Unterton bekommt. »Was liest man denn so darüber?«

Addison macht große Augen. Mit Sicherheit ein Versuch, unschuldig auszusehen. »Deinen Anteil des Erbes zu erhalten. Bin ich etwa falsch informiert?« Bei der Frage wendet sie sich demonstrativ an Caleb, was mich noch mehr ärgert. Diese Frau geht mir auf die Nerven.

»Es ist noch etwas zu früh, die genauen Pläne mit der breiten Öffentlichkeit zu teilen«, antwortet Caleb glatt und mit einem nachsichtigen Lächeln. »Die Presse schreibt viel, wenn es nichts anderes zu berichten gibt. Das solltest du doch wohl wissen, Addison.«

Addison wird ein klein wenig rot. Offensichtlich habe ich die Anspielung nicht verstanden.

»Aber ich bin doch nicht die breite Öffentlichkeit!«, ruft sie lachend. Falls Calebs Kommentar sie aus der Fassung gebracht hat, hat sie sich schnell wieder im Griff. »Komm schon, Caleb. Nach allem, was wir zusammen erlebt haben …«

Meine Güte. Sie legt es aber wirklich drauf an. Ich würde ziemlich viel dafür geben, Calebs Hand nehmen oder mich an ihn schmiegen zu können. Ich bin eigentlich kein Fan von solchen Spielchen, aber ich würde dieser Addison mit Vergnügen das falsche Lächeln aus dem Gesicht wischen.

»Ach«, säusele ich in gespieltem Interesse und sehe zuerst sie und dann Caleb an. »Das klingt nach einer Geschichte, die es zu erzählen gilt. Caleb hat es bislang versäumt, dich zu erwähnen, befürchte ich.«

Aus Lenas Richtung ertönt ein Husten, aber ich konzentriere mich weiter auf Addison, deren Augen sich jetzt kaum merklich verengen.

CALEB

Oookay. Überrascht sehe ich Julie an, die den Blick jedoch fest auf Addison gerichtet hält. Ich habe Julie bislang nicht für den eifersüchtigen Typ Frau gehalten. Wobei ich das Gefühl habe, dass es bei diesem kleinen Schlagabtausch eher zweitrangig um mich geht und in erster Linie darum, Addison in ihre Schranken zu weisen.

Um ganz ehrlich zu sein, bin ich nicht sonderlich scharf darauf, zwischen die Fronten zu geraten. Natürlich bin ich auf Julies Seite, aber es ist nun mal Fakt, dass ich Addison schon seit Jahren kenne. Und es gab ein paar Gelegenheiten, bei denen wir uns *sehr gut* kennengelernt haben. Ich weiß, dass sie in der Regel bekommt, was sie will, und andere nach ihrer Pfeife tanzen lässt. So wurde sie erzogen, so hat die Welt um sie herum sie geformt. Addison ist ein wahnsinnig anstrengender Mensch, aber es hat eine Zeit gegeben, in der ich genau dieses unerschütterliche Selbstbewusstsein anziehend gefunden habe. Dabei war es mir egal, ob sie für die Durchsetzung ihres Willens auch gelegentlich über Leichen geht. Dass sie dazu noch unglaublich gut aussieht, war lediglich die Kirsche auf der Sahne.

Jetzt kommen mir all diese vermeintlichen Vorzüge eher arrogant, lächerlich und unbedeutend vor. Was vielleicht daran liegt, dass Julie als direkter Vergleich an meiner Seite steht.

Addison lacht übertrieben, aber ich kenne sie gut genug, um zu wissen, dass sie angepisst ist.

»Nun, vielleicht sollten diese Geschichten ebenfalls privat bleiben«, sagt sie gespielt liebenswürdig und greift nach meinem Arm, um sich unterzuhaken. »Zwischen mir und Caleb.«

Julie grinst. »Wie niedlich.«

»Nicht wahr?«, zwitschert Addison, die den Sarkasmus in Julies Worten offenkundig einfach überhört. »Ich und Caleb haben einige wirklich aufregende Lebensabschnitte miteinander geteilt.«

Der Esel nennt sich immer zuerst.

»Merkwürdig, dass ich dich da erst jetzt kennenlerne.« Scheinheilig tippt sich Julie mit dem Zeigefinger ans Kinn, als würde sie nachdenken. »Bei allem, was in letzter Zeit passiert ist, hätte man meinen können, dass wir uns einmal über den Weg laufen, oder?«

Wieder verrutscht Addisons Lächeln ein wenig. »Ich und Caleb sind sehr beschäftigt. Ich komme nicht oft in sein Büro.«

»Oh, natürlich. Ich dachte nur … Ich habe dich auch nie im Penthouse gesehen. Oder im Apartment. Das ist alles.«

Ich muss mir heftig auf die Lippen beißen, um nicht zu lachen. Ein Teil von mir will eine weiße Flagge zücken und sie zwischen den beiden schwenken, ein anderer findet die sarkastische, eifersüchtige, kämpferische Julie verdammt heiß. Das hier erinnert mich an das Feuer, das vor allem am Anfang zwischen uns gelodert hat. An die Schlagabtäusche und die Zeiten, in denen ich mich nicht entscheiden konnte, ob ich Julie an die Gurgel gehen oder sie küssen will. Im Moment ist es eindeutig Letzteres.

Ich hebe mein Glas an die Lippen und bemerke, dass es leer ist. Wenn ich das hier überleben will, brauche ich definitiv mehr Alkohol. Also strecke ich die Hand nach Julies ebenfalls leerem Glas aus. »Ich hole uns Nachschub«, sage ich und warte, bis sie mich ansieht. »Willst du mitkommen?«

Die Unentschlossenheit steht ihr ins Gesicht geschrieben, doch schließlich schüttelt sie den Kopf. »Ich warte hier. Noch einmal das Gleiche, bitte.«

Grinsend zwinkere ich ihr zu, dann drehe ich mich um und bahne mir einen Weg Richtung Bar. Vielleicht ist es keine gute Idee, die beiden allein zu lassen. Aber Lena ist einer der vernünftigsten Menschen, die ich kenne, und immerhin habe ich Julie angeboten, sie aus der Situation zu retten. Vielleicht sollte ich ihr ein Wasser bestellen, der Whiskey macht sie anscheinend ein bisschen übermütig. Allerdings bin ich weder ihr Vater noch ihr Babysitter, woran sie mich mehrfach erinnert hat. Ich sehe über die Schulter zurück und versichere mich, dass Anando sie im Blick hat, dann dränge ich mich zwischen zwei Männern hindurch und klopfe auf den Tresen, hinter dem die Barkeeper alle Hände voll zu tun haben, die wartende Menge zufriedenzustellen.

Ich sehe mich um und mustere die Gesichter der anderen Gäste, die auf ihre Getränke warten. Carter Dillane, der Hauptdarsteller des Films, der heute Nacht Premiere feiert, steht nur ein paar Meter von mir entfernt und knutscht ziemlich ungeniert mit seiner Frau herum. Auf der anderen Seite entdecke ich ein paar Bekannte aus der Musikbranche. Einer von ihnen hebt die Hand und winkt mir zu. Ich nicke lächelnd, dann gebe ich bei dem Barkeeper meine Bestellung auf und stütze mich mit den Ellbogen auf den Tresen, während ich den Blick weiter schweifen lasse. Es ist ein seltsames Gefühl, zurück zu sein. Vor Sylvias Tod und meiner plötzlichen Übernahme von *Bonham Industries* war das hier mein Spielplatz. Sylvia verkörperte den Glamour, die Klasse und den Geschäftssinn. Und auch wenn ich mir alle Mühe gegeben habe, ihr nachzueifern, hatte ich ein, zwei skandalöse Ausrutscher, die immer entweder mit Alkohol oder Bettgeschichten zu tun hatten. Oder beidem in Kombination. Nichts davon ist mir peinlich, immerhin war ich jung und habe mein Leben genossen, wie es jeder Teenager oder junge Erwachsene tun würde. Ich habe nie wirklich über die Stränge geschlagen.

Trotzdem fühlt es sich jetzt anders an, auf dieser Veranstaltung zu sein. Vielleicht liegt es daran, dass Julie meine Begleitung ist oder an allem, was in letzter Zeit passiert es. Es ist seltsam – einerseits ist es ein bisschen, wie nach Hause kommen, andererseits fühle ich mich, als würde ich die anderen Gäste durch dickes Glas beobachten, ohne wirklich dazuzugehören.

Eine große Hand legt sich auf meine Schulter, und ich drehe mich herum. Vor mir steht Emir und grinst mich breit an. Das letzte Mal habe ich ihn während unseres Wochenendes in den Hamptons gesehen, und da hat er am Ende in den Pool gekotzt. Er zieht mich in eine Umarmung und klopft mir auf den Rücken, dann setzt er sich auf den Barhocker neben mich.

»Ich habe dich im Theater gar nicht gesehen«, sage ich und greife nach dem Drink, den der Barkeeper in diesem Moment vor mir abstellt.

Er lacht ein wenig ertappt. »Hatte keine Einladung. Lena hat mich nur auf die Party geschmuggelt.«

So viel dazu, dass Lena einer der vernünftigsten Menschen ist, die ich kenne. Ich strecke mich ein wenig und versuche über die Leute hinweg die Menge abzusuchen. »Wer ist noch dabei?«

»Brian treibt sich auch hier irgendwo herum. Ich vermute, er checkt die anwesenden Gentlemen ab«, erklärt er grinsend.

»Auf dem Weg hierher meinte er, er wäre jetzt bereit, sich zu binden.«

»Ah ja«, sage ich, während ich den Whiskey in meinem Glas ein wenig hin und her schwenke. »Und er glaubt, *hier* findet er den passenden Mann fürs Leben?«

Emir zuckt mit den Schultern. »Sam hat heute erzählt, dass er sich verlobt hat. Vielleicht hat Brian Torschlusspanik oder so.«

Ich bin ein bisschen verwirrt, weil ich irgendwie davon ausging, dass Sam sich erst kürzlich von seiner Freundin getrennt hat. Aber ich freue mich auch für ihn, ich habe die beiden als Paar immer gemocht. Emir redet eine Weile von Sam und der geplanten Hochzeit, von seiner Arbeit und von Brian, der scheinbar eine ziemlich beschissene neue Frisur hat, und ich merke, dass er schon ordentlich vorgeglüht haben muss – er ist eindeutig nicht mehr nüchtern. Auch bei mir zeigt der Whiskey allmählich Wirkung. Ich überlege, ob ich Emir mit zu Julie und den anderen nehmen soll, aber ehrlich gesagt habe ich keine große Lust, wieder in Addisons Dunstkreis zu geraten.

Nach ein paar Minuten findet Brian uns, und ich muss mich gewaltig zusammenreißen, um nicht laut zu lachen. Mit bemüht ausdruckslosem Gesicht deute ich auf das Muster, das an der Seite seines Kopfes ins Haar rasiert wurde. Ich kann es nicht genau erkennen, aber es erinnert an Federn oder vielleicht auch an Schwerter.

»Sieht gut aus«, sage ich gepresst. »Was … ähm, was hattest du dabei im Sinn?«

Brian verzieht das Gesicht, greift an mir vorbei und nimmt einen großen Schluck von meinem Whiskey. »Der Friseur war absolut unfähig.«

»Ah, es lag am Friseur.«

Emir prustet los. Ich bin ein bisschen stolz auf mich, dass ich es tatsächlich schaffe, mich zu beherrschen, während Brian weiter über den angeblich so angesehenen Promi-Stylisten irgendwo in Brooklyn schimpft. Obwohl das Gespräch unverfänglich bleibt, spüre ich die unausgesprochenen Fragen, die in der Luft hängen. Immer wieder bemerke ich die neugierigen Blicke, die Emir und Brian mir zuwerfen, als würden sie nach etwas suchen, das sich an mir verändert hat.

Irgendwann seufze ich und schaue die beiden nacheinander auffordernd an. »Ihr könnt ruhig fragen.«

Brian verzieht das Gesicht. Er weiß offensichtlich sofort, wovon ich spreche. »Das ist irgendwie seltsam, Mann. Das alles klingt wie ein ganz wilder Horrorfilm.«

»Ich weiß«, knurre ich. »Und ich kann noch nicht mal behaupten, dass die Presse die Geschichte unnötig ausgeschmückt hat.«

»Das mit Tony tut mir echt leid«, sagt Emir ernst. »Er war cool.«

»Ja.« Ich versuche den Schmerz zu verdrängen, der sich in meiner Brust ausbreitet, wie immer, wenn jemand Tonys Namen erwähnt oder ich an ihn erinnert werde. »Das hatte er nicht verdient.«

»Er wurde überfahren, oder?«

Ich beiße die Zähne zusammen. »Im weitesten Sinne. Es war Mord, nur dass die Waffe eben ein Auto war.«

»Fuck«, stößt Emir hervor. »Und das war der gleiche Typ, der es auf Julie abgesehen hat?«

Kurz überlege ich, ihnen auch von Sylvias wahren Todesumständen zu erzählen, aber ich entscheide mich dagegen und nicke stattdessen nur. Die neuen Details rund um Sylvias Unfall sind noch nicht an die Öffentlichkeit gedrungen, und das würde ich gerne so lange hinauszögern wie nur irgend möglich. Wenn der Vorstand davon erfährt … Im Grunde habe ich keine Ahnung, ob das überhaupt etwas ändert, aber ich bin auch nicht unbedingt heiß darauf, es herausfinden, bevor ich das nicht mit Hoffman diskutiert habe.

Emir nimmt einen großen Schluck von seinem Whiskey und mustert mich nachdenklich. »Und ihr habt echt keine Ahnung, wer dahinterstecken könnte?«

»Doch«, schnaufe ich mit einem freudlosen Lachen. »Es könnte einer von den Hunderten sein, die es auf die Firma abgesehen haben oder sich nachträglich an Sylvia rächen wollen. Aber keiner von ihnen hat eine Verbindung zu Julie.« Allein bei der Erinnerung, was Julie in den letzten Wochen hat durchmachen müssen, steigt die Wut wie bittere Galle in meinem Magen auf. Manchmal wünsche ich mir, die Polizei würde es nicht schaffen, den Stalker zu finden. Nicht vor mir. Ich würde locker die Hälfte meines beschissenen Erbes dafür geben, ein paar Minuten mit dem Arschloch allein zu haben und ihn spüren zu lassen, *wie* angepisst ich bin.

»Es würde mehr Sinn ergeben, wenn der Stalker dir drohen würde, oder?«, schlussfolgert Brian stirnrunzelnd. »Wenn es ihm um Sylvia oder *Bonham* geht, meine ich.«

»Genau.«

»So eine Scheiße!«

Ich hebe das Glas und kippe den restlichen Inhalt herunter. Die Flüssigkeit brennt in meiner Kehle, aber ich achte nicht sonderlich darauf. »Irgendwann wird er einen Fehler machen. Irgendwann *muss* er einen Fehler machen.«

Brian nickt langsam. »Wie kommt Julie damit klar?«

»Besser, als ich es irgendjemandem zutrauen würde«, gebe ich mit einem kleinen Lächeln zu. »Sie hat Nerven aus Stahl. Keine Ahnung, ob ich diesen Druck aushalten würde, aber sie hat wirklich Eier.«

Er sieht mich auffordernd an. »Stöcke.«

»Was?«

»Eierstöcke. Julie hat Eier*stöcke.*« Als ich irritiert zu Emir schaue, schüttelt Brian genervt den Kopf. »Es ist irgendwie sexistisch, davon auszugehen, dass Eier ein Zeichen für Stärke oder Biss sind, oder nicht? Julie ist eine Frau. Sie braucht keine Eier, um etwas zu beweisen.«

Einen Moment lang sehe ich ihn sprachlos an, genau wie Emir. Dann blinzle ich kurz. »Okay. Wie du meinst. Julie hat eindeutig Eierstöcke.«

Ich sehe, dass Emir grinst, aber immerhin Brian wirkt zufrieden. »Das ist gut. Und ihr beide?«, wirft Emir ein.

»Was soll mit uns beiden sein?«

»Ach komm«, schnaubt er. »Du kannst so viele Pressemitteilungen rausgeben, wie du willst, aber die Geschichte mit den guten Kumpels glaubt euch doch nicht wirklich jemand?«

Meine Augen verengen sich unwillkürlich. »Das will ich doch hoffen. Die Anweisung kommt vom Vorstand, das war niemals unsere Entscheidung.«

»Also würdet ihr es öffentlich machen?«, fragt Emir skeptisch.

Ich zucke mit den Schultern. »Keine Ahnung, aber ich denke, wir würden mit diesem Theater aufhören. Wobei wir das, was da zwischen uns läuft, auch noch nicht wirklich definiert haben.«

»Ist sie …«, beginnt Emir, verzieht dann aber das Gesicht und sieht mich beinahe entschuldigend an. »Versteh das nicht falsch, Mann, aber bei dir hört sich das so an, als wäre sie ein Zeitvertreib.«

Mir entfährt erneut ein freudloses Lachen. Als der Barkeeper an uns vorbeigeht, suche ich Augenkontakt und deute auf mein Glas. Er nickt und greift nach einer Kristallflasche, um mir nachzuschenken. »Nein«, seufze ich, hebe mein Glas und proste den beiden zu. »Aber manchmal überlege ich, ob es nicht vielleicht andersherum so ist.«

»Bullshit! Jeder Mensch mit Augen im Kopf sieht, dass sie dich mag.«

»Das bezweifle ich ja auch gar nicht«, versuche ich zu erklären, »aber das alles hier ist nicht ihre Welt. Sie hat nicht bei *Bonham* angefangen oder ist in den *Big B* gezogen, weil sie das gerne so wollte. Es war Mittel zum Zweck, und sie hat mehr als deutlich gemacht, dass sie sich nichts davon ausgesucht hätte. Ich bin mir nicht sicher, ob sie nicht sofort abhaut, sobald ihr beschissenes *Leben* nicht mehr davon abhängt.«

»Wow«, sagt Brian trocken. »Da haben wir einen wunden Punkt getroffen.«

Ich werfe ihm einen bösen Blick zu, während ich einen weiteren Schluck trinke. Er hat recht. Ich will den Stalker lieber heute als morgen finden und hinter Gitter bringen, aber es gibt Momente, in denen ich Angst davor habe, was dann passieren wird. Vor dem Moment, in dem Julie realisiert, dass sie frei ist. Dass sie tatsächlich ihr altes Leben wiederhaben kann. Inzwischen bin ich mir nicht einmal mehr sicher, ob sie das im Testament verlangte Jahr bei *Bonham Industries* danach noch durchziehen und Sylvias Bedingung erfüllen würde. Sie hat dem ganzen Deal nur des Geldes wegen zugestimmt, aber würde sie das jetzt immer noch tun? Oder wird sie gehen, sobald sie alles, was passiert ist, so weit wie möglich hinter sich lassen kann? Alles in meiner Welt ist mit Erinnerungen an diese furchtbare Zeit behaftet: unser Büro, das Apartment, das Penthouse. Der ganze verdammte Bonham Tower. *Ich* bin damit behaftet.

Seufzend stelle ich mein Glas ab und zwinge mich zu einem Grinsen. »Das ist überraschend deep geworden«, spotte ich, ohne den harten Unterton in meiner Stimme ganz unterdrücken zu können. »Sorry, das war nicht meine Absicht.«

»Kein Ding«, winkt Brian ab und zwinkert mir zu. »Ich an deiner Stelle würde mir nicht so viele Gedanken machen. Es kommt, wie es kommt. Es bringt nichts, dir jetzt schon den hübschen Kopf darüber zu zerbrechen.«

»Keine Ahnung, ob das wahnsinnig weise oder wahnsinnig dumm ist«, sagt Emir trocken.

»Wahnsinnig dumm«, rate ich.

Brian verdreht die Augen. »Da Caleb der einzige Anwesende ist, der überhaupt so etwas wie eine Beziehung vorweisen kann, sollte er vielleicht sowieso nicht auf uns hören.«

»Amen«, murmele ich, bevor ich mich umdrehe und den Blick über die Menge schweifen lasse. Dafür, dass ich nur mal kurz etwas zu trinken holen wollte, bin ich verdammt lange weg. Ich bestelle einen Cloudy Apple und werfe Brian und Emir einen auffordernden Blick zu. »Kommt mit, wir suchen Julie und Lena.«

23

JULIE

»Ich hab’s noch nicht verstanden, fürchte ich«, sagt Addison lächelnd.

Das überrascht mich nicht im Geringsten. Je länger ich mich mit dieser Frau unterhalte, desto mehr halte ich sie für eine verdammt hohle Nuss. Und das ist meine absolut unbefangene Meinung und hat nichts mit der Tatsache zu tun, dass ich mir ziemlich sicher bin, dass sie und Caleb miteinander im Bett waren. In den letzten fünf Minuten habe ich versucht, ihr zu erklären – ohne Erfolg, wie es scheint –, was genau ich bei *Bonham Industries* tue. Dass ich nur eine begrenzte Zeit dort arbeiten werde und diese Zeit nicht damit verschwenden will, mich in ein komplett neues Fachgebiet einzuarbeiten, das ich in meiner späteren beruflichen Karriere ohnehin nicht weiterverfolgen werde. Und dass ich aus genau diesem Grund im kreativen Bereich bleibe und dort nach und nach auch administrative Aufgaben übernehmen werde.

Nicht allzu kompliziert, meiner Meinung nach.

»Sie lernt das Unternehmen kennen«, wirft Lena ein, die allmählich die Geduld verliert. »Was Sinn ergibt, Addison. Sie kann nicht einfach von jetzt auf gleich eine Firma leiten, die sie überhaupt nicht kennt.«

»Das ist mir schon klar, Lena.« Addison schürzt die Lippen. »Aber wäre es dann nicht sowohl für *Bonham Industries* als auch für Caleb sinnvoller gewesen, direkt jemanden einzustellen, der für den Job ein wenig ... qualifizierter ist?«

Ich unterdrücke ein sehr tiefes, sehr verzweifeltes Seufzen. »Es geht nicht darum, dass Caleb einen Partner braucht und sich mich dafür ausgesucht hat. Sylvia hat bestimmt, dass ich diesen Posten nach ihrem Tod erhalte. Das war weder Calebs noch meine Entscheidung.«

»Nun, das erklärt immerhin eine ganze Menge.«

Langsam hebe ich eine Augenbraue. »Und was möchtest du damit sagen?«

»Viele von uns haben sich nach Sylvias Tod als Unterstützung angeboten«, sagt sie kryptisch. Ihr Gesicht spiegelt eine Mischung aus aufgesetzter Freundlichkeit und ziemlich schlecht verborgener Abneigung wider. »Er war überfordert mit der Situation, das war ihm deutlich anzusehen. Und wir waren etwas erstaunt, als er dann ausgerechnet mit jemandem aus dem Proletariat an seiner Seite auftauchte.«

Ich blinzle ein paarmal. Hat sie mich gerade ernsthaft als *Proletin* bezeichnet?

»Erstaunt?«, wiederhole ich Addisons Beschreibung unbeeindruckt. »Oder eifersüchtig?«

Lena, die sich nicht einmal mehr bemüht, ihre Belustigung zu verbergen, lacht laut auf.

Addisons glatte Stirn legt sich in Falten. »Worauf sollte ich eifersüchtig sein?«

Eine Sekunde lang zögere ich. Ich habe die Wahl, dieses Gespräch passiv-aggressiv fortzuführen oder ihr offen meine Meinung zu sagen. Eigentlich gehe ich Konfrontationen lieber aus dem Weg, aber etwas an dieser Frau trifft einen empfindlichen Nerv bei mir. Ich will sie aus der Fassung bringen, nur um die Überraschung in ihrem puppenhaften Gesicht zu sehen.

Mein Ego gewinnt den kleinen Kampf in meinem Inneren, und meine zickige Seite reckt erwartungsvoll das Kinn.

»Vielleicht darauf, dass Caleb sich nicht deine Schulter ausgesucht hat, um sich daran auszuweinen«, sage ich völlig emotionslos. »Sondern stattdessen *jemanden aus dem Proletariat* in seinem Apartment wohnen lässt.«

Ich sehe, dass Addison die Zähne aufeinanderbeißt. »Er gibt dir Obdach. Das ist nichts, womit man prahlen sollte, denke ich. Du musst dich dafür natürlich nicht schämen, aber im Grunde ist das doch nur ein Beweis für Calebs Gutmütigkeit.«

Lena schnaubt. »Bei dir klingt das, als wäre Mitgefühl eine Schwäche.«

»In unseren Kreisen muss man aufpassen, wem man seine Güte zuteilwerden lässt, Lena. Ein weiches Herz wird schnell ausgenutzt.«

»Du hast recht.« Ich lächle sie an. »Caleb ist wirklich ein guter Kerl. Er lässt mich sogar in seinem Bett schlafen, *so gut* ist er.«

Okay, das Letzte war vielleicht ein bisschen kindisch. Trotzdem genieße ich die Verwirrung in Addisons Augen, als sie eins und eins zusammenzählt. Ihre offensichtliche Überraschung verwundert mich ein bisschen, immerhin waren Caleb und ich und insbesondere unsere Beziehung zueinander mehr als einmal Thema in den Klatschnachrichten. Sie tut so, als würde sie davon zum ersten Mal hören. Vielleicht ist ihr Ego aber auch nur so überwältigend groß, dass sie es tatsächlich nicht einmal in Betracht gezogen hat, dass zwischen mir und Caleb etwas laufen könnte.

Vielleicht ist ihre Annahme sogar berechtigt. Ich kenne Caleb erst seit Kurzem, aber ich kann mich noch gut daran erinnern, welchen Eindruck ich von ihm am Anfang hatte – ein verwöhnter, arroganter Millionenerbe, der mit einem goldenen

Löffel im Mund geboren wurde und auf alle herabsieht, die nicht in seiner Liga spielen. Möglicherweise wäre es für den Caleb, den Addison kennt, tatsächlich undenkbar, eine Beziehung mit jemandem aus dem Proletariat zu führen.

Das wird eindeutig mein Wort des Abends.

»Sich mit Caleb Bonham ein Bett zu teilen, ist nichts, worauf du dir was einbilden solltest«, antwortet sie bissig, aber mit dem Hauch eines Grinsens um ihre roten Lippen. »Das trifft vermutlich auf ein Drittel der anwesenden weiblichen Gäste zu.«

Ich versuche mich wirklich von dieser Aussage nicht einschüchtern zu lassen, aber so richtig gelingt es mir nicht. Natürlich war mir klar, dass Caleb eine Vergangenheit hat, die habe ich auch. Aber unsere Beziehung hat sich irgendwie isoliert entwickelt, sodass ich mir über Ex-Freundinnen oder mögliche Konkurrenz bislang keine Gedanken machen musste. Das einzige Mal, dass ich Freunde von Caleb kennengelernt habe, war das Wochenende in den Hamptons. Aber da waren wir noch nicht zusammen, haben höchstens miteinander geflirtet. Und diese Freunde waren allesamt männlich.

Energisch unterdrücke ich den Drang, mich umzusehen und die Frauen um mich herum zu mustern. Das hier ist verdammt toxisch, und darauf lasse ich mich nicht ein. Ich bin Calebs Begleitung. Er will mich.

»Das wird mir hier allmählich zu schäbig«, sagt Lena und hakt sich bei mir unter. Sie wirft Addison einen giftigen Blick zu. »Warum muss jedes Gespräch mit dir so enden? Wird dir nicht irgendwann mal langweilig?«

Addison hebt das Kinn. »Das war noch gar nichts. Sie muss wesentlich mehr abkönnen, wenn sie sich in unseren Kreisen etablieren will.«

»Wer sagt, dass ich das will?«

Sie lacht spöttisch. »Du hast recht. Du solltest es gar nicht erst versuchen. Caleb hat ein Helfersyndrom, Schätzchen. Sobald dieser lächerliche Stalker vom Tisch ist, wird ihm diese Wohltätigkeitsnummer ganz schnell zum Hals raushängen.«

Das war ein Schlag unter die Gürtellinie. Ich versuche, ihre Worte nicht an mich heranzulassen, aber ihre Bemerkung nagt an mir, ohne dass ich etwas dagegen tun kann.

»Du bist armselig«, zischt Lena und zieht mich energisch mit sich.

Ich sehe sie überrascht an, folge ihr aber. Irgendwie habe ich nicht erwartet, dass wir uns gegenseitig beleidigen, aber ich will ganz sicher nicht protestieren.

»Hör nicht auf sie.« Lena grinst mich an, sobald wir außer Hörweite sind. »Sie versprüht ständig ihr Gift. Das ist ihr Ding.«

»Ja, sie hat ein sehr einnehmendes Wesen.«

»Und das war noch harmlos.«

»Ach ja?«, murmele ich, während ich mich umsehe. Entweder Caleb hat sich dazu entschlossen, ohne mich zu gehen, oder er hat sich verlaufen. Seit er gegangen ist, um Getränke zu besorgen, sind mit Sicherheit zwanzig Minuten vergangen.

»Sie hat noch ein paar Freundinnen. Wenn die als Gruppe auftreten, wird's richtig schmutzig«, erzählt Lena so fröhlich, als würde sie über das Wetter sprechen. »Mich hat sie mal als geldgeile Immigrantin bezeichnet, die es nur auf eine Greencard abgesehen hat.«

Einen Moment lang bin ich verwirrt, dann fällt mir wieder ein, dass Lena erzählt hat, sie käme aus Deutschland. Sie spricht völlig akzentfrei Englisch, weshalb ich dieses Detail total vergessen habe.

»Und?«, hake ich nach. »Hast du es auf eine Greencard abgesehen?«

Sie lacht. »Ich habe Sander noch nicht geheiratet. Ich wäre also ziemlich mies im Pläneschmieden.«

»Stimmt.« Zögernd sehe ich sie von der Seite an. »Wie lange bist du schon mit Sander zusammen?«

»Ein paar Jahre«, überlegt sie laut. »Ich bin 2017 nach New York gekommen, aber wir hatten einen holprigen Start.«

»Das scheint beinahe zum guten Ton zu gehören für Liebesgeschichten, die in New York beginnen.«

Lena greift nach zwei Champagnergläsern, die auf einem Tablett an uns vorbeigetragen werden. »Ich glaube, meine ist deiner gar nicht so unähnlich.«

Sander hatte bei unserer ersten Begegnung etwas von einer Cinderella-Story erwähnt, und auch wenn ich mich selbst ungern in diese Schublade stecke, kann ich mir vorstellen, dass Lena einer der wenigen Menschen ist, die mein Chaos tatsächlich nachempfinden können. Abgesehen von der Stalker-Sache natürlich.

»Darf ich ganz ehrlich sein?«, frage ich vorsichtig, nachdem ich einen Schluck von dem Champagner genommen habe. Als sie aufmunternd nickt, rede ich weiter. »Ich kann Sander nicht so richtig einschätzen.«

Sie sieht mich verwundert an. »Warum?«

»Ich weiß nicht genau«, winde ich mich und bereue sofort, das Thema angesprochen zu haben. Ich kenne Lena seit einer halben Stunde und will eigentlich kein Drama machen. Aber diese Gelegenheit bekomme ich vielleicht nicht wieder. »Als wir uns das erste Mal gesehen haben – als er und Caleb mit ein paar Freunden in Calebs Strandhaus waren …«

»Ja, ich erinnere mich.«

»Na ja, da haben wir uns unterhalten. Und er hat mir quasi gedroht.« Als sie die Stirn runzelt, rudere ich hastig zurück. »Nicht körperlich oder so. Aber es klang, als würde er mich umbringen und meine Leiche verschwinden lassen, wenn ich Caleb verarsche. Was ich als besorgter Freund vielleicht auch befürchtet hätte, versteh mich nicht falsch, aber … Na ja, wir kannten uns im Grunde kaum, und es wirkte irgendwie … seltsam.«

Zu meiner Überraschung grinst Lena. »Ich kann mir vorstellen, was du meinst.« Dann seufzt sie leise. »Sander und Caleb sind lange befreundet. Und manchmal habe ich das Gefühl, dass Sander Caleb vor dem zu beschützen versucht, was er selbst erlebt hat. Sander war auch ein reiches Milliardärssöhnchen und sollte das Familienunternehmen übernehmen. Der Unterschied zwischen ihm und Caleb ist aber, dass Sander das nicht wollte. Er hat das gemacht, was ihm gesagt wurde, und dabei wahnsinnig gelitten, wurde unfassbar ausgenutzt und wie eine Marionette behandelt. Ich glaube, manchmal vergisst er, dass Caleb Sylvias Firma übernehmen *wollte*. Und dass Caleb sehr gut weiß, was er tut.«

Nachdenklich nippe ich an meinem Glas. Das ergibt Sinn. Und lässt Sander weniger wie ein Arschloch erscheinen.

»Ich war nie an Calebs Vermögen interessiert«, sage ich, weil ich irgendwie das Gefühl habe, das klarstellen zu müssen.

»Schon klar.« Sie lächelt mich an. »Immerhin gehört dir bald die Hälfte davon. Ich will Sanders Verhalten nicht rechtfertigen – er hätte dir weder drohen noch dich sonst irgendwie angreifen sollen. Dafür muss er sich definitiv bei dir entschuldigen. Aber ich glaube wirklich, dass da einfach der Beschützerinstinkt mit ihm durchgegangen ist.«

»Der scheint bei beiden ziemlich stark ausgeprägt zu sein«, murmele ich kopfschüttelnd.

»Ja, das stimmt.« Sie rümpft die Nase. »Allerdings hat Caleb ja auch allen Grund zur Sorge, oder nicht? Was Sander mir erzählt hat, klingt echt heftig.«

Lena wirkt supernett, und unter anderen Umständen hätte ich auch kein Problem damit, ihr eine detaillierte Version der Ereignisse zu schildern. Aber nicht heute Abend. Caleb und ich sind hergekommen, um Spaß zu haben und diesen ganzen Mist eine Weile zu vergessen. Also wechsle ich das Thema und frage sie, weshalb sie aus Deutschland weg und nach New York gezogen ist. Eine Weile reden wir über ihren Beruf und darüber, was ich mir nach meiner Zeit bei *Bonham* vorstelle, dann verabschiedet sie sich, um nach der Toilette zu suchen. Es ist mir ein bisschen peinlich, aber einen Moment lang spiele ich mit dem Gedanken, sie zu begleiten. Nicht, weil ich aufs Klo muss, sondern nur, um nicht wieder alleine herumzustehen. Caleb ist noch immer nicht aufgetaucht, und viele der Gäste sind bereits deutlich betrunken.

Aber ich reiße mich zusammen und lächle Lena noch einmal an, bevor sie sich umdreht und von der Menge verschluckt wird. Mein Glas ist wieder leer, also halte ich nach der Bar Ausschau. Vielleicht finde ich ja dort auch Caleb.

Es dauert erschreckend lang, bis ich die Bar erreicht und mir einen Platz am Tresen gesichert habe. Dahinter mixen ein Barkeeper und eine Barkeeperin Cocktails und sehen wie erwartet ziemlich gestresst aus. Während ich darauf warte, dass einer von ihnen mich bemerkt, lasse ich den Blick über die ebenfalls wartenden Gäste schweifen. Caleb entdecke ich erst mit etwas Verzögerung, weil er mit dem Rücken zu mir an der Theke lehnt, die Ellbogen auf die Bar gestützt und offensichtlich in ein Gespräch vertieft. Ich erkenne Brian und einen anderen Typen aus dem Strandhaus in den Hamptons, allerdings fällt mir sein Name gerade nicht ein. Die beiden unterhalten sich mit zusammengesteckten Köpfen. Dann bewegt Caleb sich ein wenig nach links und gibt den Blick auf Addison frei, die sich in diesem Moment nach vorn lehnt, die Hand auf Calebs

Schulter legt und ihm etwas ins Ohr flüstert. Ich kann es aus der Entfernung nicht besonders gut erkennen, aber es sieht aus, als würde Caleb lachen. Herzlich lachen.

Eine wilde Mischung aus Gefühlen steigt in mir auf und lässt mich sekundenlang erstarren. Caleb hat Freunde getroffen und sich verquatscht, das ist vollkommen okay. Auch dass er sich mit Addison unterhält, geht mich im Grunde nichts an. Ob die beiden nun irgendwann einmal etwas miteinander hatten oder nicht, sie scheinen Freunde zu sein. Oder gute Bekannte. Daran ist nichts Verwerfliches.

All das ist mir bewusst. All die rationalen Argumente, warum es mir nichts ausmachen sollte, Caleb so zu sehen, sind mir absolut klar. Das hindert mein Herz allerdings nicht daran, sich schmerzhaft zu verkrampfen. Meine Selbstzweifel werden wieder größer, und auf einmal würde ich wahnsinnig viel darum geben, mich einfach umdrehen und abhauen zu können. Weg von diesen Menschen, der Lautstärke und den Fragen, bei denen ich nicht weiß, ob ich die Antwort darauf hören will.

Ich starre in Calebs Richtung, als könne ich ihn durch bloße Willenskraft dazu bringen, sich umzudrehen. Brian und der andere reden so angeregt miteinander, dass sie nichts anderes um sich herum wahrzunehmen scheinen, und selbst wenn Addison mich bemerken würde, würde sie sicher nichts sagen. Vielleicht sollte ich einfach rübergehen und Caleb ans Bein pinkeln. Ich glaube, die meisten Tiere machen das, um ihr Revier zu markieren. Ich könnte mich auch auf seinen Schoß setzen und ihn küssen, allerdings sind wir ja nur als gute Freunde hier. So eine Scheiße.

»Soll ich Ihnen zeigen, wie das geht?«

Eine dunkle Stimme mit starkem französischem Akzent reißt mich aus meiner Starre und lässt mich zusammenfahren.

Ich wende mich zur Seite und bemerke, dass ein Mann neben mir steht und mit den Knöcheln auf den Tresen klopft.

Ich blinzle kurz. Ich bin mir ziemlich sicher, dieses Gesicht schon einmal gesehen zu haben, aber ich komme nicht direkt drauf. »Entschuldigen Sie, was haben Sie gesagt?«

Mit dem Kopf nickt er in Richtung der Barkeeper. »Sie warten hier noch ewig, wenn Sie weiter so geduldig und höflich sind.« Seine Lippen verziehen sich zu einem leichten Lächeln. »Sie müssen aggressiver sein.«

Langsam hebe ich eine Augenbraue. »Soll ich auf den Tresen klettern?«

»Das wäre eine Möglichkeit«, sagt er lachend.

Ich erwidere sein Lächeln, allerdings eine Spur spitzer. »Das ist wirklich sehr freundlich, aber ich schaffe das allein.«

»Wie Sie möchten.« Als der Barkeeper an uns vorbeigeht, um einen Cocktail vor einer Frau abzustellen, beugt der Typ sich über den Tresen und streckt die Hand aus. »Einen doppelten Rémy Martin und einen Cloudy Apple. Beides ohne Eis.«

Der Barkeeper hält tatsächlich inne, und als er sich zu uns umdreht, erkenne ich, dass er eine Hundert-Dollar-Note aus der Hand des Mannes neben mir nimmt, bevor er die Bestellung abnickt.

»Das ist der Zaubertrick?«, sage ich und reiße in gespielter Bewunderung die Augen auf. »So clever.«

Der Typ grinst, dann hält er mir die Hand entgegen. »Mein Name ist Chadwick Fox. Freut mich, Sie kennenzulernen.«

Ich beäuge seine Hand, ohne jedoch einzuschlagen. »Haben Sie darin wieder Geld versteckt, Mr Fox? Ich wäre vermutlich enttäuscht, wenn nicht.«

Wieder lacht er, dieses Mal lauter. »Wenn Sie mir einen Drink mixen wollen, dann ja. Ansonsten wäre es nur eine höfliche Geste, fürchte ich.«

Kurz schüttele ich seine Hand, lasse jedoch schnell wieder los. »Julie Penn.«

»Freut mich, Julie Penn.« Er wendet sich wieder zur Theke, auf der der Barkeeper jetzt zwei Getränke abstellt. Er greift nach dem einen Glas, das andere schiebt er mit dem Handrücken zu mir herüber. »Cloudy Apple war richtig?«

Verwirrt blicke ich auf meinen Drink. »Woher wissen Sie das?«

»Ich stand neben Ihnen, als Ihr Begleiter es Ihnen gebracht hat.« Er verzieht kurz das Gesicht. »Offensichtlich bin ich Ihnen nicht aufgefallen.«

Nein, das ist er nicht. Und auch wenn diese Erklärung ziemlich harmlos ist, schrillen bei mir sofort sämtliche Alarmglocken. Der Typ wirkt höflich, weder aufdringlich noch irgendwie unangenehm. Er ist ein paar Jahre älter als ich, trägt einen schwarzen Anzug inklusive Weste und eine Brille mit auffälligem silbernem Rahmen. Er sieht weder bedrohlich noch zwielichtig aus, dennoch macht es mich nervös, dass er mich scheinbar beobachtet hat und mich jetzt anspricht. Die Paranoia, die sich in den letzten Wochen von alledem genährt hat, was um mich herum passiert ist, nimmt mir einen Moment den Atem.

Trotzdem versuche ich mich selbst zu beruhigen. Ich bin eine Frau auf einer Party, er ist ein Mann auf einer Party. Die Wahrscheinlichkeit, dass dieser Typ der Stalker ist, ist lächerlich klein verglichen mit der, dass er einfach nur flirtet.

Mit einem leicht gezwungenen Lächeln greife ich nach dem Glas. Mir ist aufgefallen, dass der Mann es kaum berührt, sondern es lediglich zu mir herübergeschoben hat. Was in Zeiten von K.-o.-Tropfen und anderen Betäubungsmitteln eine ziemlich rücksichtsvolle Geste ist.

»Ja, vielen Dank«, sage ich leicht verspätet und nehme einen

Schluck. »Aber ich muss Ihnen ehrlich sagen, dass das eine seltsame Art ist, eine Unterhaltung zu beginnen.«

Er lehnt sich gegen den Tresen. »Ihnen zu sagen, dass ich Ihre Getränkewahl beobachtet habe, meinen Sie?«

»Ich hätte es anders formuliert, aber ja, darauf wollte ich hinaus.«

Nachdenklich legt er den Kopf schief. »Ich habe das Gefühl, heutzutage muss man einfallsreich sein, wenn man eine schöne Frau ansprechen will.«

»Und mich abzufüllen halten Sie für eine einfallsreiche Idee?«, frage ich, lächle aber, um meiner Unterstellung die Spitze zu nehmen.

»Sie haben recht«, gibt Fox stirnrunzelnd zu. »Ich muss wirklich an meinen Flirting Skills arbeiten. Aber immerhin scheint es zu funktionieren.«

»Ach ja?«

»Sie unterhalten sich mit mir.«

Lächelnd nehme ich wieder einen Schluck. Ich werfe einen weiteren Blick zu Caleb hinüber, aber er hat mich immer noch nicht bemerkt. Genau wie vorhin scheint er wirklich sehr in das Gespräch mit Addison vertieft zu sein. Und genau wie vorhin kann ich nicht verhindern, dass die Eifersucht in meinem Inneren ihr hässliches Gesicht verzieht.

»Nun, Mr Fox«, sage ich und drehe Caleb und Addison demonstrativ den Rücken zu. »Was machen Sie beruflich?«

»Ich arbeite in der Filmbranche.«

»Das ist auf einer solchen Veranstaltung nicht wirklich überraschend. Was genau machen Sie?«

Er lächelt. »Ich bin Stunt Coordinator. An diesem Film habe ich mitgearbeitet.«

Ich muss zugeben, dass ich ein bisschen beeindruckt bin. Noch einmal mustere ich ihn – den penibel gestutzten Bart, die breiten Schultern und die sportliche Figur, die sich selbst unter dem Anzug deutlich abzeichnet – und plötzlich fällt mir ein, wo ich ihn schon einmal gesehen habe. »Sie waren der Busfahrer«, sage ich und lache, als der Groschen fällt. »Sie sind aus dem fahrenden Bus gesprungen!«

Sein Lächeln wird breiter. »In der Regel stehe ich hinter der Kamera, aber ab und zu springe ich auch selbst ein. Ich fühle mich geschmeichelt, dass ich Ihnen aufgefallen bin.«

Eine Weile erzählt er von seinem Beruf, den verschiedenen Stunts, die er für den Film koordiniert hat, der heute Premiere feiert, und einer Personalagentur, die er im Begriff ist zu gründen. Er fragt, was ich so mache, aber auf das Thema gehe ich nicht sonderlich ein. Erstens, weil meine Arbeit im Vergleich zu seiner deutlich langweiliger ist und zweitens, weil ich dieses Fass gar nicht erst aufmachen will. Er lebt nicht in New York, sondern ist nur für ein paar Monate hier. Was bedeutet, dass er offensichtlich keine Ahnung hat, wer ich bin. Und das ist wirklich eine ziemlich entspannte Abwechslung zu all den Gaffern, die nur auf Klatsch und Neuigkeiten aus sind. Außerdem schmeichelt es meinem Ego. Ich gebe es nicht gerne zu, aber das hier ist viel besser, als herumzustehen und darauf zu warten, dass Caleb sich von Addison losreißt und mir seine Aufmerksamkeit schenkt.

Vielleicht ist es an der Zeit, ihn daran zu erinnern, dass er nicht der einzige Mann auf dem Planeten ist.

24

In den nächsten zwanzig Minuten lache ich lauter als gewöhnlich, fahre mir öfter mit den Fingern durch die Haare und klimpere mit meinen Wimpern, die durch mehrere Lagen Mascara und eine künstliche Verlängerung geradezu absurd lang sind. Zum Teil schiebe ich dieses Verhalten darauf, dass ich inzwischen zwei Gläser Champagner und drei – vier? – Cloudy Apple intus habe. Abgesehen davon habe ich aber tatsächlich Spaß, was mich beinahe überrascht. Chadwick ist nett. Ein wenig großspurig vielleicht, ein bisschen zu sehr darauf bedacht, mir deutlich zu machen, dass er eine ganze Menge Geld besitzt. Aber er ist nicht unangenehm oder bedrängt mich. Im Gegenteil, er ist charmant, macht mir Komplimente und lacht über jeden meiner Witze, auch über die weniger lustigen.

Als ich das nächste Mal zu der Stelle schaue, an der Caleb und Addison sich so großartig amüsieren, ist Caleb verschwunden. Irritiert sehe ich mich um, suche die Bar ab, kann ihn aber nirgends entdecken. Auch Addison ist weg, und gegen meinen Willen male ich mir die wildesten Szenarien aus – dass die beiden zusammen abgehauen sind oder irgendwo in einer dunklen Ecke miteinander rummachen. Technisch gesehen ist er Single. Er könnte die ganze Nummer sogar als Publicity Stunt rechtfertigen, um unsere rein platonische Beziehung zu unterstreichen.

Scheiß drauf.

»Was ist los?«

Ich wende mich wieder Chadwick zu, der mich fragend ansieht. »Was soll sein?«, frage ich zurück und räuspere mich.

»Du siehst aus, als hättest du … wie sagt man das? An einer Zitrone geleckt?«

»In eine Zitrone gebissen«, korrigiere ich ihn grinsend. »Wobei deine Version auch den Sinn erfüllt, denke ich.«

»Also?«, fragt er neugierig.

Kopfschüttelnd nehme ich einen Schluck von meinem Cocktail. »Nichts. Meine Begleitung hat sich nur gerade verabschiedet, so wie es aussieht.«

»Deine Begleitung«, wiederholt er nachdenklich. »Ich habe doch keinen Stress verursacht?«

»Wir unterhalten uns«, erinnere ich ihn und verdrehe die Augen. »Kein Grund zur Eifersucht.«

»Aber wäre deine Begleitung denn in der Position, eifersüchtig zu sein?«, fragt er.

»Fragst du mich gerade sehr umständlich, ob ich Single bin?«

Er sieht ein bisschen ertappt aus. »Möglicherweise.«

Ich unterdrücke ein Seufzen. Die Antwort darauf ist deutlich zu kompliziert. Es würde sich falsch anfühlen, ihm zu sagen, dass ich Single bin. Weil ich mich nicht so fühle. Aber ihm zu sagen, dass ich in einer Beziehung bin, stimmt auch nicht ganz. Ich könnte ihm natürlich erzählen, dass ich aktuell von einem irren Stalker verfolgt werde, der sowohl mir als auch den Menschen in meiner Umgebung nach dem Leben trachtet. Und dass ich aus diesem Grund im Moment keinen Kopf für Dating habe. Aber das wäre vermutlich too much information.

»Ich bin gerade nicht auf der Suche«, sage ich schließlich und lächle unverfänglich.

Chadwick seufzt. »Die Guten sind entweder vergeben oder nicht auf der Suche.«

»Ich weiß das zu schätzen, aber du kennst mich kaum gut genug, um zu beurteilen, ob ich eine von den Guten bin.«

»Und du gibst mir nicht die Gelegenheit, das herauszufinden«, kontert er. Sein Blick wandert ebenfalls zu der Stelle, an der Caleb vorhin noch gestanden hat. »In welcher Verbindung stehst du zu ihm? Ihr habt vertraut miteinander ausgesehen.«

Ziemlich direkt die Frage, aber ich spare mir einen Kommentar. »Wir sind Partner«, antworte ich ausweichend. »Wir leiten gemeinsam eine Firma hier in New York.«

Er hebt verwundert die Augenbrauen. »Wie alt bist du, Julie?«

Ich kann mir ein Grinsen nicht verkneifen. »Das ist eine wirklich lange Geschichte.«

»Ich habe Zeit.«

»Ich aber nicht«, sage ich und lache, als er die Stirn runzelt. Der Alkohol lockert meine Zunge, und ich muss mich wirklich zusammenreißen, um nicht ins Detail zu gehen. »Ich möchte nicht unhöflich sein, aber heute Abend ist nicht der richtige Zeitpunkt, um dir meine gesamte Lebensgeschichte zu erzählen.«

Chadwick stützt sich mit einer Hand auf dem Tresen neben mir ab, dann lehnt er sich ein Stück nach vorn. Erst denke ich, dass er mir etwas ins Ohr flüstern will, aber er hält etwa zehn Zentimeter vor meinem Gesicht inne und grinst verschmitzt. »Du bist definitiv eine von den Guten. Ich habe ein Gefühl für Menschen.«

»Gespür«, verbessere ich schmunzelnd.

Bevor er etwas darauf antworten kann, taucht Caleb an meiner Seite auf. Ich hätte ihn wahrscheinlich nicht einmal bemerkt, doch er streckt den Arm aus und stützt sich ebenfalls am Tresen ab, sodass Chadwick mehr oder weniger dazu gezwungen ist, ein Stück zurückzuweichen. Sofort vergeht mir das Lachen, und ich bemerke, dass sich unwillkürlich ein schuldbewusster Ausdruck auf mein Gesicht stiehlt. Was mich wahnsinnig ärgert. Ich habe nichts falsch gemacht, immerhin war er derjenige, der sich mit Addison amüsiert und mich dafür stehen gelassen hat.

»Hi«, sage ich mit deutlich höherer Stimme als gewöhnlich. *Verdammt.*

Caleb schaut mich kurz an und, jep, er sieht wahnsinnig angepisst aus. Dann richtet er seine Aufmerksamkeit wieder auf Chadwick. Der angetrunkene Teil in mir will Chadwick zurufen, dass er weglaufen soll.

»Du musst der Partner sein«, sagt Chadwick mit einem verhaltenen Lächeln und streckt Caleb die Hand entgegen. »Sehr erfreut. Mein Name ist Chadwick Fox.«

Einen Moment lang befürchte ich tatsächlich, Caleb würde ihn ignorieren, mich über die Schulter werfen und abhauen oder ihm direkt eine reinhauen. Keine Ahnung, wie viel er bereits getrunken hat, aber sein Blick ist glasig und sein Gesicht deutlich angespannt. Er sieht nicht gerade wütend aus, eher genervt und so, als würde er sehr krampfhaft versuchen, sich zu beherrschen.

»Partner«, wiederholt er mit einem kurzen Blick zu mir, dann schüttelt er Chadwick zu meiner Erleichterung die Hand. Ich habe beinahe damit gerechnet, dass er Chadwicks Begrüßung unhöflich erwidern würde. »Caleb Bonham.«

Ich sehe Chadwick an und meine, einen Funken des Erkennens in seinen Augen aufblitzen zu sehen. Ich unterdrücke ein Stöhnen. Dass er meinen Namen nicht kannte, ist verständlich, vor allem wenn er nicht in New York wohnt. Aber immerhin trage ich auch nicht den Namen Bonham. Gut möglich, dass er irgendetwas von dem Drama mitbekommen hat, das sich im Moment um Caleb und mich herum abspielt.

»Freut mich«, antwortet er jedoch mit einem freundlichen Lächeln, dann sieht er mich ein wenig wehmütig an. »Bedeutet das, dass wir uns voneinander verabschieden müssen?«

Ich öffne den Mund, um etwas zu sagen, doch Caleb ist schneller. Die Hand, die gerade eben noch zwischen mir und Chadwick auf der Theke ruhte, liegt jetzt auf meinem Rücken. Eigentlich eine unschuldige Geste, aber in der Situation wirkt sie verdammt besitzergreifend. Ich versuche, mich nicht darüber zu ärgern, immerhin hatte ich ähnliche Gedanken, als ich ihn mit Addison zusammen gesehen habe. Der Unterschied ist allerdings, dass ich Caleb nicht habe stehen lassen, um mit irgendeinem Typen zu flirten. Und dass Addison nicht wirklich freundlich mir gegenüber gewesen ist, wohingegen Chadwick bis jetzt die Höflichkeit in Person war.

»Ich kümmere mich schon um sie«, sagt Caleb. Er lächelt, aber seine Stimme ist so kalt, dass ich peinlich berührt das Gesicht verziehe.

»Oh, davon gehe ich aus«, erwidert Chadwick völlig unberührt von Calebs schneidendem Tonfall. »Ich bin mir sicher, dass eine Frau wie Julie auf einer Party nicht lange allein bleibt. Man muss die Chance nutzen, die einem gegeben wird.«

Kurz runzle ich die Stirn, weil es ein bisschen so klingt, als würde ich mit jedem Typen rummachen, der nett genug ist, um mir einen Drink zu spendieren.

»Sie gehört mir.«

Ich verschlucke mich beinahe an dem Schluck Cocktail, den ich gerade genommen habe, und sehe Caleb ungläubig an. Diese Aussage ist nicht nur unglaublich bescheuert, sie entspricht auch nicht dem Bild, das wir in der Öffentlichkeit abzugeben versuchen.

»Okay«, sage ich und entziehe mich demonstrativ seiner Berührung. »Ich denke, das Testosteron-Limit ist für heute

Abend erreicht. Chadwick, es hat mich sehr gefreut, dich kennenzulernen, und vielen Dank für deine Hilfe mit dem Drink. Caleb, kann ich vielleicht kurz mit dir sprechen?«

Gerade als ich mich umdrehen und gehen will, streckt Chadwick mir seine Hand entgegen. Im ersten Moment denke ich, dass er mir schon wieder die Hand schütteln will, doch dann bemerke ich die Visitenkarte, die er mir hinhält.

»Vielleicht hast du Lust, dich zu melden, wenn ihr die Verhältnisse untereinander geklärt habt«, murmelt er lächelnd. Keine Ahnung, ob er sich einbildet, Caleb könne ihn nicht hören, wenn er leise spricht. Das Knurren, das aus Calebs Richtung kommt, beweist aber ziemlich deutlich das Gegenteil.

»Nicht nötig«, sagt er langsam und mit vor Wut zitternder Stimme. Er will nach der Karte greifen, aber ich nehme sie hastig an mich und schiebe sie in meine Clutch. Nicht weil ich tatsächlich vorhabe, mich mit Chadwick zu treffen, sondern weil ich Caleb deutlich machen will, dass er eine Grenze überschreitet. Selbst wenn wir offiziell ein Paar wären, selbst wenn wir verheiratet wären, ginge dieses Verhalten überhaupt nicht. Ich brauche keinen eifersüchtigen Freund, der meint, diese Situation für mich regeln zu müssen. Das schaffe ich schon ganz alleine.

»Danke«, sage ich, demonstrativ an Chadwick gewandt, und nehme dann Calebs Hand – eine mahnende Geste, die er aber offensichtlich nicht versteht. Mit zornig funkelnden Augen dreht er sich zu mir.

»Was soll das?« Mit der freien Hand deutet er über die Schulter Richtung Chadwick, der uns mit einer Mischung aus Irritation und Belustigung zusieht. »Willst du den Kerl echt anrufen? Findest du nicht, dass wir im Moment genug beschissene Probleme haben, mit denen wir uns beschäftigen können?«

»Halt die Klappe, Caleb«, raune ich. Ein paar Leute in der Nähe haben sich bereits zu uns umgedreht. »Du machst dich lächerlich. Und mich auch. Wir haben uns nur unterhalten.«

Er schnaubt verächtlich. »Mag sein, dass du dich nur unterhalten hast. Aber wenn du wirklich glaubst, dass der Typ nichts anderes im Sinn hatte, dann bist du naiver, als ich dachte.«

Ich zucke zurück, als hätten seine Worte mir einen Schlag verpasst. Und so fühlt es sich auch an, weil es mich schmerzhaft an die Zeit unseres Kennenlernens erinnert, in der er mich gerne wie ein naives, unfähiges Kind behandelt hat, das ihm einfach nur im Weg steht.

Um mich zu beruhigen, atme ich einmal tief durch, dann sehe ich Chadwick an. Sein Blick hat sich verändert. Sämtliche Belustigung ist daraus verschwunden, und er runzelt die Stirn, als würde er versuchen, die ganze Situation einzuordnen.

»Es tut mir wirklich leid«, sage ich verlegen.

»Das muss es nicht«, erwidert er angespannt und sieht zwischen Caleb und mir hin und her. »Hey, vielleicht solltest du noch hierbleiben. Ich kann dich später nach Hause fahren oder dir ein Taxi rufen, falls du …«

Calebs Körper erstarrt. Ich sehe, dass er die Kiefermuskeln anspannt, als er sich zu Chadwick umdreht. »Falls sie … *was*?«

»Falls sie nicht mit dir gehen will, Mann«, präzisiert Chadwick ungerührt. »Ich kenne dich nicht, aber du solltest ernsthaft über deinen Ton ihr gegenüber nachdenken.«

Oh nein.

»Willst du mich verarschen?«, fragt Caleb leise, aber beinahe drohend.

»Wir gehen«, sage ich so energisch wie möglich, ohne die Stimme zu heben. Alle starren uns an. Ich warte eigentlich nur darauf, dass die Musik verstummt und irgendjemand einen

Scheinwerfer auf uns richtet. Diese ganze Scheiße wäre mir auf jeder normalen Party peinlich gewesen, aber in Anwesenheit von A-Promis, Calebs Freunden und sicher auch einer Handvoll Reporter würde ich am liebsten im Boden versinken. Ich will mir lieber gar nicht erst vorstellen, wie die Schlagzeilen hierzu aussehen werden. Und welche Konsequenzen das für uns hat.

Ich greife wieder nach Calebs Hand und ziehe ihn zurück. Das hier muss ein Ende haben, bevor die beiden sich noch vor versammelter Mannschaft prügeln. Nicht, dass ich mir einbilde, ich hätte einen so atemberaubenden Eindruck auf Chadwick gemacht, dass er sich für mich schlagen würde. Aber Caleb würde es tun. Er ist mindestens angetrunken, und im Moment scheint sein Temperament völlig mit ihm durchzugehen. Und Chadwick wirkt wie ein guter Kerl, der nur versucht, mich vor einem besitzergreifenden Arschloch zu retten. Daraus kann ich ihm wirklich keinen Vorwurf machen.

»Sie braucht dich sicher nicht, um beschützt zu werden«, knurrt Caleb, während ich ihn mit mir zerre und hektisch Ausschau nach einem Ausgang halte. »Und jemandem einen Drink zu spendieren, auf einer Veranstaltung, auf der Getränke umsonst sind, ist echt armselig.«

»Sei still!«, zische ich, bevor ich mich an ein paar Schaulustigen vorbeidränge und Chadwick endlich außer Sichtweite gerät. Ich höre Caleb immer noch hinter mir fluchen, aber immerhin macht er keine Anstalten, sich gegen mich zu wehren. Ich entdecke eine breite, doppelflügelige Glastür, über der ein Notausgang-Schild hängt. Ohne einem der Umstehenden in die Augen zu sehen, ziehe ich Caleb mit mir und werde erst langsamer, als wir einen schmalen Flur hinter uns gelassen haben und in eine ruhige Seitengasse treten. Kühle Luft empfängt mich und legt sich auf meine erhitzte Haut. Sofort lasse ich Caleb los, vergrabe das Gesicht in meinen Händen und drücke meine Finger gegen die Stirn, während ich geräuschvoll die Luft ausstoße.

Anando, der uns selbstverständlich gefolgt ist, tritt neben mich. »Ist alles in Ordnung, Miss?«

Ich schaue auf und schlucke die Worte hinunter, die mir auf der Zunge liegen. Dass er mich in Ruhe lassen und uns, verdammte Scheiße noch mal, wenigstens eine Sekunde Privatsphäre gönnen soll!

Aber ich weiß, dass er das nicht tun wird, also spare ich mir den Atem. Prüfend sehe ich mich in der kleinen Gasse um, die mich erschreckend an die Straße neben dem Bonham Building erinnert, in der Tony überfahren wurde. Niemand ist zu sehen, abgesehen von ein paar undeutlichen Silhouetten, die am Ende der Gasse auf der 54th Street vorbeihuschen.

Wütend wirbele ich zu Caleb herum, der sich kaum bewegt hat, seit ich ihn losgelassen habe. Er steht mit verschränkten Armen da, sein Gesicht ist beinahe ungerührt. Das einzige Anzeichen, das beweist, dass er immer noch wütend ist, ist, dass er deutlich schwerer atmet als gewöhnlich.

»Was sollte das?«, presse ich hervor. Am liebsten würde ich schreien, aber ich reiße mich zusammen.

»Was sollte *was*?«, fragt er zwischen zusammengebissenen Zähnen.

»Diese dämliche Ego-Nummer da drinnen? Ich dachte, wir gehen als gute Freunde!«

Er schnaubt verächtlich. »Den Scheiß hat uns doch sowieso niemand geglaubt!«

»Ach nein?« Frustriert hebe ich die Hände und lasse sie wieder fallen. »Und du bist nicht auf den Gedanken gekommen, mit mir zu sprechen, bevor du *diesen Scheiß* platzen lässt? Auf einer fucking Filmpremiere?«

»Oh, jetzt ist das meine Schuld?« Sein Gesicht verzieht sich zu dem verächtlichen, überheblichen Grinsen, das ich so sehr hasse. »Wer im Glashaus sitzt, sollte nicht mit Steinen werfen, Julie.«

Fassungslos starre ich ihn an. »Ich habe nichts Falsches getan, Caleb. Ich habe mich mit Chadwick unterhalten, so wie du mit Addison, oder nicht? Nicht mehr und nicht weniger.«

»Er wollte sich nicht nur unterhalten«, knurrt er. »Bitte sag mir nicht allen Ernstes, dass dir das nicht bewusst gewesen ist!«

»Aber *ich* wollte mich nur unterhalten!«, rufe ich jetzt. »Es ist mir scheißegal, was seine Absichten waren, Caleb, und das sollte es dir auch sein! *Ich* wollte weder seine Nummer oder mich mit ihm treffen noch habe ich ihm sonst irgendwelche Versprechungen gemacht. Für *mich* war es nur eine Unterhaltung. Und das ist, verdammt noch mal, alles, was zählt! Er hat mich zu nichts gedrängt!«

»Wow. Wie ritterlich von ihm. Das sind deine Ansprüche an einen Mann?«

»Nein.« Kopfschüttelnd sehe ich ihn an. »Meine Ansprüche müssen deutlich niedriger sein, wenn man bedenkt, dass ich mich mit dir eingelassen habe, oder?«

Es braucht offensichtlich einen Moment, bis der Sinn meiner Worte seinen Verstand erreicht hat. »Was soll das heißen?«

»Dass ich vor einer Stunde noch gedacht habe, du wärst perfekt für mich, Caleb!«, sage ich mit einer Mischung aus Frustration und Verzweiflung. »Du warst derjenige, der mich hat stehen lassen, um sich mit Addison zu unterhalten. Und jetzt machst du ein Fass auf, verhältst dich wie ein Arschloch und beleidigst mich, weil mich ein Typ angesprochen hat? Breaking News, Caleb, aber du bist vielleicht nicht der einzige Mann auf dieser Welt, der mich attraktiv findet!«

Schwer atmend sehe ich Caleb an. Ich kann es in seinem Kopf förmlich rattern hören, zeitgleich versuche ich mich davon abzuhalten, loszuheulen. Aus Wut oder weil mir allmählich klar wird, dass die Bubble, in der wir in den letzten Wochen gelebt haben, verdammt zerbrechlich ist. Ein paar Stunden in der echten Welt reichen aus, um sie zum Platzen zu bringen. Um mir verdammt gut vor Augen zu führen, wie es irgendwann einmal sein würde. Wir passen nicht zueinander. Unsere Leben passen nicht zueinander. Eine Tatsache, die ich in den vergangenen Wochen beinahe vergessen habe, die jetzt allerdings wie eine Abrissbirne in mein Bewusstsein kracht.

Ich verschränke die Arme vor der Brust, damit Caleb nicht sieht, wie sehr sie zittern.

»Was soll das heißen?«, fragt er erneut, und wieder klingt seine Stimme wie ein Knurren.

Genervt stöhne ich auf. »Dass ich mir so eine Beziehung nicht vorstelle, Caleb! Hinter dir herzulaufen und jedes Mal ein Drama befürchten zu müssen, wenn ich irgendetwas tue, das dir nicht gefällt!«

»Ich habe dich beschützt, Julie. Ich habe versucht …«

»Ich musste vor nichts beschützt werden!«, unterbreche ich ihn laut. »Das machst du jedes Mal! Anstatt mit mir zu sprechen und mich mit einzubeziehen, entscheidest du ganz allein, was für mich das Richtige ist und was nicht. Und das brauche ich nicht! Ich brauche keinen Beschützer, ich brauche niemanden, der für mich Entscheidungen trifft, und ich brauche erst recht niemanden, der für mich spricht oder mir sagt, wie ich mich verhalten soll.« Ich lache verächtlich. »Dafür habe ich ja jetzt schließlich einen Bodyguard und einen Assistenten und einen beschissenen Haufen Angestellte, die mir wahrscheinlich auch den Arsch abwischen würden, wenn ich sie darum bitten würde. Ach ja, und eine PR-Beraterin, die mir sagt, wie ich mich kleiden soll und was ich sagen soll und wie ich gucken soll und wie ich zu sein habe! Und, oh Wunder, diese PR-Beraterin ist rein zufällig auch noch deine Schwester!«

»Jules …«

»Nein!«, fahre ich wütend dazwischen. »Ich hab die Schnauze voll! Solange ich nach deinen Regeln spiele, ist alles gut. Aber wehe, jemand tanzt – nach *deinen* Maßstäben – aus der Reihe. Ich habe keinen Bock mehr darauf, Caleb!«

»Nach *meinen* Regeln?«, wiederholt er abfällig und schnaubt, als ich nur die Augenbrauen hochziehe. »Diese Sache funktioniert auch andersrum, Julie. Du machst, was du willst, seitdem du in Hoffmans Büro aufgetaucht bist! Du haust ab, bringst dich und andere in Gefahr und verlässt dich die ganze Zeit darauf, dass ich alles regle! Aber wenn ich das mal nicht so tue, wie es dir passt, bist du angepisst! Was hast du erwartet, wie ich auf diesen Typen reagiere? Offensichtlich glaubst du ja, dass ich kein beschissenes Recht habe, irgendwelche Arschlöcher, die an dir rumgraben, in ihre Schranken zu weisen! Also, worüber streiten wir uns eigentlich? Wenn die Sache für dich so klar ist, dann geh wieder rein und schmeiß dich von mir aus jedem verfickten Mann an den Hals, den du finden kannst! Ein paar von denen stehen bestimmt auf diese Jungfrau-in-Nöten-Tour, die du jedes Mal abziehst!«

Ich öffne den Mund, aber kein Wort kommt heraus. Ich versuche, mich selbst daran zu erinnern, dass Caleb betrunken ist. Und wütend. Dass Menschen im Affekt Dinge sagen, die sie nicht so meinen und später bereuen. Aber es hilft nicht. Ein Teil von mir kann nachvollziehen, dass Caleb sich verteidigt und den Spieß umzudrehen versucht, aber wir sind keine verdammten Kinder mehr, die sich darüber streiten, wer mit dem Streit angefangen hat.

Es ist egal, wer recht hat. Die Tatsache, dass wir in dieser

Gasse stehen und uns gegenseitig anbrüllen, anstatt auf der Premiere zusammen eine gute Zeit zu haben, reicht vollkommen aus, um mein Herz langsam brechen zu lassen. Die Erkenntnis sickert mehr und mehr in mein Bewusstsein, während ich versuche, die richtigen Worte zu finden. Am liebsten würde ich einfach das tun, was Caleb mir vorwirft – mich umdrehen und abhauen. Aber Anando steht immer noch etwas abseits von uns und versucht auszusehen, als könne er diese ganze Unterhaltung nicht hören. Trotzdem würde er mich aufhalten.

Ich raffe sämtliche Kräfte zusammen, die nach diesem Abend noch übrig sind. Meine Augen brennen vor zurückgehaltener Tränen und meine Beine fühlen sich an, als würden sie jeden Moment nachgeben. Aber nicht hier. Nicht jetzt.

»Wurde Zeit, dass wir das klären«, sage ich mit belegter Stimme. »Geht es für dich in Ordnung, wenn Anando mich nach Hause begleitet? Oder soll ich Estha anrufen?«

Caleb beißt die Zähne zusammen. Sein Gesicht scheint auf den ersten Blick ausdruckslos, aber ich sehe, dass er einen ganzen Haufen Emotionen zurückhält. Vielleicht versucht er aber auch nur die Beschuldigungen, die er mir noch entgegenschleudern kann, bei sich zu behalten. Dann nickt er abgehackt. »Anando soll dich nach Hause bringen und dann wiederkommen.«

»Du gehst wieder rein?« Sofort beiße ich mir auf die Lippen, aber die Worte sind bereits heraus. Caleb soll nicht sehen, wie sehr mich die Vorstellung verletzt, dass er zurückgeht und möglicherweise nach Addison sucht. Es geht mich nichts mehr an.

Er antwortet nicht, sondern dreht sich stattdessen zu Anando um, der hinter ihm an der Hauswand lehnt. »Bringen Sie sie bis ins Apartment«, weist er an, auf einmal wieder in geschäftsmäßigem Ton. Er zögert kurz, dann wirft er mir einen ausdruckslosen Blick zu. »Das ist *keine* Bevormundung. Sicherzugehen, dass du die Tür hinter dir abschließt, gehört zum normalen Protokoll in unserer Situation.«

Ich nicke nur. Zu mehr bin ich nicht in der Lage. Ein Teil von mir hat vermutlich gehofft, dass er mich aufhält oder es zumindest versucht. Dass er einfach kapituliert und sich auf organisatorische Details konzentriert, schmerzt fast mehr als alles, was er mir heute Abend an den Kopf geworfen hat.

Anando kommt auf mich zu und bleibt wartend neben mir stehen. Ich sehe Caleb an, suche nach irgendetwas, das ich sagen kann. Aber da ist nichts. Er erwidert meinen Blick so lange, bis ich mich schließlich umdrehe und Anando Richtung Hauptstraße folge. Meine Absätze klappern auf dem Asphalt, und obwohl es eine warme Nacht ist, kommt mir die Luft auf einmal deutlich kälter vor als noch vor ein paar Minuten. Ich schlinge die Arme um mich und warte auf das Geräusch der sich schließenden Tür, das jedoch nicht kommt. Ich weiß, dass Caleb mich beobachtet. Ich spüre es in meinem Nacken, auf meiner Haut und in den Trümmern, die von meinem Herzen noch übrig geblieben sind.

Er steht da und sieht mir hinterher. Sieht zu, wie ich fortgehe.

Und ich drehe mich kein einziges Mal um.

Die Rückfahrt ist der Horror. Ich muss die ganze Zeit über gegen die Tränen ankämpfen, und ich meide Anandos Blick im Rückspiegel, der mich zweimal fragt, ob er etwas für mich tun kann. Diese ganze Sache ist mir unfassbar peinlich. Er hat jedes Wort mit angehört – jedes Wort, das eigentlich zwischen mir und Caleb hätte bleiben sollen.

Immer wieder spiele ich mit dem Gedanken, Anando zu bitten, mich zurückzubringen. Ich könnte Caleb suchen und ihn überreden, mit mir nach Hause zu kommen. Noch einmal in Ruhe miteinander zu sprechen, nachdem wir unsere Gedanken geordnet haben. Aber kein Wort kommt über meine Lippen. Ich habe Angst vor dem, was ich sehen könnte, würde ich zurück auf die Party gehen. Caleb ist ein guter Kerl, aber er ist impulsiv und handelt manchmal einfach blindlings. Würde es mich überraschen, wenn er mit Addison abziehen würde oder mit irgendeiner anderen Frau? Ich weiß es nicht. Ich weiß nicht, was ich denken soll. In meinem Kopf herrscht ein einziges Chaos, und mir fehlt einfach die Kraft dazu, es in den Griff zu kriegen.

Ich lasse mich mit der Schläfe gegen die kühle Fensterscheibe sinken und beobachte die Lichter der Stadt, die an mir vorbeiziehen. Tagsüber wirkt New York wie ein summender Bienenstock, nachts hat es seine ganz eigene Magie. Ich weiß noch, wie beeindruckt ich war, als ich hergezogen bin. Beeindruckt davon, dass die Stadt, die niemals schläft, auch mit einbrechender Dunkelheit kaum ruhiger wird. Im Gegenteil – in manchen Gegenden wird es sogar noch voller und vor allem bunter. Die Partyszene hier ist schillernd und extrovertiert und verwandelt die Straßen regelrecht in einen Konfettiregen. Museen sind bis spät in die Nacht geöffnet, die Aussichtsplattform auf dem Empire State Building kann bis um zwei Uhr morgens besucht werden. Nachts scheint die Stadt durch all die Lichtreklamen zu leuchten, was ich jedes Mal irgendwie faszinierend finde. Als wäre man in einer anderen Welt, in der die Schwärze der Dunkelheit einen nicht erreichen kann.

Gleichzeitig habe ich immer den Eindruck, dass New York nach Sonnenuntergang eine gewisse Melancholie ausstrahlt. Jetzt gerade können die Lebendigkeit und der Trubel mich nicht wirklich aufmuntern. Stattdessen fühle ich mich wahnsinnig einsam zwischen all den Menschen, die auf dem Weg zur nächsten Party sind, und den Touristen, die aufgeregt dem Sog der Stadt folgen.

Mein Blick bleibt an einem Pärchen hängen, das an einer Ampel wartet. Der einen Frau liegt eine große Lederjacke über den Schultern und sie hält die Hand einer zweiten, die die ganze Zeit über lächelt. Als sie sich herunterbeugt, um ihre Begleitung zu küssen, schließe ich die Augen.

Anando bringt mich wie versprochen bis zur Wohnungstür. Ich schließe auf, und als ich mich umdrehe, sehe ich, dass er nach den richtigen Worten sucht, also erlöse ich ihn von seinem Leiden.

»Danke«, sage ich und versuche es mit einem Lächeln, versage aber auf ganzer Linie. Meine Gesichtsmuskeln fühlen sich an, als würden sie sich schlicht und ergreifend nicht mehr daran erinnern, wie man lächelt. »Es tut mir leid, dass Sie das mit anhören mussten. Das war sicher … unangenehm.«

»Nicht im Geringsten, Miss«, entgegnet er, höflich wie immer. Allerdings wirkt er auch ein wenig erleichtert darüber, dass ich endlich mit ihm spreche und er nicht derjenige sein muss, der das Schweigen bricht.

»Ich gehe ins Bett. Es ist alles in Ordnung, Sie können zurück zur Party fahren und Mr Bonham babysitten.«

Er nickt kurz. »Ich sage dem Sicherheitsdienst Bescheid.«

Mit einem unterdrückten Seufzen verabschiede ich mich und schließe die Tür. Ich werde mich niemals daran gewöhnen, dass rund um die Uhr jemand vom Sicherheitsdienst vor meiner Wohnung steht.

Sobald ich allein bin, brennen wieder die Tränen in meinen Augen. Auf der Fahrt und dem Weg nach oben konnte ich mich noch irgendwie ablenken, aber allmählich beginne ich zu realisieren, was gerade eben passiert ist. Ich halte die Luft an, um ein Schluchzen zu unterdrücken, während ich ins

Schlafzimmer laufe, um mich umzuziehen und den kostbaren Schmuck abzulegen. Aber ich schaffe es nicht. Als ich mich vorsichtig aus dem Jumpsuit schäle, laufen die Tränen über, gegen die ich so lange angekämpft habe. All die Stärke, all die Mauern, die ich um mich herum aufgebaut habe, stürzen in sich zusammen und lassen die Verzweiflung über mich hereinbrechen.

Scheiße. Ich stolpere hinüber ins Bad und stütze mich mit beiden Händen auf dem Rand des Waschbeckens ab. In meinem Kopf wiederholen sich Calebs und meine Worte in einer widerlichen Dauerschleife.

Ein Schluchzen steigt in meiner Brust auf. Ich presse mir die zitternden Finger gegen die Lippen, aber es nützt nichts. Caleb war in den letzten Wochen mein Halt, mein Fels in der Brandung. Die Person, die mit mir in dieser ganzen Situation steckt und an meiner Seite steht, was auch immer passiert.

Ich liebe ihn.

Irgendwo in der Wohnung höre ich mein Handy klingeln, aber ich ignoriere es. Meine Tränen spülen das aufwendige Make-up weg, meine Finger zerstören meine Frisur, für die die Stylistin beinahe zwei Stunden gebraucht hat, während ich in meiner perfekten, unverschämt teuren Unterwäsche im Bad sitze und von Schluchzern geschüttelt werde.

25

JULIE
Donnerstag, 14. Juli 2022

Beinahe wäre ich vor meinem Spiegelbild zurückgeschreckt. Meine Augen sind rot gerändert und geschwollen, weil ich die halbe Nacht geheult habe. Mein Gesicht hat rote Flecken, von denen ich nicht einmal genau weiß, woher sie kommen, und meine Haare sehen aus, als hätte gleich eine ganze Kolonie Vögel darin genistet. Mein ganzer Körper tut weh – meine Arme, meine Beine, mein Herz.

Mehr als einmal war ich kurz davor, mich krank zu melden. Einfach blauzumachen, immerhin bin ich die Chefin. Mich einen Tag in meinem Bett zu vergraben und mir selbst leidzutun, erscheint mir im Moment wirklich verlockend. Denn bei der Vorstellung, Caleb wiederzusehen und so tun zu müssen, als wäre alles in bester Ordnung, wird mir beinahe schlecht.

Aber ich melde mich nicht krank. Nicht zur Arbeit zu erscheinen, wäre ein Eingeständnis von Schwäche Caleb gegenüber. Und das werde ich nicht zulassen. Ich werde garantiert nicht länger *die Jungfrau-in-Nöten-Nummer abziehen*, die er mir vorgeworfen hat. Irgendwann letzte Nacht habe ich mir vorgenommen, mir nicht das kleinste Anzeichen von Leid anmerken zu lassen. Diese Genugtuung werde ich ihm nicht geben. Ja, anfangs war ich ein Gast in seiner Welt, und ich war mehr als einmal damit überfordert. Ja, ich habe mich hinter ihm versteckt und viel zu oft darauf verlassen, dass er das Ruder übernimmt.

Damit ist jetzt Schluss. Mag sein, dass ich in diese Welt hineingestolpert bin, dass ich nicht in sie hineingeboren wurde. Aber ich werde sie übernehmen.

Ich reiße mich von dem Anblick meines Spiegelbildes los und öffne die Schublade mit meinem Schminkkram. Ich bin im Alltag eigentlich eher der Wimperntusche- und Concealer-Typ, aber heute brauche ich definitiv schwerere Geschütze. Ein paar Schichten Make-up werden immerhin die körperlichen Spuren dieser furchtbaren Nacht überdecken. Nachdem ich mich geschminkt habe, gehe ich hinüber zu meinem Kleiderschrank und begutachte den Inhalt. Ich ziehe einen schlichten schwarzen Bleistiftrock heraus und kombiniere ihn mit einem weiten Karohemd, dessen Ärmel ich ein wenig hochkremple. Dazu einen ganzen Haufen goldenen Schmuck, der hoffentlich genug blinkt und glitzert, um von meinem aufgequollenen Gesicht abzulenken. Ich will schon nach meinen üblichen Slippern greifen, schlüpfe dann aber spontan in die einzigen schwarzen High Heels, die ich besitze. In der Regel trage ich keine Absätze im Büro, aber falls es jemals eine passende Gelegenheit dafür gab, dann heute.

Als ich fertig bin, stelle ich mich vor den Spiegel und drehe mich ein paarmal in alle Richtungen. Ich sehe gut aus, solange sich niemand mein Gesicht allzu intensiv anschaut. Ich bin leider keine Expertin in Sachen Make-up, weshalb ich es nicht geschafft habe, die Augenringe gänzlich abzudecken. Ich spiele sogar kurz mit dem Gedanken, Rahel anzurufen und sie um Hilfe zu bitten. Allerdings bin ich mir nicht sicher, wie Rahel und ich inzwischen zueinander stehen. Sie ist ein Profi und wird bestimmt weiterhin mit mir arbeiten, aber ich habe mich immerhin von ihrem Bruder getrennt, und es wäre völlig nachvollziehbar, wenn sie auf seiner Seite stehen würde.

Seufzend greife ich nach dem Handy, werfe es in meine Tasche und schaue auf die Uhr. Normalerweise würde Caleb jeden Moment an meine Tür klopfen, mir einen Kaffee hinhalten und mich küssen. Nein, falsch. Normalerweise wäre ich heute in seinem Bett aufgewacht, wäre vielleicht zu ihm unter die Dusche gestiegen und … keine Ahnung. Wir hätten über die Party und die Gäste gelästert und uns gemeinsam die Artikel über die gestrige Premiere durchgelesen. Alleine habe ich mich das nicht getraut – vor allem, weil ich davon überzeugt bin, dass etwas von dem, was gestern Abend zwischen Caleb und mir passiert ist, mit Sicherheit aufgenommen oder zumindest weitererzählt wurde.

Mein Herz stolpert ein paarmal in meiner Brust, und ich presse die Lippen zusammen, während ich gegen die Tränen ankämpfe, die erneut in meinen Augen aufsteigen. Caleb wird nicht an die Tür klopfen und mir sicher auch keinen Kaffee mitbringen. Dieser Tower war noch nie mein Lieblingsplatz auf dieser Welt – zu kühl, zu unpersönlich –, aber niemals zuvor habe ich mich in ihm so einsam gefühlt.

Energisch schiebe ich das Selbstmitleid beiseite und tackere mir einen unbeteiligten Ausdruck aufs Gesicht, bevor ich die Tür öffne und beinahe in Estha reingerannt wäre, die scheinbar gerade zum Klopfen angesetzt hat.

Hastig weiche ich einen Schritt zurück. »Estha«, schnaube ich. »Sie haben mich erschreckt.«

»Entschuldigen Sie.« Als sie mir einen Kaffee hinhält, beiße ich die Zähne zusammen. »Skinny Hazelnut Dolce Latte, richtig?«

»Ja«, sage ich und räuspere mich, als ich höre, wie brüchig meine Stimme klingt. Auch ohne nachzufragen, weiß ich, dass

Caleb sie geschickt hat. Sie hat mich vorher noch nie zum Büro gebracht oder mir Kaffee geholt. Dass sie weiß, welche Sorte ich im Moment am liebsten trinke, spricht Bände. Vielleicht sollte ich doch einfach umdrehen und mich wieder unter meiner Bettdecke begraben. Wenn der Tag so weitergeht, werde ich ihn nicht durchstehen, ohne mir regelmäßig auf der Toilette die Augen aus dem Kopf zu weinen. »Danke, Estha.«

Sie nickt lächelnd und tritt dann zur Seite, um mich passieren zu lassen. Ich atme einmal tief durch, dann schließe ich die Tür hinter mir und steuere den Aufzug an, der in die unteren Büros führt. Unauffällig werfe ich Estha einen Blick durch den Spiegel im Fahrstuhl zu. Ihre Miene ist wie immer freundlich, aber distanziert, als würde sie versuchen, sich unsichtbar zu machen. Ich frage mich, was sie weiß. Denn dass sie etwas weiß, ist logisch. Entweder Caleb hat selbst mit ihr gesprochen oder aber Anando hat sie über die Situation aufgeklärt. Sie wird mich nie im Leben darauf ansprechen, aber ein Teil von mir würde sie gerne nach ihrer Meinung fragen. Ich habe das Gefühl, mit jemandem sprechen zu müssen, mir eine Zweitmeinung einholen zu müssen. Denn im Licht des neuen Tages erscheinen mir die Argumente und die Vorwürfe, die ich Caleb in dieser Seitenstraße an den Kopf geworfen habe, auf einmal gar nicht mehr so bedeutend. Doch dann denke ich wieder an die Szene mit Chadwick und daran, was Caleb mir vorgeworfen hat, und erneut bricht mein Herz. Ich bin verletzt – verletzt und wahnsinnig wütend, jedes Mal, wenn ich an den Abend denke.

Gestern Nacht wollte ich Saheera anrufen, habe mich aber nicht richtig getraut. Auf eine absurde Weise ist mir die ganze Sache unfassbar peinlich. Saheera und Bonnie hatten von Anfang an Vorbehalte gegen Caleb, und ich will nicht zugeben, dass sie recht hatten. Noch nicht.

Als ich aus dem Aufzug trete und die doppelflügelige Bürotür in Sicht kommt, gehen die Nerven mit mir durch. Wahrscheinlich ist Caleb schon da oder trifft in den nächsten Minuten ein. Ich bin noch nicht bereit für den Schmerz und all die anderen Gefühle, die sicher auf mich einprasseln werden, sobald ich ihn wiedersehe.

Kurzentschlossen entscheide ich mich für die feige Variante und drehe mich zu Estha um, die ebenfalls stehen geblieben ist und nun mit aufmerksamem Blick hinter mir steht. Kurz angebunden bitte ich sie, meine Sachen einfach auf meinen Schreibtisch zu legen und mir mein Tablet zu holen, das ich zum Arbeiten brauche. Ein Blick in ihr verständnisvolles Gesicht reicht, um zu wissen, dass ihr klar ist, was ich mit diesem Versteckspiel beabsichtige. Aber das ist mir egal. Ich bedanke mich knapp, dann mache ich kehrt und fahre hinunter zu den Büros der Kreativabteilung. Das hier ist seit Tonys Tod meine Art Safe Space geworden. Durch das offene Raumkonzept und die Gruppenschreibtische kann ich ab und zu runterkommen und hier arbeiten. Das habe ich immer gemacht, wenn Caleb Termine in unserem Büro hatte oder es mir oben zu still geworden ist.

Beim Eintreten begrüße ich ein paar Leute und sehe mich dann nach einem freien Schreibtisch um, komme allerdings nicht weit. Bevor ich auch nur ein paar Meter in das Büro hineingegangen bin, tritt Mrs Yeon mir in den Weg.

»Miss Penn«, sagt sie, sichtlich überrascht. »Was können wir für Sie tun?«

Unsicher schaue ich mich um. Bislang war es nie ein Problem, dass ich meinen Arbeitsplatz für ein paar Stunden hierher verlege. Was auch irgendwie naheliegend ist, immerhin leite ich diese Firma und arbeite genau in dieser Abteilung. »Ich wollte für ein, zwei Stunden einen Ihrer Schreibtische benutzen. Estha wird gleich hier sein«, sage ich, wobei ich so viel Autorität in meine Stimme zu legen versuche wie möglich. Ohne Erfolg. Mrs Yeon ist freundlich, und ich komme gut mit ihr aus, trotzdem schüchtert sie mich ein wenig ein. »Ich mache heute das Briefing für Madison fertig, und die Angebote für die neuen Faserguss-Verpackungen sind gestern gekommen, die würde ich gerne mit Ihnen durchgehen, bevor ich sie an die Rechnungsabteilung weiterleite.«

Sie scheint mir nicht zuzuhören. Stattdessen sieht sie sich um, und als ich ihrem Blick folge, bemerke ich, dass uns ein Großteil der Umstehenden anstarrt. Stirnrunzelnd checke ich mein Outfit, aber ich finde nichts, das dieses Starren rechtfertigen würde. Dann fällt der Groschen, und ich spüre, wie mir das Blut aus dem Gesicht weicht.

»Wie schlimm ist es?«, frage ich tonlos.

Ihre Züge werden kaum merklich weicher. »Kommen Sie mit.«

Ich protestiere nicht, sondern folge ihr durch das Großraumbüro in den Plexiglaskasten, der in der Mitte der Abteilung steht und als Konferenzraum fungiert. Für gewöhnlich liebe ich dieses Ding – es wirkt wie eine Art Terrarium inmitten all der Geschäftigkeit und des geregelten Chaos, das in dieser Abteilung herrscht. Aber jetzt gerade habe ich dafür keinen Blick. Nicht einmal als Mrs Yeon die Tür hinter mir schließt und auf einen unscheinbaren Knopf drückt, woraufhin das Glas, das uns umgibt, milchig und undurchsichtig wird. Als ich das bei meinem ersten Besuch in dieser Abteilung beobachtet habe, war ich wahnsinnig beeindruckt und habe wahrscheinlich ausgesehen wie ein kleines Kind, das zum ersten Mal ein Flugzeug oder etwas ähnlich Cooles sieht.

Jetzt allerdings lehne ich mich nur gegen den Tisch und verschränke die Arme vor der Brust. »Was ist los, Mrs Yeon?«

»Haben Sie die Nachrichten gecheckt?« Als ich nicht reagiere, stöhnt sie. »Den Google-Feed, Instagram, Facebook, Twitter, Snapchat, TikTok? Irgendetwas?«

»Nein«, sage ich ausdruckslos. »Mein Handy ist seit gestern Nacht aus.«

»Himmel, Julie«, seufzt sie, zieht einen Stuhl unter dem Tisch hervor und lässt sich darauf fallen. »Sie und Mr Bonham sind überall in den Klatschspalten. Selbst *Forbes* hat über Sie berichtet.«

»Wow! Wir haben es in die Wirtschaftsmagazine geschafft.«

Sie kneift die Augen zusammen. »Sie verkennen den Ernst der Lage, Miss Penn. Sie werden als unzuverlässig bezeichnet, als Teenager, die das Geld ihrer Eltern verprassen und das Familienerbe gegen die Wand fahren. Sie *beide*, Julie! Wir verlieren Werbepartner, und ich bin lang genug im Geschäft, um zu wissen, dass auch die anderen Abteilungen die Folgen dessen spüren, was die Medien über Sie und Mr Bonham schreiben.«

Ein paar Sekunden lang schließe ich die Augen. Ich muss die Schlagzeilen nicht lesen, um zu wissen, was die Presse berichtet. Das Gerücht, dass Caleb und ich ein Verhältnis miteinander haben, hält sich, seit ich auf der Bildfläche erschienen bin. Diese Vermutungen gab es bereits, als Caleb und ich einander noch gehasst haben. Eine dramatische Eifersuchtsszene passt da einfach hervorragend ins Bild.

Und auch wenn der Artikel in der *Forbes* sicher nicht so reißerisch ist wie die in der Klatschpresse, fällt er für den Vorstand, für Werbepartner oder Großkunden deutlich mehr ins Gewicht als alles, was sich auf Social Media abspielen mag.

Wenn es unsere Beziehungskiste in die Wirtschaftsmagazine geschafft hat, rüttelt das gewaltig an unserer Glaubwürdigkeit und der Seriosität von *Bonham Industries.*

Ich würde Mrs Yeon gerne sagen, dass nichts davon meine Schuld ist. Dass Caleb derjenige war, der sich verhalten hat wie ein eifersüchtiger Teenager, und dass ich mehr als einmal versucht habe, ihn zu beruhigen. Aber das würde niemandem etwas bringen, abgesehen von meinem Ego vielleicht. Damit würde ich das Bild der unvernünftigen Kinder nur vervollständigen. Jetzt ist Schadensbegrenzung angesagt.

»Caleb und ich haben kein Verhältnis«, stelle ich klar, auch wenn jedes einzelne Wort sich wie ein Skalpell anfühlt, das in mein Herz schneidet. »Wir sind nicht zusammen, wir … führen eine rein geschäftliche Beziehung.«

Eine ihrer Augenbrauen wandert in die Höhe. »Sie haben die Artikel nicht gelesen, aber bitte glauben Sie mir, wenn ich Ihnen sage, dass es äußerst viele Quellen gibt, die bestätigen …«

»Sie verstehen nicht«, unterbreche ich sie energisch. »Mr Bonham und ich haben uns gestern Nacht entschieden, unsere Beziehung auf einer rein geschäftlichen Ebene zu belassen. Dieses Gespräch war deutlich hitziger, als es hätte sein sollen, das gebe ich zu. Der Ort war … schlecht gewählt. Aber zwischen ihm und mir gibt es nichts mehr, worüber sich irgendjemand Sorgen machen müsste.«

Ihr Gesichtsausdruck wird ein klein bisschen weicher, dann seufzt sie schwer. »Sie sind zu jung, um solch kühle Aussagen über Ihr Privatleben treffen zu müssen, Julie. In Ihrem Alter sollten Sie mit Ihrem Partner oder Ihrer Partnerin Rosenkriege und Schlammschlachten ausfechten dürfen, ohne am nächsten Tag darüber in den Nachrichten lesen zu müssen. Aber Sie und Mr Bonham müssen verantwortungsvoller mit Ihrer Beziehung umgehen. Das ist nicht fair, aber es ist die Realität. Und das haben Sie von Anfang an gewusst.«

»Ich weiß«, antworte ich knapp. »Und ich kann Ihnen versichern, dass es nicht noch einmal vorkommen wird.«

CALEB

Meine Faust schließt sich um den Kugelschreiber, mit dem ich in den vergangenen zehn Minuten herumgespielt habe. Ich höre ein leises Knacken, und meine Fingerknöchel färben sich weiß, aber ich achte nicht sonderlich darauf. Ich brauche ein Ventil, um mich davon abzuhalten, aus meinem Stuhl aufzuspringen, als Julie den Konferenzraum betritt.

Ich habe beinahe nicht mehr damit gerechnet, dass sie überhaupt auftaucht. Alle meine Mitarbeiter meiden das Thema, und niemand traut sich, Julies Namen mir gegenüber in den Mund zu nehmen. Da ich sie nicht in unserem Büro gesehen habe und sie auch nicht auf die Meetinganfrage reagiert hat, war ich davon ausgegangen, dass sie den Tag freigenommen hat. Was ich ihr nicht hätte verdenken können, ich selbst bin kurz davor gewesen.

Aber hier ist sie. Gefolgt von Mrs Yeon betritt sie den Konferenzraum, den Blick stur geradeaus gerichtet und mit diesem entschlossenen Zug um den Mund, den ich bereits von ihr kenne. Mein Herz bleibt bei ihrem Anblick einmal kurz stehen, um dann doppelt so schnell weiterzuschlagen. Eine Flut an Erinnerungen bricht über mich herein, Bilder von gestern Nacht, die allesamt ein wenig vernebelt sind wegen des Alkohols, der ganz offensichtlich mein Urteilsvermögen beeinträchtigt hat. Ich kann mich nicht mehr genau daran erinnern, was wir einander an den Kopf geworfen haben. Ich erinnere mich an Bruchstücke davon und an ihr Gesicht, als sie sich umgedreht hat und verschwunden ist. Der Schmerz, den ich in ihren Augen sehen konnte, ist auch jetzt noch, einen Tag später, kaum zu ertragen. Genauso wenig wie die Tatsache, dass ich sie habe gehen lassen, ohne sie aufzuhalten. Dass ich zurück zu dieser beschissenen Party gegangen bin und mich habe volllaufen lassen, während ich mit jeder Frau geflirtet habe, die bei drei nicht auf den Bäumen war. Keiner von ihnen bin ich auch nur nahegekommen, trotzdem hasse ich mich dafür. Julie ist viel zu gut für mich. Das ist mir schon lange klar, aber der gestrige Abend beweist es endgültig.

Nicht gerade unauffällig mustere ich Julie, die konsequent meinen Blick meidet. Sie ist wahnsinnig hübsch. Sie ist stärker geschminkt als gewöhnlich und wirkt erschöpft, trotzdem sieht sie ganz bestimmt besser aus als ich. Ich habe, wenn es hoch kommt, zwei Stunden geschlafen und bin mir nicht einmal sicher, ob ich schon wieder nüchtern bin.

Sobald Julie und Mrs Yeon sich hingesetzt haben, räuspert sich Mr Freeman, den ich bis zu diesem Moment mehr oder weniger ignoriert habe. Mir ist klar, warum wir hier sind, und mir ist auch klar, was er zu sagen hat. Wir sind wie Kinder, die Scheiße gebaut haben und jetzt zum Direktor zitiert wurden. Alte Leier.

Der Plan ist ziemlich simpel. Wir sollen uns von den Reportern fernhalten, die Klappe halten und nichts Dummes tun, während ein Pressesprecher sich um eine Stellungnahme kümmert. Freeman schimpft, bis sein Kopf rot leuchtet und an seinem Hals eine Ader hervortritt. Er brüllt nicht, erhebt noch nicht einmal die Stimme, sondern spricht mit der gleichen passiv-aggressiven Art, die ich bereits kenne. Als ich kurz zu Rahel hinübersehe, die mir gegenübersitzt, bemerke ich, dass sie die Lippen zusammenpresst, als würde sie versuchen, nicht zu lachen. Es würde mir vermutlich ähnlich gehen, wenn die Lage nicht so verdammt beschissen wäre. Ich will mit Julie reden, gleichzeitig habe ich aber auch wahnsinnige Angst davor. Im Moment habe ich das Gefühl, dass ich es nur schlimmer machen kann, und die ganze Situation überfordert mich.

Und mich von Freeman langmachen zu lassen und dabei

den reumütigen kleinen Jungen zu spielen, ist so ziemlich das Letzte, worauf ich gerade Lust habe. In Wahrheit halte ich diesen Zirkus für mehr als lächerlich. Hätten Julie und ich von Anfang an mit offenen Karten gespielt, wäre diese ganze Sache gar nicht so künstlich aufgebauscht worden. Es hätte ein kurzes Aufsehen gegeben – am Anfang, als Julie aufgetaucht und ihre Verwandtschaft zu Sylvia ans Licht gekommen ist. Die Presse hätte sich in jeder erdenklichen Version auf diese Geschichte gestürzt. Aber das wäre vorbeigegangen. Das alles wäre eine Zeit lang besprochen worden, und dann wäre irgendwo anders ein Sack Reis umgekippt, und wir wären aus dem Fokus gewesen.

Aber das hier ist sicher nicht die richtige Zeit, um meine Meinung über all das zu verbreiten. Immerhin gibt mir dieses Drama genügend Argumente, um Freemans Entlassung bei dem Aufsichtsrat zu fordern. Er hat uns schlecht beraten und ist verantwortlich für die ganze Situation, in der wir uns gerade befinden. Zudem hat er vor allem Julie das Gefühl gegeben, keine andere Wahl zu haben, als seinem Rat zu folgen. Sobald Freeman aus dem Weg ist, werden Julie und ich unsere Beziehung öffentlich machen, und nach ein paar Tagen kräht kein Hahn mehr danach. Sobald der Stalker gefasst ist, haben wir endlich Ruhe.

Nach Freemans Monolog besprechen wir noch ein paar andere Themen, die noch langweiliger sind als unser kleiner Skandal. Für gewöhnlich bin ich interessierter an alledem, für gewöhnlich rede ich mehr, bringe mich mehr ein und bin vor allem vorbereiteter. Aber heute schaffe ich es nicht, meine Gedanken zu fokussieren und mich auf das Geschäft zu konzentrieren. Scheiße, ich schaffe es noch nicht einmal, meinen Blick von Julie zu lösen, die mit ausdrucksloser Miene dasitzt und sich Notizen auf ihrem Tablet macht. Die Gespräche der anderen gehen einfach an mir vorbei, ohne dass ich den Sinn dahinter zu fassen kriege. Vielleicht ist es der Schlafmangel oder der Restalkohol, vielleicht ist es aber auch nur der Stress, der sich allmählich bemerkbar macht. Was auch immer der Grund ist, ich muss mich gewaltig zusammenreißen, nicht einfach aufzustehen und aus dem Meeting zu spazieren. Ich muss mit Julie reden, herausfinden, wo wir stehen. Auch wenn ich mich nicht mehr an jedes Detail erinnern kann, ist mir klar, dass dieser Streit heftig gewesen ist. Mir ist klar, dass Julie einen Schlussstrich gezogen hat.

Aber ich weigere mich, das hinzunehmen. Ich selbst habe gestern Nacht eine ganze Menge Dinge gesagt, die ich nicht so gemeint habe und die ich nüchtern auch niemals gesagt hätte. Ich würde eine Menge dafür geben, sie zurücknehmen zu können. Und ich muss einfach glauben, dass es Julie genauso geht. Dass sie in der Situation vorschnell gehandelt und einfach reagiert hat.

Bevor ich das mit ihr geklärt habe, kann ich mich nicht dem Alltagsgeschäft widmen. Ich habe das Gefühl, dass all die Sorgen, all die Dinge, über die wir uns Gedanken machen müssen, allmählich zu viel für meinen Verstand sind. Dass er sich so langsam weigert, zusätzliche Informationen aufzunehmen oder zu verarbeiten.

Sobald das Meeting vorbei ist, erhebe ich mich als Erster und nicke jedem der Anwesenden kurz zu. Dann verlasse ich hastig den Raum, um draußen auf Julie zu warten. Sie geht mir aus dem Weg, und aus der Vergangenheit weiß ich, dass sie verdammt gut darin ist. Ich muss sie abfangen, bevor sie sich irgendwo in diesem Gebäude vor mir versteckt.

Es dauert endlos erscheinende Minuten, bis sie aus der Tür tritt und dabei über ihr Hemd streicht, das makellos sitzt. Diese Geste habe ich schon öfter bei ihr bemerkt – wenn sie nervös ist, fummelt sie an ihren Klamotten herum, richtet ihr Haar oder kaut auf ihrer Lippe.

Als sie den Kopf hebt und mich entdeckt, zögert sie den Bruchteil einer Sekunde. Dann geht sie weiter, und es ist ziemlich offensichtlich, dass sie einfach an mir vorbeispazieren will.

Oh nein, sicher nicht.

»Julie«, sage ich leise, aber deutlich.

Sie bleibt stehen und schaut mich kurz an. »Nicht jetzt und nicht hier. Wir haben schon genug Aufmerksamkeit.«

»Dann gehen wir ins Büro.«

»Nicht jetzt, Caleb.«

Ich beiße die Zähne zusammen. »Wir müssen uns unterhalten.«

Jetzt dreht sie sich zu mir um und sieht mich direkt an. Ihre Miene ist ausdruckslos, aber ich kenne sie zu gut, um darauf hereinzufallen. In ihrem Inneren tobt es. »Gestern Nacht konnte ich dich nicht davon abhalten, uns beide lächerlich zu machen. Aber jetzt schon. Ich sage es noch einmal, langsam und deutlich, damit auch du es verstehst: Nicht jetzt und nicht hier.«

Bevor ich antworten kann, gibt sie Estha ein Zeichen und geht Richtung Aufzug. Wie vor den Kopf gestoßen schaue ich ihr nach. Ich habe damit gerechnet, dass sie nicht allzu begeistert von mir ist, aber das hier … das war eiskalt. In ihren Augen hat so viel Wut, so viel Hass gestanden, dass ich einen Moment lang wie erstarrt dastehe, nicht fähig, irgendwie zu reagieren.

Fuck.

Es kann so nicht enden. Ich kann nicht zulassen, dass Julie sich aufgrund eines einzigen Abends von mir entfernt. Dafür haben wir zu viel durchgemacht, dafür ist sie zu … zu wichtig.

»Julie«, rufe ich, laut genug, dass sie mich hören kann. Aber sie dreht sich nicht um, sondern betritt nur mit steifen Schultern den Aufzug. Ich will ihr nachgehen, aber in diesem Moment legt sich eine Hand auf meine Schulter und hält mich zurück. Ich wirbele wütend herum, aber die Worte, die ich demjenigen entgegenschleudern wollte, bleiben mir im Halse stecken, als ich Rahel bemerke. Ihre Hand liegt immer noch auf meiner Schulter, und ihr Blick ist so streng, wie ich ihn schon lange nicht mehr gesehen habe.

»Lass sie gehen. Es bringt nichts, nicht jetzt«, sagt sie leise, aber eindringlich. In diesem Moment öffnet sich die Tür zum Konferenzraum erneut, und die anderen betreten den Korridor. Rahel nickt mit dem Kopf Richtung Fahrstuhl. »Komm mit. Wir reden irgendwo, wo wir ungestört sind.«

Ich will nicht ungestört reden, ich will gar nicht reden! Noch nie in der gesamten Geschichte der beschissenen Menschheit waren »Lass sie gehen« oder »Gib ihr Zeit« wirklich gute Ratschläge. Zeit macht alles nur schlimmer, Zeit bringt einen zum Nachdenken und lässt hirnrissige Argumente auf einmal logisch erscheinen. Zeit schafft Abstand, verdammte Scheiße, und das ist genau das, was ich verhindern will!

Trotzdem folge ich meiner Schwester, weil ich schlicht und ergreifend keine Ahnung habe, was ich sonst tun soll. Klar, ich könnte Julie hinterherrennen, aber wenn sie sich weigert, mit mir zu sprechen, mache ich erneut eine Szene vor versammelter Mannschaft, und ich bin mir verdammt sicher, dass uns das nicht weiterbringen wird.

Meine Frustration wächst mit jeder Minute, während wir den gläsernen Aufzug Richtung Penthouse betreten. Ich sollte eigentlich arbeiten, E-Mails in meinem Büro beantworten und Telefonate führen. Allerdings packt mein Kopf das gerade nicht. Julie treibt sich immerhin auch irgendwo im Gebäude herum – niemandem wird auffallen, dass ich mich verdrückt habe.

Als die Türen sich hinter uns schließen und mein Blick durch den Aufzug wandert, unterdrücke ich einen leisen Seufzer. Erinnerungen an den vergangenen Abend tauchen vor meinem inneren Auge auf – Erinnerungen an Julie, die meinen Namen flüstert, während ich sie gegen die Glasscheibe presse und meine Lippen über die empfindliche Haut an ihrem Hals wandern. Daran, wie ihre Fingernägel sich in meinen Rücken und meine Schultern gegraben haben, als die Gefühle sie übermannt haben.

Scheiße. Dieser Moment war einer der glücklichsten in meinem Leben. Wie, zur Hölle, konnte es danach so drastisch bergab gehen?

Im Penthouse hole ich mir eine Flasche Wasser aus dem Kühlschrank, während Rahel ihr Handy checkt und sich dann mir gegenüber auf den Barhocker an der Kücheninsel setzt. »Ich sollte jetzt eigentlich bei Julie sein«, sagt sie knapp und hebt die Augenbrauen. »Ihr Image hat gewaltigen Schaden genommen durch diese Aktion.«

»Warum?«, frage ich, ein wenig barscher als beabsichtigt. »Ich bin hier das Arschloch, oder nicht?«

Sie mustert mich ungerührt. »Absolut. Allerdings warst du das schon immer – bist auf Partys gegangen, hattest Affären und so weiter. Dass du das jetzt scheinbar einfach weitermachst, obwohl du angeblich in einer Beziehung mit ihr bist, lässt sie schwach und naiv dastehen.«

Überfordert schüttele ich den Kopf. »Ganz ehrlich, ich habe keine Ahnung, was du meinst.«

Rahel seufzt schwer. »Diese ganze Cinderella-Story ist nur dann süß, wenn der Typ ein guter Kerl ist«, erklärt sie so langsam, als würde sie mit einem Kleinkind sprechen. »Das Mädchen aus schlechtem Hause, mit Geldsorgen oder was auch immer, trifft auf den gut aussehenden, erfolgreichen, reichen, charmanten Prinzen, der sie mit auf sein Schloss nimmt und sie aus der Gosse rettet. Das ist niedlich, das wollen die Menschen hören, und das macht sowohl sie als auch dich sympathisch. Wenn der Prinz ein Playboy mit Alkohol- und Aggressionsproblem ist, der das Mädchen verarscht – und das Mädchen sich verarschen *lässt* –, dann ist das eine ganz andere Geschichte, Caleb.«

»Ich bin weder ein Playboy, noch habe ich ein Aggressions- oder Alkoholproblem«, stelle ich verärgert klar, auch wenn ich weiß, dass es nicht Rahel ist, die sich diese Version der Ereignisse ausgedacht hat. Das ist eine typische Masche der Presse: ein paar Dinks in eine Alkoholsucht und einen Streit in ein Aggressionsproblem aufzuplustern, wenn sich dadurch die geplante Story untermauern lässt.

Müde lasse ich mich auf den Barhocker neben Rahel sinken. Mein Kopf fühlt sich zu schwer an für meinen Hals, und die Sicht vor meinen Augen verschwimmt immer wieder. Ich brauche ein Bett. Oder, besser noch, einen sehr langen Urlaub, ohne Handyempfang und Internet. Dafür aber mit Julie an meiner Seite.

»Wie ist der Plan?«, fragt Rahel und sieht mich von der Seite an. »Oder, noch viel wichtiger, was ist überhaupt passiert?«

»Gestern?«, hake ich nach und seufze, als sie nickt. Ich vergrabe mein Gesicht in den Händen, wobei ich den stechenden Kopfschmerz zu ignorieren versuche, der sich hinter meiner Stirn ausbreitet. »Keine Ahnung. Ich meine, ich weiß, was passiert ist, aber ich habe nicht damit gerechnet, dass so ein großes Ding daraus gemacht wird.«

»Ich spreche nicht von den Schlagzeilen«, sagt sie und lacht trocken. »Ich meine dich und Julie, Caleb. Was ist zwischen dir und Julie?«

Die Antwort auf diese Frage hätte ich auch gerne. »Wir haben uns gestritten«, beginne ich und verziehe das Gesicht. »Ich war ein Arschloch, habe ich doch schon gesagt.«

Genervt schnalzt sie mit der Zunge. »Ich bin deine Schwester, Caleb. Und die PR-Beraterin deiner Freundin. Lass dir nicht jedes Wort aus der Nase ziehen und sag mir, was da gestern Nacht gelaufen ist. Dann kann ich vielleicht dir *und* auch ihr helfen, diesen Scheiß aus der Welt zu schaffen.«

»Ich habe keine Ahnung, okay?«, wiederhole ich wütend, bevor ich den Kopf hebe und sie ansehe. Ich hasse diesen Therapeuten-Ton, das habe ich schon immer. Wenn ich mich früher mit Sylvia oder meinem Dad gestritten habe, hat Rahel sich ähnlich verhalten – mit mir gesprochen, als wäre ich ein bockiges Kind, dem man irgendwie klarmachen muss, was genau es falsch gemacht hat. »Sie hat mit einem anderen Typen geflirtet, und das hat mir nicht gefallen. Was ich nachvollziehbar finde, auch ohne betrunken zu sein! Der Typ wurde frech, ich hab ihm meine Meinung gesagt, und dann sind Julie und ich raus. Da haben wir uns gestritten. Das war's!«

»Das war's sicher nicht, Caleb. Ich kenne Julie. Sie ist vernünftig und nicht nachtragend. Da muss mehr gewesen sein, wenn sie sich jetzt weigert, überhaupt mit dir zu sprechen.«

»*Ich* kenne Julie.«

Sie stöhnt. »Schon klar. Das hier ist kein Wettbewerb, Caleb.«

Am liebsten würde ich Rahel rausschmeißen. Ich weiß, dass sie es nur gut meint und mir helfen will, aber ich habe im Moment keinen Kopf für diese Aufarbeitung der Ereignisse.

»Sie denkt, ich habe mit einer anderen geflirtet, aber das stimmt nicht«, gebe ich widerstrebend zu. Ich habe tatsächlich nicht mit Addison geflirtet. Als die Jungs und ich nach Lena und Julie gesucht haben, meinte Addison, die beiden seien auf die Toilette gegangen und würden uns an der Bar treffen. Wir haben uns unterhalten, nicht mehr und nicht weniger. Julie war diejenige, die geflirtet hat. »Und dann habe ich ihr gesagt, dass sie naiv ist, mich alles regeln lässt und sich jemanden suchen soll, der auf diese Kleinmädchen-Tour abfährt. So oder so ähnlich.« Die Worte fühlen sich wie Gift in meinem Mund an. Ich erinnere mich daran, sie ausgesprochen zu haben, aber ein Teil von mir kann einfach nicht glauben, dass ich ihr so etwas vorgeworfen habe. Ich weiß, dass das ein wunder Punkt ist. Dass Julie darunter leidet, so machtlos zu sein und diese ganzen schlimmen Dinge um sie herum passieren, für die sie sich fälschlicherweise verantwortlich fühlt, ohne dass sie etwas dagegen unternehmen kann. Ich bemerke Rahels ungläubigen Blick und zucke mit den Schultern. »Ich sage doch, ich war ein Arschloch.«

Fassungslos schüttelt sie den Kopf. »Das ist echt noch untertrieben, Caleb.«

Erneut zucke ich mit den Schultern. Was soll ich dazu sagen? Es gibt nichts, was sie mir klarmachen oder vor Augen führen muss. Ich weiß selbst, dass ich es versaut habe. Die Art und Weise, wie Julie mich angesehen und sich geweigert hat, mit mir zu sprechen, jagt mir Angst ein. Angst, die ich weder vor Rahel noch vor irgendjemand anderem auf dieser Welt zugeben würde, die aber dennoch tief in meinem Herzen Wurzeln geschlagen hat.

»Willst du einen weisen Große-Schwester-Rat?«, unterbricht Rahel meine Verzweiflung und betrachtet mich beinahe mitleidig.

»Kann ich dich davon abhalten?«

»Vielleicht solltest du sie in Ruhe lassen, Caleb«, sagt sie vorsichtig. Ihre Stimme ist leise und mitfühlend, aber auf ihrem Gesicht liegt ein beinahe strenger Ausdruck. »Ich weiß, dass du viel für sie empfindest, und sie mit Sicherheit auch viel für dich. Aber überleg mal, was sie im Moment alles durchmachen muss. Auch ohne Liebeskummer. Du machst es nur noch schlimmer. Ich weiß, wie gemein sich das anhört, aber vielleicht seid ihr beide fürs Erste besser dran, wenn ihr ein bisschen Abstand voneinander nehmt und die Sache sich beruhigen lasst.«

Die Hand, die auf meinem Knie liegt, ballt sich zur Faust. Ich zucke nur mit den Schultern, weil ich befürchte, zu schreien, sobald ich den Mund aufmache. Rahel hat unrecht. Mit jedem einzelnen Wort. Keiner von uns beiden, weder Julie noch ich, wäre ohne den anderen besser dran.

Ich *kann* Julie nicht verlieren. Als sie in mein Leben gestolpert ist, habe ich gedacht, sie wäre das Schlimmste, was mir je passiert ist. Aber das stimmt nicht. Sie ist das Beste.

Und ich bin nicht bereit, sie kampflos aufzugeben.

26

JULIE
Freitag, 15. Juli 2022

Ich habe es tatsächlich geschafft, Caleb den Rest des Tages aus dem Weg zu gehen, und habe eine weitere, überwiegend schlaflose Nacht hinter mich gebracht. Außerdem habe ich gestern Abend sämtliche meiner Social-Media-Profile deaktiviert. Es hat keinen Sinn mehr ergeben, und es war die einzige Möglichkeit, den Schlagzeilen über mich und Caleb auszuweichen, die im Sekundentakt in meine Feeds gespült wurden.

Den Tag verbringe ich mal wieder im Büro der Kreativabteilung und arbeite an ein paar Entwürfen für Plakate und Werbeflächen für ein rezeptfreies Medikament für Kinder, das gegen Erkältungssymptome helfen soll und sich speziell an Patienten richtet, die gegen die gängigsten Entzündungshemmer allergisch sind. Diesen Auftrag hätte ich eigentlich delegieren sollen, aber da ich krampfhaft Langeweile vermeide, habe ich ihn einfach selbst übernommen. Manchmal habe ich das Gefühl, ich verliere mich selbst ein bisschen. Vor dem Erbe, vor Caleb, *Bonham Industries* und dem Stalker habe ich verdammt viel Zeit damit verbracht, kreativ zu sein. Ich habe gebastelt, Scrapbooks für die Uni oder meine eigenen Projekte erstellt und habe an der Freundebuch-Idee gefeilt. Das war meine Auszeit, meine Pause von der Realität. In den letzten Wochen habe ich kaum noch etwas in die Richtung getan, was nicht allein daran liegt, dass ich wahnsinnig beschäftigt gewesen bin. Selbst jetzt, wo ich all meine Materialien für das Freundebuch aus der Wohnung geholt habe, habe ich nicht weiter daran gearbeitet. Gestern Abend habe ich mir meine Skizzen angeschaut und versucht, mich wieder einzufinden. Aber es hat sich falsch angefühlt. Als wäre ich nicht mehr der gleiche Mensch wie der, der seine Abende über den Zeichentisch gebeugt verbracht hat und dessen Fingerspitzen ständig grau vom Verwischen des Bleistifts gewesen sind.

Gegen siebzehn Uhr bin ich fertig mit meinen Entwürfen und lasse sie von Mrs Yeon absegnen, bevor ich sie an die Herstellung weiterleite. Danach habe ich keine Aufgaben mehr, und es stehen auch keine Termine in meinem Kalender. Normalerweise würde ich Caleb fragen oder mich mit ihm besprechen, aber darauf verzichte ich aus offensichtlichen Gründen. Freeman hatte um ein Anschlussgespräch an das Meeting gebeten, aber auch darauf gehe ich nicht ein. Ich finde, der Mann überschreitet seine Grenzen, indem er sich über alle Maßen in unser Privatleben einmischt. Wenn Caleb und ich nächste Woche nach Vegas durchbrennen und heiraten würden, ginge ihn das schlicht und ergreifend nichts an. Und offenbar hat er nichts Schwerwiegendes gegen uns in der Hand, ansonsten hätte er uns längst unserer Posten enthoben.

Also habe ich mich dazu entschieden, ihn fürs Erste zu ignorieren, bis ich in der Lage dazu bin, mit Caleb über ihn zu sprechen.

Während ich meine Sachen zusammenpacke, fällt mein Blick auf das Cover einer Zeitschrift, die eine Angestellte auf ihrem Schreibtisch liegen gelassen hat. Das Foto zeigt ein Bild von Sylvia und eins von mir, direkt nebeneinander. Wir tragen beide zufällig ein ähnliches Outfit und wurden beide beim Verlassen des Bonham Towers fotografiert. Ich habe den Artikel vorhin kurz überflogen, und im Grunde geht es darin um die Frage, wie ähnlich ich meiner mir unbekannten Mutter wohl bin. Die beiden Fotos sind so günstig geschossen und ausgewählt worden, dass ich durchaus als jüngere Version von Sylvia durchgehen könnte.

Ich sehe erneut auf die Uhr. Es ist Freitag, und ich habe Feierabend. Saheera hat heute Abend Uni, und außer ihr fällt mir kein anderer Mensch ein, mit dem ich im Moment Zeit verbringen wollen würde.

Kurz überlege ich, etwas essen zu gehen. Gestern habe ich mir eine Pizza bestellt, aber kaum zwei Stücke davon herunterbekommen. Wenn ich ehrlich sein soll, ist die Vorstellung, einen weiteren Abend allein in dem Apartment zu hocken und mir ein viertes Mal *Modern Family* anzusehen, nicht gerade verlockend. Ich fühle mich erbärmlich und tue mir nur selbst leid. Das entspricht nicht dem Plan, den ich zu verfolgen versuche. Allerdings habe ich auch keine große Lust, allein in einem Restaurant zu sitzen. Das wäre für die Reporter ein gefundenes Fressen. Estha wäre zwar bei mir und ich könnte sie bitten, sich zu mir zu setzen, aber das kommt mir irgendwie traurig vor.

Erneut fällt mein Blick auf Sylvias Foto. Keine Ahnung, von wann es ist, aber es scheint etwas älter zu sein. Sylvia wirkt darauf jung und genauso schillernd, wie sie immer wieder beschrieben wird. Sie trägt einen weißen Hosenanzug mit schwarzen High Heels und eine riesige schwarze Sonnenbrille. Sie sieht aus wie ein waschechter Promi, während ich den Eindruck mache, als wäre ich einfach zufällig vor eine Kamera gestolpert. Sylvia war eine knallharte, selbstbewusste Geschäftsfrau, hat die Aufmerksamkeit geliebt und diesen Lebensstil genossen. Nach allem, was ich über sie weiß, war sie das genaue Gegenteil von mir.

Ich schiebe mein Tablet und meine Unterlagen in meine Tasche und sehe mich nach Estha um, die irgendwo in der Nähe sein muss. Als sie meinen suchenden Blick bemerkt, kommt sie auf mich zu.

»Ich würde gerne ausgehen«, sage ich und verziehe das Gesicht, als ich merke, wie sich das angehört hat. »Nicht im Sinne von feiern gehen oder so, aber könnten Sie den Wagen fertig machen?«

»Natürlich«, antwortet sie und nickt kurz. »Möchten Sie direkt los, oder haben Sie eine bestimmte Uhrzeit im Sinn?«

»Ich möchte mich umziehen«, sage ich mit einem kurzen Blick auf die Uhr. »Treffen wir uns in zwanzig Minuten im Foyer?«

»Wie Sie wünschen, Miss.«

Rasch verabschiede ich mich von Mrs Yeon und ein paar Angestellten, dann gehe ich hinauf in mein Apartment und tausche die Arbeitsklamotten gegen ein Wohlfühloutfit: kurze Jeanshosen und ein einfaches weißes Tanktop. Es ist absolut nichts Besonderes, hat alles zusammen genommen vielleicht zehn Dollar gekostet, aber ich liebe es. In letzter Zeit bin ich beinahe ausschließlich in Businessklamotten oder Designerlabels herumgelaufen. Eine Jeans fühlt sich im Vergleich dazu an wie der pure Himmel.

Als ich ins Auto steige und Estha den Namen des Friedhofs nenne, verzieht sie keine Miene. Trotzdem kribbelt mein Magen ein klein wenig vor Aufregung. Ich habe schon eine Weile vor, Sylvias Grab zu besuchen. Aber in meiner Vorstellung war immer Caleb an meiner Seite. Wir halten spontan an einem kleinen Blumenladen, wo ich ein paar einzelne Lilien kaufe, weil es mir irgendwie unpassend vorkommt, ohne Blumen aufzutauchen.

Nach etwa einer halben Stunde parkt Estha den Wagen vor

dem *Trinity Church Cemetery.* Der Friedhof liegt direkt am Riverside Drive und damit im Grunde neben dem Hudson River in Hamilton Heights. Ich sehe mich ein wenig überrascht um. Dafür, dass wir uns mitten in Upper Manhattan befinden, ist es verdammt idyllisch hier. Als ich nach Sylvias Grab gegoogelt und gelesen habe, dass der Friedhof in einer so zentralen Ecke New Yorks liegt, habe ich mir etwas vollkommen anderes vorgestellt. Vor ein paar Monaten gab es einen riesigen Aufruhr in der Presse, nachdem die Stadt verkündet hat, New York würden die Grabstellen ausgehen und es wäre kaum noch möglich, irgendwo in und um die Stadt herum begraben zu werden. Dass Sylvia auf diesem Friedhof bestattet wurde, beweist nur wieder einmal, wie viel Macht und Einfluss diese Frau selbst im Tod besessen hat.

Als Estha aussteigt und neben mich tritt, erschaudere ich plötzlich. Ich habe nie erfahren, wo genau Sylvia gestorben ist, sondern nur, dass es passierte, als sie das Grab ihrer Schwester besucht hat. Ich habe keine Ahnung, ob es sich um den gleichen Friedhof handelt, trotzdem ist die Vorstellung irgendwie unheimlich.

»Geht es Ihnen gut?«, fragt Estha und sieht mich von der Seite an.

»Alles okay.«

Mittlerweile habe ich diese Frage schon so oft beantwortet und dabei gelogen, dass es allmählich zur Gewohnheit wird. Ich wende mich ab und steuere auf den Haupteingang des Geländes zu. Der *Trinity Church*-Friedhof ist ziemlich hübsch, soweit man einen Ort, an dem Tote begraben werden, hübsch finden kann. Er ist eine Mischung aus Moderne und Tradition – mit einem modern gestalteten Mausoleum, gleichzeitig gibt es aber auch einen historischen Abschnitt, in dem die Grabsteine teilweise Jahrhunderte alt sind. Überall gibt es gepflegte Blumenbeete und auch die Gräber sind bunt bepflanzt. Es riecht nach Frühling und Sommer, und die ganze Atmosphäre ist friedlich und nicht so bedrückend und düster, wie ich befürchtet habe. Während wir dem Hauptweg folgen, lasse ich meinen Blick über die Grabsteine schweifen. Vor allem im vorderen Bereich gibt es hauptsächlich Urnengräber, und ich gehe davon aus, dass das eine Maßnahme darstellt, um Platz zu sparen. Je weiter wir jedoch laufen, desto größer werden die Gräber und desto üppiger werden auch die Grabmale. Auf einigen von ihnen stehen mehrere Namen, auf anderen lediglich der Nachname. Die Familie meines Dads besitzt selbst eine kleine Gruft, bei der es sich im Grunde nur um einen Wandschrank im Keller einer kleinen Kapelle handelt, in den die Urnen verstorbener Familienmitglieder gestellt werden. Trotzdem finde ich die Vorstellung gruselig, ein Grab für eine ganze Familie zu kaufen. Ich bin nicht abergläubisch, dennoch halte ich es irgendwie für ein schlechtes Omen.

Ich ziehe mein Handy aus der Tasche und vergrößere das Gräberverzeichnis, das ich online gefunden habe. Ebenfalls ein etwas makabres Detail: Es ist aufgebaut wie eine Art Stadtplan, auf dem die einzelnen Gräber und die dazugehörigen Namen der Verstorbenen eingetragen werden. Laut Plan befindet sich Sylvias Ruhestätte im hinteren Teil des Friedhofs, was mich nicht wirklich wundert – dort stehen die modernen, großen Grabmale.

Sylvias Grab liegt in der Sackgasse eines kleinen Kiesweges, der vom Hauptweg abgeht. Estha bleibt ein paar Meter entfernt stehen, und einige Sekunden lang mustere ich einfach nur den überraschend schlichten Stein, auf dem der Name meiner leiblichen Mutter steht. Er besteht aus dunkelgrauem Marmor, die Gravur der Inschrift wurde mit goldener Farbe nachgezeichnet.

Life is not about waiting for the storm to pass. It's about learning how to dance in the rain.

Ich lese die Worte ein paarmal. Ich bin mir nicht sicher, ob ich ihnen zustimmen soll. Was vielleicht daran liegt, dass ich am eigenen Leib gespürt habe, wie verheerend solche Stürme sein können. Es fällt mir schwer, mir vorzustellen, etwas Gutes in alledem zu sehen. Aber die Worte passen zu Sylvia, soweit ich das beurteilen kann.

Zögernd knie ich mich hin und lege die Lilien auf den Stein, als ich den Kies hinter mir knirschen höre. Als ich über die Schulter blicke, entdecke ich Caleb, der mich beobachtet.

Alles in mir zieht sich zusammen.

Was, zur Hölle, macht er hier? Jetzt? Er war der Letzte, den ich an diesem Ort erwartet habe. Ich halte ihn nicht wirklich für einen Friedhofsgänger, und er hat nie erwähnt, dass er Sylvias Grab besucht. Ich habe es geschafft, ihm zwei Tage in dem Gebäude aus dem Weg zu gehen, in dem wir beide arbeiten und leben, und jetzt begegnen wir uns ausgerechnet hier?

»Verfolgst du mich?«, frage ich deutlich gereizter, als ich beabsichtigt habe. »Wobei, das wäre ja nicht wirklich etwas Neues, oder?«

»Ich verfolge dich nicht«, antwortet er, runzelt dann aber die Stirn. »Nicht so, wie du denkst. Ich war heute Nachmittag mit deinem Wagen unterwegs und dabei, als Estha sich mit Anando abgesprochen hat.«

»Warum hattest du meinen Wagen?«

Er zögert einen Moment und wirft sogar einen Blick zu Estha, die betroffen auf den Boden schaut.

»Caleb«, sage ich, plötzlich unruhig. Ich richte mich auf. »Warum hattest du mein Auto?«

Sein Seufzen klingt unendlich müde. »Meine Reifen wurden zerstochen«, erzählt er widerwillig, ohne mich aus den Augen zu lassen. »Deine auch, aber dein Wagen wurde zuerst wieder repariert, und Estha meinte, du würdest ihn nicht brauchen.«

Kurz schließe ich die Augen. »Ich nehme an, wir wissen nicht, *wer* die Reifen zerstochen hat?«

»Nein. Der Nachtwache ist nichts Ungewöhnliches aufgefallen, und auf den Überwachungskameras fehlen etwa zwanzig Minuten.«

»Wie kann das sein?«, rufe ich fassungslos. »Wie kann sich jemand an unseren Kameraaufnahmen zu schaffen machen?«

Caleb kommt einen Schritt näher. »Das finden wir gerade heraus. Unsere Systeme werden auf ein Datenleck oder eine Sicherheitslücke überprüft.«

»Oder jemand vom Personal ist daran beteiligt.«

»Oder das.«

»Was ist mit den Abteilungen im Gebäude, die fremdvermietet sind? Habt ihr die Mitarbeiter überprüft?«

Sein Blick wird kaum merklich weicher. »Wir tun, was wir können, Julie. Jeder, der infrage kommt, wird überprüft.«

»Scheiße, Caleb«, fluche ich und reibe mir mit der Hand über die Stirn. »Warum weiß ich davon nichts?«

Ich sehe ihm sein Unbehagen deutlich an, aber es fällt mir wahnsinnig schwer, Mitleid mit ihm zu empfinden. »Weil du es nicht wissen musstest.«

Mir entfährt ein ungläubiges Lachen. Zu mehr bin ich einfach nicht in der Lage. Ich könnte ihn anschreien und ihn daran erinnern, dass er mir vor zwei Tagen noch vorgeworfen hat, mich aus allem herauszuhalten, während er selbst wahnsinnig wichtige Kleinigkeiten vor mir verheimlicht. Aber es hat keinen Sinn. Es bringt uns nicht weiter, und im Endeffekt liegt er vollkommen richtig – die zerstochenen Reifen, die fehlenden Aufnahmen auf den Bändern der Überwachungskameras sind nur weitere Punkte auf meiner Liste ungelöster Rätsel.

Ich drehe mich wieder um und betrachte noch einmal Sylvias Grabstein. »Das erklärt aber nicht, warum du hier bist.«

Hinter mir knirscht der Kies unter Calebs Füßen, als er näher kommt. »Ich finde, solche Besuche sollte man nicht allein unternehmen.«

»Ich bin kein emotionales Wrack, Caleb«, sage ich angespannt. »Diese Frau bedeutet mir nichts.«

Er schweigt ein paar Sekunden. Dann stellt er sich neben mich, den Blick ebenfalls auf Sylvias Grab gerichtet. »Und warum bist du dann hier?«

Darauf habe ich keine Antwort. Denn die Wahrheit ist, dass ich es selbst nicht genau weiß. Ich lüge nicht, wenn ich behaupte, dass meine leibliche Mutter mir nichts bedeutet. Ich kann nicht nachvollziehen, wie man sein Kind zurücklassen kann, ohne sich jemals dafür zu interessieren. Aber ich nehme es ihr nicht wirklich übel. Ich hatte eine tolle Kindheit, und ich liebe meinen Dad. Ihre Entscheidung hat dazu beigetragen, dass ich als glückliches Kind mehr oder weniger sorgenfrei aufgewachsen bin.

»Ich weiß nicht genau«, flüstere ich schließlich. »Es ist schwer zu beschreiben. In letzter Zeit habe ich irgendwie das Gefühl, ihren Platz einzunehmen. Als hätte ich einfach so ihr Leben übernommen. Es ist seltsam, dass ich keine Ahnung habe, wer sie eigentlich war. Nicht, was sie getan und was sie erreicht hat und so. Ich meine nicht ihren Lebenslauf, sondern sie als Mensch.« Ich spüre seinen Blick von der Seite, erwidere ihn aber nicht.

»Du kannst mich alles fragen.«

Nur mit Mühe schaffe ich es, nicht das Gesicht zu verziehen. Der Punkt ist, dass ich nicht mit Caleb sprechen will. Hat er etwa erwartet, dass ich mich in seine Arme werfe und mich ausheule? Sicher nicht.

»Caleb«, seufze ich und sehe ihn an. »Was soll das hier?«

»Was soll was?«, fragt er herausfordernd. »Darf ich etwa nicht mehr mit dir sprechen?«

Demonstrativ ziehe ich eine Augenbraue hoch. »Glaubst du, wir haben uns in den letzten Tagen zufällig nicht gesehen?«

Er schnaubt. »Mir ist schon klar, dass du mir aus dem Weg gegangen bist, Julie. Das heißt aber nicht, dass ich nicht für dich da bin, wenn du mich brauchst.«

»Ich brauche dich aber nicht!«, sage ich heftig und drehe mich nun ganz zu ihm um. »Ich darf dich nicht mehr brauchen, genau darum geht es, Caleb! Wir können nicht so weitermachen, das musst du doch auch sehen!«

»Was muss ich sehen, Julie? *Was?* Dass wir uns gestritten haben? Das tun alle anderen Paare auf dieser Welt auch. Jetzt alles hinzuschmeißen wegen eines einzigen Abends, wegen eines einzigen Streits, ist total überzogen.«

»Es geht nicht um diesen einzigen Streit, sondern ums große Ganze. Wir waren eben kein Paar wie jedes andere. Scheiße, ich bin mir nicht einmal sicher, ob wir überhaupt eins waren! Aber selbst wenn, dann sollten wir zu diesem Zeitpunkt noch in der Honeymoonphase schweben und unsere größten Probleme sollten sein, dass ich deine Freunde nicht mag oder wir uns nicht auf einen verdammten Film einigen können! Es ist einfach zu viel.«

Irgendwie habe ich erwartet, dass Caleb schreit oder wütend wird. Ein ähnliches Verhalten wie das, das er auf der Filmpremiere an den Tag gelegt hat. Aber er bleibt ruhig und mustert mich nur so intensiv, dass ich mich zusammenreißen muss, um nicht wegzuschauen.

»Das alles liegt nur an den Umständen, Julie«, beschwört er

mich. »Nicht an dir oder mir oder uns beiden zusammen. Und für diese ganze Scheiße, die im Moment passiert, können wir nichts!«

»Das behaupte ich auch nicht. Aber manchmal ist Liebe allein einfach nicht genug.«

Am liebsten hätte ich mir auf die Zunge gebissen. Bislang hat keiner von uns beiden das L-Wort ausgesprochen. Es war nie der passende Zeitpunkt, und jetzt ist er es erst recht nicht.

Caleb sieht aus, als hätte ich ihm eine Ohrfeige verpasst. Er starrt mich an, seine Brust hebt und senkt sich schneller als gewöhnlich, und ich bin mir verdammt sicher, dass sein Herz in diesem Moment genauso heftig schlägt wie mein eigenes.

»Was hast du gerade gesagt?«, flüstert er und macht einen weiteren Schritt auf mich zu.

»Caleb …«

»Du liebst mich«, unterbricht er mich. Seine Stimme zittert kaum merklich, und in seinen Augen spiegelt sich eine Flut an Gefühlen, die mir beinahe erneut das Herz bricht. »Du liebst mich, Julie. Wie kannst du sagen, dass das nicht genug ist?«

Ein Teil von mir will ihm sagen, dass wir das schaffen können. Dass die Gefühle, die wir füreinander empfinden, tatsächlich stark genug sind, um sich allem anderen entgegenzustellen. Aber ich kann nicht.

»Caleb«, sage ich erneut. Meine Stimme ist belegt, und ich spüre, wie Tränen in mir aufsteigen. Ich werde ihn nicht anlügen und behaupten, dass ich ihn nicht liebe. Das wäre nicht fair. Aber er muss erkennen, was so völlig offensichtlich vor uns liegt. »Vielleicht sind wir uns zur falschen Zeit begegnet. Vielleicht … sollte es nicht sein. Es sollte nicht so schwer sein.«

Frustriert fährt er sich mit der Hand durch die Haare. »Du gibst uns keine Chance, oder?«

»Ich habe uns eine Chance gegeben«, erinnere ich ihn. »Seit wir einander kennen. Aber vielleicht sollten wir einfach irgendwann einsehen, dass wir verloren haben.«

»Ich werde nicht aufgeben«, versichert er mir knurrend. »Ich hatte höllische Angst, dich zu lieben, Julie. Weil ich es nicht durfte, weil es nicht in den Plan gepasst hat, den ich für mein Leben gemacht habe. Und trotzdem stehe ich jetzt hier und liebe dich.«

Gegen meinen Willen laufen die Tränen über, die sich in meinen Augen gesammelt haben. Es wäre so einfach, jetzt nachzugeben. Ihn zu umarmen, ihn zu küssen. Einfach alles zu vergessen, was gegen uns spricht. Manchmal braucht das Herz einfach mehr Zeit, etwas zu verarbeiten, was der Verstand längst akzeptiert hat.

»Es tut mir leid«, flüstere ich.

Er schüttelt heftig den Kopf, dann zuckt er zurück, als hätte ich ihn geschlagen. »Tut es weh?«, fragt er herausfordernd und legt sich eine Hand auf die Brust, auf Höhe seines Herzens.

Auch ohne nachzufragen, weiß ich, wovon er spricht. »Ja.« Jeder Atemzug schmerzt, jede Sekunde, in der ich hier stehe und ihn ansehe.

»Weil es sich vorher richtig angefühlt hat.«

Ich widerspreche ihm nicht. Es gibt einfach nichts, was ich noch sagen könnte, ohne grausam zu sein.

»Das kann einfach nicht dein Ernst sein«, sagt er wütend. »Können wir diese ganze Scheiße jetzt bitte einfach vergessen? Es tut mir leid, okay? Alles, was ich gesagt habe! Ich war betrunken, und auch wenn ich weiß, dass das keine Entschuldigung ist, musst du doch … Ich habe das nicht so gemeint! Ich vertraue dir, Julie, aber als ich dich mit diesem Kerl gesehen habe, ist bei mir eine Sicherung durchgebrannt. Können wir das also bitte hinter uns lassen?«

»Das bedeutet doch kein Lebwohl, Caleb.« Kopfschüttelnd weiche ich einen Schritt zurück. »Wenn das alles hier vorbei ist, gehen wir auf ein Date, okay? Ein richtiges Date. Dann haben wir die Chance, uns kennenzulernen, ohne dass die ganze Zeit ein Damoklesschwert über uns hängt.«

»Wenn das Ganze vorbei ist, gehst du wieder aufs College, bist wieder bei deinen alten Freunden, lebst wahrscheinlich wieder in einer WG oder einer eigenen Wohnung oder was auch immer.« In seinen Augen steht eine solche Verzweiflung, dass ich erschaudere. »Du wirst Dates haben mit Typen, die mehr Zeit für dich haben und die dir nicht die Presse auf den Hals hetzen, sobald sie dich auf einen Drink einladen. In der normalen Welt haben wir keine Chance.«

»Genau«, sage ich eindringlich, obwohl das Wort in meinem Mund brennt wie giftige Säure. »Was hat es also für einen Sinn, wenn wir doch ohnehin wissen, dass es nicht halten wird?«

»Was hat es für einen Sinn, das hier jetzt zu beenden, wenn es doch so wehtut?«

Überfordert sehe ich Sylvias Grabstein an. Diesen Besuch hatte ich mir anders vorgestellt – weniger schmerzhaft, weniger welterschütternd. Trotzdem frage ich mich unwillkürlich, ob ich gerade ein Teil einer selbsterfüllenden Prophezeiung bin. Sylvia hätte ganz sicher ihre Karriere über ihre Beziehung gestellt. Und auch wenn es hierbei nicht in erster Linie um meine Arbeit geht, entscheide ich mich dennoch gegen die Liebe und für den einfachen Weg.

Vielleicht steckt doch ein wenig mehr von Sylvia in mir, als ich es mir eingestehen möchte.

Ich balle die Hände an meinen Seiten zu Fäusten und weiche ein paar weitere Schritte zurück, ohne Caleb anzusehen. Meine Entschlossenheit hängt an einem verdammt dünnen Faden. Es fehlt nicht mehr viel, bis ich nachgebe und mich blindlings in eine Beziehung fallen lasse, von der ich weiß, dass sie mit einem gewaltigen Knall enden wird. Ich bringe Caleb mit unserer Verbindung in Gefahr, wahrscheinlich mehr als jeden anderen Menschen um mich herum. Es grenzt an ein Wunder, dass der Stalker ihn bislang noch nicht ins Visier genommen hat, abgesehen von ein paar zerstochenen Reifen.

»Es ist besser so«, sage ich mit einem unterdrückten Schluchzen. Ich hebe die Arme und öffne den Verschluss der Kleeblattkette in meinem Nacken. Dann umschließe ich sie kurz mit den Fingern, bevor ich sie Caleb hinhalte. Ich weiß, dass ich mich ein bisschen kindisch verhalte. Aber ich würde die Kette nie wieder tragen – zu viele Erinnerungen sind daran gebunden. Zu viel Schmerz. Caleb kann sie verkaufen oder seiner Schwester schenken.

Ich sehe, dass er zögert, und ich bin mir sicher, dass er widersprechen will. Doch er tut es nicht.

»Nein. Das ist es nicht, und das weißt du auch«, sagt er kalt, bevor er mir die Kette abnimmt.

Ich weiß, dass es keinen Sinn mehr hat, mit ihm zu diskutieren, deswegen drehe ich mich um und gehe auf Estha zu. Das hier wäre so viel einfacher, wenn ich Caleb nicht mehr lieben würde. Wenn nicht alles in mir danach schreien würde, mich umzudrehen und ihm zu versichern, dass ich an seiner Seite sein werde. Eine Trennung aus Vernunft ist die reinste Hölle, und ich muss dringend hier weg, wenn ich die Reste, die von meinem zersprungenen Herzen noch übrig sind, schützen will.

Es wird leichter werden. Das wird es immer. Der Schmerz wird nachlassen, irgendwann. Und dann werden wir dankbar dafür sein. Denn die Liebe ist verdammt furchteinflößend, und meine rationale Seite ist überzeugt davon, dass ich ohne sie im Moment besser dran bin.

Esthas Gesicht zeigt keinerlei Gefühlsregung, als ich an ihr vorbeigehe und auf den Hauptweg zusteuere. Caleb sagt nichts, ich höre keinen Kies, der unter seinen Schuhen knarzt. Eine Sekunde lang frage ich mich, wo Anando steckt, aber ich bin mir ziemlich sicher, dass er nicht weit sein kann. Caleb ist nicht allein. Es mag sich in diesem Moment für ihn so anfühlen, aber er hat verdammt viele Menschen, die ihn lieben und für ihn da sein werden.

Er braucht mich nicht.

Diese Erkenntnis ist vermutlich die schmerzhafteste. Denn die Wahrheit ist, dass ich immer diejenige war, die ihn mehr gebraucht hat – um sich in diesem neuen Leben, in seiner Welt zurechtzufinden. Um sich hinter ihm zu verstecken, ihn Entscheidungen für mich treffen zu lassen. Andersrum habe ich ihm nichts als Ärger gebracht – den Stalker, die Diskussionen mit Freeman, die Aufmerksamkeit der Presse. All das steht mit mir in Zusammenhang, auch wenn mir theoretisch bewusst ist, dass ich nichts davon bewusst provoziert oder entschieden habe.

Auf dem Rückweg erscheint mir der Friedhof deutlich weniger freundlich als zuvor, was entweder an meiner Stimmung liegt oder daran, dass meine Sicht immer wieder durch die Tränen in meinen Augen verschwimmt. Wir begegnen zwei älteren Damen, die mich neugierig mustern. Was lächerlich ist, immerhin sollten weinende Menschen auf einem Friedhof nichts sein, worüber man sich Gedanken macht. Ich versuche mich zusammenzureißen, aber es gelingt mir einfach nicht. Ich bin die Trauer, die Verzweiflung und die Angst so verdammt leid.

Kein Geld der Welt ist das alles wert. Kein Erbe, keine Macht und kein beeindruckender Lebenslauf. Bonnie wurde verletzt, Sylvia und Tony sind gestorben. Der Preis ist eindeutig zu hoch. Mir kommen die Worte des ersten Drohbriefs in den Sinn, der damals in meinem Fahrradkorb gelegen hat.

Nur weil deine Mutter tot ist, bedeutet das nicht, dass ihre Schuld beglichen ist.

Diese Worte haben sich in mein Gedächtnis eingebrannt, und ich wage zu bezweifeln, dass ich sie jemals wieder vergessen werde. Und sie ergeben deutlich mehr Sinn, jetzt, da wir wissen, wie Sylvia aller Wahrscheinlichkeit nach wirklich gestorben ist. Zwischendurch haben Caleb und ich vermutet, dass dieser erste Brief eine Art Ablenkungsmanöver darstellen sollte. Dass der Stalker eine persönliche Rechnung mit mir zu begleichen hat und die Aufmerksamkeit nur auf die Firma lenkt, um seine wahren Motive zu verschleiern.

Aber wenn das nicht stimmt, wenn das Ganze tatsächlich eine Art Racheakt sein soll, dann wird er nicht aufgeben, bis ich die Rechnung bezahlt habe, die Sylvia selbst über ihren Tod hinaus seiner Meinung nach noch zu begleichen hat.

Estha hält mir die Autotür auf, während ich auf die Rückbank rutsche, den Kopf gegen die Lehne sinken lasse und die Augen schließe. In meinem Kopf formt sich ein Gedanke. Ein Entschluss, den ich wahrscheinlich schon vor vielen Wochen hätte fällen sollen.

27

JULIE

Montag, 18. Juli 2022

Das Wochenende habe ich spontan bei meinem Vater in Ohio verbracht, um ein wenig Abstand zwischen mich und *Bonham* zu bringen und den Kopf freizubekommen. Estha war selbstverständlich nicht begeistert, und es hat lächerlich lange gedauert, um die Sicherheitsbedingungen zu klären, bevor ich überhaupt in ein Flugzeug steigen durfte. Die Idee ist mir auf der Fahrt vom Friedhof nach Hause gekommen, weil ich den Gedanken kaum ertragen konnte, in mein mit Erinnerungen belastetes Apartment zurückzukehren. Und die Auszeit hat mir tatsächlich wahnsinnig gutgetan. Die zwei Tage außerhalb von New York haben meine Sicht auf mein Leben ein wenig geradegerückt. Als würde man aus einem Helikopter schauen, um das Ausmaß einer Naturkatastrophe voll und ganz erfassen zu können. Es hat mich daran erinnert, was ich will und wofür ich mein bisheriges Leben gekämpft habe. Und was ich aus den Augen verloren habe. Ich habe die Zeit und die Hilfe meines Dads genutzt, um meine Probleme anzugehen, zumindest einen Teil davon. Die Scherben zusammenzukehren und wenigstens zu versuchen, sie wieder zu reparieren.

Am Montag komme ich eine Stunde später als gewöhnlich ins Büro. Ich konnte das Meeting, zu dem ich mich gerade auf den Weg mache, erst um neun Uhr ansetzen und will nicht riskieren, Caleb oder einem der anderen vorher schon zu begegnen. Caleb hat am Wochenende mehrfach versucht, mich anzurufen, aber ich habe jedes Handyklingeln ignoriert.

Wie gehofft bin ich die Letzte, die den Konferenzraum betritt, den ich für diesen Termin reserviert habe. Als ich die Tür öffne, blicken Caleb, Rahel, Mrs Yeon, Mr Freeman und Mr Hudson vom Aufsichtsrat allesamt beinahe synchron auf. Alle mustern mich mit einer Spur aus Neugierde und Ungeduld, nur Calebs Blick unterscheidet sich von den anderen. In seinem liegt Misstrauen.

Ich schlucke meine Nervosität hinunter, nehme die Schultern zurück und richte mich ein wenig auf, während ich den Tisch umrunde und mich auf den Stuhl am Kopfende setze. Innerlich gehen meine Nerven ganz gewaltig mit mir durch. Auf einmal erscheint mir mein Plan nicht mehr so perfekt durchdacht wie noch in Ohio. Auf einmal würde ich mich gerne umdrehen, mich entschuldigen und ins Apartment flüchten.

Aber ich tue es nicht. Ich sehe Freeman mit festem Blick an und ziehe einen kleinen Ordner aus meiner Tasche, den ich sorgsam vor mir auf dem Tisch platziere, bevor ich einmal tief durchatme. Unauffällig wische ich meine schweißnassen Hände an meiner Hose ab.

»Danke, dass Sie es alle spontan einrichten konnten«, beginne ich, wobei ich in Gedanken meinen Text abspule, den ich mir im Flugzeug auf der Rückreise nach New York zurechtgelegt habe. »Ich weiß, dass die Montage für gewöhnlich für Meetings geblockt sind, aber das hier konnte nicht warten.«

»Julie«, murmelt Caleb rechts von mir in mahnendem Ton.

»Fragen bitte später«, unterbreche ich ihn, bevor er überhaupt richtig zu Wort kommen kann. Ich sehe ihn nicht an. Wenn ich das tue, ist es mit meiner Konzentration und Entschlossenheit vorbei.

»Um was geht es denn nun, Miss Penn?«, fragt Freeman hörbar gereizt.

Ich fixiere ihn mit meinem Blick, hebe die Hände von meinem Schoß und falte sie auf dem Ordner vor mir. »Ich kündige.«

Wie erwartet schlagen diese zwei schmucklosen Worte ein wie Kanonenkugeln. Ich höre Caleb neben mir fluchen, aber ich versuche, seine Stimme so gut es geht auszublenden. Mr Freemans und Mr Hudsons Gesichter erstarren, und ehrlich gesagt kann ich nicht genau sagen, ob ihre Mienen Entsetzen, Verwirrung oder einfach nur Überraschung widerspiegeln. Vielleicht ist es eine Mischung aus allem. Mrs Yeon lässt sich auf ihrem Stuhl zurückfallen und sieht irgendwie unzufrieden aus, und Rahel runzelt so heftig die Stirn, dass es beinahe witzig wirkt.

»Wie bitte?« Freeman findet seine Sprache offensichtlich als Erster wieder.

»Ich kündige«, wiederhole ich mit gespielter Selbstsicherheit. »Mit sofortiger Wirkung und fristlos.«

»Du kannst nicht kündigen«, erklingt Calebs zitternde Stimme neben mir. »Das ist kein bedeutungsloser Nebenjob, Julie. Er ist eine Bedingung für das …«

»Er ist eine Bedingung für das Erbe, das ist mir bewusst.« Mein Blick wandert zu Mrs Yeon. Wenn es, abgesehen von Caleb, jemanden in dieser Firma gibt, dem ich wirklich dankbar bin, dann ist sie es. »Meine Kündigung verstehen Sie alle bitte gleichzeitig als meinen Verzicht auf meinen Erbanspruch. Ich erhebe keinerlei Ansprüche auf eine Beteiligung an *Bonham Industries* und werde selbstverständlich auch nicht weiter mit Ihnen allen zusammenarbeiten.« Jetzt kommt der schwerste Part. Unauffällig hole ich Luft und halte sie an, bevor ich mich Caleb zuwende. Und ich wäre beinahe zusammengezuckt, als ich sein Gesicht mustere. Unter seinen Augen liegen tiefe, dunkle Ringe, und er sieht mich so entsetzt an, als wäre gerade eine Welt um ihn herum zusammengebrochen. »Mir ist bewusst, dass bereits einige Zahlungen von *Bonham Industries* geleistet wurden, die ich zurückerstatten muss, da sie eine Bedingung der Gesamtvereinbarung waren. Mr Hoffman hat sich bereit erklärt, eine Rückzahlungsmethode aufzusetzen, die ich mit meinen finanziellen Mitteln bewerkstelligen kann. Wenn dir das recht ist.«

Ich sehe, dass er schluckt. Ich kenne Calebs Gesicht. Nach außen hin wirkt er beherrscht, aber ich bemerke all die Gefühle, die in seinem Inneren toben. Doch das Stärkste, was in diesem Moment unter der scheinbar ruhigen Oberfläche brodelt, ist Wut.

»Sei nicht albern, Julie.«

»Ich möchte nicht den Eindruck erwecken, als würde ich irgendetwas geschenkt bekommen wollen. Da das Erbe noch nicht ausgezahlt wurde, kann ich davon noch zurücktreten. Aber mir ist klar, dass die Übernahme der Studiengebühren und viele andere Kosten in den vergangenen Wochen an meine Arbeit bei *Bonham* geknüpft waren. Ich werde nicht mit Schulden gehen.«

»Ich scheiße auf irgendwelche Rechnungen für Kleider!«, donnert er und schlägt so hart mit der Faust auf den Tisch, dass ich zusammenzucke. »Können wir bitte vernünftig miteinander reden, anstatt dieses Theater zu veranstalten?«

»Ich sehe das wie Miss Penn, Mr Bonham«, wirft Freeman ein. »Die Posten, die über die Firmenkreditkarte abgerechnet wurden, waren Bestandteil einer Vereinbarung. Und Miss Penn scheint sich dafür entschieden zu haben, ihren Teil dieser Vereinbarung nicht zu erfüllen.« Er wendet sich mir zu. »Ich werde jemanden aus der Rechnungsabteilung bitten, sich mit Ihnen in Verbindung zu setzen. Sind Sie den Rest des Tages noch im Haus?«

Ich lächle gezwungen. Es überrascht mich überhaupt nicht, dass Freeman regelrecht begeistert von der Aussicht zu sein scheint, mich endlich loszuwerden. »Ich fürchte nicht. Aber ich bin mir sicher, Sie finden einen Weg, mich zu kontaktieren.«

»Wir müssen ein paar Details besprechen, Miss Penn«, mischt Mr Hudson sich ein. »So dramatisch Sie Ihren Auftritt auch geplant haben, Sie können nicht einfach Ihre Kündigung aussprechen und denken, dass damit alles erledigt ist.«

»Vielen Dank für Ihre Gesprächsbeteiligung, Mr Hudson«, sage ich scheißfreundlich. Dann greife ich nach der Mappe und hebe sie hoch. »Mr Hoffman hat übers Wochenende zuvorkommenderweise ein paar Unterlagen zusammengestellt, die die meisten Ihrer Fragen hoffentlich beantworten werden. Ich würde vorschlagen, den Rest besprechen Sie gerne direkt mit ihm.«

Er presst die Lippen aufeinander, und ich klopfe mir in Gedanken auf die Schulter. Ich bin zwar ein nervliches Wrack, aber auch wahnsinnig stolz auf mich, weil man mir das offensichtlich nicht ansieht. Außerdem bin ich unendlich erleichtert. In der Sekunde, in der ich die Worte meiner Kündigung ausgesprochen habe, hat es sich angefühlt, als wäre ein tonnenschwerer Stein von meinen Schultern gefallen. Solange ich Caleb nicht ansehe und meinen Gedanken nicht erlaube, sich in seine Richtung zu bewegen, geht es mir gut. So gut, wie im Moment möglich, zumindest.

Aber jetzt muss ich hier raus. Meine Fassade bröckelt, und der Text, den ich mir zurechtgelegt habe, um Selbstsicherheit vorzutäuschen, ist aufgebraucht.

»Ich danke Ihnen allen für Ihre Zeit«, sage ich und zwinge mich zu einem mehr oder weniger freundlichen Lächeln. »Ich werde mich natürlich noch einmal in Ruhe von Ihnen allen verabschieden, aber fürs Erste möchte ich Ihre kostbare Zeit nicht länger in Anspruch nehmen.«

Freeman und Hudson erheben sich, aber Rahel hebt die Hände, als wolle sie ein fahrendes Auto anhalten. »Moment mal. Das war's jetzt? Nach allem, was passiert ist, gibst du jetzt einfach auf, verzichtest auf deine kompletten Erbansprüche?«

Ich nicke. »Ja.«

Sie sieht zwischen mir, Caleb und Freeman hin und her. »Erhält Caleb dann hundert Prozent der Firmenanteile?«

»Darum geht es jetzt echt nicht, Rahel«, fährt Caleb sie an, ohne mich jedoch aus den Augen zu lassen. Die Luft zwischen uns beiden scheint förmlich zu summen, von all der Spannung, die von ihm ausgeht.

»Doch, irgendwie schon«, erwidert seine Schwester völlig ungerührt. Entweder ist sie nicht empfänglich für die Wut, die Caleb ausstrahlt, oder es ist ihr ganz einfach egal. »Schon klar, ihr habt da ein paar zwischenmenschliche Dinge zu regeln, aber du solltest auch nicht vergessen, worum es hier geht. Du solltest für einen Flirt das Ziel nicht dermaßen aus den Augen verlieren.« Hastig sieht sie mich an. »Das meine ich nicht böse. Es war ja deine Entscheidung, ich spreche nur von den möglichen Konsequenzen.«

Ich zucke mit den Schultern. »Alles gut. Wie gesagt, die Details sollte Caleb mit Mr Hoffman besprechen, aber wenn ich alles richtig verstanden habe, fallen meine Anteile automatisch Caleb zu.«

Kopfschüttelnd lässt sie sich in ihrem Stuhl zurückfallen. »Krass!«

Freeman klopft vor sich auf den Konferenztisch. »Sie hören von uns, Miss Penn. Mr Bonham, bitte melden Sie sich bei mir, sobald Sie können.«

Caleb wedelt nur abwesend mit der Hand in seine Richtung, während Freeman, Hudson und Mrs Yeon den Raum verlassen. Kurz fange ich Mrs Yeons Blick auf, die mich eindringlich mustert. Keine Ahnung, was sie denkt. Ich mag sie gerne, und sie hat sich mir gegenüber immer sehr freundlich verhalten. Allerdings hat sie auch nie einen Hehl daraus gemacht, dass sie grundsätzlich nicht mir, sondern der Firma verpflichtet ist. Vielleicht ist sie insgeheim erleichtert darüber, dass hier bald wieder alles in geregelten Bahnen verläuft und ich keinen ihrer Schreibtische mehr besetze.

Sobald die drei die Tür hinter sich geschlossen haben, explodiert Caleb. Er fährt so schnell aus seinem Stuhl hoch, dass ich zusammenzucke. »Hast du jetzt völlig den Verstand verloren?«, donnert er los und fährt sich mit den Fingern durch die Haare. »Was denkst du dir dabei, so etwas zu entscheiden, so etwas zu *verkünden*, ohne vorher mit mir darüber zu sprechen?«

»Es ist meine Entscheidung, Caleb«, sage ich ruhig. »Du hättest es mir nur auszureden versucht.«

»Natürlich hätte ich das! Jeder normal denkende Mensch hätte das!«

»War es nicht genau das, was du wolltest?«, frage ich herausfordernd. »Jetzt hast du deine Firma und kannst tun und lassen, was du willst. Du bist Alleinerbe.«

Er zeigt mit dem Finger auf mich. »Das ist nicht fair, Julie. Das war am Anfang so, aber ich hätte das niemals von dir verlangt.«

Das stimmt. In den vergangenen Wochen und Monaten hat er nicht einmal etwas in die Richtung erwähnt. »Lass es gut sein, Caleb. Der Drops ist gelutscht.«

»Das war dein Plan, oder?«, fragt er bitter. »Es direkt dem Vorstand und Aufsichtsrat zu stecken, damit du nicht zurückrudern kannst?«

Ich presse ertappt die Lippen aufeinander. Das war absolut mein Plan. Ich bin ein verdammter Entscheidungsneurotiker, und auch wenn ich absolut überzeugt davon bin, dass meine Kündigung das Richtige ist, hatte ich Angst, womöglich schwach zu werden. Nach meinem dramatischen Auftritt vor Freeman und Hudson wird das garantiert nicht mehr passieren.

»Sie hat ihre Entscheidung getroffen, Caleb«, mahnt Rahel. »Lass sie!«

Er achtet gar nicht auf sie. Stattdessen stützt er sich mit beiden Händen auf der Tischplatte ab und sieht mich eindringlich an. »Noch ist nichts unterzeichnet, oder?«

»Caleb ...«

»Hast du irgendetwas unterschrieben?«, knurrt er.

Seufzend vergrabe ich mein Gesicht in den Händen. Ich hätte einfach gehen sollen, genau wie die drei anderen. Wobei ich nicht glaube, dass Caleb sich nach dieser Nummer hier genauso schnell hätte abschütteln lassen wie letzte Woche. »Nein, Caleb, ich habe nichts unterschrieben.«

»Dann ist noch nichts endgültig«, sagt er, allerdings klingt es, als würde er mehr mit sich selbst sprechen als mit mir oder Rahel. »Du bist in einer Extremsituation. Ich kann mit Freeman sprechen, und niemand muss erfahren ...«

»Nein«, fahre ich ihm dazwischen, jetzt wütend. »Was ist denn dein verdammtes Problem? Du bekommst, was du von Anfang an wolltest, und selbst wenn du das nicht als Argument hören willst – was ist so schlimm daran? Ich gehe wieder aufs College und habe eben keinen Haufen Geld. Das ist nicht das Ende der Welt!«

»Was mein Problem ist?«, schreit er jetzt. Er wirkt nicht aggressiv oder bedrohlich, trotzdem weiche ich automatisch ein Stück zurück. »Wie stellst du dir das vor, Julie? Solange du

CEO von *Bonham* warst, hattest du die besten Sicherheitsvorkehrungen, die es gibt!« Er macht eine Geste, die den gesamten Raum und damit vermutlich auch das gesamte Gebäude einschließt. »Kameras, Bodyguards, Fahrer. Scheiße, das hier ist quasi ein Hochsicherheitstrakt! Wie stellst du dir das alles vor, wenn du in irgendeinem scheiß Studierendenwohnheim wohnst? Wie viele Leute müssen noch sterben oder über den Haufen geschossen werden, bis du diese Sache endlich ernst nimmst?«

Ich beiße hart die Zähne zusammen, und mein Herz verkrampft sich so schmerzhaft, dass mir für einen kurzen Moment die Luft wegbleibt. Ich versuche, seine Worte an mir abperlen zu lassen, aber so richtig funktioniert es nicht. »Ich gehe davon aus, dass der Stalker damit seinen Willen bekommt«, erkläre ich so ruhig wie möglich. Ich verstehe, warum Caleb sauer ist. Ich werde nicht versuchen, ihn zu beruhigen. »Er wollte mich ruinieren, und das hat er geschafft. Seinetwegen habe ich kein Geld, keine Macht, nichts mehr. Sogar noch weniger als vor Sylvias Tod, weil ich meine Wohnung verloren habe und nicht genau weiß, ob ich einfach so wieder meine Kurse besuchen kann. In seinen Augen wird er gewonnen haben. Das sollte reichen.«

Caleb lacht freudlos. »Du gehst davon aus? Das *sollte* reichen?«

»Caleb, lass es gut sein«, warnt Rahel leise.

Wieder tut er so, als hätte er sie nicht gehört. »Das klingt ja wahnsinnig überzeugt, Julie. Sorry, aber deine Theorien reichen nicht einmal annähernd, damit ich dein Leben darauf verwetten würde.«

Langsam hebe ich eine Augenbraue. »Auch das ist nicht deine Entscheidung.«

Er flucht so derb, dass meine Stiefmutter wahrscheinlich in

Ohnmacht gefallen wäre. Dann stößt er sich vom Tisch ab und beginnt, mir gegenüber in dem schmalen Raum auf und ab zu gehen. Ich unterdrücke ein Stöhnen. Ich will endlich hier raus. »Hör zu …«

Abrupt hebt er die Hand, um mich zum Schweigen zu bringen. »Gib mir einen Moment.«

Widerwillig verschränke ich die Arme vor der Brust. So sollte das hier nicht laufen. Ich will es einfach hinter mich bringen, also lasse ich ihn herumtigern und einen Plan konstruieren, dem ich ohnehin nicht zustimmen werde.

»Wir machen einen Kompromiss«, sagt er schließlich, dreht sich abrupt um und kommt auf mich zu. Am liebsten würde ich aufspringen und aus dem Raum rennen. Sein Anblick ist schon schwer zu ertragen, seine Nähe ist aber ganz sicher zu viel. Trotzdem bleibe ich sitzen, versuche die Luft anzuhalten und meine Muskeln dazu zu zwingen, ruhig zu bleiben. Caleb kniet sich neben meinen Stuhl, sodass unsere Gesichter auf Augenhöhe sind. »Hör mir zu, okay?«

Auf einmal klingt seine Stimme flehend, beinahe verzweifelt. Mein Herz stolpert ein paarmal, als mein Blick seinem begegnet. Diese Augen sind so verdammt tief und verbergen so viel mehr, als er mir in diesem Moment zeigen will. Meine Haut beginnt zu prickeln, und die Spannung zwischen uns wird beinahe unerträglich.

Irgendwie schaffe ich es zu nicken. Zu mehr bin ich in dieser Sekunde einfach nicht imstande.

»Du bleibst im Apartment wohnen«, sagt er und redet hastig weiter, als ich den Mund öffne, um zu einer Antwort anzusetzen. »Lass mich ausreden. Bitte. Du bleibst im Apartment wohnen und behältst Estha. Nur so lange, bis wir uns sicher sein können, dass du nicht mehr in Gefahr bist. Du brauchst hier nicht zu arbeiten, du musst mich nicht einmal sehen. Du kannst deinen Wagen weiter nutzen und sparst dir immerhin die Miete. Bitte. Julie, bitte, das musst du für mich tun.«

Wie viel Schmerz kann ein Herz wohl ertragen, bis es einfach aufgibt und aufhört zu schlagen? Falls es da eine Grenze gibt, bin ich mir hundertprozentig sicher, dass meines sie bald erreicht hat. Noch nie zuvor habe ich ihn so verzweifelt erlebt, nicht einmal nach Tonys Tod. Die Angst um mich und die Panik, dass ihm die Situation entgleitet, stehen ihm ins Gesicht geschrieben.

»Okay«, höre ich mich selbst sagen, ohne dass ich mich bewusst dazu entschieden hätte. Meine Stimme klingt anders als sonst, belegt und angespannt von all den Worten, die ich nicht ausspreche. »Bis es vorbei ist.«

Er nickt. Ich erkenne die Erleichterung in seinen Augen, der es aber nicht gelingt, die Sorgen zu verdrängen. »Bis es vorbei ist.«

28

CALEB

Ich tigere durch die Wohnung und werfe alle zwei Minuten einen Blick auf die Uhr. Dieser beschissene Tag soll verdammt noch mal endlich vorbeigehen. Wie dumm von mir zu denken, das Wochenende wäre die Hölle auf Erde gewesen – Julies Flug nach Ohio hat eine Menge Sorgen in mir ausgelöst. Ein Teil von mir hat beinahe erwartet, dass sie nicht zurückkommt und bei ihrem Dad bleibt. Ich war wahnsinnig kurz davor, meine Sachen zu packen und ihr hinterherzufliegen, aber Rahel hat mich davon abgehalten. Und dann kommt sie wieder und kündigt, ohne vorher mit mir darüber zu sprechen? Ist das ihr fucking Ernst? Reicht es nicht, dass sie nicht mehr mit mir spricht, mir auf der Arbeit aus dem Weg geht und sich weigert, sich ein Büro mit mir zu teilen? Will sie so dringend aus meiner Umlaufbahn verschwinden, dass sie dafür auf Millionen verzichtet?

Das ist doch lächerlich.

Der Sicherheitsfaktor ist nur die Kirsche auf dem Eis. Die Vorstellung, dass Julie in einem Studierendenwohnheim hockt, sich mit weiß Gott wem ein Zimmer teilt und alleine jeden Abend von irgendeinem Nebenjob nach Hause läuft, bringt mich beinahe um den Verstand. Auch ohne Stalker ist das ein Risiko, das ich nicht eingehen werde.

Wieder werfe ich einen Blick auf die Uhr. Zwei Minuten,

dann ist sie offiziell zu spät. Der Konferenzraum, in dem sie ihre großartige Entscheidung verkündet hat, war durch einen Folgetermin belegt gewesen, und Julie wollte niemandem im Weg stehen. Aber sie hat sich bereit erklärt, noch einmal mit mir zu sprechen. Wobei es mich auch nicht unbedingt wundern würde, wenn sie einfach nicht auftauchen würde.

Als ein *Pling* das Eintreffen des Aufzugs ankündigt, liegen meine Nerven blank. Ich habe den ganzen Tag über am Telefon gehangen, nichts gegessen außer zwei Pop-Tarts und schätzungsweise sieben doppelte Espressi intus. Die Anspannung summt in meinem Körper wie ein ausgewachsener Bienenschwarm.

Ich renne beinahe hinüber zum Aufzug, als die Türen sich öffnen und Julie heraustritt. Wie immer, wenn ich sie sehe, raubt es mir eine Sekunde lang beinahe den Atem. Heute ist es vielleicht noch schlimmer, weil ich mich jedes Mal, wenn wir miteinander reden, frage, ob es vielleicht das letzte Mal ist. Mir fällt auf, dass sie sich verändert hat. In den letzten Wochen war sie immer perfekt gekleidet und hat mich im Hinblick auf ihre Garderobe beinahe ein bisschen an Rahel erinnert. Das ist nichts Schlechtes, aber jetzt, in Jeans und Tanktop, sieht sie viel mehr aus wie sie selbst. Wie die Julie, die mir vor Wochen an den Kopf geworfen hat, ich sei ein überhebliches Arschloch, die mich in diesem Park verarscht und mir ständig an die Gurgel gesprungen ist.

»Hi«, sage ich ein wenig atemlos. Auf einmal weiß ich nicht mehr so richtig wohin mit meinen Händen. Scheiße, was macht diese Frau mit mir? Ich habe keinerlei Probleme damit, vor Hunderten von Leuten zu sprechen, Reden zu halten oder das Wort auf Pressekonferenzen oder in wichtigen Meetings zu übernehmen. Aber ein Blick in ihre Augen reicht aus, um mich vollkommen aus der Fassung zu bringen.

»Hi«, sagt sie tonlos, geht an mir vorbei und legt ihre Handtasche auf den Küchentresen, bevor sie sich ein wenig unschlüssig umsieht. »Also, was gibt's?«

Sie hat es scheinbar eilig. Oder will zumindest den Eindruck erwecken. Aber falls sie gedacht hat, dass das hier ein kurzes Gespräch wird, dann ist sie schief gewickelt. Also gehe ich ebenfalls an ihr vorbei und setze mich auf die Couch. Mit der Hand deute ich auf den freien Sessel. »Setz dich.«

Kurz sieht es tatsächlich so aus, als würde sie sich weigern, doch dann seufzt sie, kommt zu mir herüber und lässt sich auf den Sessel fallen. Stirnrunzelnd beäugt sie die Flasche und die zwei Gläser, die zwischen uns auf dem Tisch stehen. »Erwartest du noch Besuch?«

Ich verkneife mir einen bissigen Kommentar. »Ich habe *dich* erwartet.«

»Ich mag keinen Wein.«

»Wie gut, dass das kein Wein ist.« Ich lehne mich nach vorn und gieße uns beiden ein Glas ein, dann halte ich ihr die Flasche hin. »Das ist Cidre. Aus Frankreich. Ich habe ein paar Flaschen geschenkt bekommen und dachte mir, dass er dir vielleicht schmeckt.«

Sie sieht mich an, aber ich kann ihren Blick nicht wirklich deuten. Dann greift sie nach einem Glas und nippt kurz daran. Sie sagt nichts, aber da sie weder das Gesicht verzieht noch das Glas wieder abstellt, gehe ich davon aus, dass es keine Vollkatastrophe ist. Immerhin.

»Also, Caleb.« Sie lehnt sich zurück und balanciert das Glas auf ihrem Knie. »Was wolltest du mit mir besprechen?«

So unendlich viel. Am liebsten würde ich sie anschreien, weil ich so unfassbar frustriert bin. Sie schließt mich systematisch aus, sowohl aus ihren Entscheidungen als auch aus ihrem Leben. Das ertrage ich nicht. Ich nehme mir einen Moment, um meine Gedanken zu ordnen. Logik ist die beste Strategie, die ich anwenden kann. Trockene, rationale, unschlagbare Logik.

»Okay, Punkt eins«, sage ich in beinahe geschäftsmäßigem Ton und nehme selbst einen großen Schluck. Alkohol in Verbindung mit Koffein ist bestimmt eine wahnsinnig gute Idee, aber immerhin beruhigt er fürs Erste meine Nerven. »Wir haben herausgefunden, wer für die zerstochenen Reifen verantwortlich ist.«

Ihre Augen weiten sich. »Ach ja?«

»Kennst du Patrick Greenham? Er ist einer der Haustechniker.«

»Nie gehört. Vielleicht habe ich ihn mal gesehen, aber der Name sagt mir nichts.«

Ich sehe das nervöse Flackern in ihrem Blick und rede hastig weiter. »Er ist nicht der Stalker. Er hat sich dafür bezahlen lassen, die Reifen zu zerstechen und die Kameras auszuschalten beziehungsweise die Bänder im Nachhinein zu löschen.«

»Von wem?«, fragt sie angespannt.

»Das scheint er selbst nicht zu wissen«, sage ich frustriert und balle die Hände zu Fäusten. »Es lag ein Umschlag auf seinem Schreibtisch mit zweitausend Dollar in bar.«

Ihr weicht das Blut aus dem Gesicht. »Zweitausend Dollar?«, wiederholt sie fassungslos. »Zweitausend Dollar für das Zerstechen von Reifen und Löschen von ein paar Minuten Filmmaterial?«

»Offensichtlich.«

»Warum hat er das Geld nicht einfach eingesteckt und die Polizei gerufen?«, fragt sie wütend. »Dann säße der Verantwortliche jetzt hinter Gittern, und er selbst wäre trotzdem zweitausend Dollar reicher.«

»Er wurde massiv bedroht«, erkläre ich, und auch wenn sich in meine Stimme ein beschwichtigender Tonfall einschleicht, teile ich Julies Zorn. Die Vorstellung, dass das Arschloch hier im Gebäude war und wir ihn sogar auf Video aufgezeichnet haben, ist schwer zu ertragen.

»Ich hoffe, dieser Greenham wurde gefeuert.«

Ich nicke grimmig. »Und verklagt. Und das Geld darf er auch nicht behalten, fürchte ich.«

Sie schnaubt. »Armer Kerl.« Dann schaut sie auf und mustert mich misstrauisch. »Wann hast du das erfahren?«

»Am Samstag«, gestehe ich zögernd.

»Warum sagst du mir das erst jetzt?«

»Weil du nicht hier warst«, sage ich schlicht. »Diese kleine Auszeit war deine Entscheidung, Julie. Du hast meine Anrufe ignoriert.«

»Das ist so anstrengend.« Sie reibt sich über die Augen. Als sie mich wieder ansieht, erkenne ich die Frustration und Hilflosigkeit in ihrem Blick. Ich kann ihre Gefühle so verdammt gut nachvollziehen, und ich würde eine Menge dafür geben, ihr diese Sorgen nehmen zu können. Aber das geht nicht. »Kannst du dir vorstellen, wie frustrierend es ist, nie zu wissen, ob man die neuesten Informationen hat, oder nicht? Ich weiß, dass du mich beschützen willst, aber ich hätte weniger Stress, wenn du mir einfach die Wahrheit sagen und mich auf dem Laufenden halten würdest. Diese Ungewissheit ist so viel schlimmer, Caleb.«

»Was erwartest du von mir?« Ich sehe sie überfordert an. »Ganz ehrlich, sag es mir, weil ich keine Ahnung habe, wie ich mit dir umgehen soll. Du willst nicht mit mir reden, du willst nicht mit mir zusammen sein. Gut, habe ich verstanden. Aber wenn du einen klaren Schnitt machen willst, dann mit allen Konsequenzen. Dann sollen sich unsere Assistenten absprechen und uns informieren. Ist es das, was du willst?«

Ihr Gesicht wird ausdruckslos. »Ich habe keinen Assistenten mehr, Caleb.«

Ich versuche, mir meine Verärgerung nicht anmerken zu lassen. Ich will nicht, dass sie sich aufregt, auch wenn das lächerlich klingt. Diese Chance auf ein vernünftiges Gespräch bekomme ich so schnell vermutlich nicht wieder. Und mir ist jedes Mittel recht, sie zum Bleiben zu überreden.

»Genau darüber wollte ich mit dir sprechen.«

»Über meinen Assistenten?«, hakt sie nach und hebt eine Augenbraue. »Ich bin mir sicher, dass Felix eine andere Aufgabe in diesem Turm findet. Oder er ersetzt Abigail. Ich habe mein ganzes Leben lang ohne persönlichen Assistenten gelebt. Ich bin zuversichtlich, dass ich das wieder schaffe.«

»Sarkasmus bringt uns hier echt nicht weiter.«

Ungerührt erwidert sie meinen Blick. »Ich bin absolut der Meinung, dass Sarkasmus uns in *jeder* erdenklichen Lebenssituation weiterbringt.«

Ich seufze. Am liebsten würde ich sie schütteln. »Ich will nicht, dass du aus dem Bonham Tower ausziehst.«

»Das habe ich schon verstanden. Und ich habe ja auch zugestimmt, dass ich vorerst hierbleibe.«

»Und ich will nicht, dass du mir auch nur einen Penny von dem zurückzahlst, was du in den letzten Monaten ausgegeben hast.«

»Aber …«

»Nein, hör mir zu.« Ich lehne mich vor und stütze mich mit den Ellbogen auf meinen Knien ab. »Du hast für uns gearbeitet. Als CEO. Dabei spielt es keine Rolle, ob du nun das Jahr bei *Bonham* vollmachst oder nicht. Du hattest diesen Posten inne, was bedeutet, dass du dementsprechend bezahlt werden solltest. Das hat nichts mit uns zu tun oder mit deiner Beziehung zu Sylvia.«

Sie sieht mich skeptisch an. »Der einzige Grund, warum ich diesen Posten überhaupt hatte, *ist* meine Beziehung zu Sylvia.«

»Völlig egal. Außerdem erhältst du eine Abfindung.«

»Das ist doch lächerlich, Caleb«, sagt sie und hebt die Hände. »Wessen Idee war das?«

»Meine«, sage ich ungerührt. »Und genauso sollte es auch sein, immerhin leite ich diese Firma und bin für alle Mitarbeitenden verantwortlich.«

»Ich habe Grafiken gebastelt«, erinnert sie mich mit einem trockenen Lachen. »Neunzig Prozent der Zeit hatte ich keine Ahnung, was ich da eigentlich mache.«

»Auch das spielt keine Rolle. Und wenn du ein Jahr lang nur in der Ecke gestanden und an die Wand gestarrt hättest, wäre es allein meine Entscheidung, ob ich dich dafür bezahle oder nicht.«

Julie nimmt einen großen Schluck aus ihrem Glas. »Nur aus Neugierde. Wie hoch wäre diese Abfindung, die mir deiner Meinung nach zusteht?«

»Zweihundertfünfzigtausend Dollar.«

Sie lacht. Laut. Und absolut freudlos. Dann schüttelt sie den Kopf und trinkt einen weiteren Schluck. »Das ist so lächerlich, Caleb.«

»Ach ja?«

»Ich wurde nicht entlassen«, erinnert sie mich. »Ich glaube nicht, dass mir irgendeine Abfindung zusteht.«

Ich zucke mit den Schultern. »Ich habe noch keine Kündigung gesehen. Möglicherweise habe ich bereits ein Entlassungsschreiben unterschrieben.«

Fassungslos sieht sie mich an. »Darfst du das überhaupt? Damit verstößt du gegen die Bedingungen im Testament, oder nicht?«

Gegen meinen Willen verzieht sich mein Mund zu einem leisen Lächeln. Ich bin ein klein wenig stolz auf mich. »Ich habe mit Mr Hoffman telefoniert. Er war mir gegenüber genauso hilfsbereit wie dir gegenüber. Und wir haben da ein paar Grauzonen gefunden.«

»Verräter«, murmelt sie und gluckst. Ehrlich gesagt habe ich keine Ahnung, ob die ganze Sache sie tatsächlich amüsiert oder ob da die Überforderung aus ihr spricht. »Eine Viertelmillion Dollar ist zu viel, Caleb, ganz im Ernst.«

»Das sehe ich anders.« Ich lächle sie vorsichtig an. »Das waren wirklich tolle Grafiken, die du gebastelt hast.«

»Bestimmt.« Grinsend schüttelt sie den Kopf, dann seufzt sie. »Ich mag das Gefühl nicht, von jemandem abhängig zu sein. Oder jemandem was schuldig zu sein.«

»Du bist mir nichts schuldig«, stelle ich klar. »Es geht hier nicht um offene Rechnungen. Aber du bedeutest mir etwas, Julie. Selbst wenn du und ich keine Zukunft haben, sind die Gefühle nicht einfach weg, oder? Und ich unterstütze die Menschen, die mir etwas bedeuten. Das hat nichts mit Almosen oder Abhängigkeit zu tun. Wenn es verhindert, dass du nachts arbeitest oder alleine abends unterwegs bist, und es dir das Leben ein bisschen erleichtert … dann sind zweihundertfünfzigtausend Dollar nichts, worüber ich mir Gedanken mache.«

Ein paar Sekunden lang starrt sie auf ihr Glas, das sie in den Händen dreht. Die Belustigung ist aus ihrem Blick verschwunden, und sie sieht wieder nachdenklich aus. Langsam fährt sie mit dem Zeigefinger über den Rand und entlockt dem dünnen Glas einen leisen Ton.

»Weißt du, wovor ich am meisten Angst habe?«

Mein Herz verkrampft sich. »Wovor?«

Julie zögert und beißt sich auf die Lippen. »Dass du mich irgendwann hasst.« Sie schaut auf. Ihr Blick trifft meinen, und ich bin absolut unfähig, wegzusehen.

Ginge es nach mir, würde ich den Großteil meines Tages damit verbringen, Julie Penn zu betrachten. Dabei zuzusehen, wie sie die Stirn runzelt, wenn sie sich über etwas ärgert oder in Gedanken versunken ist. Wie sie sich auf die Lippen beißt, wenn sie sich unwohl fühlt oder nicht genau weiß, was sie als Nächstes sagen soll. Wie sie immer wieder ihre Kleidung richtet, weil sie ihren Händen etwas zu tun geben will. Und wie sie lächelt. Wenn Julie lacht, erhellt sie den Raum, auch wenn das ein verdammtes Klischee ist. Ich glaube nicht, dass ich jemals etwas Schöneres gesehen habe als Julie, wenn sie wirklich, ehrlich glücklich ist.

Aber das ist verdammt lange her. Wir hatten glückliche Momente. Aber seit dieser verdammte Stalker in ihr Leben getreten ist, umgibt sie eine dunkle, sorgenvolle Wolke, die sie einfach nicht los wird und die ich nicht vertreiben kann.

»Ich könnte dich niemals hassen, Julie«, flüstere ich.

»Doch.« Ihre Stimme ist so leise, dass ich sie kaum verstehen kann. Dann räuspert sie sich und richtet sich ein Stück auf. »Es sollte nicht so schwer sein, weißt du? Natürlich sind die Umstände, unter denen du die Firma übernommen hast, furchtbar. Aber darauf hast du dein halbes Leben hingearbeitet, oder nicht? Und durch alles, was hier passiert, konntest du gar nicht … keine Ahnung, wie ich das beschreiben soll. Du konntest nicht stolz auf dich sein. Du solltest durchstarten und dich voll reinhängen, stattdessen hast du das Gefühl, dich um mich kümmern und alles regeln zu müssen. Das ist einfach nicht fair, Caleb. Dir gegenüber. Wäre ich nicht aufgetaucht, hättest du den ganzen Stress mit der Presse und vor allem mit Freeman nicht. Man würde dich als neuen, erfolgreichen CEO von *Bonham Industries* feiern, anstatt dich wegen deines Liebeslebens durch den Dreck zu ziehen.«

»Nichts davon ist deine Schuld«, sage ich eindringlich und lehne mich zu ihr. »Du hast nicht darum gebeten.«

»Das weiß ich.« Sie zuckt ein wenig hilflos mit den Schultern. »Mir ist klar, dass ich nichts für die Umstände kann oder für den Stalker oder dafür, dass Sylvia diese Entscheidung mit dem Erbe gefällt hat. Das ändert aber nichts daran, dass es dir gegenüber unfair ist. Und dass es mir leidtut für dich. Hass ist selten rational, Caleb. Irgendwann wirst du deine Prioritäten neu ordnen, und dann wird die Firma wieder ganz oben stehen. Es würde mich nicht wundern, wenn du im Nachhinein bereust, was du alles für mich getan hast.«

Es bricht mir das Herz, sie so reden zu hören. Denn in einer Sache hat sie absolut recht: Ich habe das Gefühl, sie beschützen zu müssen. Nicht, weil sie schwach ist, weniger Geld hat als ich oder weil ich sie nicht für fähig halte, ihre Angelegenheiten zu regeln. Ich will sie beschützen, weil ich sie liebe. Weil ich um nichts in der Welt zulassen will, dass ihr etwas geschieht.

»Du liegst falsch.« Als sie die Stirn runzelt, muss ich lächeln. »Ich habe meine Prioritäten schon vor Wochen neu sortiert, Jules. Und die Firma ist mir wahnsinnig wichtig. Das ist sie immer gewesen. Ich will meinen Platz darin finden und versuchen, sie in meinem Stil zu leiten, ohne Sylvias Andenken zu beleidigen. Ich will Erfolg haben und den ganzen Kram.«

Ich sehe, dass sie schluckt. »Eben.«

»Aber im Gegensatz zu dir bin ich hundertprozentig davon überzeugt, dass du mir dabei nicht im Weg stehst.« Meine Stimme hat einen eindringlichen Unterton angenommen. Julie muss es endlich verstehen. »Ja, die Firma hat Priorität für mich. Aber du stehst ganz oben, Julie. Wir hatten einen holprigen Start und, ja, es sieht im Moment nicht so aus, als würde sich die Lage so bald beruhigen. Doch das ist mir egal. Weil wir nur das hier überstehen müssen und dann ein ganzes verdammtes Leben Zeit haben, unsere Probleme zu lösen.«

»Caleb …«

»Nein, lass mich ausreden«, unterbreche ich sie und rutsche noch ein Stück weiter nach vorn, bis unsere Gesichter nur noch Zentimeter voneinander entfernt sind. Ich befürchte, dass ich hier gerade eine Grenze überschreite, aber das ist mir egal. Immerhin weicht sie nicht zurück. Ihr Blick ist immer noch auf ihr Glas gerichtet, das inzwischen leer ist. »Ich verstehe deinen Punkt, Julie, wirklich. Dass wir unterschiedlich sind, unterschiedliche Leben führen und so weiter. Und ich verstehe auch, dass mein Verhalten auf der Filmpremiere daneben war. Aber ich glaube ... nein, ich *weiß*, dass es das alles wert ist. Dass *du* das alles wert bist!«

Langsam schüttelt sie den Kopf. »Manchmal habe ich das Gefühl, dass mein Kopf einfach platzt«, sagt sie mit belegter Stimme. »Ich habe Angst, Caleb. Ich versuche, mich zusammenzureißen, aber ich habe Angst um mich und um dich, um meine Familie, meine Freundinnen ... Ich habe um jeden Menschen Angst, mit dem ich mich unterhalte. Manchmal traue ich mich nicht, rauszugehen, weil ich befürchte, dass wieder irgendein Auto auftaucht und auf dem Weg zu mir noch andere Leute plattmacht. Meine Kündigung sollte kein dramatischer Move sein oder ein Schlag gegen dich. Aber vielleicht ... vielleicht ...«

Ihr dabei zuzusehen, wie sie mit zitternder Stimme nach Worten ringt, bereitet mir beinahe körperliche Schmerzen. Ich fühle mich so wahnsinnig hilflos. »Vielleicht gibt der Stalker dann Ruhe?«

»Kann doch sein«, sagt sie verzweifelt und sieht mich an. »Vielleicht ist er einer dieser angepissten Patienten, und es geht ihm einfach nur darum, mein Leben zu zerstören. Nicht unbedingt darum, mich zu töten, immerhin hätte er mehr als eine Gelegenheit dazu gehabt, oder nicht? Und wenn das so ist, dann hat er es jetzt geschafft. Jetzt habe ich auf mein Erbe verzichtet, was bedeutet, dass das Geld auch futsch ist. Und du … du bist weg. Er hat gewonnen.«

»Er hat nicht gewonnen«, sage ich heftig, nehme ihr das leere Glas aus der Hand und stelle es auf den Tisch. Dann greife ich nach ihren Händen. Ich hatte mir geschworen, ihr Freiraum zu lassen und Abstand zu halten. Aber ich kann nicht länger dabei zusehen, wie sie leidet, ohne sie zu berühren. Ihre Finger sind so kalt, ihre Hände so klein, dass sie beinahe komplett zwischen meinen verschwinden. Aber sie zieht sie nicht zurück, und das macht mir ein bisschen Hoffnung. »Es ist deine Entscheidung, Julie. Dein Leben, deine Entscheidungen. Du gibst ihm keine Macht über dich, das darfst du nicht denken.«

»Ich hätte das Jahr durchgezogen, wäre er nicht gewesen. Also war es nicht wirklich meine Entscheidung.«

»Warst du glücklich?«, frage ich sie widerstrebend. »Selbst wenn es den Stalker nicht geben würde – wäre *Bonham* das, was du dir für dein Leben gewünscht hast?«

Sie zuckt mit den Schultern. »Nein, wahrscheinlich nicht. Aber das sind alles nur Spekulationen, Caleb. Ich war nicht glücklich, aber das lag an der Gesamtsituation, verstehst du? Vielleicht wäre es nicht so schlimm gewesen und mir hätte dieses Jahr bei euch Spaß gemacht. Vielleicht auch nicht. Aber das werden wir nie wissen, weil die Situation eben ist, wie sie ist.«

Energisch schüttele ich den Kopf. »Ich ertrage es nicht, dich so hoffnungslos zu sehen.«

Ihre Mundwinkel verziehen sich zu etwas, was wohl ein Lächeln sein soll, allerdings wirkt es eher wie eine bemühte Grimasse. »Ich bin nicht hoffnungslos. Wenn das hier funktioniert, ist diese ganze Sache bald vorbei. Ich bin eher wütend.«

Scheiße, das bin ich auch. Auf den Stalker, auf Sylvia, auf die ganze verdammte Welt.

JULIE

Der Schmerz in Calebs Augen bricht mir beinahe das Herz. Ich weiß, wie sehr er leidet. Ich weiß es, weil ich dasselbe empfinde.

»Es tut mir leid«, sage ich, obwohl mir selbst nicht klar ist, wofür genau ich mich entschuldige.

Seine Hände umfassen meine fester. Ich weiß, dass ich Abstand zwischen uns bringen sollte, aber ich schaffe es nicht. Ich sitze einfach nur da und genieße die Wärme seiner Haut, seine Nähe und das Prickeln, das seine Berührung bei mir auslöst.

»Es gibt nichts, wofür du dich zu entschuldigen brauchst.« Er verzieht das Gesicht. »Okay, vielleicht dafür, dass du mich abserviert hast.«

»Ich habe dich nicht abserviert«, sage ich mit einem traurigen Lächeln. »Das war eine rationale Entscheidung, und das weißt du.«

»Liebe sollte nicht rational sein.«

Ich unterdrücke ein Schaudern. Dass er inzwischen so frei von Liebe spricht, wirft mich jedes Mal ein bisschen aus der Bahn. »Manchmal schon. Wenn man zufällig von einem Irren verfolgt wird, der es sich zur Aufgabe gemacht hat, dein verdammtes Leben zu zerstören.«

Einen Moment lang schweigt er und betrachtet unsere ineinander verschränkten Hände, aber ich sehe ihm an, dass es hinter seiner Stirn rattert. Er zögert kurz, dann blickt er wieder auf. »Darf ich dich was fragen?«

»Klar.«

»Dieser ganze Plan«, beginnt er langsam. »Dass du alles aufgibst und ihm das Gefühl gibst, gewonnen zu haben. Damit er aufhört und dich in Ruhe lässt und so weiter.«

Misstrauisch sehe ich ihn an. »Ja?«

»Das würde bedeuten, dass er davonkommt. Mit allem.«

Ich weiß sofort, was er meint. Der Täter würde für den Mord an Tony nicht zur Rechenschaft gezogen. Wenn er sich jetzt zurückzieht und die Polizei im Nachhinein nichts findet, wodurch sie ihn identifizieren kann, wird er einfach verschwinden, sein Leben weiterleben, ohne dafür zu büßen, dass Tony gestorben ist und Bonnie um ihr Leben kämpfen muss.

Allein bei dem Gedanken muss ich ein Würgen unterdrücken.

»Ja«, flüstere ich widerstrebend. »Das würde es bedeuten. Aber es würde auch bedeuten, dass niemand anderes mehr verletzt wird.«

Ich sehe Caleb an, dass er dazu eine ziemlich klare Meinung hat, aber er hält sich zurück. Und ich bin ihm dankbar dafür, denn in den vergangenen Tagen ist mir vor allem eins klar geworden: Es gibt keinen perfekten Ausweg aus dieser ganzen Situation. Natürlich wünsche ich mir nichts mehr, als dass dieses Arschloch endlich gefasst wird und sein restliches Leben in der Hölle schmort. Aber inzwischen bin ich mir nicht mehr sicher, ob ich bereit bin, den Preis dafür zu zahlen. Meine Rache ist nicht mehr wert als das Leben des nächsten Unschuldigen, der diesem Gestörten zum Opfer fällt.

Ein paar Minuten sitzen wir schweigend da und hängen beide unseren eigenen Gedanken nach. Bei der Vorstellung, wieder in mein leeres Apartment zurückzugehen, dreht sich mir der Magen um. Caleb und mir ist beiden klar, dass diese Wohnsituation nur eine Lösung auf Zeit ist. Selbst wenn ich mich hier wohlfühlen würde, könnte ich nicht bleiben. Es würde zu sehr wehtun, Caleb und mir.

»Was hast du jetzt vor?«, fragt er nach einer Weile und mustert mich prüfend. »Kannst du dein Studium einfach wieder aufnehmen?«

»Das weiß ich noch nicht«, seufze ich. »Ich müsste den Stoff, den ich verpasst habe, aufholen, und ich habe keine Ahnung, ob ich das selbstständig machen darf, weil ich ja die entsprechenden Kurse nicht besucht habe. In manchen besteht Anwesenheitspflicht. Ich gehe davon aus, dass ich erst im September wieder zu den Kursen zugelassen werde.«

»Und bis dahin?«

»Da bin ich mir noch nicht sicher.« Ich lächle verhalten. »Ich denke, ich werde mir einen Job suchen, um die zweihundertfünfzigtausend Dollar nicht sofort zu verprassen.«

Er runzelt die Stirn. »Was Estha angeht …«

»Ich behalte sie fürs Erste«, gebe ich mich geschlagen, wobei sich alles in mir drin dagegen sträubt. Ich hasse die Tatsache, dass ich beinahe rund um die Uhr beobachtet werde, auch wenn es meinem Schutz dient. Und auch wenn ich Calebs Argumente verstehe und mir klar ist, dass wir nicht einfach davon ausgehen können, dass mein Plan funktioniert, ist das nicht der Grund, warum ich nachgebe. Es ist Calebs sorgenvolles Gesicht und die Angst in seiner Stimme, wenn er mit mir über diese Dinge spricht. Wenn ich ihm einen Teil der Last von seinen Schultern nehmen kann, indem Estha auf mich aufpasst, dann ist das wohl ein Preis, den ich durchaus zahlen kann.

Caleb sieht mich überrascht an. »Im Ernst?«

»Wenn es dir so wichtig ist …«

»Danke«, sagt er so inbrünstig, dass ich leise lachen muss. »Im Ernst, Julie. Das macht so vieles einfacher.«

Ich winke ab. »Ich lasse mich auf die Wohnung ein, auf Estha und von mir aus auch auf das Auto. Mehr aber nicht. Ich will nicht, dass mein Handy getrackt wird, keine öffentlichen Termine mehr, und ich gebe die Kreditkarten zurück. Und ich kaufe selbst ein. Falls mein Kühlschrank wie durch Zauberhand aufgefüllt wird, bringe ich den ganzen Kram zu dir in die

Wohnung. Ich will nicht mehr Sonderbehandlung als ohnehin notwendig.«

»Du weißt, dass ich dir gerne helfe, oder?«, fragt er und klingt beinahe genervt. »Das mache ich nicht aus Pflichtbewusstsein oder so. Ich habe das Geld, Julie. Das soll nicht überheblich klingen, es ist einfach eine Tatsache.«

»Ist mir klar. Aber wenn du weiter damit um dich wirfst, dann ist bald nichts mehr davon übrig.«

Er seufzt schwer. »Du bist anstrengend.«

»Und du stur.«

Sein Grinsen lässt mein Herz ein wenig flattern, als würde ein Kolibri in meiner Brust herumschwirren. »Weißt du, was ich gemacht habe?«

Misstrauisch kneife ich die Augen zusammen. »Will ich das wissen?«

»Wahrscheinlich nicht.« Er zwinkert mir zu. »Als du in Ohio warst, habe ich deinen Wagen in die Werkstatt gegeben. Er ist jetzt kugelsicher.«

Ich blinzle ein paarmal, überzeugt davon, mich verhört zu haben. »Kugelsicher?« Caleb nickt, und auch wenn er versucht, reumütig auszusehen, bemerke ich die Belustigung in seinen Augen. »Ich fahre jetzt einen verdammten Panzer?«

»Einen wirklich stylischen Panzer. Allerdings fürchte ich, er könnte nicht zurückschießen, falls das nötig wäre.«

Fassungslos schüttele ich den Kopf. »Warum?«

»Ich war mir nicht sicher, ob du zurückkommst.« Bei dem letzten Wort wird seine Stimme leiser, und der inzwischen vertraute Schmerz ist wieder da. »Mein Plan war, dir das Auto als eine Art Abschiedsgeschenk zu geben. Dafür wäre wahrscheinlich eine ganze Menge emotionaler Erpressung notwendig gewesen, aber ich dachte mir, das Auto würdest du behalten, damit ich endlich Ruhe gebe. Dann hätte ich immerhin gewusst, dass du nicht mehr mit der Bahn herumfährst und nachts sicher nach Hause kommst.«

Dieses kleine Geständnis raubt mir einen Moment lang den Atem. Caleb hat sich von Anfang an um mich gekümmert, genau wie ich mich um ihn. Aber offensichtlich hat er einen Großteil seiner Sorgen und Gedanken zurückgehalten. Mein armes Herz ist völlig überfordert von dieser Achterbahn der Gefühle. Auf der einen Seite schreit es mich an, so viel Abstand wie möglich zwischen Caleb und mich zu bringen, auf der anderen Seite wünsche ich mir nichts mehr, als dass er die Scherben zusammenkittet und sämtliche Sorgen, die gegen uns sprechen, aus meinem Kopf vertreibt.

Als ob Caleb meine Gedanken lesen könnte, hebt er einen Mundwinkel. »Ich habe dir gesagt, dass ich nicht aufgeben werde.«

Mein Gehirn scheint einen Kurzschluss zu erleiden, denn als er sich zu mir lehnt und mich küsst, wehre ich mich nicht. Ich sitze einfach da, mit wild klopfendem Herzen, während mein Denken den Bruchteil einer Sekunde zum Erliegen kommt. Seine Berührung brennt auf meiner Haut wie Feuer, als er die Hand hebt und sie an meine Wange legt. Nicht unangenehm, nur heiß und prickelnd und so verdammt verlockend.

Aber ich kann das nicht. Dieses Hin und Her muss aufhören.

Ich weiche zurück und mache mich sanft, aber doch mit Nachdruck von ihm los. Meine Lippen prickeln, und meine Gedanken fahren in meinem Kopf Achterbahn, trotzdem schaffe ich es, von ihm abzurücken. »Wir haben darüber gesprochen.«

Tiefe Falten bilden sich auf seiner Stirn. Die Weichheit aus seinem Gesicht verschwindet und macht einem kaum wahrnehmbaren harten Zug um seinen Mund Platz. Er sieht vor den Kopf gestoßen aus, und ich kann ihm deswegen keinen Vorwurf machen. »Stimmt. Das haben wir.«

Ich lege den Kopf schief und mustere ihn. Sein Ton war schneidend, beinahe gehässig. »Es tut mir leid. Ich wollte dir keine … ich hab nicht nachgedacht.«

»Schon okay.« Er zuckt mit den Schultern.

»Was ist?«

Kurz sieht er mich an, dann wendet er den Blick wieder ab. In seinen Augen steht eine Mischung aus Verwirrung und Schmerz. »Ich habe dieses Spielchen satt, Julie.«

»*Ich* spiele kein Spiel.«

»Wir alle tun das. Du bildest da keine Ausnahme.«

»Okay«, sage ich defensiv und hebe kapitulierend die Arme. »Ich kann gerne gehen, und du rufst mich einfach an, wenn du wieder in der Lage dazu bist, ein vernünftiges Gespräch zu führen.«

Gerade als ich tatsächlich aufstehen und mich vom Acker machen will, seufzt er und verschränkt die Arme vor der Brust. »Was sind wir jetzt, hm? Ex-Freunde? Freunde Plus? Ich blicke einfach nicht mehr durch.«

»Das ist nicht fair«, werfe ich ihm leise vor. Ich verstehe, dass er verletzt ist, trotzdem tun seine Worte weh. »Stell dich nicht als das Opfer hin, Caleb. *Du* hast *mich* geküsst.«

»Ja, weil ich dachte … keine Ahnung. Dass sich etwas verändert hätte. Dass … Spielt auch keine Rolle. Offensichtlich bedeutet mir diese ganze Sache deutlich mehr als dir.«

Ich fühle mich, als hätte er mir eine Ohrfeige verpasst. »Du bedeutest mir alles, Caleb. Das weißt du.«

Er schnaubt. »Ich habe keine Lust mehr auf das alles. Ich kann mich kaum noch auf etwas konzentrieren, weil ich ständig Angst habe, irgendwas falsch zu machen.« Auf einmal klingt er wahnsinnig erschöpft. »Ich verstehe deinen Punkt, aber ich kann ihn nicht nachvollziehen, Julie. Wenn es nach mir gehen würde, wäre ich mit dir zusammen. Nicht heimlich, nicht mit einem Imageplan oder so einem Scheiß. Aber ich will nicht hier sitzen und darauf warten, wie du dich entscheidest oder wann diese Pause vorbei ist, die du dir vorstellst. Das ist schlimmer als eine Trennung. Ich mache das nicht mit.«

»Was heißt das?«

Ich sehe, dass er die Zähne zusammenbeißt. »Da du dich nicht richtig entscheiden kannst, mache ich das für dich. Ich ziehe einen Schlussstrich.«

Ich öffne den Mund, doch meine Worte werden von dem Klingeln des Telefons übertönt.

Caleb flucht und greift nach seinem Handy. »Ja?«, bellt er, ohne mich aus den Augen zu lassen. Dann, wenige Sekunden später, wird sein Gesicht ausdruckslos. Er hört zu, nickt ein paarmal, bevor er sich knapp verabschiedet.

Nervös sehe ich ihn an. »Was ist los?«

»Detective Spring ist in zehn Minuten hier. Es gibt Neuigkeiten.«

29

CALEB

Detective Spring wollte am Telefon nicht sagen, worum es geht. Er hat nichts verraten, abgesehen von der Tatsache, dass er in zehn Minuten bei uns sein wird.

Ich könnte kotzen. Oder auf etwas einschlagen, aber beides muss warten. In meinem Inneren tobt ein Sturm aus Nervosität, Unbehagen und Panik. All das verheddert sich irgendwo in meinem Magen zu einem widerlichen Knoten, der mir die Luft zum Atmen nimmt.

»Das heißt nichts Gutes«, sagt Julie zum gefühlt hundertsten Mal. »Er ist noch nie einfach hergekommen, um mit uns zu sprechen. Es ist schon spät! Das müssen schlechte Nachrichten sein.«

Ich widerspreche ihr nicht. Nicht, weil ich denke, Springs Anruf hätte zwangsläufig etwas Negatives zu bedeuten. Eher, weil ich einfach nicht daran glaube, dass wir Glück haben könnten. Wenn es in letzter Zeit Neuigkeiten gab, dann waren sie ausnahmslos niederschmetternd.

Meine Knöchel, die den Henkel der Tasse umklammern, treten weiß hervor, als ich den restlichen Inhalt in einem Zug herunterkippe. Ich brauchte dringend einen Kaffee, um diesen Scheiß hinter mich zu bringen und meine Nerven zu beruhigen.

»Alles wird gut«, sage ich, obwohl sich die Worte selbst in

meinen Ohren wie leere Versprechungen anhören. Allerdings ist das in manchen Situationen schlicht das Beste, was wir bekommen können.

Julie lächelt mich an, aber genau wie meine Worte ist es nur ein schwacher Versuch, die Stimmung aufzuheitern. Ich bin immer noch verwirrt und wütend über dieses Gefühlschaos, das wir da gerade eben durchgemacht haben. Aber ich muss mich konzentrieren.

Als der Aufzug plingt, verkrampft sich alles in mir. Julie und ich schauen gleichzeitig auf, während sie von dem Barhocker rutscht, die Arme verschränkt und sich neben mich stellt.

Detective Spring, begleitet von einer weiteren Polizistin, betritt das Penthouse, beide mit ausdruckslosen Mienen. Sie tragen dunkle Hosenanzüge, und die Beamtin hat eine Art Aktentasche in der Hand.

Wir begrüßen uns knapp, dann setzen wir uns an den Esstisch, auf dem verschiedene Getränke und ein paar Snacks stehen. Ich habe jemanden vom Housekeeping gebeten, ein paar Erfrischungen zu bringen, weil sich in meinem Kühlschrank außer Bier, Dr Pepper und Milch nicht viel befindet. Ich habe das für eine gute Idee gehalten, im Nachhinein erscheint es mir allerdings total unpassend. Falls wieder etwas passiert ist, sind Tee und Snacks nicht wirklich der richtige Rahmen für derartige Neuigkeiten.

Spring stellt seine Begleitung als Detective Bellisaro vor, dann verschränkt er die Hände auf dem Tisch und sieht Julie an. »Wie geht es Ihnen, Miss Penn?«

Julie richtet sich kaum merklich auf. »Nehmen Sie es mir nicht übel, Detective, aber ich würde Sie bitten, einfach zur Sache zu kommen.«

Wäre die Situation eine andere, hätte ich vermutlich gelacht. Aber nicht einmal ein Schmunzeln schafft es durch den Sorgennebel, der meinen Verstand umfasst wie eine kalte, erbarmungslose Hand.

»Wie Sie wollen.« Er deutet auf die Tasche, woraufhin die Beamtin darin zu wühlen beginnt. »Bitte entschuldigen Sie, dass wir uns zu dieser Uhrzeit noch selbst eingeladen haben. Aber ich wollte Ihnen die neuesten Entwicklungen nicht vorenthalten. Einige unserer Kollegen wurden vor ein paar Stunden zu einem Leichenfund in Jackson Heights gerufen. Und wir haben inzwischen Grund zu der Annahme, dass es sich bei dem Toten um denjenigen handelt, der Sie beide in den vergangenen Monaten verfolgt und belästigt hat. Außerdem schließen wir es nicht aus, dass der Mann für die Morde an Mr Robins und Mrs Bonham verantwortlich ist oder zumindest mit ihnen in Verbindung steht.«

Es fühlt sich an, als hätte mir jemand Eiswasser in die Venen gespritzt.

Ich sitze einfach nur reglos da, erwidere Springs geduldigen Blick und versuche, meine wie wild umherrasenden Gedanken zu ordnen. Das ergibt keinen Sinn. Nicht in meinem Kopf. Ich versuche, die Worte zu wiederholen, die Bedeutung zu verstehen, während meine Hände sich auf dem Tisch wie ferngesteuert zu Fäusten ballen. Keine Ahnung, ob ich atme. Ich bin mir nicht einmal mehr sicher, ob mein Herz noch schlägt, so erstarrt sitze ich da und versuche verzweifelt zu verarbeiten, was ich gerade gehört habe.

»Was?«, durchbricht schließlich Julies heisere Stimme die Stille. Aus den Augenwinkeln sehe ich, dass sie sich vorbeugt, die Arme um ihren Oberkörper geschlungen. »Wie meinen Sie das?«

Spring räuspert sich. »Es ist noch zu früh, um von Tatsachen sprechen zu können, Miss Penn, vergessen Sie das bitte nicht. Aber zum aktuellen Zeitpunkt spricht alles dafür, dass Ihr Stalker in diesem Moment in der Leichenhalle der Gerichtsmedizin liegt.«

»Wer ist es?«, fragt sie. Ihr Blick huscht zu mir, aber ich kann nicht reagieren. Mein Körper gehorcht mir schlicht und ergreifend nicht.

»Bei dem Toten handelt es sich um einen gewissen Jacob Elias Cambell. Sagt Ihnen beiden dieser Name etwas?«

Ich schüttele den Kopf, genau wie Julie. Auch wenn ich mich immer noch fühle, als hätte mir jemand in den Magen geschlagen, versuche ich mich zusammenzureißen. Mich daran zu erinnern, wie man spricht und Worte bildet. Ich wage es nicht, auch nur einen Funken Hoffnung zu empfinden oder ein Wort von dem, was Spring da behauptet, zu glauben. So viel Glück haben wir nicht – können wir nicht haben.

»Wer ist dieser Cambell?«, zwinge ich mich zu sagen. »Und warum glauben Sie, dass es sich bei ihm um den Täter handelt?«

»Und warum ist er tot?«, fügt Julie atemlos hinzu.

Ich hätte sie gern in den Arm genommen oder ihre Hand gehalten, um sie zu unterstützen. Aber auch dazu bin ich im Moment nicht fähig.

Detective Spring schlägt die beigefarbene Akte auf, die seine Kollegin ihm unterdessen gereicht hat. Darin befinden sich unzählige Zettel und Fotos, auch wenn ich keines davon richtig erkennen kann.

»Cambells Tochter war eine ehemalige Kundin von *Bonham Industries.* Soweit wir herausfinden konnten, hat er Ihre Firma nach dem Tod seiner Tochter insgesamt dreimal verklagt: 2017, 2019 und das letzte Mal 2020. Die Klagen wurden allesamt abgewiesen, aber nach seinem letzten Versuch boten Ihre Anwälte ihm eine Entschädigungszahlung über zweihunderttausend Dollar an. Er lehnte ab, und seit diesem Zeitpunkt wurden keine weiteren Beschwerden oder Proteste protokolliert. Allerdings liegt uns eine ganze Akte aus Ihrer Rechtsabteilung vor, in der unter anderem Drohungen gegen Ihre Mutter und Sie, Mr Bonham, dokumentiert wurden. All diese Unterlagen stammen aus den Jahren 2017 bis 2020.«

Kopfschüttelnd lehne ich mich zurück. Ich erinnere mich an diesen Typen, habe Julie sogar einmal von ihm erzählt. Er war der Kerl, mit dem ich Mitleid hatte. Während unserer unzähligen Recherchen zu dem Stalker habe ich mir sein Profil angesehen, ihn aber als potenziell Verdächtigen sofort wieder verworfen – ich habe mir nicht einmal seinen Namen gemerkt. Er war ein Alkoholiker und ist niemals handgreiflich oder gefährlich geworden. Und genau wie Detective Spring gerade eben gesagt hat, haben seine Proteste gegen die Firma vor zwei Jahren aufgehört.

»Warum denken Sie, dass er der Stalker ist?«, fragt Julie. Ihre Stimme ist belegt, und als ich sie ansehe, bemerke ich, dass ihre Haut kalkweiß ist. Ihre Augen sind groß und glasig, und ihre Hände zittern kaum merklich. »Verstehen Sie mich nicht falsch, ich sehe das Motiv. Aber soviel ich weiß, gibt es Unmengen solcher Geschichten und Schicksale. Dieses Motiv würde auf verdammt viele weitere ehemalige Kunden von *Bonham* zutreffen, oder nicht?«

»Der Mann hat sich am Samstag selbst das Leben genommen«, erklärt Spring irritierend nüchtern. »Und er hat einen Abschiedsbrief hinterlassen, in dem er den Großteil seiner Taten gestanden hat, inklusive dem Mord an Ihrer Mutter. Zum aktuellen Zeitpunkt besteht kein Anlass, dem Brief keinen Glauben zu schenken. Selbstverständlich ermitteln wir noch in sämtliche Richtungen, aber derzeit spricht viel dafür, dass es sich bei dem Mann um den Täter Ihres Stalking-Deliktes handelt.«

Mit einem erstickten Laut lässt Julie sich in ihrem Stuhl zurücksinken. »Das kann doch nicht sein.«

»Warum sollte er sich jetzt das Leben nehmen?«, frage ich. »Julie hat gekündigt, Sylvia ist tot und er hat beinahe den Ruf der Firma zerstört. Er hat bekommen, was er will. Warum tötet er sich selbst?«

Spring sieht Julie an. »Sie haben gekündigt?«

»Heute Morgen.«

Er wirft seiner Partnerin einen kurzen Blick zu. »Wir vermuten – und es gibt in dem Brief einige Andeutungen in diese Richtung –, dass er diejenigen zur Rechenschaft ziehen wollte, die seiner Meinung nach den Tod seiner Tochter zu verantworten haben. Dazu zählte er wohl auch sich selbst.«

»Weißt du noch, was der Anrufer gesagt hat, nachdem wir die Fotos aus deiner alten WG bekommen haben?« Ich sehe Julie an und warte darauf, dass sie nickt. »Dass du von der Bildfläche verschwinden sollst. Vielleicht hat deine Kündigung gereicht.«

»Wenn der Mann am Samstag gestorben ist, wusste er nichts von meiner Kündigung.«

»Es sei denn, Sie haben am Wochenende mit jemandem darüber gesprochen und er hatte die Möglichkeit, dieses Gespräch abzuhören«, gibt Spring zu bedenken. »Dass er eine interne Quelle hat, ist nicht ausgeschlossen.«

Ich habe keine Worte dafür, ich bin zu geschockt. Wobei ich noch nicht einmal genau sagen kann, was mich am meisten aus der Bahn wirft: dieses beschissene Motiv oder die Tatsache, dass Spring tatsächlich überzeugt davon zu sein scheint, dass der Stalker tot ist. Dass dieses ganze Kapitel, diese furchtbare Zeit, tatsächlich vorbei ist.

»Ich kann das nicht glauben.« Julie stößt ein beinahe hysterisches Lachen aus, schlägt sich aber schnell die Hand vor den

Mund. »Ich kann nicht glauben, dass es das gewesen sein soll. Einfach so.«

Ich verstehe so unfassbar gut, was sie meint.

»Selbstverständlich kann ich Ihnen noch keine Tatsachen präsentieren«, sagt Spring eindringlich. »Wie ich bereits erklärt habe, sind die Ermittlungen noch nicht abgeschlossen. Wir warten aktuell am dringlichsten auf das Gutachten der Gerichtsmedizin, um einen Selbstmord bestätigen und Fremdeinwirkung ausschließen zu können.«

»Aber wenn er sich selbst umgebracht hat …«

»Wenn der Selbstmord bestätigt wird und sich keine gegenteiligen Beweise auftun, können Sie meiner Meinung nach aufatmen.«

Stirnrunzelnd verschränke ich die Arme vor der Brust. »Ihrer Meinung nach«, wiederhole ich misstrauisch. »Wie zielsicher ist Ihre Meinung, Detective?«

Er sieht mich ungerührt an. »Fälle, in denen der Täter selbst nicht mehr aussagen oder befragt werden kann, sind schwierig, Mr Bonham. Oftmals können sie bis zum Ende hin nicht ohne jeden Zweifel abgeschlossen werden. Aber die Beweislage ist überwältigend.«

Überwältigend. Ja, das ist die absolut passende Beschreibung für diese Situation.

»Gibt es Angehörige, die befragt werden können?«, wirft Julie ein.

»Machen Sie sich bitte keine Sorgen«, sagt Spring nachsichtig. »Wir befragen jeden, der uns wichtig erscheint.«

Am liebsten würde ich sie alle selbst befragen. Jeden einzelnen Menschen, mit dem dieser Cambell jemals gesprochen hat. Denn ein Teil von mir, ein winziger, egoistischer Teil, ist wahnsinnig wütend darüber, dass dieses Arschloch Suizid begangen hat. Sollte er wirklich für all das verantwortlich sein, was Julie, Tony und Sylvia angetan wurde, dann ist diese Strafe nicht einmal annähernd genug. Ich bin nicht gläubig oder religiös, aber in diesem Moment hoffe ich, dass es tatsächlich eine Hölle gibt, in der Menschen wie er bis in alle Ewigkeit schmoren können, wenn sie schon nicht in irgendeiner Gefängniszelle verrotten.

Während der nächsten Minuten erklärt der Detective uns, wie wir uns verhalten sollen – mit niemandem über die Ermittlungen sprechen, ruhig bleiben, abwarten. Dann verabschieden er und seine Partnerin sich und lassen uns in der angespanntesten Stille zurück, die ich je in meinem Leben erlebt habe. In meinem Kopf fahren die Gedanken immer noch Achterbahn. Ich habe mir nie vorgestellt, wie genau es sein würde, wenn der Stalker endlich gefasst wird. Trotzdem erscheint mir das Ganze, jetzt, wo es so weit ist, zu einfach. Zu banal. An einem alltäglichen Montagabend. Als wäre es … keine große Sache. Als würde sich mit diesem kurzen Besuch nicht unser komplettes Leben verändern.

Nachdem sich die Aufzugtüren geschlossen haben, drehe ich mich zu Julie um, die einige Schritte hinter mir neben dem Esstisch steht. Sie ist immer noch zu blass, ihre Augen wirken noch immer zu groß und ihre Arme umschlingen wieder ihren Oberkörper, als würde sie sich selbst halten. Als unsere Blicke sich treffen, füllen sich ihre Augen mit Tränen.

»Was sagst du dazu?«, murmelt sie und nickt mit dem Kopf Richtung Aufzug.

Unbeholfen zucke ich mit den Schultern. »Ich weiß es nicht.«

Sie beißt sich auf die Lippen. »Er ist sich sicher. Er ist Polizeibeamter, oder? Er kann solche Dinge einschätzen. Er würde uns nicht informieren, wenn er sich nicht sicher wäre.«

Mir ist klar, dass in Julies Kopf im Moment die gleichen

Dinge vor sich gehen wie in meinem. Wir beide haben Angst, uns Hoffnungen zu machen. Als würde uns direkt der nächste Schlag treffen, sobald wir auch nur eine Sekunde lang die Deckung aufgeben.

»Ich denke schon«, sage ich, obwohl ich die Unsicherheit in meiner Stimme höre. »Es ist nur so …«

Sie sieht mich an, während ich nach dem richtigen Wort suche, dann schleicht sich ein kaum wahrnehmbares Lächeln auf ihr Gesicht. »Schlicht?«

»Ja. Ich meine, ich weiß, dass das die ganze Zeit über eine der naheliegendsten Lösungen war: jemand aus deinem privaten Umfeld oder ein Kunde, der Rache nehmen will. Aber irgendwie habe ich nicht damit gerechnet, dass er ein völlig Unbekannter ist.«

»Ich weiß, was du meinst.« Zögernd löst sie die Arme und greift nach ihrem Glas. Sie trinkt einen Schluck und umfasst es dann mit beiden Händen. »Ich habe das Gefühl, es hätte eine große Enthüllung geben müssen. Ich habe immer gedacht, dass ich, wenn ich den Namen des Typen endlich erfahre, aus allen Wolken falle, verstehst du? Der krasse Plot Twist am Ende und so.«

»Ja. Ging mir genauso.«

Sie stößt einen kleinen Seufzer aus. »Aber das ist ja kein Film, oder? Vielleicht ist die Lösung ja tatsächlich so einfach.«

»Vielleicht.«

Stirnrunzelnd mustert sie mich. »Was ist los?«

»Was soll sein?«

»Ich weiß nicht«, sagt sie nachdenklich. »Du klingst irgendwie unzufrieden.«

Nachdrücklich schüttele ich den Kopf. »Es geht mir genau wie dir. Dass er sich am Ende selbst umgebracht hat, fühlt sich irgendwie … Fuck, ich weiß, dass das echt beschissen klingt.

Aber ich habe das Gefühl, er ist davongekommen. Dass er nicht für das bestraft wurde, was er getan hat.«

»Na ja, er ist tot.«

»Aber aus freiem Willen. Er hätte im Knast verrotten sollen, wenn du mich fragst.«

Julie verzieht das Gesicht und beginnt die leeren Tassen einzusammeln, die auf dem Tisch stehen. Vermutlich, um sich zu beschäftigen und ihren Händen eine Aufgabe zu geben. »Immerhin sind wir ihn jetzt los, ein für alle Mal. Wäre er verhaftet und ins Gefängnis gebracht worden, hätte ich wahrscheinlich mein ganzes Leben lang Angst gehabt, dass er entlassen wird und dann nur noch wütender ist. Das hier ist wenigstens endgültig, oder nicht?« Abrupt richtet sie sich auf und dreht sich langsam zu mir um. »Wir sind ihn los, Caleb. Es ist tatsächlich vorbei.«

Ganz offensichtlich weigert sich mein Verstand noch immer, die ganze Tragweite der Informationen zu erfassen, die Spring uns gerade eben mitgeteilt hat. Denn irgendwie kann ich Julies überwältigende Erkenntnis nicht so richtig teilen. Es ist, als ob ich die Worte höre, sie aber in einer anderen Sprache wären und ich ihren Sinn nicht erfassen könnte.

»Ja«, sage ich trotzdem und zwinge mich zu einem hoffentlich überzeugenden Lächeln. »Sieht so aus.«

Sie beißt sich auf die Lippen. »Wir können machen, was wir wollen! Wir sind jetzt frei!«

Mein Herz setzt einen Schlag aus, aber ich lasse mir nichts anmerken. Ja, wenn das alles stimmt und Detective Springs Theorien sich bewahrheiten, kann Julie tun und lassen, was immer sie möchte. Meinen Alltag wird das kaum beeinträchtigen, aber Julie ist dann nicht länger an mich oder das Unternehmen gebunden. Sie wird ausziehen, Estha außer Dienst stellen und vermutlich so viel Abstand zwischen sich und den Bonham

Tower bringen wie nur irgendwie möglich. Sie wird mich verlassen. Endgültig.

»Wir sollten zumindest noch so lange warten, bis die Akte geschlossen ist, okay? Damit wir kein Risiko eingehen.« Ich sehe sie an und atme tief ein. »Aber, ja. Dann bist du frei und hast dein altes Leben wieder.«

»Ich muss Saheera anrufen«, sagt sie, stellt die Tassen wieder zurück auf den Tisch und wirbelt herum, offensichtlich auf der Suche nach ihrem Handy. Trotz der Sorgen und der düsteren Gedanken, die in meinem Körper um Aufmerksamkeit ringen, stiehlt sich ein kleines Lächeln auf mein Gesicht, als sie irritiert ihre Hosentaschen abklopft und sich suchend umsieht.

Mir ist schon eine Weile klar, dass ich Julie unterschätzt habe. Damals, bei der Testamentseröffnung, und auch die erste Zeit danach. Ich habe sie für unfähig gehalten. Nicht nur, was ihre Kenntnisse und ihre Erfahrung angeht, sondern auch auf rein menschlicher Ebene. Ich habe sie für ein naives Mädchen gehalten, das sich selbst maßlos überschätzt. Habe damit gerechnet, dass sie keine Woche in meiner oberflächlichen Welt voller Vorurteile und Erwartungsdruck durchhält. Dass sie unter den Ansprüchen, die man an sie stellt, zusammenbricht und nicht mit der harten Realität des Erwachsenseins und der Verantwortung zurechtkommt.

Ich hätte nicht falscher liegen können. Das beweisen diese Situation oder der Tag, an dem Tony starb. Sie war beide Male diejenige von uns, die sich am schnellsten wieder fing, die das Kommando übernahm und sich deutlich schneller wieder im Griff hatte, als ich es von mir behaupten kann. Während ich noch immer hier stehe und mich wie betäubt von den Entwicklungen der vergangenen halben Stunde fühle, telefoniert sie bereits mit ihrer Freundin, geht die Details mit ihr durch und macht sich Gedanken über die kommenden Wochen.

Es fällt mir schwer, ihr dabei zuzuhören. Ich weiß, dass unsere Beziehung im Moment keine Rolle mehr spielt, dass ich es war, der sie endgültig beendet hat. Trotzdem kreisen meine Gedanken unentwegt darum. Vielleicht, weil ich nicht derjenige bin, für den sich jetzt alles ändern wird. Ich gehe morgen wieder ins Büro, lebe weiter im Penthouse und werde nach wie vor von Anando begleitet. So hat mein Leben vor dem Stalker ausgesehen und so wird es nach ihm weitergehen. Das ist das Leben, auf das ich die letzten Jahre hingearbeitet und für das ich so hart gekämpft habe.

Ich will gerade damit beginnen, die Tassen in die Spülmaschine zu räumen, als Julie auflegt und zögernd zu mir herüberkommt. »Ich treffe mich mit Saheera«, sagt sie. »Ich … gehe dann jetzt.«

Mein erster Impuls ist es, ihr zu sagen, dass sie Estha mitnehmen soll. Oder dass es ein bisschen spät ist, um sich noch draußen herumzutreiben. Aber dann fällt mir unser Gespräch ein, bevor Spring angerufen hat, und ich halte mich zurück. Das ist offensichtlich nicht mehr meine Angelegenheit. »Viel Spaß.«

»Willst du … willst du noch mal reden?«

Mitten in der Bewegung halte ich inne. Seufzend drehe ich mich zu ihr um. »Ich denke, wir haben schon alles zur Genüge durchgekaut, oder nicht?«

»Du bleibst bei deiner Meinung?«, fragt sie mit belegter Stimme. »Ganz oder gar nicht?«

Ich nicke, auch wenn es mich beinahe umbringt. »Einer von uns muss sich entscheiden, Julie. Du willst nicht mit mir zusammen sein, das muss ich akzeptieren. Aber ich kann es nicht mehr ertragen, auf dich zu warten.«

»Okay«, sagt sie schließlich. Ihre Stimme klingt fremd in meinen Ohren. »Das ist nur fair, denke ich. Wenn du das so willst.«

Mit zusammengepressten Lippen schüttele ich den Kopf. »Das ist das Gegenteil von dem, was ich will. Aber alles andere funktioniert für mich nicht mehr.«

Sie nickt abgehackt. Ich schlucke all die Emotionen, die wie ein Monsun auf mich niederprasseln, herunter, schiebe sie in eine Ecke meines Verstandes, in der ich mich später mit ihnen beschäftigen kann.

»Ich gehe dann jetzt«, wiederholt sie tonlos.

»Es tut mir leid«, flüstere ich. Ich löse die Arme voneinander und will auf sie zugehen, halte dann aber inne, weil ich nicht weiß, was ich tun soll.

»Ich weiß, alles gut.« Sie greift nach ihrer Handtasche und läuft mit schnellen Schritten auf die Tür zu.

Dann verlässt sie fluchtartig die Wohnung.

30

JULIE
Dienstag, 26. Juli 2022

Sieben Tage ist es her, dass ich mit Caleb gesprochen habe. Sieben Tage, in denen nicht eine Minute vergangen ist, in der ich nicht überlegt habe, zu ihm zu gehen, ihn anzurufen oder ihm zu schreiben. Aber ich habe mich davon abgehalten, was mir verdammt viel Anstrengung abverlangt hat. Denn er hat recht. Ich habe unsere Beziehung, oder wie auch immer man es nennen will, beendet. Ich war diejenige, die entschieden hat, dass es so nicht weitergeht. Ich kann nicht von ihm erwarten, dass er auf den meiner Meinung nach »richtigen Zeitpunkt« wartet. Das hier ist kein dramatisches Missverständnis, kein großer Streit, an dem ich ihm die Schuld geben kann. Diese Trennung beruht allein auf Vernunft, was es wahrscheinlich umso schmerzhafter macht.

Also habe ich die letzte Woche damit verbracht, mir Wohnungen anzusehen – nicht wirklich erfolgreich – und Caleb aus dem Weg zu gehen. Letzteres war überraschend einfach, wenn man bedenkt, dass er sich den Großteil des Tages in dem Gebäude aufhält, in dem ich wohne. Aber wir sind uns kein einziges Mal begegnet, was mich vermuten lässt, dass er ein Treffen genauso hartnäckig zu vermeiden versucht wie ich. Ich habe mich sogar schon gefragt, ob er jemanden darauf angesetzt hat, die Überwachungskameras im Auge zu behalten. In diesem Turm gibt es mit Sicherheit kaum eine Ecke, die nicht gefilmt wird.

Jedes Mal, wenn ich in der vergangenen Woche den Bonham Tower verlassen habe, haben schätzungsweise ein Dutzend Reporter auf mich gewartet, was abzusehen war. Zwar wurde meine Kündigung noch nicht offiziell bestätigt – immerhin haben wir nicht einmal die Papiere unterschrieben –, trotzdem überrascht es mich nicht, dass etwas durchgesickert ist. Irgendwo in diesem Gebäude gibt es mindestens einen gesprächigen Angestellten, der beängstigend gut über alles Bescheid zu wissen scheint. Was aber mit Sicherheit nichts mit dem Stalker zu tun hat, sondern eher mit den Bestechungsgeldern, die von der Presse für Insiderinformationen gezahlt werden. Trotzdem sollte Caleb sich bei Gelegenheit mal darum kümmern. Es ist ein verdammt gutes Gefühl, dass all das nicht mehr meine Angelegenheit ist. Ich störe mich nicht annähernd so sehr an dem Klicken der Kameras und den mir zugerufenen Fragen wie noch bis vor Kurzem. Dieses Chaos hat bald ein Ende. Wenn ich nicht mehr Teil der Firma bin und Caleb und ich uns nicht mehr gemeinsam öffentlich zeigen, werden die Medien schnell das Interesse an mir verlieren. Die Cinderella-Story, die sie in den vergangenen Wochen so aggressiv ausgeschmückt haben, ist vorbei. Mit Pauken und Trompeten gescheitert, als Cinderella sich entschieden hat, weder den gläsernen Schuh noch das Königreich zu wollen.

Als mein Handy vibriert, greife ich danach und bemerke zwei ungelesene Nachrichten von Chadwick Fox. Ich hatte ihm eine kurze Nachricht geschrieben, um mich für meinen und Calebs peinlichen Abgang zu entschuldigen. Und irgendwie ist daraus ein Gespräch entstanden. Ich habe nicht die Absicht, mich mit ihm zu treffen oder ihm irgendwelche Hoffnungen zu machen, aber ich kann auch nicht bestreiten, dass es sich gut anfühlt. Ein bisschen zu flirten, ohne die Vorbelastung, der meiner und Calebs Beziehung vor allem in der letzten Zeit ausgesetzt war. Er fragt, wie mein Morgen war, also schicke ich ihm eine kurze Antwort und werfe dann einen Blick auf die Uhr. In zwei Stunden holt Estha mich ab, weil ich einen Termin in der Anwaltskanzlei habe. Hoffman und ich besprechen die Details meiner Kündigung, bevor wir uns gemeinsam mit Caleb zum Unterschreiben treffen. Heute ist der Tag, an dem ich *Bonham Industries* ein für alle Mal den Rücken kehre. Ich habe gemischte Gefühle, aber das ist vermutlich normal, wenn ein wichtiges Kapitel endet und ein neues beginnt.

Nachdem ich mich geduscht und mir die Nägel in einem fröhlichen Schwarz lackiert habe, öffne ich meinen Kleiderschrank und begutachte die Auswahl. Ich gebe es nicht gern zu, aber ich will gut aussehen. Caleb und ich haben uns seit einer Woche nicht gesehen, und nach unserer letzten Unterhaltung habe ich mit Sicherheit keinen allzu würdevollen Abgang hingelegt. Ein Teil von mir will Caleb zeigen, was er verpasst. Das ist kindisch und dämlich, aber ich kriege den Gedanken nicht aus meinem Kopf.

Insgesamt ziehe ich mich viermal um, während ich auf voller Lautstärke den Soundtrack von *Pitch Perfect* höre. Das erste Outfit ist ein kanariengelbes Sommerkleid, das ich zwar liebe, das mich aber irgendwie unschuldig aussehen lässt. Der dunkelblaue Blazer wirkt ein bisschen zu gewollt professionell und ein schwarzes Kleid, das ich noch nie getragen habe, ist für einen Anwaltstermin gute zehn Zentimeter zu kurz.

Als Letztes ziehe ich die dunkelblaue Marlenehose aus dem Schrank, die ich an meinem ersten Arbeitstag getragen habe. Das weiß ich noch so genau, weil Caleb mich dafür aufgezogen und behauptet hat, mein Hintern würde darin aussehen, als würde ich eine Windel tragen. Die ist perfekt. Nicht, weil ich die Hose so umwerfend schön finde, sondern weil Caleb sich daran erinnern wird. Dessen bin ich mir sicher. Weil eine Windel-Hintern-Hose meine Vorzüge aber nicht perfekt unterstreicht, schlüpfe ich außerdem noch in ein schwarzes Tanktop aus Seide, dessen Ausschnitt mit Spitzenbesatz eine Spur zu tief reicht. Normalerweise würde ich das Teil eher abends oder auf einer Party tragen, aber in Kombination mit einem Blazer ist es genau die richtige Mischung aus »Ich trete dir seriös in den Arsch« und »Diese Brüste wirst du niemals wieder nackt sehen, und das ist allein deine Schuld«.

Caleb hat mir mal verraten, dass er es mag, wenn ich die Haare offen trage. Also verbringe ich geschlagene dreißig Minuten damit, sie zu glätten und danach ein dezentes Make-up aufzutragen. Als ich mich eine Weile später vor den Spiegel stelle, stiehlt sich ein Grinsen auf mein Gesicht. Ich bin verdammt zufrieden mit dem Ergebnis. Ich sehe nicht unanständig aus, aber dank des Push-up-BHs kommt meine grundsätzlich nicht sehr beeindruckende Oberweite wirklich gut zur Geltung.

Pünktlich auf die Minute holt Estha mich ab, und gemeinsam fahren wir zur Kanzlei. Wenn ich ehrlich bin, bin ich ein bisschen nervös, obwohl ich mir nicht sicher bin, warum. Es ist eine einfache Unterschrift, und im Grunde ändert sich für mich damit nicht wahnsinnig viel. Ich kehre nur zurück zur Normalität.

Estha hält am Straßenrand, und ich steige aus dem Wagen. Trotz der dunklen Sonnenbrille muss ich einen Moment gegen die Helligkeit anblinzeln. Unruhig streiche ich über meinen Blazer, versuche die Falten zu beseitigen, die sich während der Autofahrt in dem Stoff gebildet haben, dann schaue ich auf und blicke an dem hohen Gebäude hoch. Die Lexington Avenue ist wie immer vollkommen überfüllt, aber heute ist das Gedränge noch überwältigender. Die Sonne scheint, und die Luft ist so warm, dass es selbst die anzugtragenden Schreibtischhocker aus ihren Büros zieht, um die Mittagspause auf irgendeiner sonnigen Terrasse eines Restaurants zu verbringen. Die Lexington Avenue wird beinahe lückenlos von gigantischen, verglasten Wolkenkratzern eingefasst, die das Sonnenlicht und die Hitze auf den Straßen einfangen. Es ist unfassbar stickig, aber ich will mich nicht beschweren. Der Sommer legt sich wie eine bunte fröhliche Decke über die Stadt, da nehme ich die stehende Luft gerne in Kauf.

Das Büro von *Hoffman&Sons* ist einer dieser Spiegelblocks, an dessen Front ein Logo aus zwei ineinander verschlungenen *H*s thront. Ich kann mich noch gut daran erinnern, wie furchteinflößend das Büro bei meinem ersten Besuch bei Hoffman auf mich gewirkt hat. Ich bin aus dem East Village, aus meiner WG mit dem kaputten Eingangstor und dem Fenster, das sich weder öffnen noch richtig schließen ließ, mit der U-Bahn hierhergefahren. Das war ein überwältigender Kulturschock.

Jetzt nehme ich das pompöse Auftreten des Bürogebäudes eher zur Kenntnis. Ich habe zu viel davon gesehen, und es hat seinen Reiz verloren. Trotzdem ist mir die Tragweite meines Besuchs sehr wohl bewusst: Dieses ganze Chaos hat damals mit dem Betreten des Foyers begonnen. Heute, dreiundsechzig Tage später, setze ich dem Ganzen ein Ende.

Ich straffe die Schultern.

Im Foyer werde ich von zwei freundlich distanziert dreinblickenden Empfangsmitarbeiterinnen begrüßt. Sie fragen nicht nach meinem Namen, und ich werde auch nicht auf die ungemütliche Wartecouch gesetzt wie bei meinem ersten Besuch. Stattdessen begrüßen sie mich mit Namen und bitten mich, direkt mit dem Aufzug in die vierzehnte Etage zu fahren.

Mr Hoffman erhebt sich von seinem Stuhl, schließt den obersten Knopf seines Jacketts und streckt mir die Hand entgegen, als ich den Konferenzsaal betrete. Er ist nicht ganz so groß wie der, in dem wir uns zur Testamentseröffnung getroffen haben, dafür aber nicht weniger beeindruckend. Allein die Glasfront, die einen Blick auf das sonnendurchflutete New York und das Chrysler Building gewährt, reicht aus, um mich einen Moment lang in seinen Bann zu ziehen. Ich mag mich an den Protz, die vergoldeten Oberflächen und die Designerkleidung gewöhnt haben – an die Schönheit der Stadt allerdings nicht.

»Miss Penn«, sagt Hoffman und lächelt freundlich, bevor er mich mit einer Geste auffordert, Platz zu nehmen. »Schön, Sie zu sehen. Wie geht es Ihnen?«

»Ich kann nicht klagen, vielen Dank.« Ich setze mich, stelle meine Tasche neben mir auf dem Boden ab und sehe ihn an. »Wann wird Mr Bonham zu uns stoßen?«

»In etwa einer Stunde. Wir haben also genügend Zeit, sämtliche Details zu besprechen.« Er deutet auf das obligatorische Tablett mit Getränken und Häppchen, das in der Mitte des Tischs steht. »Darf ich Ihnen etwas zu trinken anbieten?«

Ich schüttele den Kopf. »Vielen Dank, ich brauche nichts. Ich würde es vorziehen, wenn wir direkt zum Thema kommen, Mr Hoffman. Ich möchte Ihre kostbare Zeit nicht länger als nötig beanspruchen.«

Für den Bruchteil einer Sekunde wirkt er tatsächlich überrumpelt, doch er fängt sich überraschend schnell wieder. »Natürlich. Auf Ihren Wunsch hin habe ich alle nötigen Unterlagen zusammengestellt, sodass Sie und Mr Bonham lediglich die Konditionen mit mir durchgehen und unterschreiben müssen. Ist das in Ihrem Sinne oder ziehen Sie es vor, die Unterlagen mitzunehmen und in Ruhe durchzusehen, bevor wir uns zur Unterzeichnung erneut treffen?«

Wieder schüttele ich den Kopf. »Für mich zählt nur, dass ich das Erbe ausschlage, aus dem Unternehmen austrete und so wenig Schulden wie möglich mache.«

Er legt den Kopf schief. »Wie ich Ihnen bereits sagte, ist es nicht üblich, einen Erbanspruch nach Verkünden des Testaments abzulehnen, Miss Penn. In Ihrem speziellen Fall ist dies nur möglich, falls Mr Bonham sein Einverständnis gibt.«

»Was er tun wird.«

Hoffman mustert mich kurz. »Darf ich Ihnen eine persönliche Frage stellen, Miss Penn?«

»Natürlich.«

»Warum jetzt?«, fragt er, nimmt seine Brille ab und faltet die Hände vor sich auf der Tischplatte. »Wenn ich so offen sein darf, finde ich es sehr beeindruckend, wie Sie und Mr Bonham in den vergangenen Wochen mit der Situation umgegangen sind. Vor zwei Monaten noch … Was hat sich geändert?«

Ich presse die Lippen zusammen. »Es ist die Sache nicht mehr wert. Kein Geld der Welt sollte den Tod eines Menschen rechtfertigen, finden Sie nicht?«

»Selbstverständlich«, sagt er hastig, zögert dann aber. »Aber, bitte verzeihen Sie mir meine Neugier, hat der Täter sich nicht kürzlich selbst gerichtet? Die Polizei scheint der Meinung zu sein, Sie werden nicht länger verfolgt, nicht wahr?«

Stirnrunzelnd sehe ich ihn an. »Woher wissen Sie das?«

Er lächelt milde. »Ich bin Mr Bonhams rechtlicher Beistand, Miss Penn. Ich weiß über diese Dinge Bescheid.«

»Oh.« Das ergibt Sinn. Eigentlich ist Mr Hoffman auch mein Anwalt, aber ich habe mir aus irgendeinem Grund nie Gedanken darüber gemacht, ob ich ihn über das auf dem Laufenden halten sollte, was aktuell passiert. Vielleicht, weil ich nie erwartet habe, einen Anwalt zu brauchen oder mich verteidigen zu müssen.

»Also?«, hakt er sanft nach. »Noch sind die Verträge nicht unterzeichnet. Sie könnten Ihre mündliche Kündigung zurückziehen und das Jahr bei *Bonham Industries* vervollständigen.«

Seufzend lehne ich mich in meinem Stuhl zurück. »*Bonham* und ich hatten keinen guten Start, Mr Hoffman. Die Bedrohung mag nicht mehr bestehen, aber für mich hängen an dieser Firma zu viele böse Erinnerungen. Ich habe nicht vor, dorthin zurückzugehen.«

»Ich darf mir natürlich keine Meinung über Ihre Entscheidungen bilden, Miss Penn. Aber darf ich Ihnen einen Rat geben?«

»Wäre es sehr unhöflich, wenn ich Nein sage?«

»Wäre es sehr unhöflich, wenn ich darauf bestünde?«

Ich muss lachen. Ich mag Mr Hoffman, auch wenn er einen Stock im Arsch hat. »Ich bin ganz Ohr.«

Er räuspert sich kurz. »Ich kam natürlich nicht umhin, die Spekulationen über Ihre und Mr Bonhams Beziehung mitzubekommen. Ich kenne die Familie Bonham schon eine ganze Weile, Miss Penn. Ich arbeite seit fünfzehn Jahren für diese Kanzlei, und bereits lange davor betreute mein Vater die Angelegenheiten von Sylvia und Vincent Bonham.«

Das hier läuft gerade in eine Richtung, die ich wirklich nicht erwartet habe. Und über die ich eigentlich nicht sprechen wollte. Aber ein Teil von mir ist neugierig. »Sie kennen die Familie vermutlich besser als die meisten.«

»Das möchte ich gerne glauben«, sagt er freundlich, aber irgendwie auch befangen. »Dadurch, dass immer nur Ihre Mutter und danach Mr Bonham junior im Rampenlicht standen, wird meiner bescheidenen Meinung nach oft vergessen, dass diese Familie deutlich verzweigter ist.«

Ich runzle die Stirn. »Sie meinen Calebs Vater?«

»Unter anderem. Das Bonham-Imperium wird in der Regel auf Ihre Mutter reduziert. Selbstverständlich ist Caleb Bonham seit Langem ein fester Bestandteil der Firma, aber Sylvia war in den Augen der Öffentlichkeit immer das glorreiche Aushängeschild der Firma und damit auch der Familie.«

Verwirrt schüttele ich den Kopf. »Verzeihen Sie, aber ich fürchte, ich kann Ihnen nicht ganz folgen. Worauf wollen Sie hinaus?«

Hoffman lehnt sich ein wenig vor und mustert seine ineinander verschränkten Hände. »Wie gesagt betreut meine Kanzlei die Angelegenheiten der Familie Bonham bereits seit vielen Jahren und, wenn ich mir diese Bemerkung erlauben darf, es mangelte uns nie an Arbeit.«

»Weil die Firma so oft verklagt wurde.«

»Unter anderem.«

Meine Augen verengen sich. »Und weiter?«

»Ich vertrat Mrs Bonham selbstverständlich auch während der Reihe an Vorwürfen seitens Mr Cambells und traf ihn 2017, 2019 und 2020 im Zuge der Klage gegen *Bonham Industries.*«

Ich muss schlucken. Seit Spring uns seine Theorie mitgeteilt hat, versuche ich nicht allzu viel über diesen Jacob Cambell nachzudenken. Hoffman über ihn sprechen zu hören, macht mich nervös. »Sie kannten ihn?«

»Nun, *kennen* ist vielleicht ein bisschen viel gesagt.« Er legt den Kopf schief. »Ich bin ihm ein paarmal begegnet und war bei der Gerichtsverhandlung 2017 anwesend.«

»Verstehe.«

»Als Mr Bonham mir jüngst mitteilte, in welche Richtung die Ermittlungen des NYPD gehen, war ich überrascht, wie ich ehrlich zugeben muss. Ich hätte Mr Cambell niemals als derart … aggressiv eingeschätzt.«

»Er war verzweifelt, oder nicht?«, versuche ich mich an das Wenige zu erinnern, das Detective Spring uns über den Mann erzählt hat. »Er hat seine Tochter verloren.«

»Oh, zweifellos. In den letzten Tagen habe ich noch einmal die alten Akten durchgesehen. Maggie Cambell starb an den Folgen einer Aids-Erkrankung. Sie litt an einer aggressiven Form von Lungenkrebs und erlag schließlich einer schweren Lungenentzündung. Der Krankheitsverlauf geht auf die HIV-Infektion zurück, die nicht sachgemäß behandelt wurde. Ihr Immunsystem war aus diesem Grund sehr geschwächt.«

Erschüttert sehe ich ihn an. »Der Vater hat *Bonham* die Schuld daran gegeben, dass seine Tochter nicht behandelt wurde?«

Hoffman seufzt leise. »Die Menschen vergessen bisweilen, dass *Bonham Industries* ein Wirtschaftsunternehmen mit wirtschaftlichen Interessen ist. Mr Cambells Tochter kämpfte mit einer Reihe an Allergien, die die Einnahme der gängigen Wirkstoffe verhinderten. Sie erhielt ein Medikament namens Diproxul, das von der Firma Ihrer Mutter hergestellt wurde.«

»Was ist passiert?«

»Mr Cambell verlor seine Anstellung und war nicht länger in der Lage, die Kosten für die Behandlung seiner Tochter zu bezahlen«, erzählt Hoffman mit ausdrucksloser Miene. »Er startete eine öffentlichkeitswirksame Kampagne gegen *Bonham Industries.* Der Vorwurf lautete: intransparente Kostenkalkulation, da er für eine Jahresdosis Diproxul über hunderttausend Dollar aufbringen musste – hundertvierzigtausend Dollar, um es genau zu benennen. Die Herstellungskosten des Medikaments beliefen sich damals auf nicht einmal vierhundert Dollar, natürlich exklusive Entwicklungs- und Vertriebskosten. Ich habe den schlussendlichen Einkaufspreis leider nicht mehr im Kopf, aber er unterschied sich erheblich von dem, was der

Endkunde bezahlen musste. Mr Cambell forderte, die medikamentöse Behandlung seiner Tochter zum Einkaufspreis zu erhalten, aber Ihre Mutter lehnte diese Bitte ab.«

Ich traue mich kaum zu fragen, weil ich vielleicht lieber keinen Beweis dafür haben will, wie unmenschlich diese Welt doch sein kann. »Warum lehnte sie ab?«

Mr Hoffman lächelt ein wenig hilflos. »Wie gesagt, bei *Bonham Industries* handelt es sich um ein profitorientiertes Unternehmen, Miss Penn. Der Grund für den bemerkenswerten Preis von Diproxul war ziemlich simpel: Zu dieser Zeit war es eines der umsatzstärksten Produkte auf dem Markt. Es herrschte ein drastischer Mangel an allergikerfreundlichen Arzneimitteln zur Behandlung von HIV-Infektionen oder Aids-Erkrankungen. Zeitgleich plante Ihre Mutter, eine Biotech-Firma in Europa aufzukaufen, die *Bonham Industries* bei der Medikamentenentwicklung für den europäischen Markt unterstützen sollte. Diese Transaktion wurde beinahe vollständig durch die Einnahmen aus Diproxul finanziert. Hätte Ihre Mutter gegenüber Mr Cambell Rücksicht gezeigt und wäre ihm in irgendeiner Weise finanziell entgegengekommen, hätte es unzählige Leute wie Mr Cambell gegeben, die ebenfalls geklagt hätten. Es hätte Ihre Mutter finanziell ruinieren können.«

»Er hat also dreimal geklagt und jedes Mal verloren?«

Hoffman nickt. »Anfangs, als seine Tochter noch lebte, verlangte er eine Kostensenkung oder die Offenlegung der Forschungsergebnisse beziehungsweise die Freistellung des Patents.«

Ich reibe mir über die Stirn. »Damit dieses Diproxul auch von anderen Pharmafirmen produziert werden kann.«

Er sieht mich beinahe anerkennend an. »Absolut richtig. Natürlich lehnten Ihre Mutter und der Vorstand dieses Erbitten ab.«

»Und die Tochter ist gestorben.«

»2016. Ein Jahr später folgte die erste Klage auf Schmerzensgeld und die erneute Offenlegung der Forschungsergebnisse.« Ich kann seinen Gesichtsausdruck nicht recht deuten, aber Hoffman sieht irgendwie unzufrieden aus. »Cambell hatte keinen Erfolg, verfiel irgendwann der Alkohol- und möglicherweise auch der Drogensucht. 2020 bot *Bonham Industries* ihm und seiner Familie eine Entschädigung über eine Viertelmillion Dollar, um seine imageschädigenden Proteste, unter anderem vor dem Hauptgebäude der Firma, zu unterbinden. Er lehnte zwar ab, aber seit diesem Tag war er in meinen Gesprächen mit Mrs Bonham nie wieder ein Thema. Er hörte einfach auf.«

Das ist eine furchtbare Geschichte. Ich will die Entscheidung meiner Mutter und ganz einfach die Art und Weise, wie diese Welt funktioniert, verabscheuen. Aber es gelingt mir nicht wirklich. Mr Cambell und seine Familie tun mir wahnsinnig leid, aber ich verstehe auch die Tatsache, dass die Firma Geld verdienen muss und sich nicht nach dem Einkommen ihrer einzelnen Kunden richten kann. Allerdings wäre das die Aufgabe des verdammten Gesundheitssystems. Wie kann eine junge Frau an einer Erkrankung sterben, die man medikamentös behandeln kann, nur weil ihre Eltern sich die Therapie nicht leisten können? Das ist doch lächerlich und grausam und … falsch.

Als Mr Hoffman nicht weiterredet, sehe ich auf und mustere ihn. »Warum erzählen Sie mir das, Mr Hoffman?«

Ein paar Sekunden lang schweigt er, und ich habe den Eindruck, als würde er seine Gedanken sortieren. »Mr Cambell war ein gebrochener Mann, Miss Penn. Wenn Sie mich nach meiner Meinung fragen würden, dann würde ich Ihnen sagen, dass ich ihn nicht für fähig halte, solche brutalen Verbrechen zu begehen. Ganz zu schweigen von der Planung und der – verzeihen Sie bitte – Raffinesse. All das muss Konzentration und Geschicklichkeit erfordert haben, denken Sie nicht?«

Es dauert einen Moment, bis der Sinn seiner Worte meinen Verstand erreicht. »Sie denken nicht, dass er der Stalker war?«

»Ich bin kein Polizist, Miss Penn, und sicher bin ich nicht in der Position, Vermutungen zu äußern. Verzweiflung treibt einen Menschen zu unvorstellbaren Handlungen, dessen bin ich mir bewusst. Aber haben Sie sich nicht gefragt, wie ein mittelloser, alkoholabhängiger Mann ohne Zugang zu Firmeninterna an all die Informationen gekommen sein soll, die für seine Taten notwendig gewesen sein müssten?«

Ich kenne den Anwalt inzwischen gut genug, um zu wissen, dass er selten etwas direkt sagt. Er umschreibt es und sagt es durch die Blume, wann immer er sich nicht berechtigt fühlt, eine Meinung abzugeben. Das nervt unfassbar.

»Sie denken, er hatte einen Komplizen«, schlussfolgere ich. Ein barscher Unterton schleicht sich in meine Stimme. Ich bin überfordert und verwirrt und habe es satt, nie eine klare Antwort auf meine Fragen zu bekommen. »Hören Sie auf, so verdammt kryptisch zu sein, und spucken Sie es aus!«

Aber das tut er nicht. Er schweigt wieder, sieht mich ein paar Herzschläge lang eindringlich an und öffnet dann die Akte, die vor ihm liegt, entschuldigt sich und wechselt das Thema. Als hätte er genug gesagt. Das ist doch lächerlich. Wenn er Informationen über den Stalker hat, die seiner Meinung nach wichtig sind, muss er es irgendjemandem sagen. Schweigepflicht hin oder her. Selbst wenn es sich dabei nur um Mutmaßungen oder seine eigene Meinung handelt! Sylvia ist tot. Selbst wenn ihr Ableben ihn nicht von seiner Schweigepflicht entbindet, kann sie niemanden mehr verklagen und wird sicher nicht aus ihrem Grab klettern, um Hoffman den Arsch aufzureißen.

Es sei denn, es ist nicht Sylvia, dessen Reaktion er fürchtet. Ich gehe in Gedanken den Anfang unseres Gesprächs durch, Wort für Wort, und versuche herauszufinden, was ich übersehen habe.

»Dadurch, dass immer nur Ihre Mutter und danach Mr Bonham junior im Rampenlicht standen, wird meiner bescheidenen Meinung nach oft vergessen, dass diese Familie deutlich verzweigter ist.«

31

Mr Hoffman verbringt die kommende halbe Stunde damit, mir die Details der Verträge zu erklären, die ich gleich unterschreiben soll. Aber es fällt mir wahnsinnig schwer, ihm zuzuhören. All das ist reine Formsache und schafft es deshalb nicht einmal ansatzweise, meine Aufmerksamkeit von dem abzulenken, was er mir über Cambell und die Familie Bonham erzählt hat – oder besser: was er mir *nicht* erzählt hat.

Ist es tatsächlich möglich, dass Cambell mit jemandem zusammengearbeitet hat? Oder könnte er die Informationen, über die er offensichtlich verfügte, selbst gesammelt haben?

Die Drohungen fingen mit dem ersten Brief in meinem Fahrradkorb an. Das war definitiv nach den ersten Schlagzeilen über mich und nachdem die Information durchgesickert ist, dass ich Sylvias Tochter bin. Ich bin mir sogar ziemlich sicher, dass zu diesem Zeitpunkt schon spekuliert wurde, ob ich die Firma übernehmen werde. Danach folgten die Drohanrufe, aber ich bilde mir nicht ein, dass es sonderlich viel Aufwand erfordert, heutzutage eine Handynummer herauszufinden. Und der – soweit wir wissen – erste Besuch bei mir zu Hause, als der Typ einen Stein durch mein Fenster geworfen hat, erfolgte, nachdem meine Adresse in den Medien geleakt wurde.

Ich verstehe Hoffmans Überlegungen, vor allem im Hinblick auf Cambells Alkohol- oder Drogenabhängigkeit. Ob ich seine Meinung bezüglich der Schuldfrage nun teile oder nicht – ich habe wahnsinnig Mitleid mit dem Mann. Ich will mir gar nicht vorstellen, wie er sich gefühlt haben muss. Dabei zusehen zu müssen, wie das eigene Kind immer kränker wird und schließlich stirbt, nichts dagegen tun zu können, weil einem schlicht und ergreifend die finanziellen Mittel fehlen … Das muss die pure Hölle sein. Und ich kann auch den Hass verstehen, den er offensichtlich gegen Sylvia und *Bonham Industries* entwickelt hat. Er konnte ihnen die Schuld geben, ein Feindbild projizieren, auf das er seine ganze Trauer, seinen Frust, seine Wut und seinen Hass abfeuern konnte. Das war greifbarer und realer als das allgemeine Gesundheitssystem. Vielleicht hat ihn das von seinen Selbstvorwürfen abgelenkt, mit denen er sich sicher gequält hat, weil er nicht in der Lage war, die Therapie zu bezahlen.

Im Grunde war für das, was der Stalker mir angetan hat, nur wenig nötig: Zeit, Energie und Kaltblütigkeit. Nichts davon schließt aus, dass Cambell all das allein bewerkstelligt hat. Oder?

Das Geräusch der piependen Gegensprechanlage in der Mitte des Tisches reißt mich brutal in die Gegenwart zurück. Ein wenig verwirrt schaue ich Hoffman an, der von seinen Unterlagen aufsieht. Keine Ahnung, ob er mitbekommen hat, dass ich schon eine ganze Weile nicht mehr seinen Ausführungen folge, oder ob ich wahnsinnig gut darin bin, meine abdriftenden Gedanken zu überspielen.

»Mr Bonham ist auf dem Weg zu Ihnen«, tönt eine männliche Stimme aus der Gegensprechanlage.

Hoffman schließt seine Akte und sieht mich an. »Fühlen Sie sich ausreichend informiert?«, fragt er, wieder gewohnt geschäftsmäßig. »Sollten nach dem Gespräch mit Mr Bonham noch Fragen Ihrerseits offen sein, können wir gerne einen weiteren Termin ausmachen und die Unterzeichnung verschieben. Bitte denken Sie daran, sich nicht drängen zu lassen.«

Ich lächle ihn dankbar an. »Ich denke, ich weiß alles, was ich wissen muss. Vielen Dank, Mr Hoffman.«

Er lächelt mich irgendwie frustriert an. »Ich bedauere diesen Schritt, Miss Penn. Ihre Mutter hatte etwas anderes für Sie im Sinn.«

Nachdenklich mustere ich meine ineinander verschränkten Hände, dann schaue ich ihn wieder an. »Darf ich Sie etwas fragen, Mr Hoffman?«

»Selbstverständlich.«

»Hat meine Mutter Ihnen verraten, warum sie dieses Erbe so veranlasst hat?«, frage ich ihn. Die Worte kommen mir nicht leicht über die Lippen, allerdings bin ich mir nicht sicher, ob ich jemals wieder die Chance haben werde, ihn danach zu fragen.

»Ich fürchte, ich verstehe nicht ganz«, gibt er entschuldigend zu.

Ich nehme meine Brille ab und verstaue sie langsam in dem Etui, während ich nach den passenden Worten suche. »Sie hätte mir einfach den Pflichtanteil zugestehen können, oder nicht?«, frage ich ihn, ohne verhindern zu können, dass sich ein beinahe herausfordernder Ton in meine Stimme schleicht. »Sie hat Caleb jahrelang zu ihrem Erben … ausgebildet. So könnte man es nennen, oder nicht? Warum geht sie das Risiko ein und überlässt mir die Hälfte des Unternehmens, das ihr so wichtig war? Sie wusste offensichtlich, wie ich heiße und wo ich wohne. Warum ignoriert sie mich all die Jahre, nur um mich dann nach ihrem Tod mit einzubeziehen?«

Hoffman mustert mich nachdenklich, dann zuckt er mit den Schultern. »Sicher sein kann ich mir da nicht, Miss Penn. Ihre Mutter war kein besonders redseliger Mensch, vor allem, wenn es um ihr Gefühlsleben ging.«

»Wenn Sie raten müssten?«

Seine Lippen verziehen sich kurz zu einem bitteren Lächeln. Mr Hoffman ist kein Mensch, der gerne ins Blaue hinein rät. Er ist eher der Typ für harte Fakten und Tatsachen. »Wenn ich raten müsste, würde ich sagen, dass Sie ihr unangenehm waren, Miss Penn.« Als ich entrüstet den Mund öffne, schüttelt er beschwichtigend den Kopf. »So meine ich das nicht. Ich glaube nicht, dass sie ihre Entscheidung, Sie bei Ihrem Vater aufwachsen zu lassen, bereut hat. Aber wenn ich eines mit Sicherheit über Ihre Mutter sagen kann, dann, dass sie kein Mensch war, der sich gerne überfordert gefühlt oder aufgegeben hat. Scheitern war in ihrer Welt keine Option. Aber Sie, Miss Penn, waren etwas, dem sie sich nicht gewachsen gefühlt hat. Ich könnte mir vorstellen – aber das sind nur Spekulationen meinerseits –, dass es Phasen im Leben Ihrer Mutter gab, in denen sie bereute, es nicht einmal versucht zu haben. Und dann waren Sie erwachsen und selbstständig und möglicherweise war es in den Augen Mrs Bonhams nun zu spät, sich mit Ihnen in Verbindung zu setzen.« Er hebt leicht seine Hand an und einen Augenblick lang bin ich mir sicher, dass er sie auf meine legen will. Doch dann zieht er sie wieder zurück und strafft die Schultern. »Wenn ich also raten müsste, würde ich sagen, das Erbe war die Art und Weise Ihrer Mutter, ihre mütterliche Aufgabe zu erfüllen. Sie sollten den Namen Bonham tragen, wenn auch nur in Form einer Positionsbezeichnung auf Ihrer Visitenkarte.«

Fassungslos schüttele ich den Kopf. Jahrelangen fehlenden Kontakt mit einem Millionenerbe zu kompensieren, passt ziemlich gut zu dem Bild, dass ich von Sylvia Bonham habe. Trotzdem spüre ich einen kleinen Stich in meinem Herzen. Es hat Zeiten in meinem Leben gegeben, in denen ich ein echtes Verhältnis zu meiner leiblichen Mutter all dem Geld vorgezogen hätte.

»Denken Sie, sie hätte sich bei mir gemeldet?«, frage ich ihn. »Wäre sie nicht gestorben, meine ich.«

Bevor er antworten kann, öffnet sich der Aufzug, und Caleb tritt heraus. Sein Anblick lenkt mich kurz von meinen erdrückenden Gedanken ab. Ich habe ihn seit einer Woche nicht gesehen, trotzdem hat sich seine Wirkung auf mich nicht verändert. Er trägt einen dunklen Anzug inklusive Jackett, ein hellblaues Hemd, wie immer ohne Krawatte. Seine Haare sehen wie gewohnt etwas zerzaust aus, weil er sich so oft mit den Fingern hindurchfährt, und seine Augen wirken entschlossen, beinahe etwas zornig. Caleb hat diese Fähigkeit, einen Raum zu dominieren, sobald er ihn betritt. Ich bin mir nicht sicher, ob er diese Wirkung nur auf mich hat oder ob es jedem Menschen in seiner Anwesenheit so geht. So oder so schaffe ich es nicht, den Blick von ihm zu wenden. Meine Hände umfassen die Stuhllehne, als wollten sie mich davon abhalten, aufzustehen und mich in seine Arme zu werfen. Denn das würde ich so gerne tun. Hier zu sitzen und nichts anderes zu tun, als ihn anzusehen und zu versuchen, gleichmäßig zu atmen, fällt mir unfassbar schwer.

Dieser Mann hat etwas tief in mir verändert. Er ist durch mein Leben gerauscht wie ein Orkan, und ich habe noch nicht einmal damit begonnen, das Chaos zu beseitigen, das er darin hinterlassen hat. Und ein Teil von mir will das auch gar nicht.

Ich habe das Gefühl, ich habe eine ähnliche Wirkung auf ihn wie er auf mich, denn seine Augen finden mich in dem Moment, als er aus dem Fahrstuhl tritt. Mir ist, als würde ich seinen Blick körperlich spüren, und ich muss ein Schaudern unterdrücken. Mit ausdruckslosem Gesicht mustert er mich und strafft kaum merklich die Schultern. Nur in seinen Augen erkenne ich den Sturm an Gefühlen, der in seinem Inneren toben muss. Auch wenn ich nicht genau sagen kann, welche Gefühle das sind. Vielleicht hasst er mich inzwischen. Vielleicht ist er genervt davon, in einem Raum mit mir sitzen zu müssen. Er wäre nicht der erste Mensch auf der Welt, dessen Liebe zu jemandem in Hass umschlägt.

»Mr Hoffman«, sagt er und wendet sich dem Anwalt zu, bevor sie einander die Hände schütteln. »Schön, Sie zu sehen.«

»Das Vergnügen ist ganz auf meiner Seite«, antwortet Hoffman höflich und deutet auf einen freien Stuhl mir gegenüber. Er bietet Caleb etwas zu trinken an, aber genau wie ich zuvor lehnt Caleb ab. »Vielen Dank, dass Sie beide zu diesem Treffen bereit waren. Ich hätte selbstverständlich auch einen Kurier mit den entsprechenden Unterlagen zu Ihnen schicken können, aber eine persönliche Zusammenkunft erschien mir unter den Umständen doch passender.«

Ungläubig sehe ich Hoffman an. Dass wir die Verträge auch allein zu Hause hätten unterschreiben können, wusste ich nicht.

»Ich komme mir vor wie bei einer Scheidung«, sagt Caleb trocken, sieht mich dabei jedoch nicht an. »Müssen wir uns über antike Vasen oder das Strandhaus streiten?«

Hoffman lächelt milde. »Das wird wohl nicht notwendig sein. Das Strandhaus ist kein Bestandteil des aufzuteilenden Erbes. Miss Penn ist außerdem leider nicht berechtigt, einen Teil der Erbsache abzulehnen und einen anderen anzunehmen. Damit werden Diskussionen bezüglich einzelner Bestandteile oder Besitzgüter überflüssig, fürchte ich.«

»Bedauerlich.«

Irritiert mustere ich Caleb. Er wirkt … verändert. Tatsächlich fühle ich mich in einem schrecklichen Déjà-vu gefangen, weil mich sein Ton und die ganze Situation unangenehm an das erste Mal erinnert, als wir uns in diesem Gebäude getroffen haben. Während der Testamentseröffnung hatte er den gleichen sarkastischen, überheblichen Ton an den Tag gelegt, den er jetzt gerade zum Besten gibt. Als könnte ihn nichts berühren, als würde nichts, was hier gesagt oder getan wird, ihn irgendwie erreichen.

Dabei hat er mit seinem ersten Witz absolut ins Schwarze getroffen. Es fühlt sich tatsächlich wie eine Scheidung an, und auf eine sehr abgedrehte Art und Weise ist es das ja auch.

Hoffman fördert den nächsten beigefarbenen Ordner zutage, schlägt ihn auf und beginnt erneut, die Punkte des Vertrages durchzugehen. Caleb legt die Arme auf die Lehnen seines Stuhls und lehnt sich zurück, während er scheinbar gedankenverloren vor sich auf die Tischplatte starrt. Ich würde verdammt viel dafür geben, seine Gedanken lesen zu können. Oder vielleicht lieber auch nicht. Falls er bereits über uns hinweg ist und dieser Termin lediglich ein unnötig zeitraubender Eintrag in seinem Kalender darstellt, bleibe ich darüber vielleicht doch besser im Unklaren.

Als es schließlich an der Zeit ist, zu unterschreiben, richtet Caleb sich auf und legt eine flache Hand auf den Tisch. »Einen Moment noch.«

Ich unterdrücke ein Seufzen.

»Ja?«, fragt Hoffman an Caleb gewandt.

»Ich würde gerne noch einmal explizit die Bedingungen klären, unter denen Miss Penn die Firma verlässt.«

»Die hat er gerade vorgelesen«, sage ich. »Mein Anspruch auf die Firma und das Privatvermögen entfällt und geht auf dich über. Ich zahle das Geld, das ich euch noch schulde, in Raten zurück, und dann haben wir nichts mehr miteinander zu tun. Das steht da alles drin, Caleb.«

»Das ist mir bewusst«, antwortet er, jedoch ohne mich anzusehen. Sein Blick liegt auf Hoffman. »Die Schulden hat sie nicht bei der Firma, richtig? Sondern bei mir.«

Der Anwalt legt nachdenklich den Kopf schief. »In der Tat.

Miss Penn gab das Geld aus, das ihr nach der Vollendung des Angestelltenverhältnisses bei *Bonham Industries* als Erbe zugestanden hätte. Es wäre vom Privatvermögen abgezogen worden. Da dieses Vermögen nun Ihnen gehört, sind Sie der Gläubiger.«

Ich beiße die Zähne aufeinander. Scheiße, ich hätte Hoffman doch besser zuhören sollen, denn dieses Detail ist mir entgangen. Ich bin davon ausgegangen, dass ich das Vorgehen bei meinen Ratenzahlungen mit irgendeinem Angestellten in der Rechnungsabteilung würde klären können. Nicht mit Caleb persönlich.

»Perfekt«, sagt Caleb, sichtlich zufrieden und lehnt sich wieder zurück. »Ich möchte, dass Miss Penn die Schulden erlassen werden. Außerdem wird ihr ein lebenslanges Wohnrecht in dem unteren Apartment im Bonham Building zugesichert. Das soll schriftlich festgehalten werden.«

Ich schnappe nach Luft. »Nein, Caleb.«

Hoffman räuspert sich. Ein Laut, der verdächtig nach einem unterdrückten Lachen klingt. »Nun, Mr Bonham. Wenn Sie wünschen, lasse ich die entsprechenden Verträge gerne dahingehend anpassen.«

Caleb lächelt und wendet sich mir zu. »Das wäre gut, vielen Dank.«

Wütend funkele ich ihn an. »Das ist lächerlich. Ich werde nicht in dem Apartment wohnen bleiben, Caleb. Selbst mit Wohnrecht kann ich mir das unmöglich leisten.«

»Da finden wir sicher eine Lösung.«

»Das ist total übertrieben.«

»Lass es gut sein, Julie, oder ich schenke dir auch noch das verdammte Strandhaus.«

Mein Stolz, mein Ego und meine Unabhängigkeit wollen ihm am liebsten mit ausgefahrenen Krallen ins Gesicht springen. Aber ich beiße mir auf die Lippen, halte die Klappe und wende den Blick ab. Ich bin mir sicher, dass er mir kein Haus ohne mein Einverständnis schenken kann, und ein verdammtes Wohnrecht bedeutet noch lange nicht, dass ich auch tatsächlich in dieser Bude leben muss. Die Schulden … ja, die kann er mir erlassen, ohne dass ich etwas dagegen unternehmen kann. Bitte, wenn es ihn glücklich macht.

Also schweige ich und begnüge mich damit, wütend in die Gegend zu starren. Das ist einfacher und nervenschonender, als schon wieder mit Caleb zu diskutieren. Wir müssen aufhören, uns immerzu im Kreis zu drehen.

Nach weiteren zehn Minuten ist es endlich so weit und wir können unterschreiben. Nur die Kündigung, weil die Verträge bezüglich der Erbangelegenheiten erst noch Calebs Bedingungen gemäß geändert werden müssen. Ein weiterer Aufschub, ein weiterer Termin in dieser Kanzlei, der meiner Meinung nach völlig überflüssig ist. Ich habe mehr und mehr das Gefühl, dass mein geplanter klarer Schlussstrich zu einer gestrichelten Linie wird, die kein Mensch ernst nimmt.

Wie konnte aus meinem Plan, zu kündigen und dieser Firma für immer den Rücken zu kehren, auf einmal ein lebenslanges Wohnrecht im Bonham Tower werden?

»Wann machen wir das öffentlich?«, frage ich, an niemand Bestimmten gerichtet.

»Sobald alles unterschrieben ist«, antwortet Caleb ungerührt. »Falls du bei der Pressekonferenz dabei sein willst, ist das kein Problem. Ansonsten würden wir das intern regeln und nur auf die Fakten eingehen: dass du dich entschieden hast, dein Studium wieder aufzunehmen, dass ich die Firma vollständig übernehme. Außerdem werden wir die Gerüchte, die es spätestens seit der Nacht der Filmpremiere gibt, aus der Welt schaffen.«

Auch ohne dass er näher darauf eingeht, weiß ich, wovon er spricht. Die Gerüchte, dass Caleb und ich zusammen sind. »Und wie genau wollt ihr das machen? Einer einfachen Behauptung wird wohl keiner glauben, oder? Dass ich aus dem Unternehmen aussteige, ist nicht wirklich hilfreich. Es sieht eher so aus, als würden wir so die beruflichen Konflikte aus der Welt schaffen wollen.«

Etwas verändert sich in Calebs Gesicht: Seine Miene wird abschätziger, der belustigte Zug um seinen Mund verschwindet vollständig und seine Augen verengen sich kaum merklich. »Wir haben einen PR-Plan. Du kennst das Spiel.«

»Und wie sieht dieser PR-Plan aus?«

»Der schnellste Weg, wieder zur Normalität zurückzukehren und uns wieder auf das Wesentliche konzentrieren zu können, ist, die Gerüchte so effizient wie möglich aus der Welt zu räumen. Wenn du nicht mehr bei *Bonham* arbeitest und die Leute aufhören, über unseren Beziehungsstatus zu spekulieren, bekommen wir beide unser altes Leben wieder. So wie du es wolltest.« Seine Kiefermuskeln arbeiten, während er einen nicht existierenden Fussel von seinem Ärmel zupft. »Wir haben ein paar öffentliche Auftritte für mich geplant, auf denen ich in Begleitung erscheinen werde. Zwei, drei Schlagzeilen, dann sollte die Sache vom Tisch sein und du hast wieder deine Ruhe.«

Angestrengt versuche ich, mir den Schock nicht anmerken zu lassen. Ich bin nicht wirklich überrascht, eher … überrumpelt. Inzwischen kenne ich Rahels und Mrs Yeons Strategien, und eigentlich hätte ich auch selbst darauf kommen können. Dass Caleb öffentlich andere Frauen datet, wird den Reportern und allen anderen am effektivsten vermitteln, dass an den Gerüchten um ihn und mich nichts dran ist. Zumindest nicht mehr.

Nichtsdestotrotz fühlt mein Herz sich an, als hätte jemand mit einem scharfen Skalpell hineingestochen. Mag sein, dass es sich bei diesen Dates um reine PR-Maßnahmen handelt, trotzdem wird es schwer zu ertragen sein, Fotos davon in den Klatschmedien zu sehen. Und ich weiß, dass es erst schlimmer werden wird, bevor sich alles beruhigt. Sobald sich Caleb mit anderen Frauen zeigt, werden die Reporter vor meiner Tür Schlange stehen, um das beste Foto meines gebrochenen Herzens zu schießen.

All das wirbelt durch meinen Kopf, während ich regungslos dasitze und Calebs Blick erwidere. Es kommt mir vor wie Stunden, aber es können höchstens fünf Sekunden gewesen sein. Caleb hat den Kopf ein wenig schief gelegt und mustert mich, als würde er versuchen, mir meine Gedanken von der Stirn abzulesen.

Aber diesen Gefallen tue ich ihm nicht. Ich zwinge mich zu einem Lächeln und meine Stimme dazu, selbstbewusst und unbekümmert zu klingen. Caleb nicht zu zeigen, dass der Teil meines Herzens, der für immer ihm gehört, gerade aufgehört hat zu schlagen.

»Klingt gut«, sage ich und umklammere unauffällig meine Stuhllehne. »Habt ihr schon jemanden ins Auge gefasst?«

Am liebsten hätte ich mir auf die Zunge gebissen. Fest. Aber die Worte sind raus, bevor ich sie davon abhalten kann.

Eine seiner Augenbrauen hebt sich langsam. »Ich bin zuversichtlich, dass wir jemanden finden, die sich der Sache annimmt.«

Natürlich werden sie das. Caleb Vincent Bonham zählt zu den gefragtesten Junggesellen der Stadt. Und in einer Stadt wie New York City soll das schon was heißen.

Ich dränge meine Gedanken in eine andere Richtung. Selbstgeißelung ist eigentlich nicht mein Ding, trotzdem tauchen automatisch Bilder vor meinem inneren Auge auf: verschiedene Bilder von Caleb in unterschiedlichen Maßanzügen, und auf jedem davon klammert sich eine andere langbeinige Schönheit an seinen Arm.

Calebs Blick ruht auf mir, als würde er auf eine Reaktion warten. Aber ich lächle nur weiter stoisch, obwohl ich eigentlich am liebsten heulen würde. Irgendwann räuspert Hoffman sich, klärt uns über unsere gegenseitige Schweigepflicht auf und verabschiedet uns dann mit der Aussicht auf einen Folgetermin, um die ganze Erbgeschichte endlich zum Abschluss zu bringen. Kurz überlege ich, Hoffman noch einmal nach den Andeutungen zu fragen, die er vor Calebs Auftauchen geäußert hat, aber auf einmal scheint er es wahnsinnig eilig zu haben, uns loszuwerden.

32

CALEB
Mittwoch, 27. Juli 2022

Ich lege den Hörer eine Spur zu energisch zurück auf die Station und stoße einen genervten Seufzer aus. Diese Gespräche mit dem Aufsichtsrat zerren an meinen Nerven. Offensichtlich habe ich es mir zu einfach vorgestellt, Freeman aus dem Vorstand zu kicken. Ständig bringen die Aufsichtsratsmitglieder neue Einwände oder Aspekte vor, die wir prüfen und *genauestens bedenken* sollten. Bullshit. Freeman ist ein arroganter, rechthaberischer, machtbesessener Geldsack, der die Grenzen anderer nicht respektiert und nicht weiß, wann er die Schnauze halten sollte. Als ich meinen Wunsch nach seiner Amtsenthebung gegenüber dem Aufsichtsrat geäußert habe, habe ich zwar andere Worte gewählt, um mein Problem mit Freeman zu beschreiben, aber im Nachhinein bereue ich es, nicht deutlicher geworden zu sein. Ich bin mir verdammt sicher, dass eine einfache Amtsenthebung für Sylvia Bonham kein Problem gewesen wäre. Der Aufsichtsrat hat ihr aus der Hand gefressen. Natürlich ist mir von Anfang an klar gewesen, dass ich mir meine Stellung und meinen Respekt erarbeiten muss, vor allem gegenüber den älteren Mitarbeitern und Partnern. Trotzdem nervt es mich, wie langsam die Mühlen hier manchmal mahlen.

Es klopft an der Tür, und Felix kommt herein, mit einem

Stapel Post in der Hand. Julie hat ihn entweder beeindruckend schnell eingelernt oder aber er ist ein Naturtalent. Zwei Tage, nachdem Julie gegangen ist, hat er Abigail ersetzt, und ich habe es keine Sekunde lang bereut.

»Ihre Post, Sir«, sagt er wie immer tadellos höflich und legt den Stapel in den kleinen Metallkorb auf meinem Schreibtisch. »Ich habe sie sortiert und an die entsprechenden Abteilungen weitergeleitet. Diese hier sollten Sie allerdings persönlich durchgehen.«

»Danke«, sage ich abwesend und werfe einen Blick auf meine To-do-Liste. »Bitte rufen Sie Benedict Kasakow aus der Verwaltung an. Er soll sich darum kümmern, dass Miss Penns Einrichtung aus meinem Büro abgeholt wird. Diese Woche noch.«

Felix nickt. »Wird erledigt.«

»Den Stuhl behalte ich. Der ist neuer als meiner.«

»Kein Problem.«

Als er sich wieder verzogen hat, mustere ich den leeren Arbeitsplatz neben mir. Für gewöhnlich schiebe ich sämtliche Gedanken an Julie und alles, was mit ihr zusammenhängt, beiseite. Weil mich die ganze Situation unfassbar wütend macht und mich außerdem mehr verletzt, als ich es zugeben will. Ich kann nicht fassen, dass sie wirklich gegangen ist. Nicht aus der Firma, sondern aus meinem Leben. Ein Teil von mir will um sie kämpfen, mit einem verdammten Gettoblaster vor ihrem Fenster stehen, ihr ein Gedicht über zehn Dinge schreiben, die ich an ihr hasse, oder von mir aus auch mit einer hässlichen Rose im Mund die Feuerleiter zu ihr raufklettern. Nicht einmal mein Stolz würde mich davon abhalten. Dieser Teil von mir will alles erdenklich Mögliche tun, um sie zurückzuholen. Zurück an diesen Schreibtisch, in mein Penthouse und vor allem zurück an meine Seite.

Aber leider wird dieser Teil von mir jedes verdammte Mal übertönt, wann immer ich darüber nachdenke, zum Telefon zu greifen und sie anzurufen oder ihr eine Nachricht zu schicken. Denn es hat keinen Sinn. Hätte ich keinen Schlussstrich gezogen, hätte sie es getan und mich als ein verdammtes Häufchen Elend am Boden liegend zurückgelassen. Dass ich ihr zuvorgekommen bin, war dringend nötiger Selbstschutz.

Um mich abzulenken, greife ich nach dem Stapel Briefumschläge und gehe sie nacheinander durch. Das meiste ist personalisierte Werbung, Spendenaufrufe, Bitten um Interviews und Stellungnahmen. Letzteres lege ich zur Seite, um sie Mrs Yeon zu geben, weil ich wirklich keine Lust habe, mich damit zu beschäftigen. Ich weiß, dass in den kommenden Wochen ein paar medienwirksame Auftritte geplant sind, aber das zu organisieren überlasse ich gerne jemand anderem.

Ich ziehe einen blütenweißen Umschlag aus dem Stapel, öffne ihn und überfliege kurz den Text einer Einladung für eine Eröffnungsfeier in den Hamptons. Sie richtet sich an mich und Julie, und ich will sie bereits auf den Ordner für den Müll legen, als mir der Name des Absenders ins Auge springt.

Chadwick R. Fox.

Nicht *der* Typ. Mit zusammengebissenen Zähnen suche ich nach einer Firmenadresse oder einer Organisation und lese mir dann den Text richtig durch. Chadwick R. Fox ist offensichtlich brandneuer Inhaber einer Vermittlungsagentur für Personal im Veranstaltungsbereich und Eventmanagement und feiert die Eröffnung eines Büros in New York City. Clever, die Eröffnung in Form einer Party in den Hamptons zu feiern. Die High Society in New York bietet verdammt vielversprechende Kunden, die eine Menge Kohle springen lassen, wenn es um gutes Personal geht. Sylvia hatte zu Lebzeiten eine eigene Eventplanerin, die sich ausschließlich um das Ausrichten von

Cocktailempfängen, Teepartys und sämtlichen Feierlichkeiten gekümmert hat, die während der Sommersaison in den Hamptons auf dem Plan standen. Die Eventplanerin hatte nichts mit *Bonham Industries* zu tun, sondern war ausschließlich mit den privaten Veranstaltungen von Sylvia beschäftigt. *So* engagiert sind die Hamptons-Bewohnerinnen, wenn es um ihre Außendarstellung geht.

Scheinbar ist Chadwick R. Fox unter die Geschäftsmänner gegangen. Bei meiner Google-Suche direkt nach der Filmpremiere habe ich nur herausfinden können, dass er als Stunt Coordinator arbeitet und eigentlich in Frankreich lebt. Sich ein zweites Standbein im Eventmanagement aufzubauen, ist nicht dumm, so ungern ich das auch zugeben will.

Ich checke das Datum und den Veranstaltungsort und pfeife leise durch die Zähne. Die Party findet auf einer Yacht statt. Heilige Scheiße, der gute Chadwick will es wohl wirklich wissen. Stirnrunzelnd drehe ich die Einladung um und bemerke eine handschriftliche Notiz auf der Rückseite.

Würde mich sehr freuen, wenn du meine Einladung annimmst.
Dein »Partner« ist selbstverständlich ebenfalls eingeladen, aber sehr gerne würde ich mich als »Begleitung« anbieten.
XO Chadwick

Wütend ballt sich die Hand, mit der ich den Brief halte, zur Faust. Das Papier zerknittert unter meinen Fingern, aber das ist mir egal. Ich werfe einen Blick auf den Umschlag, und tatsächlich, er ist lediglich an Julie adressiert.

»Sein fucking Ernst?«, knurre ich und drehe den Brief wieder um. Ich dachte, ich hätte bei der Scheißpremiere deutlich gemacht, dass ich mehr bin als Julies verdammter *Partner*. Der Typ muss echt Nerven haben, um uns beide einzuladen, aber im gleichen Atemzug zu betonen, dass er derjenige ist, der an Julies Seite sein will.

Nur über meine Leiche.

Fester als notwendig drücke ich auf den Knopf der Gegensprechanlage und starre die Tür an, bis Felix hereinkommt. Als er mich fragend ansieht, halte ich ihm die beschissene Einladung hin. »Sagen Sie zu. Machen Sie deutlich, dass ich in Begleitung komme und Miss Penn kein Interesse hat. Seien Sie unmissverständlich in diesem Punkt. Kein Grund, übermäßig höflich zu sein.«

Falls Felix über meinen Tonfall oder meine Anweisung in irgendeiner Art und Weise verwundert ist, lässt er es sich nicht anmerken. Stattdessen nimmt er mir die Einladung ab, faltet das zerknitterte Papier sorgsam in der Mitte und nickt einmal. »Wen soll ich als Ihre Begleitung anmelden, Sir?«

In Gedanken gehe ich ein paar Namen durch, aber niemand erscheint mir auch nur ansatzweise passend. Aus dem einfachen Grund, weil Julies Name in fetten leuchtenden Lettern über ihnen allen schwebt und jede denkbare Kandidatin in den Schatten stellt.

»Ich hab mich noch nicht entschieden«, knurre ich. »Sagen Sie einfach plus eins.«

»Sehr wohl.«

Ich werfe einen Blick auf meinen Kalender. »Ich brauche diesen Samstag einen Wagen in die Hamptons, die Adresse steht auf der Einladung. Nicht den Tesla, ich will eine Limousine. Außerdem machen Sie bitte einen Termin bei Thomas Oliver, die Nummer finden Sie in der Kartei oder fragen Sie notfalls Janine. Ich brauche einen neuen Anzug. Sie müssen sichergehen, dass das vor Freitag passiert. Außerdem sagen Sie bitte Janine, dass jemand das Strandhaus fertig machen soll. Ich werde das Wochenende dort verbringen. Danke.«

Als er die Tür hinter sich schließt, verschränke ich die Arme vor der Brust und lehne mich in meinem Stuhl zurück. Irgendwo am Rande meines Bewusstseins ist mir klar, dass ich mich kindisch verhalte. Aber in diesem Moment könnte mir das nicht gleichgültiger sein.

JULIE

Freitag, 29. Juli 2022

Die Woche war so vollgestopft, dass ich mir kaum Gedanken über Caleb und seine möglichen Begleiterinnen auf irgendwelchen Galas oder Partys machen konnte, wofür ich wahnsinnig dankbar bin. Mit Estha im Schlepptau war ich quasi rund um die Uhr unterwegs, habe Wohnungen besichtigt, mich mit Freundinnen getroffen oder war bei der Uni, um meinen Wiedereinstieg zu besprechen. Ich war auch bei zwei Jobinterviews, aber die ausgeschriebenen Stellen waren beide nicht das Richtige für mich – bei der einen würden sich die Arbeitszeiten nicht mit meinen Kursen vereinbaren lassen, und die zweite Interviewerin hat mich ziemlich sicher nur eingeladen, weil sie meinen Namen erkannt hat und mich ausfragen wollte. Nach fünf Minuten habe ich das Weite gesucht.

Heute Morgen habe ich das erste Mal Bonnie besucht. Nach unzähligen Diskussionen mit dem Krankenhauspersonal und meinem wiederholten Versprechen, keine aufdringlichen Reporter auf die Intensivstation zu locken, haben sie sich endlich bereit erklärt, mich für eine halbe Stunde zu ihr zu lassen.

Dieser Besuch hat mich mehr Kraft gekostet und hat stärker an meinen Nerven gezerrt als die vergangenen Wochen zusammengenommen. Zwar haben Saheera und hin und wieder auch Bonnies Mutter mich ständig auf dem Laufenden gehalten, aber nichts von ihren Erzählungen konnte mich darauf vorbereiten, meine Freundin in diesem Krankenhausbett zu sehen. Sie hatte die Augen geschlossen, offensichtlich, aber ihre Haut war fahl, ihre Lippen trocken und ihr Haar spröde und matt. Unter ihren Augen zeichneten sich deutliche Ringe ab, und ihre Wangen waren eingefallen, obwohl sie natürlich künstlich ernährt wird. Neben ihrem Bett stand ein unermüdlich piepender Monitor, der ihre Vitalwerte prüft, und über Bonnies Gesicht zog sich ein durchsichtiger Schlauch, der mithilfe eines Sauerstoffgerätes ihre Atmung stabilisiert.

Sie sah mehr tot als lebendig aus, dazu der strahlend weiße Verband um ihren Kopf, der sich so krass von ihrer Haut und ihren Haaren abgehoben hat.

Gefühlte zehn Minuten habe ich einfach nur in der Tür gestanden und sie angesehen, den Strauß Blumen in meiner Hand fest umklammert, als könne er mich davon abhalten, in der Flut an Gefühlen zu ertrinken. Das Pflegepersonal hat mir gesagt, dass ich mit ihr reden sollte. Es gäbe unzählige Studien, die die Vermutung nahelegen, einige Komapatienten würden teilweise mitbekommen, was um sie herum vor sich geht.

Aber ich habe kein Wort herausgebracht. Nicht einmal, nachdem ich mich aus meiner Starre gelöst und mich auf den ungemütlichen Sessel neben ihrem Bett gesetzt habe. Ich habe mich nicht getraut, sie zu berühren oder das Piepen des Monitors mit meiner Stimme zu unterbrechen. Was sollte ich auch sagen? Ich bin der Grund dafür, dass Bonnie in diesem Bett liegt. Ich habe den verdammten Stalker in ihre Nähe gelockt. Ich sollte dort von diesen Schläuchen beatmet werden, nicht sie.

Also saß ich einfach nur da, schweigend, den Blick auf ihr leblos wirkendes Gesicht gerichtet. Einmal kam eine Pflegerin rein und fragte, ob sie mich über Bonnies Zustand aufklären solle, aber ich habe nur wortlos den Kopf geschüttelt. Ich brauchte keine medizinischen Fakten, um zu wissen, dass es ihr schlechter ging. Der Schmerz, der sich bei ihrem Anblick in meine Brust gegraben hat, war kaum zu ertragen. Raubte mir den Atem und umfasste mein Herz so brutal, dass ich ein paarmal nach Luft schnappte. All das hätte niemals passieren dürfen. Bonnie hat es nicht verdient, ihr Leben auf diese Art und Weise pausieren und mit den Konsequenzen der Wahnvorstellung irgendeines Fremden leben zu müssen.

Als nach einer halben Stunde ein Mann vom Sicherheitsdienst ins Zimmer kam, um mich hinauszubegleiten – Anweisung von Estha –, saß ich immer noch da, ohne auch nur ein Wort gesagt zu haben. Die Blumen in meiner Hand ließen bereits die Köpfe hängen. Panik machte sich in mir breit. Ich musste etwas sagen, musste Bonnie irgendwie deutlich machen, dass ich hier war. Dass ich bei ihr bin und sie nicht allein ist.

Ein Schluchzen löste sich aus meiner Kehle, und ich legte beim Aufstehen meine zitternde Hand über ihre.

»Es tut mir so unendlich leid«, habe ich geflüstert, bevor ich die Blumen in eine leere Vase stellte und dem Mann nach draußen folgte.

Jetzt, zwei Stunden später, zurück in meinem leeren Apartment, schmerzt mein Herz noch immer bei jedem einzelnen Schlag. Nichts davon ist fair, und es ist ein unerträgliches Gefühl, einfach nichts tun zu können, außer abzuwarten. Wäre ich religiös, würde ich beten. Zu Gott, zu Jahwe, zu Buddha, zu Allah, Brahma, Vishnu oder wem auch immer. Ich würde jede Hilfe annehmen, die ich kriegen kann, um das Chaos zu beseitigen, das ich im Leben meiner Freunde und meiner Familie hinterlassen habe.

Seufzend stehe ich auf, um nach meinem Handy zu suchen und mir etwas zu essen zu bestellen. Eigentlich wollte ich noch einkaufen gehen, aber dazu fehlten mir vorhin ganz einfach die Nerven. Im Laufen trete ich aus meinen Turnschuhen und öffne die obersten Knöpfe meiner Mom Jeans, bevor ich nach meinem Telefon greife, das auf der Küchentheke liegt.

Ich habe zwei ungelesene Nachrichten von Chadwick. Wir haben uns in den letzten Tagen immer mal wieder geschrieben, aber auch wenn in seinen Chats ein deutlich flirtender Unterton mitschwingt, habe ich keinen der Annäherungsversuche erwidert. Trotzdem macht es irgendwie Spaß, mit ihm zu schreiben. Ich öffne die Nachrichten und lehne mich gegen die Theke.

Chadwick: *Mir wurde gesagt, dass du nicht zur Party kommst. So leicht lasse ich dich aber nicht frei. Warum hast du abgesagt?*

Chadwick: * *so leicht lasse ich dich nicht von der Angel?*

Grinsend lese ich seine Korrektur, dann runzle ich die Stirn. Ich öffne das Chatfenster.

Ich: *Welche Party soll ich abgesagt haben?*

Während ich auf seine Antwort warte, hole ich eine Dose Dr Pepper aus dem Kühlschrank und scrolle durch Netflix, um mich für einen Film zu entscheiden.

Chadwick: *Die Agentureröffnung morgen. Ich hatte eine Einladung geschickt, du hast abgesagt. Meine Assistentin hat mir erst heute die Gästeliste gegeben*

Verwirrt lese ich die Nachricht, dann noch einmal. Er hat mir von seiner Agentur erzählt, allerdings nie eine Eröffnung erwähnt, geschweige denn eine Einladung ausgesprochen. Ich nehme einen großen Schluck Cola und stelle die Dose zurück auf den Tresen.

Ich: *Sorry, keine Ahnung, was du meinst. Ich habe keine Einladung bekommen.*

Chadwick: *Wirklich? Die Einladung ging an* Bonham Industries *und war an dich adressiert. Caleb Bonham hat zugesagt.*

Es dauert einen kleinen Moment, bis der Groschen fällt. Was auch immer das für eine Einladung gewesen ist, es wundert mich überhaupt nicht, dass mir nicht Bescheid gesagt oder die Einladung an mich weitergeleitet wurde. Vor allem nicht, wenn Caleb sie in die Finger bekommen hat.

Ich lache trocken und schaue kopfschüttelnd von meinem Handy auf. »So ein Arsch«, murmele ich leise.

Er hat einfach für mich abgesagt. Das kann ich sogar irgendwie noch nachvollziehen – keine Ahnung, was ich tun würde, sollte ich die Möglichkeit bekommen, ein Date zwischen ihm und dieser furchtbaren Addison verhindern zu können. Aber dass er selbst zugesagt und mich hat verleumden lassen? Das ist wirklich, wirklich dreist.

Und so dumm. Hat er ernsthaft erwartet, dass ich nichts davon mitbekomme? Entschlossen entsperre ich mein Handy und tippe eine schnelle Antwort.

Ich: *Entschuldige, das muss ein Fehler sein. Ich komme gerne! Fotografier mir einfach die Einladung ab. Bis morgen ;-)*

Zufrieden lese ich den Text ein weiteres Mal und ignoriere sämtliche Zweifel, die beinahe automatisch in meinem Hinterkopf aufpoppen. Ich hasse derartige Veranstaltungen, ich hasse

Small Talk, und eigentlich war ich nicht sonderlich scharf darauf, Caleb so bald wieder über den Weg zu laufen und damit zu riskieren, seinen Begleiterinnen zu begegnen. Aber ich lasse mich nicht verarschen, und vor allem bin ich mehr als bereit, ihn in seinen kindischen Spielchen mit seinen eigenen Waffen zu schlagen.

33

JULIE
Samstag, 30. Juli 2022

»Eine Yacht?«, rufe ich, obwohl ich vollkommen allein in meinem Schlafzimmer vor meinem geöffneten Kleiderschrank stehe. Als Chadwick mir die Einladung gestern Abend geschickt hat, habe ich mir nur die Zeit und die Location angesehen, um Estha instruieren zu können. Das Detail, dass diese Eröffnung auf einer verdammten Yacht stattfindet, ist mir offensichtlich total entgangen.

Genau wie der Dresscode: *Hamptons Fashion.*

No shit, Sherlock. Das ist ungefähr so hilfreich, wie auf einen Bikini zu schreiben, dass er wassertauglich ist.

Seufzend öffne ich Pinterest und schaue mir ein paar Inspiration-Looks an, bin danach aber genauso schlau wie vorher. Anscheinend läuft unter *Hamptons Fashion* so ziemlich alles zwischen Designer-Strandkleidern aus Leinen und Abendkleidern, deren Wert den eines Kleinwagens locker übersteigen. Ich hätte wirklich gern Rahel um ihre Meinung gebeten, immerhin ist ihr Sinn für Mode deutlich besser und zielsicherer als meiner. Oder Lexie Clark, die bestimmt begeistert wäre, mich einzukleiden. Allerdings stehen sie auf der falschen Seite, und es käme mir linkisch vor, eine von beiden um Hilfe zu bitten.

Also kümmere ich mich als Erstes um meine Haare. Nachdem ich sie mir in große, lockere Locken gedreht habe, flechte ich einzelne Strähnen zu dünnen Zöpfen. Das ergibt einen Hippie-Look, aber ich habe das Gefühl, dass es einer Party auf einer Yacht ganz gut entspricht. Danach schminke ich mich, bleibe aber bei dezenten Nudetönen. Bis auf die Lippen, die schminke ich knallrot. Zweifelnd betrachte ich mein Spiegelbild und drehe den Kopf nach links und rechts. Ich mag die roten Lippen – sie lassen meine Zähne weißer wirken und verwandeln den ansonsten lässigen und unspektakulären Look in etwas Aufregendes.

Danach gehe ich wieder hinüber zu meinem Schrank und hole sämtliche Kleider heraus, die sich darin befinden. In Kleidern fühle ich mich wohl, weil ich mir darin nicht ständig Gedanken über die Breite meiner Oberschenkel mache oder mich frage, ob mein Bauch irgendwie unvorteilhaft aussieht. Außerdem soll es heute verdammt heiß werden, und ein Kleid ist meiner Meinung nach die luftigste Möglichkeit, schick auszusehen.

Nach einigem Hin und Her entscheide ich mich schließlich für ein rosafarbenes Sommerkleid, das mich beim Kauf ein wenig an eine moderne Version des berühmten Outfits von Marilyn Monroe erinnert hat. Der Rock ist luftig und reicht mir bis kurz über die Knöchel, die Taille ist eng und zaubert eine eindrucksvolle Sanduhr-Figur. Am Hals wird das Oberteil mit einer Art Choker fixiert, aber das wirklich Beeindruckende ist der Ausschnitt: ein einziger langer Schlitz, der von dem Halsausschnitt bis hinunter zum Taillenband reicht. Rahel hat mir eingebläut, dass ich, sollte ich dieses Kleid jemals tragen, den Stoff auf jeden Fall an meinen Brüsten festkleben soll, wenn ich keinen unfreiwilligen Busenblitzer riskieren will.

Heute ist definitiv der richtige Anlass für ein solches Kleid. Ich schlüpfe hinein, klebe wie angeordnet den Stoff an Ort und Stelle und knote das Band für den Choker in meinem Nacken fest. Ich drehe mich vor dem Spiegel im Kreis und muss ein bisschen lachen, als der leichte Stoff des Rocks sich wie ein Teller um meine Beine dreht. Ich sehe nicht aus wie ich selbst, aber ich finde mich wahnsinnig heiß. Und das ist im Moment wirklich die Hauptsache.

Als Estha an die Tür klopft, greife ich nach meiner beigefarbenen Clutch und schlüpfe in rosafarbene Riemchensandalen mit Keilabsätzen, die ebenfalls irgendwann einmal für mich geshoppt wurden.

Estha pfeift einmal kurz und betrachtet mich von oben bis unten, nachdem ich die Tür geöffnet habe. »Sie sehen fantastisch aus, Julie!«

Grinsend deute ich eine Verbeugung an. »Vielen Dank.« Ich kann in der Regel nicht sehr gut mit Komplimenten umgehen, aber in diesem Fall bin ich wirklich dankbar für den Ego-Push.

»Sind Sie bereit?«

Bin ich das? Ich fühle mich nicht bereit, eher unsicher und so, als würde ich jeden Moment schreiend kehrtmachen und mich in meinem Apartment verstecken. Trotzdem nicke ich und klemme mir die Clutch unter den Arm. »Bringen wir es hinter uns.«

Die Fahrt nach Long Island hat mir nicht so richtig gutgetan. Ich hatte Zeit zum Nachdenken, und meine soziale Unsicherheit ist in diesen knapp zwei Stunden beinahe übermächtig geworden. Ich habe mich auf derartigen Events schon in Calebs Begleitung unwohl gefühlt – sowohl während der Spendengala als auch während der Filmpremiere. Wie kann ich mir einbilden, eine solche Veranstaltung, die über den gesamten Nachmittag und Abend stattfinden soll und von der ich rein logistisch nicht entkommen kann, allein überstehen zu können? Ich kenne dort vermutlich niemanden, abgesehen von Caleb, an den ich mich aus offensichtlichen Gründen nicht halten kann, und Chadwick, der in seiner Gastgeberfunktion vermutlich ziemlich beschäftigt sein wird.

Trotzdem bitte ich Estha nicht darum, umzukehren. Immer wieder taucht das Bild von Caleb und einer gesichtslosen Begleiterin in meinem Kopf auf, die sich an seinem Arm festhält, mit den künstlichen Wimpern klimpert und viel zu laut über seine Witze lacht. Mit dieser Vorstellung hatte ich mich mehr oder weniger abgefunden, aber die Tatsache, dass Caleb mich von dieser Party ausgeladen hat, macht mich so wütend, dass mein Trotz größer ist als meine Angst vor fremden Situationen. Ich frage mich, warum er das getan hat. Weil er mich aus seinem Leben streichen will oder tatsächlich aus Eifersucht? Was ein wenig lächerlich wäre, immerhin war er derjenige, der im Endeffekt mit mir Schluss gemacht hat. Ich wollte eine Pause, er wollte einen klaren Cut. Womöglich wollte er aber auch einfach nur vermeiden, mich mit einem anderen Mann zu sehen. Diesen Gedanken kann ich nachvollziehen, trotzdem frage ich mich unwillkürlich, was, verdammt noch mal, er eigentlich von mir denkt? Dass ich mich bei der erstbesten Gelegenheit an den nächsten stinkreichen Mann ranschmeiße, um erneut ein Teil der Welt zu werden, der ich so dringend entfliehen wollte?

Als Estha schließlich auf dem Parkplatz eines überraschend kleinen Yachthafens hält, zittern meine Knie vor Nervosität. Ich streiche ein paar nicht existente Falten aus meinem Kleid und schaue aus dem Fenster. Allein die Autos, die auf dem Schotterplatz stehen, beweisen den Reichtum der geladenen Gäste: Bugatti, Rolls Royce, Lamborghini, Tesla, Ferrari und noch unzählige andere Marken reihen sich aneinander, ein Wagen polierter als der andere. Ein paar Fahrersitze sind leer, in anderen sitzen Chauffeure und warten wahrscheinlich darauf, bis ihre Arbeitgeber außer Sicht sind, um die freie Zeit zu genießen. Vom Parkplatz weg führt ein schmaler Weg, und dahinter kann ich vage eine kleine Ansammlung Menschen und einen Steg erkennen. Hier sind wir offenbar richtig.

»Sie haben noch zehn Minuten, bis das Boot ablegt«, sagt Estha mit einem Blick in den Rückspiegel. »Möchten Sie so lange im Wagen warten, oder soll ich Sie begleiten?«

Energisch schüttele ich den Kopf. »Kein Begleitschutz heute, Estha. Wir hatten das besprochen.«

»Sie sind der Boss.«

Das stimmt nicht mehr ganz, aber okay. In dieser Situation will ich sie wirklich nicht korrigieren. »Ich rufe Sie an, wenn ich weiß, wann wir wieder am Anleger sein werden, in Ordnung?«

Als sie nickt und mir kurz zuzwinkert, atme ich einmal tief durch, um meine Nerven zu beruhigen. Dann öffne ich schwungvoll die Tür und steige aus, wobei ich versuche, auf dem Schotter unter meinen Absätzen so elegant wie möglich das Gleichgewicht wiederzufinden. Mag sein, dass ich mich an diese Art von Veranstaltung nicht gewöhnt habe und dass ich mich nicht die Spur wohler auf ihnen fühle. Trotzdem hat sich etwas verändert seit der ersten Spendengala: Ich habe gelernt, Selbstbewusstsein vorzutäuschen. Ich straffe die Schultern, hebe das Kinn und kleistere mir das typisch freundlich distanzierte Lächeln ins Gesicht, das man in diesen Kreisen ständig zur Schau trägt. Heute kommt es nicht darauf an, wie es in meinem Inneren aussieht. Heute zählt nur, was ich nach außen hin ausstrahle.

Ich gehe den Weg entlang auf die kleine Gruppe Leute zu, die am Fuße des Stegs auf Einlass wartet. Einen Moment lang gerate ich ein wenig aus dem Tritt, als die gigantische Yacht in Sicht kommt. Das ist kein Boot mehr, das ist eine schwimmende Luxusvilla! Sie ist mindestens hundert Meter lang, hat zwei Etagen und nach dem, was ich von meiner Position aus sehen kann, ein Vorderdeck, das größer ist als mein Apartment im Bonham Tower. Die Mittagssonne spiegelt sich in der weißen Verschalung und dem goldenen Schriftzug, der sich beinahe über die gesamte Seite des Bootes zieht: *Svea.*

Ein paar Minuten warte ich in der Schlange und mustere unauffällig die übrigen Gäste. Ich entdecke weder Caleb noch sonst jemanden, den ich kenne, was mich allerdings nicht wundert. Die Gruppe ist bunt gemischt – Menschen jeden Alters, manche in Begleitung, manche allein. Sie alle tragen teure, edel wirkende Kleidung, und ich bin ein bisschen erleichtert, dass ich mit meiner Wahl offensichtlich nicht völlig danebengegriffen habe. Die meisten von ihnen beachten mich gar nicht, aber hin und wieder bemerke ich Blicke, die mir zugeworfen werden. Ich ignoriere es ganz einfach.

Als ich an die Reihe komme und ein hochgewachsener Mann in weißem Marineanzug mich nach meinem Namen fragt, werde ich sofort wieder nervös. Was, wenn ich nicht auf der Liste stehe? Es wäre unfassbar peinlich, den Rückweg antreten zu müssen wie jemand, der versucht, sich auf eine exklusive Party zu schmuggeln. Bei meinem Glück würde ich genau dann Caleb begegnen. Aber zu meiner Erleichterung nickt der Mann lediglich, notiert etwas auf seiner Liste und wünscht mir dann viel Spaß, bevor er zur Seite tritt und mich durchlässt.

Ich raffe mein Kleid, klemme die Clutch fester unter meinen Arm und betrete dann vorsichtig den Steg, der auf die Yacht führt. Ich bin ein bisschen überrascht, dass der Weg nicht so wackelig ist, wie ich befürchtet habe. Der Seegang hier im Hafen ist nicht wirklich erwähnenswert, allerdings befürchte ich, dass sich das ändern wird, sobald wir rausfahren. Ich hoffe, ich werde nicht seekrank. Bislang bin ich nur mit den schäbigen

Fähren gefahren, die einen über den Hudson River oder den East River bringen. Die schaukeln zwar auch ganz schön, aber diese Fahrten dauern nur kurz. Keine Ahnung, wie ich auf einen halben Tag Seegang reagiere.

Ich betrete die Yacht und brauche einen kleinen Moment, um den Anblick zu verarbeiten. Neben dem Eingang steht eine Reihe Angestellter in ähnlichen Anzügen wie der Mann von vorhin. Sie alle begrüßen mich freundlich, und eine Frau überreicht mir ein warmes Handtuch. Ohne einen blassen Schimmer zu haben, was ich damit anfangen soll, bedanke ich mich, nehme mir ein Champagnerglas von dem goldenen Tablett der Frau daneben und gehe hastig weiter. Immerhin habe ich jetzt etwas, womit ich meine Hände beschäftigen kann. Ich trinke einen großen Schluck, in der Hoffnung, dadurch meine Nerven beruhigen zu können.

Der Fußboden des Decks besteht aus Holzplanken, die allerdings so sauber und makellos aussehen, als hätte noch nie zuvor ein Mensch es gewagt, seinen Fuß darauf zu setzen. Die Wände und die Überdachung über mir, die sich weiter vorne zum Vorderdeck öffnet, sind mit schimmerndem, dunkelbraunem Mahagoni verkleidet und werden alle paar Meter von großen Wandlichtern unterbrochen. Das Dach wird von dicken Säulen gehalten, dessen goldene Farbe so sehr glänzt, dass ich mein Spiegelbild darin sehen kann. Überall gibt es goldene Details, Säulen, Stuck und Schnörkel. Ich habe gerade mal einen kleinen Teil dieses Bootes gesehen, trotzdem bin ich mir jetzt schon sicher, dass bei der Gestaltung auf das Motto »mehr ist mehr« gesetzt wurde.

Auf dem vorderen Hauptdeck ist bereits einiges los. Es ist gigantisch und gibt den Blick auf die dahinterliegende Bullhead Bay frei. Da die Yacht noch im Hafen vor Anker liegt, wird die Aussicht ein wenig von anderen Booten und Luxusyachten versperrt, aber ich ahne, dass sich mir ein beeindruckendes Bild bieten wird, sobald wir uns auf offenem Wasser befinden. Auf dem Deck selbst ist eine Bar aufgebaut, überall stehen Stehtische und in Weiß gekleidete und mit Tabletts beladene Kellner schlängeln sich durch die Gäste. Ich sehe hinunter zu meinen Füßen und erkenne breite Markierungen. Ziemlich sicher, dass wir auf einem Hubschrauberlandeplatz stehen, was eine total absurde Vorstellung ist. Links von mir führt eine schmale Treppe unter Deck, und von oben dringen weitere Stimmen zu mir herunter, was mir verrät, dass sich die Party nicht nur über eine Etage erstreckt.

Ein wenig unschlüssig mische ich mich unter die Leute, unsicher, was genau ich tun soll. Am liebsten würde ich direkt nach Chadwick suchen, schon allein, um nicht mehr allein herumzulaufen. Aber er hat sicher alle Hände voll damit zu tun, seine Gäste zu begrüßen. Caleb entdecke ich immer noch nicht. Einerseits bin ich erleichtert, andererseits ist er der einzige Grund, warum ich hier bin. Bei meinem Glück ist er doch nicht hergekommen und ich bin völlig umsonst hier.

»Julie!«, ertönt eine männliche Stimme hinter mir. Ich drehe mich um und entdecke Chadwick breit lächelnd auf mich zukommen. Er trägt eine beigefarbene Anzughose und ein weißes Hemd und reiht sich damit problemlos in die Beispielbilder auf Pinterest ein, die ich zum Thema Hamptons-Style gefunden habe.

»Nettes Boot«, sage ich grinsend und erwidere seine kurze Umarmung.

Er winkt verschmitzt ab. »Nur gemietet. Aber ja, ich finde es auch ganz nett.«

Meine Überraschung beweist ziemlich eindrucksvoll, wie sehr ich mich bereits an den Luxus und den Lebensstil von Caleb gewöhnt habe. Ich bin einfach davon ausgegangen, dass

Chadwick diese Yacht gehört, die mehrere Millionen Dollar gekostet haben muss.

»Verdammt. Ich hatte gehofft, du könntest mir sagen, wer Svea ist.«

»Kann ich.« Er zwinkert mir zu. »Die Yacht war früher ein französischer Eisbrecher. Svea heißt eine kleine Bergbausiedlung in der norwegischen Arktis, und sie war das letzte Ziel, bevor die Yacht umgebaut wurde.«

Beeindruckt sehe ich mich um. Wenn ich an Eisbrecher denke, stelle ich mir funktionale Schiffe ohne viel Schnickschnack vor. Keine durchdesignte Luxusyacht. »Ich dachte schon, deine erste Freundin hieß Svea. Oder deine Mom.«

Er lacht laut. »Ich freue mich wirklich, dass du gekommen bist, Julie. Ich führe dich ein bisschen rum.«

Dankbar hake ich mich bei ihm unter, während er auf unserer Tour über die beiden Decks immer wieder Leute begrüßt und mir Geschichten von seiner Agentur, der Eröffnung und der Tagesplanung erzählt. Ich lächle die ganze Zeit über und nicke, trotzdem kann ich mich nicht besonders auf das konzentrieren, was er sagt. Denn insgeheim halte ich die ganze Zeit über nach Caleb Ausschau. Ich will seinen Gesichtsausdruck auf keinen Fall verpassen, wenn er mich entdeckt und ihm klar wird, dass sein kleiner, lächerlicher Plan nicht aufgegangen ist.

Nach einer halben Stunde kehren wir zurück zum Hauptdeck und Chadwick entschuldigt sich, nachdem er mir ein neues Glas Champagner in die Hand gedrückt hat. Ich sehe ihm nach und beobachte ihn, wie er zu einer kleinen Bühne neben einem DJ-Pult geht, das ich bislang übersehen habe. Während er mit dem DJ spricht, frage ich mich, warum ich ihn nicht einfach gut finden kann. Er wirkt so unbeschwert und unkompliziert. Ohne das Drama und die ständigen Konflikte könnte mir dieser Lebensstil vielleicht sogar Spaß machen. Wer würde nicht gerne so viel Geld besitzen, dass er sich nie wieder Sorgen um die Miete oder die Studiengebühren machen müsste, in coolen Orten Urlaub machen und auf millionenschweren Luxusyachten durch die Gegend schippern könnte?

»Wenn ich einen Moment lang um Ihre Aufmerksamkeit bitten dürfte!«, dringt Chadwicks Stimme aus den umstehenden Lautsprechern. Er begrüßt seine Gäste und beginnt von seiner Agentur zu erzählen, doch seine Worte gehen in einem Rauschen in meinen Ohren unter, als mein Blick auf breite Schultern, zerwühlte Haare und aufgerollte Hemdsärmel fällt.

Caleb steht mit dem Rücken zu mir, einige Meter von mir entfernt. Trotzdem erkenne ich ihn auf den ersten Blick. Ich würde ihn überall erkennen, wahrscheinlich könnte ich ihn sogar mit geschlossenen Augen spüren, wenn er sich in meiner Nähe aufhielte. Mein Mund wird trocken, und einen Moment lang verklingen sämtliche Geräusche um mich herum, während ich auf seinen Rücken starre. Dann wandert mein Blick weiter nach rechts zu der Frau, die zu nahe neben ihm steht. Ich erkenne ihr Gesicht nicht, ihr Haar ist unter einem breiten Strohhut verborgen. Aber ich sehe ein atemberaubend schönes gelbes Sommerkleid und beeindruckend definierte Oberarme.

Trotz der warmen Luft bekomme ich eine Gänsehaut. Das ist seine Begleitung. Das ist es, wovor ich mich gefürchtet habe. Ich bin erleichtert, dass die beiden mich nicht sehen können, das gibt mir Zeit, mich zu sammeln. Bei der Frau handelt es sich nicht um Addison, weil sie kleiner ist, aber ich bin mir nicht sicher, ob mich das erleichtert. Was, wenn Calebs Begleitung ein toller Mensch ist? Was, wenn sie schön, freundlich und herzlich ist und ich es nicht schaffe, sie zu hassen? Bei Addison wäre mir das leichtgefallen, aber ich weiß nicht, ob ich es ertragen könnte, Caleb an der Seite einer tollen Frau zu sehen.

Mit zitternden Fingern leere ich mein Glas in zwei großen Zügen, um die Kälte und die Nervosität aus meinen Knochen zu vertreiben. Der Alkohol bringt meine Selbstzweifel zuverlässig zum Verstummen und macht mich mutiger. Ich versuche mich zu beruhigen. Deswegen bin ich hier. Um ein Zeichen zu setzen.

Und das werde ich auch tun.

Chadwick findet mich schließlich auf dem hinteren Deck, auf das ich während seiner Ansprache geflohen bin, um ein bisschen durchzuatmen und das Ablegen der Yacht zu genießen. Das Deck ist ein wenig kleiner als das Hauptdeck, aber nicht weniger beeindruckend. Es öffnet sich in eine Art Wintergarten, auch wenn es dafür bestimmt eine offizielle Bezeichnung gibt. Dort drinnen befinden sich eine weitere Bar, eine Sitzecke und ein Jacuzzi, der woanders wahrscheinlich als kompletter Pool zählen würde.

Ich beobachte gerade die Wellen, die unten gegen den Bauch der Yacht schlagen, als Chadwick mir eine Hand auf den Rücken legt. »Fall nicht runter«, sagt er belustigt, als ich mich aufrichte. »Eine schöne Frau, die über Bord geht, wäre sicher keine gute Werbung für die Eröffnung einer Eventagentur.«

»Wir könnten es als Showact tarnen«, schlage ich schmunzelnd vor. »Oder du reißt dir das Hemd vom Leib, springst mir hinterher und rettest mich. Dann bist du ein Held und hast die Sympathie wieder auf deiner Seite.«

Er zwinkert mir zu. »Wenn du willst, dass ich mir das Hemd runterreiße, kannst du es einfach sagen. Dafür musst du dich nicht extra vom Boot stürzen.«

Ich verziehe das Gesicht. »Chadwick.«

Kopfschüttelnd reißt er die Hände hoch. »Ich weiß, ich weiß. Rein platonisch und so. Aber du kannst nicht erwarten, dass ich nicht auf solche Gedanken komme, wenn du so wunderschön aussiehst.«

Unwillkürlich werden meine Wangen warm. »Das ist sehr nett von dir. Ich will nur nicht, dass es … unangenehm wird zwischen uns.«

»Als könnte es je unangenehm zwischen uns werden.«

Obwohl ich bezweifele, dass er die Sache wirklich verstanden hat, lasse ich es gut sein. Ich will nicht mit ihm diskutieren, vor allem nicht hier. Es schmeichelt mir, dass er mich interessant findet, und er bedrängt mich nicht. Kein Grund, ihn auf seiner eigenen Veranstaltung in Verlegenheit zu bringen.

»Komm.« Er legt einen Arm um meine Taille. »Wir holen uns etwas zu essen.«

Ich drehe mich um, bleibe aber sofort ruckartig stehen, als ich Calebs Blick begegne. Er steht ein paar Meter von uns entfernt und starrt mich so intensiv an, dass sich eine Gänsehaut über meine nackten Arme zieht. Auf einmal fühlt es sich an, als würde Chadwicks Hand an meiner Hüfte meine Haut verbrennen. Calebs Blick wandert zu Chadwicks Arm, und seine Augen verengen sich kaum merklich. Ich hätte mich gerne aus der Umarmung gelöst, aber ich rühre mich nicht vom Fleck. Ich habe nichts Falsches gemacht, es gibt nichts, was mir unangenehm sein müsste, und keinen Grund, warum ich mir vorkommen sollte, als hätte Caleb mich bei irgendetwas erwischt.

Chadwick sieht mich kurz irritiert an, dann entdeckt er Caleb ebenfalls und rückt beinahe beiläufig ein Stück näher zu mir heran.

»Wie schön, dass Sie kommen konnten«, sagt er und streckt Caleb die Hand entgegen, die dieser kurz schüttelt. »Ich hoffe, die Location sagt Ihnen zu. Es ist wirklich der perfekte Tag für eine Bootstour, finden Sie nicht?«

Calebs Blick ruht noch immer auf mir. Ein paar Sekunden lang starrt er mich an, während sein Kiefer arbeitet, dann richtet er seine Aufmerksamkeit auf den Gastgeber. »Ja, da hatten Sie Glück. Herzlichen Glückwunsch zu der gelungenen Eröffnung. Sie werden sich bestimmt sehr bald über einen treuen Kundenstamm freuen können.«

Chadwick lacht völlig unbefangen. »Das hoffen wir sehr. Darf ich das als Interesse verstehen?«

Der abschätzige Blick in Calebs Gesicht verwandelt sich in ein beinahe spöttisches Lächeln. »Ich weiß das Angebot zu schätzen, aber meine Firma verfügt über ein ausgezeichnetes internes PR- und Veranstaltungsteam.«

»Das möchte ich natürlich überhaupt nicht abstreiten«, sagt Chadwick unbeirrt freundlich. »Allerdings spezialisieren wir uns in erster Linie auf private oder wohltätige Anlässe. Und wie man hört, besitzen Sie ein beeindruckendes Anwesen ganz in der Nähe.«

Völlig überfordert sehe ich zwischen den beiden Männern hin und her. Ich befürchte allmählich, an dem Testosteron in der Luft zu ersticken. Ich bin kein Fan von Gewalt, aber ab und zu habe ich das Gefühl, mit einem einzigen, klaren Schlagabtausch wären solche Dinge deutlich schneller und einfacher zu lösen als mit diesem pseudofreundlichen, passiv-aggressiven Small Talk.

Unauffällig mustere ich die Menschen um uns herum, während Caleb und Chadwick ihren schlecht getarnten Schwanzvergleich fortsetzen. Ich kann aber niemanden erkennen, die Calebs Begleitung von eben ähnlich sieht. Es ist vielleicht nicht die klügste Idee, aber ich will erfahren, wen er sich ausgesucht hat. Wer meine Ablöse an seiner Seite ist.

»Sie haben wahrscheinlich bereits selbst bemerkt, dass jemandem bei Ihrer Zusage ein kleiner Fehler unterlaufen ist«, sagt Chadwick jetzt, während er mich kaum merklich fester umfasst. »Scheinbar ist Ihrem Büro entgangen, Julie ebenfalls auf die Gästeliste setzen zu lassen.«

Wieder trifft mich Calebs Blick, und wieder kommt es mir so vor, als würde er durch meine Haut und meine Knochen direkt in meine Seele sehen können. Mir schießt das Blut in die Wangen, aber ich verziehe keine Miene.

»Ja, das ist bedauerlich«, erwidert er. Irgendwas sagt mir, dass er damit nicht den Fauxpas bei der Gästeliste, sondern meine bloße Anwesenheit auf dieser Yacht meint.

Mein Mund verzieht sich zu einem scheißfreundlichen Lächeln, während ich mir in meinem Kopf übertrieben förmliche Worte zurechtlege. »Zum Glück stehen Chadwick und ich privat in gutem Kontakt und konnten das Missverständnis schnell aus der Welt schaffen.«

Ich sehe, wie Calebs Kiefermuskeln hervortreten. »Ja, zum Glück.« Sein Blick wandert an mir herab. »Du siehst toll aus.«

»Das finde ich auch.«

Seine Augenbrauen wandern nach oben. »Estha hat dich hergefahren, nehme ich an?«

»Das ist ihr Job, oder nicht?«, frage ich gespielt verwirrt. Mir ist bewusst, dass er sich in seinem Stolz verletzt fühlt, weil Estha ihn offensichtlich nicht über meinen kleinen Ausflug informiert hat. Aber das ist mir egal.

Er antwortet nicht, sondern erwidert mein Lächeln genauso falsch wie ich seines.

»Ich würde gerne Ihre Begleitung kennenlernen«, wirft Chadwick ein und sieht sich um. »Wo ist sie?«

»Sie hat ein paar Bekannte getroffen.« Caleb sieht mir direkt in die Augen, als würde er meine Reaktion abwarten. »Meine Schwester ist eine begeisterte Seglerin. Auch wenn es kein Segelboot ist, genießt sie es sehr, wieder auf dem Wasser zu sein.«

Ich muss mich gewaltig zusammenreißen, um mir nichts anmerken zu lassen. Caleb hat Rahel mitgebracht. Er hat mich nicht ersetzt, er hat kein Date. Im Gegensatz zu mir. Ich weiß, wie ich zu Chadwick stehe, aber mir ist auch klar, wie die Situation für Caleb aussehen muss.

»Wie schön«, antwortet Chadwick, dessen Stimme einen kleinen unzufriedenen Unterton angenommen hat. »Genießen Sie den Tag, Mr Bonham.«

Als er mich mit sich ziehen will, bleibe ich wie angewurzelt stehen. Calebs Blick hat mich immer noch fixiert, und es fühlt sich an, als würde er meine Füße auf den gepflegten Holzdielen verankern.

»Julie?« Chadwick intensiviert den Druck seiner Hand auf meiner Taille. Wieder unterdrücke ich den Drang, seinen Arm abzuschütteln. »Komm, wir holen dir etwas zu trinken.«

»Ich …«

Irritiert sieht er zwischen mir und Caleb hin und her. »Wir sollten uns unter die Leute mischen, *ma chère.*«

Calebs Gesicht verzieht sich zu einem zufriedenen Grinsen. »Sie möchte sich offensichtlich nicht mit Ihnen unter die Leute mischen, Chadwick. Ich würde Sie also bitten, sie loszulassen. Ich passe schon auf sie auf.«

Mir entfährt ein ungläubiges Lachen. »Vielen Dank, die Herren, aber ich brauche sicher niemanden, der auf mich aufpasst. Erst recht nicht einen von euch«, stelle ich klar und schaue die beiden nacheinander an. »Wenn ihr mich jetzt also entschuldigen würdet – ich hole mir jetzt etwas zu trinken. Allein.«

Chadwick protestiert, und auch Caleb öffnet den Mund, aber ich achte auf keinen von beiden. Stattdessen wende ich mich ab und lasse sie stehen, um mich auf den Weg zur Bar zu machen. Dieser Punkt geht ohne Zweifel an mich.

34

Über den Tag und Abend verteilt werden ein paar Präsentationen gehalten, Reden verschiedener Mitarbeiter oder Abteilungsleiter, und es gibt eine kleine Versteigerung für einen wohltätigen Zweck. Ich bin dankbar für die Programmpunkte, die mich davon abhalten, die ganze Zeit über wie bestellt und nicht abgeholt in der Gegend herumzustehen. Zu meiner Erleichterung scheint Chadwick sich von der kleinen Abfuhr schnell erholt zu haben, denn er ist freundlich und charmant wie immer, ist aber zum größten Teil mit seiner Eröffnungsfeier beschäftigt. Caleb sehe ich gefühlt jedes Mal, wenn ich mich umdrehe. Er ist überall, auch wenn wir nicht miteinander sprechen.

Irgendwann gehe ich unter Deck, um mir die restlichen Räume der Yacht anzusehen. Chadwick hatte mir angeboten, mich auch hier ein bisschen herumzuführen, wurde dann aber von ein paar Investoren aufgehalten. Genau wie die Decks und das äußere Erscheinungsbild ist auch das Innere der Yacht pompös und über alle Maßen luxuriös. Es gibt fünf Schlafzimmer – zwei *master bedrooms* und drei kleinere Kabinen mit jeweils zwei Einzelbetten. Natürlich muss es irgendwo noch Unterkünfte für die Crewmitglieder geben, aber die kann ich nicht finden. Das, was mir an dem Design am meisten auffällt, sind die Wände. Sie sind mit verschiedenen Mustern verziert, bestehend aus glänzendem Mahagoni, mit dickem Stoff bespannten Platten und teilweise sogar aus Leder. Keine Wand ist einfarbig oder besteht aus lediglich einem Material. Überall hängen Wandlampen, Spiegel, skurrile Gemälde oder Masken aus verschiedenen Ländern. Und obwohl es alle paar Meter ein neues Wandelement gibt und sich so viele verschiedene Materialien und Farben mischen, wirkt es irgendwie stimmig. Nicht mein Geschmack, aber doch so, dass man erkennen kann, wie viel Geld und Mühe in das Design investiert wurde. In einem Schlafzimmer steht ein großer dunkelbrauner Flügel auf einem runden Podest, in dem anderen brennt ein Kamin. Irritiert trete ich näher und erkenne künstlich erzeugte Flammen – vermutlich die sicherere Wahl, wenn man auf einem im Meer schwimmenden Holzkahn sitzt.

Als ich wenig später den Speisesaal betrete, in dem ein kleines Büfett aufgebaut ist, fällt mein Blick als Erstes wieder auf Caleb. Es ist, als würde sein Blick meinen magisch anziehen. Er lehnt an der gegenüberliegenden Wand neben dem Porträt einer nackten Frau. In seiner Hand hält er ein niedriges Kristallglas mit einer bernsteinfarbenen Flüssigkeit, und er scheint sich mit einem Mann in Leinenhemd und kurzen Hosen zu unterhalten, auch wenn er ihn überhaupt nicht ansieht. Er sieht mich an. Nur mich.

Vielleicht ist es der Alkohol, der inzwischen definitiv an meinem Urteilsvermögen zerrt, vielleicht ist es aber auch nur wieder mein Stolz, der mich trotzig das Kinn heben lässt. So oder so wende ich den Blick nicht ab. Im Gegenteil, ich starre einfach zurück, während ich nach einer der Erdbeeren auf dem Silbertablett greife. Ich lehne mich deutlich weiter vor als notwendig, aber dafür ist mir absolut bewusst, welchen Ausblick ich Caleb damit biete. Mein Kleid ist penibel festgeklebt, trotzdem sehe ich, wie sich Caleb kaum merklich versteift. Der Stoff unter seinem Hemd spannt sich, als würde er heftig Luft holen.

Fuck, Caleb sieht unfassbar gut aus! Er sieht immer gut aus, aber irgendetwas an der ganzen Atmosphäre und der Stimmung zwischen uns lässt ihn größer und einflussreicher wirken als ohnehin schon. Wieder meine ich, seinen Blick körperlich zu spüren – wie eine Feder streicht er über meine Haut, über mein Schlüsselbein, zwischen meinen Brüsten hindurch und tiefer über meinen Bauch.

Ich erschaudere und bemerke, dass Calebs Augen sich ein ganz klein wenig verengen. Es würde mich nicht wundern, wenn die Spannung zwischen uns Funken schlagen lassen würde. Einen Moment lang überlege ich tatsächlich, mir die Erdbeere irgendwie sexy in den Mund zu stecken, aber ich verwerfe die Idee hastig wieder. Ich würde wahrscheinlich anfangen, über mich selbst zu lachen, und dann wäre der Effekt dahin.

»Das erste Mal in den Hamptons?«, spricht mich eine dunkle Stimme von der Seite an.

Widerstrebend reiße ich mich von Calebs Anblick los und wende mich dem Mann neben mir zu, der mir bis dahin überhaupt nicht aufgefallen ist.

»Wie kommen Sie darauf?«, frage ich.

Der Typ deutet auf meine Füße. »Ihre Schuhe. Absätze sind nur in Innenräumen eine gute Idee, würde ich sagen.«

Demonstrativ sehe ich mich um. »Ich würde das hier als Innenraum bezeichnen.«

Er lächelt. »Sagen wir Innenräume, die fest mit dem Boden verankert sind und sich nicht auf den Wellen bewegen.«

»Ich weiß Ihre Sorge zu schätzen, aber nein, ich bin nicht das erste Mal in den Hamptons«, sage ich betont selbstsicher. Das ist keine Lüge – ich war bereits zweimal mit Caleb hier, wenn auch nicht auf einer millionenteuren Luxusyacht. Der Kerl hat recht, denn hohe Absätze sind beim Halten des Gleichgewichts nicht unbedingt praktisch, aber das gebe ich sicherlich nicht zu. Der Typ sieht aus wie ein Aufreißer. Ich habe den Eindruck, dass er jemand ist, der betrunkene Mädchen auf Partys anquatscht, um dann den edlen Ritter zu spielen.

Als ich mich gerade höflich aus dem Staub machen will, taucht Caleb neben mir auf und legt einen Arm um mich. Die Geste ähnelt der von Chadwick, fühlt sich allerdings so unendlich anders an. Sobald er mich berührt, scheint mein Körper unter Strom zu stehen, und ich bin mir jedes Quadratzentimeters Haut bewusst, an der seine Haut auf meine trifft.

»Darling, ich habe dich überall gesucht«, schnurrt Caleb beinahe und zieht mich noch ein Stück näher an sich heran. »Du sollst doch nicht mit fremden Männern sprechen!«

Ich beiße mir auf die Lippen, um nicht zu lachen, und sehe den Typen an, der erst mich und dann Caleb stirnrunzelnd mustert. Dann murmelt er irgendetwas, das ich nicht verstehen kann, dreht sich um und verschwindet zwischen den anderen Gästen.

Innerlich zähle ich bis drei, dann mache ich mich von Caleb los und sehe ihn an. *»Darling?«*

Er zuckt mit den Schultern. »Etwas anderes ist mir auf die Schnelle nicht eingefallen.«

»Um … was genau zu tun?«

Seine Lippen zucken. »Spielchen kann ich auch spielen, Julie. Das solltest du inzwischen wissen.«

»Ich spiele nicht«, antworte ich, auch wenn wir beide wissen, dass das eine Lüge ist. »Und es gibt so viele alberne Kosenamen, *Darling* ist wirklich eine schwache Leistung.«

»Mäusepopo?«, schlägt er trocken vor.

»Besser.« Seufzend nehme ich einen Schluck von meinem Champagner. »Was soll das hier, Caleb?«

Er blinzelt ein paarmal. Vermutlich soll das eine unschuldige Geste sein, aber sie verfehlt ihre Wirkung auf ganzer Linie.

»Das fragst du mich? Ich bin hier nicht mit irgendeinem superreichen Start-up-Gründer am Arm aufgetaucht, in einem Kleid, bei dem selbst ein Mönch sein Keuschheitsgelübde über den Haufen werfen und wirklich, wirklich schmutzige Dinge mit dir anfangen wollen würde.«

Innerlich klopfe ich mir selbst auf die Schulter für meine Kleiderwahl. »Ich bin nicht mit ihm am Arm aufgetaucht, und das weißt du. Ich war eingeladen, genau wie du. Mit dem Unterschied, dass ich davon nichts wusste bis gestern Abend.«

Sein Schulterzucken wirkt beinahe gelangweilt. »Ich muss meine Karten ausspielen, genau wie du. Und wenn ich die Chance habe, ein Date mit dir und dem Franzosen zu verhindern, dann werde ich das tun.«

»Ich verstehe dich nicht, Caleb«, sage ich und seufze leise. »Du hast mir in Hoffmans Büro gesagt, du würdest jetzt alles daten, was bei drei nicht auf den Bäumen ist. Selbst *wenn* das hier ein Date mit Chadwick gewesen wäre, wäre das nur fair.«

Bedächtig stellt er sein Glas auf dem Büfetttisch ab, stützt sich mit der freien Hand ab und beugt sich zu mir, bis unsere Gesichter nur noch Zentimeter voneinander entfernt sind. »Weißt du, was der Unterschied zwischen diesen beiden Szenarien wäre?«

»Du wirst mich bestimmt aufklären.«

Er lächelt verschmitzt. »Ich würde jede Sekunde hassen, die ich mit diesen Frauen verbringen würde. Ich würde es hassen, dass sie nicht du sind«, flüstert er so leise, dass nur ich es hören kann. Mir stockt der Atem. Ich sehe in diese unfassbar tiefen Augen, und einen Moment lang habe ich das Gefühl, mich in ihnen zu verlieren. Doch dann lehnt er sich seufzend zurück. »Aber du wolltest mich nicht, Julie. Du wolltest uns nicht. Hättest du also ein Date und ich müsste dabei zusehen, würde es mich umbringen.«

Ich weiß nicht, was ich sagen soll. Caleb spricht nicht oft über seine Gefühle, aber wenn er es tut, fühlen sich die Worte jedes Mal so an, als würden sie mein Herz direkt berühren.

»Das ist nicht wahr«, sage ich leise.

»Was genau?«

»Dass ich dich nicht will«, gestehe ich, auch wenn alles in mir drin mich lautstark davor warnt. Gut, nicht alles, nur der rationale Teil in mir. »Ich wollte dich von Anfang an.«

Sein Blick wandert über mein Gesicht und bleibt an meinen Lippen hängen. »Fuck, Julie.«

»Was?«

»Ich will dich küssen. Ich habe noch nie etwas dringender gewollt.«

Ich will ihn auch küssen. Nicht nur das. Mein Körper und mein Herz schreien danach, ihn anzufassen, mit den Händen durch sein Haar zu fahren, seinen Körper auf meinem zu spüren. Ihn in mir zu spüren. Ich will alles von ihm, jeden Zentimeter, und ihn niemals wieder loslassen.

Mein Körper scheint ein Eigenleben zu entwickeln. Anders kann ich es mir nicht erklären, dass ich mich weiter in seine Richtung lehne und all meine Muskeln sich vor Vorfreude anspannen. »Dann tu's.«

Die Sekunden, die er braucht, um zu antworten, fühlen sich an wie Stunden. Stunden, in denen ich mich frage, ob ich hier gerade einen Riesenfehler begehe.

»Nicht hier«, knurrt er schließlich und weicht abrupt zurück. Doch dann hebt er eine Hand und streicht mir einmal sanft über die Wange. »Ich bleibe heute Nacht im Strandhaus. Ich warte auf dich.«

Dann dreht er sich um, ohne auf eine Antwort zu warten, ohne dass ich reagieren kann. Im nächsten Moment ist er zwischen den Gästen verschwunden und lässt mich mit rasendem Herzen zurück.

CALEB

Wenn ich ehrlich sein soll, habe ich keine Ahnung, wie ich die letzten Stunden auf diesem verdammten Boot verbracht habe. Oder wie ich nach Hause gekommen bin. All das versinkt in einem undurchsichtigen Mischmasch aus Farben. Das Einzige, was ich klar sehe, ist Julie. Julie, in Chadwicks Armen oder wie sie sich über das Büfett beugt, woraufhin ich den Drang unterdrücken musste, mich vor sie zu stellen, um sie vor den verdammten Blicken der anderen Gäste abzuschirmen.

Ich höre immer noch ihre Stimme, wie sie zu mir sagt, dass sie mich will. Das hat mir den Rest gegeben. Ich habe mir geschworen durchzuhalten, ihr Raum zu geben und mich in der Zwischenzeit auf die wesentlichen Dinge zu konzentrieren. Aber ich habe mich überschätzt. Nein, ich habe mich selbst belogen. Dieser verdammte Schlussstrich war von vornherein zum Scheitern verurteilt gewesen – wie, zur Hölle, hatte ich das selbst nicht sehen können? Denn Tatsache ist, dass Julie alles ist, was für mich von Bedeutung ist. Sie *ist* das Wesentliche.

Zum hundertsten Mal sehe ich auf die Uhr. Seit zehn Minuten bin ich im Strandhaus, und auch wenn ich mich nach unserem Gespräch im Speisesaal von ihr ferngehalten und sie nicht von Bord habe gehen sehen, weiß ich, dass sie längst hier sein müsste. Ich habe ihren Wagen auf dem Parkplatz und Estha am Anleger warten sehen.

Vielleicht ist sie zurück nach New York gefahren oder hat sich ein Hotelzimmer irgendwo am Hafen genommen. Vielleicht hat Julie sich gegen mich entschieden und ist bei diesem Chadwick geblieben.

Wütend reiße ich den Kühlschrank auf und greife nach einer Dose Bier, als ich ein leises Klopfen höre. Mit donnerndem Herzen drehe ich mich um und schaue zur Glastür.

Da ist sie. Ihr Blick irrt umher, als würde sie selbst nicht so recht wissen, was sie hier gerade eigentlich tut. Ich renne so schnell zu ihr hinüber, dass ich beinahe über meine eigenen Füße gestolpert wäre. Ich fühle mich wie ein verliebter Trottel, aber das ist mir egal. Ich kann es mir nicht leisten, ihr Zeit zum Nachdenken zu geben. Es grenzt bereits an ein Wunder, dass sie überhaupt hier ist. Scheiße, ich werde nicht zulassen, dass sie es sich anders überlegt.

Ich reiße die Tür auf und sehe sie einen Moment lang schwer atmend an.

»Hi«, sagt sie und grinst ein wenig verlegen. Ihr Gesicht ist leicht gerötet und ihre Augen glänzen, als könne sie selbst nicht glauben, dass sie hier ist. Mir geht es genauso.

Statt einer Antwort strecke ich den Arm aus und vergrabe meine Hand in ihrem weichen Haar. Sie beißt sich auf die Lippen, dann stürzt sie mir entgegen, ihre Arme schlingen sich um meinen Hals und ziehen mich zu ihr herab.

Als unsere Lippen sich beinahe schmerzhaft begegnen, fühle ich mich, als würde mein Herz seit Ewigkeiten das erste Mal im richtigen Rhythmus schlagen. Stolpernd ziehe ich sie rückwärts ins Haus. Ich höre die Tür zuschlagen, aber ich achte nicht sonderlich darauf. All mein Denken reduziert sich auf die Tatsache, dass sie hier ist – bei mir, in meinen Armen. Sie hat eine Entscheidung getroffen, und ich werde dafür sorgen, dass sie sie nicht eine Sekunde lang bereut.

Ich löse meine Hand aus ihrem Haar und schlinge beide Arme um sie, damit ich sie hochheben kann, ohne den Kuss ein einziges Mal zu unterbrechen. Ungeduldig trage ich sie durch die Küche hinüber ins Wohnzimmer. Der Weg nach oben in eines der Schlafzimmer erscheint mir definitiv zu lang. Julies Nähe ist für mich überlebenswichtig geworden, und ich habe die vergangene Woche ohne sie zurechtkommen müssen. Wir haben verdammt viel nachzuholen.

»Caleb«, keucht sie, als ich sie sanft mit dem Rücken auf das Sofa lege und ihren Körper mit meinem bedecke. »Jetzt.«

Meine Lippen verziehen sich zu einem Lächeln. Am liebsten würde ich sie langsam lieben, jede verdammte Sekunde davon ausnutzen und ihrem Körper huldigen, so wie er es verdient. Aber dafür haben wir später noch Zeit. In diesem Moment, in dem sie mich aus verschleierten Augen ansieht und sich ihre Fingernägel in den Stoff meines Hemdes krallen, habe ich keine Geduld für *langsam*. Und sie anscheinend auch nicht.

Ich öffne den Knoten ihres Kleides und will die Träger von ihren Schultern streifen, aber der Stoff scheint sich einfach zu weigern.

Julie bemerkt mein Problem und schlägt sich die Hand vor den Mund, als sie losprustet.

Stirnrunzelnd sehe ich auf sie herab. »Was ist?«

»Das ist festgeklebt«, flüstert sie glucksend und schiebt den Stoff über ihrer Brust so weit zur Seite, dass ich ein Stück des durchsichtigen Klebebands darunter sehen kann. Dann berührt sie mit den Fingerspitzen die Ansätze ihrer Brüste. »Und die auch, wenn wir schon einmal dabei sind.«

»Dein Kleid und deine Brüste sind festgeklebt?«

Sie schmunzelt. »Dachtest du, die bleiben auf magische Weise an Ort und Stelle?«

»Ich habe viel über deine Brüste nachgedacht, Julie, wirklich, wirklich viel. Aber nicht darüber, ob sie irgendwo festgeklebt sind.«

Sie schnaubt. »Schwerkraft, mein Freund. Ohne BH oder Tape würden die nicht so perfekt sitzen.«

»Julie«, stöhne ich. »So gerne ich mich auch über deine Brüste unterhalte, können wir diese Lehrstunde über die Notwendigkeit von BHs bitte wann anders führen?« Als sie wieder lacht, lege ich meine Hand auf ihren Oberschenkel und streiche über ihre nackte Haut nach oben. Als meine Finger über ihren Slip streichen, verstummt ihr Lachen und verwandelt sich in ein ersticktes Stöhnen. »Vielleicht, wenn wir hiermit fertig sind? Ich bin mir sicher, dann bin ich in der Lage, dir sehr aufmerksam zuzuhören.«

Julie beißt sich auf die Lippen. »Ich könnte dir auch erklären, warum es unfair ist, dass Frauen sich gesellschaftlich dazu gezwungen fühlen, einen BH zu tragen, auch wenn die manchmal echt …«

Ihre Stimme verliert sich in einem Keuchen, als ich mit einem Finger in sie eindringe. Ich beobachte ihr Gesicht – ihre flatternden Augenlider, ihre Zähne, die sich in ihre Unterlippe graben, und die sanfte Röte, die sich auf ihren Wangen ausbreitet. Gott, sie ist so verdammt hübsch! In jeder Minute des Tages! Aber in diesem Moment, in dem sämtliche Sorgen und Überlegungen von ihr abfallen und sie ganz sie selbst ist, kann ich kaum fassen, wie jemand so perfekt sein kann.

Da ich keine Ahnung habe, wie ich das verdammte Kleid losbekomme, schiebe ich Julies Rock nach oben, bis er sich um ihre Taille bauscht. Während ich sie mit der einen Hand weiter streichle und ihr Atem immer unregelmäßiger geht, öffne ich mit der anderen den Knopf meiner Hose und lasse mich danach wieder auf sie sinken. Sie öffnet die Augen, und unsere Blicke treffen sich. Julies Augen sind so tief wie ein Ozean, beinhalten so viele unausgesprochene Gefühle, dass ich sie kaum alle auseinanderhalten kann. Während ich langsam in sie eindringe, wende ich den Blick nicht ein einziges Mal ab. Wir holen beide zischend Luft, Julies Finger fahren durch mein Haar, während meine ihr Gesicht umfassen. Ich wage es nicht einmal zu blinzeln, aus Angst, sie könne verschwunden sein, wenn ich die Augen wieder öffne. Diese Realität ist so fragil, als könne ein einziger Windstoß sie in unendlich viele Stücke zerbrechen.

Trotz meiner Ungeduld bewege ich mich langsam, koste jede verdammte Sekunde aus. Beobachte die Regungen auf ihren feinen Gesichtszügen. Ihr Atem geht schneller, genau wie meiner, und sie beißt sich immer wieder auf die Lippen. Ich vermute, dass auch sie versucht, ihren Höhepunkt hinauszuzögern. Versucht, uns so lange wie möglich in diesem Augenblick einzuschließen.

»Ich liebe dich«, flüstere ich, als ich spüre, wie sich ihre Finger in mein Haar krallen. Wie sie die Luft anhält und ihre Schenkel sich um mich schließen, als wolle sie mich festhalten.

»Ich liebe dich mehr«, sagt sie, dann zieht sie mich zu sich herunter und presst ihre Lippen auf meine. Ich schließe die Augen, verliere mich in diesem Kuss, während meine Bewegungen unkontrollierter werden und ich schließlich von einer Welle an Gefühlen überrollt werde. Ich keuche ihren Namen, presse mich an sie und halte sie, als sie ebenfalls die Kontrolle verliert. Sie erzittert, hebt ihr Becken, um mich tiefer in sich aufzunehmen, und kommt meinen Stößen entgegen, was mich an den Rand des Wahnsinns treibt.

Schwer atmend breche ich beinahe über ihr zusammen. Ich vergrabe mein Gesicht in ihrer Halsbeuge, während ich versuche, wieder anständig Luft zu bekommen. Julie löst die Finger aus meinen Haaren und lacht leise.

»Tschuldige«, keucht sie. »Ich merke gar nicht, dass ich ständig an deinen Haaren ziehe.«

Ich grunze. Anders kann man es nicht beschreiben. »Du kannst mir jederzeit an den Haaren ziehen, Mäusepopo. Ich habe nichts dagegen.«

Julie lacht so laut auf, dass ich zusammenzucke. »Wow. Du zerstörst die ganze Stimmung.«

»Die Sex-Stimmung?«, hake ich nach, stemme mich ächzend auf meine Unterarme und sehe sie an. Als sie fragend die Augenbrauen hochzieht, presse ich mein Becken gegen sie, um sie daran zu erinnern, dass ich immer noch in ihr bin.

Sie zieht zischend die Luft ein. »Okay. Ich nehm's zurück.«

Grinsend sehe ich hinab auf ihr Dekolleté. Das Oberteil des Kleides ist tatsächlich noch immer genau da, wo es hingehört. »Darüber komme ich nicht weg.«

»Willst du ehrlich behaupten, dass du das noch nie gesehen hast?«

Ich schüttele den Kopf. »Meine letzte richtige Beziehung ist drei Jahre her. Damals waren die Frauen noch anständiger und haben sich ihre Brüste nicht festgeklebt.«

Sie verdreht die Augen und schiebt mich von sich runter, bleibt aber liegen. »Die Welt ist eine einzige Lüge. Tut mir leid, dass du es so erfahren musstest.«

Widerstrebend rolle ich mich zur Seite und rapple mich hoch, um ihr ein Handtuch und uns beiden etwas zu trinken zu holen, während ich aus meiner Hose trete. Ich sehe keinen Sinn, sie wieder anzuziehen. Denn ich habe eindeutig vor, diese Nacht so ausführlich auszukosten, wie Julie mich lässt.

Als mein Blick auf den Küchentresen und meine Reisetasche fällt, die ich achtlos darauf abgestellt habe, bleibe ich stehen und sehe Julie an. »Ich hab noch was für dich.«

Stirnrunzelnd stützt sie sich auf die Ellbogen, um mich ansehen zu können. »Wenn das jetzt der Anfang von einem dreckigen Witz sein soll, kannst du dir den sparen.«

Lachend gehe ich zu meiner Tasche hinüber und wühle ein paar Sekunden lang darin herum, bis ich die Schachtel aus rotem Samt finde. Zögernd greife ich danach und gehe zurück zu Julie, die mich neugierig mustert.

Ihr Gesicht wird ausdruckslos, als sie die Schachtel erkennt. Und als sie den Deckel anhebt, bemerke ich, dass ihre Hände kaum merklich zittern. »Du hast sie noch«, flüstert sie, während sie mit dem Finger über den grünen Kleeblattanhänger fährt.

»Dachtest du etwa, ich hätte sie verkauft?«

»Warum hast du sie hier?« Sie schaut zu mir auf. Ihre Augen sind glasig. »Du konntest nicht wissen, dass wir uns vertragen.«

Ich zucke mit den Schultern. »Ehrlich gesagt wollte ich sie aus den Augen haben. Sie hat mich daran erinnert … was ich verloren habe.«

Statt einer Antwort überbrückt sie die Entfernung zwischen uns und küsst mich, lang und innig. »Danke«, flüstert sie, bevor sie mein Gesicht in ihre Hände nimmt und mich erneut auf sich zieht.

35

JULIE
Sonntag, 31. Juli 2022

Am nächsten Morgen werde ich von der Sonne geweckt, die mir heiß und hell ins Gesicht scheint. Ich blinzle ein paarmal und brauche einen Moment, bis mir wieder einfällt, wo ich mich eigentlich befinde und wie ich hierhergekommen bin. Eindrücke von letzter Nacht ziehen an mir vorbei wie die Bilder eines Daumenkinos, und beinahe sofort beginnen spezielle Bereiche meines Körpers zu kribbeln. Mein Gesicht beginnt zu glühen, und ich beiße mir grinsend auf die Lippe. Meine Arme und Beine fühlen sich bleischwer an, und ich bin ein bisschen wund, aber ich bereue keine einzige Sekunde der letzten Nacht. Selbst die Zweifel und logischen Einwände, die wie automatisch in meinem Verstand aufploppen, schiebe ich zur Seite. Ich will mich nicht mit ihnen beschäftigen. Nicht jetzt.

Als ich mich zu Caleb umdrehe, halte ich abrupt inne. Seine Seite des Bettes ist leer, Caleb ist nicht da. Verwirrt sehe ich mich um und bemerke einen kleinen Zettel auf dem Kopfkissen. Ich greife danach und erkenne Calebs Handschrift.

Ich musste ins Büro und wollte dich nicht wecken. Geht sicher schnell, und ich bin spätestens gegen Mittag zurück. Unten steht Essen für dich. Ruf mich an, wenn du wach bist!
Ich liebe dich

Mein Herz schlägt bei den letzten Worten mehrere Salti in meiner Brust. Es ist nicht das erste Mal, dass er mir sagt, dass er mich liebt. Allerdings ist es das erste Mal, dass er es mir sagt, ohne dass wir uns streiten oder gerade dabei sind, miteinander Schluss zu machen. Ich weiß nicht, was diese Nacht für uns beide bedeutet, und ich weiß ganz sicher nicht, was die Zukunft uns bringen wird. Aber anders als sonst mache ich mir keine Gedanken darüber. Was zwar ganz sicher daran liegt, dass ich entweder noch nicht ganz wach bin oder mich immer noch nicht von den vier Runden fantastischem Sex erholt habe. Aber was soll's?

Ächzend rolle ich mich aus dem Bett und ignoriere meine schmerzenden Muskeln. Sex sollte wirklich als Extremsport gelten, denn genauso fühlt es sich zumindest am nächsten Morgen an. Ein Lächeln breitet sich auf meinem Gesicht aus, als mir klar wird, dass ich nichts am Leib trage außer der Kette, die Caleb mir gestern Abend zum zweiten Mal geschenkt hat.

Nach einer schnellen Dusche ziehe ich mir eine Jogginghose und ein T-Shirt aus Calebs Kleiderschrank an, weil ich keine Wechselklamotten dabeihabe. Dann gehe ich nach unten, um nach dem versprochenen Frühstück zu suchen. Ich habe wahnsinnigen Hunger und bekomme allmählich Kopfschmerzen. Alles in allem habe ich absolut nichts dagegen, ein paar Stunden allein in diesem Haus zu verbringen. Vielleicht ist heute endlich der Tag, an dem ich all das einmal richtig genießen kann.

In der Küche finde ich tatsächlich ein riesiges Tablett mit frischem Obst, Toast, Rührei, Speck und Bagels. Daneben eine Karaffe mit Orangensaft, und auch die Kaffeemaschine ist bereits eingeschaltet. Ich frage mich, wer all das wohl vorbereitet hat. Caleb sicher nicht, immerhin ist er davon ausgegangen, hier allein die Nacht zu verbringen. Oder aber die Leute, die sich um die Verpflegung kümmern, wenn er im Strandhaus wohnt, bringen ihm jeden Morgen ein solches Frühstück. Was mich nicht mal wundern würde.

Ich greife nach einem Toast und beiße einen großen Bissen ab, bevor ich auf den Knopf der Kaffeemaschine drücke, als es an der Haustür klingelt.

Irritiert halte ich inne. Caleb kann noch nicht wieder zurück sein, und er würde ohnehin nicht klingeln.

Vielleicht ist es Estha? Hektisch sehe ich mich um und suche nach meinem Handy. Ich habe es seit gestern Abend nicht mehr gesehen, vielleicht habe ich es sogar im Wagen vergessen. Meine Gedanken kreisten zu sehr um Caleb, als dass ich auf solche Details hätte achten können.

Also schiebe ich mir den Rest Toast in den Mund und renne barfuß zur Haustür, bleibe davor aber abrupt stehen. Die vergangenen Wochen haben mich genug geprägt, um nicht einfach jedem die Tür aufzumachen, der unangekündigt auftaucht.

»Wer ist da?«, rufe ich mit vollem Mund.

»Rahel. Mach auf, Julie!«

Stirnrunzelnd öffne ich die Tür. Ehrlich gesagt habe ich gar nicht darüber nachgedacht, wo Rahel eigentlich abgeblieben ist. Ich habe sie gestern auf der Party ein paarmal gesehen, richtig unterhalten haben wir uns aber nicht. Und ich habe Caleb nicht gefragt, ob sie wieder nach New York gefahren ist oder irgendwo anders übernachtet.

Ich halte mitten in der Bewegung inne, als ich Rahels Gesichtsausdruck bemerke. Sie sieht nicht ansatzweise so perfekt gestylt aus wie normalerweise – ihre Haare sind zu einem unordentlichen Pferdeschwanz zusammengebunden, aus dem sich unzählige Strähnen gelöst haben, und sie trägt eine Jeans und ein knittriges T-Shirt. Bei jedem anderen wäre mir das

Outfit nicht weiter aufgefallen, bei Rahel wirkt es aber eindeutig fehl am Platz.

Außerdem sieht sie mich so ernst an, dass ich unwillkürlich erschaudere.

»Was ist los?«, frage ich vorsichtig. Mir kommt ein Gedanke, und ich spüre, wie mir das Blut aus dem Gesicht weicht. »Ist was mit Caleb?«

Sie schüttelt den Kopf. Kein Lächeln, kein amüsiertes Funkeln in ihren Augen, während sie sich an mir vorbei ins Haus drängt. »Ich bin hier, um dich abzuholen.«

»Warum?«

»Julie …« Sie sucht offensichtlich nach Worten. Mir wird schlecht. »Es ist Bonnie. Du musst mit mir ins Krankenhaus fahren.«

Die Eingangshalle beginnt sich um mich herum zu drehen, und den Bruchteil einer Sekunde bin ich mir sicher, dass ich mich verhört habe. Aber Rahels Gesichtsausdruck bleibt unverändert.

»Was ist passiert?«, presse ich mit zitternder Stimme hervor. Mein Körper fühlt sich auf einmal taub an, als wäre er nicht länger ein Teil von mir. Tausend Fragen schießen mir durch den Kopf, zu viele, um entscheiden zu können, welche von ihnen ich als Nächstes stellen soll.

Rahel macht einen Schritt auf mich zu und legt mir eine Hand auf den Arm. Ich spüre nichts. »Es geht ihr schlechter, Julie. Sehr viel schlechter. Es tut mir unendlich leid, aber ich denke, sie wollen, dass ihr euch verabschiedet.«

»Nein.« Kopfschüttelnd weiche ich zurück, so weit, dass ich mit dem Rücken gegen den kleinen Tisch in der Mitte der Eingangshalle stoße. Als könnte ich der Realität einfach davonlaufen. »Nein, das muss ein Irrtum sein. Es geht ihr besser, sie war …«

Ich verstumme, während das Bild von Bonnie bei meinem letzten Besuch in meinen Erinnerungen auftaucht. Es ging ihr nicht besser. Sie sah aus, als wäre sie … als wäre sie tot.

»Es tut mir so leid, Julie.«

Mein Schluchzen hallt in meinen eigenen Ohren wider, trotzdem nehme ich es kaum wahr. Ich fühle mich, als würde ich durch dichten Nebel waten. Als würde mein Verstand sich schlicht und ergreifend weigern, zu akzeptieren, was Rahel da gerade sagt.

»Wir müssen los«, redet sie sanft auf mich ein. »Ich bringe dich nach New York, okay?«

Ich glaube, dass ich nicke, sicher bin ich mir aber nicht. Überfordert schaue ich hinunter auf meine nackten Füße. »Ich brauche Schuhe.«

»Mein Koffer ist im Wagen. Ich habe sicher etwas, das dir passt.«

Wie betäubt folge ich ihr nach draußen. Die Sonne, die ich gerade noch als wärmend und fröhlich empfunden habe, brennt mir jetzt in den Augen und nimmt mir die Sicht. Ich stolpere ein paarmal, aber auch das nehme ich kaum wahr. Rahel öffnet die Beifahrertür eines schwarzen BMWs und wartet, bis ich eingestiegen bin. Dann umrundet sie das Auto und setzt sich neben mich.

»Geht es?«, fragt sie, während sie losfährt.

»Nein.« Ich sehe sie an. »Woher weißt du das mit Bonnie?«

»Felix hat mich angerufen«, erklärt sie ernst. »Sie haben es wohl auf deinem Handy versucht, aber da ist nur die Mailbox rangegangen, und dann haben sie im Büro angerufen. Der Anruf wurde an Felix weitergeleitet, der hat mich dann informiert. Ich dachte, es ist dir lieber, wenn ich dich fahre, als ein Taxi zu nehmen oder so.«

»Danke.« Meine Stimme klingt so unfassbar fremd. Zitternd hole ich Luft. »Vielleicht erholt sie sich wieder.«

»Ja, vielleicht.«

»Was haben sie gesagt? Warum geht es ihr schlechter?«

»Das weiß ich leider nicht, Julie.« Ich spüre Rahels Blick von der Seite, aber ich starre nur stur geradeaus auf die Straße. Rahel fährt zu schnell, aber ich bin ihr dankbar dafür. Es ist immer noch zu langsam. Wir hätten den Hubschrauber nehmen sollen, damit wären wir innerhalb einer halben Stunde in New York gewesen.

»Sie darf nicht sterben, Rahel«, flüstere ich mit tränenerstickter Stimme. »Wenn sie stirbt, ist es meine Schuld.«

Rahel antwortet nicht. Vielleicht spürt sie, dass es ohnehin keine Rolle spielt, was sie sagt. Es gibt nichts, absolut gar nichts, was diese Situation auch nur annähernd weniger schmerzhaft machen könnte.

Mein Blick fällt auf ein paar Jugendliche, die am Straßenrand stehen und offensichtlich versuchen, per Anhalter nach New York zu kommen. Kinder aus der Stadt, die wahrscheinlich eine Nacht in den Hamptons gefeiert und ihr komplettes Geld ausgegeben haben.

Rahel überfährt mehrere rote Ampeln und wird ein paarmal angehupt, weil sie anderen Fahrern die Vorfahrt nimmt oder zu nah vor ihnen einschert. Normalerweise hasse ich so eine Raserei und kralle mich immer am Türgriff fest. Jetzt allerdings bete ich, dass sie noch schneller fährt. Dass sie mich zu Bonnie bringt, bevor es zu spät ist.

»Du musst hier geradeaus«, sage ich tonlos, als Rahel kurz vor der Auffahrt auf die Brooklyn Bridge den Blinker setzt. Als sie nicht antwortet, sehe ich sie an. »Du musst hier geradeaus. Sonst müssen wir einen Umweg fahren und brauchen bestimmt zwanzig Minuten länger.«

Keine Reaktion. Ich richte mich auf und sehe sie irritiert an. Ihr Blick ist nach vorn gerichtet, auf die Straße, als sie nach rechts lenkt und tatsächlich abbiegt. Weg von der Brücke, weg von New York City und stattdessen Richtung Woodside.

»Rahel!«

Abrupt dreht sie sich zu mir um. Der vorsichtige, mitfühlende Ausdruck ist aus ihrem Gesicht verschwunden, plötzlich funkelt sie mich so wütend an, dass ich zurückweiche.

»Halt endlich den Mund!«, knurrt sie mit vor Zorn verzerrter Stimme. »Was muss ich tun, dass du verfickt noch mal endlich die Schnauze hältst?«

Geschockt starre ich sie an. Versuche zu verstehen, was hier gerade passiert. »Rahel, ich weiß nicht, was du …«

Weiter komme ich nicht. Im nächsten Moment reißt sie den Arm hoch, und ich sehe etwas in ihrer Hand glänzen. Dann schlägt sie auf meinen Oberschenkel, bevor ich auch nur die geringste Chance habe, zu reagieren.

Ich spüre einen stechenden Schmerz. Dann wird alles schwarz.

CALEB

»Das war's für heute«, sage ich zu Felix und schicke die letzte E-Mail ab. »Sie können sich morgen freinehmen, dafür, dass Sie spontan eingesprungen sind. Leiten Sie noch die E-Mail weiter und machen Sie dann Feierabend.«

Er nickt und deutet auf einen Stapel Unterlagen, die auf meinem Schreibtisch liegen. »Ich bringe die noch schnell runter zu Mr Greyson. Dann gehe ich. Soll ich Anando Bescheid geben, dass er den Wagen holen soll?«

Müde reibe ich mir über die Stirn. »Wir nehmen den Helikopter, denke ich, aber ich sage ihm selbst Bescheid. Gehen Sie nach Hause, Felix.«

»Wie Sie wünschen.«

Kopfschüttelnd schaue ich ihm hinterher. Er sieht fast ein wenig enttäuscht aus. Der Mann würde mitten in der Nacht herkommen, wenn ich ihn darum bitten würde. Der Aktienmarkt ist im Moment der reinste Zirkus, aber ich hoffe inständig, dass das vorerst der letzte Sonntag sein wird, an dem ich spontan ins Büro muss. Ich habe fest vor, die kommenden Wochenenden mit angenehmeren Dingen zu verbringen.

Sobald er die Tür hinter sich geschlossen hat, nehme ich mein Handy in die Hand. Keine Anrufe, keine Nachrichten von Julie. Ein Blick auf die Uhr sagt mir, dass es schon beinahe halb zwei ist. Sie müsste längst wach sein. Oder ich habe ihr gestern Nacht doch mehr abverlangt, als ich geahnt habe. Nicht, dass sie sich beschwert hat.

Dennoch …

Ich tippe auf ihren Kontakt und warte so lange, bis die Mailbox anspringt. Ihr Handy ist nicht ausgeschaltet, aber es ist durchaus möglich, dass sie es auf stumm geschaltet hat. Also wähle ich die Nummer des Festnetzanschlusses im Strandhaus. Wieder nimmt sie nicht ab.

Stirnrunzelnd öffne ich unseren Chat, aber die beiden Nachrichten, die ich heute Morgen geschickt habe, sind nach wie vor ungelesen. Das letzte Mal war sie gestern Abend online, bevor sie zu mir gefahren ist. Vielleicht hat sie ihr Telefon auch im Wagen liegen gelassen. Als Nächstes wähle ich Esthas Nummer. Es dauert drei Freizeichen, bis sie rangeht.

»Mr Bonham«, meldet sie sich, ohne den überraschten Unterton in ihrer Stimme ganz überspielen zu können. Nachvollziehbar, weil wir vor allem in den letzten Tagen kaum Kontakt hatten. »Was kann ich für Sie tun?«

»Entschuldigen Sie, dass ich Sie an einem Sonntag störe. Aber hat Julie möglicherweise ihr Handy bei Ihnen im Wagen liegen gelassen?«

»Nein, Sir. Ich habe den Wagen heute Morgen gereinigt, dabei hätte ich es gefunden.«

»Hm.« Erneut sehe ich auf die Uhr. Ein ungutes Gefühl macht sich in meinem Magen breit. Vielleicht hätte ich Julie nicht alleine lassen sollen, immerhin neigt sie dazu, die Dinge zu zerdenken, wenn sie die Zeit dazu hat. Möglicherweise bereut sie die letzte Nacht und ignoriert meine Anrufe absichtlich. Allerdings müsste sie in dem Fall irgendwie von Long Island nach Hause gekommen sein. »Sie wissen, dass ich Ihr Chef bin, Estha?«

Sie zögert einen Moment. »Ja, Sir.«

»Wenn ich Ihnen eine direkte Frage stelle, dann müssen Sie mir wahrheitsgemäß antworten.«

»Natürlich.«

»Haben Sie Julie heute Morgen abgeholt oder hat sie Sie angerufen?«, frage ich barsch. »Oder ist sie bei Ihnen?«

Offensichtlich verwirrt sie meine Frage, denn sie braucht ein paar Sekunden, bis sie antwortet. »Nein, Sir, ich habe Miss Penn seit gestern Abend nicht gesehen. Ich habe sie zur Bonham Mansion gefahren, Sir. Ich war davon ausgegangen, dass Sie ebenfalls dort sind.«

»Das war ich.« Fluchend sehe ich mich um. Ich glaube Estha. Ich mag meine Probleme mit ihr und ihrer Art haben, aber ich traue ihr nicht zu, mich direkt anzulügen. Gut möglich, dass sie Julie gegenüber loyal ist, aber das hier würde sie ihren Job kosten. »Wo sind Sie im Moment, Estha?«

»In North Haven«, antwortet sie sofort. »Ich hatte ein Hotelzimmer im *Baron's Cove* reserviert, für den Fall, dass Miss Penn nach der Veranstaltung nicht zurück nach New York City fahren will. Sie bat mich, dort zu übernachten, falls sie heute eine Fahrerin benötigt.«

Ich richte mich auf. »Und hat sie sich heute bei Ihnen gemeldet?«

»Nein, Sir.« Sie zögert. »Ich wollte niemanden stören, Mr Bonham.«

»Ja, verstehe.« Ich schließe kurz die Augen, dann schaue ich ein drittes Mal auf die Uhr. »Können Sie mir einen Gefallen tun? Sie erreichen das Strandhaus schneller als ich. Möglich, dass Julie nur schläft und meine Anrufe nicht hört, aber ich habe ein ungutes Gefühl. Ich wäre Ihnen dankbar, wenn Sie kurz zum Haus fahren und sich versichern könnten, dass es ihr gut geht.«

»Wurde die Alarmanlage ausgelöst?«

»Nein, das hätte ich mitbekommen. Sagen Sie Bescheid, wenn Sie dort sind.« Ich lege auf, ohne mich zu verabschieden. Meine Geduld reicht aktuell nicht für Höflichkeiten, also wähle ich direkt die nächste Nummer, dieses Mal die von der Sicherheitsabteilung. Eine Frau geht ran, aber ich achte nicht auf ihren Namen.

»Caleb Bonham«, melde ich mich kurz angebunden. »Ich möchte, dass Sie die Überwachungskameras der Bonham Mansion überprüfen. Sagen Sie mir, ob Sie Miss Penn sehen können.«

Zu meiner Erleichterung stellt sie keine Fragen, sondern tut einfach, was ich ihr sage. Nach der Sache mit der toten Katze haben wir unser Sicherheitssystem erweitert und Kameras installieren lassen – eine an der Haus-, eine an der Hintertür und eine dritte im Wohnzimmer. Die Aufnahmen werden nur achtundvierzig Stunden gespeichert, aber vor allem die Innenkamera sollte Julie aufgezeichnet haben, falls sie noch im Haus ist. Oder bezeugen, dass sie es verlassen hat.

»Ich habe die Livebilder, Sir«, sagt sie nach ein paar Minuten im geschäftsmäßigen Ton. »Im Haus scheint alles ruhig zu sein, kein Auto in der Einfahrt. Das Wohnzimmer ist leer, alle Türen sind geschlossen, soweit ich das erkennen kann.«

Ich nicke und mache mir in Gedanken eine Notiz, für diese Frau eine Gehaltserhöhung zu veranlassen. »Spulen Sie das Band der Aufnahme im Wohnzimmer zurück, bis heute Morgen. Nicht heute Nacht, verstanden?« Ziemlich sicher, dass die Kamera auch mich und Julie auf der Couch aufgenommen hat. Das ist im Moment zwar mein geringstes Problem, trotzdem kann ich auf die Vorführung unseres kleinen Sex-Tapes ehrlich verzichten. »Sehen Sie Miss Penn?«

»Ja.« Erleichterung durchflutet mich. »Sie ist um 11:37 Uhr in Richtung Küche gegangen. Es sieht aus, als würde sie etwas essen, dann bewegt sie sich in der Küche außerhalb des Kamerawinkels. Moment, sie kommt wieder. Und geht Richtung Foyer.«

»Warum?«, frage ich gereizt.

»Es tut mir leid, das kann ich Ihnen nicht sagen, Sir. Die Aufnahmen sind ohne Ton, aber es sieht so aus, als würde sie auf die Klingel reagieren. Sie bewegt sich schnell und zielstrebig.«

Ich beiße die Zähne zusammen. »Und dann? Ist jemand bei ihr, als sie wiederkommt?«

»Einen Moment«, sagt sie ruhig, aber konzentriert. »Sie kommt nicht wieder, Sir. Ich sehe sie nicht auf den Aufnahmen, wenn ich vorspule. Bis zu den Livebildern taucht sie nicht wieder auf.«

»Dann checken Sie die Aufnahmen der Kamera am Eingang. Ich will wissen, wohin sie gegangen ist, wer bei ihr war und in welchen Wagen sie gestiegen ist.«

Ein schnelles Tippen im Hintergrund. »Natürlich, Sir.«

Mehrere Minuten höre ich nichts, abgesehen von dem Atem der Frau und dem Tippen und Klicken der Tastatur und der Maus. Diese Minuten kommen mir wie Stunden vor, in denen mein Herz in meiner Brust galoppiert und mein Atem immer schwerer geht. Mein ganzer Körper steht unter Anspannung, so sehr, dass es beinahe wehtut. Ich hätte Julie nicht allein lassen dürfen. Ich war so sehr in dem Nebel meiner Glückseligkeit eingehüllt, dass ich vergessen habe, wie die Dinge um uns gerade stehen. Möglicherweise habe ich die letzte Nacht falsch gedeutet. Möglicherweise hat Julie Chadwick angerufen, und er hat sie abgeholt und …

»Sir?«, fragt die Sicherheitsmitarbeiterin am anderen Ende. Ihre Stimme klingt anders als zuvor. Irgendwie belegt.

»Ja, ich bin dran.«

»Ich bin mir nicht sicher, wie das möglich ist«, beginnt sie stockend, und mein Blut gefriert in meinen Adern zu Eis. »Aber ich kann weder Miss Penn noch ihren Besuch auf den Kameras finden.«

Die Hand, mit der ich das Telefon halte, verkrampft sich. »Wie meinen Sie das?«

»Es sieht aus, als wäre das Band eingefroren. Ich sehe, wie Sie das Haus verlassen, dann läuft die Uhr noch etwa zwanzig Minuten weiter, bevor sie stehen bleibt. Die Livebilder zeigen 7:12 Uhr als aktuelle Uhrzeit. Bitte entschuldigen Sie, das ist mir vorher nicht aufgefallen.«

Ihre Stimme klingt plötzlich unfassbar weit weg. Ich kann nicht antworten, nicht einmal nicken oder irgendeinen Laut von mir geben. Der Sinn ihrer Worte trifft mich wie eine verdammte Kanonenkugel.

Julie ist nicht mehr im Haus. Aber sie ist nicht abgehauen, hat die Nacht nicht bereut oder kalte Füße bekommen und sich aus dem Staub gemacht. Julie hat keine Ahnung, wie man

Kamerabilder manipuliert. Ich weiß nicht einmal, ob ihr klar ist, dass die Kameras überhaupt existieren.

Aber jemand anderes ist dazu in der Lage. Hat es schon einmal getan.

»Nein.«

Mein Flüstern klingt nicht menschlich. Mehr wie ein Röcheln eines sterbenden Tieres.

»Sir?«

Hastig versuche ich meine Gedanken zu ordnen, während ich die giftige Panik zurückdränge, die sich in jede meiner Zellen frisst. Ich muss meinen Verstand dazu zwingen, mir zu gehorchen. Ich muss nachdenken.

»Hören Sie mir gut zu«, sage ich mit zitternder Stimme. »Wie ist Ihr Name?«

»Neomi.«

»Neomi. Ich möchte, dass Sie die Kameras beobachten. Ich bezahle Ihnen jeden Betrag, jede verdammte Minute Überstunde bekommen Sie dreifach ausgezahlt, verstehen Sie mich? Sprechen Sie mit niemandem darüber, weihen Sie vorerst niemanden ein. Und sobald sich etwas verändert, sobald Sie jemanden sehen oder die Uhrzeit weiterläuft, rufen Sie mich an. Im System finden Sie meine Privatnummer. Haben Sie das verstanden, Neomi?«

»Ja, Sir.« Ich höre deutlich die Angst in ihrer Stimme. »Ich werde mich nicht vom Bildschirm wegbewegen.«

»Gut.« Mit geschlossenen Augen atme ich einmal tief ein. »In wenigen Minuten wird Estha Pollock beim Haus ankommen. Kennen Sie sie?«

»Die Fahrerin von Miss Penn.«

»Genau. Ich habe sie geschickt, das ist in Ordnung. Wenn Sie jemanden außer mir oder Estha sehen, sagen Sie sofort Bescheid. Nur mir, das ist wichtig, Neomi. Auch wenn die Polizei auftaucht. Ich will über jede Regung informiert werden, völlig egal, wie unwichtig sie erscheint. Haben Sie mich verstanden?«

»Ich habe verstanden, Sir«, antwortet sie überraschend entschlossen.

Meine Gedanken rasen, trotzdem versuche ich mich zu konzentrieren. Eins nach dem anderen. »Kennen Sie einen Haustechniker, dem Sie vertrauen? Wirklich vertrauen.«

»Ja. Aber er ist an den Wochenenden nicht im Haus.«

»Rufen Sie ihn an.« Wieder wird meine Stimme barsch, ohne dass ich etwas dagegen tun kann. Ich zwinge mich zu einem freundlicheren Ton, auch wenn es mir verdammt schwerfällt. »Sagen Sie ihm das Gleiche, was ich Ihnen gesagt habe. Sie können für diesen Tag berechnen, was Sie wollen, Sie werden es bekommen. Er soll herausfinden, was mit den Bändern nicht stimmt. Sie reparieren, wieder herstellen, was auch immer. Er soll sich darum kümmern.«

Am anderen Ende höre ich sie zittrig ausatmen. »Ich habe verstanden, Mr Bonham. Sie können sich auf mich verlassen.«

Ich verlasse mich auf niemanden. Ich vertraue niemandem. Ohne mich zu verabschieden, lege ich auf und versuche es sofort wieder auf Julies Handy. Vielleicht gibt es eine logische Erklärung. Vielleicht einen technischen Defekt, vielleicht einen Fehler in der Übertragung oder sonst etwas. Vielleicht ist Julie tatsächlich mit Fox durchgebrannt, und die defekten Kameras sind ein ganz beschissener Zufall. Gott, *bitte* lass sie mit Chadwick Fox durchgebrannt sein!

Die Sekunden, in denen ich dem Freizeichen lausche, sind die reinste Hölle. Als die Mailbox anspringt, schlage ich mit der geballten Faust auf den Tisch, so fest, dass der Bildschirm umkippt und ein Becher mit Stiften herunterfällt und seinen Inhalt auf dem Boden verteilt. Ich achte nicht darauf. Inzwischen kann ich kaum atmen.

Julie ist weg. *Weg.* Und ich habe keine beschissene Ahnung, wo sie ist.

»Fuck!«, schreie ich. Jacob Cambell ist tot. Hat sich erhängt, weil er sein Gewissen nicht mehr ertragen konnte. Die Sache war vorbei, verdammte Scheiße!

Der verheerendste Fehler, den du begehen kannst, ist der, deinen Gegner zu unterschätzen.

Das hat Sylvia mir gesagt, oft. Und sie hatte recht.

Ich springe auf, entsperre erneut mein Handy und wähle im Gehen Anandos Nummer. Er meldet sich sofort, und ich belle ihm meine Anweisungen entgegen. Helikopter startklar machen, den Sicherheitsdienst anrufen und Leute anfordern. Spring anrufen und ihn verdammt noch mal fragen, was zur Hölle hier gerade abgeht. Gedanken sortieren.

Julie braucht mich. Ich darf es mir nicht leisten, die Nerven zu verlieren oder mich von der Panik überwältigen zu lassen.

Zehn Minuten nach dem Start des Helikopters ruft Estha an. Ich lege den Anruf auf mein Headset und balle die Hände zu Fäusten, während ich darauf warte, dass sich die Verbindung aufbaut.

»Reden Sie!«, melde ich mich bellend.

»Das Haus ist leer«, sagt sie ohne Umschweife. »Ich habe in jedem Zimmer nachgesehen. In der Küche steht ein Tablett mit Essen, aber es wurde nicht angerührt, soweit ich das beurteilen kann. Unter der Kaffeemaschine steht eine volle Tasse, aber es sieht nicht aus, als hätte jemand davon getrunken. Julies Kleid liegt im großen Schlafzimmer, ihr Handy habe ich in ihrer Handtasche gefunden. Sie lag auf der Terrasse auf dem Boden.«

Ich versuche, meine Atmung zu kontrollieren, aber es gelingt mir nicht. Keine dieser Informationen überrascht mich, trotzdem gab es einen winzigen, hoffnungsvollen Teil von mir, der dafür gebetet hat, dass Julie einfach nur im Bett liegt und schläft. Dass die Handtasche auf der Terrasse lag, ergibt durchaus Sinn. Falls Julie sie in der Hand hatte, als sie gestern Nacht an die Tür geklopft hat, ist es durchaus möglich, dass sie sie fallen gelassen hat. Immerhin sind wir quasi übereinander hergefallen.

Mit tonloser Stimme bringe ich Estha auf den neusten Stand, erzähle ihr von den Kameras und dass Julie scheinbar gegen kurz vor zwölf das Haus durch die Vordertür verlassen hat.

»Darf ich offen reden?«, fragt sie, nachdem ich geendet habe.

Ich lache freudlos. »Nur zu.«

»Miss Penn würde niemand Unbekanntem die Tür öffnen, Sir«, sagt sie mit fester Stimme. »Sie wäre nicht so unvorsichtig gewesen.«

Den gleichen Gedanken hatte ich auch. Auf der Fahrt zum Privatflugplatz hat mich der Techniker angerufen. Zwar hat er die Überwachungsaufnahmen noch nicht wieder herstellen oder reparieren können, aber er konnte mir sagen, dass die Haustür um 11:49 Uhr geöffnet wurde. Das System registriert das Öffnen der Haupt- und Hintertür. Aber da der Alarm nicht ausgelöst wurde, muss die Tür entweder mit einem Schlüssel oder von innen geöffnet worden sein. Einen Schlüssel für den Haupteingang besitzen nur ich, Anando und der Chef der Sicherheitsfirma, die ich mit der Überwachung des Grundstücks beauftragt habe. Selbst das Personal betritt das Haus durch die Hintertür.

»Sie muss jemandem die Tür geöffnet haben«, sage ich.

Estha schweigt ein paar Sekunden. Sie ist bei Weitem nicht mein Lieblingsmensch auf diesem Planeten, aber ich muss zugeben, dass ihre ruhige Art mich ein wenig runterbringt.

»Dann muss sie denjenigen gekannt haben, der geklingelt hat. Oder dazu gezwungen worden sein, die Tür zu öffnen.«

»Wie soll das funktionieren?«, frage ich ungeduldig. »Kein Fenster war geöffnet. Womit auch immer er sie bedroht haben könnte, er stand hinter einer Sicherheitstür.«

»Julie hat unzählige Schwachstellen, Sir«, erinnert sie mich beinahe entschuldigend. »Was denken Sie, was Julie tun würde, wenn jemand Sie oder ihre Familie bedroht?«

Mein Magen dreht sich um, und ich habe das Gefühl, jeden Moment in den Fußraum kotzen zu müssen. Der Gedanke, dass jemand Julie dazu gezwungen hat, mit ihm zu gehen … dass Julie fürchtete, keine andere Wahl zu haben, ohne mich oder jemand anderen in Gefahr zu bringen …

Nein. Ich kann darüber nicht nachdenken. Sonst stürzt die lächerlich zerbrechliche Mauer in sich zusammen, die ich um mein Herz errichtet habe, um es davor zu bewahren, in der Flut aus Angst, Panik und Hilflosigkeit zu ertrinken.

»Sind Sie sich sicher, Sir, dass sie das Haus nicht allein verlassen hat? Zum Hafen gefahren oder vielleicht einfach nur runter zum Strand gegangen ist?«

Kopfschüttelnd sehe ich aus dem Fenster. Wir sind bereits über Long Island. Zehn Minuten bis zum Landeplatz, dann weitere sieben Minuten bis zum Haus.

»Ich glaube nicht mehr an Zufälle, Estha«, presse ich hervor, dann lege ich auf. Julie hätte die Kameras nicht manipulieren können. Nichts davon würde Sinn ergeben – der unangetastete Kaffee, dass es auf den Aufnahmen so aussieht, als würde sie auf ein Klingeln an der Tür reagieren, die Videoaufnahmen.

Verzweifelt beobachte ich die Armaturen des Helikopters. Am liebsten hätte ich den Piloten angeschrien, dass er schneller fliegen oder direkt im verdammten Garten des Strandhauses landen soll. Das alles geht viel zu langsam.

Julie hat um kurz vor zwölf das Haus verlassen. Jetzt ist es viertel vor drei. Das sind beinahe drei Stunden, in denen sie … Scheiße, ich darf nicht darüber nachdenken. Drei Stunden sind unendlich viel Zeit. Selbst wenn Julie nichts angetan wurde, selbst wenn sie nur festgehalten und für eine Lösegeldforderung verwahrt wird, muss sie seit drei verdammten Stunden Todesängste ausstehen.

Wut kocht in meinem Magen hoch, heiß und ätzend. Ich beiße die Zähne so fest zusammen, dass mein Kiefer schmerzt. Jemand wird hierfür bezahlen. Für jedes Haar, das er Julie krümmt, für jede Sekunde, in der sie Angst leiden muss. Ich werde dafür sorgen, dass er ihr nie wieder etwas antun kann.

36

JULIE
03:26 pm

Das Erste, was ich spüre, sind Schmerzen. Unerträgliche Schmerzen, die sich anfühlen, als würde das Blut in meinen Adern kochen wie glühende Lava. Jeder Zentimeter meiner Haut scheint in Flammen zu stehen, und meine Kehle ist so trocken, als hätte ich stundenlang geschrien. Außerdem kann ich nichts sehen. Alles um mich herum ist schwarz. Ich öffne den Mund, aber kein Laut kommt über meine Lippen.

Langsam und zähflüssig sickern die Erinnerungen in mein Bewusstsein. Erst sind da nur Farben, Geräusche, der Geruch von Benzin und nasser Kleidung. Ich kann nichts davon zuordnen, als wäre mein Verstand nicht in der Lage, die richtigen Schlüsse zu ziehen. Das Blut rauscht mir in den Ohren, übertönt meine Gedanken.

Dann werden die Bilder in meinem Kopf klarer. Ich war im Strandhaus, allein. Caleb war … er war weg. Er hat mich allein gelassen und eine Katze getötet. *Nein.* Das ist schon länger her, wir haben uns wieder vertragen. Ich war auf einem Boot. Oder? Nein, im Strandhaus. Ich habe etwas gegessen.

Die Erinnerungen entgleiten mir, als würde ich Wasser mit bloßen Händen schöpfen. Panisch versuche ich erneut, die Augen zu öffnen, aber wieder habe ich das Gefühl, als wären meine Lider bleischwer.

Das Strandhaus. Ich war da, das weiß ich. Ich weiß nicht, warum Caleb nicht dort war, aber ich weiß, dass ich allein war. Nein, nicht allein, Rahel war dort. Weil sie … *Verdammt.*

Mir entfährt ein Schluchzen. Mein eigener Körper, mein eigener Verstand gehorchen mir nicht und ich weiß nicht, warum. Das Einzige, was ich klar und ohne Zweifel weiß, ist, dass ich mich erinnern *muss.*

Ich versuche tief ein- und wieder auszuatmen und mich auf das letzte Bild zu konzentrieren, von dem ich mir sicher bin, dass es wirklich real ist.

Rahel im Strandhaus. Ich sehe meine Hand, die die Tür öffnet. Ich sehe ihr ernstes Gesicht. Sie wollte mich abholen, mir irgendetwas sagen. Etwas Wichtiges. Ich habe sie nicht erwartet, glaube ich. Sie ist zu mir gekommen, weil sie mir etwas mitteilen wollte.

Als der Groschen fällt, schreie ich auf. Meine Stimme klingt gedämpft und fremd in meinen Ohren, als käme sie aus weiter Ferne. Plötzlich, als hätte dieses letzte Detail den Damm eingerissen, der die Erinnerungen von meinem Verstand ferngehalten hat, brechen die Bilder über mich herein. *Bonnie.*

Nein, nein, nein! Das kann nicht wirklich passiert sein! Aber ich sehe Rahels Gesicht vor mir, wie sie mir sagt, dass ich mich von Bonnie verabschieden muss.

Was ist danach passiert? Bin ich ohnmächtig geworden und sie hat mich ins Krankenhaus gebracht?

Da ist etwas. Etwas, das energisch versucht, an die Oberfläche zu drängen.

Bevor ich das Puzzle zusammensetzen kann, reißt etwas an meinem Arm, und mein Körper wird zur Seite geworfen. Was schwer zu verarbeiten ist, weil ich keine Ahnung habe, ob ich sitze, liege oder stehe. Mein Körper fühlt sich immer noch taub an, auch wenn das Brennen inzwischen nachgelassen hat.

Plötzlich blendet mich helles Licht. Reflexartig kneife ich die Augen zu, die sich anfühlen, als würden tausend Nadeln gleichzeitig zustechen. Ich blinzle gegen die Tränen an, dann schaffe ich es, meine Augen zu öffnen. Im ersten Moment sehe ich nur verschwommen, versuche den Schleier loszuwerden, der mir die Sicht nimmt, indem ich mir über die Augen reiben will. Aber ich kann meine Hände nicht bewegen.

»Hör auf mit dieser Show«, schält sich eine harsche Stimme durch das Rauschen in meinen Ohren. »Kannst du eigentlich irgendwas machen, ohne ein Scheißdrama zu veranstalten? Wach auf, wir müssen uns unterhalten.«

Rahel.

Eine Sekunde lang habe ich keine Ahnung, warum sie so wütend klingt, doch dann fällt es mir wieder ein. Fällt mir *alles* wieder ein. Sie hat die falsche Ausfahrt genommen, kurz bevor sie … mich geschlagen hat? Meine Erinnerungen verschwimmen, werden undeutlich und unzusammenhängend. Aber das spielt keine Rolle. Ob sie mich geschlagen, betäubt oder mit einem Elektroschocker bearbeitet hat, macht keinen Unterschied.

Etwas trifft mich hart an der Schläfe und schleudert meinen Kopf so fest zur Seite, dass mir einen Moment die Luft wegbleibt. Ich fluche und blinzle erneut. Dieses Mal wird das Bild scharf. Vielleicht hat der Schlag meine Gedanken geklärt, vielleicht hat mein Verstand von allein den Dienst wieder aufgenommen.

Rahel steht vor mir, mit geballter Faust und vor Wut funkelnden Augen. Trotz der Panik, trotz der Verwirrung und Überforderung fällt mir auf, dass Calebs Schwester anders aussieht als sonst. Es sind nicht nur die Klamotten und die Haare – es ist der Ausdruck in ihrem Gesicht.

Purer Hass.

Jetzt wird mir auch klar, warum ich meine Hände nicht bewegen kann. Sie sind hinter meinem Rücken gefesselt, um meinen Hals hängt ein Tuch, das vermutlich meine Augen bedeckt hat. Panisch sehe ich mich um. Ich sitze auf einem Stuhl inmitten eines altmodisch aussehenden Wohnzimmers.

»Was soll das?«, frage ich. Meine Stimme klingt mehr wie ein Krächzen. Ich versuche mich zu räuspern, aber mein Hals fühlt sich immer noch an, als hätte ich mit einer Handvoll Stecknadeln gegurgelt.

Rahel verdreht die Augen, dann schüttelt sie ihre Hand aus. Mit einiger Verspätung wird mir bewusst, dass sie mich geschlagen hat. »Weißt du, ich habe meinen Bruder für einen schlauen Burschen gehalten. Dass du zu dumm bist, um zwei und zwei zusammenzuzählen, überrascht mich nicht, aber von ihm habe ich echt mehr Grips erwartet. Es war beinahe *zu* leicht. Muss er von unserer Mutter haben.«

Völlig überfordert schüttele ich den Kopf. Ein rasender Schmerz nimmt mir erneut kurz die Sicht. »Hör auf mit der Scheiße, Rahel! Mach mich los!«

Sie lacht auf, aber es ist kein freundliches Lachen. »Wow. Das Zeug hatte es ja echt in sich.« Sie geht hinüber zu einer kleinen Kommode unter einem Fenster, durch das nur spärlich Licht fällt, weil es von vergilbten Spitzengardinen verdeckt wird. Rahel greift nach etwas, das wie eine kleine Flasche oder eine Ampulle aussieht. »Ich habe die doppelte Dosis genommen. War vielleicht ein Fehler, wenn es dich noch begriffsstutziger macht als sowieso schon.«

Ein Teil von mir weigert sich offenbar, die Erkenntnis zu akzeptieren, die sich in den letzten Sekunden vor mir aufgebaut hat wie ein wütendes Untier. Jacob Cambell hatte ein Motiv. Er hat einen Abschiedsbrief hinterlassen, alles hat zusammengepasst. Aber Cambell ist tot. Er kann Rahel weder hierzu angestiftet noch sie dafür bezahlt haben, mich zu entführen.

Aber das kann nicht sein. Rahel *kann* nicht hinter alledem stecken. Sie ist Calebs Schwester und meine … keine Ahnung, sie war meine Freundin. Etwas in der Art.

Meine Gedanken rasen und gehen sämtliche Dinge durch, die der Stalker mir und Caleb angetan hat. Ich versuche, eine Ungereimtheit zu finden, irgendeinen Beweis, dass sie es nicht getan haben kann.

Aber ich finde keinen. Ich habe nie auf Rahel geachtet, nie beobachtet, wie sie auf bestimmte Neuigkeiten reagiert hat. Nie darauf geachtet, wo sie war, als all diese Dinge passiert sind.

»Du kannst das nicht gewesen sein«, sage ich. Hustend schüttele ich den Kopf. »Du hast Tony nicht umgebracht.«

Ihr gehässiges, beinahe spöttisches Grinsen erstarrt und verwandelt sich in eine wütende Grimasse. »Sprich nicht über ihn!«

»Warum nicht?«

Mit einer einzigen Handbewegung schleudert sie mir die kleine Glasflasche entgegen. Sie hat eindeutig auf mein Gesicht gezielt, aber das Ding verfehlt mich um ein paar Zentimeter. Was nicht wirklich eine Rolle spielt – mein Kopf fühlt sich ohnehin an, als würde ein Presslufthammer darin wüten.

»Tonys Tod war ein Unfall«, sagt sie mit zorniger Stimme. Sie kneift die Augen zusammen und schüttelt ruckartig den Kopf hin und her. »Er war im Weg, hat sich eingemischt. Du solltest allein in dieser Scheißgasse sein. Ich habe ihn sogar *gefragt*, ob er dich gefunden hat, aber er hat gelogen, um dir deine Scheißprivatsphäre zu gönnen!«

Mir entfährt ein Wimmern. »Du meinst das ernst. Du warst es.«

»Das war deine Schuld, Juliette!« Sie spuckt meinen Namen aus, als wäre er Gift in ihrem Mund. »Wärst du nicht so ekelig hilfsbedürftig, wäre Tony noch am Leben. Aber natürlich musstest du dich hinter ihm verstecken wie ein beschissenes kleines Mädchen. Er hat mich gesehen. Ich konnte nicht zulassen, dass er mich verpetzt.«

Mein Verstand weigert sich immer noch, das zu akzeptieren. Die freundliche, hilfsbereite Rahel mit dieser wahnsinnigen Version von ihr in Einklang zu bringen, die Glasflaschen nach mir wirft und mich mit Drogen betäubt.

»Warum?«, frage ich tonlos. Tausend Fragen jagen durch meinen Kopf, aber ich habe keine Ahnung, welche von ihnen ich zuerst stellen soll. Bin mir nicht einmal sicher, auf welche von ihnen ich eine Antwort haben will. Vermutlich kann der menschliche Verstand nur eine gewisse Anzahl an Katastrophen ertragen, und ich habe das Gefühl, meiner ist allmählich am Limit.

»Weil du mir im Weg stehst«, knurrt sie. »Und du dich geweigert hast, dich einfach zu verpissen! Wärst du nicht so geldgeil und egoistisch und wärst einfach dorthin zurückgegangen, wo du hergekommen bist, wäre nichts von alledem passiert! Nichts davon hätte passieren müssen!«

Verzweifelt versuche ich, einen Sinn in dem Ganzen zu finden. Rahel wirkt vollkommen wahnsinnig. Vielleicht hat sie eine Psychose oder etwas in der Art. Ich kenne mich damit nicht aus und weiß nicht, wie sich so etwas äußert, aber das ist nicht der gleiche Mensch wie der, der mit mir Kleider ausgesucht und in meiner Küche gesessen hat. Vielleicht hat sie einen Nervenzusammenbruch und bildet sich das alles nur ein – dass sie Tony überfahren hat und für all das verantwortlich ist. Anders kann ich mir das hier nicht erklären! Mich nicht zu mögen oder mich für eine geldgeile Erbschwindlerin zu halten, reicht eindeutig nicht aus, um Menschen zu überfahren oder auf sie zu …

Ich schnappe nach Luft, und mein Herz setzt ein paar Takte aus. »Bonnie«, ächze ich. Meine Stimme zittert. »Das hast du dir ausgedacht, oder? Das war nur ein Vorwand, um mich in dein Auto zu kriegen.«

Rahels Gesicht verzieht sich zu einem Grinsen, das mir mehr Angst einjagt als die Schläge oder die Tatsache, dass ich von einer Psychopathin gefangen gehalten werde. »Ich glaube eigentlich nicht an das Schicksal, weißt du? Aber das heute war wirklich eine glückliche Fügung.«

»Was soll das heißen?«

»Dass ich letzte Nacht lange überlegt habe, wie ich es anstellen soll, dich aus dem Haus zu locken, ohne dass Caleb es mitkriegt. Und dann hat dieses Gör sich entschieden, endlich ins Licht zu gehen, und die ganze Sache hat sich einfach von selbst geregelt.«

Es ist, als hätte sie mir noch einmal ins Gesicht geschlagen. Härter dieses Mal, so hart, dass es mir den Atem raubt. »Was willst du damit sagen?«

»Dass deine kleine Freundin tot ist. Oder es sehr bald sein wird. Und damit ist auch die letzte Zeugin erledigt. Sie hat mich gesehen, weißt du? In der Nacht, in der ich bei euch eingestiegen bin. Ich wollte nur ein bisschen Unordnung machen … dich wissen lassen, dass ich da war. Aber sie hat mich gesehen, ich hatte keine andere Wahl. Diese Schlampe hat mich echt Nerven gekostet.«

»Nein«, keuche ich und stemme mich gegen die Fesseln um meine Handgelenke. »Du lügst!«

Rahel zuckt so lässig mit den Schultern, als würden wir uns über das Wetter unterhalten. »Wie du meinst. Es spielt keine Rolle, ob du mir glaubst oder nicht.«

Ich bekomme keine Luft. Meine Handgelenke protestieren, als ich erneut an den Fesseln zerre. Es ist mir egal. Wenn ich mir die Hände brechen muss, um an Rahel heranzukommen, dann ist es mir das wert. Ich habe immer noch Beine und Füße, mit denen ich ihr in ihr spöttisches Grinsen treten kann. »Du bist doch krank!«

»Einige sagen so, andere so«, antwortet sie vollkommen ungerührt. »Keine Sorge, du musst nicht mehr allzu lange trauern.«

Mit zusammengekniffenen Augen starre ich sie an. »Bringst du mich um und lässt es wie einen Selbstmord aussehen, wie du es mit Cambell gemacht hast?«

»Das wäre eine Überlegung wert«, sagt sie gespielt nachdenklich. »Aber der gute Jacob hat sich tatsächlich selbst das Leben genommen. Und er hat auch deine Mommy umgebracht, falls du daran Zweifel hattest. Der Brief war lediglich eine kleine kreative Freiheit, die ich mir genommen habe.«

»Aber Sylvia wurde mit demselben Auto überfahren wie Tony«, sage ich langsam. »Es gibt Überwachungsaufnahmen.«

»Du musst zuhören!«, zischt sie wütend. »Das ist dein größtes Problem! Dass du nicht zuhören kannst, wenn die Erwachsenen reden! Ich habe nicht gesagt, dass es nicht das gleiche Auto war.«

Scheiße, diese Frau hat vollkommen den Verstand verloren.

Offensichtlich merkt Rahel, dass ich nicht wirklich folgen kann, denn sie schnaubt ungeduldig. »Ich habe den anonymen Hinweis an die Polizei geschickt, weil sie nicht schlau genug waren, die Verbindung zu erkennen. Cambell sollte meine kleine Marionette sein, weißt du? Aber er hat sich mit dem ganzen Alkohol den Verstand weggesoffen. Ich habe ihn dazu gebracht, die gute Sylvia über den Haufen zu fahren, aber danach wollte er nicht mehr. Aber sein Auto durfte ich mir immerhin ausleihen. War das nicht perfekt?«

Ungläubig starre ich sie an. »Warum erzählst du mir das alles? Wenn du mich töten willst, warum bringst du es nicht einfach hinter dich?«

Mit den manikürten Fingern fährt sie sich durch die Haare. »Anerkennung vermutlich. Du wirst mich nicht verpetzen können, und ehrlich gesagt bin ich ein bisschen stolz auf mich. Ich habe euch wochenlang verarscht, mit dem Auto und diesem lächerlichen Kunstprojekt, das ich der Blogger-Tussi vor der Pressekonferenz geschickt habe. Ich habe sogar meine eigenen Scheiben eingeschlagen. Ihr wart einfach so berechenbar. Es ist beschissen frustrierend, so etwas Großes zu leisten und niemandem davon erzählen zu können, weißt du?«

»So etwas Großes?«, wiederhole ich fassungslos.

»Du siehst das Gesamtbild nicht, Juliette.« Achselzuckend wendet sie sich ab und geht hinüber zu einem kleinen Tisch, an dem drei klapprige Stühle stehen. Sie zieht einen davon heraus und hinter sich her. Die Beine verursachen ein widerliches Quietschen auf dem dreckigen Linoleumboden. Dann setzt sie sich rittlings darauf, verschränkt die Arme auf der Rückenlehne und mustert mich stirnrunzelnd. »Ich bin nicht das Monster, für das du mich hältst. Ich habe nur getan, was nötig war. Und wozu Caleb irgendwann nicht mehr in der Lage war, weil du ihn um deinen kleinen, dreckigen Finger gewickelt hast.« Bevor ich reagieren kann, streckt sie die Hand aus und greift nach der Kette, die ich um den Hals trage. Die feinen Goldglieder schneiden mir in die Haut, dann reißt das Band und Rahel wirft einen angewiderten Blick auf den Kleeblattanhänger.

»Nicht mehr?«, wiederhole ich atemlos. »Was soll das heißen?«

Ein paar Sekunden lang starrt sie mich an, dann schürzt sie

die Lippen und schiebt die Kette in ihre Tasche. »Er wollte dich genauso dringend loswerden wie ich. Ich habe ihm nichts von meinen Plänen erzählt, für den Fall, dass die Sache schiefgeht und wir erwischt werden. Aber ich versichere dir, Juliette, dass dir Caleb keine verdammte Träne hinterherweinen wird.«

CALEB

04:01 pm

»Das geht zu langsam«, presse ich zwischen zusammengebissenen Zähnen hervor. Ich kann nichts gegen das Zittern in meiner Stimme tun, ebenso wenig wie gegen die Angst, die in meinen Worten mitschwingt. Es sind inzwischen vier Stunden. »Wir brauchen mehr Leute. Hubschrauber über der Gegend. Was ist mit Hunden?«

Detective Springs Gesicht ist ernst, aber er wirkt absurd ruhig. Zu ruhig für die Umstände. »Mr Bonham, ich versichere Ihnen, dass wir sämtliche uns zur Verfügung stehenden Mittel einsetzen. Aber Sie müssen verstehen, dass wir ein freiwilliges Verschwinden zum aktuellen Zeitpunkt nicht ausschließen können.«

»Bullshit!«, zische ich. »Julie hatte keinen Grund, einfach so zu verschwinden! Sie weiß, dass wir uns Sorgen machen würden. Das würde sie nicht tun, und das wissen Sie! Sie haben sie doch kennengelernt!«

»Hier geht es nicht darum, was ich persönlich denke, Mr Bonham«, sagt er in beruhigendem Tonfall. »Wir nehmen die Sache ernst, sonst wäre ich überhaupt nicht hier. Aber in Anbetracht der Umstände …«

»Welche Umstände?«, fahre ich aufgebracht dazwischen. »Meinen Sie die Umstände, dass sie seit über zwei Monaten gestalkt wird und bereits drei Menschen deswegen ums Leben gekommen sind? Meinen Sie *diese* Umstände?«

»Dass Ihre Schwester Miss Penn über den Tod ihrer Mitbewohnerin informiert hat, könnte der Auslöser für Miss Penns Verschwinden gewesen sein.«

Fluchend wende ich mich ab. Dass Bonnie gestorben ist, ist furchtbar. Sie und ihre Familie tun mir unendlich leid, trotzdem kann ich mich damit nicht beschäftigen. Rahel hat mir am Telefon gesagt, dass sie Julie auf dem Festnetzanschluss angerufen und ihr von Bonnies Tod erzählt hat. Das erklärt, dass Julie aus dem Kamerasichtfeld verschwunden ist, aber nicht, weshalb die Tür geöffnet wurde. Sicher hat diese Nachricht Julie aus der Bahn geworfen, trotzdem würde sie nicht einfach so verschwinden, ohne jemandem Bescheid zu sagen oder sich zu melden. Und es erklärt auch nicht die defekten Überwachungskameras.

»Vielleicht war sie verwirrt«, versuche ich es erneut, nachdem ich mich wieder zu Spring umgedreht habe. »Vielleicht hat sie nicht nachgedacht und jemandem die Tür geöffnet. Sie haben keine wasserdichten Beweise gegen diesen Cambell. Wie sicher sind Sie, dass der Stalker tot ist, Detective Spring? So sicher, dass Sie Julies Leben darauf verwetten würden?«

Bei dem letzten Satz versagt meine Stimme, aber das ist mir egal. Die Verzweiflung in meiner Brust wird mit jeder Sekunde größer. Ich kann nicht einfach hier herumsitzen und auf Neuigkeiten warten. Ich kann nicht … ich kann mich nicht damit beschäftigen, was möglicherweise passiert, wenn wir zu spät sind.

Julie zu verlieren, würde ich nicht überleben.

Ich habe das Strandhaus auf den Kopf gestellt, versucht, die PIN ihres Handys zu knacken, um herauszufinden, ob sie mit jemandem geschrieben oder telefoniert hat. Ich bin Dünen abgelaufen, den Strand, habe Leute zu ihrer alten WG geschickt, zu Saheera, ihrem Vater, ihrer Uni … zu jedem verdammten Ort, der mir in den Sinn gekommen ist.

Aber nichts. Keine Spur, kein Lebenszeichen. Niemand hat sie gesehen und niemand etwas von ihr gehört.

»Ich liebe diese Frau, Detective Spring«, sage ich gepresst, als er nichts erwidert. »Ich verlasse mich ganz sicher nicht auf Ihre Meinung oder Ihr Bauchgefühl in dieser Sache.«

Sein Gesicht nimmt einen weichen Zug an, bevor er die Hand hebt und mir kurz die Schulter drückt. Am liebsten würde ich sie abschütteln, aber ich reiße mich zusammen. »Wir tun, was wir können, Mr Bonham. Und das tun Sie auch.«

Mehr als ein Schnauben bringe ich als Antwort nicht zustande. Nein, das tue ich nicht. Nichts könnte genug sein, solange ich nicht weiß, wo Julie ist und was in diesem Moment mit ihr passiert. Nichts könnte genug sein, um meinen Fehler wiedergutzumachen.

Ich unterdrücke ein Würgen und wende mich wieder ab, gehe ein paar Schritte auf die Dünen zu, hinter denen sich das Meer wie ein dunkler Teppich ausbreitet. Ich besitze all dieses beschissene Geld, Mitarbeiter, Einfluss … nichts davon verhindert, dass ich mich so verdammt hilflos fühle. Ich weiß, dass Julie nicht freiwillig verschwunden ist.

Als ich einen Blick über die Schulter werfe, bemerke ich, dass Spring zurück ins Haus gegangen sein muss. Die Spurensicherung verwehrt mir den Zutritt, aber da drin kann ich ohnehin nichts mehr ausrichten. Sie versuchen, Julies Handy zu entsperren, aber offensichtlich ist dafür ein Labor oder ein Techniker oder etwas in der Art nötig. Absolut lächerlich.

Ich ziehe mein Handy aus der Tasche und checke meine Nachrichten und verpassten Anrufe. Nichts Neues. Estha beteiligt sich an der Suche und ist irgendwo in der Umgebung unterwegs, Anando wartet vor dem Haus auf mich und *Bon-*

hams Techniker arbeitet aktuell daran, das Problem mit den Kameras zu beheben. Das ist im Augenblick mein einziger Hoffnungsschimmer – dass sich die Aufnahmen irgendwie wiederherstellen lassen.

Meine Hand zittert, während ich meine Kontakte öffne und Rahels Nummer wähle. Sie war bei Freunden in New Jersey, als ich sie angerufen habe, hat aber versprochen, so schnell wie möglich zurückzukommen. Es klingelt sieben-, achtmal, ohne dass sie den Anruf entgegennimmt. Stirnrunzelnd breche ich ab und wähle erneut, doch jetzt geht direkt die Mailbox ran.

»Mr Bonham!«

Ich drehe mich um. Ein Polizeibeamter kommt auf mich zu. Er hat sich mir vorgestellt, aber ich habe seinen Namen sofort wieder vergessen. »Ja?«

»Wir haben das Anruferprotokoll Ihres Festnetzanschlusses ausgelesen«, sagt er mit ernstem Gesicht.

Verwirrt sehe ich ihn an. »Und?«

»Haben Sie heute Morgen versucht, Miss Penn im Strandhaus zu erreichen? Über das Haustelefon?«

»Ja, einmal. Warum?«

Seine Miene verfinstert sich. »Laut Protokoll ist seit über einer Woche nur ein einziger Anruf eingegangen, und der stammt von Ihnen heute Morgen.«

»Was soll das …«, beginne ich, breche dann aber ab, als mich die Erkenntnis trifft wie ein verdammter Schlag in die Magengegend.

Rahel hat behauptet, sie hätte mit Julie über das Festnetztelefon gesprochen. Was Sinn ergibt, da Julies Handy in der Handtasche auf der Terrasse lag.

»Der Anruf Ihrer Schwester, von dem Sie uns berichtet haben, wurde nicht registriert.«

»Aber …« Ich schüttele den Kopf. »Warum sollte sie lügen?«

37

JULIE

05:41 pm

Die Zeit scheint in diesem verdammten Kerker langsamer zu vergehen als in der echten Welt. Meinem Gefühl nach ist Rahel bereits vor Stunden verschwunden, aber das Licht vor dem Fenster hat sich kaum verändert. Es kann höchstens Nachmittag sein. Keine Ahnung, wo sie hin ist. Nachdem sie ihren kranken Monolog beendet hat, habe ich so getan, als würde ich einschlafen. Zum einen, um meinem völlig überforderten Verstand eine Pause zu gönnen, zum anderen, um sie in dem Glauben zu lassen, dass das Zeug nach wie vor wirkt, was auch immer sie mir verabreicht hat. Sie soll mich unterschätzen, das ist meine einzige Chance. Danach hat sie eine Weile Selbstgespräche geführt, mir dann ein paar üble Schimpfwörter an den Kopf geworfen und kurz darauf den Raum verlassen. Ich bin mir nicht einmal sicher, ob sie noch in der Wohnung ist oder dem Haus oder was auch immer das hier für eine Bruchbude ist. Die Wohnung ist zweifellos alt und seit Längerem nicht mehr bewohnt. Überall liegt Staub, und in einer Ecke stapeln sich alte Zeitungen, die sicher Jahre zurückreichen.

Ich bewege den Unterkiefer und versuche noch einmal, den Stoff aus meinem Mund zu bekommen. Nicht, dass ich mir ernsthaft einbilde, irgendjemand würde mich hören, wenn ich schreie. Wenn Rahel tatsächlich für all das verantwortlich ist, beweist das nur, wie intelligent sie ist. Sie wird nicht riskieren, dass mich jemand findet.

Mein Verstand weigert sich immer noch, das Offensichtliche zu akzeptieren. *Rahel.* Das ist einfach nicht möglich, das *kann* nicht möglich sein. Und auch ihre Andeutungen in Bezug auf Caleb gehen mir nicht mehr aus dem Kopf, auch wenn ich energisch versuche, die kleine misstrauische Stimme in meinem Verstand zu ignorieren. Rahel spielt mit meiner Psyche, mehr nicht. Caleb konnte von alledem nichts wissen, nicht einmal am Anfang. Möglich, dass er in den ersten Wochen nach der Testamentseröffnung an meinem Stuhl gesägt und Rahel damit eventuell sogar ermutigt hat. Unabsichtlich. Niemals hätte er sie gedeckt, wenn er auch nur einen Verdacht gehabt hätte. Nicht nach Tonys Tod.

Erschöpft gebe ich meine Versuche auf und lasse den Kopf nach vorn sinken. Ich spüre weder meine Hände noch meine Beine, die ebenfalls gefesselt sind. Mein Kopf schmerzt wie die Hölle, und meine Kehle brennt und ist so trocken, dass selbst das Schlucken wehtut. Ich muss hier weg. Ob ich Rahels Beweggründe nun verstehe oder nicht, spielt im Grunde keine Rolle. Sie ist gefährlich. Sie will mich töten, genau wie sie es mit Sylvia, Tony und … Bonnie getan hat.

Der Gedanke an meine Freundin schnürt mir noch mehr die Kehle zu. Vielleicht lügt Rahel. Es besteht immer noch die winzige Chance, dass sie mich angelogen hat, um mich zu verletzen. Daran muss ich mich festhalten, daran muss ich einfach glauben, um nicht auch den Rest Verstand zu verlieren, der mir noch geblieben ist.

Caleb hat inzwischen sicher bemerkt, dass ich verschwunden bin. Bestimmt hat er die Polizei informiert und sie suchen inzwischen nach mir. Aber sie werden Rahel niemals verdächtigen, und dann stehen die Chancen gleich null, dass sie mich finden. Ich selbst habe keine Ahnung, wo ich bin. Wie sollen sie es dann wissen?

Verzweifelt zerre ich ein weiteres Mal an den Fesseln, aber der Schmerz in meinen Handgelenken raubt mir den Atem. Weiße Punkte tauchen am Rand meines Blickfeldes auf, und einen Moment lang muss ich mich aufs Atmen konzentrieren, um nicht ohnmächtig zu werden. Als meine Sicht sich wieder klärt, blicke ich mich um. Ich habe Hunderte True-Crime-Dokus gesehen, irgendwas davon muss mir doch in dieser beschissenen Situation helfen können. Mich gegen Rahel zu wehren, kommt vermutlich nicht infrage. Selbst wenn ich nicht angeschlagen und immer wieder halb bewusstlos wäre, ist sie besser in Form als ich. Wenn ich aus dieser Hölle entkommen will, dann jetzt.

Seit sie weg ist, habe ich unzählige Male darüber nachgedacht, den verdammten Stuhl umzukippen. Aber möglicherweise mache ich meine Lage damit nur noch schlimmer, falls ich mir den Kopf anstoße oder mir den Arm breche. Allerdings sehe ich auch nicht wirklich einen anderen Ausweg. Es gibt keine Gegenstände in der Nähe, die ich erreichen könnte, und ich habe keine Ahnung, wann Rahel zurückkommt.

Mir bleibt keine Wahl. Zischend hole ich Luft, dann halte ich den Atem an und werfe mich mit meinem gesamten Körpergewicht nach vorn. Der Stuhl kippelt ein paarmal, fällt aber nicht um. Fluchend versuche ich es erneut. Ich brauche mehr Schwung. Der Stuhl kippt nach vorn, dann wieder zurück. Ich nutze den Schwung und werfe mich nach hinten. Den Bruchteil einer Sekunde scheint er auf seinen beiden Hinterbeinen in der Luft zu verharren, dann verliert er endlich das Gleichgewicht und fällt nach hinten um. Ich presse die Augen zusammen und versuche, den Kopf so weit wie möglich nach vorn zu strecken, damit er nicht auf den Fußboden knallt.

Mein Schmerzensschrei wird von dem Knebel in meinem Mund erstickt, als ich mit meinem gesamten Körpergewicht auf meine gefesselten Hände falle. Keuchend rolle ich mich zur Seite, aber es hilft nicht. Meine Gelenke fühlen sich an, als wäre jeder einzelne Knochen darin gebrochen. Einen widerlichen Moment lang habe ich das Gefühl, dass der Schmerz mich überwältigt. Meine Sicht verschwimmt, und mein Herz rast so schnell in meiner Brust, als würde es herausklettern und davonlaufen wollen. Ich versuche, gleichmäßig zu atmen und gegen die Tränen anzublinzeln, die sich in meinen Augen sammeln.

Ich gebe mir exakt zwanzig Herzschläge lang Zeit – die einzige Zeitrechnung, die ich aktuell habe –, dann reiße ich mich zusammen. Tief durchatmend strecke ich meine steifen Beine und schiebe meine Fesseln von den Stuhlbeinen. Dann robbe ich ein Stück zur Seite, beiße die Zähne heftig zusammen, um vor Schmerz nicht aufzuschreien, und hebe meine Arme nach hinten. Sobald ich mich vom Stuhl gelöst habe, rolle ich mich auf den Bauch, lege meine Wange auf den dreckigen Fußboden und schließe einen Moment lang die Augen. Ziemlich sicher, dass in meiner rechten Hand irgendetwas kaputt ist. Ich kann meine Finger nicht bewegen, und es fühlt sich an, als wäre das Gelenk aus seiner Verankerung gerutscht. Als wäre die Hand nicht mehr länger Teil meines Körpers.

Alles in mir schreit danach, aufzugeben. Ich habe keine Kraft mehr. Was auch immer Rahel mir da verabreicht hat, es nimmt mir immer noch sämtliche Energie.

Aber ich muss kämpfen. Für Tony, für Bonnie, für Sylvia, für meinen Dad, für … Caleb. Und für mich.

CALEB
05:43 pm

Ich checke ein letztes Mal die Adresse, dann betätige ich die Klingel. Hinter dem polierten Holz der Eingangstür ertönt ein dezenter Gong, dann noch einer. Ich halte die Klingel gedrückt, während Anando hinter mir mit ausdruckslosem Gesicht stumm wartet.

Es dauert quälend lang, bis sich etwas tut. Ich höre Schritte, dann wird die Tür geöffnet.

»Mr Bonham«, sagt Hoffman sichtlich überrascht und weicht einen Schritt zurück, als ich das Haus betrete. Ich habe keine Zeit für höfliche Formalitäten. Julie hat keine Zeit dafür.

»Ich brauche Ihre Hilfe«, sage ich und nicke kurz der Frau zu, die am Fuße einer breiten Treppe steht und mich unsicher ansieht. »Entschuldigen Sie, Mrs Hoffman, ich möchte wirklich nicht unhöflich sein. Es ist ein Notfall.«

»Mr Bonham, ich bitte Sie.« Hoffman sieht mich pikiert an. »Was auch immer es für ein Problem gibt, wir können sicher einen Termin …«

»Julie wurde entführt.« Ich muss schlucken, und einen Moment lang drohen mich meine Gefühle zu überwältigen. »Sie ist weg, Mr Hoffman. Und ich hoffe, dass Sie mir helfen können.«

Ich bin mir nicht sicher, ob ich es mir einbilde, aber für eine Sekunde meine ich so etwas wie Angst in seinen kleinen Augen aufblitzen zu sehen. Doch schon hat er wieder die gewohnte, höfliche Maske aufgesetzt. Er schaut kurz zu seiner Frau hinüber. »Alles in Ordnung, Ellen. Wir gehen hinüber ins Arbeitszimmer.«

Ungeduldig warte ich darauf, dass er sich in Bewegung setzt.

Ich kann nicht stillstehen. Jede verdammte Sekunde, in der wir hier über unbedeutende Details diskutieren, ist zu viel.

Obwohl Hoffmans Stadthaus an der Upper East Side durchaus beeindruckend ist, habe ich keinen Blick dafür. Ich folge ihm durch einen schmalen Flur in sein Arbeitszimmer, das mich lächerlicherweise an eine Miniaturversion des Oval Office erinnert. Hoffman schließt die Tür hinter uns und dreht sich dann mit sorgenvoller Miene zu mir um.

»Was ist passiert?«

Knapp gebe ich ihm einen Überblick über das, was heute geschehen ist. Sein Gesicht wird immer betroffener. Als ich zu dem Teil mit Rahels Geschichte über das Telefonat komme, droht meine Stimme zu versagen. Ich atme einmal tief durch. »Sagen Sie mir, was Sie über Rahel wissen.«

»Mr Bonham, das alles tut mir wahnsinnig leid, das müssen Sie mir glauben«, erwidert er, sichtlich nervös. »Aber ich bin an die anwaltliche Schweigepflicht gebunden.«

Ich mache einen Schritt auf ihn zu, während meine Hände sich an meinen Seiten zu Fäusten ballen. »Wenn Sie Julies Leben für eine beschissene Schweigepflicht riskieren, Anthony, dann verspreche ich Ihnen, dass Sie es bereuen werden. Sie werden nie wieder auch nur einen Klienten vertreten, der mehr als hundert Dollar auf dem Konto hat. Ich werde den Rest meines beschissenen Lebens damit verbringen, Sie zu diskreditieren!«

Ihm weicht das Blut aus dem Gesicht, dann macht er demonstrativ einen Schritt zurück. »Es besteht kein Anlass für Drohungen, Caleb.«

»Bitte, Anthony.« Meine Stimme bricht, und ich spüre, wie ich die Fassung verliere. Wie die Panik die Oberhand gewinnt, die ich so angestrengt zu zügeln versuche. »Wenn Sie etwas wissen, müssen Sie es mir sagen. Ich kann … ich kann Julie nicht verlieren.«

Mehrere Sekunden lang sieht er mich an, dann bemerke ich, wie sein Widerstand bröckelt. »Ich weiß nichts Genaues. Für diese Angelegenheiten war mein Vater zuständig. Aber ich kann Ihnen erzählen, was ich mitbekommen habe.«

Zittrig atme ich aus. »Wir haben nicht viel Zeit.«

»Die werden Sie aber brauchen.« Widerstrebend tritt er um mich herum und geht zu seinem Schreibtisch hinüber, bevor er sich dagegenlehnt. »Was wissen Sie über den Tod Ihrer Mutter?«

»Meine Mutter?«, wiederhole ich irritiert. »Sie wurde erschossen. Von Rahels Vater.«

»So lautet die offizielle Version, ja. Mein Vater half Mr Bonham senior damals dabei, Rahels Namen aus den Ermittlungen den Tod Ihrer Mutter betreffend herauszuhalten.«

Stirnrunzelnd verschränke ich die Arme vor der Brust. »Wovon sprechen Sie, Anthony?«

Er seufzt. »Ihre Schwester hatte eine turbulente Kindheit, Caleb. Ich weiß nicht, ob sie Ihnen jemals davon erzählt hat. Ihr leiblicher Vater, Pascal Bright, war gewalttätig, sowohl Ihrer Mutter als auch Miss Demir gegenüber. Sie hat lange Jahre darunter gelitten und es verarbeitet, so gut ein Kind es eben kann. Als Ihre Mutter Ihren Vater traf, wurde es besser. Die Misshandlungen hörten auf, Ihre Mutter musste weniger arbeiten und sich keine Gedanken mehr über finanzielle Probleme machen. Und Sie kamen auf die Welt. Rahel erholte sich von den Traumata ihrer Frühkindheit, ohne sie jedoch ganz aufzuarbeiten.«

Auf einmal fühlt sich mein Mund trocken an. »Und dann trennten sich meine Eltern.«

»Wie gesagt arbeitete ich zu diesem Zeitpunkt nicht für Ihre Familie, aber ich nehme an, dass Sylvia der Grund für diese Trennung war. Ihr Vater nahm Sie mit zu sich, weil Ihre Mutter mit der Versorgung Ihrer Schwester bereits überfordert zu sein schien. Die Geldsorgen kamen zurück, die Überstunden, mehrere Jobs. Und auch Rahels Vater besuchte Ihre Mutter vermehrt. Irgendwann begannen die Misshandlungen erneut.«

Mein Herz zieht sich schmerzhaft zusammen. Diese Geschichte kenne ich nicht. Ich kannte die Eckdaten – die Trennung meiner Eltern, dass Rahel bei meiner Mutter lebte, während ich bei meinem Vater blieb und wir mit Sylvia zusammenzogen. Aber ich habe kaum Erinnerungen an meine Mutter, ich habe kein Bild von ihr in meinem Kopf. Und ich wusste ganz sicher nicht, in welchen Verhältnissen sie und Rahel leben mussten.

»Warum hat mein Vater das zugelassen?«, frage ich wütend.

»Es gibt mehrere Dokumente über die Unterhaltsverhandlungen zu dieser Zeit. Ihre Mutter hat demnach jegliche Unterstützung seitens Ihres Vaters abgelehnt.«

»Weil sie stolz war.« Das kenne ich von Rahel. Sie hasst es, Hilfe anzunehmen, selbst von mir.

»Das würde ich daraus ebenfalls schließen. Es liegen einige psychologische Gutachten vor, die Ihrer Schwester zu diesem Zeitpunkt bereits eine erhebliche psychische Belastung diagnostizieren. Sie fühlte sich für Ihre Mutter verantwortlich und gab die Schuld an ihren Schwierigkeiten Sylvia Bonham.«

Ich ahne, in welche Richtung diese Geschichte driftet. Und wäre die Situation eine andere, würde ich sie nicht hören wollen. Am liebsten würde ich mir die Ohren zuhalten oder einfach den Raum verlassen. Aber ich kann nicht.

»Wie alt war Rahel zu dem Zeitpunkt?«

»Etwa zehn Jahre alt«, sagt Hoffman. Da ist ein Unterton in seiner Stimme, den ich nicht recht deuten kann. Wenn Rahel zehn Jahre alt war, war ich in dem Teil der Geschichte gerade einmal vier oder fünf. »Eines Nachts beobachtete Rahel ihren

Vater dabei, wie er Ihre Mutter angriff. Es ist nicht bekannt, ob sie sich im selben Raum befand oder von den Geräuschen geweckt wurde. Es existieren keine akkuraten Aufzeichnungen mehr von dieser Nacht. Sie wollte Ihrer Mutter helfen und griff nach der Waffe ihres Vaters.«

»Nein.«

»Alles, was ich weiß, ist, dass in dieser Nacht Ihre Mutter starb, Rahels Vater dafür der Prozess gemacht wurde und Rahel selbst die folgenden zwei Jahre in einer Kinder- und Jugendpsychiatrie verbrachte, bevor sie zu ihrer Tante zog.«

Kopfschüttelnd versuche ich das, was Hoffman mir da gerade erzählt, mit den Erinnerungen in Einklang zu bringen, die ich an meine Kindheit zu haben glaube. Aber nichts davon ergibt einen Sinn. »Wie kann meine Schwester zwei Jahre lang in einer Psychiatrie gesessen haben, ohne dass ich etwas davon mitbekommen habe?«

»Ich nehme an, diese Informationen wurden bewusst vor Ihnen verborgen. Aber auch das sind nur Spekulationen meinerseits, Caleb. Wie gesagt existieren zu diesem Vorfall keinerlei Akten.«

»Sie meinen, es gab eine Vertuschung«, rate ich mit vor Zorn bebender Stimme. »Rahels Vater wurde die Sache in die Schuhe geschoben und Rahel in eine Anstalt verfrachtet.«

Hoffman presst die Lippen aufeinander. »Davon gehe ich aus. Mein Vater, Ihr Vater, Sylvia Bonham und ein befreundeter Richter waren daran beteiligt.«

Ungläubig sehe ich ihn an. Ich weine dem Arschloch keine Träne nach – meiner Meinung nach hat er es absolut verdient, bis ans Ende seines Lebens in der Hölle zu schmoren. Aber Rahel einfach in eine Klinik abzuschieben? Kurz nachdem sie ihre gesamte Familie verloren hatte … nachdem sie versehentlich ihre eigene Mutter getötet hatte?

»Warum erzählen Sie mir das?«, frage ich, ohne sicher zu sein, ob ich die Antwort wirklich hören will. »Warum gerade jetzt?«

»Ich habe Unterlagen gesehen, in denen Ihrer Schwester eine dissoziative Störung in Verbindung mit krankhaften Verlustängsten diagnostiziert wird. Dabei werden belastende Erinnerungen abgespalten, und ein Teil der Persönlichkeit reagiert unter Umständen frei von jeglicher Moral oder Gewissen. In Verbindung mit einer derart ausgeprägten Verlustangst fixieren sich Patienten oft auf ein Familienmitglied, einen Partner oder einen Freund. Einige entwickeln eine regelrechte Besessenheit von dieser Person.«

»Stalking«, flüstere ich.

»In manchen Fällen, ja.« Er sieht mich eindringlich an. »Rahels erste Fixierung galt Ihrer Mutter. Nach ihrem Tod galt sie Ihnen.«

»Mir?«, frage ich verwirrt. Rahel und ich hatten als Kind über Jahre kaum Kontakt.

Er nickt. »Sie waren das Einzige, was ihr geblieben ist. Sie sind ihr kleiner Bruder, den es zu beschützen gilt. In dem Krankheitsbild Ihrer Schwester spielen Feindbilder oftmals eine problematische Rolle. Durch die dissoziative Störung vermeidet die Psyche es, sich mit eigenen Problemen oder einer eventuellen Schuldfrage auseinanderzusetzen. Anstatt eine Persönlichkeit abzuspalten, wie es in vielen Filmen oder Büchern dargestellt wird, erschaffen sie sich ein Feindbild, dem sie für alles die Schuld geben. In dem Fall Ihrer Schwester war es Sylvia Bonham.«

»Stopp«, sage ich und lache trocken auf. »Das klingt ja alles wahnsinnig spannend, aber so wie Sie es beschreiben, ist Rahel total verrückt. Wie kann sie so viele Probleme, *medizinische* Probleme haben, ohne dass ich es jemals mitbekommen habe?

Ja, sie mochte Sylvia nicht, aber so krass kann es doch nicht gewesen sein.«

»Ihre Schwester wurde medikamentös sehr gut eingestellt und stand unter Beobachtung. Wenn ich die Akten richtig interpretiere, waren Ihr Vater und Sylvia die einzigen Menschen, die von Rahels Krankheit wussten. Sie stellten sicher, dass sie stets kontrolliert wurde, und legten äußerst viel Wert darauf, dass nichts von ihren Problemen öffentlich wurde. Ich vermute, um einen dauerhaften klinischen Aufenthalt zu verhindern. Dann starb Ihr Vater, und Sylvia hatte Schwierigkeiten, die Medikamentenversorgung und die regelmäßigen Therapiestunden zu garantieren.« Er sieht mich nachdenklich an. »Hier beginnen lediglich meine Spekulationen, aber wenn Sie mich nach meiner Meinung fragen, ist es naheliegend, dass nach Sylvias Tod niemand mehr darauf geachtet hat, dass Ihre Schwester versorgt wird. Niemand wusste von der Notwendigkeit. Und Sylvia starb überraschend. Möglicherweise hatte sie keine Zeit, jemanden zu instruieren.«

Fassungslos schüttele ich den Kopf. Ich weiß, wie die Geschichte weitergeht, nachdem Sylvia gestorben ist. Es war niemand mehr übrig außer mir und Rahel. Wir waren ein Team, sie hat sich um mich gekümmert, während ich mich darauf vorbereitet habe, meine Träume mit *Bonham Industries* zu verwirklichen.

Und dann kam Julie.

»Warum haben Sie nichts gesagt?«, frage ich mit vor Wut zitternder Stimme. Ich sehe mich zu Anando um, der mit ausdrucksloser Miene neben der Tür steht und uns beobachtet. »Wenn Sie all das wussten … warum haben Sie nicht direkt von Anfang an gesagt, was Sie vermuten, oder sind zur Polizei gegangen?«

Hoffman hebt die Hände, lässt sie dann aber wieder sinken,

als wüsste er selbst nicht so recht, was er tun solle. »All das sind nur Mutmaßungen, Mr Bonham. Mein Vater gerät in enorme Schwierigkeiten, wenn die Vertuschung ans Licht kommt. Und die Geschichte Ihrer Schwester fällt unter die Schweigepflicht, auch wenn Sie das nicht hören wollen.«

»Sie haben recht«, presse ich hervor. »Das will ich nicht hören. Sie hätten all das verhindern können!«

»Ich habe versucht, Miss Penn zu warnen«, verteidigt er sich müde. »Nicht nur einmal. Ich hoffte, sie würde in Ihrer Familiengeschichte graben und dadurch zwangsläufig auf die richtige Spur kommen oder wenigstens misstrauisch werden. Aber Sie müssen mir glauben, Caleb. Ich war mir niemals hundertprozentig sicher, dass es sich bei der Täterin um Ihre Schwester handelt. Ich hatte einen Verdacht, mehr nicht. Nicht genug, um dafür sowohl mein Leben als auch das meines Vaters zu zerstören.«

Kalte Angst gräbt sich immer tiefer in meine Eingeweide. Rahel scheint momentan nicht sie selbst zu sein. Hat ihre Krankheit die Kontrolle übernommen, kann niemand von uns einschätzen, welche Entscheidungen sie treffen wird.

Scheiße. Ich kann nicht klar denken. Immer wieder taucht Julies verängstigtes Gesicht vor meinem inneren Auge auf.

»Ich brauche diese Akten«, sage ich barsch, während ich mir mit der Hand durch die Haare fahre. »Und den Namen ihres Arztes. Alles, was Sie über meine Schwester haben. Und zwar jetzt.«

»Mr Bonham …«

»Nein!«, fahre ich ihm dazwischen. Mühsam versuche ich mich zu beherrschen, aber ich schaffe es nicht. Es ist mir scheißegal, wie reumütig Hoffman aussieht, wie logisch seine Argumente sind. Wenn Julie etwas passiert, weil er seine beschissene Karriere und die korrupten Machenschaften seines

Vaters decken wollte, dann … dann mache ich ihn, verdammt noch mal, fertig. »Sie rufen noch heute das NYPD an und stellen die Akten zur Verfügung. Es geht hier um ein Menschenleben!«

Sein Blick nimmt einen entschlossenen Zug an. In seinen Augen spiegelt sich noch immer Mitgefühl und eine Spur Scham, trotzdem presst er hart die Lippen zusammen, bevor er sich aufrichtet. »Ich werde keine vertraulichen Akten an die Polizei übergeben, Caleb. Ich erwarte nicht, dass Sie das verstehen, aber das würde das Ende unserer Kanzlei bedeuten. Dennoch werde ich alles Notwendige heraussuchen und stelle gerne sämtliche Akten zur Verfügung, sobald ein Durchsuchungsbeschluss vorliegt.«

Fluchend wende ich mich ab. Der Drang, auf irgendetwas einzuschlagen, ist stärker denn je. Ich bin im Moment wirklich nicht in der Lage, auch nur zu versuchen, diesen Menschen zu verstehen. Also wirbele ich herum, reiße die Tür auf und stürme Richtung Haustür. Ich muss hier weg, bevor ich etwas tue, das mich am Ende dieses Tages selbst in eine beschissene Arrestzelle bringt.

Draußen drehe ich mich zu Anando um. Seine sonst so gelassene, beinahe gleichgültige Miene hat sich verändert. Tiefe Falten haben sich in seine Stirn gegraben, und seine Augen erwidern meinen Blick ernst und besorgt.

»Rufen Sie den Techniker an«, weise ich ihn an, während ich auf den im Halteverbot geparkten Wagen zugehe. »Er soll Rahels Handy tracken. Sofort.«

Er antwortet nicht, aber das ist auch nicht nötig. Ich hätte seine Worte vermutlich ohnehin nicht verstanden, so laut rattern die Gedanken in meinem Kopf. Immer wieder taucht Rahels Gesicht vor meinem inneren Auge auf – das Gesicht des kleinen Mädchens, das es lustig gefunden hat, meine Legotürme umzukippen oder mich zu überreden, mir mit der Küchenschere die Haare zu schneiden. Ihr Gesicht während der Testamentsanhörung, als sie Julie zu abschätzend gemustert hat.

Doch am deutlichsten sind die Erinnerungen an einen Abend in meinem Penthouse, ein paar Tage, nachdem wir von Julie erfahren haben. Sander war vorbeigekommen, und wir haben zu dritt ein paar Biere getrunken. Ich war sauer gewesen, frustriert und ... überfordert. Und ich weiß noch, dass ich überlegt habe, wie ich Juliette Penn loswerden könnte. Aus dem Unternehmen, aus dem Erbe und aus meinem Leben. Sander und ich haben rumgesponnen. Wir haben überlegt, in Julies Vergangenheit zu wühlen und ihr irgendeinen Skandal anzudichten, der sie dazu zwingen würde, vom Erbe und damit aus der Öffentlichkeit zurückzutreten. Vielleicht hat Sander irgendwann auch vorgeschlagen, ihre Autoscheibe einzuschlagen – bis ich ihn daran erinnert habe, dass sie gar kein Auto besitzt. Aber das waren dumme Sprüche gewesen, wir haben sie nicht ernst gemeint. Ich habe Dampf abgelassen, mehr nicht.

Aber Rahel hat alles mit angehört. Und genau wie bei der Testamentseröffnung hat sie überwiegend still dagesessen, während sich in ihrem kranken Verstand offensichtlich ein Sturm zusammengebraut hat, der nichts hinterließ außer dem Plan, Juliette Penn von der Bildfläche zu wischen.

Ich unterdrücke ein Würgen. Ich habe Rahel auf diesen Gedanken gebracht. Ich ... ich habe sie ermutigt.

Anscheinend habe ich irgendein Geräusch gemacht, denn Anando sagt energisch meinen Namen, und als sich unsere Blicke im Rückspiegel treffen, fragt er mich besorgt, ob es mir nicht gut ginge. Beinahe hätte ich gelacht. Was, zur Hölle, soll ich darauf antworten?

Meine Schwester hat die Frau entführt, die … ohne die ich nicht mehr leben kann. Und ich habe sie dazu ermutigt, ohne dass ich wusste, was ich damit anrichte.

Meine Gedanken wandern zu der Nacht in den Hamptons, in der die verdammte Katze vor der Tür des Strandhauses gelegen hat. Ich habe Julie gesagt, dass ich allein nach draußen gegangen bin, weil ich die Nerven verloren habe. Weil ich nicht nachgedacht habe. Aber das war nur die halbe Wahrheit. Damals hatte ich eine Befürchtung, und die Erkenntnis, dass so viel hätte anders laufen können, wäre ich dieser Befürchtung nachgegangen, schmerzt beinahe körperlich. Ich habe Julie erzählt, dass ich in dieser Nacht gedacht habe, jemanden in den Dünen gesehen zu haben. Doch das stimmt nicht ganz … ich habe gedacht, *Rahel* gesehen zu haben. Und den Bruchteil einer Sekunde habe ich darüber nachgedacht, ob Rahel mir einen Gefallen tun wollte, indem sie Julie aus dem Unternehmen ekelt – *meinem* Unternehmen. Einen Moment lang war ich einfach nur ihr Bruder, der sie finden und zur Rede stellen wollte, bevor die Polizei es tat.

Doch dann kam ich zur Vernunft. Ich habe sie nicht gefunden, und im Licht des Tages erschienen mir meine Befürchtungen völlig absurd.

Ein freudloses, bitteres Lachen entfährt mir. Ich hätte es verhindern können.

38

JULIE
06:16 pm

Ich beiße mir fest auf die Zunge, so fest, dass ich Blut schmecke. Ich darf nicht schreien. Ziemlich sicher, dass ich für eine Weile auf diesem beschissen dreckigen Boden das Bewusstsein verloren habe, nachdem ich mit meinen hinter dem Rücken gefesselten Händen die Bänder um meine Knöchel gelöst habe. Das darf nicht noch einmal passieren, obwohl mir bei jeder Bewegung schwindelig wird und mein Mund so verdammt trocken ist. Ich habe den ganzen Tag noch keinen einzigen Schluck Wasser getrunken, und auch wenn ich normalerweise eher der Typ bin, der vergisst zu trinken, fordern die Umstände allmählich ihren Tribut. Meine schmerzende Hand, mein angeschlagener Kopf und die Nachwirkungen der Drogen geben mir beinahe den Rest.

Mit angehaltenem Atem stemme ich die Knie gegen den Boden und ignoriere das dumpfe Pochen hinter meiner Stirn, als ich mich mit der Schläfe gegen das Linoleum drücke. Ich brauche mehrere Anläufe, aber irgendwann schaffe ich es in eine sitzende Position. Ein paar Sekunden lang sammele ich meine Kräfte, dann stehe ich langsam auf. Meine Beine sind eingeschlafen, weil die Fesseln mir das Blut abgeschnürt haben, und kurz befürchte ich, sie könnten unter mir nachgeben. Das Zimmer beginnt sich um mich zu drehen, und erneut tauchen weiße Lichtpunkte am Rand meines Sichtfeldes auf, aber ich schaffe es, mich aufrecht zu halten. Tränen der Erleichterung steigen mir in die Augen, während ich mich hektisch im ganzen Raum umsehe. Viel gibt es allerdings nicht zu sehen. Das Zimmer ist zwar möbliert, aber es wirkt, als wäre es unbewohnt – abgesehen von den Zeitungen liegt kein Kram herum, keine Deko oder persönliche Gegenstände. Einen Moment lang frage ich mich, ob Cambell möglicherweise hier gelebt hat, aber ich schiebe den Gedanken hastig wieder beiseite. Das ist gerade nicht wirklich hilfreich.

Kurz halte ich inne und lausche in die Stille, kann aber nichts hören außer meinem unregelmäßigen Atem und meinem polternden Herzschlag. Rahel muss die Wohnung verlassen haben oder zumindest außer Hörweite sein, ansonsten hätte sie mitbekommen, dass ich den Stuhl umgekippt habe. Meine Hände sind noch immer gefesselt – ich muss sie befreien, bevor Rahel zurückkommt. Panisch und immer noch auf wackeligen Beinen durchquere ich den Raum und gehe auf die einzige Tür zu. Ich versuche den Knauf mit dem Ellbogen zu drehen, aber keine Chance. Also drehe ich mich um und stelle mich so weit wie möglich auf die Zehenspitzen, um ihn mit meinen Händen zu erreichen. Mein verletztes Handgelenk brennt wie Feuer, aber nach ein paar Sekunden bekomme ich den Knauf zu fassen und schaffe es, ihn zu drehen. Die Tür schwingt auf und gibt den Blick auf einen schmalen, dunklen Flur frei. Keuchend sehe ich mich um. Genau wie in dem Wohnzimmer stehen überall dunkle Holzmöbel herum, aber sie sind alle leer. An der Garderobe hängt keine einzige Jacke, das Schlüsselbrett neben der Eingangstür ist verwaist und in der Schirmlampe an der Decke fehlt die Glühbirne. Ich sehe nach rechts und erkenne durch den schmalen Spalt einer offenen Tür die vergilbten Fronten einer Küche.

»Ja«, zische ich leise. Ich haste hinüber, verschwende keine Zeit damit, mich umzusehen, sondern öffne umständlich ein paar der Schubladen, während ich bete, dass sie nicht ebenfalls ausgeräumt sind. Die ersten beiden sind tatsächlich leer, und meine Verzweiflung wächst ins Unermessliche, aber in der dritten Schublade liegt zwischen ein paar Kugelschreibern und Tesafilm ein Cuttermesser. Ich lache beinahe hysterisch auf, taste mit meiner gesunden Hand danach und versuche die Klinge vorsichtig herauszuschieben. Ziemlich sicher, dass ich mir mindestens zweimal in die eigene Haut schneide, aber ich spüre den Schmerz nicht. Das Adrenalin pumpt inzwischen so heftig durch meinen Körper, dass ich mich fühle, als würde ein Schwarm Bienen über meine Haut krabbeln. Das Seil oder Band, mit dem meine Hände zusammengebunden sind, ist nicht sehr dick. Es dauert nur ein paar Sekunden, bis der Druck abrupt nachlässt.

Ich stöhne erstickt auf, als ich meine Arme bewege. Meine Schultern brennen, genau wie meine Ellbogen. Als mein Blick auf meine verletzte Hand fällt, schnappe ich kurz nach Luft. Das Handgelenk ist beinahe doppelt so dick wie gewöhnlich und beginnt bereits, sich bläulich zu verfärben. Ich versuche, meine Finger zu bewegen, aber vergeblich.

»Okay«, flüstere ich, umfasse das Cuttermesser mit der gesunden Hand und gehe zurück in den Flur. »Okay. Atmen. Du schaffst das.«

Ein wenig überfordert drehe ich mich im Kreis. Ich brauche ein Telefon, aber ich will keine Zeit damit verschwenden, nach einem zu suchen und damit zu riskieren, dass Rahel zurückkommt. Höchstwahrscheinlich gibt es in dieser Wohnung gar kein Festnetztelefon, und ich habe sicher nicht so viel Glück, dass hier irgendwo ein Handy herumliegt.

Mit panisch klopfendem Herzen strecke ich die Hand nach

der Klinke der Wohnungstür aus und halte den Atem an, als ich sie nach unten drücke.

Sie ist verschlossen.

»Scheiße!«

Meine Augen füllen sich mit Tränen, während ich verzweifelt an der Tür reiße, meine Fingernägel unter den Rahmen schiebe und versuche, sie mit bloßer Gewalt aufzuziehen. Keine Chance.

Ich werde nicht zulassen, dass ich an einer beschissenen Tür scheitere!

»Hilfe!«, schreie ich aus voller Kehle und werfe sämtliche Vorsicht über den Haufen. Selbst wenn Rahel irgendwo in der Nähe ist und mich hört, besteht immerhin die Hoffnung, dass es auch jemand anderes tut. Während ich brülle, renne ich zurück ins Wohnzimmer und reiße die Gardinen zur Seite, die vor dem Fenster hängen. Als Erstes fällt mein Blick auf ein paar umstehende, ziemlich heruntergekommene Mehrfamilienhäuser. Diese Wohnung befindet sich ziemlich weit oben, wahrscheinlich im zehnten oder elften Stockwerk. Kurz frage ich mich, wie Rahel es geschafft hat, mich hier hochzuschaffen. Offensichtlich muss es einen Aufzug geben, obwohl diese Bruchbude nicht so aussieht, als würde es hier irgendeine Art von Bequemlichkeit geben.

Aber das ist im Moment auch nicht wichtig. Das Einzige, was zählt, ist, dass ich keine Ahnung habe, wo ich bin. Das hier könnte New York sein, irgendein Vorort oder auch eine fremde Stadt in einem komplett anderen Bundesstaat. Ich weiß nicht, wie lange ich bewusstlos war und dementsprechend auch nicht, wie lange Rahel mit mir in diesem Auto herumgefahren ist. Atemlos mustere ich die Umgebung. Das Fenster befindet sich an der Hinterseite des Gebäudes – unter mir liegt eine schmale Seitengasse, keine Menschen oder Autos sind zu erkennen. Ich schreie noch einmal und warte einige endlos erscheinende Sekunden, ob jemand ein Fenster öffnet oder auf die Straße tritt. Aber nichts bewegt sich.

Gerade als ich mich abwenden will, entdecke ich das kupferfarbene Gerüst einer Feuertreppe. Hektisch umfasse ich den Rahmen und schiebe das Fenster mühevoll mit meiner gesunden Hand nach oben, dann lehne ich mich ein Stück hinaus und schaue nach unten. Die Treppe endet eine beschissene Etage unter mir. Ich werfe einen Blick über die Schulter in Richtung der verschlossenen Eingangstür. Ich könnte noch mal versuchen, sie zu öffnen, die Wohnung nach einem Schlüssel durchsuchen oder sie … keine Ahnung, eintreten? Kann man eine Tür, die nach innen öffnet, überhaupt eintreten?

Aber das alles würde Zeit und Kraft kosten. Beides etwas, von dem ich mir nicht sicher bin, ob ich es habe.

Kurzentschlossen klettere ich auf die Kommode, die vor dem Fenster steht, und schwinge meine Beine über die Kante. Es besteht absolut die Chance, dass ich hierbei draufgehe. Die Plattform, von der aus die Feuertreppe nach unten führt, befindet sich schätzungsweise zweieinhalb, drei Meter unter mir. Ich könnte mir ein paar durchaus wichtige Knochen brechen. Super Aussichten. Aber die Alternative ist wohl, mich dem zu stellen, was Rahel sich für mich überlegt hat.

Ich atme tief durch und versuche, meine blank liegenden Nerven unter Kontrolle zu bringen. Ich kann das schaffen. Ich muss das schaffen. Ich schiebe das Cuttermesser in meinen Hosenbund, beiße die Zähne zusammen und ignoriere krampfhaft den Schmerz in meiner Hand, als ich weiter nach vorn rutsche. Vorsichtig rolle ich mich auf den Bauch und schiebe meinen Körper aus dem Fenster, bis meine Beine in der Luft baumeln. Ich lasse mich weiter herunterrutschen, versuche mich mit meinen Armen und meiner gesunden Hand an den Fensterrahmen zu klammern. Am besten wäre es, wenn ich mich mit den Händen festhalten und die Arme strecken könnte, bevor ich mich fallen lasse. Dann wäre die Entfernung zum Boden geringer. Aber ich bezweifle, dass ich das mit einer Hand schaffe.

Mein Herz rast inzwischen, und auf meiner Stirn bildet sich ein kalter Schweißfilm. Nicht vor Anstrengung, nicht einmal vor Schmerzen. Sondern weil ich nicht auf diese Weise sterben will. Ich will nicht, dass irgendein Nachbar meine Leiche findet und die Polizei in ein paar Stunden bei meinem Dad vor der Tür steht. Gott, ich will Calebs Gesicht wiedersehen. Ich will ihm sagen, dass nichts mehr eine Rolle spielt und es mir scheißegal ist, wie viel Druck auf uns lastet und wie sehr diese Geschichte uns wieder in die Aufmerksamkeit der Medien rücken wird.

Ein Schluchzen entfährt mir, bevor ich entschlossen die Zähne zusammenbeiße. Meine Arme zittern, als ich mich so weit wie möglich heruntergleiten lasse. Dann spüre ich, wie ich den Halt verliere, und meine Finger rutschen von dem Fensterrahmen, an dem ich mich so verzweifelt festgeklammert habe.

Ich falle nur den Bruchteil einer Sekunde, dann treffen meine Füße hart auf dem Metallgitter auf. Ein stechender Schmerz jagt mir durch die Beine, durch meine Wirbelsäule bis hoch in meinen Kopf. Mit einem erstickten Keuchen entweicht sämtliche Luft aus meiner Lunge, und auch wenn ich versuche, den Sprung abzufedern, geben meine Beine unter mir nach und ich lande unsanft auf den Knien. Ich höre ein Klirren, dann entdecke ich das Messer, das über die Kante der Plattform rutscht und unter mir verschwindet. *Verdammt!*

Aber ich lebe und es fühlt sich nicht so an, als hätten meine Oberschenkelknochen Kontakt zu meinen Organen aufgenommen. Obwohl jeder meiner Muskeln protestiert, als würde mein Körper jede Sekunde den Dienst quittieren, rappele ich mich auf und springe auf die Treppe zu, die nach unten führt.

»Nein!«

Die schrille Stimme fährt mir durch Mark und Bein. Ich erkenne sie sofort und bin mir sicher, dass sie mich noch lange in meinen Albträumen heimsuchen wird. Ich sehe über die Schulter nach oben und begegne Rahels tobendem Blick. Sie lehnt sich aus dem geöffneten Fenster und starrt mich wütend an.

Ich gebe ihr keine Zeit, zu reagieren. Panisch wirbele ich herum, presse mir die verletzte Hand an die Brust und greife nach dem Geländer, als hinter mir das ohrenbetäubende Peitschen eines Schusses durch die Luft knallt.

Schreiend ducke ich mich zur Seite. Keine Ahnung, ob es an meinen beeindruckenden Reflexen liegt oder an Rahels mangelnder Zielsicherheit, aber die Kugel kracht gute dreißig Zentimeter neben meinem Kopf in das Metallgerüst. Das Geräusch ist so laut, dass es ein fieses Klingeln in meinen Ohren hinterlässt. Bevor Rahel neu zielen kann, greife ich wieder mit der gesunden Hand nach dem Geländer und springe die Treppen hinunter – so viele Stufen auf einmal nehmend, wie ich riskieren kann. Hinter mir höre ich Rahels schrille Stimme, aber kaum ein Wort schafft es, den Klang meines rasenden Herzens zu übertönen. Mein Blick huscht panisch über die Fenster des gegenüberliegenden Gebäudes, ehe ich bemerke, dass einige der Scheiben zerschlagen sind. Hinter keinem brennt Licht, und erst jetzt fällt mir auf, dass das gesamte Haus verdammt verlassen aussieht. *Scheiße.* Hier wohnen sicher keine Menschen, die mich hören und mir helfen oder die Polizei anrufen könnten.

Als die Plattform unter mir erzittert und ich einen erstickten Schmerzensschrei über mir höre, bleibt mir fast das Herz stehen. Rahel ist auf der Feuertreppe. Reflexartig klammere ich mich an beiden Seiten an das Geländer und zucke zusammen, als meine verletzte Hand unter dem Druck nachgibt. Ich mache einen Satz und springe den gesamten nächsten Treppenabschnitt hinunter. Wieder protestieren meine Füße, aber ich achte nicht darauf. Gebrochene Knochen, gerissene Bänder und sämtliche anderen Verletzungen können repariert werden.

Eine Kugel im Kopf eher nicht.

»Du Schlampe!«, kreischt Rahel hinter mir. Ihre Stimme erzeugt ein Echo, das von den hohen Steinfassaden um uns herum zurückgeworfen wird. Es scheint in meinen Knochen zu vibrieren. »Das ist alles deine Schuld! Ich habe dir so viele beschissene Möglichkeiten gegeben, einfach zu verschwinden! Niemandem hätte etwas passieren müssen, hättest du Caleb einfach in Ruhe gelassen und wärst in die Gosse verschwunden, aus der mein Bruder dich gezogen hat!«

Ich ignoriere sie. Lasse sie wüten, in der Hoffnung, dass ihr dadurch die Puste ausgeht, während ich der letzten Treppe entgegeneile. Als ich auf dem Kopfsteinpflaster der kleinen Gasse lande, lasse ich hektisch meinen Blick umherirren. Aus den Augenwinkeln kann ich erkennen, dass Rahel auf der Hälfte der Feuerleiter angekommen ist. Erneut knallt ein Schuss, und wieder verfehlt er mich nicht gerade knapp. Offensichtlich ist sie keine sehr gute Schützin. Eine Tatsache, die mir wahrscheinlich bis hierhin das Leben gerettet hat.

Nachdem ich mich kurz zu beiden Seiten umgesehen habe, renne ich nach links. Ich meine, dort am Ende der Gasse eine Straße zu erkennen, sicher bin ich mir aber nicht. Ich befürchte, dass ich in einer Art Industriegebiet bin. Und heute ist

Sonntag. Die Panik in mir verdoppelt sich: Wenn das stimmt, ist niemand in der Nähe, der mir helfen kann.

Bereits nach wenigen Metern wird mir klar, dass ich zu langsam bin. Meine Beine fühlen sich seltsam an – als wären sie nicht richtig mit dem Rest meines Körpers verbunden. Sie sind nicht mehr taub, aber wollen mir einfach nicht recht gehorchen. Ich stolpere über einen aus dem Boden ragenden Kopfstein und schluchze panisch auf. Ich kann mich im letzten Moment fangen, trotzdem verliere ich an Vorsprung.

Ich kann ihr nicht entkommen.

Rahel ist schneller als ich, selbst ohne Drogen im Blut. Und ich weiß nicht, wohin. Verzweifelt wirbele ich herum und reiße die Hände nach oben. Als mein Blick auf Calebs Schwester fällt, die nur noch schätzungsweise zehn Meter von mir entfernt ist, gefriert das Blut in meinen Adern. Ich kenne diesen Menschen nicht.

»Bitte«, flehe ich, während mir Tränen über die Wangen laufen. »Hör auf damit. Du hast bekommen, was du wolltest. Du hast mein Leben zerstört und meine Beziehung. Ich habe keinen Penny mehr. *Du hast gewonnen.*«

Sie bleibt ebenfalls stehen, schließt allerdings beide Hände um die Waffe und zielt auf mich. Vielleicht ist sie nicht die beste Schützin, aber irgendwann würde sie treffen, so viel ist klar.

Nachdem sie mich langsam gemustert hat, lacht sie trocken auf. »Das dachte ich auch. Ich wollte die Sache mit Cambell enden lassen. Und dann hat Caleb mich auf dieser Scheißyacht sitzen gelassen, um dich zu ficken. *Schon wieder.* Ihr beide seid dumm genug, um euch immer wieder aufeinander einzulassen. Und das lasse ich nicht zu!«

»Ich gehe«, rufe ich atemlos. Meine Arme beginnen zu zittern. »Ich schwöre dir, ich ziehe irgendwo anders hin und werde Caleb nie wiedersehen. Aber hör auf damit! Bitte …«

Sie lacht erneut, als ich plötzlich aus den Augenwinkeln eine Bewegung wahrnehme. Ich erstarre und halte die Luft an. Vielleicht ist es nur eine Katze oder ein streunender Hund. Oder ein Obdachloser, der die Verlassenheit der Gegend ausnutzt. Es kostet mich all meine Willenskraft, nicht den Kopf zu drehen und mich zu vergewissern, was sich da neben mir hinter ein paar Mülltonnen im Schatten herumdrückt. Falls es ein Mensch ist – ein Mensch, der mir helfen kann –, will ich Rahels Aufmerksamkeit auf keinen Fall auf ihn lenken.

Mein Herz rast, mein Atem geht viel zu schnell und meine Gedanken prallen von innen gegen meine Schädeldecke. Ich muss Rahel ablenken. Irgendetwas tun, das demjenigen hinter den Müllcontainern genug Zeit gibt, die Polizei zu verständigen oder … keine Ahnung, Rahel einen Stein gegen den Kopf zu werfen.

»Wie hast du das angestellt?«, rufe ich ihr verzweifelt entgegen. Inzwischen zittern meine Arme vor Anstrengung, aber ich wage es nicht, sie runterzunehmen. »Woher wusstest du immer, wo ich bin?«

Wieder verzieht sich ihr Mund zu einem spöttischen Lächeln. »Das Handy. Weißt du noch? Ich habe dir ein neues mitgebracht, nachdem du deines aus dem Auto geworfen hast.«

Diese Antwort ist gleichzeitig lächerlich simpel und schockierend. Sie hat recht. Wir haben nicht eine Sekunde lang darüber nachgedacht, zu checken, ob mein Handy sauber ist. Weil uns niemals in den Sinn gekommen wäre, dass Rahel es verwanzt haben könnte.

»Schluss mit den Spielchen«, knurrt sie und kommt zielstrebig auf mich zu. »Du hast mir lang genug das Leben versaut, kleines Mädchen.«

CALEB

06:29 pm

Ich kann es nicht ertragen. Von meinem Versteck hinter den großen Müllcontainern aus kann ich Julies Gesicht nur im Profil sehen, aber das reicht mir, um beinahe den Verstand zu verlieren. An ihrer Schläfe klebt Blut, das nur halb die sich bereits verfärbende Prellung kaschiert, die sich über ihre gesamte Wange zieht. Außerdem hält sie ihre Hand in einem unnatürlichen Winkel, und ihre Hose ist an einer Seite komplett aufgerissen. Ich sehe ihr an, dass sie Schmerzen hat. Bei jeder Bewegung scheint sie den Atem anzuhalten und zusammenzuzucken.

Die Wut rast in meinem Körper wie ein Lauffeuer. Unterbewusst weiß ich, dass es meine Schwester ist, die ich am liebsten in der Luft in Stücke reißen würde. Dass sie krank ist und bis zu einem bestimmten Punkt nicht weiß, was sie tut. Aber in diesem Moment, in dem sie die Waffe auf die offensichtlich verletzte und wehrlose Julie richtet, vergesse ich all das. In diesem Moment hasse ich Rahel so leidenschaftlich, dass es mir die Kehle zuschnürt.

Ich werfe einen hektischen Blick über die Schulter. Hinter mir befindet sich ein schmales Eisentor, wiederum dahinter ein kleiner Innenhof, der sich zur Hauptstraße öffnet. Irgendwo dort wartet Anando auf die Polizei, um sie zu uns zu führen. Und ich kann nur beten, dass die Beamten rechtzeitig eintreffen.

»Schluss mit den Spielchen! Du hast mir lang genug das Leben versaut, kleines Mädchen.«

Obwohl ich Rahels Stimme kaum wiedererkenne, gefriert mir das Blut in den Adern. Ich muss etwas tun. Wieder sehe ich über die Schulter, aber es macht nicht den Eindruck, als wäre die Kavallerie im Anmarsch. Ich höre weder Sirenen noch Motoren. Nichts, außer den Drohungen, die meine eigene Schwester gegen die Frau ausstößt, die ich mehr als alles andere auf der Welt liebe, während sie eine Waffe auf ihren Kopf gerichtet hält. Zumindest gehe ich davon aus. Ich kann sie von meiner Position aus nicht sehen, habe aber einen kurzen Blick auf sie erhascht, als ich über das verdammte Tor geklettert bin.

Detective Spring hat mich schwören lassen, dass ich mich im Hintergrund halte. Er hat nicht mal gewollt, dass ich hierherfahre, aber offensichtlich war ihm klar gewesen, dass er mich nicht aufhalten kann. Sobald der Techniker uns mitgeteilt hat, dass er Rahels Handy in einem einsturzgefährdeten und abgesperrten Bereich eines alten Güterbahnhofs geortet hat, wusste ich, dass wir sie haben.

Ich halte den Atem an, als Julie einen Schritt nach vorn macht. Ihre Hände zittern und Tränen laufen über ihre Wangen – dieser Anblick zerreißt mir beinahe das Herz.

»Bitte«, flüstert sie so leise, dass ich mir nicht einmal sicher bin, ob Rahel sie hören kann. Mehr sagt sie nicht, nur dieses eine Wort. Als ihre Augen für den Bruchteil einer Sekunde in meine Richtung huschen, trifft mich die Erkenntnis wie ein Schlag.

Sie redet nicht mit Rahel. Sondern mit mir. Sie fleht *mich* an.

Ohne zu zögern, springe ich auf und renne auf Julie zu. Sie wendet den Kopf, genau in der Sekunde, in der ein lautes Geräusch die Luft um uns herum zerreißt. Meinem Unterbewusstsein ist klar, dass Rahel geschossen hat. Ich packe Julie um die Taille und werfe mich gegen sie, drehe mich mit ihr in den Armen und federe ihren Sturz ab. Ich knalle mit dem Rücken auf das Kopfsteinpflaster. Keuchend schnappe ich nach Luft, ziehe Julie aber weiter. Ich muss sie in Sicherheit bringen. Weg von der Waffe, weg von meiner Schwester.

»Was soll das?«, schreit Rahel, während Julie über mir wimmert. Sie ist auf mir gelandet, trotzdem muss ich ihr wehgetan haben. Vorsichtig rapple ich mich auf und ziehe sie hoch, bevor ich sie hinter meinen Rücken schiebe. Ich höre, wie sie meinen Namen flüstert.

»Rahel«, sage ich energisch, wobei ich verzweifelt versuche, meine Stimme ruhig zu halten. »Es ist vorbei. Lass es gut sein.«

In ihrem Gesicht spiegelt sich eine Mischung aus Schmerz, Verachtung und Wut. Ich habe sie noch nie in meinem Leben so gesehen. »Du stellst dich auf ihre Seite?«

»Ich stelle mich auf keine Seite!« Ich sehe Rahel fest in die Augen. »Rahel, ich stelle mich nicht gegen dich! Aber ich werde sicher nicht dabei zusehen, wie du sie erschießt.«

»Sie hat uns zerstört!«, brüllt sie auf einmal. »Wir hatten es endlich geschafft, Caleb! Sylvia war weg, und du warst CEO dieser beschissenen Firma, in die du deine gesamte Zeit investiert hast! Wir waren endlich wieder eine Familie!«

Jedes ihrer Worte schneidet in mein Herz wie ein glühendes Skalpell. Ich denke an alles, was Hoffman mir erzählt hat. An alles, was dieser Mensch hier vor mir hat durchmachen müssen, ohne dass ich auch nur eine Ahnung hatte.

»Es tut mir leid, Rahel«, sage ich mit belegter Stimme. Ich will zu ihr gehen, ihr die Waffe abnehmen, aber gleichzeitig möchte ich keinen einzigen Zentimeter Abstand zwischen mich und Julie bringen. »Ich war nicht für dich da. Das weiß ich inzwischen. Aber wir sind eine Familie! Nichts hat sich geändert!«

»Alles hat sich geändert.« Am Ende bricht ihre Stimme. »Und das ist ihre Schuld! Warum erkennst du das nicht?«

Ich sehe ihr fest in die Augen. »Es reicht.«

In dem einen Moment steht sie noch da und funkelt mich an, im nächsten hebt sie die Hand und zielt damit auf mein

Gesicht. Den Bruchteil einer Sekunde scheint die Zeit stillzustehen, dann sehe ich, wie sie den Finger krümmt.

Julie schreit hinter mir auf, aber nichts passiert. Ein metallisches Geräusch, mehr nicht. Mein Verstand braucht offenbar eine Weile, um zu verstehen, was hier gerade vor sich geht. Denn es dauert ein paar Herzschläge, bis ich begreife, dass das Magazin leer ist.

Rahel erfasst die Situation im gleichen Moment, denn plötzlich stößt sie einen markerschütternden Schrei aus, dann stürzt sie auf mich zu. Ich stoße Julie zur Seite und fange Rahels Schlag ab. Keuchend greife ich nach ihrem Oberarm, drehe sie ruckartig herum und ziehe ihren Rücken gegen meine Brust, bevor ich den freien Arm um ihren Hals lege. Und zudrücke. Ich habe jahrelang Kampfsport trainiert. Ich weiß, was ich tue. Trotzdem bin ich mir sicher, dass in diesem Augenblick ein Teil von mir in meinem Inneren stirbt. Das hier ist meine Schwester. Und ich drücke weiter zu, wehre ihre Schläge ab, so lange, bis sie unter mir erschlafft.

Keuchend lasse ich sie zu Boden gleiten. Mein Puls rast, und mein Atem geht viel zu schnell.

»Julie«, flüstere ich. Als ich mich umdrehe, entdecke ich sie halb liegend, halb sitzend auf dem Kopfsteinpflaster. Ihr Gesicht ist schneeweiß, ihre Lippen halb geöffnet und ihre Augen weit aufgerissen. Sie starrt auf Rahels leblose Gestalt und hebt eine zitternde Hand an den Mund.

»Was hast du getan?«, fragt sie heiser.

»Sie ist nur ohnmächtig«, versichere ich ihr, während ich langsam auf sie zugehe. »Ich schwöre dir, sie ist okay.« Sie sieht mich immer noch nicht an. »Julie.«

Ihre blutunterlaufenen Augen richten sich auf mich. Ein paar Sekunden lang starrt sie mich an, dann wird ihr ganzer Körper von einem Schluchzen erschüttert. Ich lasse mich neben ihr auf den Boden fallen, zögere aber. »Wo bist du verletzt? Was soll ich tun?«

Sie antwortet nicht. Also greife ich vorsichtig nach ihren Schultern und ziehe sie an meine Brust, versuche sie zu halten, auch wenn ich weiß, dass ich nichts für sie tun kann. Nichts, womit ich die Welt freundlicher erscheinen lassen oder ihr etwas von dem Schmerz nehmen kann.

»Es ist vorbei«, flüstere ich, immer und immer wieder. »Du bist in Sicherheit. Es ist vorbei. Ich bin hier.«

»Wie kannst du hier sein?«, flüstert sie erstickt.

»Das erkläre ich dir später.« Ich umfasse sie fester. »Du musst atmen, Julie. Bitte, atme.«

Der Sturm in meinen Gedanken raubt mir den Atem, lässt mich buchstäblich nach Luft schnappen, während ich Julies Gesicht mustere. Mehrmals setze ich dazu an, mich bei ihr zu entschuldigen. Ihr meine Rolle in dieser Sache zu erklären. Ihr zu sagen, dass ich für all das verantwortlich bin, weil ich das Gefühl habe, die Schuld frisst sich in mein Herz wie Gift. Aber ich kann nicht. Ich bringe die Worte nicht über die Lippen und ich bin mir nicht sicher, ob ich es jemals schaffen kann.

Ich weiß nicht, wie lange wir so dasitzen. Mein Flehen vermischt sich mit dem Schlagen meines Herzens und ihren Schluchzern. Das Einzige, was in diesem Moment zählt, ist Julies warmer, lebendiger Körper, der sich in meine Umarmung schmiegt, während von irgendwo in der Ferne Sirenen näher kommen.

39

JULIE

09:54 pm

Energisch drücke ich auf den Knopf der kleinen Fernbedienung, die neben meiner Hüfte auf dem Krankenhausbett liegt. Seit zwei Stunden liege ich in diesem verdammten Zimmer, ohne dass mir irgendjemand etwas sagt. Detective Spring und ein anderer Beamter haben mich befragt, aber auch sie waren so unerträglich schweigsam. Caleb wurde aufs Revier gebracht, was bei mir beinahe eine Panikattacke ausgelöst hat. Zwar wurde er nicht festgenommen, ihm wurden keine Handschellen angelegt oder etwas in der Art. Aber seine Rechte wurden ihm verlesen, und die Beamten haben so verdammt ernst ausgesehen. Spring hat mir erklärt, dass sie keine andere Wahl hatten, wenn man mein und Calebs anfängliches Verhältnis bedenkt und die Tatsache, dass er mit Rahel verwandt ist. Sie wollten ihn nur befragen – dennoch schlägt mein Herz noch immer viel zu schnell, wenn ich an die Szene denke. Den Aussagen der Beamten nach liegt Rahel in einem anderen Krankenhaus, worüber ich verdammt erleichtert bin. Hoffentlich mit dicken Handschellen ans Bett gefesselt.

Die Tür öffnet sich, und eine Pflegerin streckt den Kopf herein. »Ist etwas nicht in Ordnung?«

»Nein«, sage ich und warte, bis sie ins Zimmer gekommen ist.

»Haben Sie Schmerzen?«

Definitiv habe ich Schmerzen. Ich habe eine Gehirnerschütterung und mehrere Brüche in meiner Hand, die ziemlich sicher in den kommenden Tagen operiert werden müssen. Außerdem unzählige Prellungen und vier gebrochene Rippen. Aber das ist im Moment wirklich nicht mein größtes Problem. »Ich will telefonieren«, verlange ich mit fester Stimme. »Ich muss mit jemandem sprechen.«

Ich muss Caleb sehen. Ich muss mich mit eigenen Augen vergewissern, dass er okay ist. Dass es ihm gut geht, so gut es eben unter den Umständen möglich ist.

Die Pflegerin sieht mich prüfend an. »Sie sollten schlafen, Miss Penn. Hat man Ihnen nichts gegeben?«

»Doch«, sage ich trocken. »Aber ich habe es nicht genommen. Ich werde nicht schlafen, bis ich nicht telefoniert habe.«

Sie seufzt so schwer, als würde sie mit einem widerspenstigen Kleinkind sprechen. »Miss Penn …«

»Nein.« Entschlossen sehe ich mich um, dann richte ich mich mühsam auf. »Hier gibt es doch sicher irgendwo ein Telefon, das ich benutzen kann. Ich kann gerne suchen gehen, wenn es Sie nicht stört, dass ich unter Ihrer Aufsicht mitten im Flur kollabiere.«

Empört schnappt sie nach Luft und greift nach meiner Hand, gerade als ich ein wichtig aussehendes Kabel aus einem der piependen Monitore ziehen will.

»Geben Sie es auf«, ertönt in diesem Moment eine tiefe Stimme hinter ihr. Den Bruchteil einer Sekunde später betritt Caleb den Raum. »Sie setzt ihren Willen durch, glauben Sie mir.«

Die Erleichterung überwältigt mich um ein Haar. Ich lasse mich in mein Kissen zurücksinken, ohne das Ziehen in meinen Rippen zu beachten. »Caleb.«

Er nickt der Pflegerin kurz zu, die daraufhin den Rückzug antritt. Als sie die Tür hinter sich schließt, kommt er zu mir herüber, bleibt jedoch am Fuß meines Bettes stehen. Er sieht irgendwie … unsicher aus. »Hi.«

Verwirrt sehe ich ihn an. »Hi. Wie geht es dir?«

Einen Moment lang schließt er die Augen. Als er sie wieder öffnet, spiegeln sich so viele Gefühle darin, dass mir die Tränen in die Augen schießen. »Es tut mir so unendlich leid, Julie.«

»Komm her«, flüstere ich und warte, bis er in Reichweite ist. Dann greife ich nach seiner Hand. Tausend Worte gehen mir durch den Kopf, die einen so schmalzig, dass er mich wahrscheinlich auslachen würde, die anderen zornig und verzweifelt. Ich habe eine unfassbare Wut auf die Welt, dass ich kaum einen klaren Gedanken fassen kann. Trotzdem zwinge ich meine Stimme zur Ruhe. Damit die Schwester nicht auf die Idee kommt, mich zu sedieren. Und für Caleb. Er sieht so müde, so erschöpft aus, dass es mir beinahe das Herz bricht. »Du konntest es nicht wissen, Caleb. Nichts davon ist deine Schuld.«

»Ich hätte es wissen müssen.« Seine Stimme ist belegt. Ich erkenne sie kaum wieder. »Sie ist meine Schwester. Ich hätte etwas bemerken müssen.«

»Nein«, sage ich entschlossen. »Du hast mir das Leben gerettet. Das sollte fürs Erste reichen.«

»Ich hätte …« Er bricht ab, und ein paar Sekunden lang sucht er eindeutig nach Worten. »Hoffman hat mir von Anfang an gesagt, ich solle mir dir zusammenarbeiten. Er meinte, ich würde mir nur selbst schaden, indem ich diesen Kleinkrieg gegen dich eröffne.«

Als er wieder schweigt, habe ich das Gefühl, er würde sich in seinen Gedanken verlieren. »Und?«, helfe ich vorsichtig nach.

»Ich dachte, er meinte damit nur die Firma. Die Meinung der Öffentlichkeit und den ganzen Mist.« Sein verzweifelter

Blick bohrt sich in meinen, direkt in mein Herz. »Was, wenn er etwas geahnt hat? Was, wenn er wusste, was ich damit auslöse? Wenn ich dich von vornherein akzeptiert hätte, dann hätte vielleicht auch Rahel …«

Ich kann mir das nicht länger mit anhören, also lege ich ihm sanft einen Finger auf die Lippen.

Spring hat mir erzählt, dass Hoffman Informationen über Rahel hatte, aber ehrlich gesagt war ich viel zu aufgewühlt, um seine Worte zu begreifen. All das spielt keine Rolle, nicht in diesem Moment. Für all das haben wir später Zeit, denn jetzt gerade ist nur eines wichtig.

»Ich lebe, Caleb«, sage ich eindringlich. »Und es geht mir gut. Dank dir.«

Sein Lachen klingt erstickt und freudlos, als er seinen Blick über meinen nicht ganz unversehrten Körper unter der Krankenhausdecke schweifen lässt. Seine Finger umschließen meine fester und sein Daumen streicht über meinen Handrücken. Seine Berührung ist so vorsichtig, als hätte er Angst, mich zu zerbrechen. »Ich hatte noch nie in meinem Leben solche Angst. Ich dachte … ich dachte, ich würde dich verlieren.«

Mein Herz schlägt so heftig in meiner Brust, dass ich mir sicher bin, Caleb kann es hören. Der Schock, die Anstrengung und die Angst sitzen mir immer noch in den Knochen. Es gibt immer noch mindestens eine Million unbeantwortete Fragen, deren Antworten wir in den kommenden Wochen gemeinsam finden müssen. Aber über all das will ich jetzt nicht nachdenken, denn ich weiß genau, was er meint.

»Weißt du, was ich gedacht habe, als ich aus diesem bescheuerten Fenster gesprungen bin?«

Sein Gesicht wird hart. »Du bist aus einem Fenster gesprungen?«

»War nicht so dramatisch, wie es klingt«, sage ich ungeduldig. »Darum geht es jetzt auch nicht.«

»Was hast du gedacht, Julie?«

Ich atme stockend ein, halte dann aber sofort die Luft an, weil selbst das Atmen wehtut. Caleb sieht mich alarmiert an, aber ich rede hastig weiter, bevor er etwas sagen kann. »Ich habe an dich gedacht. Dass ich dich nicht wiedersehen werde, wenn ich nicht wenigstens *versuche* zu kämpfen. Ich wusste, dass ich zu dir zurückkehren muss, Caleb. Um jeden Preis.«

In seinen Augen steht so viel Schmerz, dass ich ihn beinahe spüren kann. Er senkt den Kopf und hebt gleichzeitig meine gesunde Hand, dann presst er seine Lippen auf meine Knöchel. »Ich verdiene dich nicht.«

»Ohne dich wäre ich jetzt tot«, erinnere ich ihn sanft.

»Nein.« Seine Kiefermuskeln treten hervor, als er die Zähne zusammenbeißt. »Ohne mich wärst du überhaupt nicht erst in dieser Lage, Julie. Ohne mich wärst du Alleinerbin eines verdammten Milliardenunternehmens und würdest dir wahrscheinlich gerade im Strandhaus die Sonne auf den Bauch scheinen lassen.«

»Deine bloße Existenz infrage zu stellen, ist ein bisschen übertrieben.« Unwillkürlich verziehe ich das Gesicht. »Und das Haus hat mittlerweile einen ziemlich faden Beigeschmack, findest du nicht?«

»Wir scheinen kein glückliches Händchen für Immobilien zu haben«, sagt er und streicht mir sanft eine Haarsträhne aus der Stirn. »Du kannst nicht zurück in dein Apartment.«

»Warum nicht?«

»Rahel muss drin gewesen sein, bevor sie … bevor sie dich entführt hat. Als die Polizei es durchsuchen wollte, war es vollkommen zerstört.«

Kopfschüttelnd sehe ich ihn an. »Das ist doch verrückt.«

Er lacht trocken auf. »Ja, das ist die richtige Bezeichnung, würde ich sagen.«

Einen Moment lang schweige ich und suche nach den richtigen Worten. Ich habe nicht das Gefühl, die Wahrheit auch nur ansatzweise verarbeitet zu haben. Und ich kann mir nicht einmal vorstellen, wie es ihm gehen muss. »Willst du darüber reden?«, frage ich vorsichtig. »Über Rahel, meine ich.«

Traurig sieht er mich an, mustert mein Gesicht so eindringlich, als würde er es zum ersten Mal sehen. »Nicht jetzt. Du hast jedes Recht, die gesamte Geschichte zu erfahren. Aber ich wäre dir dankbar, wenn wir eine kurze Pause von den Familiendramen nehmen könnten. Nur ein paar Stunden.«

Ich drücke seine Finger. »Solange du willst.«

Wieder mustert er mich, und wieder ist sein Blick so intensiv, dass mir unwillkürlich das Blut ins Gesicht schießt. »Ich werde es wiedergutmachen, Julie, das schwöre ich dir. Ich werde nicht zulassen, dass dir jemals wieder etwas passiert.«

»Caleb …«

»Lass mich ausreden. Bitte. Dein Vater und Grace sind vor zwanzig Minuten gelandet, und ich würde das hier wirklich gerne loswerden, bevor sie das Krankenhaus stürmen und dich in Beschlag nehmen.« Er wartet darauf, dass ich nicke, und seufzt dann leise. »Ich erwarte nicht, dass sich durch diesen Tag oder die letzte Nacht etwas an deiner Einstellung verändert hat, und ich dränge dich sicher nicht zu einer Entscheidung. Nicht jetzt, nicht hier. Aber ich will, dass du eins weißt, Julie.«

Ich muss über den Kloß in meinem Hals schlucken. »Was?«

»Ich bin nicht bereit, auch nur einen Tag länger ohne dich zu leben. Ich weiß jetzt, wie es sich anfühlt … ich konnte den Gedanken nicht ertragen, dich niemals wiederzusehen. Ich will das hier und ich will alles. Das volle Programm. Ich liebe dich, Julie. Und ich werde dich nie wieder im Stich lassen.«

Erst als mir die Tränen über die Wangen laufen, bemerke ich, dass ich weine. Ich versuche mich aufzurichten, aber jeder Muskel meines Körpers protestiert. Zischend ziehe ich die Luft ein.

»Was ist?«, fragt Caleb beunruhigt. »Was brauchst du?«

»Ich würde dich jetzt wirklich gerne sehr dramatisch küssen, aber ich fürchte, du musst mir entgegenkommen.«

Seine Lippen verziehen sich zu einem kleinen, wenn auch traurigen Lächeln. Dann beugt er sich vorsichtig zu mir herunter und legt seine Lippen auf meine. Meine Augenlider flattern, und mindestens eine Million Schmetterlinge setzen in meinem Magen zum Sturzflug an. Dieser Kuss ist nicht leidenschaftlich, nicht einmal wahnsinnig intensiv. Aber er sagt alles, was es in diesem Moment zu sagen gibt. Bedeutet alles, was ich brauche.

Er bedeutet Sicherheit.

40

CALEB

Donnerstag, 04. August 2022

Julie schließt die Augen und pustet die Kerzen aus, die in einem gigantischen Kuchen vor uns auf dem kleinen Glastisch stecken. Ich helfe ein bisschen nach, aber das bekommt sie überhaupt nicht mit. Als sie die Augen wieder öffnet, grinst sie.

»Du bist ein Naturtalent«, sage ich und lache, als sie schnaubt.

»Warum gibt es den Kuchen jetzt schon?«, fragt sie und wirft einen Blick auf ihre Armbanduhr. »Die anderen kommen erst in einer Stunde.«

»Ich wollte das hier mit dir alleine machen.« Ich stehe von dem Rattansofa auf und strecke die Hand nach ihr aus. Ohne zu zögern schiebt sie ihre Finger zwischen meine und lässt sich von mir hochziehen. Gemeinsam gehen wir zum Rand der Terrasse. Vor uns breiten sich die Dünen aus, zwischen denen sich ein schmaler Pfad bis hinunter zum Strand schlängelt. Obwohl heute ein schöner Tag ist, sind wenig Leute unterwegs, und das Meer ist ungewöhnlich ruhig. Die vereinzelten Wellen sind flach und werden immer wieder von Möwen unterbrochen, die sich auf der Suche nach Fischen ins Wasser stürzen.

Ich trete hinter Julie und schlinge dann von hinten die Arme um sie, wobei ich darauf achte, ihren Gips so wenig wie möglich zu berühren. Ich lege das Kinn auf ihre Schulter, drehe das Gesicht und küsse sie sanft auf die Schläfe.

»Happy Birthday«, flüstere ich.

Lächelnd schmiegt sie sich an mich. »Das sagst du heute bestimmt zum zwanzigsten Mal.«

»Das kann man nicht oft genug sagen.«

Darauf erwidert sie nichts. Im Grunde darf sie sich nicht beschweren, denn ich habe mich bis jetzt an sämtliche Bedingungen gehalten, die sie an diesen Tag gestellt hat – keine Geschenke, keine Party, kein großes Ding. Nur wir beide im Strandhaus. Später kommen zwar Saheera, Sander und Lena vorbei, aber das kann man wirklich nicht als ausschweifende Party bezeichnen.

Normalerweise hätte ich gerne eine richtige Feier organisiert. Aber dieses Jahr wäre es uns beiden unpassend vorgekommen. Zu viele haben wir verloren, deren Abwesenheit einfach zu sehr wehtun würde. Ich weiß, dass es für Julie nur schwer zu ertragen ist, Bonnie an diesem Tag nicht dabeizuhaben. Vielleicht sogar Rahel. Bevor das alles passiert ist, hatte ich das Gefühl, sie und Julie hätten sich angefreundet. Nicht genug, als dass Julie sie nach alledem tatsächlich vermissen könnte, aber die Abwesenheit meiner Schwester erinnert uns beide immer wieder daran, was wir durchgemacht haben. Aber all das sind nur Vermutungen. Julie meidet das Thema, als hätte sie Angst, mich zu verletzen. Immerhin ist Rahel das Einzige an Familie, das mir noch geblieben ist.

Manchmal habe ich das Gefühl, es fällt Julie und mir schwer zu akzeptieren, dass es vorbei ist. Ich wurde mehrfach befragt – immerhin bin ich der Bruder der Täterin und der Freund des Opfers –, aber die Ermittlungen wurden vor allem durch Julies und Rahels Aussagen schnell fallengelassen. Rahel sitzt bis zu ihrem Prozess in einer psychiatrischen Haftanstalt, es werden unzählige Gutachten erstellt, die darüber entscheiden sollen, ob sie selbst aussagen kann oder nicht und ob sie überhaupt voll schuldfähig ist. Sie kann uns nichts mehr tun, trotzdem fällt mir immer noch auf, wie oft Julie über die Schulter sieht oder Menschenmassen abscannt, wenn wir unterwegs sind. Mir geht es ähnlich, denn ich bestehe immer noch darauf, dass Estha sie begleitet wie ein Schatten. Wir müssen ein ernstes Gespräch miteinander führen, wenn die Uni wieder anfängt. Aber heute ist sicher nicht der Tag, um sich darüber zu streiten.

»Das ist wunderschön«, sagt sie gedankenverloren und starrt auf das Wasser, das sich gemächlich unter uns bewegt. Als könne sie sich einfach nicht an dem Anblick sattsehen.

»Du bist wunderschön«, ergänze ich und lächle, weil sie verlegen die Augen verdreht. Sie kann nicht besonders gut mit Komplimenten umgehen, aber daran habe ich mich inzwischen gewöhnt.

Ein paar Minuten lang sehen wir schweigend den Wellen zu, die schäumend gegen die Felsen schlagen und über den makellosen Sandstrand kriechen. Zwei Möwen fliegen über unsere Köpfe hinweg, bevor sie die Flügel anlegen und aufs Wasser hinunterstürzen. Julie liebt das Meer. Diese Aussicht ist definitiv das Beste an der Bonham Mansion.

»Hast du deine Schwester besucht?«, fragt sie irgendwann leise, zögerlich.

»Nein.« Ich spüre die Anspannung in ihrem Körper. »Ich bin mir nicht sicher, ob ich es will.«

Sie antwortet nicht, aber damit habe ich auch nicht gerechnet. Vielleicht weiß sie einfach nicht, was sie darauf sagen soll, ohne mich zu kränken. Selbstverständlich muss Rahel bestraft werden, immerhin hat sie drei Menschen auf dem Gewissen, und hätte ich sie nicht aufgehalten, hätte sie Julies Namen auf ihrer kleinen Liste ganz sicher ergänzt. Aber ich bin mir nicht sicher, in welchem Maße man sie dafür verantwortlich machen kann. Wenn es nach mir ginge, würde sie ein Leben lang weggesperrt und psychologisch behandelt werden. Sie hat wahnsinnig viel durchgemacht, und von vielen Dingen hatte ich keine Ahnung. Nicht zuletzt von dem wahren Grund, warum meine Mutter sterben musste.

Vor einer Woche hat Julie Denise Fitzsimons das versprochene Interview gegeben – die einzige öffentliche Stellungnahme ihrerseits seit den Ereignissen. Seitdem überschlagen sich die Schlagzeilen, aber das wird sich bald beruhigen. Die Geschichte ist vorbei, die Medien haben ihr würdiges Ende erhalten.

Sanft mache ich mich von ihr los und greife hinter meinen Rücken. Ich presse belustigt die Lippen zusammen, als ich den weißen Umschlag aus meinem Hosenbund ziehe und ihr entgegenhalte. »Happy Birthday.«

»Wir hatten uns auf keine Geschenke geeinigt«, protestiert sie und weicht einen Schritt zurück, um mich besser wütend anfunkeln zu können.

Ich hebe die Hände. »Das ist kein Geschenk im eigentlichen Sinne. Ich habe keinen Penny ausgegeben, ich schwöre es dir!«

Sie glaubt mir kein Wort, das ist ihr deutlich anzusehen. Trotzdem nimmt sie den Umschlag und dreht ihn stirnrunzelnd um. Dort stehen Julies Name und unsere Adresse im Bonham Tower. Misstrauisch sieht sie mich an, aber ich mache nur eine ungeduldige Handbewegung.

Ich habe den Umschlag bereits vor ein paar Tagen geöffnet, was man ihm leider ansieht. Als Julie das bemerkt, wirft sie mir einen fragenden Blick zu. Sie braucht nervenaufreibend lang, den Brief herauszuziehen, weil ihre linke Hand noch immer in einem klobigen Gips steckt. Als sie es endlich geschafft hat, fällt ihr Blick als Erstes auf den Briefkopf.

Ruckartig hebt sie den Kopf und sieht mich ungläubig an. »Der ist von dem Verlag.«

»Ja.« Ich kann ein zufriedenes Lächeln nicht unterdrücken. »Ich habe ihnen deine Entwürfe geschickt. Sie machen dir ein Angebot.«

»Oh mein Gott«, flüstert sie und beginnt das Anschreiben zu lesen. »Das ist ein Angebot für mein Freundebuch-Projekt. Sie wollen es verlegen! Aber wie hast du das gemacht?«

»Saheera hat mir geholfen, du kannst dich später bei ihr bedanken.«

Ungläubig schüttelt sie den Kopf, sieht von mir zu dem Brief und sucht offensichtlich nach den richtigen Worten. »Der Wahnsinn, Caleb. Ich weiß nicht, was ich sagen soll.«

Ich lächle. »Happy Birthday.«

Lachend überbrückt sie den Abstand zwischen uns beiden und schlingt die Arme um meinen Hals, was mit dem Grips gar nicht so einfach ist. Als meine Lippen über ihren schweben, flüstert sie: »Danke. Das ist das beste Geschenk, das ich jemals bekommen habe.«

Meine Mundwinkel zucken. »Das war das Ziel.«

Sie schließt die Augen und küsst mich, während eine salzige Brise durch ihre Haare fährt und ihr Kleid sich um ihre Knöchel bauscht. Vor ein paar Wochen war ich der Meinung, Julie wäre meine Luft, die ich zum Atmen brauche. Aber ich habe mich getäuscht. Julie ist mein Zuhause. Ich wünschte, ich hätte das früher begriffen.

Als sie sich wieder von mir löst, mustere ich prüfend ihr Gesicht. »Ist es okay für dich, hier zu sein?«

Ihr Lächeln gerät ein wenig schief. »Ich weiß nicht. Es fühlt sich komisch an, aber ich denke, das hat nichts mit dem Haus zu tun. Aber es wird mit der Zeit besser.«

Ich hebe die Hand und fahre mit dem Daumen über ihre

Unterlippe. »Nächsten Sommer regierst du die Hamptons, da bin ich mir sicher.«

»Mir würde es schon reichen, wenn wir einen entspannten Winter hinbekommen würden. Vorzugsweise ohne Dramen und gebrochene Rippen.«

Grinsend hebe ich ihr Kinn, bevor ich ihr einen winzigen Kuss auf den Mundwinkel drücke. »Deal.«

Sie macht sich von mir los und geht zurück zum Haus, um die Getränke für die Gäste vorzubereiten. Ich schiebe die Hand in die Tasche, und meine Finger schließen sich um den kleinen Anhänger darin. Ich fahre über die filigranen Goldperlen, die den Stein in Kleeblattform einrahmen, während ich Julie dabei beobachte, wie sie sich umdreht und mir eine Kusshand zuwirft. Ich wiederhole die Geste von der Filmpremiere, fange den Kuss auf und verstaue ihn behutsam in der Tasche, zusammen mit den letzten Erinnerungen an den größten Fehler, den ich je begangen habe.

ENDE

Danksagung

Wahnsinn! Ich kann kaum glauben, dass wir bereits am Ende der Geschichte von Caleb und Julie angekommen sind. Ihre Story zu erzählen, hat mir unglaublich viel Spaß gemacht, auch wenn sie eine Herausforderung war.

Ich schreibe diese Danksagung kurz nach dem Erscheinen von Band 1, während jeden Tag neue Rezensionen online gehen, ich neue Nachrichten bekomme und mir bewusst wird, wie viel Liebe ihr diesem Buch bereits jetzt gebt. Und ich bin völlig überwältigt von eurem Feedback (und eurer Wut über den Cliffhanger), euren Mutmaßungen und Spekulationen über den Täter und darüber, wie akribisch ihr jeden einzelnen Hinweis innerhalb der Geschichte auseinandernehmt. Vielen, vielen Dank für eure Begeisterung und eure Liebe für Julie und Caleb!

Danke an das wundervolle Team vom LYX-Verlag, das dieser Dilogie ein Zuhause gegeben hat und sich so unvergleichlich um mich und meine Figuren kümmert. Danke Sabrina, meiner wundervollen Lektorin, Hannah, meiner ebenfalls wundervollen anderen Lektorin, und all den anderen. Ich bin euer größter Fan! Und natürlich eine große virtuelle Umarmung für meine wahnsinnig talentierten und großartigen Agentinnen Gesa und Kristina von der Langenbuch & Weiß Literaturagentur.

Yvy Kazi, du hast in letzter Zeit, während ich diese Geschichte geschrieben habe, einen ganz besonderen Platz in meinem Herzen eingenommen. Danke, dass wir Freundinnen geworden sind und du so eine tolle Kollegin für mich bist. Danke an Laura und Laura, meine selbsternannten *Everything-Girls* und an Basma.

Anabelle Stehl und Charlie von @charlie_books: Vielen, vielen Dank euch beiden für die wundervollen Blurbs zu diesen beiden Büchern! Eure Worte bedeuten mir wahnsinnig viel!

Und da meine Tochter sich beschwert hat, dass sie noch nie in einer Danksagung erwähnt wurde: Danke Emma, Pepe und Tarik. Dass ihr während emotionaler Szenen dazwischenredet und mich fragt, wann ich fertig bin, dass ihr ständig meinen Locher und meine gute Schere klaut, dass ihr die Tür nicht vernünftig hinter euch zumacht und dass ihr die tollste Familie seid, die man sich vorstellen kann.

Und für alle, die diese Danksagung tatsächlich bis zum Ende gelesen haben, gibt's hier eine kleine Belohnung: einen kleinen Insider-Fun-Fakt zu »Every Little Secret«. Während eines Live-Streams zur »Enthüllung« der Cover dieser Dilogie habe ich verraten, dass ich eigentlich immer den letzten Satz eines neuen Buches zuerst lese. Dafür habe ich ziemlich viel Gegenwind bekommen. Vielleicht erinnern sich ein paar von euch daran. Und erinnert ihr euch an das Zitat auf dem Rücken von »Every Little Secret«? Dieses Zitat ist buchstäblich der letzte Satz des ersten Bandes. Was bedeutet: Ich habe euch alle unwissentlich dazu gezwungen, den letzten Satz zuerst zu lesen ... vorausgesetzt natürlich, ihr habt euch die Rückseite und den Klappentext angeschaut. Muhahaha.

Ich freue mich auf die nächste Geschichte mit euch!

Eure Kim

Triggerwarnung

Dieses Buch enthält neben expliziten Szenen auch Elemente, die potenziell triggern können.

Diese sind:

Erwähnung von Todesfällen, Erkrankungen und getöteten Tieren. Schilderungen von bedrohlichen Situationen, gefährlichen Verletzungen und Blut, Autounfällen, Erbrechen, Krankenhausaufenthalten, dem Einsatz von K.-o.-Tropfen und Entführungen, Stalking und Einbrüchen.

Wir wünschen uns für euch alle das bestmögliche Leseerlebnis.

Eure Kim und euer LYX-Verlag